御製

佛光恩照　三千大千　隨緣徧滿
恒沙法界　普度衆生　悉證菩提
身心安泰　年時豐稔　風雨調順
日月升恒　乾坤清寧　百昌蕃熾
上下樂利　中外協和　庶物咸亨
萬善圓成　情與無情　同登正覺
大清雍正十三年四月初八日

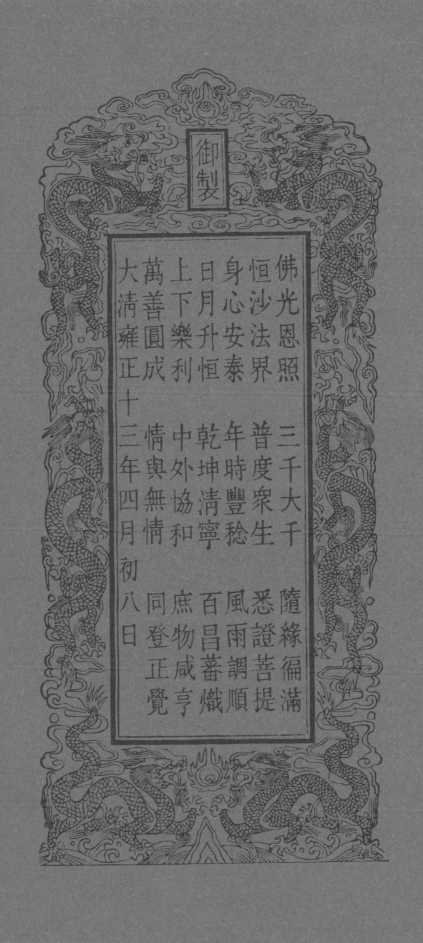

第一二一册　此土著述（一一）

金光明經玄義

隋天台智者大師說
門人灌頂錄

清刻龍藏佛說法變相圖

金光明經玄義卷上

隋天台智者大師說
門人灌頂録

此金光明甚深無量太虛空界尚不喻其高廣況山斤海滴寧得盡其邊崖日輪赫奕非嬰兒之所瞻仰大舶樓櫓豈新產者之所執持諸佛行處過諸菩薩所行清淨況二乘心口安可思說凡夫徒欲言之言則傷其實徒欲不言黙則致其失二俱不可欲以言之言亦不可欲以黙之黙亦不可故大品中梵志云非內觀故得是菩提非外觀故得是菩提非亦內亦外觀故得是菩提經言皆不可思說又生生不可說生不生不可說不生生不可說不生不生不可說有因緣故亦可得說者以金爲名名蓋衆寶之上以法性爲體義

則如來所游莊嚴菩薩深妙功德以爲宗照曜諸天心生歡喜以爲用故文號經王教攝衆典故唯貴爲名唯極爲體唯深爲宗唯大爲用唯王爲教所以不二之體常爲四佛世尊之所護持三世十方亦復如是一切菩薩徧他方以遥禮樹神善女親雨淚以稱揚諸天覆之以天威地祇潤之以地肥大辯加之以辯道功德益之以財寶諸有悉乾枯三塗除熱惱舉要言之一切世間未曾有事悉皆出現是以金龍尊王三世讚歎地神發願以護說者上聖既爾豈況人乎敢託斯義輙欲與言冀消露入海禽鳥向山實藉片緣同均鹹色將釋此經大分爲二初釋題二釋文釋題爲五一釋名二辨體三明宗四論用五教相就此五章大分爲二初總釋二別釋總釋又二初生起二簡別生起者此娑婆國土音聲爲佛事或初從善知識所聞名或從經卷中聞名故名在初以聞名故次識法體體顯次行行即是宗宗成則有力力即是用用能益物益物故教他聞名是自行之始施教是化他之初有始有終其唯聖人乎五章生起次第如此簡別者簡是料簡也問若略則唯一若廣則無量今此五章進不是廣退不成略何故五耶答非略非廣故不一非廣故不多廣則令智退略則義不周我今處中說令義易明了五章中當其義如此別者分別也前一章總三字共爲名次三章派三字以爲別後一章兼於總別而明教相也又顯體一章明理餘四章明事又前三章是因後二章是果又前四章是行後一章是教又前

四章是自利行後一章是利他行又前四章是聖默然後一章是聖說法如此等種種分別料簡令顯譬中當分明包富如囊中有實不探示人人無知者此皆爲分別中作譬也囊中有實爲總三字作譬探以示人爲別三字作譬囊中有寶爲理一章作譬探以示人爲明事章作譬其餘例皆可知也二別釋者別釋五章也今先解釋名章若依四卷題但作三字無帝王兩字若依經文有經王之義若說若不說俱亦無妨今釋名爲五一通別二翻譯三譬喻四附文釋五當體釋言通別者夫教有通別依教明行行有通別從行顯理理有通別且置行理但明教通別者夫理無名字名字名理如虛空無丈尺丈尺約虛空天王般若云總持無文字文字顯總持若從能顯之文字是名則通若從能顯之所以此名則別云何爲通如聖所說一經一時一處一部一偈一句一言皆是文字從此文字通稱爲經云何爲別別則有四一令世諦不亂歡心悅耳二逗化所宜開發宿善三對其業障令惡滅罪除四顯示道理霍然妙悟悅宜對悟各各所以其致不同稱之爲別譬如鹽梅相和成種種滋味組織交橫成種種文繡從別所以故有金光明三字標令教異於諸教從通文言故有經之一字衆經通稱也今經通別合標故言金光明經二翻譯者眞諦三藏云具存外國音應言修跋拏婆頗婆鬱多摩因陀羅遮閱那修多羅修跋拏此言金婆頗婆此言光鬱多摩此言明因陀羅此言帝遮閱那此言王修多羅此言經外國又

稱佛陀羅此間所無又略帝王兩字但存三字者漢人好略譯者省之但翻為金光明經也餘師翻不及此委悉也三譬喻者舊經師以三字譬三德金譬法身光譬般若明譬解脫若大師云數論但明真應二身若以二釋三於論不便若取經文經文無一處明三德若別作義解何義不通而獨譬三德既違已論又不會經非今所用地人云金質之上自有光明之能譬於法性從體起用自有般若解脫之力但作體用二義不須分光明異也若大師云地論幸明三佛三佛釋題於義自便而棄三身從體用者則非論意若取經文新舊兩本並說三身不道體用亦違已論復不會經進退何之今所不用真諦三藏云三字譬三種三法一譬三身二譬三德三譬三位譬三身者金體真實以譬法身光用能照以譬應身明能徧益以譬化身次譬三德者金有四義一色無變二體無染三轉作無礙四令人富金以譬法身常淨我樂四德光有二義一能照了二能除闇以譬般若照境除惑明有二義一無闇二廣遠以譬解脫衆累永盡溥益有緣次三位者金性先有如道前正因位光融體顯如道中了因位明無瑕垢如道後緣因位彼家料簡云法身是實二身不實法身具四德般若解脫各具二德正因是本有了因是現有緣因是當有大師謂三三之釋三義不了一因果不通二乘圓別三不稱法性云何因果不通夫三身三德本是果上圓滿之名而今分置三德殘缺不足何者若法身是道前爲是果上之法身爲是性

德之法身若是果上之法身不應在道前若是性德之法身性德何獨有法身亦應有性德之般若性德之解脫云云若言般若是道中爲是何等之般若若是果上之般若不應在道中若是分得之般若何意無分得之法身解脫云云若解脫在道後道後衆善溥會何獨有解脫以是觀之因果不通乖圓別者若作圓說法身常樂我淨此自可知云云般若與法身相冥法身既具四德般若寧無四德耶解脫脫果縛故樂脫因縛故淨無因果縛故我非因非果故常圓說圓滿無有缺減眞諦若作別說應依此經經云法身是常是實實卽我德也應身智慧淸淨卽淨德也化身三昧淸淨卽樂德也三藏說法身獨具四德二身各具二德故皆乖圓別也不稱法性者且引

一經如淨名云衆生如彌勒如一如無二如此性德法身也一切衆生卽菩提相不可復得此性德般若也一切衆生卽涅槃相不可復滅此性德解脫也如此三義豈非本有道前之位豈獨有金而無光明耶又華嚴云初發心時便成正覺所有慧身不由他悟淸淨妙法身湛然應一切妙法身是法身德慧身是般若德應一切卽應身是解脫德此之三身地地轉增如月漸滿豈非道始因中之位那得因中祇有般若耶道後具三德如上說此事可知當知道前圓性德道中圓分德道後圓究竟德那忽分割一處唯一耶豈非蹙靈鳳於鳩巢迴神龍於兔窟辱鱗羽之壯勢非法性之圓談天台師尋其經意義則不然何者經言法性無量甚深理無不統文稱經

王何所不攝豈止於三三九法耶當知三字徧譬一切橫法門乃稱法性無量之說徧譬一切竪法門乃稱法性甚深之旨方合經王一切徧收若長若廣教無不統此義淵愽不可以言想且寄十種三法以爲初門復爲三意一標十數二釋十相三簡十法言標十數者謂三德三寶三涅槃三身三大乘三菩提三般若三佛性三識三道也諸三法無量止取此十法其意云何此之十法該括始終今作逆順兩番生起初從無住本立一切法夫三德者名祕密藏祕密藏顯由於三寶三寶由三涅槃三涅槃由三身三身由三大乘三大乘由三菩提三菩提由三般若三般若由三佛性三佛性由三識三識由三道此從法性立一切法也若從無明爲本立一切法者一切衆生無不具於十二因緣三道迷惑翻惑生解即成三識從識立因即成三佛性從因起智即成三般若從智起行即成三菩提從行進趣即成三大乘乘辦智德即成三身身辦斷德即成三涅槃涅槃辦恩德利物即成三寶究竟寂滅入於三德即成祕密藏也是爲逆順次第甚深無量義復云何無量義者是一法門具九法門三德尊重即是三寶三德不生不滅即是三涅槃三德具足諸法聚集名爲三身運載荷負即是三大乘不可異趣名三菩提覺了清淨名三般若是如來種名三佛性分別不謬是名三識即事通理故名三道是爲一三法門具九三法門亦具一切三法門悉例可知又皆具一切一法門一切二法門一切三法門四法門五法門六

法門七法門八法門九法門十法門百法門千法門萬法門億法門一恒沙二恒沙百千萬億恒沙法門亦應可知經云一法門無量法門以爲眷屬一中解無量是爲法性橫廣無量之義也甚深義者寄三位顯之如十法門共論者三道三識是本有位三德三寳是當有位其餘是現有位是名法性甚深竪高之義亦成又一法門具九法門取其三道三識是本有位取三德三寳是當有位取其餘者爲現有位甚深義亦成又一一法門具六即位理即是本有位究竟即是當有位其餘即是現有位甚深義亦成是爲法性竪高甚深之義也當知金光明三字偏譬一切横法門故言無量偏譬一切竪法門故言甚深乃稱法性之文方合經王之旨次釋十種三法

相者十名如前已列十相今當分別若分別色相青黄同異者應用肉眼若分別法相深淺同異者應用智眼今時行者既無智眼應用信解分別同異之相初明三德相者云何三云何德法身般若解脱是爲三常樂我淨是爲德法者法名可軌諸佛軌之而得成佛故經言諸佛所師所謂法也身者聚也一法具一切法無有缺減故名爲身經言我身即是一切衆生真善知識當知身者聚也般若者覺了諸法集散非集非散即是覺了三諦之法解脱者於諸法無染無住名爲解脱是名爲三云何爲德一一法皆具常樂我淨名之爲德法身無二死爲常不受二邊爲樂具八自在爲我身業淨口業淨意業淨爲淨無以爲類疆寄世金以譬之世金不變不染轉

變富貴譬法身四德也般若任運具四德如智冥如境故大品云色淨故般若淨例此即得色常色樂色我諸義皆成又云色大故般若大色無邊故般若無邊此是法性廣大般若亦廣大例此應云色深奧故般若亦深奧此是法性竪高般若亦竪高當知般若亦具四德明矣解脫亦具四德夫解脫者諸惡永盡即無常無樂無我無淨皆已盡也亦是衆善溥會即常樂我淨溥會也大經云眞解脫者即是如來如來即是法身當知解脫同如來常樂我淨也又大經云三點具足名大涅槃點是文字當知法身般若解脫皆文字也故知三點悉備四德故言具足三因即是三智三智各具四德三德具足名祕密藏具足之文必具四德也當知四德具足即是其相若得此一章意餘九可解不能默已更復略言云何三云何寶佛法僧是爲三可尊可重名爲寶至理可尊名爲法寶覺理之智可尊名佛寶毗盧遮那徧一切處即事而理此和可尊名僧寶此之三寶皆常樂我淨常樂我淨故乃可尊可重當知三德與三寶無二無別既以金光明喻三德還以金光明譬三寶也云何三云何涅槃性淨圓淨方便淨是爲三不生不滅名涅槃諸法實相不可染不可淨不染即不生不淨即不滅不生不滅名性淨涅槃修因契理惑畢竟不生智畢竟不滅不生不滅名圓淨涅槃寂而常照機感即生此生非生緣謝即滅此滅非滅不生不滅名方便淨涅槃當知此三涅槃不生不滅即是常常故名樂樂故名我我故名淨涅槃既即

常樂我淨即是三德可尊可重故即是三寶無二無別既以金光明喻三德三寶還以金光明喻三涅槃也云何三云何身法報應是爲三三種法聚故名身所謂理法聚名法身智法聚名報身功德法聚名應身然理無聚散義言聚散始從初心顯出正理乃至究竟理聚方圓始從初心終至究竟顯理之智智聚方圓始從初心終至究竟功德之聚方圓故以三法聚爲三身當知三身皆常樂我淨即是三德可尊可重即是三寶不生不滅即是涅槃無二無別既以金光明譬三德等還以金光明譬三身也云何三大乘運荷名乘理性虛通任運荷諸法故名理乘隨乘者智隨於境如蓋隨函故名隨乘得乘者得果得機得果故自解脫得機故令他解脫故名得乘當知三乘皆常樂我淨即與三德無二無別既以金光明譬三德還以金光明譬三大乘也云何三菩提一眞性菩提亦名無上菩提此菩提以理爲道二實智菩提亦名清淨菩提此菩提以智慧爲道三方便菩提亦名究竟菩提此菩提以善巧逗會爲道當知三菩提皆常樂我淨與三德無二無別既以金光明譬三德還以金光明譬三菩提也云何三般若般若名智慧實相般若非寂非照即一切種智觀照般若非照而照即一切智方便般若非寂而寂即道種智當知三般若皆常樂我淨與三德無二無別既以金光明譬三德還以金光明譬三般若也云何三佛性佛名爲覺性名不改不改即是非常非無常如土內金藏天魔外道所不能壞名正因佛

性了因佛性者覺智非常非無常智與理相應如人善知金藏此智不可破壞名了因佛性緣因佛性者一切非常非無常功德善根資助覺智開顯正性如耘除草穢掘出金藏名緣因佛性當知三佛性一一皆常樂我淨與三德無二無別既以金光明譬三德還以金光明三字譬三佛性也云何三識識名爲覺了是智慧之異名爾菴摩羅識是第九不動識若分別之即是佛識阿棃耶識即是第八無没識猶有隨眠煩惱與無明合別而分之是菩薩識大論云在菩薩心名爲般若即其義也阿陀那識是第七分別識訶惡生死欣羡涅槃別而分之是二乘識於佛即是方便智波浪是凡夫第六識無俟復言當知三識一一皆常樂我淨與三德無二無別既以三德譬金光明還以金光明譬三識也云何三道過去無明現在愛取三支是煩惱道過去行現在有二支是業道現在識名色六入觸受未來生老死七支是苦道道名能通此三更互相通從煩惱通業從業通苦從苦復通煩惱故名三道苦道者謂識名色六入觸受大經云無明與愛是二中間名爲佛性中間即是苦道名爲佛性者名生死身爲法身如指冰爲水爾煩惱道者謂無明愛取名此爲般若者如指薪爲火爾業道者謂行有乃至五無間皆解脱相者如指縛爲脱爾當知三道體之即眞常樂我淨與三德無二無別既以金光明譬三德還以金光明譬三道也若見此十法門若同若異亦是一法門作一切法門相若同若異相相明了即百法千法

萬法恒沙塵數亦如是華嚴云一法門無量法門而爲眷屬首楞嚴和香丸大品裹珠法華一地所生涅槃大海水浴皆是其義問若一法即是諸法者唯說一法何用餘法耶答佛爲悅一切人宜一切人對一切人悟一切人若偏說之多有利益一說尚令生種種解偏讀諸異論即知智者意故種種說令得一切解麤言及耎語皆歸第一義皆是示人無違諍法即此義也三料簡者初料簡三德若指太子相好體爲法身法身在前樹王下時明無漏慧三十四心爲般若般若在中八十滅度燒身不受後身爲解脫解脫在後異而且縱法身時無般若般若時無解脫解脫時無般若法身此即三法各異斯乃阿含三藏數家所用此之三意悉不得稱常樂我淨也

若指空境爲法身法身是本有照眞之慧爲般若般若是今有子果兩縛盡爲解脫解脫是當有異而且縱斯乃三乘通教中所說前代探明大乘人所用亦不得稱常樂我淨若如眞諦師明法身具四德般若解脫各二此乃横而且異乃别教一途所明而眞諦師偏用當知法身可稱爲德般若解脫無德可稱不會無量甚深之高廣亦不得稱爲經王今所明三德如上說一一皆具常樂我淨論廣則無量論高則甚深若諸學人聞諸經之王四佛所護不解此意如牛羊心眼不足論道也料簡三寶者若指樹王得道爲佛寶轉生滅四諦法輪爲法寶度陳如等五人先得眼智明覺者爲僧寶由是三寶故到于今即有相從三寶者此乃阿含中所明階梯三寶亦

是數論宗用也若指樹王得道爲佛寶所説無生四諦爲法寶二乘菩薩修眞無漏斷結成聖理和爲僧寶者此亦三乘通教中所説探明大乘人所用此兩種三寶並無常樂我淨若指華王世界坐蓮華臺成道爲佛寶所説恒沙佛法無量四諦爲法寶四十一賢聖爲僧寶此則異前雖非階梯未是同體亦非金光明所譬三寶也料簡三涅槃者若饑得食病得差獄得出獮猴得酒旃遮婆羅門飽食指腹皆是世人暢情爲涅槃爾若計非想定無想天爲涅槃者此是邪見妄謂爲涅槃爾若多貪欲人得不淨觀爲涅槃者斯乃四善根方便行人涅槃也若三界煩惱盡證有餘涅槃焚身灰智入無餘涅槃菩薩未得此涅槃此即阿含中析法二乘之涅槃若三乘人同盡子果兩縛即是通教中共涅槃若指中道如理爲性淨涅槃中道智爲圓淨涅槃同緣出世薪盡火滅爲方便淨涅槃三種各別互不相關是爲別教涅槃若言但有性淨方便淨兩涅槃不明緣因涅槃各別不融者還是別教非今經所譬涅槃也料簡三身者若取樹王下佛爲眞身神通變化獮猴鹿馬爲應身不明三身者此小乘析法意爾若取即事而眞爲眞身化用爲應身不明三身者此體法中意爾問若爾樹王下丈六旣非佛復非鹿馬爲是何身答一往應同人像此屬應身又一解例如大乘心中智合中理爲法身今亦如是體是人像即是眞空此屬眞身若依眞諦師云法身眞實二身不眞實此則三身體相各異乃是別教中一途非今所用

若言三身皆真實至理是法身契理之智是報身起用是應身應身是實佛所化皆實不虛大經云不淨觀亦實亦虛非實不淨作不淨想是爲虛能破貪心是爲實應身例爾非本體故爲虛能利益故爲實今取實邊不取虛邊故言三身皆實是今所用若復圓論三身皆實皆虛皆亦實亦虛皆非實非虛當約三身並作四句如別記云問三字譬三身亦得譬一身二身四身無身不答佛赴緣以三字名經義家作三身解釋若得意者作四三二一無義亦復何咎下經中悉有其文若作四身者新本云釋迦牟尼能種種示現此則開出應化是爲四身若作三身者即有三身分別品專論其義若作二身者佛真法身猶若虛空應物現形如水中月若作一身者新本云一切諸佛以真法爲身若作無身者如來行處淨若虛空而復游入善寂大城虛空中則無一二之數此是無身之文問若爾云何以金光明譬四身二身一身無身耶答若以義名譬盈縮由義爾若譬四身者取光明之上有煜爚之睒文云金光晃曜此是譬四身之文若譬三身如即所用若譬二身金是正體光明只是功能以此爲譬若譬一身但舉於金以爲正譬光明既是枝末非正所論若譬無身者至寶以無貪爲金揚震四知亦以無貪爲金今以世之至寶譬出世之至理彌會文義也料簡三大乘者若約因緣六度大乘者此還是三人名別義同也若約三人同用無生斷煩惱三人同乘一乘此則通教中乘也若理隨得三乘體相別異不同者此

則別教中乘也三種並爲得乘方便所攝也正法華中明象乘足三爲四羊鹿牛乘爲得乘所攝象乘即是理乘如今之所明三乘也華嚴中明四乘三乘亦爲得乘所攝佛乘正是今之三乘義也料簡三菩提者如請觀音云修三種清淨三菩提心此即緣三乘人心而修心也乃是方便菩提所攝若緣眞如實理發菩提心者或緣如來智慧說法發菩提心者或緣如來神通變化發菩提心者亦非今所用文殊問般若云無發是發菩提心又若一發一切發是發菩提心又若非一非一切而一而一切是發菩提心如此菩提心即一而三並今所用於一而論三於三而論一爾云料簡三般若者問般若至忘至寂云何分別諸法耶答一切智觀慧眼見見法皆非法道種智觀法眼見見非法皆是法一切種智觀佛眼見見法非法非非法雙照法非法若三智三眼一時圓觀一切法寂滅相種種行類相貌皆知五眼具足成菩提汝所問者乃是肉眼所見偏觀所觀與則是曲見奪則墮尼揵也料簡三佛性者眞諦師云正性在道前了性在道中緣性在道後此一往別說推理不然華嚴云一中具無量大品云一心具萬行淨名云擧足下足具於佛法矣法華云一切智願猶在不失涅槃云金剛寶藏具足無缺但有深淺明昧之殊爾料簡三識若分別說者則屬三人此乃別教意非今所用若依攝論如土染金之文即是圓意土即阿陀那染即阿梨耶金即菴摩羅此即圓說也問如經云依智不依識既云三識此那可依

答經言不依識者是生死識今則不爾今言依識者是智之異名名清淨識又道前通名爲識道後轉依即是智慧未詳料簡三道者問界內可有十二輪轉三道迷惑界外復云何答寶性論云生界外有四種障謂緣相生壞緣即無明爲行作緣即煩惱道也相即結業即業道也生即名色等是苦之初壞即老死是苦之終即苦道也有此四障障於四德緣障淨相障我生障樂壞障常四障破四德顯也第四依經文立名者上來舉譬多是義推依文立名顯然可解何者義推疎遠依文親近以己情推度是故言疎彼義例此是故言遠用佛口說是故言親即此經文是故言近豈可棄親近而從疎遠耶始從序品終乎讚佛品品之中若不說金光明名即說金光明事或一品說名不說事或一品說事不說名或一品名事兼明或一品名事獨說或一品重說名重說事故知品品不空篇篇悉有爲此義故依文立名也序品云是金光明諸經之王創首標名彌爲可用次壽量品四佛俱集王舍城放大光明照王舍城及此三千大千世界發起其事懺悔品信相夢見金鼓其狀姝大其明溥照過夜至旦向佛說之讚歎品金龍尊王奉貢金鼓發大誓願願我當來夜則夢見晝如實說空品云故此尊經略而說之尊經即金光明也四王品六番問答問問之中重說其名答答之內重明其事又以手擎香鑪時香煙變爲香蓋金光不但徧此大千亦徧十方佛土云云大辯功德已下標名舉事其例甚多若信相所夢是現在金光

明之事龍尊發願是過去金光明之事香蓋徧滿是未來金光明之事一部名事徧十八品一處起煙十方光蓋非但現在亘通三世若名若事縱橫高廣無量甚深爲若此也而不用此標名義推譬喻無有一文無而彊用有而不遵明識者審之無俟多云又諸經例多如稻稈斧柯象步城經等說其事指所說事仍即爲名又如說稻稈事斧柯事象步事等即名爲稻稈斧柯象步經事也第五當體得名者有師云真諦無名世諦有名寄名名於無名假俗而談真爾成論云無名相中假名相說今反此義俗本無名隨真立名何者如劫初廓然萬物無字聖人仰則真法俯立俗號如理能通依真以名道如理尊貴依真以名寶如理能該羅依真以名網如理能起應依真以名響華嚴中云耕田轉耒衣裳作井皆聖人所爲大經云世諦但有名無實義第一義諦有名有實義以此而推真諦有名更何所惑龍樹四依菩薩隨義理爲立名字義即第一義理即如理也淨名云從無住本立一切法經論咸然豈可不信今言法性之法可尊可貴名法性爲金此法性寂而常照名爲光此法性大悲能多利益名爲明即是金光明之法門也菩薩入此法門從法爲名即是金光明菩薩佛究竟此法門即有金燄光明如來金百光明照藏如來等若爾何故名釋迦釋迦此有通別名從通即名金光明允同諸佛從別即受釋迦之稱爾故讚佛品云如來之身金色微妙其明照曜曜即是光此是讚佛法體非讚世金也當佛法性爲金

非借世金也三身品云與諸佛同體與諸佛同意與諸佛同事同體者是同法性金也同意者同法性光也同事者同法性明也故華嚴云一切諸如來同共一法身一身一智慧力無畏亦然一身即是同金智慧即是同光力無畏即是同明於一法體三義具足非假世金寄況佛法故樹神云無量大悲宣說如是妙寶經典當體並是妙寶此寶具足光明非借世金以譬法也

金光明經玄義卷上

音釋

舶 薄陌切海中大船也 櫓 音魯進船具 熠爚 熠余六切爚音藥熠爚焜燿光明也 犍 巨言切 稈 古旱切禾莖也

金光明經玄義卷下

隋天台智者大師說

門人灌頂錄

問舊云此經從譬得名云何矯異而依文耶答非今就文而害於譬若苟執譬復害於文義有二途應須兩存故前云義推疎遠依文親近若鈍根人以譬擬法若利根人即法作譬下文云如深法性安住其中即於是典金光明中而得見我釋迦牟尼又空品云爲鈍根故起大悲心鈍人守指守株寧知兎月利人懸解不須株指云云次觀心釋名者何故須是上來所說專是聖人聖實非已智分如鸚鵡學語似客作數錢不能開發自身實藏今欲論道前凡夫地之珍寶即聞而修故明觀心釋也淨名曰諸佛解脫當於衆生心行中求釋論云有聞有智慧是所說應受即此意也問心有四陰何以棄三觀一答夫天下萬物唯人爲貴七尺形骸唯頭爲貴頭有七孔目爲貴目雖貴不如靈智爲貴當知四陰心爲貴貴故所以觀之心貴故心即是金夫螢火自照燈燭珠火雖復照他光不及遠星月之光與暗共住日光能照天下不能照理心智之光能發智照理故心是光若心癡暗體則憔悴心有智光膚色充澤故大品云般若大故色大般若淨故色淨亦能充益受想行等心即明也又知心無心名爲光知想無想知行無行名爲明又知四陰非四陰名爲光知色陰非色陰名爲明又知五陰非五陰名爲光知假人非假人名爲明又知正報非正報名爲光知依報非依報名爲明又知依正

非依正名爲光知一切法無一切法名爲明得此意者即觀心金光明也上約十種三法論金光明今觀心王即觀苦道觀慧數即煩惱道觀諸數是業道心王是金慧數是光餘數是明如淨名曰觀身實相觀佛亦然者若頭等六分各各是身此即多身若别有一身則無是處各各非身合時亦無若頭等六分求身叵得現在不住故不可得過去因滅亦不可得未來未至亦不可得如是横竪求身畢竟不可得即是無此無亦不可得亦有亦無亦不可得非有非無亦不可得但有名字名之爲身如是名字不在内非四陰中故不在外非色陰中故不在中間非色心合故亦不常自有非離色心故當知名無召物之功物無應名之實假實既空名物安在如此觀身是觀實相實相即是金實相觀智即是光緣身諸心心數寂不行者即是明也觀身是假名假名既如此觀色受想行識亦如是即爲苦道觀也次觀煩惱道者煩惱與業皆是身因今且取煩惱爲身因而起觀也淨名云不壞身因而隨一相者應作四句分别誰身因果俱壞誰身因果俱不壞誰壞果不壞因誰壞因不壞果云何是身果父毋所生頭等六分是也云何身是因貪恚癡身口意業等是也今且置三業觀貪恚癡等四果以無常苦空觀智破貪恚癡子縛斷名壞身因不受後有名壞身果凡俗之流名衣好食長養五陰縱心適性放逸貪恚癡自惱惱他一身死壞復受一身因果相續無有邊際是名因果俱不壞如犯王憲付旃陀羅如怨對者自害

共體身既爛壞四陰亦盡是爲壞果貪恚癡身因轉更熾盛彌綸生死無得脫期是爲第三句也餘三果亦以無常觀智斷五下分因縛五下分果身猶未盡是名壞身因不壞身果如此四句存壞不同皆不隨一相隨一相者所謂修大乘觀觀一念貪恚癡心心爲自起爲對塵起爲根塵共起爲離根塵起皆無此義非自非他非共非無因亦非前念滅故起非生非非生非滅非非滅如是横豎求心叵得心尚本無何所論壞是名不壞身因而隨一相隨一相者即是隨金隨相智即是隨光諸數寂滅即是隨明既得不壞一句而隨一相了壞身因亦隨一相壞身果不壞身果亦隨一相皆亦如是云云次觀業道者如淨名云舉足下足無非道場具足一切佛法矣觀舉足時爲是業舉爲是業者舉爲業業者共舉爲離業業者舉若業舉不關業者業者舉不關於業各既無舉合亦無舉合既無舉離那得舉舉足既無下足亦無觀行既然住坐卧言語執作亦復如是是爲觀業實相名爲金此觀智名爲光諸威儀中心數悉寂名爲明是爲三道辯金光明夫有心者即具法界法性金光明能如此解了但是名字金光明常依此觀念念不休心心相續即是觀行金光明若蒙籠如羅縠中視未得分明閉目則見開眼則失此是相似金光明若了了分明閉目開目俱見者是分證金光明若妙覺果圓究竟明了名究竟金光明也次觀心明三識論金光明者諦觀一念心即空即假即中即是觀心識於三識何者意識託緣發意本

無識緣何所發又緣中爲有識爲無識若有識緣即是識何謂爲緣若無識那能發識若意緣合發二俱無故合不能發離最不可當知此識不在一處從衆緣生從緣生法我說即是空於此空中假作分別是惡識是善識是非惡非善識種種推畫强謂是非識若定空不可作假識若定假不可作空當知空非空假非假非空非假雙亡二邊正顯中道一念識中三觀具足識於三識亦不得三識觀故淨名云不觀色不觀色如不觀色性乃至不觀識不觀識如不觀識性雖不得識不得識如不得識性雙照識識如識性宛然無濫以照識性故是菴摩羅識照識如故是阿棃耶識亦照亦滅故是阿陀那識是名觀心中三識金光明六即位如上說次觀心明三佛性金光明者觀一念心起即空即假即中是見三佛性何者心從緣起是故即空强謂有心是故即假不出法性是故即中此釋巳顯更引經證之淨名云何謂病本所謂攀緣何謂攀緣謂緣三界證其假也何謂息攀緣謂心無所得此證即空我及衆生病皆非真非有此證即中華嚴云心佛及衆生是三無差別此證觀心即三佛性也又般舟三昧經云我心如佛心如佛心如我心如不見我心爲佛心不見佛心爲我心而見阿彌陀佛如瑠璃中見像如饑夢食如夢婬從事如觀骨光等喻皆是證即空即假即中之文讀此經文宜須細意若併作如讀是即空也示如許多心紛紜是即假也見阿彌陀是即中也又我心如佛心如者以有我佛如等分別之異所

以是即假從不見我心爲佛心去是即空也而見阿彌陀是即中也又以夢食喻之夢食不飽譬即空夢食百味譬即假皆不出法性譬即中餘譬類如此又釋云我心佛心者是假名假名分別我佛之異也我心如佛心如凡聖俱空不得我心不得佛心豈有我心作佛心佛心作我心亡假也不得我心如不得佛心如豈有我心如作佛心如亡空也是爲雙亡空假正顯中道而見阿彌陀者雙照二諦也常見佛餘者安不見耶此又是證觀心即空即假即中之文觀心即中是正因佛性即空是了因佛性即假是緣因佛性是爲觀心三佛性是金光明六即位如前說復次佛者覺智也性者理極也能以覺智照其理極境智相稱合而言之名爲佛性今觀五陰稱五陰實相名正因佛性觀假名稱假名實相名了因佛性觀諸心數稱心數實相名緣因佛性故經云佛性者不即六法不離六法此之謂也觀五陰實相故名金觀假名實相故名光觀心數實相故名明六即位如前思得此大好故附此後也次觀心三般若金光明者諦觀一念之心即空即假即中即是三般若何者一念心一切心一切心一心非一非一切一念心一切心者從心生心雜雜沓沓長風駛流不得爲喻日夜常生無量百千萬億衆生六道輪迴十二鉤鎖從闇入闇闇無邊際皆心之過也故言一念心一切心是則凡夫所迷沒處一切心一心者若能知過生厭皆自持出如小火燒大積薪置一小珠澄清巨海能觀心空從心所生一切諸心無不

即空故言一切心一心如此一心乃是二乘所迷沒處非究竟道雙亡二邊故煩惱非一非一切大經言依智不依識識但求樂凡夫識妄求樂二乘識求涅槃樂是故雙亡不可依止智則求理如是觀者即是一心三智即空是觀照般若一切智即假是方便般若道種智即中是實相般若一切種智是三智一心中得即空即假即中無前無後不並不別甚深微妙最可依止是爲觀心三般若金光明六即如前次觀心三菩提金光明者諦觀一念之心即空即假即中即是三菩提心何者一心一切心交横繚亂如絲如沙如蠶如蛾爲苦爲惱若知即空眞諦菩提心度妄亂心數之衆生通四住之塵是爲即空發菩提心即假發菩提心者空雖免妄亂經云空亂意衆生而智亂甚盲闇復是三無爲坑是大乘寃鳥未具佛法不應滅受而取證也若眞即假俗諦菩提心度沈空心數之衆生通塵沙之塵分別可不分別時宜分別藥病分別逗會不住無爲故言即假發菩提心空是浮心對治假是沈心對治由病故有藥藥存復成病病去藥止宜應兩捨非空非假雙亡二邊即發中道第一義諦菩提心度二邊心數之衆生通無明之塵以不住法住於中道故言即中發菩提心說時如三次第觀即不然一心中三菩提心若觀即中是緣金發無上菩提心若觀即空是緣光發清淨菩提心若觀即假是緣明發究竟菩提心是爲觀心三菩提金光明六即如前次觀心三大乘金光明者諦觀一念之心即空即假即中是三大

乘何者雖觀一念心而實有四運此心迴轉不已所謂未念欲念念念已從未念運至欲念從欲念運至念從念運至念已復更起運運運無窮不知休息如閉目在舟不覺其疾觀一運心即空即假即中一一運心亦復如是從心至心無不即空即假即中是則從三諦運至三諦無不三諦時是名以運運運若隨四運運入生死若隨三運運入涅槃即空之觀乘於隨乘運到眞諦即假之觀乘於得乘運到俗諦即中之觀乘於理乘運到中諦三乘即一乘是乘微妙清淨第一觀音普賢大人所乘故故名大乘是爲觀心三大乘金光明六即如前次觀心三身金光明者諦觀一念心即空即假即中即是三身何者華嚴云心如工畫師造種種五陰若心緣破戒事即地獄身緣無慚愧憍慢恚怒等即畜生身緣諂曲名聞即餓鬼身緣疾妬諍競即修羅身緣五戒防五惡即人身緣十善防十惡緣禪定防散亂即天身緣無常苦空空無相願即二乘身緣慈悲六度即菩薩身緣眞如實相即佛身登難墜易多緣諸惡身故故知諸身皆由心造譬如大地一能生種種芽若觀五受陰洞達空無所有從心所生一切諸身皆空無所有如翻大地草木傾盡故言即空若即空者永沈灰寂尚不能於一空心能起一身云何能得游戲五道以現其身不得應以佛身得度者爲現佛身應以三乘四衆天龍八部種種身得度者皆悉示現同其事業爲此失故故言即假同六道身如此觀身墜在二邊非善觀身善觀身者大經云不得身

八尺之形也不得身相五胞形也不得身因飲食將養也不得身果酬五戒也不得身聚陰入界也不得身一假實成身不得身二四大成身也不得身此巳一身也不得身彼彼遺體也不得身識念念無常也不得身等身中空也六道皆等有身也不得身修依身能修法也不得修者即行人也亦不得身如身相如乃至身修如修者如亦不得身性身相性乃至身修性修者性畢竟清淨爲此義故故言即中言即中者即是法身即空者即是報身即假者即是應身是名觀心三身金光明六即如前次觀心三涅槃金光明者諦觀心性本來寂滅不染不淨染故名生淨故名滅生滅不能毀故常不能染故淨不能礙故我不能受故樂是爲性淨涅槃若妄念心起悉以正觀觀之令此正觀與法性相應妄念不能染不能毀不能礙不能受常樂我淨者即是圓淨涅槃又以正觀觀諸心數心數法不行心數法不能毀不能染不能礙不能受著名方便淨涅槃是名觀心三涅槃金光明六即如前次觀心三寶金光明者諦觀一念之心即空即假即中即是三寶何者不覺名法寶覺名佛寶和名僧寶三諦之理不覺故是法寶三諦之智能覺故是佛寶三諦三智相應和故是僧寶無諦智不發無智諦不顯諦智不和不能大用利益衆生三種皆可尊可重是故俱稱爲寶六即如前復次中諦不覺名法寶眞諦不覺名佛寶俗諦不覺名僧寶知即中離二邊名法寶知即空名佛寶知即假名僧寶即中事理和名法寶即空事理

和名佛寶即假事理和名僧寶即中名爲金即空名爲光即假名爲明是爲觀心三寶金光明六即如前次觀心三德金光明者諦觀一念之心即空即假即中即空故一空一切空無假無中而不空空無積聚而名爲藏藏具足故名之爲德即假故一假一切假無空無中而不假假攝諸法亦名爲藏藏具足故名之爲德即中故一中一切中無空無假而不中中攝一切法亦名爲藏藏具足故稱之爲德雖言一中有無量無量中有一了彼互生起展轉生非實智者無所畏當知一不爲少衆不爲多非一非多不失一多不可思議不縱不橫不並不別諸佛以即中爲體故名法身以即空爲命故名般若以即假爲力故名解脫一一皆常樂我淨無有缺減故稱三德一一皆是法界多所含藏故稱祕密藏故淨名云諸佛解脫當於一切衆生心行中求當知我心亦然衆生亦然彼我既然諸佛亦然心佛及衆生是三無差別得此意者即中是金即空是光即假是明此爲觀心三德金光明六即如前世間有行空人執其癡空不與佛修多羅合聞此觀心而作難言若觀心是法身應觸處平等何故於經像生敬紙木生慢敬慢既異則非平等非平等故法身義不成既無平等平等智不成則無報身不能將此化他應身義不成不如我於經像紙木平等平等皆如如名法身有此平等智是報身將此智化他是應身我三身義皆成用汝觀心何爲若逢此難者當以三事反難答之一者汝謂於紙木經像平等爲如者何意於

七廟敬木像天子符勑而生畏敬於佛經像而生輕慢畏慢既起諸使沸亂何處有平等法身義耶二者汝於同師同學生愛生護於異師異學生慢生恚愛慢從癡生三毒熾然諸惡更甚寧復有智慧報身耶三者汝耽癡空無慧方便尚不悅人情況會至理矜高自著是增上慢人汝師所墮汝亦隨墮毒氣深入若為將此邪氣化他和光應身復在何處我以凡夫位中觀如實相爾為欲開顯此實相恭敬經像令慧不縛使無量人崇善去惡令方便不縛豈與汝同耶今更釋帝王者真諦三藏云法身攝華嚴華嚴以法身為體故報身攝般若般若明智慧故應身攝涅槃涅槃明百句解脫四德等故此是彼師明帝王統攝之義今明帝王應具三義謂帝慧王也

帝則貴極至尊至重慧則神謀聖策王則萬國朝會備此三義稱帝慧王此經亦爾如來游於無量甚深法性過諸菩薩所行清淨即是至尊極貴義若有聞者則能思惟無上甚深微妙之義開甘露門入甘露城處甘露室令諸衆生食甘露味以智慧刀裂煩惱網即是聖智雄略義諸佛護持莊嚴菩薩諸天恭敬護世讃歎能令地獄諸河焦乾乃至一切世間未曾有事悉具出現即是萬國朝會多致利益義將此三義歷十種三法門若道即法身是貴義煩惱即般若是慧義業即解脫是朝會義乃至法身德即貴義般若德即慧義解脫德即朝會義一一法門悉備三義一一法門皆是經王也既得此意即論攝法攝法有三先攝法門次攝經教三攝六即位初

攝法門者三道攝一切惑三識攝一切解三佛性攝一切因三般若攝一切智三菩提攝一切發心之行三大乘攝一切發趣之位三身攝一切佛果智德三涅槃攝一切佛果斷德三寶攝一切佛恩德三德攝一切理是爲橫攝法門第二攝教者三道是三障即三障是三解脫攝不思議解脫淨名教三識攝楞伽地持攝論等三佛性攝涅槃三般若攝大品等五時教三菩提攝諸方等經三大乘攝法華三身攝華嚴三涅槃三寶三德等皆攝涅槃此舉當道諸經綷是八萬法藏皆應攝爾云第三攝位者苦道有一切五陰煩惱道有五住惑業道有一切業乃至云三道是三障障覆六位若即三種之非道通達三種之佛道者六位所顯則攝諸位也乃至三德亦有六位三德既備攝六位寧不備收耶其間則例自可知云所以作三番攝者合帝慧王三義攝法門合貴義攝教合慧義攝位合王義又攝法門是橫攝攝位是竪攝攝教是橫竪雙攝統攝之義既明經王之義顯矣次觀心明經王者觀心即中是貴義觀心即空是慧義觀心即假是朝會義是爲觀心中經王也觀心論位者衆生本有理性金光明心但有名即名字金光明念念修觀即觀行金光明觀心淳厚即相似金光明會入法流即分證金光明盡邊到底即是究竟金光明若不修觀徒聞何益如遥羨寶山足不涉路安可得乎爲此義故須觀心一番令聞慧具足也次釋通名者如法華玄義中説云第二辨體爲三一釋名二引證三料簡釋名者體是質

質是主質何爲主質之體法身法性是經體質若依義者法身爲體質若依文者法性爲體質法身法性只是異名更非兩體欲令易解是故雙題爾法性語通今以佛所游入法性爲體質也文云是時如來游於無量甚深法性過諸菩薩所行清淨故知此體不與下地菩薩及二乘等共非通法性也但是佛所游入一切種智以此爲根本無量功德共莊嚴之種種衆行而歸趣之言說問答共詮辨之類衆星之環北辰如萬流之宗東海故以法身法性爲此經正體之主質也故書家解禮者體也體有尊卑長幼君父之體尊臣子之體賤當知體禮之釋與經法性意同如來所游佛所護持故知此體是貴極之法也復次體是底義窮源極底理盡淵府光揚實際乃

名爲底釋論云智度大海唯佛窮底此與今經法性甚深意同當知法性高深竪窮佛海故以底義釋體也復次體是達義得此體意通達無壅如風行空中自在無障礙一切異名別說皆與法性不相違背釋論云般若是一法佛說種種名隨諸衆生類爲之立異字又云若如法觀佛般若與涅槃是三則一相其實無有異此與今經法性無量意同當知法性廣大無涯橫收法界徧無所隔故以達義釋體也二引證者序品云如來遊於無量甚深法性鬼神品云若入是經即入法性如深法性二文既云深法性即知簡異二乘菩薩所得法性也空品云故此尊經略而說之說於空即如也讚佛品云知有非有本性空寂當達此等皆體之異名悉會入法性法是

執則性是不變不變故常一此常一法性諸佛執則故云法性爲此經體也三料簡者問法性定是空爲非是空答法性過諸菩薩所行清淨淨於四句不應以空有求之雖非四句或時赴緣作四句說之文云兩足世尊行處亦空新本云是第三身是眞實有又云前二種身是假名有又云非有非無此有四句四門意也門乃有四悟理非數佛示人無諍法不應執此相競舊本明空新本明有以體達義釋之二文不乖即此意也第三明宗者宗謂宗要也說者或以果爲宗或以因爲宗或雙用因果爲宗今尋壽量品雖明施食不殺之因乃將因擬果果是正意三身分別品雖復問因佛答三身還是果爲正意今此意但用佛果爲宗何者法性常體甚深微妙若欲顯之非果不克當知果是顯體之樞要如提綱目整則以果爲宗意在此也更附經重顯此義文云釋迦如來所得壽命釋迦是果人壽量是果法果人克果法寘乎法性法性既非有非無非常非無常果人果法亦非常非無常法性既能常能無常果人果法亦能常能無常四佛釋疑舉山斤海滴地塵空界無能筭計知其數量明其能常八十滅度是能無常此見八十滅度之無常不能計校其常尚不能知其常焉能知其非常非無常若不約果此義難明既舉果寘理顯體義彰以果爲宗其義如是又說果義不同或約無上菩提智德明果或約大般涅槃斷德明果若舉智德衆善溥會任運知有斷德若舉斷德諸惡永盡任運知有智德互舉一邊不可偏

執也今經舉壽量明果壽量是果報果報語總總於智斷智斷亦總果上三身果上三身既與法性冥法性非常非無常三身亦非常非無常法性既能常能無常三身亦能常能無常若能無常即化身壽命也對無常而論常能常即報身壽命也報化與法性冥法性既非常非無常不可筭數報化亦非常非無常不可筭數云何見迹短而言佛壽定短此不識果能顯體之意又如佛非鹿馬能現鹿馬鹿馬定是佛耶鹿馬是佛化所爲非佛身也法性能長短長短非法性也若見此意果能顯體常義亦成非常非無常義亦成無常義亦成果爲宗要義亦成若不爾者諸義皆不成舊用山斤海滴之文是無常謂虚空分界是虚空無爲復引捨身品中求常樂住處者是三無爲爲常無生死故爲樂也皆以小意曲解大乘如此解者一切皆不成非宗要也第四明用用謂力用也滅惡生善爲經力用滅惡故言力生善故言用滅惡故言功生善故言德此皆偏舉具論畢備也夫一切種智是果上之德果智由於無量功德之所莊嚴滅除諸苦與無量樂苦是惡業果貪恚癡是惡因惡因不除果不得謝聖人意先令滅惡因故懺悔品居先樂是善果懺讃是因懺罪讃聖惡滅善生故讃歎品居後亦是互舉爾將此勝用莊嚴果智智備體顯體顯名金果備名光力成名明益他曰教也但懺品滅惡非不生善讃品生善非不滅惡互說一邊爾空品雙導懺不得空惡不除滅讃不得空善不清淨文云一切種智而爲根本即其義

也四王品已下護經使宣通還是生善攘災令去還是滅惡攝此諸文故言以滅惡生善爲用也第五判教相者舊明此經非會三非褒貶非無相不列同聞衆不在五時次第而明常住者是偏方不定教是義不然若不列同聞非次第者列同聞衆應是次第鴦掘摩羅列同聞與衆經不異論褒貶與維摩意同論家何故不預次第若列衆不列衆皆非次第者亦應列衆不列衆俱是次第云云若言未應明常而明常是偏方不定者陀羅尼云王舍城波羅㮈祇陀林三處與聲聞記此亦是未應會三而會三得爲次第未應明常而明常何故不定耶又法華般若淨名方等咸論常住得是次第此經明常獨居不定何耶又一師言此經與法華同是第四時山斤海滴與塵沙義齊故是義不然新本云舍利繫縛色如來常住身無有舍利事何得山海而翳金光塵沙而蔽寶所真諦三藏云此經是法華之後涅槃之前九十月說引涅槃云佛告波旬却後三月吾當涅槃信相聞斯故知八十應滅是義亦不然唱滅之旨非獨告魔定在三月法華云如來不久當般涅槃普賢觀亦云當般涅槃諸經唱滅非但一文何必九十日耶縱令三月爲屬第四時爲屬第五時若屬第四時法華已捨方便此中何得更許三乘同懺若屬第五時何得復言在前三月進退無據兩楹不攝云云今既不同舊若爲判教若安無相而時異若入會三而未別案下文云曾聞過去空閑之處有一比丘讀誦如是方等大乘既言方等豈非文耶方等之教

通於三乘新本云欲生人天欲得四果支佛欲得佛皆應懺悔滅除業障安處方等其義無疑而難者言新本云法界無異乘此害於通義然方等滿字通別通圓此旨非妨難者以不列同聞爲疑胡本尚多何必止四卷七軸或其文未度爾如此斟酌五味明義則第三生酥攝若四藏明義則雜藏攝四教明義則通教攝通教之中即得論帶別明圓也

金光明經玄義卷下

音釋

沓 徒合切重沓也 駛 踈士切疾也 壅 於用切塞也 襃貶 襃博毛切揚美也貶方歛切抑損也

金光明經玄義拾遺記

宋四明沙門知禮述

清刻龍藏佛說法變相圖

金光明經玄義拾遺記卷第一 并序

宋四明沙門知禮述

問曰昔者寶雲法師甞有撰集賛釋玄辯近歳孤山闍梨又以章記表明微旨今復纂述其故何哉答曰寶雲講次學徒隨録義或闕如未及補治不幸歸寂孤山之製多事消文復於中間毀除觀心斯實不忍今故秉筆拾先師遺餘之義拾後人遺棄之文使教行二塗不至壅蔽但諭新學達者無誚吾之煩辭也時天聖元年歲次癸亥四月望日序

題有六字上四所釋下二能釋能釋乃通由智者師解釋諸經皆立五義故以所釋揀非他部入文廣解經題四字故不預叙能釋二字者玄謂幽微難見也義謂理趣深有所以也其幽微義而有五重蓋一經始終能詮之

名所召之體即體之宗宗成力用此四言教通局相狀大師搜抉如是五義解釋一題欲令學者預知經旨然後尋文使於文文成智行故斯是道場持因靜發稱會佛心演茲奥旨故不可以暗證者及尋文者同日而語也幽微所以豈虚名哉能説師號者天台即棲眞之處智者是隋主所稱大師乃群生模範説者揀異他師握筆撰述也若始終事迹具彰别傳今略不書二釋文二初釋序文二初總示法體此者指定之辭也金光明者所示法體也甚深無量明體德也應知此經三字别題是法非譬何以知然經叙如來游於無量甚深法性諸佛行處乃住此定而便唱云是金光明諸經之王豈非直指所游法性名金光明不云法性如金光明而下文所立譬喻一釋者蓋以諸師解金光明爲世物象用譬如來所得深法諸師雖乃用譬顯法其實不知法相圓融隨名局解是故不能徧譬諸法大師欲示金光明海無法不備無法不融故順諸師以金光明三字爲譬具足比況佛之所游略則十種三法廣則一切法門一一互融皆不思議此乃格他譬法不周因此廣顯法性圓具然雖順他以譬顯法其如經題是法非譬故後自立附文當體二種解釋斥彼義推譬喻踈遠依經就法方爲親切斯由大師深解法性可尊可貴當體名金寂而常照當體名光大悲益物當體稱明是知法性具金光明眞實名義究竟成就也除法性外所有名言皆無實義故金光明三種法門舉一即三全三是一非三非一而一而三不縱

不橫絕思絕議是祕密藏佛所游處又復應知以金光明示法體者即五章體蓋由此經以金光明爲名以金光明爲體以金光明爲宗以金光明爲用以金光明而爲教相亦可三字別對五章以金爲體以光爲宗以明爲用總三爲名分別三名而爲教相法體既爾體德合然甚深是光之德窮法性底故無量是明之德達法性邊故此二不二是金之德法性究竟尊貴義故亦可三義皆甚深皆無量皆不二五章之德莫不如是二別明教意上已總示五章法體今乃別明起教之意初叙說經意即如來顯示五章二叙宣通意即是智者流行五章初自爲二初據理絕言蓋由至理但可妙證難以狀名二赴緣可說此約大悲無說而說說必利人初又爲二初約

我辨上至極果下及庸凡皆不能令妙理有說更分三初明果人不能盡喻四佛說偈山斤海滴地塵空界皆不能比釋尊壽命此之四喻虛空最大以山等三依空立故虛空雖大而是妄心變起之境迷眞故生悟性則滅與眼作對心緣所及安能盡喻不可思議金光明耶故經云空生大覺中如海一漚發寧將一漚類乎大海空尚莫喻三那可論問經云空等莫比釋尊所得壽命今何得云不類大覺及金光明答覺性若少金等三義則不名大釋尊壽命義當於明不具金光則非永壽一法不少三法不多生佛無差體用不二若不爾者非方等義四佛世尊喻不能及彰理絕言也二明因位未能窮源上舉果佛證雖究竟而法本寂滅故言喻莫彰今辨因人

未到性源故擬議非及此自爲二初約喻以智斷斥日輪赫奕喻智德般若嬰兒之眼喻空假觀慧既違本智則非佛眼故於智德赫日非所瞻仰大舶樓櫓喻斷德解脱新産之婦喻生法緣慈既異無緣則無妙力故於斷德樓櫓非所執持此約圓果三智三脱斥前三教菩薩悲智故也若圓菩薩脩既即性則能從始不乖二德然雖解即若因望果智有明昧力分强弱是故因人於果智斷亦非瞻仰及以執持須了智斷名爲光明二德不二即是法身復名爲金雖用二斥乃顯未窮三法源也二約法以因果定偏圓菩薩皆能伏斷隨其所行悉名清淨今圓極果所行法性超越一切故言過也於金光明極證之人尚不能喻未窮源者寧可言耶三明凡小全迷

所以二初小偏圓菩薩發曠大心有分證智於金光明妙絶之理猶尚不能騰象立言況復二乘滅心自度如聾如啞豈能思說諸佛行處二凡三乘賢聖雖小異大因不及果而能修證三諦理智尚莫言想金光明海況凡外之徒本非其分隨語生見故言則傷實既執無言故黙則致失若具論於言乃有單複及具足句具論於黙則於三重四句之外各一無言并擯子部我在第五不可說藏此皆邪外發語黙見也若悠悠者及學佛人惟理之心非語即黙於兹二處增見長非雖非神我全當人執故四教四門皆生語見離四即起無言之見故起信論明五人執皆是執於如來藏起今之所斥正在此人故言與黙皆云不可如是具論凡夫起見之語黙二乘偏

證之思說菩薩未極之智辯皆不能詮至圓之性上至果佛純淨心口究竟說證亦不能喻者蓋顯金光明本來祕密離言說相離心緣相俾乎行者辭喪慮忘二引文證二初大品彼經及論明先尼梵志本雖邪外道機已熟詣佛請云令我此坐不起得眼佛爲開決證須陀洹佛還詰其悟理之智由內觀故得是智耶答言不也外觀及以內外俱等得是智耶皆答不也此乃四句言想都絕方得預流小智尚爾況金光明乎二大經初文總泯一切思說又生生下別忘四說今家以此泯於四教言思之道實因緣生成所生法故名生生三藏教也幻有之生即是不生名生不生通教也不住不生立十界生名不生生別教也圓教名爲不生不生者理本不生事即理故事亦不生名不生不生性本不生順修即性修亦不生故二不生惑體空故不生智用忘故不生故二不生無因可修故不生無果可剋故不生故二不生自他感應諸相對法性皆不二本寂滅故重言不生四種皆云不可說者斯有二意若當分者四教之理但可智證皆不可說身子云解脫之中無有言說三藏也三人同以無言說道斷諸煩惱通也無言童子非凡非聖非有非空故不言者別也諸法寂滅不可言宣圓也若跨節者圓妙之理都不可以四種言示尚叵圓說況三教耶如此皆彰法金光明是祕密藏不可思議矣二赴緣可說金光明理雖離相寂滅若忘情而證以四悉檀無說而說則令衆生獲益無量文自爲四初明有緣須說大經四種

不可說後即云有因緣故亦可得說豈非赴緣可作四說言有因緣者十因緣也於十二中唯除未來生死二支此是因緣所成果故過去無明至現在有此十皆是能成因緣能成四教所得之果何者以無明支乃是過去愛取之心以有此心故佛菩薩示以四教種種名義既愛且取乃依四教起四行業即無明緣行也此業能持稟教人識來託母胎即行緣識此識隨於四教業緣成名色等四種之果即是識緣名色乃至觸緣受也既四教業感今五果故於受心還愛四教即受緣愛愛必取索四教之法即愛緣取也愛取若深則能勤修四教行有即取緣有也有必招果故於現當成就賢聖之果此乃衆生有十因緣故於是諸聖說四教法未種與種復以四法令已種者熟復以四法令已熟者脱說有此益是故對緣不可不說二明此說可尊通論赴緣則一期四教今別對機示此經五義而其五義一一尊崇更分爲二初列經五義以金爲名等者名有三字一必具二金最上故光明亦然法性爲體雖通一切如來所游唯局果證通之盛也局之極也特舉義者三字所標即是究竟第一義也莊嚴菩薩等者下文定宗專取於果今云菩薩者剋果人也既能莊嚴深妙功德即果四德深妙之極也語雖帶因意正在果照耀諸天等者諸天鬼神皆大菩薩法性光明照必增道是故大權心生法喜顯經力用廣而復深文號經王等者此部多文稱金光明諸經之王王能統領故教攝衆典然疏釋經王以文理合而爲中

道是經復是王於九種經而得自在文是能詮理是所詮文理合故能所互融若教若理皆名中道悉是經王疏以經王叙體即所詮是中道也今以經王叙教即能詮是中道也若非中道教莫詮中道理慎勿僻解以所名能稱中道教二結示可尊以金爲名故貴果理爲體故極究竟三身故宗深無物不益故用大文字即中故教稱王是故五章一一高廣三明尊故諸聖護持二初極果護持所詮妙中一切法趣名不二體一切如來證此體故依之住持常所護念令諸衆生八倒不起經表四智故舉四佛其實此體無佛不護故云三世十方亦復如是故下經云十方諸佛常念是經二大權宗奉一切菩薩等者下讚佛品云爾時無量百千萬億諸菩薩衆從此世界至金寶蓋山王如來國土到彼國已五體投地爲佛作禮向佛合掌異口同音讚歎於佛疏云陳列讚衆至彼國土故云徧他方以遥禮樹神善女等者亦此品文菩提樹神讚偈中云我常修行最上大悲哀泣雨淚欲見於佛諸天覆之等者四天王品散脂及鬼神品皆廣說常以神力護說聽者并其國王及以土境堅牢地神品大辯天品功德天品各於品内廣明饒益行經之者此諸菩薩及諸天神多是古佛却來或乃分眞垂應遥禮稱揚如來功德護持饒益說聽之人皆爲宗奉經王流通方等若非法門至妙曷能禆賛惟勤四明說故其益該博諸有悉乾枯者懺悔品云三有之中生死大海潦水波蕩惱亂我心其味苦毒最爲麤澁如來網明能令枯

涸諸有不出欲色無色三有故也三塗除熱惱者四王品云是經能令地獄畜生餓鬼諸河焦乾枯竭舉要等者壽量品云爾時三千大千世界所有衆生以佛神力受天快樂諸根不具即得具足舉要言之一切世界所有利益未曾有事悉具出現說經利益不止能除三塗諸有報苦而已應明二十五有十番離苦十番得樂能令究竟金光明顯方是具論未曾有事出現之相二叙宣通意上之所明從本寂理赴緣立說皆叙如來說經之意今是智者自叙智力取義釋題依文顯義通經之意也自分四初聖者讚護已欲開談先思上聖讚歎不已護法忘疲故希聖之心有自來矣金龍三世讚歎者信相菩薩過去爲王號金龍尊廣說章句讚歎諸佛願於當來值釋迦佛今遂所願乃於此會以偈讚佛金龍尊王是過去讚信相菩薩是現在讚又有誓願未來無量阿僧祇劫在在生處夜夢金鼓晝如實說即未來讚也是彼一身三世讚歎問金龍三世皆讚於佛安得類宣金光明經人法既殊若爲通會答攬金光明無上實法而爲果佛無上假人離法無人離人無法讚佛之語乃是宣揚微妙心色此之心色即金光明如馬鳴大士歸依三寶以救世大悲者爲佛以彼身體相爲法就佛歎者即是剋體讚金光明也地神等者其品堅牢白佛云隨是經典所流布處敷師子座令說法者坐其座上廣宣此經我當在中常作宿衛隱蔽其形於法座下頂戴其足上聖重法所以尊人二凡師軌則二聖深證尚歷劫稱揚屈身

敬護況外凡下位稟法勵行豈不弘宣者耶三託義與言託上諸聖護法之義與今五章通經之言四稱法求益消露禽鳥喻通經之善入海向山喻此善順性實藉片緣即上所喻之善同均鹹色即今所冀之益蓋言消露微善願同性海一鹹味也禽鳥片緣願均佛山一妙色也山謂妙高四寶合成東黃金西白銀南瑠璃北水精鳥隨近處皆同其色然一念隨喜尚功等虛空五品流通豈善同消露特是大師以凡望聖謙巳尊經意誡後昆不自矜伐矣二釋玄義二初列章科判初釋題即玄義二釋文即文句此卷標名但云玄義科文順此是故不列釋題釋文二段科目今列章科判何妨對下文句爲釋文判今玄義爲釋題於釋題中先列五章是其所釋就此五章而作二釋所謂總别以兹二釋皆釋五章故二依科解釋二初總釋二初生起二揀别若廣論總釋如法華玄總釋五章而作七番一標章令易憶持起念心故二引證據佛語起信心故三生起使不亂起定心故四開合五料簡六會異起慧心故七觀心即聞即修起精進心故今文從略但作兩番唯起二心生起起定揀别起慧定慧若立諸行皆成也二中初生起名居初者是能詮故而名是假必依實法所謂聲也由聲屈曲方成名句推假由實故論此土音聲佛事然若從佛及善知識名則因聲若從經卷名雖因色而其色經本集聲教故從經卷亦云聞名此從自行初稟名言也體居次者名是能詮如標月指體是所詮如所標月若失意者執指爲

月不唯迷月亦失於指若得意者忘名得體不唯識體亦不昧名今論得意故云以聞名故次識法體也宗居三者宗即是行行能進趣從因至果若不識體則不成行此說猶通若前三教識眞中理緣理修觀亦得名爲體顯次行今明圓宗全性起修若不識性以何爲修性是本覺修是始覺本覺無念徧一切處即以此覺而爲始覺故不思議境即是觀此之觀行方是圓宗故知體顯次行文寬義緊須善解之用居四者以宗成故方有力用言宗成者顯體竟也全體起宗宗還顯體全鑑發光光還顯鑑顯鑑既畢現像無遺是故宗成能徧益物教居後者用能益物益物之方在乎施教故教當五聞名等者然名之與教俱能詮理以約自他而分兩章自行始稟從名命章化他初施從教命章有始有終等者即二始終尋名得體宗成發用自行始終也施教益他他亦尋名乃至發用仍成始終故知五章有二始終文舉二始形出兩終矣二揀別二初料揀三初問起約極略極廣而爲問端引處中答也二答通若名數大廣既難憶持修觀智者望涯而退若章段太略顯義不周習名教者不能生解故立五章豐約得中則令行者義觀俱成於第一義易得明了三結示二分別二初正分別二初約六種即是總別理事因果教行自他說嘿六雙料揀五章也總別者前一章即釋名也總金光明三字爲能詮名次三者即體宗用也派三字爲別者以金別當於體以光別當於宗以明別當於用故稱爲別後一章即教相也兼

於總別者乃是分別總別四章教味相也次理事者體是四章所顯之理四章是體所起之事三因果前三是因後二是果者據下明宗定在於果合云前二是因後三是果恐文悞也然體非因果而是因果所顯之理尋名得體猶是因中信解顯理未是宗成果顯之理故分屬因四教行前四是行者對後施教故前皆行何者名是行法體是行本宗是行果用是行德五自他復以五章皆名爲行而分前四屬自利行用屬自利者自在應用緣因顯故猶屬自利唯後設教屬於利他皆名行者以由二利悉爲作故六說默以自四章既當自行悉須忘言故皆屬默後一化他赴機設教故當說也並云聖者離語默見是聖人法故二例餘義六種之外解行修證縛脫體用感應等種種義皆可分別五章之相避煩從略耳二約喻顯二初立喻顯即示也中當即五章也分明包富即法喻之德也包富如囊中有寶分明如探以示人故大論云解釋佛經如囊中有寶繫口則人不知應爲解佛經囊釋其道理今亦如是用此一譬顯示六雙故云皆爲分別作譬也二合六種總總於別別別於總對譬可見理具四章如囊有寶全理立四如探示人因具果德如囊有寶從因顯果如探示人行蘊於教如囊有寶教詮於行如探示人利他之法自必修之如囊有寶還將自修而利於他如探示人默然圓證如囊有寶如證而說如探示人不但六雙諸皆可譬二別釋上一一番皆通五章故曰總釋今則五章逐一解釋於釋名時不言餘

四釋四皆然故當別釋大分爲五初釋名名即一部所列名言今就總示以題爲名此自爲二即通別二名經之一字即是通名通諸部故金等三字即是別名別題此經故今家解釋諸經題目但作通別二名分之不云經是能詮餘是所詮稟山教者切在知之初釋別名二初定三五詳略無妨以今四卷是曇無讖譯但標金光明三字而爲別名無帝王兩字若眞諦所譯七卷之題即於金光明下更有帝王二字此本題中雖無帝王之言而於經文有經王之義故釋題者於其三字說與不說二途無妨又應大師頻宣此典釋題之際帝王之名存没適時故使玄文本有廣略二約文義先後而釋二初據文先釋三字二初約教義釋謂教詮義理二約觀行釋謂修觀成行此乃今家教行俱明義觀兼舉欲令稟者解行功成也初二初標列五中前二兼通號後三唯別名三中初一順古立後二唯今義二中附文有理事當體獨在理二正釋五初通別二初揀示通別四初泛明三通別斯蓋大師深解二名不獨召於通別二教亦乃召於通別二行及通別二理故云依教明行行有通別從行顯理理有通別故三通別皆二名召是故諸部有但就理立二名者即如來藏經等藏乃別在妙俗之理經即通理有專就行立二名者即楞嚴三昧經等楞嚴既異偏小三昧即是別行經即通行有但以教立二名者即遺教經等遺教既異諸教乃是別教經即通教或以教爲別名行理爲通名如維摩詰所說經等說既是教所說經

即行理也或以理爲别名教爲通名如寶篋經等實相如寶此經如篋教含理也況諸部中以理爲經其類非少此部乃云十方諸佛常念是經華嚴云破一微塵出大經卷法華云此法華經藏深固幽遠無人能到又云爲諸佛護念殖衆德本入正定聚發救一切衆生之心成就四法乃得是經疏云四句即開示悟入佛之知見知見得經非妙理耶以行爲經如小彌陀經云諸佛出廣長舌說誠實言汝等衆生當信是稱讚不可思議功德一切諸佛所護念經既指功德爲所護經經非行耶佛自問起何名諸佛所護念經佛自釋云若善男女聞是經受持者及聞諸佛名者是人則爲諸佛護念得不退轉於阿耨菩提以所護念經爲問以能修行人爲答豈非以行爲經又大彌陀經中彼佛談行皆云說經故知行理爲經甚多所出不可但以教名爲經通經既具教行理三别名具三顯然可見二揀二用教三通三别今家釋題諸部已委故置其二且就於教明通别相只此一釋已能揀異諸家釋題何者蓋以諸師獨以經字爲能詮教餘字是所詮理豈知二名俱在於教三明教功能通别二教相須而立能詮理故問此云理無名字名字名理與當體章眞諦有名俗諦無名頓爾相違云何融會答彼辨眞俗此明理教彼以圓教所詮爲眞而以凡人所見爲俗眞既本具究竟名義故曰有名俗無實義故曰無名今之理教俱就圓論理無名字者乃彰本寂離名字相名字名理者非謂凡俗著相名字乃是圓教稱實之名

由理具德能應諸名故一一名無不名理取喻虛空無長無短而能應於長短之數故一一丈及一一尺無非虛空當體章云眞諦有名既就圓談非定有之有乃無名之名故彼有名與今無名其義一揆同起信論云眞如義先明離言次明依言雖分二義只一眞如故荆溪云性本無名具足諸名是知今文與當體章略無乖舛又引般若總持之義雖無文字而云總持若不具足眞實名義豈稱總持深見有無義不相反四正明教通別上巳雖說教之功能而未明示通別之體今取文字爲教通體乃取所以爲教別體何者詮善詮惡示偏示圓皆用文字其教則通所以者能詮意趣也文字隨於意趣而轉意趣不同故教成別應知全通爲別以用文字詮所以故別不離通以其意趣用文字故今之通別皆在於教故二皆能顯也二經題通別二初徧示諸部二初正用通別釋題二初通聖說該收一代聲教無非文字從經至言皆云一者趣舉一也即衆經中趣舉一經乃至群言中趣舉一言列則自廣之狹數則前少後多謂經少時多乃至句少言多此等皆是聖說說必文字故知文字是教通體文字通故通稱爲經二別二初明別相即能顯之所以也聖說言句意趣雖多四悉收之義無不盡世界悉檀使世諦不亂如華嚴異於阿含方等異於般若令欣樂故爲人悉檀便宜不同令發善故對治悉檀破惡緣殊令滅罪故第一義悉檀入理機別令妙悟故故說諸經名相有異二結四悉悅宜對悟配四可知若說一

經皆由四悉此四彼四意旣不同是故諸經稱爲斯別二喻顯通別成教鹽梅鹹酢組織經緯皆喻文字之通所以之別滋味文繡皆喻諸經名相之異也二的判此經二初釋從別所以等者別明今經四悉意也有世界機聞三身常忻樂讚用有爲人機宜聞讚歎三身生善有對治機堪修懺悔破三障惡有第一義機合悟諸佛行處之理從此別意故說此經部雖四悉皆從金光明法門獲益故標三字以彰教別從通文言等者四悉所以雖異衆經而一一悉皆須文字文字之體乃通諸部故標經字以表教通二結二翻譯今之題目雖是識本然真諦所翻金光明帝王經題名最委悉故大師用之定其華梵故前文中論題詳略帝王二字若說不說俱亦無妨

也三譬喻釋若准第四附文釋中明斥譬喻義推踈遠非是佛語驗知附文及當體釋是今正意若譬喻釋文相雖廣蓋見古師雖用譬釋譬法不周翻屈此經所詮之義因茲大師同他用譬徧譬一切圓融法門此之法門雖從譬顯乃是預示當體釋中法金光明諸異名耳蓋由法性具無量德有無量名名金光明亦名法身般若解脫亦名法報應亦名正緣了乃至名苦惑業一攝一切一切入一以約所譬說此義已至當體中但定三字非譬是法法必徧融則於一切無二無別然若得知法金光明是諸三法中一種名者即曉此經立題之旨也此自分二初古師釋三初數師二初叙舊經師者即是舊來講此經人也本弘數論兼講此經以譬釋題對於三德

二破章安記録智者之義故云若大師云有時亦云天台師云或今師云先破違宗既其本論但立二身何故釋經而用三德若開二身釋三德者己宗則壞故云於論不便次破乖經若云本論雖但二身爲順經文須用三德者經文何處明示三德若云經雖無文推義合有者則何所不通合具一切三法豈獨三德耶既違本論不會今經故無取也二地人二初叙地人者本弘華嚴十地論兼講此經也此師釋題縮三爲二金質之上雖有光有明若望金體同名爲用又定此用不從外來故云自有譬般若解脱雖是二德若望法身同名爲用此之二德不從修成故言自有此師秖以體用二義釋今三字也二破論明三佛者論釋舊經故有三佛一毗盧遮那法身也二盧舍那報身也三釋迦牟尼應身也正合此經法身應身化身之義若用三佛爲此經題三字所譬則於經論義不相違故云自便那棄三身自立體用特違己論若云本論雖説三佛爲順此經須談體用者此經新本顯以三身而立品目品内三身燦然可舉若今舊本雖略此品而三身名義經中甚多如四王品云佛眞法身猶若虛空應物現形如水中月既水月是應豈空中無月空月即報也天辯巧故以二顯三又如別序如來游於無量甚深法性釋迦如來應身也游必妙智報身也深廣法性法身也又懺悔品以桴擊鼓出大音聲鼓即法身桴擊即報身出聲即應身故知三身名義不少有何一處但言體用進不會經退違己論故亦揀之

金光明經玄義拾遺記卷第一

音釋

詰(溪吉切問也)　裨(賓彌切助益也)　涸(乎各切渴也)　酢(倉故切酸也)

組(側古切組綬也)

金光明經玄義拾遺記卷第二

宋四明沙門知禮述

三眞諦親譯此經名金光明帝王經而自約譬釋茲題目文分二初叙三初標列諸師之中眞諦稍勝能以一譬譬三法門三法皆三二釋三初釋三身彼經三身與法報應二三名異其義是同第二應平聲身此是妙智與法相應與報義同第三化身應去聲機而化與應義同二釋三德金有四義以譬法身具足四德一一法譬其相顯然光明各二義譬般若解脫各具二德光云除闇明云無闇義有何別光能破闇故名爲除闇更不生故名爲無乃以除闇譬般若除惑無闇譬解脫衆累永盡此師雖昧三德互具以譬對法不無所以三釋三位復用三字喻正緣了乃以三性對於三位文義亦顯三料揀揀三身者法身是性故是實二身修成故不實揀三德者法身是總體故具四德二是別相故各二德揀三位者正因在性故本有了因修證故現有緣因在果故當有二破以眞諦釋義出諸師語與今濫慮其後學不見其過執非爲是復欲對彼不融之義顯今圓妙之談是故破斥其文稍廣文二初總破彼以三種三法解今題目故云三三大師評之三義不了一因果義二別圓義三法性義既其不通有乖不稱故云不了二別破三初舉三失二釋三失三初因果不通問眞諦但以三因分對三位何故破云分置三德殘缺不足答一切三法秖一三法以具衆德故有衆名常樂我淨故名三德可尊可重故名三寶不生不滅故名三涅

槃諸法聚集故名三身是如來種故名三因即事通理故名三道既其法門體本不別故分置三因即是分置三身三德兩節注云云者令準大經說圓三德互具之相法身即云直法身非法身法身必具般若解脫般若即云直般若非般若般若必具解脫法身覈出解脫合注云云例上故略以直解脫非解脫解脫必具法身般若彼既分置乃令三位各唯一德則因不攝果果不攝因故云不通二乖圓別先舉圓別四德之相然後方斥乖違之失圓四德者法身乃是性中三德法身常我般若故淨解脫故樂此四在性但名法身全性發修必成三智智冥性德同性具四從照了義但名般若智合性故解脫應機既全性起必成三脫是故同性具於四德從起用義但名解脫般若契性同性具四其相易知故不別示解脫應機起成外用同性具德其相難解故今別示果即二死脫此苦故名為樂德因即五住脫此染故名為淨德永無二縛性即自在故名我德惑因死果是生滅法本來解脫非此因果故名常德雖是離縛說此四德然縛本空是故四德全同於性別四德者約三身說法身具二常即常德實即我者法身堅實方有主宰及自在義是真我德應身智慧照破惑染別當淨德化身三昧即首楞嚴普現色身拔苦與樂故名樂德別是教道故以三身分對四德今明圓別二四德者由此二教多無異部聞說三身具於四德失意之者分隔而解即當別教其得意者互具而解名為圓教知一一身皆即三身故一

一身皆具四德若三身不融四德乃別故善談別教即共有四德善談圓教即各具四德融別即圓分圓即別明二教已乃斥乖違三藏所明共四不成故乖別各四不成故乖圓三不稱法性三法不改名之爲性一切三法皆二屬修一在於性逆順二修皆在於性一性全在迷悟二修故使三法横該十界依正色心竪徹三位迷悟因果是故經稱無量甚深之法性也若其稱此法性而談則於三位位位具三一一該徹今具言此即是破他也此自爲四初引淨名破道前據此三文驗知道前不獨一法然須了知菩提是智德至果方證得涅槃是斷德至果盡滅惑經既顯云不可復得不可復滅乃是性中已具果德豈非道前具金光明他云一金安稱法性二引華嚴破道中初發心者發心住也便成正覺者能現八相也此是圓教十住位中第一位也住前圓修登住圓發發於性三即慧身等三身三德一切三法且以一三以破眞諦立道中位但一了因初住之後至于等覺皆名道中位位三法漸增如月華嚴圓說乃稱法性無量甚深證則俱證驗彼分割實爲不稱三指前義破道後具三如上說者前破因果不通文云三身三德本是果上圓滿之名而今分置三德殘缺不足又云道後衆善溥會何得獨有解脫彼義自壞故不別引經四約圓總斥據前引經位位圓具豈各一耶三約喻斥經談法性稱無量甚深若金光明横周竪亘無德不備無位不通其猶鳳之威靈龍之神異眞諦所釋德既不備位又不通如虡

縮於鳩巢若槃迴於兎窟豈不辱禹門之鱗鬣丹穴之羽儀俱無壯勢耶上三句皆喻後一句法合故云非法性之圓談矣二今師釋六初舉今異古通異諸師是故都云義則不然二據經斥局若論無量不少於事以從法性故增勝說云理無不統也中道經王豈與理異今且從事故云何所不攝此如法界之橫三諦之竪不分而分也豈止三三九法者別斥眞諦也三稱法釋題經云無量意顯橫該復云甚深意彰竪徹今以三字偏譬橫竪一切法門方稱經意不違王義四捨廣從要據金光明所譬法門長廣無際何教名相而不統收既淵且博慮其始心言想不及故於一切取要談十以爲行者悟入初門若入此門何法不見五列章六正釋三初標十數二初正標名數二略示功能二初約逆順生起顯十法該括始終二初徵二釋三初略顯示捨於無量取十種者蓋由此十該於逆順括於始終而其兩番皆成次比二正生起二初約施教逆推理顯由事二約立行順修即妄歸眞此二生起初從法性無住本立一切教法二從無明無住本立一切行法問法性無住立於教法依何文說答此文當體章明諸聖人依眞立名乃引淨名從無住本立一切法既引此證依眞立名豈非法性無住故立一切教耶然若具論從無住本立一切法不出四重如妙樂云理則性德緣了事則修德三因迷則三道流轉悟則果中勝用如是四重並由迷中實相而立（上皆彼文）今之初番是彼第四果中勝用今之後番是彼第二修德三

因問初番生起始從祕藏終至三道合當迷故三道流轉何以却對果中勝用立教法耶荅今云祕密藏顯由三寶等豈可迷理而由三寶及諸三法耶故知須作依理起教釋之方允况今逆順二種生起與法華文句釋開示悟入約位智門觀四義生起逆順意同故彼文句云見理由位位立由智智發由門門通由觀觀故則門通門通故智成智成故位立位立故見理記釋云此逆順生起者初明所由於能次明能顯於所今文初番豈非所由於能次番豈非能顯於所耶得此意巳方可消文初文者三德之理是佛極證絶乎名相曰祕密藏此藏得顯功由覺智與不覺理合是故如來示現三寶而其三寶立由斷德故說三涅槃涅槃得成復由智德故說三身身由乘至故說三大乘乘由行通故說三菩提菩提由智照故說三般若般若由性發故說三佛性性種元由解了名義故說三識識解本由三障即理故說三道都由三德祕密法性無堅住性是故大聖以此法性無住爲本立九名相及一切教法此番生起爲後解釋十法立也釋次文者上辨大覺證三德藏以無住故立諸教法極至三道今辨衆生處於三道由無住故成諸行法極趣三德三道復以無明爲始無明明故業苦皆轉轉迷成解了別聖言故成三識解爲乘種即名佛因故成三佛性種熏本覺故發智慧名三般若智能道行行大直道成三菩提智行契性無不運荷成三大乘乘辨報智上冥下應即成三身身永離惑不生不滅名三涅槃斷德自

在施恩利物故現三寶利物功成自他休息同歸三德此酱生起爲後十重觀心立也三總結示逆討教由順修觀行皆成倫叙也二約無量甚深明十法皆悉高廣三初徵起二解釋二初約徧攝明無量三初明各具十法三德法界既無邊量有何法門而不包攝且從其要具於九種自體本是常樂我淨故稱三德能具所具即當十法三德既爾餘九互具可以意得故不備陳二明各具一切一具九三既從要說當知一一各具一切三法門耳

法性無礙能應諸數故一法門能具一切一數法門復具一切二數法門乃至河沙名數法門無不能具若解法性無量之義於此不昧故云可知三引經證結經即華嚴趣舉一法爲法門主其餘一切皆爲眷屬一法既爾彼彼皆然方於一中能解無量如是解釋方稱法性無量義矣二約豎窮明甚深上約無量始從一法至河沙法豈不豎高但未約位義具屬横乃即豎之横今明甚深一一法門皆約三位及以六即即彼横法各示豎深文三初約十法共論三道三識是迷時法故屬本有三德三寶是果後法故屬當有若三佛法至三涅槃始自微因終剋大果皆是道中故屬現有若昧三法高廣之義見今配對謂爲分割須知十三秖是一三蓋一法性無量甚深具十種德立十種名一三不獨十三不分若其三道在本有位已攝九三若言三德在當有位亦攝九三中入皆爾又一等者一法具九能所有十亦以此十分對三位此十

既是一法中具即當一法徧在三位顯前分對故非隔截三約各具六即示一一法門者十中一一一中具九九中一一一法乃至無量河沙一一法門無不竪通六即之位何者蓋一一法體是法性無量甚深博地全迷唯有理是若蒙說示於一一法名字知是深廣法性五品位人觀行知是六根淨位相似知是四十一位分眞知是唯妙覺位於一一法究竟知是深廣法性故成竪義也復以六即對乎三位皆就横廣而論竪深故但結爲甚深之義三結歸秖以三字徧譬横竪窮邊極底法性經王文旨俱得二釋十相四初標二結前生後三勸須信解取大經意以人肉眼對佛智眼而辨勝劣常人肉眼但能分別色相同異五品觀行雖是肉眼名爲佛眼能見

佛性祕密之藏今之解釋十種三法一一祕密非三智佛眼何能分別淺深同異淺深對偏三教爲淺唯圓乃深同異明圓十即是一爲同一即是十爲異同異俱時淺深宛爾大師已得此之智眼今爲須宣偏圓十法而懃行人未開此眼故勸深信生於圓解依乎名字分別十門四正釋十相二初正解釋十初三德四初標名略示三是法體四是德相二約圓廣釋二初釋三以軌釋法深廣法性軌不軌之但由九界雖軌而違故於法身而成苦道諸佛順軌能於苦道而成法身以聚釋身者一色一香無非中道一切趣一一切皆然名之爲聚一切衆生等者良由佛身具一切法一切衆生各於一法眞實識知則眞知佛則眞識佛故佛是一切眞善知識華嚴亦

云一切法不生一切法不滅若能如是解常見盧舍那釋般若中集即俗諦假智照故諸法集成散即眞諦空智照故諸法散壞雙非即中諦中智照故諸法絶待三智一心名爲般若釋解脱中諸法不出眞俗中三旣於此三不染不住名三解脱即三惑累永不相應二釋德三初明法身四德一一法者生佛依正至一隣虚一刹那念無不圓具微妙四德約三業明淨德者十界三業皆與六染本來遠離名法身淨法身四德妙而無類强以世金四義爲喻二明般若四德即體之智還冥於體旣其不二豈智功德少於法身是故般若亦具四德大品經中果有此義言色淨者陰色即性故是法身合具四德爲成蕩相且舉一淨淨德不孤必具餘三合云色常故般

若常樂我亦然言諸義皆成者即是體具清涼不變義眞實識知義光明徧照義乃至過河沙諸功德義智旣冥體是故般若皆成此義故復引經色大色無邊立廣大義例明深奥立豎高義般若皆具也境但色者色居陰初是法界首故經先舉旣色具四德受想行識界入諦緣六度道品至于種智皆常樂我淨是故般若常樂我淨此乃般若具四德也三明解脱四德前破古文已別列四故今約義總明合有而有二義初約諸惡永盡諸惡不過無常等四旣離四過合具四德若其別論無常等執但在二乘若通論離無常等障唯佛方盡今就通說次約衆善溥會善法雖衆豈過四德會集旣溥德必無虧是故解脱具足四德三引證體圓引三文者初文之意

乃明解脱同於法身具足四德次文通論三德意在法身所照法身必三德故經雖闕於般若之文而盛說三因因是智性三因圓故即是三智各具四德言三點具足等者哀歎品云何等名爲祕密之藏猶如伊字三點若並則不成伊縱亦不成如摩醯首羅面上三目乃得成伊我亦如是解脱之法亦非涅槃如來之身亦非涅槃摩訶般若亦非涅槃三法各異亦非涅槃是則三法離乎縱横一異之相方得名爲大涅槃也點是文字者蓋天竺新伊三點如此方草書下字復有細畫圓連三點故知點點皆是文字以喻三法法法互具皆大涅槃三點悉備四德者若迷三點皆是文字安令三點悉備四德以法身常我般若是淨解脱是樂既點點收二則點點成四故知三點之法身方具四德三點之般若三點之解脱方具四德故云悉備及具足也所言三智各具四德者智是般若以收二故二皆名智乃成三智是將三德而爲三智故令三智各具四德三德若此安可思議故得名爲祕密之藏四結前生後良以三德與九法門無二無別一章得解餘九應知猶患聽徒未窮旨趣故難緘默更爲宣通耳二三寶二初約圓釋義以佛法僧皆具四德是可尊重故三名寶此與三德其體不別蓋具覺不覺和合及以可尊重義是故依義立三寶名今明三寶是一體義而文略難見觀音玄中其相稍委今具寫之用顯此義彼文云以實相慧覺了諸法非空非有故名佛寶所覺法性之理三諦具足即是法寶如此覺慧與理

事和合名僧寶與事和即有前三教賢聖僧與理和即有圓教四十二賢聖僧今釋曰佛必三智略語雙非法寶乃云三諦具足此之三諦即差無差性中理也無差而差性中事也慧合無差三諦即有圓教僧慧合而差三諦即有三教僧今佛法二文與彼不異但小略耳其僧寶相語異義同須會其語今云毗盧遮那即彼所和理也徧一切處即彼所和事也彼文理事雖各論和其體不二是故今云即事而理此之事理皆法寶也能和覺慧是佛寶也今文從略但舉所和以顯能和是故結云此和可尊須知秖一三諦而分事理圓融三諦名之爲理即融而隔三教諦理名之爲事佛寶權智與法寶事和應現三教賢聖僧寶佛寶實智與法寶理和應現圓教賢聖僧寶彼云四十二賢聖爲圓僧寶故知應爲妙覺亦名僧寶以其法報屬於佛法二寶故也故釋摩訶衍論云等覺已上有真僧寶又華嚴中以統理大衆爲僧寶者豈非應佛應佛對機統衆之極也此之三寶一人一念皆能具足名爲一體實通六即文從真證能垂應說故云四十二也二例餘對喻三德三寶名異義故聖以四悉廣布不同其實體性無二無別故用三字復喻三寶然此同異三昧智眼之所知見非尋名者依教安布當生信解即聞而觀證悟在邇三三涅槃二初約圓釋義涅槃之言章安疏中有多翻譯今取一翻不生不滅明三種相義甚分明三種別名性則不改淨則本空圓則智滿淨則惑盡方便則赴機淨則無累三種通名名通義別

隨文自見性淨中諸法實相者修善修惡徧收一切名爲諸法修全是性相相皆實故名實相非謂諸法内有實相亦非修虛其性本實諸法當處旣皆眞實故無法可染亦無法可淨旣無惑染豈有法生旣非智淨豈有法滅是故名爲不生不滅圓淨者據性而論雖無染淨約修而說惑智宛然惑本違理智若契理惑永不生智旣順理若理全顯智永不滅故惑盡智圓亦得名爲不生不滅方便淨者智眞寂理即鑑群機故云寂而常照照必垂應機感即生心常寂滅故此生非生緣謝即滅應用常興故此滅非滅應機出沒非存非亡是亦名爲不生不滅此三涅槃約契理應機二種修義對於本淨一性而說當知一性對修故合約性常開全修在性故性具三若全性三起契理修乃成三智若全性三起應機修乃成三脫旣應機有三即方便淨具三涅槃旣契理有三即是圓淨具三涅槃旣一性具三即是性淨具三涅槃不爾安能三點具足四德無減豈三涅槃獨論離合須知餘三亦復如是二例餘對喻三涅槃體與三德等無二無別豈唯體一義亦相從故以涅槃義成四德復由具德故成寶義今三涅槃體義旣同三德三寶豈金光明不能比況三涅槃耶四三身二初約圓釋義身有三義謂體依聚欲令易解但取聚義徧釋三身聚何法耶所謂一實二諦三德四信五眼六通七覺八正九禪十度百門千法八萬四千法門三昧總持諸波羅蜜乃至過塵沙無量諸淨功德如是等法性具則名理聚法身也智證

則名智聚報身也行成則名功德聚應身也然理無等者然智行屬修修成則聚不成名散理非成不故無聚散今約顯覆義言聚散理雖具法覆故不見與散義同例顯可知此三皆言從初心者雖通觀行今據顯出正理之文合從初住終至妙覺以垂應身非二凡故此之三身一念齊顯故不縱三義相由故不橫何謂相由由行聚故資智智聚故顯理亦是理聚故發智智聚故導行行聚故證理復須了知智行在理理方名聚行理在智智方名聚理智在行行方名聚開合之義在其中矣二例餘對喻五明三大乘二初約圓釋義大乘即大車取運荷之義運而不荷荷而不運俱非乘義無法不具故名荷能趣極果故名運此三皆爾故名大乘初理性虛通者一性虛故萬法具含任運荷也法法自然性通祕藏任運運也任運下少一運字隨乘者智照諸法終歸祕藏而言隨境者良由諸境性本趣極智隨性故亦能趣極是則理乘本運故隨乘能運隨理荷法其義亦成得乘者體是衆行隨乘導故莊嚴極理故名得果自既解脫能令他脫故名得機修性離合亦同前說二例餘對喻六三菩提二初約圓釋義菩提翻道道曰能通即前三乘各一運義也若三別相同於前後故不特釋但舉異名兼而顯之故云眞性亦名無上眞性體是第一義故更無過上二實智者即惑成智體染本空故名清淨三方便者智但自淨未滿大心今用善巧逗機則使已他會極是故方便復名究竟開合如前二例餘對喻七三般若二

初約圓釋義通名般若此翻智慧別名有三即實相觀照方便此三般若體是圓常一大覺也即此一覺有三種德就非寂非照之德名實相般若就非照而照之德名觀照般若就非寂而寂之德名方便般若此乃寂覺照覺非寂照覺三皆覺故名三般若寂照之上皆言非者以依雙遮起兩用故然寂照等義初學難曉今略言之照謂照明明故了法了法無相名一切智畢竟空也寂謂寂靜靜故諦法諦法緣生名道種智難思假也非明非靜無緣之知名一切種智絕待中也然實相般若他宗執實相無知名般若者以所照境從能照智得名如此釋名非性宗義二例餘對喻上釋三德以般若智照法身境境智既合乃起解脫若謂三智定是一德作少分解則迷經旨莫銷此文若定多少則有二有別應知般若具於法身及解脫故方受三名三德既是修二性一般若豈不然乎三德離九三智亦爾是故三德與三般若及諸三法皆同一體而立異名悉是法界之全分也故今三字亦喻三智八三佛性二初約圓釋義通名佛性華梵兼陳佛翻爲覺即三智融明徧一切處無不明了名大圓覺性以不改爲義謂大覺性不增不減非變非遷豈正獨然緣了本具亦無變異別名者正因了因緣因正謂中正了謂照了緣乃助緣緣助於了了顯於正正起勝緣亦是正發於了了導於緣緣嚴於正正起勝緣相由既然非橫義也一心頓具非縱義也此之妙因能剋妙果俱名因者其義在茲文釋三相皆云雙非者以其正

因是中實故故常無常苦樂垢淨我無我等八種之倒本不相應文且從略舉非常等也全此正因發照了智智豈邪倒此了導緣衆行皆中也以從勝說故舉雙非中必雙照三諦義足是則以即空假中正性發即空假中了智導即空假中助緣嚴即空假中正體起即空假中勝緣如是方曰圓釋三因文舉開掘金藏爲喻顯此三相喻通別教須依即義釋令歸圓天魔外道不能壞者魔等當體自是三因豈應佛性更壞佛性二例餘對喻九三識二初約圓釋義釋通名云識是覺了智慧異名問三識之名在本有位又阿梨耶體是無明阿陀那性是染惑何得云識是智異名答大聖悉檀示諸衆生顯理名教或存或廢義有多途如大經令依智不依識及諸教

中勸脩觀智斷諸煩惱此以廢惡之名詮斷煩惱而成理觀也若楞伽經殺無明父害貪愛母此以惡逆之名詮斷煩惱而彰理觀也若無行經貪欲即是道恚癡亦復然如是三法中具一切佛法今家釋云是大貪大嗔大癡三毒法門即與三觀無二無別此以惡毒之名詮不斷惑而明理觀也今以三識及下三道爲金光明所喻法者同無行經用於惡名詮不斷惑而顯妙理良由圓教指惡當體即是法界諸法趣惡十二因緣非由造作即是佛性故陀那惑性賴耶無明相相圓融與祕密藏無二無別是故得云識是覺了智慧異名然若不以不斷煩惱即惑成智消此文者圓意永沉釋別名中存三梵語逐一釋義即是翻名言第九等者出梁攝論眞諦所譯

故輔行云眞諦云阿陀那七識此云執我識此即惑性體是緣因阿賴耶八識此名藏識以能盛持智種不失體是無没無明無明之性性是了因菴摩羅九識名清淨識即是正因唐三藏不許此識云第九乃是第八異名故新譯攝論不存第九地論文中亦無第九但以第八對於正因第七對於了因第六對於緣因今眞諦仍合六七爲緣因以第六中有事善惡亦是惑性若分别者爲易解故以一念中所具之法教道權説分對諸位且立遠近以第九識無染不動故當於佛第八屬菩薩者以十地位六七二識已轉成智正以賴耶三分爲境雖是境界而即用此便爲觀智如初心人亦用現前第六王數而爲境觀故引大論在菩薩心名般若也第七名阿陀

那者據眞諦譯若新經論皆云第七名爲末那今依古譯言訶惡生死等者以二乘人執既忘見思所熏第六事識轉成無漏既塵沙未破正住第七法執之中不了生死法空故有訶惡不了涅槃法空故有欣羡此識若於果佛位中却復用之而爲權智以二乘法接引小根著蔽垢衣執除糞器故知諸識破後自在爲機載用也波浪等者第六識也楞嚴云陀那微細識習氣成暴流而爲波浪乃當凡夫心心數法也此約四人各對一識若就漸斷分别四相麤必含細凡夫具四二乘具三已破第六故菩薩具二六七已轉故佛唯有一第八至果已轉故也然其第六是意家之識乃阿陀那之枝末若説第七自已收之故今不論上明三識分三位者乃屬教道

若稱實論此三種識即是三德何人不具何物暫虧若識若色唯是一識若識若色唯是一色豈可有無增減而說且約有情一念心具一切染淨佛究竟具寧容獨一若不然者豈爲三字所譬之法二例餘對喻例三德者問三德與三識無二無別者三德修性有離有合今明三識有離有合耶答有又問不二門云順修對性有離有合三識之中七八二識迷九而起是逆修義豈得對性辨乎離合答離此逆修立順修者則有惑可破有智能觀能所既存此修名逆何順之有若即七八爲順修若既無所破亦無能觀惑智既忘修性亦泯而其三識一異同時無逆順中强名爲順是故得云識是覺了智慧異名今文三識明此順修此修對性辨離合者九具八七名爲性三八具七九及七具八九名爲修二各三之義是爲離也今合性三但明第九各合修三但明七八是爲合也離合既爾故與三德及諸三法無二無別乃以三字喻今三識十三道三初束十二支爲三道二初正束此十二支教門不定有通三世有通二世有在一世有唯一念時雖延促皆論十二今就三世束爲三道教門多故其相顯故二釋名上束十二是釋三名今明道義是釋通名通名道者謂業惑苦互相通故故令世世相續無窮然今文意即以事通彰理不壅二約圓釋即事而理經指癡愛中間五果爲佛性者葢於報法易顯正因故以此五果雖有觸受未生愛取就此色心顯正因體易成妙觀如摩訶止觀初觀陰境其意亦然凡明觀法初

多就易易處觀成無難不曉大師得意故例惑業皆是佛性即是緣了二因性也舉三喻者世間物象比於妙理皆是分譬須將法定方顯偏圓如如來藏經九喻止觀喻別餘文喻圓今冰水等亦兼圓別何者若謂結佛界水爲九界冰融九界冰歸佛界水此猶屬別若知十界互具如水情執十界局限如冰融情執冰成互具水斯爲圓理薪火縛脱其例可知故十二緣輪迴之法謂實則三障礭爾情虚則三德圓融於十二緣不損毫微全爲妙境即惑業苦一一通徹法界邊底是名三道欲顯此三圓融義故名從勝立故云法身般若解脱但轉其名不改法體其實秖是當體通徹耳三約體達例德對喻問前明三識第九一性對八七二修以明離合故類三德今明三道三俱逆修如何説於修二性一此義不成則與諸三有二有別豈是三字所譬之法答即事而理事理無差且如事中惑起於業業感於苦苦還起惑此三修惡即是性惡乃名性三亦即因法轉名三識三佛性三般若三菩提三大乘亦即果法轉名三身三涅槃亦即果用轉名三寶亦即祕藏轉名三德故知節節但轉其名不改其法故不二門云性指三障是故具三修從性成成三法爾其義既爾安云三道不具離合以金光明譬於三道其意略爾二示融通三初勸解法圓融上極三德下至三道不增不減無二無別即異而同也迷解智行因果自他至同歸處名義不濫即同而異也終日同終日異用十同異以爲初門從門入者則於一切同異無

礙如風行空能於一法解一切法若同若異能於百法解一切法千法萬法河沙塵數各解一切若同若異故云亦如是二引諸經圓證一法門者趣舉一法攝無量法故云眷屬彼彼攝法亦復如是此經云於一切法含受一切法以此例之一切諸法皆譬衆香之九隨色之珠地具四微海容諸水若同若異合法可知三設問答顯益問意者如前三德尊重名三寶不生不滅名三涅槃乃至通達名三道此於一法顯一切法已自具足何用更說三寶等九法及一切法皆各能攝一切法耶答意者其實一法已具一切無所減少但爲人根宿熏差别致令宜樂斷證託緣不同有聞三德攝一切法得四益者乃至有聞三道攝一切法得四益者故須徧說能益多機一說下明於徧說令彼一人生一切解圓頓根性聞說一法尚解一切若聞諸法妙解愈明能知佛意佛是一切智人故云智者麤言軟語者大經云諸佛常軟語爲衆故說麤麤言及軟語皆歸第一義然則麤軟之言該乎一切今就十法論者三道至麤中八相望三德至軟既約圓說一一互融法法高廣故令聞者入第一義及無違諍也

金光明經玄義拾遺記卷第二

音釋

縮 所六切斂也　鬣 良涉切髻鬣也　礭 苦角切與确同

金光明經玄義拾遺記卷第三

宋四明沙門知禮述

三簡十法十初簡三德三初標二正料簡二初斥偏三初三藏太子五陰久修五分雖未無漏得名法身在二德前樹下眞明方有般若三十四心者十六心破見十八心斷愛若頓證羅漢及辟支佛此之二人皆一時得三十四心羅漢但斷正使支佛分侵習氣若樹王下用三十四頓斷正習一時俱盡是故此心獨在菩薩解脫在後其相可見此之三法以漏無漏存亡不同故異而且縱此教經部名爲阿含釋論明文以摩訶衍對三藏爲小婆沙翻數此論廣說四階成佛阿含唯經婆沙唯論三藏之名具經律論此三所說但有三義全無德義何者終歸灰斷故無常德非大涅槃故無樂德無八自在故無我德不斷五染故無淨德二通教通詮體觀法本不生非證後空此爲法身是故本有境雖本有須依此境體破見思正習盡處正是般若故屬現有果縛盡時方是解脫故屬當有此之三法空境無知般若有照如幻色心盡方名脫故云異而且縱前代成論師見乾慧等十地中二乘證果謂是小教所明人法俱空乃取此義釋所弘之論意謂小教探明大乘故妙玄云舊云成論探明大乘又云成論師秖見共般若意不見不共意即此義也故知彼師不知藏實是三藏空門與衍門永異又不知衍門眞諦含於但中及不但中今就彼不知及鈍菩薩故無四德三別教前破眞諦乖圓別者蓋違本經別分四德對於三身故云乖

別若以彼說四教收之既談四德非前藏通德既不融非後圓教雖收屬別然非別教通方之說故云一途問真諦立云般若解脫各具二德今何斥云無德可稱答若就別論二名具一亦可名德今以圓斥隨有所闕德義不成何者若般若照境故常破暗故淨若無樂我乃是有苦之常淨不自在之常淨豈成德耶若解脫無暗故樂廣遠故我而無常淨斯乃無常之樂我垢染之樂我豈成德耶既德有增減則法不高廣焉稱經王無量甚深耶二顯圓具如前說三勸生圓解四德殘缺非經之王縱橫可思非佛所護有念心眼皆是牛羊無緣知見方可論道二簡三寶相從者從佛說法從法有僧從是三寶于今不絕皆由歸佛稟法成僧故曰相從復名階梯者蓋喻等級非相亂也此明別體四果之僧定不成佛其猶下級不成上級又樹王下迷真輕者見如幻佛說無生法三乘因地皆能斷結有異三藏菩薩因中全不斷惑衆即空故名理和僧雖異三藏而其三乘共證之理既是偏空亦無四德若華王世界成盧舍那雖通圓別今就鈍根迷中重者不知即性作修成解是故佛寶從報彰名法寶但名無量四諦既非無作故從多數受河沙名稟法之僧雖純菩薩且非發心便成正覺故四十一位分於賢聖此之三寶佛是僧果僧是佛因法是因果所修所證實僧成佛佛現權僧永異階梯高下不改然從別相末是同體言同體者三寶一體此體覺了名佛此體不覺名法此體和合名僧迷悟因果其體不分一人一

念無不具足故華嚴三歸以體解大道爲佛深入經藏爲法統理大衆爲僧三雖在果而是一體三寶若此方與三德無二無别是金光明所譬三寶也三簡三涅槃般涅槃那翻爲安樂故凡聖大小皆有涅槃若世人適意亦是涅槃若外道不知非想非非想定十種細想及無想天第六心心數法暫爾不行故皆計爲永寂涅槃若染欲心伏名方便涅槃若二乘菩薩論得未得是三藏涅槃若三乘同盡子果兩縛是通教但空共小涅槃簡不但空不共二乘今就共論故無四德若中道理智及同緣示滅三種涅槃此有得意及不得意其得意者一必收二三皆圓具即成圓教大般涅槃是今所喻今就失意互不相關者故屬别耳若言等者即地論師也但以實相名爲性淨修因所成爲方便淨不明緣因薪盡火滅隨機涅槃既但二種攝義不周即非三德圓融涅槃故非今經所喻之法四簡三身二初簡偏二初明藏通但二無三二初三藏樹王下佛爲真身者非即事而真是證真之身故名真身神變爲應亦非無謀全是作意三藏之中唯明此二無法報應三身之説證真現變皆從析法觀智所成二通教二初正明但二此教雖云即事而真但即偏空非佛性真真無實體非任運應此教及藏但詮二諦未明三諦是故論身唯二無三二徵釋真身欲示即真先詢色相若爾者領前也事即真空方是佛體是則丈六非是真佛又作人形復非鹿馬究論丈六爲是何身答中二意初意是應次意是真初云應同人像者

以此丈六非愛業感自已辦地𢯱扶餘習潤神通生與物結緣淨佛國土群機既熟出現王宮故知丈六是神通身應同人像然未盡理故云一往故又一下正示眞身剋分六小理在空中今以即空爲眞身者猶屬於小故例大乘秪以中智所合之理便爲法身豈離色心別論中道今但空眞亦即人像全體是空色心不生色心不滅爲眞身也依身起變名爲應身是故此教唯有二身二明別教雖三且異若其互融那分虛實驗其所立體相各別三身不圓故今不用二顯圓三初明三身皆實三初正明體實理體既實理智豈虛實理實智冥故起用用豈不實三既相即二乃非虛二引經類顯淨妙欲境作死壞觀雖是假想能治貪心虛有實益例乎應身非生

現生故非本體益物不虛故名爲實三取意結成二明四句俱融圓說三身舉一即三各有四句何者若別分之報身眞證故實應身假說故虛法身平等遮照皆雙雙照故亦實亦虛雙遮故非實非虛三身互具四句皆融當細揀之三明增減自在二初約義立身二初問意者以金光明譬三身者所譬之身可增減不二答二初明義立無咎就題三喻故立三身以爲所喻對喻雖爾若其得意多少不拘或增至四身或減至一二若蕩名數亦可說無二明經意本通若增若減悉在經文釋迦牟尼是第三身種種示現義當第四開應出化是四身義文中出字合在應下佛眞等文義雖具三今就現文得名二身諸佛雖有二三四身以一眞法收無不盡故唯一身

善寂大城寂亦空也既無諸數即無身義也二以身用譬二初問意者譬有三字可顯三身約何道理令譬增減對多少身二答意者譬雖三字義有盈縮若四身之譬文義宛然若爲二者乃合光明而爲一用對於金體以爲二譬顯於二身若爲一者取正捨旁從本除末唯以一金對於一身無身譬者以無貪爲金此金無質爲世至寶可譬無身數量都忘是出世間第一義實楊震等者東觀漢記楊震爲東萊守道經昌邑昌邑令王密是震所舉秀才夜懷金上震曰無人知震曰天知地知我知子知已有四知何謂無人遂不受此蓋貴乎不貪即以不貪爲金也故知世金有名無實五簡三大乘因緣六度者三藏教中自立大乘十二因緣是支佛乘對聲聞爲

大六度菩薩對二乘爲大此是三人各有所乘即羊鹿牛雖立大名用別於小而其同趣偏眞之果是故名別其義同也通教菩薩與二乘人同無生觀同斷同證永殊三藏三因大異故云三乘同乘一乘此一既共二乘所證驗非中道也別教詮中獨爲菩薩說理隨得而理乘但是所契之境隨乘但是能契之智得乘但是自他之行三乘隔異互不相融非圓乘義三種者即藏通別所說乘相都是圓教得乘之中得機之義故云得乘方便所攝也若正法華說羊鹿牛三車之外更有象車即妙法華中三車之外大白牛車也牛名同故一乘難顯致使他宗於菩薩乘不分權實今據正經象名不濫乃彰圓教是一佛乘若羊鹿牛秖是得乘得機所攝彼之象乘是

今所譬圓教三乘但云理乘者欲顯隨得皆即理故圓教智行是性本具修而無修是故文中就理立稱華嚴四乘者彼部雖無小機稟教何妨說於三乘麤淺顯圓佛乘六簡三菩提請觀音等者三菩提翻爲正道彼經論並通於三乘是故發心有其三種即聲聞緣覺菩薩也三皆破惑故名清淨皆離邪倒故名正道既共二乘非圓實智故是方便菩提所攝若緣真如佛智神通發心爲非依文殊問經發心爲是者乃辨三心隔別圓融爲是非也何者若緣真如理則發真性菩提心若緣佛智則發實智菩提心若緣神通則發方便菩提心三既不融是故爲今化他方便菩提所攝義不高廣非今所譬若無發是發即理之智是圓實智一發一切發不思議假是圓方便非一非一切而一而一切即邊之中是圓真性即一論三即三論一此與三德無二無別是今所譬須知文殊問經三種圓發非離真如佛智神通但非三處各發一心若於一處圓發三心故名爲是如摩訶止觀發大心中云諸經明種種發菩提心列於十種謂推理發菩提心覩佛相發心覩神通聞說法遊土視衆見修行見法滅見起過見受苦於此十緣發菩提心而於十處皆生四解以圓對三而分是非以此例彼豈不然耶是知緣於三處各發不融正屬別教故爲所簡三一互具發者屬圓故爲今用七簡三般若初爲世人不知般若是畢竟空三智具足謂是忘寂不照諸法故順世情以斷滅問設生後答俾乎學者識般若體是三智眼然此眼智

有次不次故先列次顯後不次其次第者即是前空次假後中各一眼一智智則觀於三境分明眼則見於三諦審實分明故審實審實故分明因修止觀果發眼智次第三種一一皆然二眼二智偏空偏假中眼中智雙遮空假雙照空假若三止三觀一心圓修者必三智三眼一心圓證觀一切法一相寂滅相中智也行類相貌皆知二智也三智既圓五眼斯具以法眼攝肉天二眼是故五眼與三智齊般若若此能知能見諸法邊底那云忘寂不別諸法若於忘寂不生邪慢則與汝是聲聞曲見若以此心壞於因果生邪慢者則須奪之是尼揵子斷滅之見尼揵此翻離繫蓋此外道專守空見或裸形自餓謂離繫縛也八簡三佛性先斥三性各在一位體不通融非圓三性次引諸經明三性圓具華嚴既云一具無量豈緣了正有所虧耶大品一心萬行乃至涅槃寶藏無缺皆是三性圓足之文理性名字觀行相似分真究竟位位皆即三佛性也淺深明昧宛然一一即三無缺九簡三識若分三識陀那屬聲聞梨耶屬菩薩菴摩屬佛此乃教道分張次第斷相若菴摩是本性無明迷故生業轉現名阿梨耶復執見分起我見我愛我慢我癡名阿陀那此乃三識次第起相皆是教道非今所譬若欲圓論須依攝論金土及染三不相離則於聲聞菩薩及佛三人心中皆具三識大師猶恐尋此喻者作真妄二法相合而解謂除土存金至佛唯有菴摩羅識故據大經依智不依識而爲問端爲欲答出三識乃是三智異名則

土喻陀那是方便般若染喻棃耶是觀照般若金喻菴摩是實相般若至佛究竟三種淨識豈但一耶然若不知性具染惡安令七八土之與染至果不滅又道前等者地前名道前皆依煩惱及以生死故八心王通名爲識佛果爲道後轉依四智菩提種子是故八識轉名四智轉第八識爲大圓鏡智轉第七識爲平等性智轉第六識爲妙觀察智轉前五識爲成所作智故云轉依即是智慧注未詳者潛斥之意耳以彼所明道後轉依熏成種子轉成智慧不言八識性是妙智斯是唯識一途教道非今所譬然是菩薩所造之論不欲顯言故但注未詳如諸文中破古多云此語難解故知未詳不異難解十簡三道前解釋中雖云三道與三德等無二無別而未分別界內外相雖於界內十二因緣明不思議未明界外三障即理示障既淺深理難彰今的辨之令皆究竟故設問曰界外云何答中引寳性論界外四障對十二緣體狀宛爾此之三道不就隔生唯論當念故起信論明不覺即心動說名爲業動則有苦果不離因不覺即煩惱動即是業此動即苦是故結云果不離因斯是變易生死之相界外三乘同有此障今明即障全體是德三障乃是三德異名即金光明所喻法也四附文釋二初標二二釋三初對前顯勝二初總對上義辨前作譬釋蓋爲古師不知三字從法得名謂是譬喻及其解釋何曾洞曉所譬法門真諦最優尚乖圓別因果不通不稱法性況諸師邪大師見昔譬法不周是故同他用譬擬法略譬

十種三法廣譬一切法門橫豎該收無法不備顯於法性無量甚深若作譬釋合當如是然而大師深知三字是法非譬從兹自立附文當體二種解釋其中附文含於二義一直名理二從事用若當體釋唯從理立今欲依文先貶譬釋多是義推不及依文顯然可解二別約四事辨初之二句總舉四事以已情下釋出四事初三兩句約情智明親踈住前觀智皆名爲情況人師推度是故言踈初住已上證理名智況今極果三業隨智故云用佛口說是故言親二四兩句約彼此釋遠近以彼凡世金光明義例此出世三種法門是故言遠即此經文聖言詮召理性事用不假他求是故言近豈可下結責四事二正明附文二初委明所附文相二初通論諸品名事名是理名事是事用諸品之中或單或複名事分明故非髣髴一文而已二的示一部文相三初正示諸文別序文云是時如來游於無量甚深法性諸佛行處過諸菩薩所行清淨是金光明諸經之王既在法性定中而便唱言是金光明諸經之王是之一字即指法之辭不指法性更指何物爲金光明耶故知三字直名深廣法性不從譬喻此文最顯故云創首標名彌爲可用壽量品放大光明雖無金字既是佛光佛身金色此金身光明全從法性金光明起即事用也懺悔品中夢見金鼓其明普照即光也讚歎品王名金龍尊奉貢金鼓讚佛此等皆從金光明理起於種種金光明事用也若空品中言尊經者金以可尊可重爲義光明既是即體之用豈不尊

耶此乃名於金光明理爲尊經也四王品内六番問答重重名事具載其文又人王燒香供養經時香蓋金光徧照十方諸佛國土文云皆是此經威神力故二明通三世信相所夢既是佛世即現在龍尊屬過去可見香蓋徧滿是佛滅後供養經時屬於未來由金光明法性深廣故得事用三世徧通三結徧一經二結示無量甚深二初正結示手擎香爐一處起煙十方佛刹皆有雲蓋悉放金光又金龍往劫發金光明願信相現在感金光明相人王未來作金光明佛事若名若事亘三世爲縱徧十方爲横此等既是即理之事故稱法性金光明理無量甚深也二勸審思理名事用重重標示佛意令人解金光明理事不二如何講者不附經文釋其題目順情推

喻棄親逐踈故勸識者審今依經立名之意也三例同諸經二初例指事立名稻稈事者佛見枯株稻稈即説十二因緣生滅因名稻稈經象步事者即無所希望經一名象步經諸經所説既即指其事以立經名此經盛説金光明事何不即以此事立名却謂金是世寶體有光明堪喻三德豈非彰灼違佛旨耶二例以經名事又如諸經説稻稈等便即名爲稻稈經事此經盛説金色光明何得不名金光明經事耶此乃以經名事意令以事名經耳現行即本象步經下等字悮諸舊書本皆作事字方是以經名事也五當體釋二初標言當體者當謂主當體即法性謂法性主體名金光明此對譬喻以彼顯此則三字名從他而立非是法性自體之名今據經文見

三字名直名法性即前所引佛游法性便即唱云是金光明經既不云如金光明驗非譬喻大師深解經家之意故立三字是當體名又與經中諸文符契問今當體釋亦是依經全同附文那分二釋答前斥譬釋但是義推無有一文無而强用有而不遵今當體釋若不依文則成自斥故知此釋非不依經得爲兩釋者蓋有兼獨何者以此部中重重舉名重重說事既附文釋題須名事雙附事即事用謂金色光明也名即理名直召法性也如創首標名驗是召理此乃前釋雙兼名事雖復雙兼而其理名未曾顯說讓今當體委陳其相是故兩釋雖通依經而當體釋獨在理名二釋二初反常情立今正義二初叙古寄俗名真大師欲定經題三字是法性名且爲常情執於真諦本無名字一切名言皆是世諦聖人談真蓋寄世名名真無名故引成論證真無名此義若成則金光明名須從譬立故今順理反此常情二明今則真名俗二初對他略立他師本立真諦無名俗諦有名今特翻云俗本無名隨真立名即是寄於真名名俗無名也問今之破立若真若俗有名無名爲是何教二諦相耶答凡論二諦須辨三番一隨情二諦二隨智二諦三隨情智二諦即情智相對合明二諦此之三番有總有别所言别者則於教教各明三番隨情則凡位自論二諦隨智則聖位自論二諦隨情智則聖位二諦以隨智故合爲真諦凡位二諦以隨情故合爲俗諦此乃四教各論三番也言總論者以前三教及諸凡夫是可思議法故

總束爲隨情二諦圓教始終是不思議法故總束爲隨智二諦隨情二諦併名俗隨智二諦併名眞故名隨情智二諦今云眞諦有名者即是圓教始終二諦以不思議故但名眞諦此之眞諦具一切德本有一切眞實名義故云眞諦有名言俗諦無名者即前三教及諸凡夫所有二諦以可思議故但名爲俗此俗虛假淺狹故無眞實名義故云俗諦無名今之所論乃是聖人仰則圓教隨智眞名俯立凡夫隨情俗號二稱理委示二初約義委示若論大聖則眞名俗有何時節今舉劫初立名事顯成劫之始尚似空劫故云廓然萬物雖立皆未有名諸大聖人所證眞法具足一切究竟名義乃應生其中俯順凡情見於萬物有淺近義乃則眞法深遠名義立於世諦淺近之名如世道路有少能通乃則如理究竟之道名於世間淺近之道如世珍寶凡情所貴乃則如理究竟可貴之寶名於凡情可重之寶網之與響皆悉如然問如靈鷲山劫劫皆有乃是聖人以昔名今驗知萬物皆是以昔而名於今今那忽云則眞名俗答大聖常以五眼等照四悉被機若但緣過現不則眞法則聖唯有肉天二眼無餘三眼但用世界無於三悉其實不然不以二相見諸佛土鑑機即照理照理即鑑機何有一事不則眞法而施爲耶故知不妨將昔名今而若今若昔所有名字皆從眞立如此方名聖人立法二引教誠證五初引華嚴則眞立俗聖見出世眞如理中本具耕田作井眞實義故乃教衆生耕世間田作世間井也二引大經眞

具名實諸佛菩薩雖則眞法俯立俗號但順衆生淺局之情立名召物能召之名雖法眞立而其所召無眞實義何者如依眞名道其實不能徧通諸法故云世諦有名無實唯有如理究竟不壅通達一切故云第一義諦有名有實如依眞名寶無可重義且世七珍但於穢俗心生愛重若廉潔之士視如糞土況三乘人耶唯有如理諸佛尊重如依眞名網豈有該羅萬有之義唯眞如理徧該生佛羅罩十方如依眞名響豈能一時徧應衆緣唯有如理無思無作十界機扣一時普應故云世諦有名無義第一義諦有名有義也三引大論隨理立名若第一義理不具名義如何隨之立乎名字則眞名俗其意昭然四引淨名事由理造所引經文大意明於從理造事

而所造事有修性迷悟故妙樂明法性無住本立一切法具有四重謂理則性德緣了事則修德三因迷則三道流轉悟則果中勝用今明聖人仰則眞法俯立俗號蓋由證悟眞如之理理具諸法不守一性故則此理立世俗名故不可以三道流轉爲所立法正當第四果中勝用爲所立法五舉誠教勸物生信二用今義立當體名前破古立眞諦無名顯於今立眞有名義廣引經論證眞有名此義既成乃知經題金光明字從當體立是法非喩故約當體釋三字題文三初明經從當體立名題稱金者可重爲義彰於法性妙絶難思諸佛所師最尊最重光者照了爲義彰於法性當體覺照徧一切處無不明了明者應益爲義彰於法性當體即是無緣慈悲隨對

即應拔苦與樂當知法性金光明義義方究竟如來入定游歷法性知此法性究竟可重究竟照了究竟能益即依三義唱三字名直以此名名於法性固非寄託世金光明以爲喻也既知三字是法非譬乃是一種三法之名法性當體名金光明法性當體名法身般若解脫乃至法性當體名苦惑業既十三法皆常樂我淨此金光明一一皆具常樂我淨彼諸三法不縱不橫此金光明亦不縱不橫則與一切微妙三法無二無別前順諸師用世金三義譬於法性十種三法及一切法今當體釋以金光明直名法性則前十種及一切法並爲金光明三種法門之眷屬也二明人從所證立稱經題三字既是法性三種法門故菩薩分證此三法門從法立名佛乃究竟此三法門從法立名以此驗之三字之名彌彰當體三二問答料簡人法二初叙人二初以能仁立妨二約通別爲酬二初明別稱允同諸佛釋迦牟尼雖是別稱此別具通豈釋迦文不證三法從通證故允同諸佛從別因緣名爲釋迦二辨通名皆具三法三初引一文明同具金之三義無量菩薩唯讚釋迦而所讚德允同諸佛即金色明耀是佛法體具金光明三種妙德則與諸佛無二無別非借世金有光明用比類於佛問前云法性具於可重照了應益三種義故名金光明故以此名還名法性此中既云金色明耀乃是色法豈是法性三種之義前就義辨今就色辨云何同是三種法門答前之三義皆絕思議名第一義今文讚色不縱不橫名微妙色此

色此義相去幾何真善名色與第一義空辭異體同楞嚴經云性火真空性空真火起信論云智性即色性色性即智性又復應知今讚色身金色明耀是解脫德解脫必具法身般若須了二德不離色身即色非色非色非非色金色微妙即非色非非色名中道色法身也耀是非色般若也明是應色解脫也不得此意寧於色身讚三法體允同諸佛耶二引二文明同證性之三法釋迦牟尼允同諸佛則一切三法無不同等且舉當經及華嚴經二處三法示其同相此二三若同則一切不異體即法身同也意既是智智能合體即應身同也事謂事用即化身同也共一法身復言一身者牒上法身與智俱一也十力四無所畏及六通三達一切法門體通三德若從所證即法身德若從能證即般若德若用化物即解脫德今文既以一身一智示於二德故力無畏的在化用須屬解脫此二三法對金光明者乍似以法而對於喻其實不然以前引教定此三字是法非譬故今以其三身三德類金光明三種法門彰於諸佛皆同證得恐謂是譬故文結示非假世金寄況佛法三引文定此經題非從譬立言妙寶者名金爲寶皆以可重爲義並是當體得名此法性實具足光明即是照了應益之義非借世實爲譬喻也二研法二初設執譬問以附文釋及當體釋並據經說雙附理名及事用故得名附文獨附理名乃稱當體是故二釋皆依經文故今設問舊但從譬何得矯異而依於文矯强也亦詐也謂强依經文詐顯異義

二約雙存答二初答雙存今釋經題存於二意一順佛語故依文釋二對古師故作譬釋言對古者因見三師不善用譬所譬不周乖違法性故作譬釋具顯法性深廣之義而對形之如此用譬雖無經據存之有益是故二途不偏廢一汝專執譬則棄親逐踈我今雙存則親踈俱得二被二根即釋伏疑恐人疑云依文二釋既甚親切何須復存譬喻一釋故以被根利鈍爲答存譬釋者爲鈍根人以根鈍故不能直解金光明字是法性名欲被此根乃以三字爲世間金有光明用三不相離比擬一切圓融三法也若依文二釋爲利根人以根利故能解性具一切名義知其能譬世金光明本無名義聖則眞法而作其名故云利人即法作譬尚知即法作譬豈須以譬擬法故引當經二文爲證住法性故即金光明而得見佛故知法性與金光明釋迦牟尼名異體同見則俱見此證利人解於三字是法性名也然經所被非純利根故空品云爲鈍根故起大悲心佛說茲典既被二根故通經者釋三字題亦須兩說赴其利鈍復貶從譬如守株指褱依文者懸解兎月不守株指二觀行釋此文及前一番問答幷後重明帝王之義在昔清敏二師云得舊本無此等文乃謂後人添製耳今原略本直是往人不能深解境觀之說故輒除削以今驗昔昧者可知復恐大師頻講此經其觀行門有時不說帝王之義進不亦然故前文云或說不說俱亦無妨記録隨時或圓或缺致有一處存乎略文以其觀道對境用心意趣難見與夫

教義或少不同淺識之流既闇廣文忽偶略本便生封滯形于章句廢此觀心予於早歲出釋難扶宗記救茲正義彼徒抗論因數窮逐於是妄破之義皆爲蕩盡近有孤山圓師既審所承能破義墮經十餘載別搆四意重斥斯文一謂詞鄙二謂義踈三謂理乖四謂事誤令慮後學遭其眩亂故不獲已引而釋之彼破詞鄙曰吾觀其詞也繁而寡要質而少文苟留心翰墨者讀之則知其言非向者之言知其筆非向者之筆則眞僞可辨矣豈待潛心佛學能斷其是非乎釋曰詞之巧拙將何準憑情若謂非妍亦成醜良田昧此觀心深義翻將無礙之辯以爲輕鄙之談又復此文委明觀行曲示心要故其詞尙實不尙華也況諸部中文質相間其例甚多不欲援據苟執片言而害正義斯蓋攻於細務而不明於大用也若義踈等三既其各有所破之處待至其處一一對論文爲二初標對前教義即當解行兩門意也前約譬顯十種三法附文雙附理事二文當體獨彰理性之號雖皆深廣微妙圓融然是約教談於佛法生人信解故大師云令時行人既無智眼當以信解分別同異如前生起十種三法而有兩番前番約教後番約觀約教則爲顯三德次第生起九種教法終至三道約觀則始翻三道次第生於九種觀法終會三德故解釋十法及料簡十法既爲生解並順約教生起之次今論觀法爲成行故所明十法乃順約觀生起之次故知前立後番生起意在今之十法成觀又今觀解十種三法不獨成行兼資深

解何者以就觀門研心具法故使十法圓融之義轉更分明是知大師爲成智眼故立觀釋是故標云觀心釋名也又復應知前當體釋定金光明三字之名非譬是法今附十種三法之觀皆研法性金光明也是故十處皆標三字並非譬喻得此意已尋茲文者方可略見觀心旨趣

金光明經玄義拾遺記卷第三

金光明經玄義拾遺記卷第四

宋四明沙門知禮述

次釋中三初設二問答示觀心所以二初明解須行成故於心作觀二初問起者前已廣約譬喻附文當體釋金光明足顯法性深廣圓融今何更立觀心釋耶二釋出二初正釋此一段文須得心佛高下之意方免疑情妙玄云佛法太高衆生法太廣初心爲難心佛及衆生是三無差別觀心則易今從上來至不能開發自身寶藏是論佛法太高也從今欲下明觀心則易也上來等者即前譬等釋金光明一一無非豎徹三位徧該諸法謂衆生皆如菩提涅槃本性具足此顯法性無量甚深而但是佛所游之法佛是聖人金光明是聖寶尚過菩薩所行清淨豈是凡夫已之智分若但言議上之名句不能觀察已之心性則於聖人聖寶有何益乎故引二喻斥其多聞無觀智者鸚鵡學語者曲禮云鸚鵡能言不離飛鳥猩猩能言不離禽獸人而無禮不亦禽獸之心乎今但借喻有聞無觀徒學聖言不離凡夫之心耳客作數錢者華嚴云譬如貧窮人日夜數他寶自無半錢分多聞亦如是今欲等者攝前佛法入心成觀心是心性若陰若業若煩惱等即凡夫心地既三障當體是金光明故云珍寶此乃立心爲顯理境也欲令行者即聞而修開發自已金光明寶免同學語數錢之類也二引證初引淨名諸佛解脫者三解脫也與十種三法不多不少此是佛法若緣佛修則增念處理難可顯故佛示要門令諸衆生觀已心行即空假

中則三解脫當處發現此乃心佛無差觀心則易也又引釋論彼論九十三云有慧無多聞亦不知實相譬如大闇中有目無所見多聞無智慧亦不見實相譬如大明中有燈而無照無聞無智慧譬如人身牛故大論云如安息國邊地生人雖生中國不可教化根不具支不完不識義理著邪見等皆名人身牛也有聞有智慧是所說應受如人有目日光照見種種色今亦如是若聞上來種種釋金光明不觀已心者即多聞無慧句也若但觀心不聞圓融說者即有慧無聞句也能攝上來無量甚深十種三法觀於心性顯金光明者即有聞有慧句也有三觀目圓教日照則見三諦種種之色二明心為行要故觀必研心二初約簡數觀王問若約三科論去就者則棄界入但觀五陰復於五陰簡四觀識大師譚觀常論簡境去丈就尺去尺就寸義既可知故今但約觀心為問既云觀心五陰除色四皆屬心何故棄三而獨觀識然設此問令知觀境唯在識陰也孤山四意中第二義踈破此文云今家約行附法託事三種觀中唯約行觀簡示陰境其餘二種全不觀陰但託事攝法明理觀耳今附法觀秖合直攝三法以歸三諦而發棄三觀一之問者蓋不知三種觀心規矩驗是後人擅加也釋曰義例立附法觀云攝諸法相入一念心以為圓觀且一念心豈非陰耶既觀於陰簡有何過法華文句託靈鷲山觀於五陰記云諸餘觀境不出五陰今此山等約陰便故以諸文中直云境智又云亦應於此明方便正修簡境及

心既諸觀境不出五陰乃知託事及附法觀無不觀陰也直云境智者即諸文云觀於一念即空假中一念是陰境三觀是智也又令明於方便正修簡境及心須棄思議取不思議方名簡心不於三科而論去取安名簡境又王城觀云應如止觀十乘十境下去皆爾記主意令講此觀時人欲修者須叙私記簡陰境文及十乘等而委示之令山城觀行法備足非廢託事便自講說止觀全部他之致意直欲如斯既云下去皆爾信諸託事及附法觀皆須簡陰及示十乘也彼文不簡尚令簡之今有簡文那成非義據此棄三觀一之問云義踈者義實不踈蓋汝解踈耳又若直攝三法以歸三諦不許簡陰便是觀心則成偏觀清淨眞如何反宗之甚耶是知彼人都昧一家三種觀法如釋觀經十六觀云是一心三觀的非義例三種觀攝且義例云夫三觀者義唯三種豈應妙觀更有異塗況諸文觀心皆一家樞要儻解之錯謬徒成斐然既失其本餘皆枝詞矣彼又於金錍記中云若取止觀來消事法觀文乃以止觀隨機面授深違大師遺囑也囑云止觀不須傳授私記時爲人說輔行釋云囑意正言隨機面授意多不周非後代所堪彼人曲解輔行之文成於已見也且輔行釋面授等意者斯蓋隨逐大師修心之者或觀道不進或內外障起有所諮問師乃隨機面授口訣一時取益意多不周若後代人心病既異故非所堪蓋不須用面授止觀而授後人非謂不得叙十卷中十境十乘消事法觀以茲境觀載於私記若

其叙者正以私記時爲人說雅合大師臨終遺囑若全不許叙止觀荆溪何故於山城觀令辨方便正修簡境及心十境十乘耶叙此令修山城觀不又若謂此是開其解心非謂令其修習者何故妙玄明觀心文中令即聞即修耶釋籤云隨聞一句攝事成理不待觀境方名修觀何公背吾祖之教乎故知今辨棄三觀一正符荆溪於山城觀中指授意也二約心淨法融答二初約離性先觀内心上定三字非譬是法法性可貴名之爲金法性能照名之爲光法性能益名之爲明今用此義觀於識心若心不具金光明義那可於心觀於法性此文爲三初約貴論金欲顯心貴先於萬物推人爲貴從劣至勝見心不昧名爲靈智靈智雖貴而通四陰分於王數問已

棄三數今獨推王而爲最貴識心既貴故觀心王即法性金二約照論光光有勝劣故先就劣比至心識最得名光是故觀心即法性光三約益論明即能充益色等四陰益色陰者良以色心性不二故色隨心轉大品佛現色像無邊皆由般若性周徧故色淨亦然亦能等者心王若正心數亦正化轉塵勞心數衆生故心能益是以觀心即法性明此約心有貴等三義故觀於心顯金光明法性三法此文即是離性爲三也所觀之性既離爲三能照之智任運成三所起之用亦合有三文雖不言二修各三以性顯之其義合爾二約合修自融諸法上示心境即金光明義當修性三各具三今明徧融但指光明至後結文具言三字驗知此是修二性一文有離合乍

覽難知此自分二初偏融諸法迭顯光明此文豫示觀成理顯徧融諸法以釋伏疑疑云若唯觀識陰顯金光明於一切法何能融淨是故釋云若知心無心爲光知想行無想行爲明等意云識陰金光明顯則一切法皆金光明故以王數心色實假正依及一切法從狹至廣迭顯光明二修之德對於一性以成三法知心無心爲光者即以三智觀於識心見金光明法性之體則識心相寂故云知心無心其能知者實是三智今但合爲一觀照智故唯名光知想行無想行爲明者既以合一觀照之智知此心王即實相故無心王相爲光則任運有合一方便智知心數實相無心數相爲明此以知王知數而爲光明也復以觀照之智知四陰心即實相故無四陰相爲光則任運有方便之智知色陰實相無色陰相爲明此以知心知色而爲光明又五陰實法對於假人論於觀照方便二智而爲光明又以正報對於依報論於光明又約依正對一切法論於光明義悉如是言一切法者即假人實法及以依報各有相性體力作因緣果報本末究竟等法也此由觀識金光明顯故於諸法任運觀成欲彰諸法一一是金一一是光一一是明故歷諸法迭論二智故義例云修觀次第必先内心内心若淨以此淨心徧歷諸法任運泯合既云任運知不加功二約顯一性結成三法上於諸法從狹至廣約於二智迭示光明而二智所顯無非一性即當於金是故結云金光明也而云觀心者從本言之二正附十法明觀心成行二初

舉上教義爲所附之法上約十種三法論金光明有其二意初則同他譬釋以金光明喻十種三法次則附文及以當體釋金光明非譬是法故十種三法當體名爲金光明也今之觀釋順上次意故云上約十種三法論金光明故以十種金光明義爲所附法即攝此法入心成觀耳二明今觀門爲能顯之行十初三道二初示觀二初釋二初通約三道明圓正觀二初兼通數秖於報障義立三道之境言通數者謂想欲觸慧念思脫憶定受此十隨王能作一切善惡之事故得名爲通大地數問前篇觀境兼三觀一今那却取慧及諸數爲煩惱業耶答今論觀法具有十種後九皆從所顯之德其體本融可約一念識心爲境而修三觀顯其三法唯此三道從所破障立於觀境是迷惑事體本不融若於一識示其三境境既叵分觀難成就故特兼通數爲三道境也問若欲分明示三道境何不徧取五陰爲苦三毒爲煩惱七支爲業何但王數對三道耶答今秖於陰境示三道相識親別苦報之總主是故心王的屬苦道慧分違順故起貪瞋乃以慧數對煩惱道諸數隨慧能造善惡故以諸數對於業道雖非業惑當體而是業惑親依常與王俱有三道義可以正觀顯金光明若現起煩惱動作之業爲下助道觀之所觀也二約圓乘即障顯德以明妙觀之功此文雖略觀法可明先須了知金等三字是法非譬即於王數三道之境體金光明三種法門即體心王可尊可重是法性金體於慧數即寂而照是法性光冥理智也

體於諸數能多利益是法性明即體之用也斯是光明二修對金一性爲三法也圓論三法必非孤立金無光明非圓正因光無金明非圓了因明無金光非圓緣因但爲前文數曾顯示故此三道略對三字是合三相也應須了知以離爲合合體常離言三不少言九不多問此三道觀何故不用空假中耶答心王是金三諦一境也慧數爲光三智一心也餘數是明則有二意在果則三脫應機在因則三行資智也此正觀文極簡略者以此文中有助道觀別於身等麤顯三道明觀廣故故今正觀未暇備陳從三識去一一明於一心三觀故令三道略對金等三法門耳二別約三道以空助道今於三法立觀釋者意在行人即闇而修然其初學見愛彌隆於身於心起重惑業若但令觀三障即德不破不顯必生見慢更增生死是故大師於三道境略譚正觀廣說助道就假實境委示二空於惑業中廣推四性令見思調伏業累不生方於九科示妙三觀麤心既息妙觀可修製立有由不可云謬此於三道各論空觀分三初約假實觀苦道二初約六分觀假人三初舉經文總標觀法彼爲觀佛先推己身以己實相與佛無二故云亦然今文且取觀身之言修於空觀見思若息三法現前則身與佛皆金光明有何差別二於現境窮逐假人六分者身首爲二及四支爲六此六合處執成身見也如是橫豎者六分爲橫三世名豎觀智推求畢竟叵得執有雖息傳入無中及雙亦雙非此之三句皆依身起悉是身見推令無理

故皆叵得所召之身執雖似泯而猶復存能召名字若不推窮還生見惑故以心色内外中間及常自有以爲四句推能召名皆不可得故引肇師名物俱空證今所推身及名字本

來空寂言假實既空者非指假人及五陰實法也秖指所召之身爲實能召之名爲假故下句云名物安在三明治道助開圓理觀身是實相是金等者蓋此行者聞前教義明三識三道三一圓融與三德等無二無别乃能信解分段之身及見思惑當體全是性惡法門但爲執情故成重障實類盲者身居寶藏爲寶所傷今修空觀助道功成見執既虚即於境觀皆見實相身之實相是金法門即此實相體能觀照是光法門縁身心數本亦實相今不隨情名寂不行皆悉轉爲實相之行是明法門二就五陰觀實法二初結上人空上之觀法雖言六分及以五陰但推身見意顯生空故空品云是身虚僞大師指此爲生空境故文句云攬陰成身計有我人衆生壽命故約身假爲生空境故今結前觀身觀法是觀假名若今諸部衍門空觀人法雙觀以色性如我性我性如色性故唯此經空品明於圓空即先觀生空次觀法空此文順經先生次法蓋由初心人執障道故今對治先廣推檢至觀實法例之而已二例觀實法例上人空名物叵得此中亦合以所空陰爲金能空觀爲光縁法心數爲明悉應例上也二約愛見觀煩惱道二初簡示身因之境上之假實是身果也今推身因因有惑業業屬業道

次文明觀今觀身因且在煩惱二正明體法之觀三初舉經文約句簡判二初直舉經文簡於析觀故云不壞體觀通中名隨一相二簡非經意二初明雖有四句四初標列句法所言誰者檢人之語推四種人當於四句二指示因果三去取業惑因雖兼業今正論惑業在後觀故云且置四約人對句即前誰字所檢人也四果者第四果也有餘解脫能壞身因無餘解脫能壞身果俱壞句也凡俗之流俱不壞句也王憲害者怨對害者自害體者此之三人名壞身果彌增煩惱名不壞身因第三句也餘三果人斷五下分者初果斷三分謂身見戒取及疑也二果三果能斷二分欲界貪瞋也名壞身因而此五分所感果身猶存欲界名不壞身果此以未壞且名不壞壞在不久名第四句二明不隨一相前所名壞皆是析觀其不壞句自指凡惡是故四句俱非體法本不生滅故皆不隨一實相也二於惑境順經修觀二初推本不生此是大乘體法巧度亦論橫竪橫破因成竪破相續破因成中非自等者龍樹云法不自生待緣故法不他生因本具故法不共生無二分故法非無因生有因緣生尚不可得況無因耶次破相續具足應云非前念滅故起非前念不滅故起非前念亦滅亦不滅故起非前念非滅非不滅故起今云非生等者生即不滅而但非於雙非雙亦唯闕第二句如是橫竪等者結示因成相續求心不得生相既本不生今亦無滅故名不壞也二結隨一相圓解之人修空助道既了身因不生不滅即能隨

順中道實相三明治道助開圓理二初正明體法功成本以圓心修空破障正助合運即於煩惱隨一實相所隨是金能隨是光諸數是明三不縱橫名開圓理二更明餘觀助道壞身因者析觀斷集也壞身果者前第一句也不壞身果者前第四句也體法空觀既堪助圓析法空觀亦能治惑若以圓解合而修之壞與不壞皆隨一相三約動作觀業道三初舉經文總標觀法今就六作觀業道者蓋一切善惡由茲辨故舉足下足六中屬行淨名指此而爲道場通於六即今是觀行佛成道處不觀舉足即空假中安令此處是寂滅場安能具足一切佛法如此觀業見業本際方稱經文道場之說但爲初學雖有茲解尚於六縁計我我所若唯正觀反增執情故立

助道且令觀空對治此惑也二於六作體本無爲二初約行縁明觀業是身業業者是心以心爲因以身爲縁單因單縁或共或離推於舉足不得舉相下足亦然如是觀時我我所相寂然不起一切業累自茲清淨初心行者得無介意乎二例餘作亦爾以住坐卧足於行縁即是四儀復加言語及以執作乃成六作止觀稱爲語默作作今云言語就顯示相其實默然亦能成業文雖闕示義合俱觀三明治道助開圓理以解圓心推業四性四性空處正觀現前境觀諸數成金光明三法門矣二結此乃總結前文正觀及以助道皆顯法性金光明竟二結位若約教釋明六即者多爲顯於法性高深若今明六即正辨行人全性起修觀之成不入位淺深仍示因果

皆金光明故六皆名即觀親踈故即須論六就即論六免生上慢就六論即免生退屈不慢不退妙位可階初理即位言有心者大經云凡有心者悉當作佛若其不具金光明性佛何由作言法界法性者不異而異法界横論法性竪說意云理具横周竪亘金光明也既其未有信解等事但有理性金光明德故名理即名字位聞金等名解了本具觀行位修成圓觀塵緣不間故得相續相似位閉目則見開眼則失者此位未入無功用道三不退中念猶退故故以開閉彰其得失問觀行尚得念念不休心心相續似位治生不違實相那於金光開眼則失答觀行相似雖俱圓觀親踈不類得失懸殊其觀行位三惑全在於彼踈觀能安忍者則論相續於無術者則有退失若相似位見思已去於親觀中而論得失若能防護則速發眞名閉目則見若起法愛則有頂墮名開眼則失不進爲失非退失也大判意根似解已立故云治生不違實相細檢此位未破無明若無住風息名開眼則失分眞位善入出住楞嚴三昧故開閉皆見究竟可知孤山第三理乖有三初破此也彼云且金光明本喻三德前文尚作當體釋之而相似之文翻作眼見金像釋之吾知其往者竊取觀經六即於兹謬說彼明觀佛色身仍在觀行之位故云開目閉目周睟徧覽無非佛界吁可怪也任作金像用義且彼疏文是大師親說觀行位者閉目開目境界常現何以今於相似證位而云開目則失顛亂之說徒惑後學釋曰若其竊取觀經疏者必

不文相頓爾乖違予今詳之文違理順闇者罔知何則今於三道直觀理性金光明也若觀經疏託彼佛身顯三諦理雖俱圓觀託境不同彼想色身以爲事境即於此境修空假中以爲理觀境觀雖於一念同修而其事境是應物相觀中先發故觀行位閉目開目常得見佛此顯三道金光明理登住方發故相似位閉見開失蓋以開閉用顯此位是似非真良以此位尚須作意登住方入無功用道彼疏似位於妙三諦豈不然乎又復似位論開閉者蓋約五眼非獨肉眼既體上二惑任運先除必二諦四眼此位先發若策四即佛則稍同真見亦速入真名閉眼則見若任四眼則起法愛呼爲頂墮故云開眼則失若不然者離愛一法爲被誰耶故輔行云三諦之乳真善妙色五眼洞開方見諦境是則相似猶屬於盲障中無明未破故也彼人全迷般舟觀法佛身爲境空等爲觀一念之內難易淺深而却妄斥此作眼見金像釋之相似開失觀行俱見謂之顛亂若論不解事理淺深則顛亂之責須歸已也又見與不見妙旨難知如法華四信弟子聞經信解即能見佛常在靈山文殊等覺不修三昧不見妙音此經樹神覩佛禮塔爲衆詢疑及至讚佛哀泣雨淚請佛現身此之經義忽有一本無如是文他必謂之後人擅加耳二觀三釋三初標觀顯理十種三法皆可當體名金光明以十種三法無不具於貴等義故是故今云觀心三識論金光明二附法作觀三初略示境觀一念心境也即空假中觀也即是觀心識於三

識者三識本來是妙三觀九界忘本識隨妄轉不識本性今順性修觀觀無别體即以本識識本識也二廣陳觀相二初明一心三觀三初空三識沉隱其相難知而不暫離第六意識此識緣外故以意根對塵爲緣推於四性不在一處即以四性而爲衆緣從此緣生生即無生故云我說即是空也空無分别即阿梨耶識二假衆緣生故空無性相衆緣生故善惡熾然惡即四趣善即人天非善惡識通於四聖此四俱非有漏善惡於彼空中順緣起性種種觀察言是非者即藥病也於空假立故謂之强此觀立法即阿陀那識此識名意以其第六是意之識名爲意根是故根立識亦立也三中心性不動本來中實不可思議而體具足空與不空二種功德故體及德成圓三識故雖觀空而不定空雖觀於假而不定假即現前識絶二邊相能所亘得此觀即是菴摩羅識二明雙亡雙照二初明即照而亡二初約義立識於三識照三識也亦不得三識觀忘三識也二引經證觀色等五即是觀俗觀五皆如即是觀空觀五即性是觀中也今皆云不觀者即於此三無觀無得名約三觀即照而亡經明五陰今但於識忘三觀也二明即亡而照雖於識心忘於能所而三境觀了了分明故云不濫而言雙照者以識識如乃是二邊識性是中今頓觀三諦即中邊雙照驗不得三是雙亡也三結成附法觀於意識即如即性乃識三識言亦照亦滅爲阿陀那者淨名經文既以觀識而爲假觀是故今文順此識義以結附法何者蓋第

七識能生第六故名亦照常緣第八故名亦滅故用雙亦而結此觀三結法判位例上三道可以意知然道識二三位雖在理聞名作觀成修中五而此五位皆即性三是故須約六即判位三觀三佛性二初標觀顯理例三識觀義可知也二附法作觀二初約三觀所顯明佛性三初直約義立於一念心明妙三觀例前三識其相已明故不委示二引經證成三初引淨名病本明心即三諦居士權病以示衆生三障實病實病之本不出通別二種見思此二見思皆緣三界即分段變易二病之本病必須藥相兼而示即假觀也空中可知二引華嚴無差明心即佛性初立三觀觀一念心顯三佛性三觀即心其義雖立如何於心明三佛性故引此文三無差別以驗我心即是佛性他生他佛尚與心同豈已佛性心不是耶此證觀心顯三佛性其義明矣三引般舟念佛明佛即三諦二初引法喻二文如文二釋皆成三諦四初釋法文作兩番銷文以顯空假初於一文而示二觀以諸句中如字爲空即以諸句我佛心異便名爲假次以二文而示二觀諸句之中雖有如字以我佛如異故當假觀乃以不見我佛如異方名空觀兩番見佛皆是中觀故知彼佛是我覺體以具空假二種德故故用二觀觀於二德助發中觀佛即現前問覺體是心今見色相豈不相違答須知本覺具一切法離分齊相色性即智智性即色唯心唯色方曰見中故見彌陀以爲中觀二釋喻文於諸喻中但釋夢食餘皆倣此然不出法性似法非喻斯

蓋作夢及以成觀皆法性力令以作夢法性而喻成觀法性如釋籤云夢事宛然即假求夢叵得即空夢之心性即中此之三法不前後不合散故知今家如此釋喻最能況顯一心三觀三明亡照初我心下立假也次我心如下立空也空假既立若不忘之中觀不顯故先以二不得句忘於假觀次以二不得句忘於空觀二觀既寂心絕所緣即見彌陀中道之佛任運雙照妙假妙空四顯一心經文既云常得見佛佛即中道大覺之體豈有見體而不見用用即空假即見佛句仍是三觀一心之文三結法判位性德三因而為三諦全性起修即以三因而為三觀諦觀名別體不殊是故三觀即三佛性三性當體名金光明六位皆即二約六法境智明佛性二初正釋二初約境智明佛性附法作觀非局一途前明三觀觀一念心顯乎佛性則佛性二字俱是所顯今明佛字既翻為覺即能顯之智性字既以不變為義即所顯之理此乃即就佛性二字論於觀境行者應知此之一釋能顯前義何者前文雖立能觀三觀實非別修體是覺智今之佛字為能觀者示前三觀元從性起此覺之性即為所觀能令修性其義一合故後結云得此大好性云理極者果佛之性為妙境故此理至極如以性德名無上也二約六法明三因二初對顯三因今以佛字為能覺智即以性字為所覺理為覺何法而為理性即指六法故也即於此法覺智研之令理性顯六法者所謂五陰及假人也以此六法而為三境問五陰中三即是心數今

那陰外别指諸數答心王心數通於三性今以無記王數及色爲正因境以假名人爲了因境以善惡數爲緣因境如託王舍立境觀義以五陰爲舍心王居之荆溪云以善惡王居無記舍今無記陰外指善惡數於義何失葢由前釋境唯一心而就能觀立空假中故得所顯具三佛性今於實法立記無記并其假人乃成三境各顯實相即三佛性以所顯能令一覺智成於三觀境觀互映一三無礙立義之巧無以加焉問於無記陰顯乎實相復名正因其義可爾假名諸數那名實相於二實相那名緣了答佛智究盡諸法實相故假實國土諸法皆實今修佛智豈觀此二不稱實相假名實相對了因者大論云衆生無上者佛是佛翻爲覺豈非即達鄙俗假名而爲無上佛之假名佛既是覺今對了因有何乖并論又云法無上者涅槃是涅槃斷德正屬緣因數是陰法若不體達善惡數法寧顯緣因大乘因果皆是實相豈獨正因性爲因果耶二引證六法雖善惡數别對緣因而體不出五陰實法五及假名而爲六法以此六法對三佛性不即不離以不離故六法全是三種佛性以不即故須觀六法破二種執以不離故破無所破以不即故無破而破以不離故顯無所顯以不即故無顯而顯又不離故六不可遣以不即故六不可立不遣不立妙性存焉二示意文中先且結名辨位從思得下方正示意秖以二字示妙觀境用此境觀體於六法一一稱實見於三性故云大好孤山第三意有三二破此文也乃云又解佛

性云佛者覺智性者理極能以覺智照其理極境智相稱合而言之名爲佛性且佛性名出乎涅槃能仁談之章安疏之荆溪論之皆言因人有果人之性故名佛性儻大師於此反經别立章安荆溪亦合指之以申其說既其不爾則後人謬立又何疑哉釋曰前譬釋中三佛性義豈非因人具果人性而不妨作性一修二相契釋之又若執云但性中三是果人性者便成緣了自外别修安得名爲全修在性全性起修况復大師不云因人具果人性唯言佛名爲覺性名不改不改是正覺智是了與今分對境智之釋無少相違那獨謂今反經别立又金錍云因不名佛果不名性彼以二字分對因果蓋示因果二而不二今以二字分對境智欲彰境智二而不二夫

論觀法若其不用果覺爲觀則非圓行若其不以即覺之性爲所照境則非妙境非極理也當知今立境智不二名爲佛性正與金錍因果不二佛性義同其義既同安得名爲反經别立耶既非引立何須指說耶普門玄說性具三觀既用此觀照性爲境今性具果覺豈得不用照性爲境也今附法觀秖附佛性二字之法立觀立境是故能所二即非二不知此妙斥爲謬譚悲哉悲哉彼人雖引因有果性而不能信果覺爲觀觀於六法顯覺之性徒聞因人有果人性全不能用有何益耶妙樂云果理在行方名等賜又此觀意全同普門玄義所説彼云觀人空是了因種者釋論云衆生無上者佛是佛者覺也始覺人空終覺法空彼指果覺爲了因不即以果覺爲

觀智不所覺人法是六法不二空所顯是覺之性不彼文亦是後人添耶應知二字分對境智爲妙無盡何者即以果佛爲初心觀智是如來行也用即性之覺非別修緣了也照即覺之性非心外境也如此方名附佛性法修圓觀也然茲妙趣彼尋名者爭不怪之

金光明經玄義拾遺記卷第四

音釋

猩（音生猩猩能言獸也）錍（彼迷切）攬（魯敢切取也）叵（普火切不可也）
舛（昌兗切錯也）

金光明經玄義拾遺記卷第五

宋四明沙門知禮述

四觀三般若三初標二釋三初約圓總舉總舉一心空假中三是三般若何者下略示三相以即一而多示假相即多而一示空相非一非多示中相於一念心而論三相不前不後亦不一時二寄次別釋三初假次空後中初一心一切心別示假也假在初者假有二種若在空後即建立假若在空前即生死假欲明凡夫從心生過警於初學有漏之心念念常造六道三障令知其過動習空中以求出離故於三觀示假在前日夜常生無量衆生者謂一業成百千萬生受報不盡一一果報皆有假名如諸經律所明來報那不自省輙謂無生十二因緣喻如鈎鏁相續無際故云一心一切心此生死假即建立中所治之病舉病顯藥假觀立也二一切心一心別示空也既知心有則生諸心欲寂諸心當觀心空須約四性檢一念心生滅叵得一心既空一切安有故舉小火小珠喻一心空燒薪澄海喻一切空故云能觀心空從心所生一切諸心無不即空欲明空觀其相顯故故寄二乘分齊而說三雙亡二邊故煩惱非一非一切別示中也現前一念若定空者下能舒出一切有心若定有者何能卷歸一空心耶不空不有無狀無名强稱中道復以識智示其邊中經云不依識者非眞實識是虛妄識凡小依之著有沉空二種之樂也經云依智者非二乘一切智及菩薩道種智是一切種智也故屬圓教佛及菩薩達二邊中故名求理

欲示中道觀相明故故斥二觀其實三諦一心圓照三依圓對智二初對智言如是觀者即一心三觀者示三觀相須寄次第爲明對破三種惑故顯三諦故若能一心修此三者自成圓觀何則頓破三惑則一空一切空也頓顯三諦則一假一切假也三皆妙故則一中一切中也此三方是圓三般若二明圓據大論文三種觀智實在一念體是祕藏故離前後及並別等大經依智智體如是初心依止即名佛行三結例如前說五觀三菩提三初標二釋三初約圓總舉如三般若二寄次別釋以次第三顯圓頓意亦同前三般若說但今假觀列於空後復明藥病是建立假又前般若體是三智但於一念略明修相不須借義示於觀法今菩提劉道是能通義又菩提心體是四弘大集經云未度者令度未解者令解未安者令安未滅者令滅四皆度生今三觀中皆云度心數之衆生乃是借彼度他生義成今三觀度巳衆生故知附法含託事義文自爲三初破假入空先舉生死爲所破假即一切心也起非次第故交横繚亂乃舉四物喻繚亂相如絲之亂如沙之多如蠶自縛如蛾自然此四喻於世間因果是故總云爲苦爲惱次若知下正明即空菩提心觀若空觀相前三識中已曾略示是故今文但云知空此菩提心度義通義並約見思即空而說二破空出假先舉空過經云空亂意等者經即涅槃斥小之文小乘詮空爲寂滅之理以有爲妄亂大乘詮中爲寂滅性乃以空有俱爲亂意雖離有亂仍被空亂今修觀時

心若著空即指此心數爲空亂意衆生此空心數望彼見思而得名智令論假觀此智是亂故云智亂甚盲闇小乘證空得三無爲謂擇滅無爲非擇滅無爲虛空無爲此處滅心菩提善根不得生長故斥爲坑是大乘怨鳥者大論三十云譬如空澤有樹名奢摩黎枝觚廣大衆鳥集宿一鴿後至住一枝上枝觚即時爲之而折澤神問言鵰鷲皆能任持何至小鳥便不自勝樹神答云此鳥從我怨家樹來食彼樹子來棲我上或當放糞子墮地者惡樹復生爲害必大是故懷憂寧捨一枝所全者大菩薩摩訶薩亦復如是於諸外道天魔等無如是畏而畏二乘二乘於菩薩邊亦如彼鳥壞彼大乘心永滅佛乘心令取此義明破空出假成菩提觀次若眞下正明假觀菩提心相眞即假故依空建立也此菩提心度義通義並就塵沙即假而說凡論假觀不出三義謂知病識藥應病授藥令得服行今從分別下以四分別明四悉檀寄此四悉總明三義可不不同即世界時宜生善是爲人以藥治病即對治逗機會理是第一義此四明了即假觀成也三破邊入中先舉二觀未免生過今爲所捨而以見思及塵沙惑爲浮沉病空假乃爲二病之藥以病偏增故藥偏用藥存成病者若墮二邊增無明病故須兩捨次非空下正明中道菩提心觀此中度義通義皆約無明即中而說心無能所名不住法此法方可住於中道三依圓對法二初明圓說欲相顯須寄次第觀就理融則無前後前三般若已明其意二對法今三菩提就

異名說真性菩提三皆妙絕故亦名無上實
智菩提三皆蕩相故亦名清淨方便菩提三
皆自在逗會無遺故亦名究竟三在一心故
三各三以體融故發即俱發是故當體名金
光明三結如前六觀三大乘三初標二釋三
初總立觀法二約境明觀附三大乘修圓三
觀必須境觀義符於乘以乘是運義三種大
乘無法不運性既具運故逆順修法爾而運
今體逆修念念四運運運即性性是三諦乃
成三觀順修妙運此文分三初明四運為境
觀一念者趣舉一念也心隨境遷起滅更運
故一一念無不四運從未至已終而復始凡
愚不覺為運所遷故以閉目喻凡不覺舟行
喻於四運心疾二明三運為觀圓教行者知
刹那心性是祕藏祕藏徧含未始暫缺故無

一運非空假中得此意者四運愈遷三觀彌
進故止觀云薪多火盛風益求羅所以大師
常示衆云實心繫實境實緣次第生實實迭
相注自然入實理實心繫實境者三觀繫三
諦也實緣次第生者四運迭遷也四運是境
境為觀緣如薪助火實實迭相注者三觀實
心注三諦實境此之實境還注實心相注不
已自然從於觀行相似得入初住實理之中
此乃以三觀運運於四運亦是四運之運運
三觀運皆得名為以運運運三明對失顯得
若迷三諦但隨四運則生死無窮若觀四運
即是三諦則涅槃在即三以觀對乘二初約
法對三乘為大車三諦是道場不動而運無
到而到二約人歎三乘即一乘等者理乘為
車體故高廣無過隨乘為白牛故行疾如風

得乘爲具度故莊嚴絶比雖三而一雖一而三此微妙乘乃是觀行觀音普賢大人所乘故名爲大三結如上七觀三身三初標二釋三初立觀顯法二約心明觀於一念心修三身觀必須境觀皆有身義故先明一心能起十界即顯一念具十界身次於十界即起三觀則彰十界無不三身初文爲三初明十相今家妙解華嚴心造乃有二義一者理造造即是具二者事造通於三世造於十界謂過造於現過現造當現造於現皆由理具方有事造故十界身一一皆是全性起修雖全是性而因成感果無少差忒如破戒心成能造地獄種種苦具宿豫嚴待故十界身皆有假實及以依報無有一物從外而起二辨難易良以衆生無始熏習惡多善少致令心念多緣惡身未駕五乘先遊四趣登難墜易誰曰不然修觀行人於十界心常當循省三結唯心法譬可見次文者於此心境而修三觀顯於三身分三初空五受陰洞達空無所有者語出淨名受陰心也五者五處生受謂受有受無受亦有亦無受非有非無及受不受亦名五取陰觀此一陰空無所有則令十界皆不可得飜地喻心空草木傾盡一切身空二假若就一念觀十界空已具三諦今斥空者欲顯假觀立法功故復慮圓人退大取小故寄二乘斥空灰寂空心不能起十界應乃彰假觀無身不現言同六道者必是文悞此文自云爲現佛身及三乘故三中二初著二斥偏斥意亦同假觀斥空二亡三顯中問正爲明中中何須亡答末陀摩經自注云末者莫

義陀摩者中義莫著中道也釋籤據此立中道義故知亡中方是中觀也文中初列十三不得亡於身假亦不得身如下亡於身空如是空義也亦不得身性下亡於身中性是中義也空中各合具亡十三略舉初後故云乃至也語遣情則三諦俱亡論顯理則三諦俱照八尺身性五胞相性乃至修性及修者性身十三法既皆云性具義善成且舉人身以爲語端理合十身身身十三一一皆性則彰十界各具十法一一即性就此論忘故畢竟清淨方顯十身皆即中道三以觀對身三結可解八觀三涅槃三初標二釋三種涅槃皆具四德方名圓極故令觀三一一皆成常樂我淨觀法既同乃就三境而辨三相雖於一境顯一涅槃須知一一無不具三若不爾者何能令三皆具四德此義前文已曾委示文分爲三初約報心觀性淨報心無記本淨易彰心性既寂豈唯寂染淨亦本寂是故本性不染不淨若可染淨性則生滅故云染故名生淨故名滅以不生滅四德義成既云生滅不能毀故常驗於不染不礙不受三句皆須言生滅避繁故略具四德故名性離生滅故名淨故名性淨涅槃二約起心觀圓淨妄念煩惱宜觀圓淨圓淨是智須論破惑用三正觀破三妄念應三諦性令三妄念不染故淨不毀故常不礙故我不受故樂四德顯故圓三妄泯故淨淨故不生圓故不滅故名圓淨涅槃三約諸數觀方便淨諸數造作是故託之觀方便淨諸數不行者不隨妄念造生死業而隨正觀作不思議業乃是轉於八萬塵

勞爲八萬三昧及總持等諸數既轉故不毀方便不染方便不礙方便不受方便令方便淨成四德也四德益他故名方便諸數不行故名爲淨淨故不生方便故不滅此乃諸數當體成方便淨涅槃三結可知九觀三寶三初標二釋三初立觀顯法二附法明觀二初約諦智及和就名共論三寶二約修性及和剋體各立三寶二釋意者蓋以三寶修性相對有開有合初則約開論合故以九義立一三寶次則約合論開故就三名立三三寶初文三初依經立名一體三寶佛名曰覺法名不覺僧名和合二約義釋相此之三寶既與三德同出異名三德互具一一論三是故三寶三不孤立不覺是性餘二是修二修各三一性亦三性中之三既未覺悟同名不覺雖未覺悟理本諦當故名三諦是爲法寶全性起修成三諦智既能覺悟故名佛寶此三覺智與性三諦相應和合故名僧寶非三諦法無三智佛非諦智和無三脫僧三結歸寶義此佛法僧諦智圓極妙用廣大實可尊重寶義成就非專極果五即皆然次文分三初約性德三俱不覺三諦在性未起修德覺了智故是故三諦皆名不覺而此三諦性是三德中是法身故當法寶真是般若故當佛寶俗是解脫故當僧寶若其不指迷中三諦爲三寶者何能彰於性攝二修不以不覺便無佛僧二約修德三俱是覺三智在修俱能覺了是故三寶皆立知名蓋此三智亦是三德知中之智體是法身故當法寶知空之智體是般若故當佛寶知假之智體是解脫故當僧

寶不指三智爲三寶者寧知覺智能攝理性及化用耶三約相應三俱和合三智在修故皆屬事三諦在性故皆屬理三諦三智既皆相應是故約和明於三寶以由此三亦是三德故對三寶中事理和體是法身故當法寶空事理和體是般若故當佛寶假事理和體是解脱故當僧寶雖是三德以就諦智相應義故三俱解脱若此三義非三寶者那彰三脱合三諦智且如今家於諦於智及以解脱一一須三是何意趣若讀今文觀心三寶開合二釋生驚疑者當知未解一家教觀三三之意徒說徒行契證無分又事理和者一念十界可分事理若此三智契九界三諦名與事和若其三智契佛界三諦名與理和事和則有三教三寶理和則有圓教三寶一念事理不分而分其義宛爾孤山第三意有三三破此義云又云中諦不覺名法眞諦不覺名佛俗諦不覺名僧夫佛陀梵語覺者此言託事成觀安得違義豈佛陀翻不覺耶此皆昏醉之譚於理何益乎釋曰佛翻爲覺人誰不知前科立名不覺名法寶覺名佛寶和名僧寶此之名義皎然如日今重釋中次文佛寶三皆云知豈非覺義以翻於佛今云眞諦不覺名佛寶俗諦不覺名僧寶者蓋欲令人解於法寶即具佛僧此之三寶以法爲主是故三寶皆言不覺以由眞諦是性德般若義當於佛俗是解脱故得名僧而皆未有覺不覺智是故三寶通名不覺彼人不曉法寶眞諦是性般若故妄破云不覺翻佛次佛寶具三皆從知立僧寶具三皆從和立故思益云知

覺名佛知離名法知無名僧三皆云知乃於覺義開三寶也覺義既然理合不覺及以和義各開三也佛世機利不須徧說如此方名一體三寶乃與三德無二無別若不然者安可一念融妙而觀如此等義若非四辯之親宣孰臻三寶之極致故知正言似反他莫信之昏醉之誣諒招塗炭矣十觀三德三初標二釋三初直列三觀二約觀明德二初正觀德二初約圓示觀二初示觀圓妙三德體必互具一一皆三不縱不橫方名祕藏大師示位雖居五品能知如來甚深祕藏即以祕藏爲諦爲觀融一切境令體一念性是三德即以三德而爲三觀故明三觀一一融攝三觀之首皆言即者指一念心即三諦故初云即空非即偏空乃觀一念即圓空也此空能破三諦相著故云一空一切空也言無假無中而不空者非獨空觀於法破相假中亦能於法破相何者以空破相即眞破俗以假破相即俗破眞以中破相雙遮二邊此三頓破名畢竟空空既破相有何積聚然具三諦不縱不橫即祕密藏此藏具足常樂我淨名般若德次云即假非即偏假乃觀一念即妙假也此假能立三諦之法故云一假一切假也言無空無中而不假者非獨假觀能立於法空中二觀亦能立法何者以空立法即俗立眞以假立法即眞立俗以中立法雙照二諦此三頓立名爲妙假既攝三諦不縱不橫名祕密藏此藏具足常樂我淨名解脫德次云即中非即但中蓋指一念即具德中此中能妙三諦之法故云一中一切中也言無空無假

而不中者非獨中觀於法絕待空假亦能當處絕待何者以空中故眞諦絕待以假中故俗諦絕待以中中故雙遮雙照俱絕對待此三頓絕名爲圓中既攝三諦不縱不橫名祕密藏此藏具足常樂我淨名法身德此三德觀列諸句者但在離於偏破偏立及別觀中得此意者能所既寂言慮都忘故得名爲不思議觀如是方顯三德祕藏二明圓從一中至無所畏皆華嚴文所言一者趣舉一法也無量者一切法也若以三諦收一切法無有餘也復於三諦隨以一諦名之爲一如是一三展轉生起如示觀文說有茲觀解聞一不畏減於三德聞三不畏增於一實當知下復以一多而爲四句顯不思議離縱橫等成祕藏觀二寄佛明德二初明德從觀立佛體命

力從三觀成況復體等是空假中不可分於能成所成二明德受藏名二歎心境一初據經歎要諸佛皆具眞性實慧方便三種解脫今但云解脫亦是一中解多之意此之三脫與其三德無二無別但佛法太高初心爲難心佛無差觀心則易是故令於心行中求蓋衆生心即空假中中是眞性空是實慧假是方便高下雖殊其性不二故使觀心得佛解脫今觀十法其意皆然二例三無差他生他佛三德三脫已心三德豈與觀殊三結法歸題題標三字既是三德當體之名故以三觀對於金等義當三觀顯三德也三結例前三對斥邪空顯觀心功德三初叙彼邪空今立觀法皆依佛言佛令依經修觀契理復教設像託似觀眞經詮佛心像寫佛質此二不敬

觀何由成今作理觀以爲正修恭敬事儀用爲助道世間愚者不知此意妄執癡空見今觀心復敬經像謂乖平等難今修觀三身不成乃執佛經及以佛像同餘紙木我於經像不生敬心於餘紙木不生慢心自行化他三身義足以此癡空毀今正助合修之行二以事對破彼執癡空詞既虛誕故但以三事驗其恚慢三身不成初破平等義不成汝於廟勑既須敬畏於佛經像何以輕慢畏慢既起諸使熾然平等不成法身安在二破智慧不成師學兩分憎愛俱立既生憎愛驗是愚癡愚癡非智報身則失三破化他不成癡空非智方便則縛執凡愚見生憎上心我慢相傳師徒必墮三毒邪氣轉入他心化益全無應身何在二明今觀德邪空之輩妄毀觀心以事驗之其過略爾今立觀心復敬經像有何功德略論有二所謂有方便慧有慧方便此二俱解爲三身因即顯癡空二種俱縛非三身本二功德者於凡夫位修圓實慧以敬經像方便資故令慧不縛以不縛慧導恭敬善誡勸衆生故復能令方便不縛三身因者有慧方便能成應身有方便慧能成報身所顯實相即是法身豈同癡空立三身耶二約義重明二字眞諦所譯七卷別名金光明下復安帝王今之讖經唯標三字故前文云若依四卷題但作三字無帝王兩字若依經文有經王之義若說不說俱亦無妨大師釋題前雖據文且論三字今復約義重明帝王故翻譯章備擧眞諦華梵二文而言此師譯題最爲委悉乃是作今重釋張本也釋中先約眞

諦解眞諦譯此經後以統攝義釋帝王字乃將三身分對三經意云諸經各說一身此經具有三身名義故能統攝華嚴等經是故得帝王之目分割三身優劣大教具如䟽斥必是赴機且作此釋耳二明今師釋二初明應具三義三初標名略示欲約教觀圓對三法故示帝王必具慧義即以神謀聖策弁帝是貴極王是朝會合成三義謂帝慧王二釋出三義此義於他仍是譬喻若據今師皆是當體三引經證成初取所游深廣法性證貴極義若從能游乃屬慧義次聞者思惟雖在於因然其初心即用果智此顯圓宗因果不二甘露雖理從能開入及能處食皆是聖智雄略之義諸佛菩薩以朝會故佛得常住菩薩莊嚴乃至諸河焦乾希有事現是利益義孤山第四事悞破此文也而言事悞有四其一云夫附法成觀秖觀前文所譚法相且此文唯釋讖本三字之題及以觀心反用眞諦立題帝王二字其二云歐或直用猶可從容況復擅加慧字其三云又加其帝王二字之間而云帝慧王如至尊之號可以文武聖神等字於皇帝二字中間著邪其四云又云慧者是神謀聖策帝則貴極至尊王則萬國朝會此解釋者出於經乎備於史乎載於子乎見於集乎茍四者不譚則是胷臆謬說智者聖師豈其然乎今釋其一者大師重明帝王之義甚非徑庭先叙眞諦局解次陳今之正義今義又二初明應具三義次依三義解釋釋中自有二意初約教義釋二約觀行釋教觀顯然如指諸掌是前文已用教觀釋其讖譯

三字題訖今復用教觀解眞諦譯帝王二字何曾但附識譯三字之法而約眞諦二字明觀若觀此破尚讀文不委況觀道深致何勞擬議乎釋其二者今師解經要在顯義以眞諦所譯文雖標二義合具三如世帝王豈不具慧故云今明帝王應具三義也立此三義爲能詮名以召所詮十種三法以三召三令理可識至唐義淨重譯此經名最勝王果符大師所立三義極尊釋帝與最義同慧之聖神與勝義合以新譯驗三義宛然況約義加文顯有其例如今文句釋經五戒欲令義顯乃於各各忿諍之下加於人人不信之句財物損耗之下復加虧失禮度之文何不破擅加二句使令文句成訛說耶釋其三者今明帝王具慧義者意用三名詮乎三法以十三法唯有三寶佛在於初八種皆同三德次第今欲準此帝詮法身慧詮般若王詮解脫順所詮故故安慧字居二之間大師宣揚多從義便釋妙法則先法次妙釋觀世則先世後觀以今重明帝等三義乃是法性當體之名尚非譬喻安得全同皇帝尊號況復自云帝王合具慧義非謂令將經題添於慧字那忽掩其義而責其字深見人情也釋其四者若謂解釋帝等三義非經史子集即後人擅加者且如懺摩梵語悔過華言今經文句不分華梵直以首釋於懺伏釋於悔及黑白等五義釋之又以鑑義訓於梵音此等出何經論典籍何不責其文無所出令皆成謬豈非大師善巧說法務在顯理以開人心又既云智者聖師也所說名教固非凡情俗學所能逮

及安得齊我之聞見斥聖之辯才亟盡之言誰當信受二依三義解釋二初約教義釋二初明十種三法皆具三義問前以十種三法釋金光明其義已顯今那更將十種三法釋帝慧王且尊重名金照了名光應益名明與今貴義慧義及朝會義道理無殊何須用此重對十法豈非繁芿致令往者謂此等文是人謬撰有何所以須重釋耶答麁心讀文謂爲稠沓精詳其義各有所歸何者前譬喻釋以金光明爲世物象可以比況十種三法至當體釋雖捨喻從法但云法性可重名金寂照名光應益名明而且未示十種三法一一當體名金光明觀心十法雖從當體而非約教是故今釋顯從教示一一三法即貴義慧義及朝會義皆是當體名帝慧王雖帝慧王

與金光明三義稍同而前從譬喻今從當體義勢天殊縱使前後皆從當體而前文自釋金等三義今釋帝等何曾重述又諸三法若也各具帝慧王義則令人深信一一三法皆是經王以即在題非遠取義故也二明十種經王皆能攝法二初標列二釋相二初正明攝三三初攝法門三道在迷故攝惑識別名義故攝解三菩提攝發心行者塡願行也三大乘攝發趣位者發眞趣果位也乘遊四方直至道場故三德攝理者果後祕藏究竟理也前文既明彼彼三法無二無別驗知一一悉皆互攝前文既曾委論互義故今但示各攝相耳二攝衆教二初攝諸部三道攝淨名者不即三障顯三解脫安得名爲不可思議三識攝楞伽地持等者以此經論多用三識

顯事理故問經題本是佛世法門豈可豫攝滅後論耶答今以經題所召法門即是諸論所詮之義乃以所詮攝於能詮故云三識攝地持等況諸菩薩爲顯大乘尊經妙義故造諸論諸論所說違此經耶若其不違理應攝屬涅槃明說一切衆生皆有佛性悉當作佛故大品等五時教者仁王般若云大覺世尊前已爲我等說摩訶般若金剛般若天王問大品等般若今日如來放大光明斯作何事至佛定起無問自說仁王般若仁王對前四種般若即當第五此五般若說各一時故得名爲五時教也菩提願行多出方等諸部經故理隨得三成一大乘法華開會故新譯華嚴合於理智但名法身幷於垂應以爲二身舊經明義即一而三故與此經三身相攝涅槃三寶亦以三德大經最顯故問眞諦云三德攝三涅槃正斷二乘斷見般若正遣凡夫有著華嚴正化始行菩薩今經通爲八位人故稱王也文句破云作此偏說無智之人於諸經起輕慢此義不可今那得用十種三法分對諸經却同眞諦被破之義答眞諦所釋分割三德在於三經是别異義故爲所破今以三法非縱橫義攝於一經攝彼彼經亦復如是且如大品題稱般若義至三故諸法融淨維摩所說亦名解脫以具三脫故不思議須知今立十種三法一一三法非縱非横而高而廣豎徹極果徧收諸法故以十三分對諸部如前眞諦分於三德對道前等三種之位大師廣斥至今自立法性甚深乃用十種三法之義對本有等三種之位故知他將一

法以攝一經類今三法而攝一經山毫相絕
學者應審若謂不殊太無眉目二攝一切上
諸經論並是大乘且舉世人共見聞者故云
當道綎猶豫也但豫八萬四千法藏皆爲所
攝須知八萬該乎一代無一名義暫離十種
三法經王故文句云於九種經中而得自在
三攝六位二初明十法本位苦道有分段變
易故云一切五陰煩惱有通惑別惑故云五
住業有漏無漏等故云一切合云三識有一
切心王心數此二是本有位三因至三涅槃
此六是現有位三寶三德是當有位此位前
文已委說故但舉三道餘皆例知此說乃是
十種三法本分之位也文略九種本位攝法
故云乃至及注云云現行印本悮將並書云
云而爲以字也

金光明經玄義拾遺記卷第五

音釋

觚攻乎切與柧同　鷴音閑鳥名　臆音億胷臆也　徑庭庭他定切徑庭謂不近人情也　艿如蒸切積也

金光明經玄義拾遺記卷第六

宋四明沙門知禮述

二明十法攝位謂下攝於上上攝於下中攝上下故一一三法皆攝六位三障覆六位者斯由三障從迷說六即從解說耳若即三障之非道通達三障之佛道即此佛道須論六位此之六位攝一切位理即攝博地位名字攝一切學習位觀行攝五品位相似攝十信位分眞攝四十一位究竟攝妙覺位乃至三德等者解於三障有六即位解九三法各論六即然性德中十種三法皆須即障照之令顯但約所顯而明十番六即之位言三德既備攝等者合例三道論於類攝謂法身有三身及一切妙境般若有三智及一切辯慧解脫有三脫及一切神變既就三德論於六位須論六位皆即三德所攝之法故云六位寧不備收其間八三各各備攝及八六位位位備收準例可解二明攝三意以三番攝法合帝慧王者前之三番即三十重論帝慧王今乃攝褻法門十重佛所師故結歸於帝合貴極義攝教十重鑑機說故結歸於慧合雄略義攝位十重皆趣果故結歸於王合朝會義又十種法門一一高廣不論優劣乃是橫攝六位皆即自下升高故當豎攝教詮法門復論六位故當橫豎雙攝之義如斯統攝題稱帝王諒無慙德二約觀行釋二初正釋二初正約帝慧王明觀以中空假觀一念心即帝慧王義觀冥符能所體一自已經王於茲可顯二會同金光明示位以帝慧王與金光明皆是法性當體之名欲令經王統攝義顯是

故重安帝王之目令欲行者知此二名同詮法性故特會同金等明位五位文義如前可知唯名字即語稍難解心但有名者金光明名也初學之者於一念心但有此名未有此觀故云即名字金光明也二結意意在觀心聞慧具足夫如是則法性寶山不跬步而至矣然此觀行諸說文旨尤邃非造心山家壼奥者莫可輕議也予研精此義積有歲年豈敢抑理順情是此非彼奈何境觀之道宛而有歸況諸部之相符驗斯文之未喪嗚呼諸祖既往代有明賢知我以觀心罪我以觀心願無得而隱也二釋通名法華解題廣釋通目乃直以經翻脩多羅雖有翻無翻各十五義秖於經字義解無餘學者須於彼文尋究釋名畢大章第二辨體前章釋名總於三法

舍體宗用利根之者即達能詮忘情得體自成宗用其鈍根人以名具三體混在內心慮難遣妙體莫彰故次釋名別譚體等俾於法性絕念而游即於此典金光明中而得見我釋迦牟尼文先分二初標列列於辨體三章門也問本爲忘名故别示體今還釋名與前何異又但釋名引證料簡何意不立辨體章門答夫忘名者非謂默然若善釋名其名自泯無離文字説解脫相文字性離即是解脫今所釋者但釋體名前章總三與此永異又體本寂滅寄名詮之故但釋名即當辨體總持無字字顯總持斯之謂也既釋體名又引經論證成體義復約説證料簡於體辨體之旨曲盡其妙那言不立辨體章門解釋分三初釋名二初約字略示前章釋名是實是假

此章辨體是主是質二就義廣釋二初約二名總釋三初標標起二種爲釋所依二釋三初一體二名若依義者即體宗用三章義也法身爲體報身爲宗應身爲用今之所辨義當法身若七卷經有三身品此亦是文今解四卷且名爲義若依文者創首即云游於法性下文節節其文不少須知一體立此二名二簡通從别三初約義簡眞中二理俱名法性故身子云同入法性偏眞法性也就中而論有但不但於不但中有分有滿今取如來所游法性乃是不但已滿中道而爲經體二引文示尚過菩薩分證圓中豈是但中及空法性三據文結此經判教應於通教簡取圓極而爲經體不取二乘及鈍根菩薩所證法性及被别接但中法性三爲四章主二初法

佛以種智爲能游入是經之宗深廣法性而爲所游及爲智本印是經體若偏眞法性體類太虛非智之本中道法性體是本覺能爲始覺種智之根今經以果而爲宗要果智乃是究竟始覺始本不二不二而二體爲宗本若不然者何名但是佛游入耶功德衆行是經之用所嚴所趣即是體也滅惡爲功生善爲德功德乃是力用異名以此力用莊嚴法身懺悔讚歎空智導成此乃以行而爲力用問宗取佛果用須佛力功德屬佛爲用可爾行在衆生那爲經用答衆生之心非佛威力豈能立行故般舟見佛論其三力一佛威力二三昧力三是行者本功德力若非感應無一善生故起信云所言用大者謂能生一切世間及出世間善因果故行是經用其義昭

然皆徧十界故云無量及種種也言說問答能詮辨邊即是經名及教相也其所詮辨豈非經體名教二種俱是能詮自行稟得故曰經名爲他詮辨乃曰教相自他雖異俱詮法性問名是經題豈有問答詮辨等耶答一經始終皆能詮名含幾問答但以題目是經總名故解題目稱爲釋名那謂經名不曾問答二喻衆星萬流以類四章北辰東海可方體質三結可見二就三義別釋以金光明是能詮名法性既是所詮之體故今於體而立三義應彼三名以此望前前不分三名爲總釋今釋分三初應金名以禮義釋二初直明字訓禮者釋名云體也言得事之體也今明體有尊賤者意在揀臣子而取君父也二會同體義今之經體既是究竟所證法身正同君父體禮之義揀非分證法身已還臣子之體也二應光名以底義釋三初約字訓立謂此實體是諸法底故其得體方曰窮源淵府實際皆理趣之極也二引文證成三種般若圓融深廣名智度海實相般若爲體爲底底通分證唯佛能窮三以今義結秪一法性當體貴極當體甚深當體無量以底釋體合甚深義言法性高深竪窮佛海者對前論意互顯令深論明法海深唯佛能窮底今明佛海深此法能爲底人法互相顯體底義方成三應明名以達義釋三初約字訓立體是達義者顯法性體本具諸法諸法當處是中道體佛以此體達一切法人識此體亦達一切是故智者觀行得體能達諸法自在無礙一切異名不能壅塞具如前文三字譬法如從一法

至河沙法同異無妨正是今文體達之義例前體尊及體底義皆是觀行所證法門故章安敍止觀云大師説己心中所證法也二引文證成實相般若雖是一法而體本具一切諸法佛赴衆生種種異説異是一異異豈異一故得一者能達異説佛等三名即一實相觀一達三同異自在三以今義結秖一法性當體無量故與達義釋體相符二引證二初具引四文序品在初故示法性體義備足如來所游非三乘共故無量甚深三諦圓妙故鬼神品兩言法性且云二文語句相連共顯一義文云若入此經即入法性如深法性即於此典金光明中而得見我釋迦牟尼今據深字簡非二乘及以分證空品説空不但空有亦乃空空既是中空無二邊異故云空即

如也讚佛品既讚果佛知之一字即種智知此知知下三諦之理有即俗諦非有即眞諦本性即中諦空寂二字寂其三諦對俗立眞對邊立中知絶待故三皆空寂不作此解非讚佛知上之三文其義不異今經之體理合如然二結成一體四品異名皆詮法性故法是下解法性名成經體義法性常一能軌則佛法常一故諸佛常一故佛皆以法性爲體佛體即是此經體也三料簡二初問略舉二句意必該四以答中自他若泯若用皆論四故二答二初正答二初明理非四句當知等覺修離見禪蓋欲淨於微細四句今明妙覺所游法性出于等覺四句之外故云過諸菩薩所行清淨豈將三教及凡外四句而可求耶二赴機須四説第三是法身前二是化身

應身此以性一箇於修二故分眞假文列三句結云四句四門者旣有雙非寧無雙示即雙取前二爲第三句此皆圓教四門詮理若論赴機亦可說前三教四門二結示良以衆生於四種門有四悉機是故大聖作空等說若其悟入理尚非一況定有四四無四相故云皆是無諍之法新舊兩文空有不同若得今師體達之意百千尚一況二文耶第三明宗此亦名中三法之一以由根鈍於總不了故別示三謂體宗用今別明宗即當果智顯體之宗也先分爲二初標二釋二初約義略明三初示字義宗義葢多今取要義欲明果智是常無常衆德之要也二定因果二初泛舉他釋二尋究二經新舊兩本雖各舉因並是就因疑問於果故知經意以果爲宗三正明宗二初的約果德略示今意也二釋出所以萬行之因雖亦顯體不及果德究竟相應問若言爲顯法性體故偏取佛果爲經宗者法華豈不顯實相體何故雙用因果爲宗答法華正開千如實體是故因果皆能顯之此經正詮如來所游法性之體此體非常非無常能常能無常乃是專論極位三身非果爲宗此等衆義無由得立故云果是顯體樞要等也二附經委釋二初明今師正釋二初正釋二初據經文立義釋二初約佛壽對法性明宗三初明得果冥體釋迦別號如來通號以別簡通顯今教主極果人也壽量乃是果人所剋難思之用不冥法性寧剋此用二稱體立能二初立義法性中實離諸邊倒故非有無及常無常果人果法旣與性冥亦乃雙

非雙非之性法爾雙照故也二示文問下文句釋壽量品題云山斤等無能筭計與阿彌陀同是有量中之無量雖極長遠終是無常今何以此明其能常答雖是有量以人天等莫知齊限若非法性能常之用那得現壽長遠若斯是故四佛舉此長壽顯佛常用今八十滅度即無常用此常無常即是法性雙照大用三約釋疑明宗二初約疑明失信相但以八十滅度無常爲疑不知如來能現常壽尚不能解即短之長焉了妙證非長非短此舉迷宗之失也二約宗顯得法性體用顯由極證故云若不約果此義難明今以佛果爲顯體宗則非常非無常能常能無常衆義皆立除信相疑使群機悟此乃解宗之得也二約報化對法性明宗三初明果有總别二初明餘經别舉智斷餘經説果或智或斷如指左邊必具於右指右亦然智契理故衆善溥會豈可契理而不斷惑是故任運具於斷德斷德調機非智焉能諸惡永盡是故任運具於智德諸經互舉乃隨時之義也二明此經總於二三壽量乃是修道所得故名果報感果獲報智斷必全既總智斷合具三身何者智是報身斷是應身此二全以法身爲體故知今經明壽量果能總二德及以三身二明宗體融妙二初約三身稱性故互攝問法身如何更冥法性答此文既云果上三身與法性冥此乃修三冥於性三故云法性非常非無常能常能無常豈非性三修極三身與性冥故使三身各有三義斯由性三互具成九致令修三亦成九義顯無别修故論二九

二無二體秖是一九九秖是三三非定三三秖是一舉一不少言九非多修性圓妙其義如是二約二身即法故難思上約離義修性各三今就合義故以報化寘於法性二既即性安可數知乃即八十應化之身壽不可計是故四偈皆云釋尊此意皆由果宗顯性故使二身同法性壽三託疑者彰失信相若知果能顯體非常非無常能常能無常終不見短定謂之短二約化事比況釋二初立況二結釋所言長短非法性者其實長短全是法性良由迷者定執長短不識法性故於長短指非長短而爲法性若見法性必能長短二顯得若見此意者指今立果爲宗意也此意若立諸義皆成何者修二性一而論三身顯體之果正是報身常義成也所顯之體豈非

法身非常非無常義成也法報既合應身赴機無常義也此等義立功由果證果爲宗要其義善成果是顯體樞要如提綱目整信不誣矣問文句云應佛能爲常與無常是則能常亦是應身今文何故常屬於報應唯無常答報應乃是法身常與無常二種之用法身是體性不偏屬故法身云非常非無常報身屬常應屬無常而文句云應身能常者以能現長人天莫數能彰法性常住之用故云常耳若望報身長短二應俱名無常故與下釋義不相違二簡古師非義二初叙二斥古師此解略有二失一不能分别大小法體故將三藏三種無爲曲解方等四德之果二不知今經果宗顯體果人果壽寘乎法性法性既非常非無常果人果法亦非常非無常法性

既能常能無常果人果法亦能常能無常以果三身皆即性故是故三身一一互具古人迷此故齊海滴判爲無常既失修性俱融之義雖立經宗全無要義也四論用者果宗寘體故有大用其猶鑑鼓以瑩以擊現像發聲釋名總三今別示一釋此爲三初標示通名以力釋用名義成也非堪能力無作爲用二義相顯以示通名二正釋此典二初示四名先且總舉滅惡生善宗既寘體體之力用任運發生能爲群機滅惡生善若偏對者力能滅惡用能生善以滅惡故力乃成功以生善故用乃成德故舉功德顯其力用欲令易解故且偏言若其盡理力用功德一一皆能滅惡生善二明經意二初明果智成由功德序品云一切種智而爲根本無量功德之所莊嚴滅除諸苦與無量樂今以此文明經力用以果上智爲衆行本者此明初心了知本性具於果德雖以無量修德莊嚴修即性故嚴無所嚴了苦即性無苦可滅乃能除滅一切苦也知樂即性無樂可與乃能徧與究竟樂也問今言功德嚴果智者斯是行人修懺讃等滅惡生善趣向菩提何得以此爲經力用答佛得經體體發力用力用者何謂說懺讃及以空慧行者修之成滅惡力及生善用莊嚴本智而成佛智豈經力用不修而成耶如世妙藥不服無功二示文旨力用詮次三初明懺讃兩品二初明二行成果三初明二品先後懺有三種謂作法取相無生無生爲正以二爲助是故能令貪瞋癡滅此三煩惱有通有別今了通別同居一念頓照無生兼事

懺助無惡不滅讚有三種謂讚丈六尊特法性今正讚尊特上冥法性下現丈六此三即一此一即三不縱不橫不可思議如此讚佛攝一切善兼前懺悔爲常樂因據其品次先以懺洗用淨三業禮讚三身若以讚佛善力資懺令三障滅以此爲次其義亦成故云亦是互舉耳二明能成宗體佛之果體爲生心體佛示懺讚二種勝用衆生修之得成滅惡及生善用此用莊嚴同佛果智顯法性體三明五義俱備此文承上即是行人智備體顯體顯名金性體既顯果智稱體此智名光嚴果之力自行功成能多利益名之爲明利益之事無過設教也金等三字別對體等若總此三即是名也感五既然應五亦爾今示一五已含二五二明二品互具如說不修善根之罪即懺中生善也若讚能離染著之德即讚中滅惡也今且從强左右說耳二明空品一文此品圓譚即空假中蕩三惑著名畢竟空導成懺讚二種之用若其不照三惑無生縱懺不除惡之根本暫息復起故云惡不除滅若其不照三諦無得縱讚不顯性淨功德還成漏因故云善不清淨今以空慧無生無得是故懺讚能嚴果智引序品文中空之智爲懺讚本也然其利根於前二品修無生懺就尊特讚豈乖空慧鈍者猶昧故特說之故此品云爲鈍根者起大悲心三明已下諸文鬼神品云一切皆是大菩薩等故知護經及禳災力皆是分得金光明宗顯金光明體起金光明用也故知諸天得經力用還護於經以至下文正論治病救魚飼虎皆是此經生

善滅惡力用功德故四王云我等聞經增益身力心進勇銳具諸威德又人王燒香供養經時變成香蓋金色偏照此界他方皆是此經威神之力三牒文結攝其意可見五判教相若論生起則尋名得體依體立宗宗成有用用則設教此乃製立五章次第若究五義須明總別名總三法體宗用三別示三法今之教相判前總別時味所攝文二初標前之四章皆是聖人被下之言悉稱爲教今以五味四藏四教明其相狀使覧之者區以別矣二釋二初破他異解三初破舊師判屬不定二初叙會三即法華褒貶即方等無相即般若既非此三乃以不列同聞之衆以驗不在五時次第未至涅槃而忽譚常是故判屬偏方不定之教偏謂偏僻方謂處所指信相室爲偏僻處古人判教所立五時與今有異彼以華嚴別名爲頓乃立五時皆名爲漸一有相教謂四阿含二無相教謂諸般若三褒貶教謂淨名經及諸方等四萬善同歸教謂法華五常住教謂涅槃若偏方不定教非漸頓攝二破二初破非五時次第三初舉彼義定二引鶖掘並彼經通序非不列衆鶖掘摩羅斥聲聞乘明摩訶衍同於維摩而成論師同與今經判屬偏方不定之教三竅成次第論家既判鶖掘在不次驗知不因不列同聞而爲不次若爾何妨今經不列同聞是次第耶二破非偏方不定三初舉彼義定古判五時第五涅槃方譚常住前之四時悉是無常此經越次豫明常壽稱偏方者此先定之二引方等破陀羅尼者即方等陀羅尼經也乃以

第四法華會三例於第五涅槃譚常也方等會三既居次第今經譚常何故不定此是方等後分經文故得却指三處法華授聲聞記三引衆經破古人判教不了異名同詮一理華嚴法界方等實相般若佛母法華一乘此等若與涅槃常身金剛不變體不同者豈以生滅無常之法而爲實相及一乘耶又維摩云法身無爲不墮諸數法華云常在靈山又云常住不滅此等諸經既居次第此經何故獨屬偏方此乃正示今經譚常非不定教傍顯諸經皆詮常住二破一師判屬法華二初叙謂法華壽量喻以界塵與今經齊意謂二經未出數量皆是無常二破此師不了二經譚常但執數量一不了此經者帝王經中因婆羅門欲生天故求佛舍利梨車王子廣譚佛身是常住體無舍利事此於應色即示法身非長非短以驗此品全法起應能長能短八十是短山斤是長短表應身長表報智古人不見新本所明常住法身是所證金報身常智是能證光但齊應身山斤海滴能表之數判屬無常翳於所表法報金光也二不了法華者彼部所譚本迹二門皆顯常身何者迹門中云世間相常住於道場知已本門中云如來明見三界之相非如非異此皆所證常住法身中道之體乃以寶所髻珠而爲譬喻所證法身既其常住能證報智所垂應用豈可無常經舉界塵乃是過去本成劫數若論未來經文顯云常住不滅豈非此師以久遠成佛界塵劫數翳於寶所所譬三身耶三破真諦判在三月二初叙二破二初奪破唱

滅之語通在諸經豈可獨指於三月前告波旬時信相懷疑耶此文分三初總奪二引經三結破二縱破二初縱而覈之所以縱者諸經唱滅其語猶通若三月前知齊八十故須縱許在乎三月雖縱年月須覈部味以凡判教有前後分前分有次後分不定如今空品在般若後若陀羅尼在法華後後雖不定須攝歸前縱令此經在三月說爲屬法華爲屬涅槃此順古人以法華涅槃二經分對第四第五二時故也二驗其無據三乘同懺文出新經三乘行人各求證果同依此經修懺悔也法華廢權尚捨別教不共方便豈存三乘同懺方便退非法華也此經既在三月前說進非涅槃也兩楹不攝規矩無從二明今正判二初以文義定二初簡異餘時若安無相

而時異者簡非般若也說彼部時處會雖多而同名般若此既別立金光明稱故與彼時所說異也會三即法華彼經廢權同歸一乘純一醍醐今存異趣則屬生酥故云味別二定屬方等二初以文定二初引方等文二引三乘文方等之名立有二意若大經云從酪出生酥譬修多羅出方等此則的約第三時教名爲方等即被三乘四教機也若普賢觀稱方等者乃直名圓理非第三時偏被群機教部之稱也今初所引方等之文恐人謂同普賢觀等從理立稱故引三乘懺悔之文以定此名的從教部是故結云其義無疑二約義定初明方等部元不局因今立云方等之教通於三乘遂引新本無異乘文難今所立通三不成故云害於通義然方等下釋難所

云法界無異乘者別教圓教俱以法界而爲歸趣是故自得名無異乘方等滿字既通二教有何妨礙二明列衆文或未來經初不列同聞之衆他疑今師判屬第三方等不當是故大師指彼天竺其文尚多不止讖譯四卷之文及眞諦七軸至唐義淨重譯此經名最勝王金光明經果有列衆以驗大師所指梵本宛爾冥符又驗他師判屬偏方灼然爲謬二以教味判對他研覈復據文義故云如此斟酌乃以五味四藏四教而判攝之初五味者涅槃經文既以生酥喻於方等今經顯有方等之文又有其義是故須在第三味攝次四藏者謂聲聞藏菩薩藏雜藏佛藏此乃以人而名法聚聲聞名藏意彰純小菩薩佛藏唯詮於大雜藏兼含若大若小今經既許三乘同懺則能蘊攝聲聞菩薩及以佛法故屬雜藏也後四教者五味四藏名尚同他四教判經唯今所用此經體幻即顯中空全非三藏析法拙度三乘同懺復非別圓不共之法正是通教三乘共禀不生滅法利根菩薩知常達性故名通教帶別明圓問通教菩薩利者受接乃於聖位方知不空何故釋題及解經文唯約始終俱圓而說是則解釋與判教相頓成胡越也答通教機雜不獨受接方知不空蓋論通教須具三義一因果俱通二因通果不通三通別通圓初義者是鈍菩薩但見於空始終不知二教別理故云因果俱通也次義者見地已上深觀於空能見不空以此菩薩初依通理得成眞因後依別理而趣佛果故名因通果不通也第三義者即於乾

慧及性地中聞體法空不但空於二十五有亦乃空於涅槃之空此人雖藉通教譚空開道其心而了此空體是中道乃以別圓内外凡觀同於二乘歷乾慧等及後諸地至第十地即成別圓初地初住八相之佛此乃通教通別通圓義也既在初地便知不空是故不受被接之名以是義故此經雖約三乘同懺判屬通教不妨釋題及解經文自明三法始終圓妙正是通教第三義也又復應知此經既許三乘同懺其懺悔處隨彼信解或空不空或次不次合具通教前之二義大師特爲成今行者圓解行故捨劣從勝一向圓譚見聞之徒當從此意而思修之

金光明經玄義拾遺記卷第六

佛說觀無量壽佛經疏

天台智者大師說

清刻龍藏佛說法變相圖

佛說觀無量壽佛經疏 并序

天台智者大師說

夫樂邦之與苦域金寶之與泥沙胎獄之望華池棘林之比瓊樹誠由心分垢淨見兩土之升沉行開善惡觀二方之麤妙喻形端則影直源濁則流昏故知欲生極樂國土必修十六妙觀願見彌陀世尊要行三種淨業然化因事漸教籍緣興是以闍王殺逆韋提哀請大聖垂慈乘機演法曜玉相而流彩聳珍臺而顯瑞雖廣示珍域而宗歸安養使末俗有緣遵斯妙觀落日懸鼓用標送想之方大水結冰實表瑠璃之地風吟寶葉共天樂而同繁波動金渠將契經而合響觀肉髻而瞻侍者念毫相而覩如來及其瞑目告終上珍臺而高踊文成印壞坐金蓮而化生隨三輩

而横截越五苦而長騖可謂微行妙觀至道要術者哉
此經心觀爲宗實相爲體所言佛説觀無量壽佛者佛是所觀勝境舉正報以收依果述化主以包徒衆觀雖十六言佛便周故云佛説觀無量壽佛經者訓法訓常由聖人金口故言經也
釋經五義名體宗用教相云云第一釋名者一切衆經皆有通别二名通則經之一字别則有七或單人法譬或複或具今經從能説所説人以立名即教别同名爲經即教通爲行不同從一乃至無量即行别同會常樂即行通理雖無名將門名理理隨於門四四十六即名理别門隨於理即名理通此約一化以明通别更約一題佛説即教觀即是行無量壽佛即是理教行理足任運有通别意更就一字説者釋論云所行如所説説即是教如即是理行即是行佛即法身觀即般若無量壽即解脱當知即一達三即三達一一中解無量無量中解一於一字尚達無量義況諸字況一題況一經一切經耶故經云若聞首題名字所得功德不可限量若不如上解者安獲無限功德耶初釋佛者佛是覺義有六種即涅槃經云一切衆生即是佛如貧女舍實衆物具存力士額珠圓明頓在如來藏經舉十喻弊帛裹黄金土模内像闇室缾盆井中七寶本自有之非適今也淨名云一切衆生皆如也寶篋云佛界衆生界一界無别界此是圓智圓覺諸法徧一切處無不明了雖五無間皆解脱相雖昏盲倒惑其理存焉斯

理灼然世間常住有佛不能益無佛不能損得之不爲髙失之不爲下故言衆生即是佛理佛也如斯之理佛若不說無能知者法華云一百八十劫空過無有佛世尊未出時十方常闇暝涅槃云於無量世亦不聞有如來出世大乘經名若佛出世方能闡智慧日識三寶之光明開甘露門知十號之妙味因說生解於實適悦故須達聞名身毛皆竪昏夜大朗巨關自闢此名字佛也觀行佛者觀佛相好如鑄金像心緣妙色與眼作對開眼閉目若明若闇常得不離見佛世尊從大相海流出小相浩浩瀁瀁如大劫水周睟徧覽無非佛界念一佛與十方佛等念現在佛與三世佛等一身一智慧力無畏亦然念色身念法門念實相常運念無不念時念念皆覺是名觀行佛也相似佛者念佛相好身得相似相應念佛法門身得相似相應念實相身得相似相應相似者二物相類如鍮似金若瓜比瓠猶火先煖涉海初平水性至冷飲者乃知渴不掘井聽說何爲略舉其要如法華中六根清淨即是其相名相似佛也分證佛者初發心住一發一切發發一切功德發一切智慧發一切境界不前不後亦不一時三智一心中得得如來妙色身湛然應一切開祕密藏以不住法即住其中以普現色身作衆色像一音隨類報答諸聲不動眞際羣情等悦應以三輪度者能八相成道具佛威儀以佛音聲方便而度脫之況九法界三輪耶初住尚爾況等覺耶是名分證佛也究竟佛者道窮妙覺位極於荼故唯佛與佛乃能究盡

諸法實相邊際智滿種覺頓圓無上士者名無所斷無上士者更無過者如十五日月圓滿具足衆星中王最上最勝威德特尊是名究竟佛義佛有無量德應有無量號舉一蔽諸華嚴有十萬號又經有萬號三世諸佛通有十號淨名三號以劫壽說不能令盡何況諸號耶說者悅所懷也即十二部經八萬法藏六度四等一切法門又於一法中作四門分別於一一門巧作四悉檀利益聞者歡喜讚用受行信戒進念而得開發貪恚愚癡豁爾冰消革凡成聖入法流水或三二一益若都無益則樂默然若一機扣聖於一門施四益者餘三門亦如是爲一緣說一法既爾諸緣諸法亦如是觀者觀也有次第三觀一心中三觀從假入空觀亦名二諦觀從空入假觀亦名平等觀二空觀爲方便得入中道第一義諦觀心心寂滅自然流入薩婆若海此名出瓔珞經今釋其意假是虛妄俗諦也空是審實眞諦也今欲去俗歸眞故言從假入空觀假是入空之詮先須觀假知假虛妄而得會眞故言二諦觀此觀若成即證一切智也從空入假觀者若住於空與二乘何異不成佛法不益衆生是故觀空不住於空而入於假知病識藥應病授藥令得服行故名從空入假觀而言平等者望前稱平等前破假用空今破空用假破用既均故言平等觀此觀成時證道種智二空爲方便者初觀空生死次觀空涅槃此之二空爲雙遮之方便初觀用空次觀用假此之二用爲雙照之方便心心歸趣入薩婆若海雙照二諦也此觀成

時證一切種智是爲次第三觀也一心三觀者此出釋論論云三智實在一心中得秖一觀而三觀觀於一諦而三諦故名一心三觀類如一心而有生住滅如此三相在一心中此觀成時證一心三智亦名一切種智寂滅相種種行類相貌皆知也寂滅相者是雙亡之力種種相貌皆知者雙照之力也中論云因緣所生法即空即假即中釋論云三智實在一心中得即此意也此觀微妙即一而三即三而一一觀一切觀一切觀一觀非一非一切如此之觀攝一切觀也無量壽者天竺稱阿彌陀佛本無身無壽亦無於量隨順世間而論三身亦隨順世間而論三壽亦隨順世間而論三量法身者師軌法性還以法性爲身此身非色質亦非心智非陰界入之所攝持强指法性爲法身耳法性壽者非報得命根亦無連持强指不遷不變名之爲壽此壽非長量亦非短量無延無促强指法界同虚空量此即非身之身無壽之壽不量之量也報身者修行所感法華云久修業所得涅槃云大般涅槃修道得故如如智照如如境菩提智慧與法性相應相冥相應者如函蓋相應相冥者如水乳相冥法身非身非不身智既應冥亦非身非不身强名此智爲報身法壽非壽非不壽智既應冥亦非壽非不壽强名非壽爲壽法量非量非無量智既應冥亦非量非無量强名無量爲量也應身者應同萬物爲身也應同連持爲壽也應同長短爲量也智與體冥能起大用如水銀和真金能塗諸色像功德和法身處處應現往能爲

身非身能爲常壽爲無常壽能爲無量能爲有量有量有二義一爲無量之量二爲有量之量如七百阿僧祇及八十等是有量之量如阿彌陀實有期限人天莫數是有量之無量應佛皆爲兩量逐物隨緣參差長短然此三身三壽不可並別一異即爭法體即一而三即三而一乃會玄文釋名竟次辯體者體是主質釋論云除諸法實相餘皆魔事大乘經以實相爲印爲經正體無量功德共莊嚴之種種衆行而歸趣之言說問答而詮辯之譬衆星之環北辰如萬流之宗東海故以實相爲經體也書家解禮者訓體也體有尊卑長幼君父之體尊臣子之體賤當知體禮之釋是貴極之法也復次體是底也窮源極底理盡淵府究暢實際乃名爲底釋論云智度大海唯佛窮底故以底釋體也復次體是達義得此體意通達無壅如風行空中自在無障礙一切異名別說皆與實相不相違背釋論云般若是一法佛說種種名故以體達釋經體也次明經宗初簡宗體次正明宗有人言宗即是體體即是宗今所不用何者宗既是二體即不二體若是二體即非體宗若不二宗即非宗如梁柱是屋之綱維屋空是梁柱所取不應以梁柱是屋空屋空是梁柱宗體若一其過如是宗體異者則二物孤調宗非顯體之宗體非宗家之體宗非顯體之宗宗則邪倒無印體非宗家之體則體狹不周離法性外別有諸法宗體若異其過如是今言不異而異故有宗不一而一故有體也今此經宗以心觀淨則佛土淨爲經宗致四種

淨土謂凡聖同居土方便有餘土實報無障礙土常寂光土也各有淨穢五濁輕重同居淨穢體析巧拙有餘淨穢次第頓入實報淨穢分證究竟寂光淨穢娑婆雜惡荆棘瓦礫不淨充滿同居穢也安養清淨池流八德樹列七珍次於泥洹皆正定聚凡聖同居上品淨土也方便有餘者修方便道斷四住惑故曰方便無明未盡故言有餘釋論云出三界外有淨土聲聞辟支佛出生其中受法性身非分段生法華云若我滅後實得阿羅漢不信此法若遇餘佛於此法中便得決了就中復有利鈍指上爲淨指下爲穢也實報無障礙者行眞實法感得勝報色心不相妨故言無障礙純菩薩居無有二乘仁王經云三賢十聖住果報即是其義釋論云菩薩勝妙五欲能令迦葉起舞華嚴云無量香雲臺即其土淨妙五塵就中更論次第頓悟上下淨穢等也常寂光者常即法身寂即解脱光即般若是三點不縱横並别名祕密藏諸佛如來所遊居處眞常究竟極爲淨土分得究竟上下淨穢耳故以修心妙觀能感淨土爲經宗也次辯經用用者力用也生善滅惡爲經力用滅惡故言力生善故言用滅惡故言功生善故言德此皆偏舉具論必備也苦是惡果貪恚癡是惡因惡因不除果不得謝是故此經能令五逆罪滅往生淨土即是此經之大力用也教相者此是大乘方等教攝赴機適化廣略不同大本二卷晉永嘉年中竺法護譯此本是宋元嘉時畺良耶舍於揚州譯兩經皆在王舍城説復有小本名阿彌陀在舍

衞國說阿彌陀無量壽彼此方言二藏明義菩薩藏收漸頓悟入此即頓教正爲韋提希及諸侍女並是凡夫未證小果故知是頓不從漸入題稱佛說簡異四人弟子諸仙諸天化人等說也

分文爲三序正流通從如是訖清淨業處序分爾時世尊放眉間光訖諸天發無上道心正說當機益分爾時阿難白佛當何名下訖經流通分序中文二證信發起正說亦二淨業妙觀流通復二王宮鷲山初證信序六句如是標於信我聞異外道一時辯息諍佛正明化主王城論住處列衆爲同聞如是者諸法實相古今不異名如如理而說故爲是決定可信故云如是我聞者表異外道親承有在我者自在義一切法空無我何故說我隨俗假名說我謂見慢名字若無我則無聞若無聞化道則絶爲此義故雖知無我爲傳化不絶假名說我如人以金錢易銅錢及草木等賣買法爾人無笑者故言我聞一者佛法無有定實之一云何稱一隨俗假說一耳釋論廣破一異也時者有二種一迦羅即短時亦名實時二三摩耶名長時亦名假時今不論長短假實說此經竟總云一時佛者亦婆伽婆此云有大名聲亦云能破煩惱佛者平等開覺故名爲佛既能自覺復能覺他覺行備滿一切智異外道慈悲異二乘平等異小菩薩尊極名爲佛在者暫時曰在久停名住一往語耳住者四威儀皆爲住差別者謂天住梵住聖住佛住也天住謂六欲天因即施戒善心也梵住從初禪至非想因即四無量

心也聖住三乘人因即三三昧也佛住首楞嚴百八三昧十力四無畏十八不共也王舍城者天竺云羅閱衹伽羅釋論解摩伽陀國王有夫人生子一頭兩面四臂人謂不祥王即裂其身首棄之曠野羅剎女鬼名闍羅還合其身以乳養之後大成人力能并國王有天下取諸國王萬八千人置此五山以大力勢治閻浮提閻浮提人因此名王舍城也又先所住城城中失火一燒一作如是至七國人疲役集諸智人宜應易處即求覓地見此五山周帀如城即作宮殿王於中住故名王舍又古昔國王名婆藪猷世學仙妄云天祀中應殺生噉肉身陷地獄其子廣車次復爲王自念我父生入地獄今欲出家復畏地獄欲治天下復恐有罪當何處身作是念時空中語言汝行若見難值希有處當作舍住王出畋獵見一鹿走疾如風王便逐之至此山周帀峻固其地平正生草細軟好華徧地茂林華果溫泉浴池皆悉清淨天雨天香奏天伎樂乾闥婆等適見王來各自還去見此靈奇於中起舍故名王舍城也耆闍崛山者翻名靈鷲諸聖仙靈依之而住又名鷲頭峯形似鷲又山南有尸陀林諸鷲食屍竟棲其山然法身無像實不假地所居爲欲利益故隨化身明化主住處耳與大比丘衆下列同聞衆也先聲聞次菩薩顯示教中二乘外相爲勝菩薩心雖是勝外相無定是故後說也聲聞先標位次列數何不歎德非是無德譯經人略與者共義一處一時一心一戒一道一見一解脫等皆一故名共也今經與阿難諸

大衆同聞故云與也大義有三謂大多勝天王大人所敬故言大徧解內外經書名曰多出九十五種上號爲勝此等皆是無學小乘中極故云大也比丘者因果六義因名乞士怖魔破惡果號應供殺賊無生釋論淨目問舍利弗乞士者有四種食合藥種植田園名下口食仰觀星宿名仰口食四方巧語名方口食呪術卜算四維口食比丘不作此四名清淨乞士也怖魔者若發心出家地行夜叉唱飛行空中展轉乃至六天魔王聞之怖畏失人衆也破惡者能破煩惱九十八使悉皆破斷故名破惡衆者四人已上乃至百千無量一處羯磨作法行籌布薩事理二和無有違諍名和合衆也一有羞僧持戒無違二無羞僧不持戒不別好惡三無知僧雖不破戒不別輕重二人共諍不能判決默然無言四眞實僧謂學無學人今此二僧得共羯磨同聞證信唯取無學人也千二百五十人者列數也三迦葉兄弟有千弟子優樓此云木瓜林伽耶此云城那提此云江昔共起刹今連枝也舍利弗名翻言珠子亦云身子姓拘栗陀目犍連姓也翻讚頌亦萊茯根或云胡豆二人共有二百五十人迦葉舍利弗等先並事火翻邪入正艱苦累載都無所獲一遇見佛便得上果感佛恩深常隨侍佛爲同聞衆菩薩位中有四第一明位第二列數三萬二千人第三標名文殊第四結爲上首天竺云摩訶菩提質帝薩埵此云大道心成衆生文殊此云妙德以法化人名法王子也二發起序者諸經不同或放光動地微笑入禪自唱

位號勸人令問令經正以殺父以爲發起何故舉此逆事爲發起耶爲彰此界極惡令人猒棄親所生子猶尚危害即欲令人同欣淨土下韋提希願爲我説無憂惱處不樂閻浮濁惡之世就中爲二初爾時下正明殺父次問守門人下明欲害母問頻婆何故遣人説法韋提何故如來自往答父願聞法遣人傳授爲化義足母求生淨土非佛不開故須自往頻婆娑羅此云摸實亦曰影堅韋提希此云思惟阿闍世此云未生怨或婆羅留支此云折指内人將護名爲善見也初段爲四一頻婆爲子幽禁二國太夫人密奉王食以濟王命三漱口畢下聖爲説法以潤王心四如是時間下明因食兼由聞法多日不死初爾時王舍太子阿闍世者當佛在王舍城時未生怨者未生之日相師占之此兒生已定當害父隨順調達惡友教者調達此云天熱亦云天授是斛飯王子是佛堂弟阿難親兄阿難此翻歡喜亦云無染或云欣樂調達有三十相出家誦六萬法聚滿十二韋陀爲利養故往詣佛所求學神通佛不爲説令觀無常自可得道復至舍利弗目連乃至五百弟子所皆不爲説取通之法阿難親未得他心授與通法調達入山學得五通心念誰作檀越闍世太子有大王相或自變身作象馬寶於王子前抱持歍嗽復至天上取天華天食語王子言我作新佛汝作新王豈不快耶隨順惡友收執父王調達破僧舍利目連教化還合推山壓佛密跡金剛以杵擬之碎石迸來傷佛足指華色比丘尼呵之拳打眼出作三

逆罪生入地獄頻婆往日毗富羅山遊行獵鹿空無所獲遇值一仙正坐使人驅逐令去遂勑殺之臨終惡念願我來生還如今日心口害汝如此等事皆是大士善權現化行於非道通達佛道衆生根性不同入道有異一逆一順弘道益物示行無間而無惱恚闍王現逆爲息惡人令不起逆二明夫人奉食王食麨飲漿求水漱口合掌遥禮請受八戒澡浴清淨三二聖爲說法目連是佛右面弟子昔爲辟支佛剃頭作袈裟願得神通受八戒者不殺不盜不婬不妄語不飲酒不著華香不觀聽伎樂不上高牀此八是戒不過中食是齋毗曇云不著香衣不上高牀同是莊嚴處合爲一也富樓那此云滿願子亦滿慈子從父母得名說法第一巧開人心故偏遣之四

頻婆因食聞法遂得多日不死也次害母中爲四一爲子幽閉二因禁請佛三佛與弟子因請往赴四見佛傷歎請法初中又三一欲害母二二臣諫不聽害三勑內官幽閉初闍世問守門者王今在不二守門者以事實答三王聞瞋怒名父爲賊母爲賊伴即執利劒欲害其母應殺守門人而欲害母者守門有辭王先有勑制諸羣臣不言婦女沙門從空飛入非我能禁王雖貪國殺父猶不違法劫初已來一萬八千未聞無道害母害母眼見何得言聞謂不忍聞世人傳說不宜住此欲奔他國故云不住有國已來雖有刑罪不加女人況所生母故不住也以手按劒却行而退者按劒現威以息王忿也驚怖惶懼者畏懼也者婆此云固活生時一手把藥囊一手

把針筒昔誓爲醫能治他病從德立號菴羅女子也是國賢臣賢臣去必國亡也汝不爲我者耆婆重諫慎莫害母懺悔求救前愆也即便捨劒止不害母勑語内官幽閉深宫韋提希被幽閉下第二請佛謂請如來令遣弟子與已相見文爲二初明請人次明請法韋提何故請見目連及以阿難目連是門師阿難佛侍者先恒教誡故偏求見居在深宫不敢偏求内猒惡界願生淨土欲令二人傳意請佛悲泣雨淚望佛哀憐遙向佛禮前已禮竟今復重禮表已殷勤世尊在耆闍下如來現宫不異勝鬘即生此念時佛於空中現也文爲五一神通二色身三坐座四眷屬五雨華知韋提希心念者是知他心從崛山没王官出顯神通也問前頻婆請弟子意在如來今夫人亦請弟子意在佛何故前請遣弟子今請自往耶解有二義一闍王與調達殺父如來若躬赴恐世王起怨嫌心爲護彼故不得自往二者佛法寄在國王頻婆定死闍世當爲國主如來若往者王得國主佛法不行故不得往夫人無此諸事如來自往傷歎請法中有二意韋提見佛下正明請其生處今向世尊下明請往生之因初明供養問往生因次問生處也我有何罪生此惡子世尊復有何等因緣與提婆達多而爲眷屬此經不答餘經說之昔於錠光佛時釋迦爲摩納就珍寶仙人學學習既成念欲報恩自惟貧乏于時耶若達欲嫁女時有須摩提求爲女聟聰明有智而形貌醜摩納遇見論義須摩提屈在言下耶若達歡喜大賜珍寶以女妻之

摩提生忿發誓未來世世常惱爲此因緣常觸惱也濁惡者濁五濁也一見二煩惱三衆生四命五劫惡者十惡也殺盜婬妄語惡口兩舌綺語貪瞋邪見也三途地獄名泥犁譯云不可樂畜生云旁行從主畜養爲人驅使食噉餓鬼飢虛怯畏三千剎土同有此惡故曰盈滿多不善聚惡道因也無人不起故名曰多人常現行殺盜婬等違理枉物爲不善積集稱聚也願我未來不聞惡聲不見惡人今向世尊五體投地兩肘兩膝頭頂是爲五體也懺摩梵言悔過漢語彼此並舉故云懺悔將果驗因知過去有罪恐償未盡當來更受故須懺悔惟願佛日啓告所求佛能破壞衆生癡闇如日除昏故言佛日教我觀於清淨業處序文竟

爾時世尊放眉間光下第二正說文爲三初明淨業次辯妙觀三利益如來眉間有白毫相猶如珂雪長一丈五尺毫有八楞周圍五寸其毫中空右旋宛轉如瑠璃筒從此發光照無量國還住佛頂變爲金臺廣現諸國令韋提希樂生安養初放光酬前請於生處次世尊微笑下酬前淨業近答思惟正受三種淨業散心思量名曰思惟十六正觀說名正受就初有二第一答其生處惟願下明見淨土更請淨國之因初放光普示諸土次或有下示土差別韋提下示生處思惟是願願思是業正問其因正受者非邪曰正領納名受即第二問觀行微笑中有二初明三種淨業答思惟汝是凡夫下次明十六妙觀答正受初業共凡夫次共二乘後是大乘不共之法

初淨業中有三第一明三種淨業告阿難下第二歎其所問妙契佛心從阿難汝當受持下第三略付阿難令持獲利也就初復三初明光照頻婆獲道次世尊告韋提汝今知不下舉果勸修因三欲生彼國者下明往生之因也何以不直答其土因而復放光微笑耶解有二初爲欲增道次欲使王與夫人因光相見王既觀光增道知國非實視死如眠大人見王無憂觀法成果也微笑如釋種被誅如來光色益顯正以如來善達因緣業報無差對至叵避王雖應死而獲道跡夫人幽縶即是現淨土之緣有此多緣所以致笑也阿那含者第三不還果也去此不遠者安樂國土去此十萬億佛刹一一刹恒沙世界何言不遠解云以佛力故欲見即見又光中現土顯於佛頂一念能緣言不遠也第一孝養父母奉事師長敬上接下慈心行也修十善業是其止行身除三邪口離四過意斷三惡也第二三歸者佛法僧也在家戒亦即是十戒具足衆戒者道俗備受微細不犯威儀者三千悉皆不缺也第三發菩提心是願起意趣向名爲發心菩提是道佛果圓通説爲菩提讀誦大乘明修解也行能運通説之爲乘餘二不及是言大也佛告韋提此三種業三世諸佛淨業正因是歎辭也諦聽諦聽善思念之諦聽令生聞慧善思思慧念之修慧煩惱賊者此能損慧命傷法身故名爲賊也即得無生忍是初住初地仁王經説五忍一伏二信三順四無生五寂滅初明韋提見土之由次一問答明爲未來衆生請見土之方法汝

是凡夫彰其分齊不能遠觀韋提實大菩薩此會即得無生忍示同在凡夫心想羸劣未得天眼不能遠照見彼國土有異方便令汝得見異方便者即十六觀非直觀名方便以佛力故見彼國者亦是方便也韋提白佛如我今者下爲佛滅後衆生請也濁者五濁不善者十不善五苦者五道非樂故云五苦或是五惡五痛五燒五惡殺盗邪婬妄語飲酒如大經現遭厄難王法刑罰是五痛也五燒即當來墮三途苦毒名五燒云何當見阿彌陀極樂國土正爲啓請答中有十六觀一日觀二水觀三地觀四樹觀五池觀六總觀觀一切樓地池等七華座觀八佛菩薩像觀九佛身觀十觀音觀十一勢至觀十二普往生觀十三雜明佛菩薩觀十四上品生觀十五中品生觀十六下品生觀就十六觀分文爲三初六觀觀其依果次七觀觀其正報後三明三輩九品往生也

第一日觀示令繫心佛告下略明繫念總勸修觀云何下正明作日觀一切有目皆見日没下舉所觀境當起想下正教觀察是爲下結也教令正觀爲除疑心大本所明以疑惑心修諸功德生彼國者落在邊地復受胎生故作此觀令除疑惑也障者大本言唯除五逆誹謗正法故須作觀五逆重罪除六十劫生死罪等下輩自論

第二水觀初作水想者舉所觀境界從見水澄清下正起觀行是爲水想下結觀也一作水想二變水成冰三變冰爲瑠璃四觀瑠璃以成大地内外映徹地下寶柱承擎地上諸

相莊嚴以衆寶間錯其地一一寶出雜色光明光明成諸樓觀樓觀兩邊有華幢幢上多有樂器宣説妙音也八種清風者彼處實無時節若寄此八謂除上下餘四方四維故云八亦可用對八卦也

第三地觀文有四一漸想觀從若得三昧下第二實觀佛告下明利益作是觀下顯觀邪正前水是想不能滅罪地觀是實故能除斷也

第四樹觀文三初明結前生後次觀寶樹下正明觀行是爲下結正觀中有五一明樹體二明莊嚴相三明生法四有大光明下現佛國土五見樹莖葉下結觀也

第五池觀中有五一明池體二明池相三明隨心適意四明利益第五結觀摩尼者如意珠也八功德者輕清冷輭美不臭飲時調適飲已無患清是色入不臭香入輕冷輭是觸入美是味入調適無患是法入

第六總觀中有四衆寶國土下明總觀初寶樓二樹三地四池觀樓中初正觀樓次觀上及虚空中諸音樂聲結成觀想名爲粗見從是爲下二結從若見下第三利益作是觀下第四顯觀邪正

第七明佛身中有四第一佛告下勑聽許説第二從説是語時下明佛現身相第三從時韋提下爲未來請第四佛告下酬請廣明佛身五種觀門第一觀華座第二觀像第三觀佛身第四觀觀音第五觀勢至初華座中有五一明成座法用并辯其相二一一金色下明能隨機利物三是爲華想下結觀四阿難

如此華下明由願力所成五若欲念彼佛下明觀未來有利益

第八明像想中有三初汎明諸佛法身自在從心想生二是故應當下偏觀彼彌陀并示觀行三作是觀者下明修觀獲利也法界身者報佛法性身也衆生心淨法身自在故言入衆生心想中如似白日昇天影現百川即是三十二相八十種好明佛身自在能隨物現前明佛菩薩此顯能隨也又法界身是佛身無所不徧法界爲體入一切衆生心想中者得此觀佛三昧解入相應故言入心想中也是心作佛者佛本是無心淨故有亦因此三昧心終成作佛也是心是佛者向聞佛本是無心淨故有便謂條然有異故言即是心外無佛亦無佛之因也始學名作終成即是佛若當現分別諸佛法身與已同體現觀佛時心中現者即是諸佛法身之體名心是佛望已當果由觀生彼名心作佛也正徧知海從心想生者以心淨故諸佛即現故云生也亦因此觀佛三昧出生作佛多陀阿伽度或明十號無量名號等此中略舉三號即如來應供正徧知天竺三名相近阿羅訶翻應供阿羅漢翻無生阿盧漢翻殺賊令與修多羅合者觀行之時令與教法相應故言合也又解與十二部經教合入定是修多羅出定之時心與定合故云與修多羅合也

第九觀佛眞法身中有五一明結上第二次當更觀下正觀佛身第三從作是觀下正明觀於佛心第四從作此觀者捨身他世下舉利勸修第五從作是觀者下顯觀邪正觀身

大小高六十萬億那由他恒河沙由旬毫相如五須彌山須彌山舉高三百三十六萬里縱廣亦爾彼佛毫相過此五倍眼如四大海水準眼量以度身身量太長世人身長七尺者眼長一寸餘四大海水一海八萬四千由旬四海合三十三萬六千由旬身過其眼五十六億倍假令極多無出萬倍何緣佛身得長六十萬億那由他恒河沙由旬準眼定身正六十萬億那由他由旬言恒河沙者譯人謬耳眼見佛身即見佛心身由心起故見身即見心由見身心想轉明故得見佛心佛心者大慈悲心是以無緣慈普攝衆生釋論云慈有三種一衆生緣無心攀緣一切衆生而於衆生自然現益如涅槃經我實不往慈善根力能令衆生見如斯事二法緣者無心觀法而於諸法自然普照如日照物無所分別三者無緣無心觀理而於平等第一義中自然安住以無緣慈攝諸衆生辯佛心相也念佛衆生攝取不捨者若爲佛慈悲所護終得離苦永得安樂釋論云譬如魚子母若不念子則爛壞衆生亦爾佛若不念善根則壞今明無緣慈者諸佛所被謂心不住有無不依三世知緣不實以衆生不知故實相智慧令衆生得之是爲無緣也捨身他世生諸佛前以修念佛三昧故發見佛願生生常值如人習巧從少至長所作逐妙以隨念佛三昧故得生無量壽佛國故般舟經云衆生問佛何因緣得生此國彌陀佛答以修念佛三昧得生我國也從一相好入但觀眉間白毫者如觀佛三昧經云釋迦如來眉間白毫者云云實

性論明佛毫相在兩眉間闊三百六十萬里方圓亦然故文云無量壽佛身量無邊非是凡夫心力所及正可取如釋迦毫相大小現觀若得三昧觀心成就方可稱彼佛相而觀也智度論云爲增長諸菩薩念佛三昧故説般若波羅蜜經今説般若現奇特身相光明色像徧至十方以此爲觀也

第十觀觀音中有三初結上次復應觀觀世音菩薩下正明觀菩薩身也第三作此觀者觀之邪正也觀菩薩法身中有三初觀身相冠中立化佛者帶果而行因也第二明與佛同異第三佛告阿難下還舉利勸修也釋迦毗楞伽翻能聖

第十一勢至中有三初明因光神力制二種名次此菩薩天冠有五百寶下明與觀音同異後除無量劫罪下勸修略無觀法當不異上故不重明所以觀佛先作像想後觀法身菩薩直明法身者但佛法身妙極不可一往而觀故先作像想流利後觀法身則易菩薩者觀佛既竟次二大士是眷屬莊嚴如王來即有營從有佛必有菩薩也

第十二普觀普雜何異而爲二耶普觀作自身往想稱彼境界一一具觀雜觀明佛菩薩神力自在轉變非恒大小不定或隨物現故名爲雜以此爲别普中有二初從見此事時當起自心下作自身往想次無量壽佛化身下佛及菩薩化身來現也

第十三雜觀有二第一觀丈六像第二無量壽佛身量無邊下明彌陀變現自在堅固行者常令習觀修行不倦所觀若大若小皆是

佛身拂去衆疑生人重意衆云何疑前聞廣大無量今聞觀小疑非佛身於小不敬故須拂去明皆是佛生其重意但觀手相者有作頭首解者上言觀音頭上天冠中有一立化佛勢至頭上有寶缾以此爲別作手解者上云其手柔輭有八萬四千畫以此實手接引衆生皆是經文用無在也

第十四上品生觀此下三觀觀往生人者有二義一爲令識三品往生捨於中下修習上品二爲令識位之上中下即是大本中三品也釋會經論者問依往生論二乘不得生此經中華小乘得生答正處小行不生要由垂終發大乘種爾乃得生經說現今論舉本始何故復證小果釋雖復垂終發大心先多學小至彼聞苦空無常發其本解先證小果得小果已於小不住必還入大問論女人根缺不生此經韋提希及五百侍女同皆往生釋言論說女人根缺不生者就彼爲言生彼國者淨根離欲故無女人身根精上故無根缺經語初往故有善心一切得往問大本五逆謗法不得生此經逆罪得生釋有兩義約人造罪有上有下上根者如世王造逆必有重悔令罪消薄容使得生下根人造逆多無重悔故不得生二者約行行有定散觀佛三昧名定修餘善業說以爲散散善力微不能滅除五逆不得往生大本就此故言不生此經明觀故說得生就三品中更爲九上品之人始從習種終至解行菩薩中品者從外凡十信已下下品即是今時悠悠凡夫何以得知上品見佛聞法便悟無生故是道種人下品

備造四重衆罪亦得往生類此似爾上品位當道種中品位當性種下品位當習種一得道有遲疾二所乘有異初則金剛臺中紫金臺下金蓮華就初中文爲三第一標第二若有衆生願生彼國下正釋第三從是名下結釋中復四初明修因第二從生彼國時下明值緣第三從行者見已下正明得生第四從生彼國下生後利益至誠心者即實行衆生至之言專誠之言實深者佛果深高以心往求故云深心亦從深理生亦從厚樂善根生故十地經言入深廣心涅槃經云根深難拔故言深心六念者佛法僧施戒天六事安心不動稱之爲念也無生忍言登初地也陀羅尼者一能持善二能遮惡是總持也上品中生者有三第一標第二釋第三結釋中有四

初往生因第二行此下明值緣第三行者自見下得生第四行者身作紫磨金色下往生利益甚深第一義者謂諸法實相言語道絶心行處滅名之深妙精進最稱第一阿耨不退轉者謂道種菩提亦通是道種地不退位現前受記者四種受記一往現前也上品下生中有三初標第二亦信因果下釋第三是名下結釋中有四第一明往生之因第二行者命欲終時下值緣第三見此事時下得生第四一日一夜下生後利益得百法明門者地論云入百法明門增長智慧思惟種種法門義故歡喜地者初證聖處多生歡喜也第十五中品生觀中品上生者有三第一標第二從若有衆生下釋第三從是名下結釋中有四初明生因第二從臨命終時阿彌陀

佛下值緣第三從行者見已下得生第四從當華敷時下明生後利益五戒者不殺盜婬妄語飲酒也八戒者加不上高牀不著華鬘瓔珞香塗身熏衣不得歌舞作樂及往觀聽也四諦者苦集滅道也羅漢者應供不生殺賊也三明者過現未來明也六神通者天眼天耳他心宿命漏盡身得如意此六悉皆無壅故爲通八解脱者一内有色相外觀色二者内無色相外觀色三者淨四空處五識處六無所有處七非非想處八滅盡解脱也此八中前三種微妙五欲無染無著中四於下得離後一能脱心慮故名解脱亦名背捨背者背彼淨潔五欲也捨者離是著心也釋會者論明小乘不生者決定不生此中明生退菩提心得生至彼處無漏道熟即證第四果

大論亦然或接引小乘然彼實無中品應時即得羅漢何以不及九品解云是退菩提聲聞往生彼國無漏道熟便證小果不守小位而住還起大心進行彌速或五劫或十劫得成初地如是階級猶是其勝大本上品明其出家中品不明出家此中所明是則中品若其不出家經云一日一夜持沙彌戒故知有也而大本不明據長時始終爲語今言出家者就短時而論中品中生者有三初標第二從若有衆生下釋第三是名下結就釋中有四初明生因第二從如此行者下明值緣第三從行者自見下明得生第四在寶池中下明生後利益也十戒者即前八戒更足不捉金銀生像及不過中食爲十戒也具足戒者二百五十戒五百戒等須陀洹者翻修習無

漏或逆流也中品下生者有三初標第二從若有下釋第三是名下結釋中有四初明因第二此人命終時下明緣第三從聞此事下得生第四從經七日下生後利益也
第十六下品生觀下品上生者有三初標第二從或有衆生下釋第三從是名下結釋中有四初明因第二從爾時彼佛下明緣第三從作是語下明得生第四經七七日下明生後利益也下品中生者有三一標二釋三結釋中有四初明因第一從吹諸天華下明緣第三從如一念頃下明得生第四從經六劫下明生後獲利也下品下生有三初標二釋三結釋中有四初明因第二從見金蓮華下明緣第三從如一念頃下明得生第四從於蓮華中下明獲利稱無量壽佛至於十念者

善心相續至於十念或一念成就即得往生以念佛除滅罪障故即以念佛爲勝緣也若不如此者云何得往生也問云何行者以少時心力而能勝於終身造惡耶大論有此責是心雖少時而力猛利如垂死之人必知不免諦心決斷勝百年願力是心名爲大心以捨身事急故如人入陣不惜身命名爲健人也第二利益中有二初明夫人道悟無生二明侍女發心也
第三流通亦二第一明王宫流通第二爾時世尊足步下明崛山流通初有四一列名教持二行此下明修有益勸人奉信三告阿難下付囑令持四說此下目連等聞歡喜初中阿難先問發當何名下問經名字上來所說言義非一當於何義而名此經此法之要云

何受持問受持法佛答名觀極樂無量壽佛觀音勢至亦名淨業生諸佛前對其初問汝當受持無令忘失對其後問次明有益行前十六觀門得大利益現身得見彼佛菩薩善男子善女人聞名下明其念佛菩薩之益但得聞名除無量罪何況憶念明念佛菩薩有大利益舉劣况勝念佛者人中分陀利華明其身勝觀音勢至爲勝友伴勝當坐道場得道之場名曰道場菩提樹下得道故名爲坐依之得果義說爲坐依之起行名生佛家也結名付囑亦名觀無量壽佛亦名滅除業障也歡喜者三義故喜一能說人清淨佛無礙智無有錯謬名爲清淨二所說法清淨能令衆生得證三昧三依法所得果清淨依法修行滿足身證清淨果也耆山流通中初佛步空還耆闍崛山爲增物敬奉順其言故現此變次阿難及天龍等聞法歡喜作禮而去也

佛說觀無量壽佛經疏

音釋

瓊渠营切赤玉也　鶩亡暮切馳鶩也　複方六切重也　瀁余亮切水貌

崛渠勿切　摸末各切　漱蘇奏切蕩口也　欶嗽欶屋徒切口相就也

欶色角切吮也　諐丘虔切過也　鬘莫還切　筒徒紅切　縶陟立切絆也

繫也

觀無量壽佛經疏妙宗鈔

宋四明沙門知禮述

清刻龍藏佛說法變相圖

觀無量壽佛經疏妙宗鈔卷第一

宋四明沙門知禮述

此經義疏人悕淨報故說聽者多矣所禀實雲師首製記文相沿至今著述不絕皆宗智者豈有不知修心妙觀感四淨土文義者耶良以慈物情深適時智巧故多談事相少示觀門務在下凡普霑緣種方今嘉運盛演圓乘慕學之徒皆欲得旨而修證矣故竭鄙思鈔數千言上順妙宗略消此疏適時之巧非我所能願共有情即心念佛乃此鈔所以作也天禧五年歲在辛酉重陽日下筆故序

此之疏題佛等八字備舉經目皆是所釋唯疏一字是能釋也今之五章釋其八字義稍委悉入文自見若欲預知可陳梗槩經是通號餘是別名今且明別佛說者釋迦化主四

辯宣演也觀者總舉能觀即十六觀也無量壽佛者舉所觀要攝十五境也且置能説略明所説能觀皆是一心三觀所觀皆是三諦一境毗盧遮那徧一切處一切諸法皆是佛法所謂衆生性德之佛非自非他非因非果即是圓常大覺之體故起信論云所言覺義者謂心體離念離念相者等虚空界無所不徧法界一相即是如來常住法身依此法身説名本覺故知果佛圓明之體是我凡夫本具性德故一切教所談行法無不爲顯此之覺體故四三昧通名念佛但其觀法爲門不同如一行三昧直觀三道顯本性佛方等三昧觀袓持顯法華兼誦經觀音兼數息覺意歷三性此等三昧歷事雖異念佛是同俱爲顯於大覺體故雖俱念佛而是通途顯諸佛

體若此觀門及般舟三昧託彼安養依正之境用微妙觀專就彌陀顯眞佛體雖託彼境須知依正同居一心心性徧周無法不造無法不具若一毫法從心外生則不名爲大乘觀也行者應知據乎心性觀彼依正依正可彰託彼依正觀於心性心性易發所言心性具一切法造一切法者實無能具所具能造所造即心是法即法是心能造因緣及所造法皆悉當處全是心性是故今觀若依若正乃法界心觀法界境生於法界依正色心是則名爲唯依唯正唯色唯心唯觀唯境故釋觀字用一心三觀釋無量壽用一體三身體宗力用義並從圓判教屬頓五重玄義本是經中所詮觀法大師預取解釋經題欲令行者用此觀法入十六門而爲修證故於序文

以主包衆以正收依觀佛既即三身觀餘豈非三諦寄語行者觀雖深妙本被初心若能進功何憂不就縱未入品爲因亦强生至彼邦得預大會所見依正微妙難思速入聖階度生亦廣永異事善及小乘行得往生者如此土人宿圓修者於諸座席見相殊常聞法易悟以此類彼功在妙宗但爲戒福不精無往生願故在穢土聞法入真須懼娑婆不常值佛縱遇善友色心不勝難發我心況塵境麤强誠爲險處故須外加事懺内勤理觀正助雙行加願要制必於寶刹速證無生今解觀門其意在此疏者疎也決也疎通決擇上之義趣通而不壅令其行者得意修之故也次能說人號備於別傳及諸章記有未知者須尋彼文二釋文初釋序三初叙經觀意二初正明觀行二初叙意二初對垢立淨二初法二初明二報苦樂欲論觀行先示二報苦樂之相文有四句一一皆論淨穢相對初句以所成國土苦樂相對安養淨國但受諸樂故名樂邦堪忍穢土多受衆苦義言苦域次句以能成物體貴賤相對彼純七珍略言金寶此多衆穢略語泥沙次句以初生受質垢淨相對此土六道具有四生今就人中多從胎藏毋食冷熱及飢飽時見在胎中如處寒熱倒懸山壓地獄之苦故云胎獄彼土九品八從蓮生下品之人雖經多劫大本中說疑心修善生彼胎宫樂同忉利況八九品不生疑惑豈有苦耶是故華池受生即樂次句以生後遊處麤好相對此則荆棘叢林彼則金渠玉樹然此四句雖一一句苦樂相對意則

對穢顯彼淨相又復應知四句之文似唯顯示同居二土據下明宗具論四土淨穢之相以後驗此不專同居當知四句一一通於四種淨穢見思輕重則感同居樂邦苦域體析巧拙則感方便樂邦苦域次第頓入則感實報樂邦苦域分證究竟則感寂光樂邦苦域以例金寶泥沙胎獄華池棘林瓊樹亦復如是一家制立正文與序必不相違但序總示宗文別說是故似異問下三淨土既皆有相則可論於金寶等事寂光之淨已全無相如何可說金寶華池及以瓊樹答經論中言寂光無相乃是已盡染礙之相非如太虛空無一物良由三惑究竟清淨則依正色心究竟明顯故大經云因滅是色獲得常色受想行識亦復如是仁王稱爲法性五陰亦是法華世間相常大品色香無非中道是則名爲究竟樂邦究竟金寶究竟華池究竟瓊樹又復此就捨穢究盡取淨窮源故苦域等判屬三鄣樂邦金寶以爲寂光若就淨穢平等而談則以究竟苦域泥沙而爲寂光此之二說但順悉檀無不圓極問佛無上報是即理之事可論金等究竟寂光是即事之理豈有金等若其同有事理既混如何分於二土義耶答佛無上報是究竟始覺上品寂光是究竟本覺始本既極豈分二體應知二土縱分事理實非有無豈眞善妙有而非理耶祕藏之理豈同小空故此事理二名一體以復本故名無上報事也以復本故名上寂光理也故妙樂云修得四德本有四德二義齊等方是遮那身土之相況淨名疏顯將寂光爲佛依報

故知定執報土有金寶等寂光定無斯乃迷名全不知義矣二誠由下明二因心行誠實也由從也報之淨穢實從心行二因致感心即迷了二心行即違順二行六道三教迷三德性爲三惑染故曰垢心身口諸業違理有作皆名惡行此之心行感四穢土沉下麤淺也唯圓頓教了三德性離三惑染方名淨心身口諸業順理無作稱爲善行此之心行感四淨土高升深妙也心雖本一以迷了故須分垢淨行業雖同以違順故須開善惡從此二因感報淨穢應知圓人以上寂光而爲觀體凡聖因位皆即究竟不同別人要心只齊一十二品故分證穢正在別教問至理微妙不垢不淨無取無捨今立垢淨令人取捨既乖妙理即非上乘何得名爲修心妙觀顯一

實相答據名求義萬無一得以義定名萬無一失良以理外理內小乘大乘漸次圓頓所立名言率多相似須以邪正定其內外次以空中甄其小大復以漸頓分其別圓則使名言纖毫不濫方可憑之立乎觀行是故今家評此等義而用六句判於同異所謂相破相修相即各有二句即六句也今用此六判此相違先以別義定其同名所謂外道斷無不垢不淨見二乘空理不垢不淨證別教但中不垢不淨門圓教祕藏不垢不淨理復有四淨外道欣猒執淨之見二乘斷惑滅淨之證別教離染漸淨之門圓教即染頓淨之理既知此已乃可論於淨與不垢不淨相破之句圓教頓淨破於別教二乘外道不垢不淨圓教不垢不淨破於三種之淨相修句者三種

之淨修於圓教祕藏不垢不淨三種不垢不淨修於圓教即染之淨相即句者圓教即染之淨即是祕藏不垢不淨祕藏不垢不淨即是即染之淨今之妙觀即於染心觀四淨土既照寂光豈異祕藏不垢不淨邪若謂今經捨穢取淨異於祕藏雙非理者何故韋提聞觀淨土分證祕藏邪應知今淨淨於垢淨乃以垢淨平等之理而爲於淨土名偏義圓斯之謂矣但以機緣捨穢心强宜以淨門淨一切相故今談淨與不垢不淨全不相違又復應知取捨若極與不取捨亦非異轍二喻形端喻淨因了性淨心順理善行影直喻果四淨土也源濁喻穢因迷性垢心違理惡行流昏喻果四穢土也若翻上喻形曲影凹自可喻於逆修因果若翻下喻源淨流清亦自可喻順修因果今舉二喻各喻一種其義甚明

二故知下就淨示修上已對穢顯於淨相故今就淨而明修法前示二因通云淨心及以善行此明修相故的指今十六妙觀三種淨業於十六境不照三諦豈明妙觀修三種福爲三惑染不稱淨業妙觀是正淨業爲助正助合行能感四種極樂國土得見三身彌陀世尊文從互說觀論生土業論見佛依正既俱正助非隔二然化下示文二初示教興二初明興由華凡之化要因近事而爲鴻漸詮理之教必藉機緣方得興起近事爲漸通於諸化令化別由殺逆之事欲令衆生猒濁世故此教當機是韋提希華言思惟善修觀故二大聖下明現土佛是極聖故稱爲大佛慈下被名之曰垂託韋提請布所證理名乘機

演法曜玉相等者經云爾時世尊放眉間光徧照十方無量世界還住佛頂化爲金臺如須彌山雖廣示等者經云十方妙國皆於中現或有國土七寶合成復有國土純是蓮華乃至云時韋提希白佛言是諸國土雖復清淨我今樂生極樂世界阿彌陀佛所二使末下示觀相二初總標使末俗等者經云如來今者教韋提希及未來世一切衆生觀於西方極樂世界以佛力故當得見彼清淨國土等二落日下別示十六觀法不出三類即依報正報及三輩往生今順此三撮要而示文自爲三初依報初觀落日狀如懸鼓令心堅住專想不移此有二意一令觀日心不馳散二令心想正趣西方故云用標送想之方次觀清水復想成冰良以彼土瑠璃爲地此地難想且令想冰冰想若成寶地可見故云寶表瑠璃之地次示樹觀而經但云其諸寶樹七寶華葉無不具足而無風吟天樂之事乃取小本中語成今樹觀之文故彼經云微風吹動衆寶行樹及寶羅網出微妙音譬如百千種樂同時俱作故云共天樂而同響次示池觀經云有八池水從如意珠王生分十四支黃金爲渠其摩尼水流澍華間其聲微妙演說苦空無常無我諸波羅蜜等故云將契經而合響二觀肉下示正報先明觀音勢至二菩薩觀以此二觀皆明肉髻故經云若有欲觀觀世音菩薩者先觀頂上肉髻次觀天冠其餘衆相亦次第觀之勢至經云頂上肉髻如鉢頭摩華於肉髻上有一寶缾盛諸光明普現佛事餘諸身相如觀世音等無有異

斯是如來教示行者想二大士觀法之要也此二菩薩次當補處今爲近侍故云瞻侍者也次示彌陀觀經云觀無量壽佛者從一相好入但觀眉間白毫極令明了見眉間白毫者八萬四千相自然當現豈非教示觀法之門故云念毫相而覩如來也三及其下示三輩觀下疏判云觀三品往生有二意一令捨中下修上品故二令識位高下即大本三品故此之二意初策自行次則觀他故今略叙就策自行即修觀行人功有淺深致使往生相分三品故云及其瞑目告終等也初明上品上生及上品中生以經明上生乘金剛臺中生坐紫金臺故云上珍臺也次文成下明上品下生經云即見自身坐金蓮華文成印壞者大經二十七云譬如蠟印印泥印與泥

合印滅文成以喻凡夫現在陰滅中有陰生今借此文以喻往生菩薩此土陰滅彼國陰生須知垂終自見坐金蓮身已是彼國生陰故也成論明極善極惡俱不經中陰如稍矛離手也上雖三品但是上輩次總示三輩往生之者俱出輪迴言隨三輩者非謂隨他蓋是隨己所修三輩行業皆能横截五道永得不退也大本云往生安養國横截五惡道五苦者此方五道俱不免苦天道縱樂還墮惡趣故二可謂下結歎觀行微行者歎三種業雖是身口運爲之善今順理修皆成無作幽微無相之行也妙觀者歎十六觀雖託安養依正之境而皆稱性絶待照之即不思議圓妙觀也此之觀行能令修者達四淨土縱具見思而能不退誠爲至極之道要妙之術如

此歎結意令聞者尚之修之不肖之徒輕欺生死不求不退於斯要術生謗鄣人痛哉痛哉二此經下敘經宗體心觀者經以觀佛而爲題目疏今乃以心觀爲宗此二無殊方是今觀良以圓解全異小乘小昧唯心佛從外有是故心佛其體不同大乘行人知我一心具諸佛性託境修觀佛相乃彰今觀彌陀依正爲緣熏乎心性心性所具極樂依正由熏發生心具而生豈離心性全心是佛全佛是心終日觀心終日觀佛是故經目與䟽立宗語雖不同其義無別又應須了若觀佛者必須照心若專觀心未必託佛如一行三昧直觀一念不託他佛而爲所緣若彼般舟及此觀法發軫即觀安養依正而觀依正不離心性故曰心觀須知此觀不專觀心內外分之

此當外觀以由託彼依正觀故是以經題稱爲觀佛若論難易今須從易法華玄云佛法太高衆生太廣初心爲難心佛衆生三無差別觀心則易今此觀法非但觀佛乃攄心觀就下顯高雖修佛觀不名爲難是知今經心觀爲宗意在見佛故得二說義匪殊途又應了知法界圓融不思議體作我一念之心亦復舉體作生作佛作依作正作根作境一心一塵至一極微無非法界全體而作既一一法全法界作故趣舉一即是圓融法界全分既全法界有何一物不具諸法如義例中辯解師云四教中圓唯論心具一切諸法身色依報則不論具唯一頓頓方明三處皆具諸法荆谿諭曰四教中圓何嘗不云三處具法稟今宗者若云心具色等不具同彼謬立漸

圓之見望彼頻頻天地相懸尚劣於彼何預今宗以一切法一一皆具一切法故是故今家立於唯色唯香等義若其然者何故經論多以一心爲諸法總立觀境邪良以若觀生佛等境事既隔異能所難忘觀心法者近而復要既是能造具義易彰又即能觀而爲所照易絕念故妙玄云三無差別觀心則易縱觀他境亦須約心此經正當約心觀佛也實相爲體者心觀之宗方能顯發中道實相深廣之體所以者何若於心外而觀佛者縱能推理但見偏真即如善吉觀佛法身但證小理今約唯心觀佛依正當處顯發中實之體中必雙照三諦具足故云此經心觀爲宗實相爲體文特於此舉宗體者成前叙觀顯後叙題成前者以叙觀文雖具三觀四土之義語且總略恐失意者謂但叙於同居淨土觀行之意故叙觀畢特示唯心妙觀之宗以顯中道實相之體實相既是常寂光土若謂十六只觀應佛依正之相豈能顯此實相寂光若於十六用圓三觀尚能感得寂光極樂豈不能感三土極樂以此成前樂邦金寶等諸文義皆明四種淨土因果也顯後者行人若得此宗體意則知叙題能說之佛所說觀境徒衆依報及以通名如是諸義悉皆圓妙非小非偏方是今經首題名字叙觀叙題兩楹之際示乎宗體其意在兹三所言下叙經題目二初別題七字具含能說所說能觀所觀正文釋名備顯其義今序但明以勝攝劣攬別爲總立題之意也以十六境佛境最勝故云佛是所觀勝境蓋十六觀不出依正及以

徒主若論依正佛是正報舉正收依則攝日冰地樹等六觀也若分徒主佛是化主迷主包徒則攝觀音勢至三輩等九觀也故云觀雖十六言佛便周故入正文以圓三觀釋乎能觀以妙三身釋所觀佛佛既總攝餘十五境豈不一一皆是圓妙三諦三觀邪二經者下通題儒經講解有玆二訓萬代軌則故訓法也百王不易故訓常也佛經亦然十界咸規三世不易復以由義而釋於經由佛大聖金口宣吐自證之法故名爲經法華玄義委解通名當宗學人不可不究二入文二初取義釋題二初標列注云云者令依諸部明於通釋五章之義妙玄最委故彼文云就通作七番共解一標章二引證三生起四開合五料簡六觀心七會異標章令易憶持起念心故引證據佛語起信心故生起使不雜亂起定心故開合料揀會異等起慧心故觀心即聞即行起精進心故五心立成五根排五鄣成五力乃至入三解脫略說七重共意如此今疏從略但標五名也○二隨釋五初釋名二初標二一切下釋二初對通略示二初就三處論通别三初約一化二初釋二初示諸題具通别他釋經題皆以經字爲能詮教餘字並是所詮之義作此分之甚違佛旨且人法譬皆是名字豈非能詮那得一向屬所詮義經字不可一向屬教如妙經云法華經藏深固幽遠無人能到又云爲佛護念植種德本入正定聚發救一切衆生之心成就四法必得是經疏釋此四是開示悟入佛之知見知見證理名爲得經此二豈非以理爲經金

光明云十方諸佛常念是經豈令諸佛但念於教此例蓋多不能備引故知諸師以能詮所詮釋衆經題失旨之甚今家皆用通別釋題方無所失二通則下明通別有三種今解諸經通別二名俱是能詮俱是所詮良以通別各自具於教行理故勿謂二名但在於教須知通別自有教名行名理名如一別題佛說是教觀即是行無量壽佛是理豈非別教別行別理以此三別對於經字即是通教通行通理今於三中初明教通別二初正明一化通名者頓說漸說施權開權律論之外皆名爲經故稱通也別名者別相乃多今從三種謂人法譬單三複三并具足一以成七別單三者單人如阿彌陀經等單法如大般涅槃經等單譬如梵網經等複三者人法如文殊問般若經等法譬如妙法蓮華經等人譬如如來師子吼經等人法譬具足者如勝鬘師子吼一乘大方便方廣經等以此七別與通合標一代佛法二今經下別指此經本論一化言此經者以明七別此屬單人是故言也雖屬單人而人自分能說釋迦所說彌陀以此二人而爲別目經同一化故曰通名據有觀字合是人法能從於所以人兼之故略不示然分通別不同廣釋故未委悉二爲行下行通別諸經有用一種之行而爲別名以對通名經即通行若論別行其數無量卒難說盡今以增數示於行人似可領會一如一行等二如二智等三如三觀等四如四念等五如五根等六如六妙等七如七覺等八如八正等九如九禪等十如十度等乃至百千

萬億無量行也此等别行皆趣涅槃究竟四德略言常樂約趣涅槃别行即通故爲行經彼釋籖中乃以因果判行通别須知其意非謂至果其行方通欲知意者據各修因名爲行别約趣一果此别即通斯乃别時論通通時論别豈唯行爾教理亦然如以機應對教通别佛以一音演說法衆生隨類各得解各解則機别一音則應通各解不離一音一音不妨各解如金光明玄以能詮文字爲教通以能詮所以爲教别所以即是四悉檀也一一悉檀皆用文字一一文字不離悉檀如以名實對理通别多名不離一實一實不妨多名故三通别皆悉同時悉類樂中管色之韻約聲則通約曲則别通别二用不相妨礙三理雖下理通别名實相對名即是門乃以四門彰一理也亦是事别而對理通良以諸經多用一事而彰於理得理别名如此經題以無量壽佛名爲别理以對通名經則通理若於一化以通别理解經題者莫若四門以爲别理四門者有門空門雙亦門雙非門四門名通須分四教所謂三藏教通教别教圓教四教各開有等四門四四乃成一十六門詮於别理成十六理理尚非一那得十六然理無礙能應諸門猶彼虛空其體實非方圓大小以無礙故故能隨彼方圓等物成無量相從無量說即是别理體是一空名爲通理無通不别無别不通通别合標成一題目二此約下結五時之内一一經題皆具通别若不用此教行理判徒分通别全無所以也然無量行會一常樂四教四門同詮一理若專方

等未堪此聞乃是預取法華之意蹻節而談於佛滅後解釋諸經不約法華寧窮一化二更約下約一題一化經目通別二名具教等三關涉既廣思修或難故就即今所解經題明教行理宛然可見此三皆別以對經字即是三通故云任運有通別意欲使行者即此一題就説解教起能觀行見眞佛理三更就下約一字一題雖約而涉三名今示一字解行證三悉得具足此復爲二初就説字兼含釋題中説字最可顯於教行并理故引釋論所行如所説句以示説中含於行理如者眞如也如名不異一眞覺性物我無殊三際平等契此如理方得心口説行不異故金剛般若云云何爲人演説如如不動法華云諸法空爲座處此爲説法事相解如二物相似以爲不異理觀解如二物性一方名不異故釋經如是三藏則以傳佛所説似水傳瓶名曰文如衍教不爾通以二諦相即爲如別則唯聞中道爲如圓以文字性離爲如三教約此方曰文如論就理觀心口理一方得説行如如不異此令説者行契如理也二佛即下就諸字互具釋佛復本源究竟覺體非寂非照故屬法身觀字即是清淨智慧寂而常照故屬般若無量壽是自在神通照而常寂故屬解脱今將諸字分對三德深有所以所以者何向就一字明教行理雖約説字義具於三既約修辯尚通前教而又未明字字具三故今特用涅槃三德對於諸字乃彰諸字性各具三非前教人所能思説良以三德性本圓融一一互具故直法身非法身法身必具般

若解脫直般若非般若般若必具解脫法身
直解脫非解脫解脫必具法身般若三德即
是教行理三般若是教智在說故解脫是行
用從緣故法身屬理是所顯故佛字既是法
身之理即具二德及教行也觀字既屬般若
之教亦具二德及行理也無量壽既是解脫
之行亦具二德及理教也若不然者豈得即
一達三即三達一問本以一字具教行理今
何得以無量壽三字方具於三則不名爲約
一字也答以題諸字對三德釋斯是妙談貴
在得意欲令行者知三德性徧一切處一字
一句一偈一品一部一經一時一化乃至一
切依正色心多亦三德少亦三德一塵三德
不小剎海三德不大故引華嚴云一中解無
量等也若得此意今之妙觀有造修分應色
一相可照三身依報一塵即寂光土故十六
觀皆照三諦其不信者則辜吾祖立茲法矣
二於一下約一字以校量三初正校量上窮
妙旨從廣至狹今校功德從少至多一字尚
詮大涅槃理況一切經豈不圓徧二故經下
引經證如金光明及諸大乘多作此說三若
不下結令得不明一字圓具三德諸經所說
一句一題受持功德無量無邊便成虛設也
自非道場得入三昧發旋總持曷能妙說自
在若斯二初釋下就別廣明置通釋別也文
四初釋佛字二初正約佛名示六即二初翻
名標示梵云佛陀華言覺者即說教主別號
稱曰釋迦牟尼通號有十今舉第九故標佛
也既是極果即究竟覺起信論云覺心初起
心無初相遠離微細念故心即常住名究竟

覺此覺圓淨無所對待生佛依正鎔融總攝十方三世亘徹無外五住二死盡淨無餘無量甚深永絕思議强名妙覺此之覺義有六種即即者是義今釋迦文乃究竟是圓淨之覺一切凡聖無不全體皆是此覺雖全體是且迷悟因果其相不同故以六種分別此是所謂理是名字是觀行是相似是分證是究竟是然若不知性染性惡所有染惡定須斷破如何可論全體是邪全體是故免於退屈六分別故免於上慢六不離即即不妨六六即義成圓位可辯問所言凡聖全體即佛爲即自已當果之佛爲即釋迦已成之佛答自已當果釋迦已成二佛之體究竟不別故諸果佛爲生性佛迷則俱迷見則俱見故已他佛於今色心皆可辯於六即義也又復應知六即之義不專在佛一切假實三乘人天下至蜣蜋地獄色心皆須六即辯其初後所謂理蜣蜋名字乃至究竟蜣蜋今釋教主故就佛辯以論十界皆理性故無非法界一一不改故名字去不唯顯佛九亦同彰至於果成十皆究竟故蜣蜋等皆明六即二涅槃下就覺廣明六初理即六種即名皆是事理體不二義而事有逆順名字等五是順修事唯理性一純逆修事此逆順事與本覺理體皆不二其逆順名自何而立以知不二事皆合理名之爲順其不知者事皆違理故名爲逆名字等五若淺若深皆知皆順若初理即唯迷唯逆而迷逆事與其覺理未始暫乖故名即佛所以者何良由衆生性具染惡不可變異其性圓明名之爲佛性染性惡全體起作修

淤修惡更無別體全修是性故得迷事無非理佛即以此理起惑造業輪迴生死而全不知事全是理長刼用理長刼不知不由不知便非理佛以全是故名理即佛以不知故非後五即然理即佛貶之極也以其全乏解行證即但有理性自爾即也又理即佛非於事外指理爲佛蓋言三鄣理全是佛又復應知不名鄣即佛而名理即佛者欲彰後五有修德是此之一位唯理性是也又鄣即佛其名猶通以後五人皆了三障即是佛故釋此爲三初引諸經示即初引大經迦葉品云衆生即是佛何以故若離衆生不得三菩提故如來性品我者即是如來藏義一切衆生悉有佛性即是我義如是我義從本已來常爲無量煩惱所覆是故衆生不能得見如貧女人舍内多有眞金之藏家人大小無有知者時有異人善知方便乃至即於其家掘出金藏又云譬如王家有大力士其人眉間有金剛珠與餘力士捔力相撲而彼力士以頭觸之其額上珠尋沒膚中都不自知是珠所在其處有瘡即命良醫欲自療治乃至時醫執鏡以照其面珠在鏡中明了顯現等如來藏經十喻者彼經十文一法九喻一是所喻九是能喻以所從能故云十喻一法者經云佛告金剛慧菩薩我以佛眼觀一切衆生貪瞋癡諸煩惱中有如來智如來眼如來身結加趺坐儼然不動善男子一切衆生雖在諸趣煩惱身中有如來藏常無淤汙德相具足如我無異於此文後即舉九事以喻其法各有長行重頌一萎華佛身喻二巖蜂淳蜜喻三糠

糩粳米喻四糞穢眞金喻五貧家寶藏喻六菴羅内實喻七弊衣金像喻八貧女貴胎喻九焦模鑄像喻弊帛者經偈云譬如持金像行詣於他國裹以穢弊物棄之在曠野天眼見之者即以告衆人去穢現眞像一切大歡喜我天眼亦爾觀彼衆生類惡業煩惱纏生厄備衆苦又見彼衆生無明塵垢中如來性不動無能毀壞者土模者經偈云譬如大冶鑄無量眞金像愚者自外觀但見焦黑土鑄師量已冷開模令質現衆穢既已除相好劃然顯我以佛眼觀衆生類如是煩惱淤泥中皆有如來性闇室下復出涅槃經云如闇室中井及種種寶人亦知有闇故不見有善方便然大明燈照之得見是人終不生念是水及寶本無今有涅槃亦爾本自有之非適今也大智如來以善方便然智慧燈令諸菩薩得見涅槃今文但引闇井具寶以證理即不取人亦知有等文諸喻皆爾須知諸喻理兼圓別若言三鄣定覆佛性破鄣方顯此猶屬別若全性成鄣鄣即佛性以不思議德鄣消者則諸喻皆圓方是今文理即之喻故如來藏喻止觀顯別今文顯圓次淨名皆如語尚涉通今須圓解次寶篋下卷勝志菩薩向佛說偈己界及法界衆生界同等己界即心法法界即佛法佛以法界而爲體故對衆生界即成三法心生在因佛法在果三無差別故云一界無別界也二此是下就本覺明佛前引諸經雖云即佛猶未的示覺了之相且指三障體全是理今示此理當處照明名爲本覺佛義成也此自分二初正示言此是者指

上大經衆生即佛諸喻寶物淨名皆如實篋法界此等皆是本性圓智非三般若融即徹妙智不名圓知一切法一一舍受一切諸法全法是智全智是法待對斯絶名圓覺諸法諸法乃是生佛依正三際十方此等時處既全是智何有一處一物一塵體不明了然此明了非心意識所能及也故起信論本覺義云心體離念無所不徧等虛空界本性明了既其離念安以情求所謂不思議智照等也勿認六道漏心三乘證智而爲本覺明了之相妙覺之覺方是理佛全修在性斯之謂歟二雖五下遮情情執者云諸有業縛無明惑暗那言衆生即是佛邪故遮之曰雖業至無間而皆當體是三解脫雖見思昏倒而本覺理未始不存惑業全是性德緣了佛性豈可

更壞理佛刀不自傷故二斯下對四事辯理世間常住者即十法界三十世間一一皆住眞如法位法位常故世相亦常然世本代謝而言常者以一切法即眞實性性不改故故名爲常若謂遷流不得言常斯謂情見良以生法即性故常住異滅法即性故常即性之常非常無常不可思議言偏意圓故可得云一生一滅無非中道唯生唯住唯異唯滅法華迹門顯所證云世間相常住於道場知已本門乃云如來如實知見三界之相非如非異故知世間即是三界常住豈乖非如非異本迹雖殊不思議一也此理祕妙佛能明見故故云灼然今我智者成祕妙觀雖是肉眼而名佛眼能見祕藏亦云灼然故妙樂云顯露彰灼稱爲眞祕眞祕之理即世相常世相

常故衆生即佛此理妙故有佛教化不益一毫空過無佛不損一毫五即得之何足爲高理即失之未始暫下對此四事示理佛也二如斯下名字即此至究竟皆修德也須論損益及以高下言名字即佛者修德之始聞前理性能詮名也然有收簡收則耳歷法音不間明昧異全不聞俱在此位簡則未得圓聞齊別内凡尚屬理即以七方便未解妙名豈知即佛此自分二初帶喻示名字二初不聞之失理雖是佛全體在迷佛出不聞經名絶聽此乃却指但理之失也二若佛下聞名之得六即辯佛故今名字唯約三寶及十號也無明長夜佛出令曉闡本智日乃識三寶照世光明生死巨關無佛長鎖佛能於此開甘露門令知十號是常住味此光此味乃從衆生心性流出還使衆生解此光味即本性佛因說等者却指貧女舍寶喻也初既不知家有寶藏唯受貧苦因示得知寶雖未掘預生適悅此等法喻皆示於名有識知義能知所知即名字佛二故須下引人明即佛梵云須達多此云善施亦曰給孤獨涅槃二十七云舍衞有長者名須達多爲兒娉婦詣王舍城宿珊檀那舍見彼長者中夜而起莊嚴舍宅乃問當請摩伽陀王耶答云請佛須達初聞身毛皆竪復問今在何處答曰在迦蘭陀精舍須達思念欲見于時忽見光明如晝尋道而出城門自開見佛聞法證須陀洹疏云巨關即城門也今明毛竪即驚覺也聞名生覺即本性佛若論大經追叙昔事方證初果驗聞名時未能解了覺即本性及前科中三寶

十號亦涉於小今約跨節取意而談五時示現身相名號說法度人乃至聞者一念微解一一皆是全性起修當處無非本性佛法如前一化增數諸行皆會圓常四教四門唯詮一理不從跨節焉消彼文況文出涅槃部已開會故約驚覺示名字佛

觀無量壽佛經疏妙宗鈔卷第一

音釋

悕音希慕也　鄙補美切陋也　梗槩梗古杏切槩居代切梗槩大率也

凹幺交切不平也　穳矛穳祖管切矛迷浮切　鄣之亮切蔽隔也　跨苦化切越也

鎔余封切銷也　蛣蜣蛣契吉切蜣去羊切蛣蜣蟲名　萎於為切蔫也

糠䊩糠苦岡切䊩苦外切糠䊩穀皮也　劃忽麥切　篋苦協切椷藏也

觀無量壽佛經疏妙宗鈔卷第二

宋四明沙門知禮述

三觀行即此中觀法異常坐等直觀心性故託他佛而爲所緣然是大乘知心作佛佛即是心其觀未成爲塵所動始自圓聞觀佛妙境至識次位勤行五悔若未發品此等行人皆屬名字故知名字其位甚長今明對塵即成佛觀其中念念覺知之心名觀行佛此自分二初觀妙色即眞法以大小相皆悉周徧故此色身即是眞法又二初約一佛二初示始習即心觀相此是名字昇進之位不獨解名能修觀故但未入品非觀行位觀佛相者若此經中八萬相好非羸劣想而可繫緣故須初心先觀落日漸觀地樹及以座像觀既深著方觀勝身今依般舟初心先觀千輻輪相次第逆想至肉髻三十二種是下品相復從足起可作始行繫心之境不須更以落日爲緣若相若好皆依於身身唯金色故云如鑄金像此之色相雖從心想如在目前故云與眼作對言妙色者即是不可思議色也所以者何由此行人已圓聞故知色唯心知心唯色五根所對尚體唯心況想成色豈在心外此色非色非非色而能雙照色與非色既離情想故名妙色非由三觀莫見妙色非由妙色莫成三觀境觀相資塵念靡間方能得入觀行位也二開眼下明觀成稱性周徧妙心作相妙相發心心心不休成觀入品塵緣莫動佛常現前閉目了然開眼不失在明見佛處暗不忘性無間然佛豈暫闕一一相海莊嚴法身相爲大相好爲小相觀大發

小名爲流出劫水雖大止剎二禪佛相徧周稱於法界且以分諭顯於周徧觀行佛眼名曰周睟此眼所觀何處非佛問金光明玄義觀於三道顯金光明似位尚云閉目則見開目則失今觀三身位在觀行因何開閉俱得見邪答彼明性德金光明理此理初住方任運見故於似位猶論得失今帶事定託彼應色觀於三身以其應相凡心可見故理三身雖乃未顯不妨應色先與定合故令開閉皆見佛身如以三觀觀彼落日三觀未成而能開閉皆見於日故雖事理一念同修而理難事易事易故先現理難故後發故般舟三昧以三十二相爲事境以即空假中爲理觀境觀雖乃同時而修境必先成託境進觀藉觀顯境更進更顯從凡入聖故知彼就趣眞無住對似愛頂墮爲開閉得失此就應色得成觀行爲開閉俱見不知事理難易淺深此相違文何能銷釋二念一下等諸佛二初約一佛等諸佛爲成觀故不可散緣故以彌陀一佛爲境雖觀一佛何異十方雖照現今何殊過未此彰一切不離彌陀良以彌陀是無量之一故能等於一中無量二一身下明諸佛同三法一佛等彼一切佛者以由佛佛同得三法身是法身智慧是般若十力四無所畏是解脫亦是三身三涅槃等身智言一者顯於諸佛法報不別應用亦同故力無畏結云亦然同身智一也菩薩因中分破無明分同妙覺所證三法無明破盡則究竟同諸佛三法諸佛三法旣其不二是故彌陀三法不少一切諸佛三法不多故言等也二念色下念

三身以結示色是應身通於勝劣及他受用法門是報身以諸法門聚而爲身即八萬四千陀羅尼爲髮第一義諦爲髻種智爲頭慈悲爲眼無漏爲鼻四辯爲口四十不共爲齒二智爲手如來藏爲腹三三昧爲腰定慧爲足等此諸法門若從所證名爲法身今從能證名爲報身自受用也實相是法身非不具於一切法門及諸色相讓於能證及垂應故今是所證及以能垂但名實相前論觀法文中但言相好周徧次文乃約三法論等至今結示云念三身應知法門及以實相不離色身舉一即三全三是一法爾相即非縱非横是故此經第九佛觀經示相好疏名眞法不知圓觀此名莫消若觀法身不涉後二便同小外何預妙宗須知此身是結前觀色相周徧已具三身二常運下明即佛觀行位人一切時處念佛三觀常得現前故云無不念時言念念皆覺者示即佛義雖是始覺即同本覺非全本覺觀不名中亦得義論始本一合雖非究竟及眞似合而亦得是觀行合也若論即字廣雅訓合荆谿云依訓乃成二物相合於理猶疎今以義求其體不二方名爲即然其始覺與本覺合雖名爲合非二物合正是荆谿體不二義良以始本覺體是一故知六即得名六合理即乃以逆修之覺與本覺合五皆順覺與本覺合六合無非體不二也荆谿有時亦以合名明不二體故不二門云復由緣了與性一合方能稱性施設萬端緣了是始性豈非本修性體一復名爲合四相似即今既釋佛乃似本覺良以此位始覺之

功尚伏無明全未破故非眞本覺唯得名爲相似即佛若四十一位分破無明故得分分是眞本覺名分眞佛至極果位無明既盡本覺全彰故得名爲究竟是佛即究竟本覺亦究竟始覺亦是究竟始本一合亦是究竟始本俱忘例前五即皆有四義問名字等五以始對本論合及忘四義稍可唯初理即既全在迷豈有始覺及二義邪答理雖全迷而具三因及五佛性緣了二性豈非本有修因始覺果及果果二種佛性豈非理中究竟始覺理若不具此等始覺名字等五便須別修復何得云全修在性但有即名無即義也自非山教圓位徒施今當相似位中四義文自分二初標釋二初約三身明即佛前觀行位常用三觀念佛三身觀覺雖成似覺未發加功

不已今本覺三身相似而發與始覺三觀相似相應應是合義合而不忘非妙覺也問於一本覺約何要義顯示三身令人可見答本覺諸法即空假中覺諸法假即相好身覺諸法空即法門身覺諸法中即實相身如此論之其義宛爾更於一覺約寂照說照而常寂自在神通即相好身寂而常照清淨智慧即法門身非寂非照而寂而照即實相身此之二三皆非縱横不可思議乃是寂覺照覺雙遮照覺全本成始即是相應及俱忘義此位三身即佛義顯是故文中不特言覺示於即佛二相似下約四喻明相似行人本覺寂照及雙相似而發成相似位三種之覺此覺似眞若鍮若瓜比金比瓠此之二物喻始似本如將至火先覺暖氣行欲近海預覩平相此

之二事喻於相似近乎分眞前二約法論似後二約位論似二水性下勸證二初約事勸本覺清涼其猶冷水似覺飲之知消煩熱名字之人如熱渴者須三觀功掘無明地方得眞似清涼之水徒聞此水不施觀功又無事行取水具物守渴而終至極熱處二略舉下引文證相似相應功德之相如彼法華六根清淨文雖稍廣其相顯然行者易知故得名要六根同有五種似發所謂肉眼天眼慧眼法眼佛眼肉耳天耳慧法佛耳乃至意根亦有五相此之六五即三相應肉天法六即相好身相似相應慧六佛六即法門實相相似相應以五眼等是不次第相似發故可以對於圓三身也行者能於三觀觀佛六根三德不久相應五分證即即心觀佛託境顯性雖得相似尚屬緣修今則親證屬於眞修分破無明起信論中稱隨分覺寂照雙融本覺眞佛分分而顯從所顯說名爲分眞從能顯言名爲分證四十一位皆受此名自分二初明初住一代教中圓位顯者唯起信論及華嚴經經說三身初住頓得論明八相初住能垂若此位不論破無明惑安得如此上冥下應故知十向方伏無明初住但能斷於見惑此等經論是漸次教不可與其華嚴起信頓修頓證菩薩一槩是故今立詮中道教論次不次分於別圓今就彼經明分證佛此文分二初約發心明即佛二初約三法明發就初住名示即佛相位名發心發本覺心也常寂常照寂照雙融是本圓覺即一而三不發而發故成三發皆言一切者法界無外攝法不遺

諸佛衆生色心依正同一覺體全體爲緣全體爲了全體爲正緣因發故了正亦發了因發故緣正亦發正因發故緣了亦發蓋三法圓融發則俱發緣發名功德能資成故了發名智慧能觀照故正發名境界是眞性故是所顯故問三德既是一本覺性由證顯發令云一是所顯境界二名能顯功德智慧若是能顯二則是修何得名證本覺三德答其理如是方不思議所以者何三雖性具緣了是修二雖是修非適今有二若非修三法則橫二若非性三法則縱故釋籤明三點不縱橫云雖一點在上不同點水之縱三德亦爾雖法身本有不同別教爲惑所覆雖二點在下不同烈火之横三德亦爾雖二德修成不同別人理體具足而不相收文畢輙出其意別教法身爲惑覆者良由不知本覺之性具染惡德是故染惡非二德也故別惑通惑業識事識煩惱結業三乘六道變易分段此等一切迷中二法非二佛性既非佛性乃成定有能覆之惑是故但有法身本覺隨於染緣作上一切迷中之法以是名曰爲惑所覆應知覆義不同泥土覆彼頑石既覆但中佛性之理如淳善人一切惡事非本所能爲惡人逼令作衆惡故說善人爲惡所覆應須還用隨染覺性別緣眞諦及以俗中次第別修空假緣了或中邊緣了種種二因或初緣次了或初了次緣次第翻破一切迷法顯於法身本覺之性是故覆理成於縱義圓人不爾以知本覺具染惡性體染惡修即二佛性故通別惑事業識等一切迷法當處即是緣了佛性豈

有佛性更覆佛性如君子不器善惡俱能或同惡人作諸惡事則彰己能何覆之有故即二迷以爲緣了顯發於正緣了二德體迷而得義當所發元是修德復當能顯雖分修性皆本具故義不成縱言別人理體具足而不相收者亦爲不知本覺之性具染惡德不能全性起染惡修乃成理體横具三法言不相收者以其三法定俱在性皆是所發猶如三人各稱帝王何能相攝是故不知性中三法二是修者二乃成横圓人不然元知本覺具染惡性故使迷中一切染惡當處即是緣了佛性以此二修顯於一性如一主二臣主攝於臣臣歸於主三德相收亦復如是今初住位所發三法皆性具故發則俱發故云不前不後以此三法二爲能顯一是所顯修性宛爾故云亦不一時不一時故非横不前後故非縱不縱不横不思議發是故名爲初發心住二三智下約三身明佛前以正助二修對性明圓發相今約報智證法起應報應二修對法一性論分證佛從智證法從法起應即非一時三身頓得故非前後不縱不横復見於此從始圓修一心三觀今圓三智一心中得即以此智證得法身智性即色三一體融名妙色身此身湛寂如鑑無情形對像生山毫靡間名應一切三身三德體離縱横今始發明名開祕藏入理般若名爲住此住無住住祕藏中二以普下約被物明佛用二初總示三輪色像即身輪一音即口輪等悅即意輪身名神通輪口名正教輪意名記心輪妙觀察智也輪者轉義亦能摧碾己心證法轉

入他心能摧碾他一切業惑此三業應有十界相皆是初住分得佛用二應以下別示十界上明能用種種三業不出十界今分别之先明佛三況出九界佛應三土且説同居化有始終須彰八相大機所見八相難思若應小乘八種皆劣大示出没如水之波全法界身八皆勝妙小乘生滅體是無常如火燒薪終歸灰斷故兩八相不分而分勝劣宛爾此等皆是果人法則名佛威儀初住能爲名之曰具威儀屬身音聲屬口方便是意應以佛界而得度者即爲現此三輪相也佛相至高尚能跡示以佛況九現之不難既現九界各具三業然非直現十界而已於一一身復現十界重重無盡以得普現諸身三昧故也二初住下況後位初住始破一品無明分證三身垂形十界其相尚爾況二三住況第十住行向登地至于等覺破惑轉深德用轉廣寧以心口而思説邪良由位位始覺本覺一合俱忘致使體用高廣若此六究竟即一切諸法無不是佛迷故不知故圓實教不順迷情直示一切皆是佛法世間相常衆生是佛不禀教者但有理是全不知是若聞此教於名知是若入五品於觀知是入十信者相似知是四十一位分眞知是今登極果究竟證知一切諸法皆是佛法此自分二初據位直明等覺已名滿足方便地菩薩究竟地始覺道窮本覺理極本始既泯無以名焉强稱妙覺大品般若四十二字字字互具諸字功德南嶽用對圓頓教中四十二位初住阿字中四十字對至等覺最後荼字當於妙覺雖一一

位皆能徧具諸位功德然是分具今此極位乃究竟具諸位功德故引法華唯我釋迦與一切佛乃能究盡諸法之權實相之實達無明底到諸法邊名邊際智不思議權智也今已究竟故名爲滿於種種法證本圓覺不思議實智也此覺極滿名爲頓圓復用第七無上士號顯智斷極有惑可斷名有上士等覺位也無惑可斷名無上士即是妙覺斷德究竟名大涅槃更有過者名有上士亦等覺也更無過者名無上士即是妙覺智德究竟名大菩提二約喻稱歎用彼大經月愛之喻十五日月對四十二圓因果位皆智光增惑暗減滅故初之三日對住行向三十位也從初四日至十三日對十地位十四日以對等覺十五日對妙覺位此乃合前三十開後十地

若三十三天同服甘露對四十二位皆證常理開前三十位對三十天合後十地用對一天等覺對一妙覺極位次對釋天若四十二字字字互具四十一字對於圓證四十二位位位相攝則前後俱開若開示悟入佛之知見對圓眞因四十位者前後俱合也今十五日月光既滿即智德圓暗無不盡即斷德極故大師云此之增減日日有之此之智斷位位有之故不更用後十五日邪光減也復以衆星對諸因人月喻果佛最上等言皆是稱歎究竟佛也二佛有下以例諸號明難説圓極之果所有名字一一不虛究竟成就蓋其所召皆眞極故以望眞因尚帶虛設妄未盡故七種方便一切凡夫悉是虛名一無實義故大經云世諦但有名無實義第一義諦有

名有實義佛是究竟第一義故又復應知非別有法名爲究竟第一義諦毗盧遮那徧一切處一切諸法皆是佛法是則世間及出世間二死五住至鞞荔多蠢動蜎蜚五無間等若因若果無非圓極第一義諦故此諸名皆實不虛悉是究竟佛之異名是故稱爲佛有無量德應有無量名今唯舉佛一名當之故諸大乘明於佛號或增或減皆是四悉赴彼物機今於通號十名之中舉第九佛也淨名經云正徧知如來及佛此三句義大千衆生皆如阿難多聞第一以劫之壽不能盡受隨其宜樂舉此三名以少況多功德無盡二釋說字二初牒釋悅是暢悅懷是心懷若就此經即是如來久修久證念佛三昧蘊之在懷今機扣發說之乃暢昔之所懷二即十下示

相攄今之說正在念佛次文委示今不預陳故且通塗明其說相文二初明所說法相十二部經總明說相謂或作長行說或作重頌說或作未曾有說或作無問自說說等若八萬法藏乃具示所詮種種法門合云四千且舉大數然應了知有多八萬且約四諦示諸八萬若言八萬法藏即苦諦八萬塵勞即集諦八萬對治門八萬三昧門八萬陀羅尼皆道諦八萬波羅蜜即滅諦今雖示一義以兼三以法藏名是蘊聚義判屬苦諦復由蘊義兼得三諦蓋四名言不離陰故如俱舍云牟尼說法蘊數有八十千彼體語或名是色行蘊攝故十二八萬俱通小衍或云小乘唯有九部大則十二或云小有十二大唯九部或云大小皆有十二六度四等雖在大乘亦通

三藏事度菩薩然其名數四教皆同須就所詮眞中二理定其權實復論四種能趣觀行用簡偏圓使寶渚化城迂直不濫二又於下明能説善巧二初於一法一門明四悉上之所列八萬等法旣通四教即是生滅八萬無生八萬無量八萬無作八萬如生滅八萬趣舉一法須開四門四門假人同皆叵得若其實法四義不同約有門説念念無常如燈焰焰約空門説三假浮虛猶如雲霧雙亦門説二相從容雙非門説二相俱捨四中一門機生熟故四悉被之爲未種者作世界説令其樂欲讃用受行爲巳種者用中二悉善根未發作爲人説令起宿善信戒進念惡未破者必對治説令其三毒豁爾冰消爲巳熟者第一義説令得契眞華凡成聖佛智鑒機説之必中知不入理令得三益知不破惡令得二益無善可發作世界説但生歡喜若全無益佛則不説二若一下例諸法諸門示四悉上明一門被機四悉餘之三門被機亦爾八萬中一四門四悉被機旣爾其餘諸法四門四悉被機亦然一教八萬門悉旣然三教亦爾八萬法藏例於塵勞及對治門三昧總持波羅蜜等一一八萬法法四教教教四門門門四悉其十二部六度四等準此可知以此略明佛説之相三釋觀字即所説也上十二部八萬等法豈非所説然是泛舉顯於能説下無量壽及今觀字的是此經所説義也釋觀分二初牒釋雙標牒起觀字以觀釋之乃用觀法觀於勝境若非觀法將何觀之撮經所詮立茲題目經明十六以爲能觀今釋題名

唯論三觀經文是別題是總名總總於別別別於總若也立題收文不盡則不能應篇章之式故知今立三觀釋觀乃是經文十六觀體若就十六各各示於三觀相者其文繁廣故於釋題總而示之令其修者以茲觀法入十六門則境境皆三心心絶妙四依被物言簡意周雙標次第及以一心二三觀者此乃以次顯於不次不融別觀無以明圓如止觀中皆用思議顯不思議二從假下據教雙釋二初次第三觀二初列名指經所列諸名釋中自見二今釋下釋相結果依前列名釋三觀相第一空觀而有二名假是等者見思取境無而謂有虛假凡俗知虛名諦二空之理是審實法知實名諦不究俗虛莫知眞實要須照假方得入空是故名曰從假入空又假是等者迷世俗時謂虛是實則二俱不諦若悟俗虛必知眞實則二俱諦故復得名二諦觀也此觀等者修觀名因證智名果釋論三智爲易解故分屬三人故以聲聞對一切智即空觀果當於別教十住位也第二假觀亦有二名先斥住空墮二乘地若修假觀能成佛法能益衆生觀空欲作入中方便故於空智證而不住三界惑著須蕩令空諸法因縁須究本末見思重數如塵若沙以大悲心徧觀徧學名爲知病諸法諸門破性破相一一對治無不諳練是名識藥隨惑淺深知機生熟神通駭動智辯宣揚四悉當宜各令獲益如此授藥方肯服行皆由證空能入此假故此觀名從空入假而言等者前除見愛破假用空今遣塵沙破空用假於空於假各一破

用前後相望至今均等故復名爲平等觀也此觀等者若依釋論以菩薩人對道種智即假觀果位在十行二空下第三中觀初雙標初觀空生死者別人初心信令知覺本是常住中道佛性從教道故名爲但中唯善唯淨不具染惡雖無染惡其性靈知强覺忽生境界斯現分別境相執著我人不昧之知邪思邪見現前染惡既非性具皆是隨緣變造而有是變造故非性本然是故見思不即中道定須破故即義不成故不得云唯愛唯見唯色唯香設欲修中能所不絕故修空爲正中觀爲傍何者心既著有須別緣空破茲愛見所觀之空是二乘法既非性具乃是別修空非畢竟是故空觀但空生死次觀空涅槃者生死之有雖已破除心又著空須別緣假破此空著假是建立是菩薩法非性具故亦是別修能蕩空著名空涅槃此之等者前空生死見思惑忘次空涅槃塵沙惑盡二惑既盡心無偏著是故得爲雙遮方便初觀等者復因次第用於二觀觀其二諦是故得爲雙照方便方便立已圓觀可修於十向中即以所顯中道佛性而爲能觀中道之觀諦觀不二惑智一如三觀圓融是無作行故得自然入薩婆若此觀之果名一切種智位在初地二一心三觀斯乃稱性而觀絕待而照蓋一切法性是法身般若解脫如伊字三點三非孤立一一圓具舉一即三乃以三德而爲三諦般若是眞解脫是俗法身是中德既不縱不横諦乃絕思絕議此是佛之所諦今以此諦而爲所觀諦既即一而三觀豈前後而照故

依妙諦以立觀門即於一心而修三觀此觀觀法能所雙絶況無量壽佛本修此觀成就三身法報泯然真應融即非茲妙觀寧顯妙身化主若斯徒衆亦爾正報既妙依報豈麤故十六境皆須妙觀此文爲三初依智論釋二初釋相二初約法釋三智即前次第所明一切智道種智一切種智令易解故分屬三人剋性圓論三智實在一心中得三智是果三觀是因果在一心因豈前後因果不二方曰圓修故舉智後即明三觀只一觀而三觀者趣舉一觀即具三觀舉一空觀假中亦空三觀悉能蕩相著故舉一假觀中空亦假三觀皆有立法義故舉一中觀空假亦中三觀當處皆絶待故若知三觀只在一心則一一觀任運具三也觀於一諦而三諦者諦觀名

別其體不殊全諦發觀觀還照諦既無別體以何義故立諦立觀若欲分別就三因說性三爲諦修三爲觀性了是真性緣是俗正是中諦不是了因非大真諦俗中亦然此之三諦方與三觀體性不殊須空爲真與觀體別俗中亦爾三觀互具者蓋性三本融全性成修此之謂矣二類如下引類釋以有爲法類無爲性一刹那心初生即滅兩間名住不無三相而在一心三相無常尚居促念三觀稱性無作無生具於一心其義何爽二此觀下結果不明智果觀法無歸故示觀成惑滅理顯豁然妙證三種智慧實在一心或具論三智或從勝說只但名爲一切種智寂滅等者論自解釋一切種智雙寂二邊無明之相雙照二諦種種行類始自初心圓修三觀妙觀

中道念念雙忘而即二邊念念雙照一心三觀法爾如然今入分真本智顯發全由始行亡照之功二引中論證論云因緣所生法我說即是空亦名爲假名亦名中道義論通衍三今證圓觀觀所對法豈有不從因緣生者今修圓觀必先解知能生因緣及所生法皆不思議方於此境觀空假中又須了知妙諦妙觀悉是能觀因緣所生陰等諸境皆是所觀前且直云觀於一諦而三諦須知於陰等境觀一諦等也勿守略文須尋觀義又不可謂先解所觀不思議故便不得言陰及無明何者本說因緣及所生法是不思議若非無明何名因緣若非陰等何名所生有人見釋心法妙云心法在因約迷以說佛法在果約悟以說輙便難云心法稱妙何得是迷良由此人不知所以解迷是妙方曰圓人如論若集稱爲無作及十二因緣名不思議豈不得云不思議無明人雖解妙法體是迷不知理即一向在迷妙覺一向屬解中間四位迷解共俱名字即人若不觀迷何處用觀等覺之位若不破迷寧登妙覺以上上智斷下下惑非迷邪人之多僻其類實繁釋論三智已如前釋三此觀下約妙結示初一句總歎微妙次二句約三一歎妙一不定一一即是三三不定三三即是一釋論以不決定解不可思議次三句對十六歎妙上明一三融即總一妙觀也即此一觀徧入諸門名一觀一切觀雖入諸門只一妙觀名一切觀一觀觀若定一莫入多門觀若定多不可爲一實不可以一多思議故云非一非一切後二句結示

雖非一多能攝一切是故十六無非妙觀四釋無量壽正示三觀所觀境也前明三觀且以三德及以三因而爲諦境蓋示所觀融即用顯能觀絶妙須知性中三德體是諸佛三身即此三德三身爲我一心三觀若不然者則觀外有佛境不即心何名圓宗絶待之觀亦阿彌陀三身以爲法身我之三觀以爲般若觀成見佛即是解脫舉一具三如新伊字觀佛既爾觀諸依正理非異塗此意不明非今觀佛釋此爲二初牒名從梵無量壽者巳是華言天竺梵語稱阿彌陀二佛本下從眞出俗二初約本無三標無量壽乃是無量而爲其量是則題中巳言壽量壽量依身乃成三義故約三義而論有無所言佛者究竟覺也理智既極始本兩忘無相無名不可說示

寧得立其身及壽量二隨順下隨世俱立三初列三身各三據究竟覺第一義諦則不可言身及壽量爲度生故乃順世間立名立相故說三身及三壽量是則眞佛無三隨世故有然須了知有無之意言佛本無身無壽量者但無有相隨情之三非無性具微妙身等是故眞佛究竟一切淨穢法門若一向無何異小乘所詮眞理故眞無俗有眞有俗無皆是悉檀不可偏執今文意者蓋立三身釋無量壽恐執定有是故先言佛本無三隨世說有得此意巳分別三身三壽三量則無滯也二法身下釋三身三義二初約義分別二據理融即以有次文盡理融即故今且約修二性一一塗分別初自爲三初法身二初別釋三初法身者師軌釋法捨通從別通則生佛

俱軌法性然其九界雖軌而違如人依師不順師教唯有諸佛從初發心軌法而修令能究竟冥合法性故大經云諸佛所師所謂法也以法常故諸佛亦常順法性故名法爲師實非所師與能體別故即所師法而爲其身雖名爲身已出五陰故非色質及非心智色是初陰心智即四陰既其非陰亦非入界故非三科任持攝屬此則已簡分段變易以示生死陰等攝故亦可色質簡應心智簡報三科簡因既非此等何以狀名爲物機故强指法性名爲法身二法性下壽連持之壽親依命根今法性壽非識息煖報得命根亦非三事連持之壽爲物顯德乃指法性非八相遷非九世易强名爲壽三此壽下量壽之分量合論長短及以延促今法性壽實無此等分量之相此則通簡若別簡者長是報佛短是衆生能延能促即是應身非此等量爲成觀故强指法壽同虛空量二此即下總示法性三義非陰聚身非報得壽非長短量不可思議强於法性説身説壽説量故也二報身二初稱法有報二初引經報即酬報也修行是因感於妙報而酬因也法華證智德經云慧光照無量久修業所得大般涅槃證斷德也此二果德酬答修因是故名報二如如下釋相感報之時其相何似故以一法二喻顯之如名不異所觀差別不名如境智外有境不名如智各二如者境如如智智如如境此之境智故得應冥智慧名通故以果覺菩提簡之即是無上菩提之智與法性境相應相冥先舉函蓋喻其相應恐謂函蓋雖際畔相當

終存兩相故重舉水乳以喻相冥令知始本同是覺性其體泯然正同水乳則顯境外無智智外無境水乳可見二法身下於報立三即身壽量也三中一一言法身者報智所冥離法無報故初身言非身者非應佛有分齊身非不身者非報佛無分齊身又非身則非有非不身則非空中道法身乃本覺體始覺冥此能冥亦忘爲成觀故强名報智二法壽下明壽言非壽者非應同連持之壽非不壽者非報智不連持壽雙非二邊冥中法體强名之意同前身也三法量下明量非應有量非報無量及非二邊義同身壽三應身三初明應物有三初身如谷答響大小隨聲如鑑現形端醜在質應萬物感現勝劣身二應同下壽身既同物壽豈差機三應同下量隨宜

長短示量無量二智與下明依二有應三初法智即報身體即法身此二冥合應用無方二如水下喻眞金上色須水銀和方能塗物闕此一緣金無塗用三功德下合報智功德契會法身隨有機處應無不往三能爲下明應徧三土二初雙明報應二有量下單示應身初義者上所說報但論冥法即自受用也今明垂應以他受用常住之應對於生身無常之應示二迹用是故雙明身等身即生身有分齊相故名爲身非身是報無分齊相故曰非身小般若云佛說非身是名大身大身者乃他受用身也無分齊身其壽則常故無量也有分齊身壽則無常故有量也此二應用乃依眞中二理而住機依事業二識而見住理廣如金光疏說二識委在起信論明論

意要在事識見則取色分齊故名應佛業識見則離分齊相故是報身此義至後釋觀佛觀鈔中辯之行者須知常身無量通應三土無常有量但應同居所以者何蓋實報機分證論見他受用身方便土人唯稟别圓所見佛相雖小優降然匪生身悉是報佛若同居土具四教機稟别圓者能覩報佛故法華明常在靈山華嚴説法盡未來際及諸大乘即於應相見是法性尊特之身故知常身徧應三土若無常身唯應同居逗藏通機生凡夫善也次義分二初明有量二義上之所説自受用外垂三土身皆名爲應其他受用雖就對機名之爲應而是實因之所感尅復名爲報非是差别逗機之用若論逐物隨緣參差長短身壽量者須就同居無常用説故今别示應身之相但於有量開出兩量而此兩量依於事識但空見故唯屬無常若依業識不空見者即此無常全體是常則常無常二用相即二鳥雙遊也若上三土機息應轉亦是無常以非八相故且言常言七百等者首楞嚴三昧經云堅首菩薩問佛壽幾何佛令往東方過三萬二千佛土於莊嚴國問照明莊嚴自在王佛彼佛答云如釋迦壽我亦如是汝欲知者我壽七百阿僧祇劫堅首迴此白佛阿難云彼佛乃是釋迦異名雖機勝見長而七百猶可數故亦是有量之量若阿彌陀人天莫數故是有量之無量也二應佛下結應佛皆然佛佛既皆三身圓證應身被物物壽長短豈不隨順各示兩量故彌陀現長亦能現短釋迦現短亦能現長故大論第三十

六云當知釋迦文佛更有清淨國土如阿彌陀佛國阿彌陀佛亦有不嚴淨國如釋迦文佛國又第三十八云此間閻浮惡故釋迦壽應短餘處好故佛壽應長故涅槃二十二云西方去此三十二河沙有無勝國所有莊嚴如安樂世界我於彼土出現於世斯皆隨逐物機也二然下據理融即上辯三身法是本有報約修成應論現往其言似縱須知報應二種之修性德本具雖是性德修相宛然全性起修全修在性三一冥泯思說莫窮不可等者如上竪論顯非並一若言性具三身壽量顯非別異若作並別一異之解即乖所詮圓常法體即一而三故不橫即三而一故不縱非縱非橫不可思議如此解者乃會能詮玄妙之文也

觀無量壽佛經疏妙宗鈔卷第二

音釋

掘渠勿切穿地也　籤七廉切　摧昨回切挫也　碾女箭切轢也　鞞荔鞞符羈切荔郎計切　諳烏含切悉也　練郎甸切精熟也　分齊分符問切齊在詣切分淑限量也

觀無量壽佛經疏妙宗鈔卷第三

宋四明沙門知禮述

二辯體前文解釋能詮所詮能觀所觀皆能詮名令辯此名所詮之體欲令學者因筌得魚尋名顯體尋名意在忘名顯體知無別體此乃今師釋名辯體之妙意也復應了知釋名是總總三法故三章是別別三法故是故解釋通別二名無不義具教行理三能詮之佛既具三身所說觀境各具於三故云釋名總於三法體章別在法身宗用別當餘二教相一章分別總別令之辯體雖在一法一必具三故明體禮體底體達三種之義雖論三義但是法身中三未明餘二各三故涅槃玄云總唱祕藏故當其名法身攝一切法不縱不橫以當其體般若攝一切法如面三目以當其宗解脫攝一切法如三點伊以當其用如此敷演即是其教非但經體義成餘義亦顯文畢今出其意空假皆中故三屬體假中皆空故三屬宗中空皆假故三屬用用是解脫特喻三點點是文字故宗當般若特喻三目目能照明故法身之三特泯縱橫彰離念故故知釋名總於九法辯體別在法身中三然九不多三不爲少方是圓教總別之義此自分二初牒起略示名傍是賓體正是主名是假名體是實質一切名下皆有其質二釋論下正釋主質四初撿二文定體諸法當處不生不滅非有非空無能無所離言說相離名字相離心緣相離此等相名爲實相無相之相也誰人不具何法不然若論證知唯有諸佛故法華云唯佛與佛乃能究盡諸法實相

稟圓說者初心即用佛智照境故能信解諸法實相既解實相亦解諸法實性實體實力實作實因實緣實果實報實本末究竟等十法既實即是實生實佛實依實正一色一香無非中道一切諸法皆是佛法既一切皆實實外無餘復何得云餘皆魔事應知此說以理簡情若離心緣能所等相名爲實相介爾有相即爲魔事故別教已下至六道法皆有能所心緣等相魔能說之悉名魔事故知一切皆魔一切皆佛以情分別一切皆邪離情分別一切皆正今簡情取理而爲經體應知實相全體照明稱爲眞心亦名本覺覺體徧故諸法皆實若指其要不離現前分別之念即本覺覺即經體無別經體以爲所詮以此覺心觀於依正能所即絶待對斯忘妙觀之宗自茲而立若不爾者何須得體方立經宗實相印者印即符印亦信也亦印定義乃以所詮定其大小及以邪正理符佛旨方可信從小乘三印無常無我此之二印印於生死寂滅一印印於涅槃小乘涅槃與生死異故各印之所詮符此則可信受是小乘經非魔外說大乘一印即一實相二種生死三德涅槃其體是一究竟眞實義符於此可以信受是大乘經非小非外今據此經圓實爲大若從彼論三藏對衍通別二教亦名一印今不取二唯圓實相名一印也則能說之人所觀依正四種淨穢五逆罪等其性不二以此一印爲經正體二無量下爲四章所歸無量功德等者經用歸也經之力用亦名功德力有滅惡之功用有生善之德滅一切惡生一

切善是故功德受無量名如此功德共嚴實體其猶帝王治亂育民以此功德莊嚴聖躬種種衆行即經宗也從理起行全理成修如水爲波波還歸水宗必會體故云歸趣通則萬行別觀十六故名衆行言說問答即經名也能詮之名在於言說言義幽奥復須問答種種詮辯以立經名而彰實體問題目爲名何嘗問答等耶答名能詮體一部言句皆能詮名如法華經本迹十妙以爲其名但題是總故就題釋名餘之四義皆徧始終故一經之名問答詮辯等從後向前示能歸法不別云教兼在名中自稟曰名化他爲教自他雖異俱是能詮故知四章同歸一體三譬衆下約二喻顯尊體於四章猶如北辰衆星環拱又似東海萬水朝宗以其四章不暫離體一切諸法無理不成經體既然安得不辯四故以下以一印結示三書家下具明體德體對釋名但在一德所謂法身蓋釋名中總示三法利根雖解鈍者未明何者以總示文帶於宗用體混其中情想叵忘本性難顯故於總後別示靈源永異四魔諸法皆實於彼圓伊當上一點絶思絶議非用非宗而其性融一不定一如伊一點點不孤然故直法身非法身法身必具般若解脱故别顯體而談三義雖彰三德意在法身以空假皆中是故明三名爲體德中三初約禮義明法身書既以體而釋於禮故今以禮而釋於體禮别尊卑意崇君父前明魔事已諫偏邪今之臣子唯諫宗用故君父體即是法身諸佛所師萬法朝會體非修證理絶言思欲使標心强稱貴極

斯是本覺非寂非照亦是法性非深非廣第一義諦名爲本性法身德也尋能詮名欲識此體體顯故行令修觀者以此體德體彼依正一一貴極成妙宗矣二復次下約底義明般若德空即中故故般若德是諸法底亦名本源淵府實際若得中體則能窮暢也論云智度即實相般若佛以觀照般若於諸法中證此智體故云窮底然法性甚深無有底際云窮底者良由佛以無底際智稱性而證義言窮底七方便人以有底智故不能到諸法源底若圓教人從名字即以信解心窮智度底五品觀行窮底十信相似窮底四十一位分證窮底唯佛與佛究竟窮底以此底義辯於經體則彰法性甚深第一義空名般若德也尋名識體體顯故行令修觀者以此體德窮彼依正一一到底成妙宗矣三復次下約達義明解脫德假即中故故解脫德是一切法自在之體復具一切眞實名義若識此體則於諸法通達自在復於世間及出世間一切異名一中解多多中解一論云般若亦實相般若般若解脫名殊義一故互舉也前明底義以觀照般若窮實相底今明達義以文字般若說實相般若種種名也七方便人迷此體故於諸異名壅塞鄣礙圓教行人名字體達觀行體達相似體達分眞體達論今舉佛究竟體達達義辯體則彰法性無量如來藏義名爲眞性解脫德也令修觀者以此體德達彼依正一一無壅成妙宗矣三明宗宗謂宗要此經之要在修心妙觀感於淨土心觀即是一心三觀釋名之中其相已委感土

之相此文備論今經妙宗在此因果且分為二初標列二有人下隨釋二初簡示宗體以其宗體一異之相人多惑之故須簡示文二初簡二初簡宗體一二初牒言略斥宗是因果此屬於事體是一性此屬於理雖不相捨二義須分定執是一於義實乖故云不用二何者下據義廣破三初約義破宗是宗趣趣果趣理趣果必因若趣理者要須修觀觀有明昧理有證不皆成因果故云宗既是二體本是理觀雖趣理理非明昧因果依理理非因果如波依水波有千差水常是一故云體即不二不談諸法同一理性則不名為大乘經體故云二即非體不論修證因果二法則非佛經所證宗趣也二如梁下立喻破屋空梁柱雖不相離若謂是一則無虛實也三宗體下舉過結二簡宗體異二初牒言破雖破是一不可執異若其定異則二物孤調宗異於體則非全性而起成修觀行有作屬於八倒既不符理信非圓宗故云邪倒無印體若異宗則理不即事事外之理其體不周法性之體既異因果則一切法皆成別有二宗體下舉過結二今言下示今據普賢觀經驗其宗體不定一異故彼經云大乘因者諸法實相是大乘果者諸法實相是實相因果不異而異非倒有印此為妙宗因果實相不一而一非事外理此為妙體豈同他立定一定異他不聞此偏說奈何講茲疏文合知宗體唯想事境三觀靡施正同次家邪倒無印可傷之甚二今此下就體明宗三初依經直示大乘之法其要在心心具易知色具難解故止

觀云因通易識果隔難知故觀自觀他皆修
心觀今觀淨土須求於心心能具故心能造
故心垢土垢心淨土淨此猶通示未是的論
的在一心頓修三觀此觀觀於安養依正畢
竟清淨名心觀淨此觀能令四佛土淨如是
方爲此經宗致二四種下約土廣明三初列
四土二各有下立淨穢隨文釋義教觀俱沉
用義解文解行可發前釋觀字文中明示一
心三觀又文頻示心觀爲宗至結宗云修心
妙觀能感淨土今消此文四土淨穢須準此
觀爲四淨因若依諸文逐其四土各論土因
何能通貫前後之文焉令聞者證無生忍初
五濁輕爲同居淨者此淨甚通須知別意如
戒善者四教凡位皆悉能令五濁輕薄感同
居淨而圓觀輕濁感同居淨依正最淨如此
經說地觀已去一一相狀比於餘經修衆善
行感安養土其相天殊言體析巧拙有餘淨
穢相者此土人衆淨相亦寬析觀感穢可在
三藏體觀感淨不專通人衍門三教對三藏
析俱明體法通但空體別次第體圓不次體
三人生彼俱感淨相圓人最淨如觀音疏別
向圓修圓七信去見彼依正同於實報住行
及通見相俱劣今經妙體須異三人故同居
有餘所明淨相文通意別須以前後頓觀之
文妙宗之語解此通文令歸的趣言次第頓
入實報淨穢者若論實證此土唯有圓聖所
居別人初地證與圓同稱實感報有何優降
今就教道十地不融致所感土異於圓人故
約漸頓分於淨穢言分證究竟寂光淨穢者
若就別人同圓證實論寂光者唯約真因對

圓極果而分淨穢今論教道詮於極果但斷無明一十二品寂光猶穢圓知須斷四十二品名究竟淨仍要了知圓人始終能用上品常寂光理而爲觀體今談究竟意成行人修心妙觀也三婆下釋名相但釋土名略指淨穢若的論四淨能感之因唯一圓觀已如向述文四初釋同居同居約人淨穢約土謂凡人聖人同居穢土也淨土亦有凡聖同居二處凡聖凡即是實聖通權實始證爲實應來爲權次於泥洹者泥洹涅槃梵音新舊爾生安養者煩惱調伏近於涅槃故名爲次皆正定聚者三聚判也若如此土博地凡夫屬邪定聚發心修行未不退者屬不定聚得不退者屬正定聚若生安養不論高下五逆罪人臨終十念得往生者亦得不退故云皆正定聚起信論明初心生彼住正定故小彌陀經云生彼皆得阿鞞跋致同居淨中極樂當其上品土也若依今經十六觀門圓妙修者通感縱存生於彼土常覩勝相如此土華嚴諸大乘會機所見也二釋有餘三初約修斷釋名九種行人合生彼土藏二通三別住行三既修空假皆方便道别向圓信所修雖實猶居似道判屬方便不生分段蓋除四住約此修斷得名方便斷通餘別故曰有餘二釋論下據經論釋相小乘雖云同入法性而執法性體類虛空子果若忘永無身土大乘法性體具色心子果若忘身土廣大釋論以大對破小乘界外無土特云出界而有淨土小乘法性無有色心是故特云受法性身又引法華遇餘佛者即有餘土佛也此約滅後不值

四依不生實信自謂永滅而生有餘蒙佛開權即能決了三就中下明利鈍淨穢彼土利鈍唯約大說若在此土已修中觀生彼則利佛乃爲說不次第法若在此土未修中觀生彼則鈍佛乃爲說次第法也利根居上故云指上指下例此利根所見同彼實報故名爲淨鈍根所見相劣於上故名爲穢以今利鈍驗前體析唯圓名體前三皆析別向觀中稍同圓體三釋實報三初約因果釋名行眞實道者圓人從初別人十向能於諸法稱實觀中也中理今開即感妙報色心不二毛剎相容純是法身菩薩所居尚簡圓似況七方便收簡語寛宜善分別二仁王下依經論釋相仁王借別而名圓位三賢十聖借別名也住果報者名圓位也三賢既與十聖同住果報

驗是實報不證中道寧住實報故知名別其義屬圓今取果報證實報土問前明實報無有二乘今那忽云迦葉起舞答須知四土有橫有竪仍知橫竪只在一處如同居土趣爾一處即是實報若破無明轉身入者斯是法身同佛體用稱實妙報則六根淨人亦莫能預豈居二乘此則一處竪論實報若未破無明即身見者此乃諸佛及大菩薩爲堪見者加之令見實報土也葢有機緣雖未破惑已修中觀如華嚴會及諸座席雜類之機感見身土難思者是今引論文乃方等中爲彈斥故示實報土勝妙五塵令迦葉等頓忘少欲起動舞戲欲令聲聞知大法妙生忻慕心鄙棄小道此等皆是一處橫論實報土相故八部二乘機熟皆見也今以劣喻顯於勝土如

其鬼趣居人境界有人捨報墮彼趣者即同彼類非他人共有人即身能見彼趣不妨他人同見其相隨譬竪入實報土者見譬橫論實報土也實報既爾方便寂光橫論同處亦復如是於同居處論三土橫竪於方便處論二土橫竪於實報處論一土橫竪至寂光處無橫無竪當處亦無問論云迦葉對於菩薩勝妙五欲生愛之甚不安起舞至法華中迦葉叙昔聞菩薩法遊戲神通不生一念好樂之心二事皆是菩薩之法因何愛惡頓爾相乖答應知二心俱是別惑愛於妙欲即同體思惡於度生即界外塵沙如不肖子但愛富貴而怠修學例淨名中斥身子云結習未盡華則著身畏生死故五欲得便既畏生死乃指塵沙爲結習耳又引華嚴無量香雲即前所明同居橫示實報之相三就中下明漸頓淨穢四釋寂光三初剋體立名前三在事故從居人修斷因果而立土名此土屬理故從本體三德爲名問分證寂光三障未盡何得一向就理立名答障未盡邊自屬實報今就因果分忘之處名爲中下常寂光土二諸佛下約能居示相金光明云如來遊於無量甚深法性諸佛行處過諸菩薩所行清淨無量即寂甚深即光法性即常又普賢觀云釋迦牟尼名毗盧遮那此佛住處名常寂光常波羅蜜所攝成處我波羅蜜所安立處樂波羅蜜離身心相處淨波羅蜜滅有相處故知此土乃從四德究竟處立以四彼岸顯於三德常我即法身樂即解脫淨即般若三德互具一一論三故法身等各具四德雖云三四實

非十二學者知之如是方名不縱不橫秘密藏也三分得下明分滿淨穢分得名穢從證者論常寂光名從極理立三故以下據義結示釋題觀字明圓三觀至今明宗初云以心觀淨則佛土淨爲經宗致次即廣明四土淨穢令乃結云故以修心妙觀能感淨土爲經宗也若其不用圓妙三觀感四淨土則標結文全爲無用釋題三觀爲被何人爲何處用若謂欲感實報寂光二種淨土須圓三觀若有餘淨但修體空若同居淨只用事行不須三觀者此義不然偏空體法種種事行雖是二種淨土之因非是此經的示宗致蓋以此經本爲韋提猒同居穢求同居淨故談妙觀觀彼依正那得輒云感同居淨不須三觀三觀若成麤垢先落非有餘淨更生何處豈有餘淨非妙觀耶須知正爲生同居淨故說三觀良由觀妙能破三惑不獨感於同居淨土隨其惑斷淺深之處自然感得有餘等三如病須藥本爲身安求得仙方修合服之不但身安兼能輕骨身安可喻生同居淨輕骨可喻感上三土只是一藥效乃深勝如一妙觀能淨四土起信論說初心修行大乘正信懼在此土不常值佛信心退失乃教求生極樂世界令觀彼佛眞如法身畢竟得生住正定故非圓三觀寧照法身那謂極樂因唯事善四論用宗是自行所修之法用是利他所施之法自行趣理故明妙觀化他攝機合通衆善他宜妙觀亦須教修自行助道豈廢衆善是故宗用法必齊等但有自行化他之異耳文二初標名略示力方有用故言力用力用

何爲生善滅惡也行者應知體宗用三別明三法乃從一性起於二修體是法身所顯性也宗是般若能顯智也用是解脫所起力也二雖修成須知本具一雖是性全起成修故非縱横不可思議二德在性全指惑業即是性具善惡二修今體逆修既全性具當處融妙乃化他德故以此二爲經宗用用徧一切非無惡用以順性故生善滅惡故染惡用稱性用之最能滅惡滅惡下約義廣釋二初約善惡具明既施力用必成功德是故一用而有四名偏論滅惡須施功力偏論生善在於德用斯是一往若二往說力用功德皆能滅惡力用功德皆能生善須知滅惡極至阿鼻生善理合至於妙覺方是圓經力用功德二苦是下就滅惡偏釋二初無惡不除所言滅惡須滅惡因方除惡果如果報修因二種行人不除三毒衆苦之本縱暫免苦終非永謝今明化他修淨土觀則令諸惡因果俱滅惑縱未斷生彼不起斷在不久故能永滅惡因惡果以要言之此經力用滅五住因除二死果二是故下從重別顯惡之重者莫過五逆五逆是業從於上品煩惱而起招無間苦此經大力能滅此等極重三鄣即生淨土若此三鄣性非三德何能無間轉爲極樂從極鈍根且論十念生最下品若從利根非不能生上之八品以其五逆體是寂光故可於此淨四佛土五判教相教是聖人被下之言相是相狀覧而可別上之四義皆是言教謂詮名教詮體詮宗詮用之教若以其相而分別之則令覧者觀之顯了故約五時二藏漸頓而

示其相文二初正判所說教三初約五時判二初明教部於大小乘此屬大乘經中亦有頻婆證小然非此教正所被機今從正爲韋提希等宣淨土觀尚非通別豈是小乘於五時中是其第三方等時也二赴機下明廣略且辯文相未論定散二約二藏判約人判法此屬菩薩阿含等經雖說三乘從多從正屬聲聞藏大乘諸部雖有二乘非部正意是故判藏歸菩薩也三約漸頓若約化儀論漸頓者華嚴屬頓三時皆漸經在方等非化儀頓今經頓者乃於化法以圓爲頓故就韋提即身得忍判教爲頓且無生忍位別在初地圓在初住別教凡夫經無數劫方至此位唯有圓教即生可入若將結益判教偏圓最爲明顯是故今文就其當機證位定之是頓非漸

二題稱下傍簡能說人若四人說如來印之亦得稱經今經始末皆出金口故稱佛說二分文下隨經顯義前取經中名等五義解釋總題總意雖彰別文難顯故須以句節定經文令義顯現總別雖異義無兩塗方知玄義釋此經題復了疏句不顯他義分二初總別科判總科三分別判六章二初證下隨科解釋三初序分二初正信序即是通序大論云佛將涅槃阿難問佛一切經首當安何語佛答阿難應云如是我聞一時佛在其處其國土與其大衆非獨我法如是三世諸佛經初亦然故知六義即是通序以諸經同故亦名經前序付囑令安故亦名經後序結集者所置故今言證信者令聞者不疑故論第四問曰何不直說般若而言住王舍城答說時方

人令人信故言六句者但以詮義究竟爲句如佛但一字亦名句也二初標指六句如是標於信者釋論第二問曰諸佛經何故初稱如是答佛法大海信爲能入智爲能度如是義者即是信也若人有信能入佛法無信不入不信者言是事不如是信者言是事如是我聞異外道親承於佛故曰我聞不同外道不禀佛也一時辯息諍者謂機熟受道之時故無諍也釋論云不應無一時佛自言一人出世多人得樂是者何人佛世尊也二如是下隨文釋義六初標信信名忍樂理當言善方忍方樂理當則不異名如言善則無非曰是四教言理皆稱如是而有淺深若其三藏唯就世俗論於不異及以無非通雖即理但在二諦別教知中要先破二唯圓初心即了諸法一一中實當處皆如稱此而談無非曰是故圓望三教皆不如是此經所信雖未開廢而所被機不從偏小故但就圓明於如是決定可信也此句既爾下之五句皆意在圓故通序文通其義亦通而其意別今以別意釋其通文故此云也二我聞下異外道二初正釋有在者在於佛也雖釋我聞意多明聞次文明我二我者下料揀二初立難我者自在及主宰義凡夫小乘於人法中而著於我今傳圓觀合順二空何得言我二隨俗下通難二初直通畢竟空中雖我叵得此空即俗諸我宛然今且約三分別我相横計主宰名爲見我俱生主宰名爲慢我隨世流布即名字我阿難尊者至結集時尚破同體見慢之我豈有界内二種我邪爲傳化故故順妙俗

立名字我二如人下舉譬知無我理如用金錢隨俗立我如易銅錢及草木等三一者下辯息諍二初示論釋二初釋一先約眞破次隨俗立在文可見釋論廣破一異者論云若一與物一一與物異二俱有過問曰若一有何過答曰若一瓶是一義在在有一處處皆應是瓶則無衣等諸物一中之過既然二中之過云何答若一與瓶異瓶則非一若瓶與一異一則非瓶若瓶與一合瓶名一者今一與瓶合何不名一爲瓶是故不得言瓶異一彼文極廣蓋瓶顯可見故以瓶喻時也一則是數時則是體若於數體定執一異則諸惑紛然能離執者則於法解脫斯乃寄於數體一文示離著觀令於諸法皆祛定計即知六事及以諸文皆須離於一異之見也二釋時此土詮召但直云時天竺二音若云迦羅即是實時云三摩耶即是假時亦如此間心有二稱言智是解心言識是迷心故令依智不依識也外人執時以爲實因是故對彼云三摩耶顯時是假若內弟子依時而食護明相等乃言迦羅顯時是實言迦羅短時三摩耶長時者若據論文短時長時並名三摩耶也謂方時離合一異長短等名字出凡人著心是故長短皆假無實今以短長分對二名者恐是大師依建立門巧會論意以依佛制時則生死時短外道執時則生死時長既迴論文必有此意二今不下明今意言不論等者今非界內護明相等故不論實時又非破外執時爲實故不論假時長短如前但是衆生機熟佛應說經機應合一之時亦是諦智合

一之時故云一時文但從應故云說經豈無機感佛空說法故佛說竟韋提悟訖然一時文義本通深淺今意別在圓機感佛故使凡夫頓入法忍四佛者下化主三初約異名釋大論第四以四義釋婆伽婆一能破煩惱二有功德三巧分別能分別諸法總相別相故四好名聲無有得聲名如佛者故今文略出二義新云薄伽梵具六義一自在二熾威三端嚴四名稱五吉祥六尊貴以多含故不翻舊云婆伽婆訛也二佛者下約三覺釋佛者下總示既能下別示三覺對迷說自對自說他對因說滿一平等覺對三不同說爲三覺三一切下約超因釋一切智故異外邪癡無緣慈故異小自度三智等故異偏菩薩究竟覺故異諸因位能異不殊對所異故四種分別然釋佛義六即等說其文稍委故今略云五在者下論住處二初釋住二初會在同住在暫住久一往分之故非盡理久在暫住有何所妨況靈鷲山如來應身常在其中豈得言暫二住者下約論釋住此經云在大品言住其義不別故引彼論住義釋在分二初標列四威儀者謂行住坐卧此之身儀皆住靈鷲而能住法則有四差即天梵聖佛也二天住下解釋今四住文乃是盡取論釋住義是知四中皆明因果而能住法正在於因所謂如來以攝物故示現施戒及十善心此即佛以欲天之法住王舍城爲物示現四無量心示三三昧即梵法聖法住王城等此皆如來隨他意住若隨自意即以楞嚴至不共等住王城也故普賢觀云釋迦牟尼名毗盧遮那

此佛住處名常寂光釋迦遮那既是異名王城寂光畢竟無二故云此佛住處名常寂光今之所住是何境界又應了知若以人法分於能所施戒至于首楞嚴等皆所住法佛爲能住若以王城爲所住處上之人法皆名能住又據經文但云佛住論應唯就首楞嚴釋而明前三者荆谿二解一從通以趣别從廣之狹也二將勝以攝劣佛住王城必攝欲色及以三乘佛住既勝則無法不住非不住惡爲引物故且從善說而於善中就世間善略指定散收一切善故言天梵於出世中略指小大攝一切法故言聖佛他人不明能住心法唯云身住王舍城等則抑極聖同凡夫住況復凡聖各各有於能住之法且如比丘修戒定慧乃以天梵及以聖住住於房舍若破戒者則以地獄住於房舍其有能修一心三觀則所住處即空假中豈非楞嚴爲能住法初心尚爾如何果佛唯論身住二王舍下釋處二初各釋城山二初釋城二初翻梵名亦名摩竭提此云不害言此國法不行刑戮其有犯死罪者送置寒林二釋論下解釋三初約諸王治化釋二又先下約移居免火釋三又下約畏罪得處釋二耆闍下釋山二初翻名二諸聖下解釋三初約聖靈依就釋二又名下約山形似鷲釋三又山下約鷲鳥棲隱釋二然法下總示法應不言報者報能冥法復能垂應既言法應報在其中三身融妙言且暫分體常相即六與大下列同聞二初標科辯次二聲聞下依次解釋二初聲聞衆二初分科示略二與者下隨文解釋二初標位

四初釋與與即共義以七一釋七種一故方成共義若據時判已屬生酥且從本說七在三藏同感佛時同鹿苑處同别脱戒同一切智心同無漏正見同三十七道同有餘脱昔同七者今日同聞然此觀門佛將阿難及以目連入韋提希後宫宣說大衆未聞至囬靈山阿難具述方得同聞二大義下釋大華言大者梵曰摩訶乃含三義謂大多勝故須就本三義釋之大人所歸德量大故梵王師陳如帝釋師迦葉等通内外典識解多故出九十五知見勝故皆無疑解脱故小中極雖標一大義必具三三釋比丘二初標列六義因三果三一一主對二釋論下隨要釋三因三若成果三自剋復欲行者効彼修因故釋因三三中初乞士今舉身子荅彼淨目乞士之

義須離上下方維之食常行乞食清淨活命故名乞士至果乃成應供德也二怖魔魔主生死在家受欲增長生死出家離染趣向無生是故魔王聞之生怖染欲破戒魔還快樂勤修三學果證無生三破惡見思二使共九十八名惡名賊修觀推窮名爲破惡證智斷盡名爲殺賊四衆者下釋衆三初釋通名二一有下釋别相三今此下明去取羯磨通凡故取有羞今此二僧者即有羞眞實也論云是中二種僧可共百一羯磨同聞證信尚簡學人前三絶分也二千二下列數二初標人合數二初合一千二舍利下合二百五十二迦葉下常隨所以二菩薩衆二初科四文二天竺下釋二義二初釋位二文殊下翻名二發起序三初對辯不同二初泛舉差别放光

如法華經放眉間光照東方萬八千土也動地如大品世尊以神通力大千國土六種震動微笑如報恩經爾時如來熈怡微笑也入禪如金光明經是時如來遊於無量甚深法性也自唱位號如梵網經我今盧舍那方坐蓮臺也勸人令問如涅槃經普告衆生大覺世尊將入涅槃若有所疑今悉可問爲最後問也然諸經發起事或兼有之今且各舉一端以明發起之相二今經下正顯今經二初正顯二何故下釋疑二就中下總科略釋二初分科二問頻下釋二初問答釋疑二初問頻婆韋提皆請弟子赴頻婆請何故唯遣目連樓那至赴韋提何故如來躬親而往答頻婆國父願聞戒法可遣人授韋提國母機在妙觀須佛親開父母之稱從闍王得二頻婆下預翻名字三初段下隨科解經初正明殺父二初分科二初爾下隨釋四初爲子幽禁二初隨釋經文二初師資現事二初釋時處標人經云爾時即當佛在城不遠耆闍山時也前譯阿闍世爲未生寃今方釋義處胎之日有寃害相占者預記因以爲名二隨順下明順友造逆五初釋惡友名族二爲利下釋惡友謀術二初從人學術阿難親弟知取通法自未得通不知其心故授與之二心念下誘人同謀作象馬寶以輪王事誑惑闍世作抱持等欲其生愛也三語王下明惡友言教正教造逆我殺牟尼以作新佛汝殺頻婆以作新王新王新佛共化世間不亦快哉四隨順下明太子造逆闍世受教乃行殺逆五調達下明惡友造逆調達自造三逆成就復教

闍世殺父成就害母加行自行教他五逆罪故生陷泥犁二頻婆下父子前因被殺仙人生惡念故即來爲子胎中已有害父之怨二如此下總結權化調達闍世頻婆韋提皆是大權現逆現順利益衆生二夫人奉食三聖爲說法二初釋目連授戒二初釋疾至以其宿世事辟支佛今得神通疾至王所二授八下釋戒相初開香衣及上高牀以爲八戒齋在八外次合香衣高牀爲七不過中食爲第八則齋在八內法無增減數有開合皆名爲八戒齋也二富樓下釋樓那說法四頻婆下法食延壽二次害下明欲害母二初分科二初闍下隨釋四初爲子幽閉三初欲害母三初王問在不二守門下以事實答三王聞瞋怒二初消經文二應殺下釋妨難二劫初下二臣諫三初釋勸辭二以手下釋勸相三驚怖下明從勸三勑語下勑幽閉二韋提下因禁請佛二初分科二韋提下隨釋二初請人一是門師一是佛侍先常教誡故偏請二人既在深宮故請二人不敢偏一欲傳我意請佛宣說生淨土因請人之意也

觀無量壽佛經疏妙宗鈔卷第三

音釋

叵 普火切不可也　暢 尺亮切通也　壅塞 壅委勇切塞蘇則切壅塞障隔也　析 先的切　鞞跋 鞞駢迷切跋蒲撥切　祛 丘於切逐也　戮 力竹切殺也　熙怡 熙虛宜切怡余支切熙怡和樂也

觀無量壽佛經疏妙宗鈔卷第四

宋 四明沙門知禮述

二悲泣下請式科云請法即法式也三世尊下因請往赴二初分科勝鬘等者勝鬘夫人也即舍衛國波斯匿王女末利夫人所生爲踰闍國妃其後父母遣書云佛出我國神通自在普益衆生勝鬘執書對使說偈云仰惟佛尊尊普爲世間出亦應愍我等速來至此處即說此偈時佛於空中現復說偈讚云如來妙色身世間無與等等今韋提哀請佛即降赴其事相類故云不異二知韋下隨釋五初神通二初消文如來之心寂而常照無數河沙世界衆生若干種心悉知悉見非同小聖作意方知他心及以身如意通皆無記通也二問前下釋妨二初出妨此難重出問不異前答不同彼言二解者一滅即今嫌佛之惡二生以後行法之善何以故若佛入彼頻婆之室即令世王謂佛朋父還謀國政怨嫌既重後不行法故不躬往毋無斯事故佛親赴二時韋下色身三坐百下坐座四目連下眷屬五普雨下雨華四傷歎請法二初分科今向世尊下明請往生之因者即二意中第二請示往生淨土之因經云唯願佛日教我觀於清淨處文也初明供養問往生因者即第一意問往昔生中何罪爲因生此闍世惡逆之子應知此二語同意別分二初我有下供養問往生因經自絕瓔珞舉身投地號泣向佛即三業供養絕瓔投地是身號泣是口以二顯意闍世之因已略如前疏今但出調達之緣二濁惡下正問生處二今向下請往

生因第二正説分二初泛科懸解二初科三段二如來下解初文二初放下重科廣釋二初總别分科酬前生處者前韋提請云惟願爲我廣說無憂惱處佛今放光照其淨土令彼見之以酬前請酬前淨業者前請云惟願教我觀於清淨業處今示三種淨業十六妙觀即教彼觀淨業處也近答等者以韋提希於酬生處中因光見土乃再請云教我思惟教我正受此在正宗故云近答若酬序中所請即是遠答二隨科解釋二初酬二問二初酬前生處二初答其生處三初爾時下放光普示二或有下示土差别三時韋下的示生處二思惟下見土更請因此請淨土正助二因初教我思惟若不思惟不成願樂有願之思乃成業因惟願世尊教我修於淨土願思令成業因此請事善助道之業也次教我正受離邪倒想領納所緣名爲正受此請世尊教我修行淨土觀法即正觀也二微笑下酬前淨業二初總别分科初業共凡夫等者今三種福是圓助道與正觀合皆如來行故云三世諸佛淨業正因但以三種有通有局初孝養等通於大小及以博地故云初業共凡夫次歸戒等唯通大小凡夫無分故云次共二乘若菩提心等專在大乘不通凡小故云不共之法二何以下隨科解釋二初三種淨業答思惟三初正明淨業三初光照頻婆得道二初釋微笑二初問二答二初解有下答放光觀法得果者無生法忍是圓三觀習果故也二微笑下答微笑惡業之報害命繫身而爲獲果及淨土緣如來心了善惡因果交

互萬差欲表内心是故微笑二阿那下釋阿那含二去此下舉果勸修因二初問大本小本俱云極樂去此十萬億刹刹即大千故云河沙何言不遠二解云下答有二意初以佛力故令修觀者欲見即見故此文云汝當繫念諦觀彼國故知佛力加欲見者令觀成見後文云一切衆生觀於西方極樂世界以佛力故當得見彼清淨國土故般舟見佛而論三力一佛威力二三昧力三行者本功德力次意即是光中現土即目覩見也其二種見皆由感應雖遠而近然若心性不具塵刹則佛無應現之理生無感見之功故此經談是心是佛觀迷此意則非妙宗三第一下正示往生因二初正示三初共凡夫業此經正被頓修之機雖修佛行父母師長豈不孝事輪王十戒豈不止行但能修之心一一稱性何妨所修慈孝之善共於凡夫二第二下共二乘業圓頓行者豈違小乘出家之式三歸衆戒威儀等事但受持之心合於一體依於畢竟而所行之法共於二乘三第三下大乘不共業依無作境起無緣誓名發菩提心實相不二而二立因果殊二而不二始終理一信此因果方名爲深讀誦大乘修三智解運圓乘行以此解行教其行者名爲勸進此三種業得前前者不得後後得後後者必得前前故今行人能修前二前二不能修於大乘故云餘二不及是言大乘二佛告下結歎既是佛業驗是圓修故大經中復有一行名如來行雖云一行而具五行今亦如是雖是佛業而具三種二諦聽下歎其所問諦聽等者諸

經誡聽皆有此語莫不令人生於三慧而須按教明慧偏圓能聽所聽能思所思能念所念若作生滅解者即三藏三慧無生解者通教三慧無量無作別圓可知今令韋提等生圓三慧若不爾者安能此座即證法忍三即得下略付阿難經如執明鏡等者觀法如鏡修之如執觀成土現如見面像是知外有三種淨業內備十六妙觀乃得見也此雖略付淨業意說妙觀初住初地者圓住別地俱破無明是無生忍位妙玄一實位云若入初住正破無明是明圓教無生忍位今意在圓引仁王五種忍位者用顯無生居三忍上若依別教十信伏忍十住信忍十行去順忍十地無生忍妙覺寂滅忍若約圓位五品伏忍六根清淨信順二忍初住至等覺名無生忍妙覺名寂滅忍然別初地即圓初住故引仁王以證今位行者應知如來將說十六觀法預彰所說是圓妙觀故云一切衆生觀於極樂觀成即得無生法忍是故韋提聞說十六隨語觀成說訖即證此之妙位經示此觀是取初住徑捷之門故不可云想事而已二初明下明十六妙觀答正受二初分科二汝是下隨釋二初明韋提見土之由經未得天眼等者問阿那律天眼最勝但見大千豈有得天眼者越十萬億土見安養乎答此語未得分眞菩薩天眼非二乘也故大經二十二云菩薩所得清淨天眼異於聲聞緣覺所得以是異故一時徧見十方世界現在諸佛大論亦同此說韋提實大菩薩者此顯韋提本住法身爲欲發起淨土觀法故示同凡此會即得

無生忍者即者方將也此會聞觀將證法忍非謂前文說無生忍是韋提證前文乃是通說未來衆生修十六觀能得無生人見示同凡夫之言便謂前文是韋提證須知即得非已得也既云實大菩薩乃是久證無生如來據迹言是凡夫心想羸劣劣想凡夫修之得忍顯茲妙觀能革下凡頓成圓聖異方便者十六觀法爲異方便也故起信論云修多羅說有勝方便繫念極樂令生彼國非直觀名方便者謂彼依正有二方便能令此土凡夫得見一者修觀正受方便令心眼見二佛神力示現方便能令目擊既得見之由有其二種故云非直觀名方便佛力令見亦是方便韋提乃得二種之見一者將有隨文作觀之見二者已蒙佛力示現見也故云韋提見土之由二韋提下爲未來請見土之法二初請韋提先領示現方便而爲請由是故經云如我今者以佛力故見彼國土然復正請觀法方便乃以衆生而爲請緣故經云若佛滅後諸衆生等濁惡不善五苦所逼云何當見極樂世界五苦者疏有二釋初以五道非樂釋二以五罪招報釋者地獄燒煮苦餓鬼飢虛苦畜生屠割苦人間八種苦天上五衰苦次釋者聖意多含更明五惡招於二報名出大本無量壽經今云大經是也疏文先列三五之名次五惡下釋出三五殺至飲酒五惡因也如大經下釋五痛即華報也五燒下釋五燒即果報也然其二報並無五相各稱五者皆從五種惡因而立故彼五文後皆結云是爲一大惡一痛一燒乃至總云五大惡五痛

五燒故知二五皆從因立二答二初列觀分科二初列觀義例云夫三觀者義唯三種一者從行唯於萬境觀一心萬境雖殊妙觀理等如觀陰等即其意也二約法相如約四諦五行之文入一念心以爲圓觀三託事如王舍耆闍名從事立借事爲觀以導執情如方等普賢其例可識問今十六觀於三種中屬何義邪答既不攝乎法相入心成觀信非附法又非借彼事義立境立觀驗非託事明矣如來直談十六觀行修證之門正當從行也問義例三種皆是理觀今之十六歷依正事何預三種邪答託事附法二種三觀有事有理且置未論從行三觀以何義故不得歷事既言從行必四種行常坐一種縱直觀理餘三三昧豈不兼事如般舟三觀歷念佛事方等三觀歷持呪事法華三觀歷誦經事請觀音三觀歷數息事覺意三觀歷三性事此等歷事若非從行攝屬何邪般舟三昧初觀足下千輻輪相次第逆緣至肉髻相彼觀相時即用三觀彼是從行今邪獨非況義例云唯於萬境觀一心豈今依正不唯一心經文具列十六境相大師但於首題示圓三觀今將此觀觀十六境正是萬境雖殊妙觀理等又今三觀并諸歷事三觀若非從行等者那云三觀義唯三種問今經但於像觀示云是心作佛是心是佛諸文皆無觀理之語則知佛外皆是事觀縱將此義例觀十五斯是行人用理觀意據經現文但是事觀答若自依經修觀入證何須四依解說經意製立觀法大師深得佛旨故於首題以妙三觀釋能觀觀

以妙三身釋所觀佛而云觀雖十六言佛便周今依大師用三妙觀觀十六境豈是行人自用觀意應知四種三昧無不於事觀三諦理但般舟等依定散善事覺意縱任善惡等事是故偏得歷事之名若常坐等直於三道之事而觀三諦不兼修善及縱惡事故受理名今經觀法豈可異於四三昧邪故知十六正是從行歷事觀理也應知十六皆用三觀爲想相之法三觀微故且觀落日及以清水三觀漸著乃觀地樹座像佛身下去諸境皆須三觀二就十下分科以十六觀三類分之六屬依報者日標送想之方氷表瑠璃之地雖此土物意顯彼邦是故六觀皆彼依報七屬正報者座爲三聖親依像類三聖真體是故七觀皆名正報三輩之人自此之彼修因託質事相不同是故此三自爲一類二第一下隨科解釋三初六觀觀依報六初日觀三初立意分科先作日觀意令繫心凡心暗散何能明見淨土妙境故令專想落日之形一事繫心想之不已其心則定心若靜細種種觀法皆可造修繫心之法須落日者欲令定想趣於西方是向彌陀所居處故二隨解釋二初佛告下總勸修觀經韋提希汝及衆生者韋提希等是現在機一切衆生是未來機故知修觀不專佛世況復韋提是發起者正爲今人請正受法是故我佛勸衆生修修法如何專繫一處所謂西方二云何下正明日觀三初舉所觀境經文意者謂昔曾見者或現前見日欲沒相爲所觀境蓋以此觀所被周徧唯除生下雙目俱盲旣不識日故莫能

想若曾有目即今盲者亦可修之况現有目見日分明修之越易即以所見落日爲境想之令起觀中之日二當起下正教觀察釋題觀字明妙三觀題目是總經文是別豈不以總而貫於別令想落日而能想之觀隨解而進三藏事定能想所想無非生滅通教事定能想所想皆如幻化別知能想元是佛性於想能所次第觀中圓人妙解知能想心本具一切依正之法今以具日之心緣於即心之日令本性日顯現其前斯乃以法界心緣法界境起法界日既皆法界豈不即空假中圓人六根常所觸對尚須念念即空假中豈今修觀頓廢此三此猶總示若別論三觀成日功者以根境空寂故心日無礙以緣起假立故累想日生以其心日皆法界故當處顯現

此之三觀同在一心非一非三而三而一不可思議以其圓人凡修功行皆悉如是若不爾者非是圓人修事觀也通人必以如幻之心修諸事定以驗圓人用即中心成其事觀既以妙心觀於落日此心堅住能於本性顯現日相不唯閉目能見開目亦皆明了若如此者則日觀成也疏出二義二初教令下除疑大本下卷云若有衆生以疑惑心修諸功德願生彼國不了佛智修習善本願生其國此諸衆生生彼宫殿壽五百歲常不見佛不聞法不見僧於彼國土而受胎生此人宿世無有智慧疑惑所致乃至生彼宫殿無有一念惡事但於五百歲中不見三寶故作此觀令除疑惑者經云不了佛智則生疑惑疏云故作此觀令除疑惑即顯此觀能了佛智若

其不用一心三觀觀落日者則迷佛智那名此觀能除疑惑日觀既爾餘觀例然故知大師依乎佛智立今觀法然十六觀屬頓教故原始要終皆用佛智若凡小善乃於臨終迴向佛智作衆惡者須依佛智求滅罪障此等亦名了於佛智不生疑惑既有乘種生彼速得見佛聞法預於海衆不生邊地及胎宮也二障者下滅障即五逆重罪也彼經散善力弱故逆謗不生故彼經云若有衆生聞其名字信心歡喜乃至一念至心迴向願生彼國即得往生住不退轉唯除五逆誹謗正法若依今經修正觀者下至日想即能滅除五逆重罪是知逆罪得生必由修觀下輩自論者下品下生觀云除八十億劫生死之罪今言六十者恐六字誤問既用法界以爲心境顯法界日令閉目開目常得見日即是觀行見法界理當中三品今何判位在名字初屬下下品答理觀事定相即修者心雖不二事雜凡情故未伏惑事定可成理觀忘情伏惑方發故別惑初伏名觀行位見法界理深伏乃名相似位見分斷方得眞見法界今之行者觀日觀冰及觀瑠璃雖用法界心境而觀而惑全未伏凡情尚濃方得名字見法界日非觀行位作此判者蓋約鈍根於日等觀且得定心假想之益故在名字也若利根者法界日顯便能圓伏及任運除二種麤惑豈非日觀歷九品邪問今用理解想日現前縱未斷惑事定已成據下經說下下品人以苦逼故不遑念佛但十念頃稱彼佛名心雖相續終不可類見日定心因何同在第九品位答彼

由造逆及作衆惡臨終苦逼得遇善友爲說妙法雖不能念彼佛三身怖地獄故苦切稱名具足十念既絶後惡即乘此念託彼蓮中名下下品今論始行樂習三昧親善知識聞法了心本具淨土依正諸法標心具修十六觀法故先觀日令心堅住望後諸觀此當末品彼人雖即不成事定而能十念稱佛不散亦爲定攝復兼臨終勇決之力故得預於第九品也是故行相雖少不同品位無別三是爲下結二水觀二初分科二二隨釋三初舉所觀境即以曾見大陂池水爲所緣境二見水下正明起觀既禀圓宗知能想心具七大性故以具水之心託彼即心之水觀於本性令水現前幷及諸相皆於心性觀令顯現經文爲四初作水想妙心既運性水即生專想澄清令心不散二既見下變水成冰性具之法轉變自由故可令水而作堅冰三見冰下變冰爲瑠璃冰想若成瑠璃可識四此想下觀瑠璃成地心藏具法有何邊涯無妙觀緣隱而不發今依佛語順性想之寶地光明種種奇相隨心出現此自六段初成地瑩徹二下有下寶幢光明三瑠璃下地上莊嚴四一一下寶光樓閣五於臺下華幢樂器六八種下風樂演法疏實無時節等者大本云彼無四時不寒不熱及無日月常有光明寄於此土四方四維有八種風故亦順此對有八風然彼八風不同此土令物生長及以衰落但鼓自然之樂演乎妙法之音耳三是爲下結三地觀二初分科二二隨釋四初漸想者轉於冰想用表瑠璃雖復觀地種種莊嚴未稱彼

佛勝應所居良以三觀尚微猶兼假想故於彼地名為粗見二若得下實觀妙觀功著三昧有成見彼勝身所依之地莊嚴之相豈可具陳應了同居橫具三土其相非少如諸經說凡小善行迴向求生縱依大乘仍是散善故感安養淨相猶劣若今頓教心觀妙宗所見淨相永異他部如修妙觀於同居穢尚見尊特及實報土豈淨同居身土一槩故今地想妙三昧成見莊嚴事不可具說三佛告下明利益疏云前水是想者蓋託此方水成冰事表彼寶地但是假想故名粗見今成三昧實見彼地則名實觀言假想不能滅罪斯是大師順經策進令其行者速成三昧非是假想全不滅罪何以知然日觀尚類下品下生滅罪之數豈粗見地全不除愆四作此下顯邪正觀與經合則稱性見名為正觀見相乖經是發魔事故名邪觀下去皆然四樹觀二初分科二隨釋三初結前生後二正明觀行問日觀水觀皆先立境地樹等觀何不云邪答別論水日有曾見相可指為境地樹已下非曾覩對將何為境若通論者皆得有境何者諸觀皆用教所示相憶持在心為所緣境仍了能觀本具此法託境想成令性具法發明心目是故心觀及所發相一一皆三故知通論皆得有境此文為五初觀寶下樹體者下之莊嚴及生法等皆是能依令一一樹八千由旬即所依體二一一下莊嚴相瑠璃具云吠瑠璃邪此云不遠謂西域有山去波羅奈城不遠此寶出彼故以名之玻瓈正云窣坡致迦其狀少似此方水精然有赤白者三

諸天下明生法生即衆生諸天童子也以生對諸莊嚴之事皆稱爲法釋迦毗楞伽此云能勝摩尼正云末尼此翻離垢言此寶光淨不爲垢穢所染又翻增長謂有此寶處必增其威德舊云翻爲如意隨意此皆義譯也色中上者謂摩尼之光間雜衆寶色像殊妙最上無過也閻浮檀金閻浮具云染部捺陀此是西域河名近閻浮捺陀樹其金出彼河中此則河因樹立稱金由河得名如帝釋瓶者帝釋具云釋迦因陀羅此云能主言其能爲天主言瓶者釋論第十五云有人常供養天其人貧窮一心供養滿十二歲求索富貴天愍此人自現其身而問之曰汝求何等答我求富貴欲令所願皆得天與一器名曰德瓶而語之言所須之物從此瓶出其人得已應

意所欲無所不得令此妙華涌出諸果如彼天瓶出種種物故以喻之四有大下現佛國非獨現一大千十方佛剎亦於中現樹觀若發轉觀佛土亦應不難五觀見下結觀雖因光蓋見十方土然從樹起故須結末而歸其本三是爲下結此乃結樹當第四觀五池觀二初疏科二釋經五初明池體體義同樹二一一下明池相支派金渠底沙蓮華皆是八池奇妙之相三其摩下明隨心論其寶水稱適人情自然上樹然後流下故上生經明兜率宫有水遊梁棟間與此同也四其聲下明利益即水聲說法增人觀慧也苦空等是說小諸度相好是說大又讚念佛法僧則令人深觀三寶也說法既分大小驗此三寶亦讚别體同體之殊涅槃經中瑠璃光菩薩欲來

此土先放光明非青現青文殊言此光明者即是智慧大師引此立有分別色若心若色唯是一色令水聲說法光明化鳥豈不彰於有分別色色能造心色具於心唯是一色耶須知萬法唯心尚兼權教他師皆說一切唯色但在圓宗獨從吾祖以變義兼別具唯屬圓故五是爲下結觀疏釋八德而對五入并前說法即聲入也雖成六入無非妙境故令行者速證無生六總觀二初疏科二經文四初明總觀二初觀寶樓二初衆寶下正明觀樓二其樓下二處樂聲即樓中天作及空裏自鳴此樂音中皆詮三寶微妙觀門二此想下結成總觀最初繫念且寄此土落日及氷以爲方便次觀彼國地樹池樓應知此四得後後者必得前前故樓觀成四事都現是故

至此得總觀名雖云總見若望後觀此猶約略故曰粗見二是爲下結三若見下明利益除無量億劫極重惡業者華座中云除五萬億劫罪前地觀除八十億劫然其滅罪多少之數皆是佛智如量言之非是初心所能思議但可信奉而已四作是下顯觀邪正二七觀觀正報二初分科二隨釋四初勑聽許說二說是下佛現身相三時韋下爲未來請四第四下酬請廣明二初別從酬請列五章提因覩三聖乃爲未來請三聖觀如來酬請須示五門何者旣欲觀佛佛必坐座故先觀座又眞佛難觀要須想像使心流利是故答三陳茲五觀而獨標佛者以主包徒也二初華下通就所觀釋七具論正報須依前科照於七境文七初第七華座觀二初疏科二經文

五初成座法用及辯相子科分二初佛告下明法用謂觀法之用也以由理具方有事用能想之心何法不具依聖言境就性而觀華座莊嚴不現而現二令其下辯相即法用所成華座衆相也文四初華色數量二一一下華間珠光三釋迦下華臺寶網甄叔迦者此云赤色西域有甄叔迦樹其華赤色形大如手此寶色似此華因以名焉四於其下寶幢莊嚴須彌山者此云妙高亦曰安明夜摩天若具云須夜摩此云善時以彼天光明無晝夜之別故曰善時應知能觀三觀轉深所發勝相漸大如前寶樹止高八千由旬今之華座臺上寶幢自如萬億須彌驗其座體極爲高大故知妙境隨觀增明矣二一一金色下明能隨機利物座觀若成十方佛事隨觀皆覩三是爲下結觀四佛告下明由願力成彼佛因中作菩薩比丘名爲法藏於世自在王佛所發四十八願取此淨土攝諸衆生今願力成故令所依華座若此五若欲下明未來利益二第八佛菩薩像觀二初分科二法界下隨釋三初泛明諸佛法身從心想生欲想佛身須知觀體體是本覺起成能觀依體立宗斯之謂矣須知本覺乃是諸佛法界之身以諸如來無別所證全證衆生本性故也若始覺有功本覺乃顯故云法身從心想生又復彌陀與一切佛一身一智應用亦然彌陀身顯即諸佛身諸佛相明即彌陀體是故泛明生諸佛身以爲觀察彌陀觀體疏約二義釋此經文初釋初八句二初約感應道交釋二初明佛入生心報佛法性身者滿足始覺

名爲報佛究顯本覺名法性身始本既冥能起應用然須能感應方現前今論三觀淨心念佛方名能感故云衆生心淨法身自在此二道交是爲入義復以白日升天喻始合本影現百川喻應入淨想二即是下相隨物現三十等者牒經是故汝等已下文也明佛下釋義由法報冥故應用自在有淨心感悉能示現前明佛菩薩者即指諸佛是法界身之文也而言菩薩者以法界身通分證故兼菩薩意明前雖顯示法身入心未明隨觀現身之相今明觀佛相好佛以相好隨心觀現故云此顯能隨也二又法下約解入相應釋前明感應道交恐謂佛體異衆生體感召方入今袪此見故云佛身無所不徧既法界無外豈少異衆生若爾佛體本徧全是衆生色心依正何故經云入衆生心然雖全是而衆生迷背是故佛體成出離義今得觀解契合佛體是故佛體入觀解心故得名曰解入相應斯乃始覺解於本覺是故本覺入於始覺問解入相應釋之方的此義即足何須前約感應釋耶答今之心觀非直於陰觀本性佛乃託他佛顯乎本性故先明應佛入我想心次明佛身全是本覺故應佛顯知本性明託外義成唯心觀立二釋相假是今觀門故感應釋闕之不可二是心下釋中二句二初作是別明二初約能感能成釋作作有二義一淨心能感他方應佛故名是心作佛言佛本是無者法身妙絕無有色相迭相見故心淨故有者衆生淨心依於業識熏佛法身故見勝應妙色相也二三昧能成已之果佛故云

亦因等也復名是心作佛初作他佛次作巳佛二是心是下約即應即果釋是是亦二義一心即應佛故名是心是佛向聞等者佛體無相心感故有是則心佛及以有無條然未異經泯此見故言心是應佛心外無佛二心即果佛故名是心是佛即亦無佛之因一句也既心是果佛故無能成三昧之因也衆生心中巳有如來結加趺坐豈待當來方成果佛初是應佛二是果佛此乃消釋經疏之文若論作是之義者即不思議三觀也何者以明心作佛故顯非性德自然有佛以明心是佛故顯非修德因緣成佛應知外道諸句三教四門所有思議不出因緣及自然性故佛頂經明乎七大皆如來藏循業發現一一結云世間無知惑爲因緣及自然性皆是識心分別計度但有言說都無實義彼云世間該於九界今於一念妙觀作是能泯性過即是而作故全性成修則泯一切自然之性即作而是故全修即性則泯一切因緣之性若其然者何思不絶何議不忘既以作是絶乎思議復以作是顯於三觀以若破若立皆名爲作空假二觀也不破不立名之爲是中道觀也全是而作則三諦俱破三諦俱立名一空一切空名一假一切假也全作而是則於三諦俱非破非立名一中一切中也即中之空假名作能破三惑能立三法故感他佛三身圓應能成我心三身當果即空假之中名是則全惑即智全障即德故心是應佛心是果佛故知作是一心修者乃不思議三觀十六觀之總體一經之妙宗文出此中義徧初後

是故行者當用此意修淨土因不可不知故今略釋二始學下作是共釋二初約始終釋若論六即皆作皆是今辯修證作是須分始則名字觀行相似三位修而未證故且名作終則分證究竟任運真覺得名爲是意存揀濫故有此釋二若當下約當現釋以現釋是以當釋作爲今即心見佛法體以此現因而證當果故以心佛同體名心是佛觀生彼果名心作佛意在即心念佛及令慕果修因故有此釋三正徧下後二句三智融妙名正徧知無量甚深故喻如海斯乃究竟圓明大覺與我心體無二無別令依頓教即三惑淨修圓淨心能生諸佛正徧知海此約他佛釋心生也若依此心能成當果此約已佛釋心生也二多陀下偏觀彌陀并示觀法二初令偏

觀經是故應當者上已明示心感諸佛心即諸佛以是義故知可即心而觀彌陀心尚能作諸佛豈不感於彌陀心尚即是諸佛豈不即是彌陀應知彌陀與一切佛不多不少諸佛乃即一之多彌陀乃即多之一一心繫念諦觀彼佛者即一心三觀也但云諦觀那云三觀以所觀境列三號故顯於能觀知是三觀何者多陀阿伽度此云如來阿羅訶此云應供三藐三佛陀此云正徧知此之三號即召三德今就所觀義當三諦正徧知即般若真諦也應供即解脫俗諦也如來即法身中諦也以三德爲三諦三一圓融不一不異此諦與觀名別體同絶思絶議此乃復見彌陀觀體當以此觀觀像觀真疏釋三號其文可見問像觀文中示心作佛示心是佛復以三

號顯於三諦妙觀既立可用此法觀下諸境其落日觀至華座觀佛既未示三觀之式何得行人預用茲觀答佛對當機示觀前後全由聖意非凡所知滅後之人欲修觀行所用法則須憑四依大師釋題能觀之觀既論三觀題目是總經文是别豈不以總而貫於别況云觀佛十六俱包今依天台修習教觀不憑智者更託何人如般舟三觀妙門普賢六根悔法皆於定内見聖方宣而大師教人預習精熟方入道場何不疑之耶獨責此且稟斯宗者若聞若思不離三觀須於動静用空假中立一切行若其然者今何不用空假中心想乎日冰及地樹等種種相耶如心想日以何力故日想現前般舟經云我所念即見心作佛心自見心心者不知心心有想則癡心無想則泥洹彼經初心以佛相爲境故言心作佛等今之初心既先觀日豈不得云心作日心自見心等耶止觀以彼經此文示於中觀中觀若立三觀自成如此觀日方依此跳修日觀也況一切法皆是佛法何得依報非佛法耶二想彼下示觀法于科分經爲四初觀佛像二初正明像觀既是具足三號之像理合於像照空假中如見此方泥木之像尚須體達性若虚空三身宛然四德無減觀中寶像豈可不然若於像觀不達三諦次觀真佛寧見三身二見像下因像見土像觀既成心眼開發廣見依報地樹諸相應知樹等出過前樹無數倍也何者以今寶像必稱華座座像高勝樹合覆之皆由妙觀轉深故使所觀愈勝二見此下觀二菩薩三聖設化動

靜必俱一主二臣非並非別表乎三法三一妙融眞身既然像合相似觀二足佛令妙觀成三三此想下像放光二初明光照諸樹二一一下明樹皆三像四此想下行者聞法二初明因定聞二行者下明與經合此文疏有二釋初須定與教合二須散與定合初義者謂出定憶持定中聞法須與經中所說符契故云令與教法相應次意者謂心雖出定對彼五塵須息愛憎淨乎身口三業若爾雖不住定亦聞法音故云出定入定常聞妙法言與十二部經教合者以十二部總稱修多羅同名爲經三藏分之經詮定學律詮戒學論詮慧學故名經爲定與修多羅合是與定合經若不合名妄想者若定不合經若散不合定皆是發於魔事全非像觀禪定故名妄想若已合名麤想見極樂界者謂以經驗定無差出定與在定相似得名麤想見彼國界問見此妙事那名麤想答以像望眞須分麤妙此想乃是佛觀方便豈可全同眞佛觀耶三作是下明修觀利益像想若成眞觀可獲故於現身得念佛三昧

觀無量壽佛經疏妙宗鈔卷第四

音釋

撮 子括切麼聚兩取之也 瑩 縈定切潔也 粗 倉胡切不精也 窣 蘇骨切 捺 奴曷切 甄 居延切 憎 咨登切惡也

觀無量壽佛經疏妙宗鈔卷第五

宋　四　明　沙　門　知　禮　述

三第九佛身觀二初分科眞法身者前觀寶像則似佛身今對彼似故名爲眞然此色相是實報身應同居土亦名尊特亦名勝應而特名法身者爲成行人圓妙觀也良以報應屬修法身是性若漸教說別起報應二修莊嚴法身一性若頓教詮報應二修全是性具法身一性舉體起修故得全性成修全修在性三身融妙指一即三問既言指一即三但名爲應自攝二身何故疏文立法身稱答若言報應恐濫別修歸於別教今以報應名爲法身即顯三身皆非修得故今家生身應身報身法身對藏通別圓行者應知圓宗大體非唯報應稱爲法身亦乃業惑名爲理毒三觀十乘名性德行慈悲與拔性德苦樂今之勝應稱爲法身顯示妙宗其旨非淺須袪滯想方見旨歸二隨釋五初明結上二正觀佛身既指報應名爲法身即顯彌陀三身具足既爲妙境但是法身行人心觀即空假中空假是二修中觀是一性修性冥妙三觀圓融既爲能觀但是般若境觀相契見尊特身雖具三身但名解脫此則以三照三故發現三合此三三只是一三三不定三同在一念一念無念三三宛然如此方名修心妙觀此觀能令四土皆淨若不爾者非是頓教所詮妙觀當以此觀觀彌陀身子科分經爲三初次當下總標略列二正觀佛身相四初阿難下觀身色二佛身下觀身量疏釋分二初略消經文二眼如下商較分量二初以眼度身三

定經斥譯三觀身光然觀色量及相好光明皆須用前是心作佛是心是佛而為觀法以心作佛故能觀所觀破立宛爾破則三惑三智皆蕩立則三諦三觀皆成非此破立則非淨心作佛義也以心是佛故忘能忘所非破非立作是一念遮照同時此則即觀無觀用無作行修念佛定此法乃是觀佛要術今若不用宣示奚為此術不施勝相不發觀光分四初身諸下毛孔光二彼佛下觀圓光三於圓下光中化佛四一一下化佛侍者四觀相好二初無量下正示相好身總相別相總好別好總光別光此三總別皆云八萬四千者即鄣顯德故成此數佛居凡地具於八萬四千塵勞於此塵勞皆見實相理智既合故能示現相好光明故節節云八萬四千行人今

觀知心即是能於塵勞皆即佛相二一一下光明攝生生佛體同雖土廣生多攝無一失觀佛心處還釋此文須攝之意三明觀成能見二初其光下見一佛一見此下見諸佛中觀見佛佛體圓融一即一切同尊特身故觀一佛能見諸佛三正觀佛心疏三初眼見下因身見心疏有二釋初約如來由大悲心起勝應身故令行者觀身見心由見身下二約行者觀想明故得見佛心所以明者由觀佛身是故二意皆是由色而見於心以心無形由色表故以圓人所觀色心不二既見微妙色豈隔大悲心故勝鬘云如來色無盡智慧亦復然既三種慈體是三諦今三觀明故三慈顯以用果法為觀行故故於位位見佛色心二佛心下正示心體若匪無緣慈悲不大

三以無緣下引文廣釋三初牒經引論以明文意問經文但云以無緣慈攝諸衆生疏中何故兼明生法皆云無心答起三慈者由三觀智照三諦也照眞即起法緣之慈照俗即起衆生緣慈照中即起無緣之慈此三諦慈淺不具深深必具淺故照眞俗未必照中若能照中必具眞俗故次第生法不即無緣今無緣慈合具生法豈但具二亦乃俱深故今生法皆云無心故涅槃云慈若有無非有非無如是之慈非諸聲聞辟支佛等所能思議當知三慈其體本一非二非一而三而一如是方名佛心慈也此自分三初衆生緣慈三無差別今盡現前心與衆生能所既絶無我心想緣他衆生而一切衆生與我同體十界因果不離一心而此一心是慈體故十界苦集四種道滅能於一時任運與拔故云無心攀緣自然現益如涅槃下梵行品文也然彼經如來凡說八事一伏醉象二降力士三化盧至四度女人五塗割瘡六摩調達七救羣賊八醫釋女一一皆結云慈善根力見如是事今文云我實不往者即引第五塗割瘡文文現一處意通諸緣言割瘡者經云波羅柰城有優婆夷名摩訶斯那達多夏九十日屈請衆僧奉施醫藥有一比丘身嬰重病良醫診之當須肉藥若不得者命將不全是優婆夷尋自取刀割其股肉切以爲羹施病比丘服已病差女人患瘡苦惱發聲稱佛我在舍衛聞其音聲於是女人起大悲心是女尋見我持良藥塗其瘡上還復如本善男子我於爾時實不往至波羅柰城持藥塗彼當知皆

是慈善根力令彼女人見如是事今云我實不往者正引此緣不言女人而言衆生者通收十界衆生不以文害意也即俗諦慈也涅槃云慈之所緣一切衆生如緣父母妻子親屬以是義故名衆生緣以緣十界同在一心故非次第生緣慈也二法緣慈十界緣起是三諦法不離一心唯佛究盡境相既寂能觀亦忘是故得云無心觀法而畢竟空智照此三諦不受一塵此智自然照破衆生三諦惑著或爲衆生說斯空慧皆令得離有相之苦證眞實樂此即不思議眞諦慈悲名爲法緣故涅槃云不見父母妻子親屬見一切法皆從緣生是名法緣不見之言須忘十界是佛法緣也三無緣慈以佛性中成究竟智有何別理爲心所緣故云無心觀理境智既泯空有又忘無住無依絕思絕議此名安住第一義中心既無緣慈乃周徧入衆生性稱爲內熏或爲現身說第一義稱爲外熏以此攝生名無緣慈二念佛下却牒前經以對初慈即前正觀佛身光明攝生之文也雖與無緣慈體不別若約義辯爲門不同是故此慈念佛衆生攝取不捨終令離苦永得安樂此從感應生佛相關順於俗諦名生緣慈故舉魚母念子不失喻此慈相也三今明下正以無緣會釋經意既與生緣爲門有異須辯慈相不同前二故生法慈約次第論則兩二乘及偏菩薩有修證分若此無緣唯圓唯極今約極顯故云諸佛所被不住有無者正與生法辯不同相生緣妙有法緣妙空今是妙中故云無緣中必無緣故也不依三世者此之慈悲

非四相故知縁不實者了苦樂事即性德故以衆生等者此慈所被令衆生發即境之智方乃名得實相智慧得此智者方終離苦得於永樂故與前慈門異益等若對法縁亦以實慧故一切空是故三慈益物不異疏不云者略也四舉利勸修子科分三初正舉益勸得生極樂則見十方一切諸佛故云生諸佛前法身觀成已入相似是故至彼即證無生別圓地住也疏釋分四初捨身下牒釋二如人下喻顯習巧如修觀從少至長喻觀有微著所作遂妙喻生彼土親見眞法然且分喻是心作佛行者應以是佛與作佛義一念圓照方合今經由觀見佛三以隨下結示四故般下引證二的示觀法相有八萬都想難成故令但觀眉間毫相如五須彌此觀若成八萬皆現此爲要門也疏釋二初從一下牒經二正示四初如觀下引他文示二種毫量此明釋迦勝劣兩相以例彌陀經明劣相論明勝相云云者即前疏云長一丈五尺毫有八楞周圍五寸二故文下據此經明凡心難及即第七雜觀中經文也三正可下正示初心從易現觀斯是大師別示初心即觀佛相入門要術也若從落日水冰方便次入地樹座像等觀心得流利觀已宏深此之行人自可稱彼毫量而觀使八萬相自然而現故知令觀劣應毫相乃爲未修前諸觀者及以雖修觀不成者故於佛身別指初心可觀之相爲三昧門也行者須知所託之境有勝有劣若能觀觀皆須頓照即空假中以勝劣相皆心作故皆心是故四剋示觀成稱彼而見二初

若得下正示因用作是觀劣應毫觀漸深著得成眞似念佛三昧乃能稱彼勝相而見二智度下引證引此釋迦勝身說法增眞似位念佛三昧類彼彌陀八萬相好須眞似人方能觀見三見無下就觀結成五作此下顯觀邪正然此佛觀義具釋題疏文既略學者多疑若不釋之造修無路故更寄問答明乎境觀問此經觀佛止論八萬四千相好若華嚴說相好之數有十華藏世界微塵二經所說優降天殊彼經正當尊特之相此經乃是安養生身凡夫小乘常所見相鈔中何故言是尊特答一家所判丈六尊特不定約相多少分之觔就眞中感應而辯如通教明合身之義見但空者唯覩丈六見不空者乃覩尊特生身本被藏通之機尊特身應別圓之衆今經教相唯在圓頓釋能觀觀是妙三觀釋所觀境是妙三身疏解今文云觀佛法身約位乃當圓教七信正託法性無邊色像尊特觀心使其增長念佛三昧據何等義云是生身用圓頓觀顯藏通身未之可也問以坐華王具藏塵相而爲尊特三十二相老比丘形而爲生身其文炳著那云不以相好分邪答約相解釋四教佛身此乃從於增勝而說未是的分相起之本其本乃是權實二理空中二觀事業二識就此分之則生身尊特如指諸掌故金光疏云丈六身佛住眞諦丈六尊特合身佛雙住眞中尊特身佛雙住俗中法身佛住中道此依二理故有二佛衆生二識有二觀因故感二佛言二識者起信論云佛用有二種一者依分別事識凡夫二乘心所見

者名爲應身以不知轉識現故見從外來取色分齊不能盡知故二者依於業識謂諸菩薩從初發意乃至菩薩究竟地心所見者名爲報身身有無量色色有無量相相有無量好所住依果亦復無量種種莊嚴隨所示現即無有邊不可窮盡離分齊相隨其所應常能住持不毀不失如是功德皆因諸波羅蜜等無漏行熏及不思議熏之所成就具足無量樂相故說爲報文畢此乃佛用依二識彰也應是生身報是尊特論意要在見從外來取色分齊與知轉識現離分齊相而分二身然須了知權理但空不具心色故使佛身齊業齊緣生已永滅故曰生身名應名化體是無常實理不空性具五陰隨機生滅性陰常然名法名報亦名尊特體是常住須知依事識者但見應身不能覩報以其麤淺不窮深故依業識者不但覩報亦能見應以知全體起二用故隨現大小彼彼無邊無非尊特皆酬實因悉可稱報故妙經文句云同居方便自體三土皆是妙色妙心果報之處故知菩薩業識見佛一切分齊皆無分齊豈比藏通佛邪方知智者師與馬鳴師精切甄分生身尊特其義罄矣問約相多少分於二身其義已顯何須理觀及就識分答華藏塵相及八萬相雖是尊特三十二相不局生身何者以由圓人知全法界作三十二及以八萬藏塵相好故三品相皆可稱海既一一相皆無邊底是故悉可名爲尊特故止觀幷輔行以法華三十二相觀無量壽八萬相華嚴十華藏塵相同是別圓道品修發法身現相對斥藏通

相非奇特以驗三經所談相海皆是尊特然有通局三十二則通大見無邊小見分齊若藏塵八萬唯大非小若也不就理觀等分此義全失故金光明龍尊歎佛經文但列三十二相圓光一尋疏乃判云正歎尊特故知不定以相數多方爲尊特只就不空妙觀見耳問行人觀於劣應談圓佛相只可即是法身及自受用不即尊特以尊特身現起方有不現則無豈見不空不待佛現便自能見尊特相邪答既以尊特對於生身分身非身常無常等今云劣應但即法身及自受用不即尊特則成壽量屬於尊特身相自屬生身如此分張進退皆失須知行者無有一見非如來力如來鑒機未始差忒有須現者即爲現之如梵網華嚴及此經等相多身大也不須現

者即以力加令於劣身不取分齊見三十二相即無有邊以知丈六是法界故應持不見其頂目連莫究其聲丈六身聲既因二聖窮不得際後之圓人豈不即劣見於無邊不必一一待現方見若不爾者用圓解爲用業識爲若但即法身及自受用不即尊特此說全乖頓足之義何者如釋籤解色無邊故般若無邊云五陰是理故即陰是實相般若故皆無邊以由理故令法無邊自受用身既證理極豈不即劣而無邊邪行者應知今之妙觀觀佛法身見八萬相不同金光但於劣身見無分齊今是彼佛全法界身應圓似觀現奇特身非是彼土常身常相若彼常身即般舟中三十二相也今乃特現八萬四千相好光明經文自云身量無邊非是凡夫心力所及

正類淨名如須彌山顯于大海安處衆寶師子之座藥師中巍巍堂堂如星中月大論中色像無邊尊特之身此等經論所明尊特與今所現無少差殊彼色像無邊既稱尊特此云身量無邊那謂生身問所言龍尊歎尊特相非現起者是義不然以彼疏釋尊特身云巍巍堂堂若不現者何謂堂堂答華藏塵相華嚴經列九十七名與龍尊歎全不相應又無身相高大之說以驗非是特現之相只由龍尊言中妙示即劣舍勝難思之文大師見彼得意之處是故疏云巍巍堂堂得意處者即總歎云諸佛清淨微妙寂滅也清淨乃是四德中淨必不闕於常樂我也寂滅豈非涅槃之義既稱微妙是大滅度祕密藏也以總冠別故三十二相徧嚴三身生身則百福所成見無猒足尊特身則色無分齊劣即堂堂法性身則色性即智法門爲相疏云此三不縱不橫若縱橫一異則不清淨非微妙寂滅豈非圓人了乎三身是祕密藏密藏乃是法界總體一攝一切事事相收應用無邊不離毫末相好至劣量等虛空故法華中龍女讚佛微妙淨法身具相三十二顯是劣應以法身具故相相尊特是故荆谿類同華嚴一一相好與虛空等又文句云一一相皆法界海又妙玄云垢衣內身實是長者釋籤云即是瓔珞長者瓔珞長者豈非尊特何待現邪又妙樂云若隱前三相從勝而說非謂太虛名爲圓佛法華已前三佛離明隔偏小故來至此經從劣辯勝即三而一若也法華但即法身不具尊特正以太虛而爲圓佛又不具尊

特如何得名從劣辯勝即三而一問法華文句云地師說多寶是法身舉南嶽破云法身無來無出報身巍巍堂堂應身普現一切若即此謂是三佛者未盡其體只是表示而巳多寶表法佛釋尊表報佛分身表應佛記釋云無來者不合東來無出者不應踊出巍巍不應塔內應身不應唯此尚非應身豈具三身既云巍巍不應塔內信知報佛須現大身若其即劣便得名報塔內何妨何得破他答此破地師不知表示直將舍利便爲法身故記破云尚非應身豈具三身又以世人不知法華開權之妙即劣顯勝只執身大相多爲報故就其見斥云巍巍不應塔內此用世人通解之義而破於彼不可據此便令法華相非尊特只如記云尚非應身豈具三身亦非今家盡理之說如荊谿據論若知像性徧虛空三身宛然四德無減泥木之像尚具三身豈全身舍利皆不具邪雖曲引文欲今非報然終不能令法華機非業識見佛也問請觀音䟽云無量有二義若生身無量是有量之無量法身無量是無量之無量大論云法性身色像無邊尊特之身猶如虛空既云法性身此乃不滅方名尊特今第九觀觀於佛身第十即觀觀世音身觀音既是補處菩薩驗佛有滅豈非生身有量無量安以此身便爲尊特答藏通補處彰佛有量別圓補處顯佛無量以十方三世一切如來更無彼此迭相見故同一法身一智慧故菩薩機忘如來應息名補佛處實異藏通前佛定滅後佛定生爲補處也故金光明四佛降室䟽乃釋云若

見四佛同尊特身一身一智慧即是常身弟子衆一故若見四佛佛身不同即是應化弟子衆多故故知只就同與不同常與無常分於二身藏通三乘故弟子多別圓純菩薩故弟子一豈論相好多少等邪既同一身復云常身豈竪分當現横論彼此是知觀音補法身處愈彰尊特無量之無量矣且華嚴佛身委明八相既是尊特此論補處與彼何異云是生身是知今佛全法界身故滅即非滅觀音補處生即非生不滅不生常身義成尊特相顯問今所觀佛高六十萬億那由他由旬雖云高大只是淨土常所見身何以知然如法華中淨光莊嚴國妙音菩薩欲來娑婆彼佛誡云汝身四萬二千由旬我身六百八十萬由旬汝往彼土於佛菩薩勿生劣想故知淨土常身高大安以常身便為尊特答於同居中淨光莊嚴土唯演頓如淨名中衆香之土以其所被純菩薩故所以但現高大之身佛知妙音所將之衆不知娑婆開權之妙於佛輙起定小之譏故寄妙音覘未達者意令得悟即劣之勝祕妙之權既誡勿生下劣之想乃是令起尊特之心若謂不然安得皆獲普現三昧若安養土漸頓俱談聲聞菩薩共為僧故故使佛示生身法身二種之相三十二相通於生法大小共見若八萬相局在法身大乘賢聖方得見也是故衆經多說彌陀生身常相今當略出小彌陀經云彼土蓮華大如車輪大彌陀經說彌陀浴池廣四萬八千里以依驗正身未極大般舟經說阿彌陀佛三十二相此經中說慣習小者生彼即得

見佛聞法便證小果更有丈六八尺之身此等豈非常身常相邪若令所觀八萬相好別圓眞似方得見之故上品下生疏判已登習種性位生彼七日見佛衆相心不明了三七日後乃了了見及聞衆聲皆說妙法雖上品上生道種性位生彼即見衆相具足光明寶林皆說妙法即悟無生三賢菩薩依業識故知心現佛乃就尊特論乎明昧若慣習小者及諸凡夫依事識故不於尊特而論明昧良以此等雖因臨終迴向得生佛順本習故且用小令其證果既說無常苦空之法須以生身相好應之浴池之身三十二相正對此機故般舟經云在菩薩衆中說經又云在比丘僧中說經信三十二相通大小人常所觀見是故彼經觀法之初不託日冰便觀此相斯蓋凡心可想之境故也若八萬相是彼如來現奇特身增進深位念佛三昧非是凡夫心力所及是故此經初令觀日疏釋齊於下品下生以驗想冰至假想地屬下三品當名字人次得三昧見彼實地合入觀行初二兩品次觀寶樹及以池樓至總觀成當三四品寶座觀成當第五品以座上寶幢如百千萬億須彌山大比知座體其量難思非第五品三觀功成凡小事禪見莫能及此觀雖就經文未便許觀佛身乃令先想一大寶像稱座而坐及二菩薩皆想坐座況復悉用作是不二妙觀觀之使心流利方令觀佛學者應知日觀已來所修三觀共於事禪良以皆須想成相起故也事禪既勝三界思惑悉已被伏妙觀觀像見破即登第七信位得此位已方令

觀佛眞法之身八萬相顯乃得名爲念佛三昧即感諸佛現前授記生彼便證無生法忍經文如此明圓深觀所顯之相誠謂奇特實匪生身凡夫小乘常所見相問釋題序云無量壽佛是所觀勝境豈非託彼依正色心修乎三觀顯三諦理令八萬相既是正報義當生身託此修觀觀成理顯乃見藏海塵數之相方名尊特豈分段生身便爲尊特邪答前正釋題以妙三身解所觀境令至經文以八萬相爲所觀境信八萬相與妙三身無二無別二處皆用不思議境而爲所觀故八萬相觀之令顯顯名觀成無別所顯且行人念佛誰不託佛正報修觀但境隨解名生多　法小機不解所觀佛身是法界用謂正習生故曰生身大機能解所觀之佛是法界用應既有

本生即同法是故受於法身之稱故見佛相若多若少皆稱法身令經明示佛法界身入心想中故疏標云觀佛法身斯乃即三而一之法身也況令不是初心觀境乃圓七信所觀境耳豈於座像圓觀已成却託藏通生身修觀又觀生身顯藏塵相此乃通人被別圓接全非頓教始終圓觀只如般舟三十二相即知心現故相相皆中攄所觀勝境言是生身深不可也學者應知八萬相顯即三諦顯良以此相法身所具與彼三惑本不相應故一一相即眞俗中即一而三即三而一不可思議名眞善妙色令之三昧顯本妙相故觀音觀云眞實色身也問尊特既是他受用報須入別圓地住方見令八萬相似位能見驗非尊特合是生身答攄何文義別圓似位唯

見生身須知尊特地住已上分證論見地住
之前相似論見斯乃如來以實報身應下二
土

觀無量壽佛經疏妙宗鈔卷第五

音釋

濫盧瞰切泛也　較訖岳切明也畧也　塗同都切　割居昌切　診章忍切候脉也　股果五切髀也　炳補永切明也　磬苦定切盡也　忒他得切差也　斥昌石切黜也　慣古患切習也

觀無量壽佛經疏妙宗鈔卷第六

宋四明沙門知禮述

故判谿云勝兼兩處劣唯鹿園若其似位全不見者法華四信何故見於實報土邪有餘那見圓滿相海通教案位受接之人爲見何相若非尊特合身不成今經明說無量壽佛身量無邊與大論云色像無邊有何異邪彼云無邊既稱尊特此何獨非況疏專引彼論此文以證身量無邊之義驗今佛身的是尊特不須疑也問若是尊特合是常身何故法華疏中判觀無量壽佛經云實有量而言無量答此乃刋正鈔中錯引彼疏彼疏並云實有量而言無量如阿彌陀與金光疏及此疏同蓋以小大二彌陀經不專尊特被於頓機故彼佛現三十二相通被衆機大機雖見尊特常身其慣習小人洎諸凡夫雖因迴向得生彼土未宜尊特說常住理故以應化說無常法成其小果是故佛壽雖不可數終歸有量娑婆生彼多是此機以別圓似位人難及故三疏約此故判彌陀在有量中若觀無量壽佛經純被圓人明說佛身全法界起應既有本生即同法的類釋論法性尊特正當無量之無量也故釋籤云教分二身爲機劣故暫現生身今機不劣豈對生身問大本中云生我國者身皆具足三十二相彼國人民既具此相佛身理合超勝於人故知常身有八萬相般舟經說三十二相蓋借釋迦爲初心觀境耳答般舟經云菩薩用是念佛故當得生阿彌陀佛國當念如是佛身有三十二相悉具足光明徹照端正無比在比丘僧中說

經經指彌陀有三十二相何文言借釋迦爲境況止觀無文輔行不說豈得自言成於已見又彼人民三十二相故佛常相須八萬者其義不然以同居土佛應同人只由淨土人皆有於三十二相故佛常身須現此相但於同中相相皆勝穢土佛身雖異凡鄙亦同上人故應此方所有相法故三十二同輪王相亦於同中而分明昧三十二相既同彼人驗是彼土常身常相是知八萬別爲大機現尊特相更何所疑問一等尊特以何因緣相分三品答悉檀因緣故蓋一類機應以藏塵尊特之相得四益者故佛稱機而爲現之應以八萬尊特之相應以三十二尊特之相得四益者佛皆稱機而爲現之仍須了知此之相海別教則用別修緣了成就此相即修成之尊特故名報身圓教能了二修即性修德無功乃性具之尊特故名法身已在此觀開章中說須知華嚴華藏塵數之相雖多此以兼別故猶帶修成此論八萬既准圓頓無非性具故三聖觀疏皆示云觀於法身行者當須以教定理就理明觀於觀顯相無得但以多數斥少使勝成劣實在精學然後動修欲罷不能故兹辯析四第十觀音觀二初疏科略釋帶果行因者觀音三昧經云觀音昔已成佛號正法明今爲菩薩修淨土行斯乃帶昔果德行今因行頂有化佛表帶果也二依科列經三初結上二正觀菩薩身三初正觀身相子科十一初次復下身量應云十八萬億今云八十者翻過佛身二十萬億故知悞也問如釋迦丈六人身八尺今佛身六十萬億

菩薩十八菩薩之身何太早耶答淨土勝應不可以穢土劣應例也亦如妙音身量但四萬二千由旬佛身六百八十萬由旬佛身之量去菩薩更多二身紫下身色三項有下肉髻四項有下項光五舉身下身光六項有下天冠七觀世下面色八眉間下毫相九臂如下臂相十手掌下手相十一舉足下足相二其餘下與佛同異肉髻是相無見頂是好此之相好表於極果今作因人故不及佛三舉利勸修子科二初佛告下舉觀利勸二初約修觀明滅罪二如此下約稱名況獲福二若有下示觀次第身相既多先觀何相故今示云先觀肉髻次觀天冠以此二種能別表示觀音德相何者肉髻降佛表現行因冠有化佛表昔成果別相若顯其餘通相則易可明

行者觀於冠髻毫面身色光明一一須用心作心是而爲能觀說在像前用在此處既云作佛是佛豈不能作觀音是觀音耶作髻作冠是髻是冠皆可爲例不獨以佛例觀菩薩亦須例於普雜三輩豈唯以前例後亦合以後例前以令行人覽經始末方修觀故大師得意乃於釋題總示三觀若也不於十六處用則令大師虛說亦見行者謾修當遵佛言勿背祖法專用妙觀顯乎勝相以此妙觀爲見佛本迥出餘因至彼土時速證法忍三作是下結觀邪正五第十一勢至觀二初分科叙意二初分科二叙意二初略無下約當門明闕眞觀觀佛眞身乃立觀云正觀佛身等觀音中云正明觀菩薩身今勢至觀但云因光神力制二種名及云與觀音辯同異何不

例上各立觀法故疏出意云略無觀法當不異上以大勢至與觀世音身量大小皆悉同等此令行者辯異之後用觀音觀觀勢至身何須別立二所以下兼觀音明無像想觀成見佛眞法身後觀二侍者豈須更修像想方便耶二依科列經三初因光神力制二名子科二初徧示諸光二但見下正立二名光照十方故立無邊光爲名令三途人得佛十力故立大勢至爲名也行者應知即舉身光名智慧光以是隣極色心不二若不爾者焉得色相名爲法身二明與觀音同異子科三初此菩下正明同異二此菩下更示行坐觀音行坐豈不動地集佛等邪但於勢至觀中說耳若不然者何得云除頂上寶瓶餘與觀音等無有異三作此下結成觀相經云色相疏稱法身若非全色是心色由心造安令色相即名法身此乃三諦一境之法身發我三觀一心之般若相冥見相則三脫圓彰故云佛法界身入心想中疏云念佛三昧解入相應非此相應不發勝相三除無下滅罪以勸修名爲具足觀觀世音大勢至者以二菩薩唯有頂上化佛寶瓶二種有異餘相皆同同異分明名具足見六第十二普往生觀二初疏科二初對雜辯異二普中下就普分科二經文二初作自身往想上來諸觀先依次正先主次徒雖皆觀成未爲普總又未想身生彼親見故今令想身終生彼一時普見非獨所觀境界頻足亦乃往生心想成就可類前文依報之觀初地樹池等別觀至樓觀成四事總見名爲總觀然但能總依報四事令想生

彼普見普聞依正諸相故名普觀問上品上生乘金剛臺上品中生乘紫金臺上品下生入金蓮華今三聖觀成方修普觀合是上品上生之者何故同彼上品下生邪答十六觀人對九品位義有多途今且一往以三聖觀及普觀成當上中品雜及三輩四觀成者方是上上故上中品終時雖見坐紫金臺此臺到彼成大寶華經宿則開此文亦云生極樂界於蓮華坐作開合想蓮華開時見佛滿空及說妙法正合上品中生之相若上品下生華開七日乃得見佛仍於衆相心不明了故知此文與上中品生相正齊若其以品對別圓位至三品觀方得委論二無量下明三聖來現上想終後生於彼土見佛菩薩今想未終三聖常來入我心想良由當念即是來際故能預想將生之事復由生佛體不別故故令三聖不來而來斯乃三觀一心作是雙運致令心佛往彼來此故知觀體不可言思七第十三雜明佛菩薩觀今評此觀略有二意一爲前觀佛及菩薩勝相不成者乃令捨大而觀丈六二爲觀前勝相已成之人令其更觀勝劣化用徧十方界使品位增進若謂不然前觀既成修後諸觀有何益邪疏從前意故作拂疑生重釋以觀成者自知經意是故大師從初意示釋此爲二初分科二隨釋二初佛告下觀丈六像經若欲等者行人於前依正諸觀修雖不入求生之意彌加敦督名爲至心故令此人捨勝觀劣未觀二侍前想彌陀故云先當觀於一丈六像行人欲託彼土蓮池故令觀像在池水上應知勝身既心

作心是豈今丈六非作是邪圓人作爲皆了
唯心全具而變全變是具具變不二故觀佛
相勝劣皆然二明彌陀變現子科二初示化
主隨物二初如先下勸常修觀二阿彌下拂
去衆疑疏二初所觀下示相問疑二前聞下
示疑明破勝身觀法修雖不成而且得知廣
大無量今聞觀小頓違前說寧免輕疑爲拂
此疑故說彌陀神通如意能大能小皆全法
界但以重心觀令成就勿疑身謝不生西方
二明補處同生二初觀世下明劣應同衆生
佛應既隨萬物補處亦同衆生二但觀下倣
勝身論觀法前明觀音勝身觀法先想冠髻
則令衆相次第皆明勢至觀中髻有寶瓶其
餘身相不異觀音以此二種是二大士身之
別相令修觀者但觀別相別相若顯同相則
明疏釋首相雖通兩說然頭首之首手足之
手皆是別相悉可以別而顯於通應知觀佛
丈六之身先觀白毫方彰衆相備如前疏約
釋迦說三後三觀明三輩往生四初立觀所
由此中二義初即雜觀觀劣應者位在中下
令識三品進修勝觀登於上品次義即是前
觀勝應及修雜想了隨機化在八九信令令
此人以妙三觀分別九品即大本三輩事理
窮深登第十信既云此下三觀觀往生人有
二義乃是修前觀法行者觀於九品往生之
相非是凡小求生之者讀令三輩經文改轉
行業縱通此義亦是傍兼非今增進觀行意
也二釋會經論二初會論即無量壽經論今
云往生論是也天親所造有十七成就至第
十六大義門成就中偈云大乘善根界等無

譏嫌名女人及根缺二乘種不生長行釋云故淨土果報離二種譏嫌過一者體二者名體有三種一二乘人二女人三諸根不具足人無此三種過故名離譏嫌也名亦三種非但無三體乃至不聞二乘女人諸根不具三種名故此十七成就俱明彼土果報故無二乘等悉約彼土非是此方二乘等不得生也恐惑者不曉故和會解釋之分二初會二乘二初會不生且據彼論二乘種不生句並於此經小戒得生以具足戒及沙彌戒等是小乘種故二說相違而為詰問今以住小迴心以會釋之堅住小道志趣無餘不求淨土故云正處若迴小向大轉小乘業作淨土因故云要由經就現今向大時說是以得生論就本始住小時說是故不生然論說彼土無二乘人由在此身因轉故也二何故下釋證果云垂終迴小向大方生彼國何故中輩三品行人生彼復證小乘果邪今釋意者迴心故得生慣習故證小知大證小不執偏眞而為究竟不久證大也二問論下會女人復舉論偈女人根缺不生之文並於此經韋提侍女得生之說而為詰問今約彼此會釋二說論就轉報是故彼土無有女人及根不具者若名若體經就此土修淨業者故有善心一切得往故大彌陀經薜荔多蠢動蜎蜚皆得往生故知經論無少相違二問大下會經二初對經雙問逆罪得生即下品下生文二釋有下立義雙釋二初悔有輕重上即利根下即鈍根俱舍云愚智所犯輕重不同愚作罪小亦墮惡智為罪大亦脫苦如團鐵小亦沉水

爲鉢鐵大亦能浮涅槃云智者有二一者不造諸惡二者作已懺悔愚者亦二一者作罪二者覆藏如阿闍世王殺父害母至涅槃會身瘡腫熱生重慙愧悔過自責耆婆勸往佛所佛爲說法得無根信文載涅槃梵行品此經明逆罪得生淨土者即同闍王上根利智能重心懺也彼經不生者下根愚人至于臨終不能重悔也二二者下約行有定散大本就此者指上散善力微也此經明觀者即觀佛三昧問若定力得生下下品云此人苦逼不遑念佛善友告言若不能念者應稱無量壽佛如是至心令聲不絕具足十念此與大本散心十念理應無別答此雖造惡已曾修觀故使臨終善友勸稱十念定心則成亦是法行乘急戒緩人也修觀故乘急造惡故戒緩由乘急故得值善友縱現世不修三昧亦是宿種今熟故得往生所以華開見二大士說實相法自非定善孰至此乎故十疑論云臨終遇善知識十念成就者並是宿善業強始遇知識等當知作此解釋方合此中定善之義若本不修三昧之者則屬前悔有輕義也三依品定位二初通示九品二初就三下示三中具九經文顯示三輩各三二判九品屬三三初上品下約位判雖分九品以義定之不出三位即內凡外凡及悠悠者然習種解行及十信名乃是別教地前凡位以爲今經往生位者略有三意一別位次第對品顯故二別具四觀收機廣故三九品多判所觀人故若以九品判今能觀圓觀位者則以三賢對今十信彼之十信對今五品悠悠即對

名字人也以名字位通修未修故應知疏用此之三位判九品人其意深細不可麤心今試略言蓋一切善若能迴向皆淨土因仍一切惡若能懺願亦淨土因故種種善修之淺深無非九品其一一惡約懺功力亦皆九品故上上品善通下下品下下品惡通上上品三心六念或聞或修未能伏惑屬下三品以此伏惑入中三品能破二惑方預上三如五逆罪臨終十念爲能消功屬下下品闍王重悔得無根信即是上輩三品所攝豈非五逆隨於懺功自分九品中間七品若善若惡若修若懺隨功淺深一一皆須明於九品若據經文下三唯惡中下世善中中中上即小乘行上三唯大疏則純用大乘三位判九品者以中三品迴向大乘故下三品人依大滅罪故故九品行一一成大隨一品行若至三賢皆上三品若至十信皆中三品全未伏惑即下三品應知經爲收機盡故故以大小善惡分其九品蓋約增勝高下互顯也大師得意乃約三位判乎九品則何機不攝何行不深乃由妙解大小觀行善惡之業全修即性一一具於四種淨土但能迴向隨功能顯四種樂邦如是說者多約一行隨功淺深歷於九品亦自有人節節改行歷於九品若以三位定其高下改與不改皆悉不濫問今十六觀既是圓修爲一一觀皆通九品爲須節節改觀入品答雖俱圓觀而所託境隨其宜樂有改不改合有二途若就現文多從改觀歷於九品以初心人雖了根塵皆是法界而心想羸劣勝境難觀是故如來設異方便先觀落

日於西定心疏云除五逆罪下輩自論故知妙觀想落日成當下下品次以三觀想水結冰合在下中轉想瑠璃粗見彼地可對下上若得三昧見彼寶地及寶樹寶池雖五品初而五住圓伏名得三昧品當中下總見依報五品中心合當中中華座觀成五品後心即中上品此之三品雖成三昧能伏五住見惑未斷事識猶存未可即觀勝妙身相故修三觀觀於寶像像想現前見思俱盡所以盡者以事定力深能伏思見斷即登圓第七信即上下品事識既盡全依業識可觀三聖真法之身及普觀成在八九信即上中品故難思相法界光明十方佛事悉能洞見後修雜觀及三輩觀成當第十信即上上品內外塵沙任運除盡故隨機應相及差別行業觀察明了宣示無窮此約修者從微至著三聖觀成後修雜想及三輩觀故當如此若觀勝相不成就者始依雜觀觀丈六身此人或在下之三品或沾中輩今觀九品必能進功從劣觀勝求預上流是故疏云令識三輩往生捨於中下修習上品此從節節改觀次第入品如是說也有因改觀超品位者不可定判此上皆從次第改境修觀者說其不改者十六境中宜樂何境即用妙觀修之不捨乃從名字修成觀行入相似位歷乎九品然十六中佛境最宜從劣觀勝成於九品故疏令觀釋迦毫相以爲初心入門之漸雜觀令觀一丈六像經雖不云從一相入據理合然若般舟經則從足下千輻輪相次第上觀至頂肉髻故知但解今家住前三位以判九品於境於行

改與不改次比自成也非獨今經九品如此法華五品其義亦然解一千從矣二何以下以經驗以無生忍位在別圓初地初住非別十向圓第十信何能見佛便登此位上上既爾諸品例知復以造罪驗下三品以別圓教內外凡位不造衆惡既約罪說知是未入外凡人也類此似爾者經不明示故以得悟及造罪等比類驗之此乃大師尊經謙巳近人判解不遜者多二別明上三二初上品下約三位定上以三品判於九品下至悠悠今則別明上輩三品故約種性以分三位瓔珞經明六種性一十住習種性二十行性種性三十向道種性四十地聖種性五等覺性六妙覺性問今此上品是出假位合在穢土利益有情何故求生淨土耶答大論四十三正有此說故彼問云菩薩法應度衆生何以但至清淨無量壽佛國土中答曰菩薩有二種一者有慈悲心多爲衆生二者多集諸佛功德樂多集功德者至一乘清淨無量壽國土好多爲衆生者無佛法衆處讚歎三寶之音故知一等斷惑菩薩而好樂不同故有二別又論第四十五云菩薩有二有先自成就功德然後度衆生有先成就衆生然後自成就功德者故知今十向菩薩求生淨土乃是先自成就功德人也故十疑論明未得無生忍巳還要須常不離佛故須求生二一得下約二義求上上生巳即悟無生法忍上中經七日得不退轉上下經三小劫住歡喜地得無生忍證念不退即歡喜地也四隨文解釋三即十六中後三觀也疏前標云此下三觀觀往

生人若但讀文不名爲觀必須覽經所詮之相入一念心用空假中微妙之觀照於心性本具淨土因緣果報生佛咸然三無差別諸佛淨土因果已滿能應衆生衆生由具淨土因果能感諸佛感應緣起不一不異一一融妙相相宛然隨品隨功感佛感土觀之不已則難思俗諦淨土因緣自然明了明了之位大判有三若相似明當上三品若觀行了即中三品名字觀解屬下三品論斷伏等雖有高下而皆了知一切善惡迴向懺悔皆通九品或共不共或超不超或改不改或進或否狀類萬差難以言具若不爾者豈得名爲觀於三輩往生人邪初第十四上品生觀三初上品上生二初分科二隨釋三初標二釋四初明生因經有二段初段既云發三種心即便往生知此三心是一人發次段乃云復有三種衆生當得往生據此合是三人各修成三種行然修之在人或別一行或兼餘行或具足修但能位至別教道種圓第十信即得名爲上品上生言至誠等三心者此與起信論中三心義合彼云一者直心正念眞如故二者深心樂集一切諸善行故三者大悲心欲拔一切衆生苦故今初至誠疏以專實釋之非念眞如豈名專實解於深心疏雖三義而不相捨求高深果須契深理欲契深理須厚樂善根此乃立行依理求果也二經證成三種深義不出彼論樂集一切諸善行也經迴向發願心疏雖不解義當彼論大悲拔苦之義蓋以眞如實念趣果善心二心功德善巧迴向願生淨土速證法忍廣拔一切衆生

苦惱然此三心順於三法何者初念眞如平等一性次二即是自行化他二種修義既是修二性一乃就圓融二法而發心也今此三心一念中修見思塵沙任運先去入第十信故當此品若此三心但能圓伏即中三品若全未伏當下三品文在此中義該下八經慈心不殺具諸戒行者以無緣慈不害物命知性離非心具諸戒讀誦方等者隨文成觀也修行六念者涅槃疏云前三念他後三念自戒施是自因生天是自果戒是止善施是行善天有近果遠果遠即第一義天也安心下釋念義謂念同體三寶一心戒施第一義理悉不爲二邊所動故通名念經迴向發願等者總論不殺等皆須善巧迴向願生淨土證無生後廣度含識經具此功德者或全或分皆得言具一日乃至七日即得往生者上一一行修之成就至道種位長時彌善下至七日或唯一日皆得預於上上品生也此等悉須約於斷伏及全未伏分下八品若不爾者豈令初修六念等人三惑尚熾便登極品耶須知九品難將法定只可隨功此去科節經疏分明鈔不標也上品中生明生因云不必受持方等經典善解義趣等者是義持人不樂讀誦但於經中取一句偈深窮旨趣於絶言思深廣之理心不驚動又復其心安住中道不爲二邊之所驚動了達因果皆是實相名爲深信雖不偏習或聞大教赴機異說知顯一理不生疑謗此一種因亦通九品但今此觀位至圓教入九信位故當此品若第一義解全未伏惑只在下品三品攝也如常不

輕不專讀誦但以一句禮拜授人深知義故多年不懈此以第一隨喜品行始從名字歷於五品至六根淨故知讀誦等四品行皆可從於名字修之至六根淨若證分眞無偏修者也生後利益中疏云名之深妙精進等者以聞衆聲説第一義能成趣理不思議觀既頓泯絶情塵微礙是故進趣其疾如風比餘事行雜而且滯故此精進最稱第一疏牒阿耨不退釋云道種菩提等以阿耨多羅三藐三菩提翻爲無上正等覺斯是行人心之本性所求之果於此不退其位有三若破見思名位不退則永不失超凡之位習種性也伏斷塵沙名行不退則永不失菩薩之行當性種性及道種性也若破無明名念不退則永不失中道正念聖種性也上中生者此土已得性種菩提到彼一劫始得無生聖種不退今於七日所得菩提不退轉者義當道種菩提不退也通名地者凡聖所依皆名地故四種授記一往現前者淨名大疏出四受記謂未發心記密記現前記無生記言一往現前者以現前記通於凡聖今無生位佛就一往通名現前耳上品下生亦信因果不謗大乘同上中品故名爲亦彼以解了第一義諦而爲別行此以但發無上道心而爲別行究理揀生標心雖異從凡入聖歷位無殊謂依無作四諦妙境發四誓願名爲眞正發菩提心未度苦者誓令得度陰入皆如故未解集者誓令得解塵勞本淨故未安道者誓令得安即惑成智故未證滅者誓令得證即生成滅故發此道心亦通九品名字中發自有靜散

即下三品觀行五位即中三品相似既分三般種性即上三品今習種發故當此品此心深運分眞可階豈不能至上上品邪約位判之無法非九生後利益中經雖見佛身於衆相好心不明了於三七日後乃了了見者以此品人位當習種見思雖破塵沙未除故於衆相心不明了過三七日進入性種侵斷塵沙故八萬相一一分明自此三劫遊歷十方供佛聞法進入道種登於初地此地即得百法明門言百法者如百法論所出名數今於此法皆證三諦乃以百法而爲明達三諦之門三諦若明則了一切是故論云增長智慧思惟種種法門義明此義故心大歡喜故名歡喜地也中品上生明生因中但言衆戒斯乃略舉三學之初也若擄生彼聞讃四諦便

成羅漢三明八解以果驗因不專持戒合修小乘理觀事禪但未證果猶在賢位於臨終時聞讃方等迴心向大願生淨土然迴向心須至別教七信已上圓教觀行四五二品方是中品上生人也若其小行已至忍位及世第一但案位迴即當此品若在煖頂及外凡者須猛利迴超入此品大約小乘并世間善從迴向心深淺高下判於九品生後利益䟽二初正釋經文四諦者既是共二乘行由宿習故而聞生滅無生二種四諦也生滅者苦則三相遷移集則四心流動道則對治易奪滅則滅有還無無生四者苦無逼迫相集無和合相道不二相滅無生相次三明者過去宿命明現在漏盡明未來天眼明此三名明復得名通餘三但得名通者婆沙云身通但

是工巧天耳但是聞聲他心緣他別想而已
是故非明宿命知過去苦生大猒離天眼知
未來苦生大猒離漏盡正觀斷惑是故此三
稱明大論問通明何別答直知過去等名通
知過去等因緣行業名明次釋八解脫一內
有等者內色即內身骨人也爲修八色流光
故存骨人欲界結使難斷故以不淨心觀外
色也位在初禪能脫自地及下欲界二者下
位在二禪二禪內淨故壞滅內身骨人欲惑
難斷故猶觀外不淨之相三者下除外不淨
相但於定中練八色光明清淨皎潔故名淨
也住在三禪四空處者若滅根本四禪及二
背捨等色一心緣無邊虛空而入定即觀此
定依陰入故有無常苦空虛誑不實心生猒
背而不受著五識處者若捨空緣識入定即
觀此定虛誑不實而不受著六無所有處者
若捨識緣無所有入定時乃至而不受著七
非非想處者若捨無所有處緣非非想入定
時乃至而不受著八滅盡等者背滅受想諸
心數法也諸佛弟子患猒散亂心欲入定休
息以涅槃法安著身中故云身證而想受滅
也前三等者位在色界能離自地五欲也中
四等者位在無色界皆展轉離下地然前三
亦離下中四亦離自地互現說耳後一可知
亦名下背捨因稱解脫果名二釋會下釋諸
疑妨三初會小乘不生疑疏與釋論取法華
意會於今經及往生論論云不生據決定性
入無餘者今經云生是退菩提取小乘者疏
前會云正處小行不生要由垂終發大心故
生若無宿種豈能垂終迴小向大故知與前

義不相反仍釋伏疑既因迴心向大得生何故至彼却證小果故釋云無漏道熟等以退大既久習小功深是故彼佛稱習說小且令證果或接下再出經論引小之意令經釋論說至彼土證小果者意欲别接小乘求生其若生已咸慕大乘必不證小然雖出此意前義爲正二中品下釋中不及下妨以下下品生彼聞法應時即發菩提之心中上生彼何故只證無學果也邪以大小故難第四品不及九品解云下以登地速而爲答也中上順習雖證小果不逾十劫必入初地九品惡重十二大劫方得出胎雖發大心更經多劫方堦法忍故以速證比彼爲勝三大本下通中不出家難彼明中品云雖不能行作沙門故云不明出家長時始終者謂盡形出家者就短時者謂一日一夜也是知若據短時大本約義亦有若論長時此經約說亦無此乃二經事同也中品中生修因中疏云十戒者釋經持沙彌戒也金銀生像者南山云胡漢二彰謂胡言生像此翻金銀也善見云生色似色似即像也此謂金則生是黃色銀則可染似金故云生像若爾生像此方之言何謂胡語邪答謂五竺之北胡地言音有涉漢者故謂生像胡人重譯又却入漢故存胡音中品下生修因中經云孝養父母行世仁慈此凡夫善不能伏惑豈預中輩疏前判位中輩人當别教十信即圓五品斯由垂終善友廣說阿彌陀佛隨順本性取極樂國及談法藏稱理發願行者聞已解悟大乘發迴向心求生淨土經雖不云發迴向心既聞廣說豈不迴

心特是影略臨終發心心猛利故能入別圓外凡初位通伏頓伏故今世善當此品位大師唯就大乘三位對於九品深有其致生後利益中過一小劫成阿羅漢問到彼證小皆順本習今此行人本習世善是人天因非聲聞行至彼那得阿羅漢邪答孝養仁慈大小基址何教不談而其阿含偏論此善以果驗因是依三藏行孝順等雖行世善心在無常既久標心無漏道熟故證小果第十六下三品人造罪輕重值緣得滅爲往生因須知經意爲易解故以三業等惡滅爲下三品因迴向凡小爲中三品因以大乘諸善爲上三品因此乃上下互相顯映爲觀法境若稱實觀依義而說大小善惡逐迴向心隨滅罪力淺深階位各論九品今之三人聞法稱佛雖業

鄣滅全未伏惑位在名字故屬下三若滅罪心利入別圓外凡即中三品能至內凡即上三品闍王悔逆得無根信是其類也下品上生經云雖不誹方等經典者此品不謗顯罪猶輕至下下品云五逆十惡具諸不善則謗經等一切惡業無不造作故言具也圓頓教說罪無輕重悔則皆滅如仙預殺諸婆羅門地獄三念知謗方等心生改悔即生佛國下品中生經偷僧祇物盜現前僧物者所盜之物不出四種常住一常住常住謂衆僧厨庫寺舍衆具華果樹林田園僕畜等以體通十方不可分用故二十方常住如僧家供僧常食體通十方唯局本處三者現前現前謂僧得之物四十方現前如亡五衆輕物若未羯磨從十方僧得罪若巳羯磨望現前僧得罪

則屬第三現前現前盜前二種名偷僧祇物盜後二種名現前僧物不淨說法者但求名利非益物也無有慚愧者屏處爲惡不慚於天顯露爲惡不愧於人慚愧猶羞恥也下品下生疏釋修因中二初稱無下明念佛滅罪二引大論問答二初問云下約少時責二是心下約猛心答此猛利心從二緣發一值善友二爲苦逼心怖惡道耳聽佛名是故牢強至誠稱念既境勝心猛故時少功多能超百年悠悠願力若此二緣猛心不發此人乃是合墮地獄也二明利益二初疏科二釋經二初夫人悟道經豁然大悟逮無生忍者以凡夫心聞十六觀即聞即修頓入圓住蓋由了知依正應色即報即法非縱非橫三一融妙全心作佛全心是佛能所既忘思議泯絕三德祕藏當念頓開是故名爲豁然大悟悟通觀行及相似位是故特云逮無生忍顯此大悟的在分真若十六觀非妙宗者豈令當機頓入圓位經文結益顯此觀門非偏非漸信不可用事相銷文二明侍女發心經文但云發無上正等覺心是何位邪經示夫人無生忍後別云發心驗非真發淨名疏云菩薩柔順忍方有發義故多約相似明發心位名字觀行亦有發義去無生遠故不得論大段第三流通分金光明疏云流名下潤通名不壅欲使正法之水從今以潤當聖教筌罤不壅於來世是故此下舉名舉益勸人修習若不爾者安令法水下潤不壅疏二初總別分科二隨科解釋今經兩處流通觀道初於王宮佛自囑勸次迴靈鷲阿難備述初文自四初

列名教持二初阿難問二初當何下問經名䟽云言義非一等者經文別示三種淨業十六妙觀未審以何而爲總目二初法下問持法二如來答二初佛答前問觀之一字心觀妙宗也極樂三聖實相圓體也此從宗體而立此名淨除業障極至五逆生諸佛前該於九品此名從用總此三義即是釋名此四既圓即當教相故示二名五章意足信今釋題冥符佛旨二汝當下答後問無令忘失即是念心念心能成欲等四法良以欲進巧慧一心若其忘失皆不成就佛令不忘則具五法受持之功於兹盡矣二舉益勸修三初明生善滅惡二初次明下直明生見佛善能見彌陀及二菩薩眞法之身生善極也以深比淺何善不生二善男下況顯滅生死罪聞名是聞慧憶念是修慧舉聞之劣況其修勝行者應知前無忘失亦是憶念然屬方便今之憶念乃是正修名同義異善須分別二明身勝友勝二初念佛下喻白蓮明身勝分陀利者此云白蓮華涅槃云水生華中分陀利最爲第一顯修圓觀超餘一切修道之人即七方便也二觀音下類補處明友勝二聖本修念佛定今爲補處行者今修亦是此定位雖高下所修法同故可爲友其猶世人道術之交豈分貴賤三當坐下明得果起行事相解釋菩提樹下坐金剛臺此處成佛名爲道場事本表理今觀本性彌陀覺體此體即是所坐道場所生佛家理一義異名場名家此理爲場坐必得果此理爲家生必起行果即分果行即眞修此觀本期分證之果無功用行

欲以病行及嬰兒行度衆生故修念佛觀求生淨土生彼速獲故云當坐三結名下結名付囑經好持者好即妙也以不縱横絶思議心方能受持此經章句别文既妙是故能持經之總名上以三一融妙釋者意在於此此寄阿難囑令人也四歡喜下衆聞歡喜言三義者一遇人二聞法三得果文出大論義歸此經人既是佛佛必具足四無礙智謂法義詞及以樂説説觀佛法離於錯謬故名清淨今遇此人寧不歡喜法是觀法一十六門曲盡其妙能令凡心入深三昧離虚設故名爲清淨聞如是法豈不歡喜果即修觀剋獲之果韋提希等聞法即修登分真果侍女諸天得相似果目連阿難同佛化機或能增道莫測淺深各以離惑名爲清淨得如是果豈不歡喜此三相由得果由法法由人説彼衆歡喜具兹三義我於今日雖面不覩金容而爲妙智所被又得聞此微妙觀法但未獲果是故闕於第三喜耳二崛山流通二初耆山下佛步空還前赴請時從崛山没於王宫出今步虚空還於崛山二俱神通前隱後顯者前欲施化化法未成故但密往今宣妙觀當機已益欲使同遵此法是故現變彰灼而還二次阿下阿難重述王宫機悟崛山未知故遣重宣普令信受阿難所述即是佛言是以文云聞佛所説皆大歡喜理合同前三義故喜

觀無量壽佛經疏妙宗鈔卷第六

音釋

鈌傾雪切虧也　譏嫌譏居希切誚也嫌賢兼切疑也　蠢尺尹切蟲動也

蜎蜚蜎噦緣切蜚音飛蜎蜚小飛也　筌䈏筌逡緣切取魚器也䈏田黎切兎網也

謬靡幼切誤也

釋禪波羅蜜次第法門

隋天台智者大師説
弟子法慎記
弟子灌頂再治

清刻龍藏佛說法變相圖

禪波羅蜜序

禪波羅蜜者輔行云次第禪門目録云大師於瓦官寺說也大莊嚴寺法慎私記章安頂禪師治定爲十卷開十大章一大意二釋名三明門四詮次五法心六方便七修證八果報九起教十歸趣但至修證餘三略無於修證中又開四別一世間禪二亦世間亦出世間三出世間四非世間非出世間四中唯至第三出世復爲二一對治無漏二緣理無漏但至對治又爲九謂九想八念十想背捨勝處一切處九次第定奮迅超越然修證之相豈可盡具傳曰大師嘗在高座云若說次第禪門年可一徧若著章疏可五十卷今刊預示大科庶學者不昧始末云

十大章。

- 初修禪波羅蜜大意 第一卷
- 二釋禪波羅蜜名
- 三明禪波羅蜜門
- 四辨禪波羅蜜詮次
- 五簡禪波羅蜜法心
- 六分別禪波羅蜜前方便二
  - 初外方便 第二卷
  - 二內方便二 第三卷
    - 初正明因止發內外善根
    - 二明驗惡根性 第四卷
- 七釋禪波羅蜜修證四
  - 初修證世間禪相三
    - 初四禪 第五卷
    - 二四無量心
    - 三四無色定 第六卷
  - 二修證亦世間亦出世間禪相三
    - 初六妙門 第七卷
    - 二十六特勝 第八卷
    - 三通明 第九卷
  - 三修證出世間禪相二
    - 初對治無漏九
      - 初九想 壞
      - 二八念 觀
      - 三十想 法 第十卷
      - 四八背捨
      - 五八勝處 不壞
      - 觀 法
      - 六十一切處
      - 練
      - 七九次第定 熏
      - 八師子奮迅三昧 修
      - 九超越三昧
    - 二緣理無漏
  - 四修證非世間非出世間禪相
- 八顯示禪波羅蜜果報
- 九從禪波羅蜜起教
- 十結會禪波羅蜜歸趣
  - 不說

釋禪波羅蜜次第法門卷第一

隋天台智者大師說

弟子法慎記

弟子灌頂再治

天台山修禪寺顗禪師於都講說禪法大莊嚴寺沙門法慎記預聽學輙依說採記法門深廣難可委悉若取具足有三十卷今略出前卷要用流通此本於天台更得治改前諸同學所寫之者爾時既未好成就猶應闕略或繁而不次若見此本更以定之庶於學者得免謬失矣

釋禪波羅蜜次第法門大開爲十意不同所言十意者

修禪波羅蜜大意第一
釋禪波羅蜜名第二
明禪波羅蜜門第三
辨禪波羅蜜詮次第四
簡禪波羅蜜法心第五
分別禪波羅蜜前方便第六
釋禪波羅蜜修證第七
顯示禪波羅蜜果報第八
從禪波羅蜜起教第九
結會禪波羅蜜歸趣第十

今約此十義以辨禪波羅蜜者文則略收諸佛教法之始終理則遠通如來之祕藏一切圓妙法界若教若行若事若理始從凡夫終至極聖所有因果行位悉在其中若行人深達禪門意趣則自然解了一切佛法不俟餘尋故摩訶衍云譬如牽衣一角則衆處皆動所以第一先明修禪波羅蜜大意者菩薩發心所爲正求菩提淨妙之法必須簡擇眞僞善識祕要若欲具足一切諸佛法藏唯禪爲最如得珠玉衆寶皆獲是故發意修禪既欲

修習應知名字尋名取理其義不虛以釋禪名尋名求理理則非門不通次明禪門禪定幽遠無由頓入必須從淺至深故應辯詮次夫欲涉淺遊深復當善識禪中境智是以次簡法心既明識法心若欲習行事須善巧次分別方便依法而行必有所證次釋修證若得內心相應因成則感果次顯示果報從因至果自行既圓便樹立益物之功次釋教門理教既已圓備法相同歸平等一實之道次結會指歸以此十義相生辯釋禪波羅蜜總攝一切衆行法門至下尋文泠然可見故大品經云菩薩從初已來住禪波羅蜜中具足修一切佛法乃至坐道場成一切種智起轉法輪是名菩薩次第行次第學次第道

修禪波羅蜜大意第一從此盡今一卷大段有五並是商略禪波羅蜜攝一切佛法靡所不該欲開發行者起深信樂歸宗有在是中悉未論修行入證之相

今明菩薩修禪波羅蜜所爲有二一者簡非二者正明所爲第一簡非者有十種行人發心修禪不同多墮在邪僻不入禪波羅蜜法門何等爲十一爲利養故發心修禪多屬發地獄心二邪僞心生爲名聞稱歎故發心修禪多屬發鬼神心三爲眷屬故發心修禪多屬發畜生心四爲嫉妬勝他故發心修禪多屬發修羅心五爲畏惡道苦報息諸不善業故發心修禪多屬發人心六爲善心安樂故發心修禪多屬發六欲天心七爲得勢力自在故發心修禪多屬發魔羅心八爲得利智捷疾故發心修禪多屬發外道心九爲生梵天處故修禪此屬發色無色界心十爲度老

病死苦疾得涅槃故發心修禪此屬發二乘心就此十種行人善惡雖殊縛脫有異既並無大悲正觀發心邪僻皆墮二邊不趣中道若住此心修行禪定終不得與禪波羅蜜法門相應第二正明菩薩行人修禪波羅蜜大意即爲二意一先明菩薩發心之相二正明菩薩修禪所爲第一云何名菩薩發心之相所謂發菩提心菩提心者即是菩薩以中道正觀以諸法實相憐愍一切起大悲心發四弘誓願四弘誓願者一未度者令度亦云衆生無邊誓願度二未解者令解亦云煩惱無數誓願斷三未安者令安亦云法門無盡誓願知四未得涅槃令得涅槃亦云無上佛道誓願成此之四法即對四諦故瓔珞經云未度苦諦令度苦諦未解集諦令解集諦未安道諦令安道諦未證滅諦令證滅諦而此四法若在二乘心中但受諦名以其緣理審實不謬故若在菩薩心中即別受弘誓之稱所以者何菩薩雖知四法畢竟空寂而爲利益衆生善巧方便緣此四法其心廣大故名爲弘慈悲憐愍志求此法心如金剛制心不退不沒必取成滿故名誓願行者若能具足發此四願善知四心攝一切心一切心即是一心亦不得一心而具一切心是名清淨菩提之心因此心生得名菩薩故摩訶衍論偈說

若初發心時　誓願當作佛　已過於世間
應受世供養

第一正明菩薩行人修禪所爲者菩薩摩訶薩既已發菩提心思惟爲欲滿足四弘誓願必須行菩薩道所以者何有願而無行如欲

度人彼岸不肯備於船筏當知常在此岸終不得度如病者須藥得而不服當知病者必定不差如貧須珍寶見而不取當知常弊窮乏如欲遠行而不涉路當知此人不至所在菩薩發四弘誓不修四行亦復如是復作是念我今住何法門修菩薩道能得疾滿如此四願即知住深禪定能滿四願何以故如無六通四辯以何等法而度衆生若修六通非禪不發故經言深修禪定得五神通欲斷煩惱非禪不智從禪發慧能斷結使無定之慧如風中燈欲知法門當知一切功德智慧並在禪中如摩訶衍論云若諸佛成道起轉法輪入般涅槃所有種種功德悉在禪中復次菩薩入無量義處三昧一心具足萬行能知一切無量法門若欲具足無上佛道不修禪定尚不能得色無色界及三乘道何況能得無上菩提當知欲證無上妙覺必須先入金剛三昧而諸佛法乃現在前菩薩如是深心思惟審知禪定能滿四願如摩訶衍偈說

禪爲利智藏　功德之福田　禪如清淨水
能洗諸欲塵　禪爲金剛鎧　能遮煩惱箭
雖未得無爲　涅槃分已得　得金剛三昧
摧碎結使山　得六神通力　能度無量人
囂塵蔽天日　大雨能淹之　覺觀風動之
禪定能滅之

此偈所說即證因修禪定滿足四願問曰菩薩若欲滿足四弘誓願應當徧行十波羅蜜何得獨讚禪定答曰前四義劣後五因禪今則處中而說所以者何菩薩修禪即能具足增上四度下五亦然如菩薩發心爲修禪故

一切家業內外皆捨不惜身命寂然閑居無所慳吝是名大捨復次菩薩爲修禪故身心不動關閉六情惡無從入名大持戒復次菩薩爲修禪故能忍難忍謂一切榮辱皆能安忍設爲衆惡來加恐障三昧不生瞋惱名爲忍辱復次菩薩爲修禪故一心專精進設身疲苦終不退息如鑽火之喻常坐不卧攝諸亂意未甞放逸設復經年無證亦不退沒是爲難行之事即是大精進也故知修禪因緣雖不作意別行四度四度自成復次菩薩因修禪定具足般若波羅蜜者菩薩修禪一心正住心在定故能知世間生滅法相智慧勇發如石中泉故摩訶衍偈說

般若波羅蜜　實法不顛倒　念想觀已除
言語法皆滅　無量衆罪除　清淨心常一
如是尊妙人　則能見般若

復次因禪具足方便波羅蜜者一切方便善巧要須見機若不入深禪定云何能得明見根性起諸方便引接衆生復次因禪具足力波羅蜜者一切自在變現諸神通力皆藉禪發具如前辨復次因禪具足願波羅蜜者如摩訶衍中說菩薩禪定如阿修羅琴當知即是大願成就之相復次因禪具足智波羅蜜者若一切智道種智一切種智非定不發其義可見行者善修禪故即便成就十波羅蜜滿足萬行一切法門是故菩薩欲具一切願行諸波羅蜜要修禪定是事如摩訶衍論中說問曰菩薩之法正以度衆生爲事何故獨處空山棄捨衆生閑居自善答曰菩薩身雖捨離而心不捨如人有病將身服藥暫息事

業病差則修業如故菩薩亦爾身雖蹔捨衆生而心常憐愍於閑靜處服禪定藥得實智慧除煩惱病起六神足還生六道廣度衆生以如是等種種因緣菩薩摩訶薩發意修禪波羅蜜心如金剛天魔外道及諸二乘無能沮壞

釋禪波羅蜜名第二

今釋禪波羅蜜名略爲三意一先簡别共不共名二翻譯三料簡第一簡别共不共名即爲二意一共名二不共名共名者如禪一字凡夫外道二乘菩薩諸佛所得禪定通得名禪故名爲共不共名者波羅蜜三字名到彼岸此但據菩薩諸佛故摩訶衍論云禪在菩薩心中名波羅蜜是名不共所以者何凡夫著愛外道著見二乘無大悲方便不能盡修一切禪定是以不得受到彼岸名故言波羅蜜即是不共復次禪名四禪凡夫外道二乘菩薩諸佛同得此定故名爲共波羅蜜名度無極此獨菩薩諸佛因禪能通達中道佛性出生九種大禪得大涅槃不與凡夫二乘共故波羅蜜者名爲不共通而爲論即無勞分别所以者何禪自有共禪不共禪波羅蜜亦爾有共不共故摩訶衍論云天竺語法凡所作事竟皆名波羅蜜第二翻釋即爲二意一翻釋共名二翻釋不共名第一先翻釋共名共名者即是禪也亦爲二意一正翻名二者解釋第一先翻共名者禪是外國之言此間翻則不定今略出三翻一摩訶衍論中翻禪秦言思惟修二舉例往翻如檀波羅蜜此言布施度禪波羅蜜此言定度故知用定以翻

禪三阿毗曇中用功德叢林以翻禪第二釋此三翻即作二意一别二通若釋别翻思惟修者此可對因何以故思惟是籌量之念修是專心研習之名故以對修因翻禪爲定者此可對果何以故定名靜黙行人離散求靜既得靜住訓本所習故以對果翻禪爲功德叢林者此可通對因果如功是功夫所以對因積功成德可以對果如萬行對因萬德對果因果合翻故名功德叢林者譬顯功德非一所以然者如多草共聚名爲叢衆樹相依名爲林草叢小故可以譬於因中之功小林木大故可以對果上之德大此而推之功德叢林通對因果於義則便第二通釋禪三翻並對因果所以者何如思惟修雖言據因亦得對果何以故定中靜慮即是思惟乘上益下故名爲修此可以數人九修中乘上修義爲類故於果中亦得説思惟因中亦得説定者如十大地心數散心尚得言定何況行者專心歛念守一不散而不名定故知因中亦得説定因中亦得名功德叢林者因中功義前已説之由運功故即成行因之德果中德義説亦如前所言功者即是功用果上有寂靜離過神通變化益物之用故名爲功因之與果悉是衆善功德之所成故通言功德叢林復次諸經論中翻名立義不同或言禪名棄惡或言疾大疾住大住如是處不同不可偏執第二翻釋不共名不共名者即是波羅蜜亦爲二意一者翻名二者解釋就第一翻名中略出三翻不同一者諸經論中多翻爲到彼岸二摩訶衍論中别翻云事究竟三瑞

應經中翻云度無極第二釋此三翻亦爲二意一別二通此皆對事理名義第一別釋言到彼岸者生死爲此岸涅槃爲彼岸煩惱爲中流菩薩以無相妙慧乘禪定舟航從生死此岸度涅槃彼岸故知約理定以明波羅蜜言事究竟者即是菩薩大悲爲衆生徧修一切事行滿足故摩訶衍云菩薩因禪能究竟衆事禪在菩薩心中名波羅蜜此據事行說波羅蜜言度無極者通論事理悉有幽遠之義合而言之故云度無極此約事理行滿說波羅蜜第二通釋三翻並得同對事理俱隨緣化物故立異名所以者何若言無相之慧能度生死故爲理行者今言理中有佛無佛性相常然豈論無相之慧能度生死終是就事作此說也事究竟亦是從理立名者若緣理而起事行當知說事究竟亦是約理名波羅蜜度無極亦未必一向就事理無極名波羅蜜所以者何諸佛隨緣利物出沒不定無極或時對事或時對理豈有定準當知三名理事互通未必偏有所屬餘例可知釋波羅蜜義至下第十結會歸趣中自當廣明第三料簡如摩訶衍論中云問曰背捨勝處一切處等何故不名波羅蜜獨稱禪爲波羅蜜答曰禪最大如王言禪波羅蜜者一切皆攝是四禪中有八背捨八勝處十一切處四無量心五神通練禪自在定十四變化心無諍三昧願智頂禪首楞嚴等諸三昧百則有八諸佛不動等百則二十皆在禪中若諸佛成道轉法輪入涅槃所有勝妙功德悉在禪中說禪則攝一切若說餘定則有所不攝故禪名

波羅蜜復次四禪中智定等故說波羅蜜未到地中間禪智多而定少四無色定多而智少如車輪一强一弱則不任載四禪智定等故說波羅蜜復次約禪說波羅蜜則攝一切諸定所以者何禪秦言思惟修此諸定悉是思惟修功德故當知諸定悉得受波羅蜜名如大品中說百波羅蜜亦說背捨勝處等皆名波羅蜜但四禪在根本先受其名非不通於餘定問曰上明禪定三昧波羅蜜等爲同爲異答曰通而爲論名義互通別而往解四法名義各有主對所以者何根本四禪但名禪非定三昧亦不名波羅蜜無色但名定非禪三昧亦不名波羅蜜未到地禪中間雖非正禪定是方便故或名禪或名定非三昧亦不名波羅蜜空無相等但名三昧非禪定亦不名波羅蜜背捨勝處六通四辯等具有禪定三昧等三法而不名禪定三昧亦非波羅蜜九次第定具有三法但名爲定不名禪三昧亦非波羅蜜有覺有觀及師子超越無諍等亦具三法但名三昧不名禪定亦非波羅蜜願智頂等具有三法但名禪不名定三昧亦非波羅蜜九種大禪及首楞嚴等並具四法亦名禪亦名定亦名三昧即是波羅蜜若用首楞嚴心入前三法中一切皆名波羅蜜故百波羅蜜中一切法門皆名波羅蜜今略對四法分別如前若諸大聖善巧隨緣利物則言無定準解釋云故諸經論中出没立名其意難見不可謬執而經論中多約禪明波羅蜜者以根本四禪是衆行之本一切内行功德皆因四禪發依四禪而住是以獨禪得

受波羅蜜名問曰禪波羅蜜但有一名更有餘稱答曰如涅槃中說言佛性者有五種名亦名首楞嚴亦名般若亦名中道亦名金剛三昧大涅槃亦云禪波羅蜜即是佛性故知諸餘經中所說種種勝妙法門名字無量皆是禪波羅蜜之異名故摩訶衍偈說

般若是一法　佛說種種名　隨諸衆生類
爲之立異字　若人得般若　戲論心皆滅
譬如日出時　朝露一時失

以此類之禪名豈不徧通若其禪定不具足攝一切諸法則非究竟何得名波羅蜜義問曰諸法實相首楞嚴及到彼岸等唯佛一人方稱究竟菩薩所行禪定云何名波羅蜜答曰因中說果故隨分說故頓教所明發心畢竟二不別故以如是等衆多義故菩薩所行禪定亦得名波羅蜜

明禪波羅蜜門第三

行者善尋名故自知其體若欲進修必因門而入今略明禪門即爲三意第一標禪門第二解釋三料簡第一標禪門者若尋經論所說禪門乃有無量原其根本不過有二所謂一色二心如摩訶衍中偈說

一切諸法中　但有名與色　若欲如實觀
亦當觀名色　雖癡心多想　分別於諸法
更無有一法　出於名色者

今就色門中即開爲二如經中說二爲甘露門一者不淨觀門二者阿那波那門心門唯有一門如經中說能觀心性名爲上定開色別立於心此則禪門有三所謂一世間禪門二出世間禪門三出世間上上禪門故大集

經云有三種攝心一者出法攝心二者滅法攝心三者非出非滅法攝心第二解釋此三門中即各爲二意一別二通第一別明門者門名能通如世門通人有所至處一以息爲禪門者若因息攝心則能通行心至四禪四空四無量心十六特勝通明等禪即是世間禪門亦名出法攝心此一往據凡夫禪門二以色爲禪門者如因不淨觀等攝心則能通行心至九想八念十想背捨勝處一切處次第定師子奮迅超越三昧等處即是出世間禪門亦名滅法攝心一往據二乘禪門三以心爲禪門者若用智慧反觀心性則能通行心至法華念佛般舟覺意首楞嚴諸大三昧及自性禪乃至清淨淨禪等是出世間上上禪門亦名非出非滅法攝心此一往據菩薩禪門以此義故約三法爲門問曰諸法無量何故但取此三爲禪門答曰今略明有三意故立三法爲門一如法相二隨便易三攝法盡一如法相者如大集經說歌羅邏時即有三事一命二暖三識出入息者名爲壽命不臭不爛名之爲暖即是業持火大故地水等色不臭爛也此中心意名之爲識即是剎那覺知心也三法和合從生至長無增無減愚夫不了於中妄計我人衆生作諸業行心生染著顛倒因緣往來三界若尋其源本不出此之三法故以三法爲門不多不少二隨便易故立三法爲門者如因息修禪則有二便一疾得禪定二易悟無常以色爲門亦有二便一能斷貪欲二易了虛假心爲門者此亦有二便一能降一切煩惱二易悟空理三攝

法盡者此三法是禪門根本故所以者何舉要說三開即無量如息門中或數或隨或時觀息如此非一至處亦異如色門中或緣外色或緣內色或作慈悲或緣佛相乃至得解實觀如此非一至處亦異如心門中或止或觀或覺或了或覺了諸心入於非心覺了非心出無量心或覺了非心非不心能知一切心非心如是緣心不同至處亦復非一故說三門攝一切禪門此事至第七八釋修證中方乃可見第二通名三門者此三法通得作世間出世間出世間上上等禪門所以者何一如息法不定但屬世間禪門何以得知如毗尼中佛爲聲聞弟子說觀息等十六行法弟子隨教而修皆得聖道故知亦是出世間禪門即大乘門者如大品說阿那波那即是菩薩摩訶衍故請觀音經約數息辨六字章句明三乘得道此豈可但是世間禪門二色法爲門亦不得但是二乘所行不通大乘及凡夫外道何以故如涅槃中說外道但能治色不能治心我弟子善治於心故知凡夫亦得觀色大乘觀色如大品中說脹想爛想等是菩薩摩訶衍此豈可但是出世間禪門三約心爲門亦不得但據菩薩何以故如外道亦觀心起四十八見凡夫緣心入四空通聲聞者如涅槃說我弟子善治心故能離三界此豈唯是出世間上上禪門當知三門互通但三種人用心異故發禪得道亦各不同此義至第九明從禪波羅蜜起教中當廣分別第三料簡通別二門問曰若爾者何故如前分別答曰一切義理有通有別教門對緣益

物不同異說無咎復次前非了義之說未可定執問曰三門互得通者今就事中數息而學得證九想八背捨自性等禪不答曰或得或不得初學者不得二乘學自在定者得菩薩具足方便波羅蜜者隨意無礙問曰何故云初學不得有人數息發九想背捨念佛慈心此復云何答曰此發宿緣不正因修得證緣盡則滅謝不進終不成就次第法門至下內方便中明善根發相當廣分別餘二門類然可知

辨禪波羅蜜詮次第四

行者既知禪門之相菩薩從初發心乃至佛果修習禪定從淺至深次第階級是義應知今略取經論教意撰於次第故大品經云菩薩摩訶薩次第行次第學次第道辨禪定次第即爲二意一者正明諸禪次第二者簡非次第一正釋諸禪次第義者行人從初持戒清淨猒患欲界繫念修習阿那波那入欲界定依欲界定得未到地如是依未到地次第獲得初禪乃至四禪是名內色界定次爲大功德緣外衆生受樂歡喜次第獲得四無量心是名外色界定此八種禪定雖緣內外境入定有殊而皆屬色界攝行者於第四禪中猒患色如牢獄滅前內外二種色一心緣空得度色難獲得四空處定是名無色界定此十二門禪皆是有漏法次此應明亦有漏亦無漏禪行者既得根本禪已爲欲除此禪中見著次還從欲界修六妙門所以者何此六門中數隨止是入定方便觀還淨是慧方便定愛慧策愛故說有漏策故說無漏此六法

多是欲界未到地四禪中具足亦有至上無色地者次此應明十六特勝橫則對四念處豎則從欲界乃至非想但地地中立觀破析故能生無漏次應説通明觀前十六特勝總觀故麤今通明別觀故細此禪亦從欲界至非想乃至入滅定此三種禪亦名淨禪五種禪中猶是根本攝今明無漏禪次第之相即有二意不同一者行行次第二者慧行次第行行次第所謂觀錬熏修初明觀禪次第有六種禪初修九想無漏之前用此對治破欲界煩惱故次八念爲除修九想時怖畏心生故次十想壞法人於欲界修此十想斷三界煩惱故次八背捨不壞法人修此觀禪對治三界根本定中見著故次明八勝處爲於諸禪定觀緣中得自在故次明十一切處爲欲廣禪定中色心令普徧故乃至修六神通由是觀禪攝次明錬禪者即九次第定爲總前定觀二種禪令心調柔入諸禪時心心次第無間故及有覺有觀等三三昧皆是錬禪攝次明熏禪熏禪者即是師子奮迅三昧順逆次第入出熏諸禪令定觀分明純熟增益功德故次明修禪修禪者即是超越三昧於諸禪中超越入出爲得無礙自在解脱故是以大品經云菩薩摩訶薩住般若波羅蜜取禪波羅蜜除諸佛三昧入餘一切三昧若聲聞三昧若辟支佛三昧若菩薩三昧皆行皆入餘一切三昧者根本定是若聲聞三昧者三十七品空無相等三三昧四諦十六行是若辟支佛三昧者十二因緣三昧是菩薩三昧者自性禪等皆名三昧是菩薩住諸三昧逆

順出入八背捨依八背捨逆順出入九次第定依九次第定逆順出入師子奮迅三昧依師子奮迅三昧逆順出入超越三昧是菩薩依諸三昧得諸法相等齊此始是二乘行行共禪滿何以故大阿羅漢亦得超越三昧故二明無漏慧行次第之相因聞四諦即修三十七品次入三解脫門次用十六行觀分別四諦次具十智三無漏根成就九修獲九斷如此略辨聲聞所行無漏慧行次應說十二因緣觀門即是辟支迦羅之所行無漏慧行若菩薩次第成就二乘學無學所得智斷是名從假入空通觀具足也故大品經云菩薩摩訶薩行般若波羅蜜以方便力故從乾慧地入性地八人地見地離欲地阿羅漢辟支佛地皆行皆入而不取證次明菩薩不共禪次第者一自性禪二一切禪三難禪四一切門禪五善人禪六一切行禪七除惱禪八此世他世樂禪九清淨淨禪菩薩依是禪故得大菩提果具足十力四無所畏十八不共等一切佛法此則略明菩薩從初發心修禪次第行次第學次第道乃至佛地名住大涅槃深禪定窟此義至釋第七修證第八顯示果報中方乃具辨問曰菩薩大士爲通達諸禪淺深具足一切佛法次第行次第學可如上說今行人初學禪時爲當一向如上依次第修爲當不爾答曰今且欲明諸禪淺深相一往作此次第分別若論初心學人隨所欲樂便宜對治易入泥洹者從諸禪方便初門而修不必定如前一一依次第此義至內方便安心禪門中當廣分別第二簡非次第義

問曰菩薩修禪爲一向次第修禪亦有非次第答曰此得爲四一明次第二明非次第三明次第非次第四明非次第次第今明次第如上說大品經云菩薩次第行次第學次第道非次第者菩薩修法華一行等諸三昧觀平等法界非深非淺故名非次第如無量義經說行大直道無留難故次第非次第者如大品中須菩提白佛次第心應行般若應生般若應修般若不佛告須菩提常不離薩婆若故爲行般若爲生般若爲修般若非次第次第者如須菩提白佛一切諸法皆無自性云何菩薩得從一地至一地佛告須菩提以諸法空故菩薩得從一地至一地問曰今此四句但據菩薩亦得通二乘否答曰二乘亦得作此說何以故知自有聲聞初發心行於行行從根本初禪而修乃至超越禪方得阿羅漢果是爲次第或有聲聞人聞說善來一時具足三明八解脫等是爲非次第或有聲聞人修次第行行時即用慧行善觀次第性空從初心乃至得阿羅漢是名次第非次第四或有聲聞從初發心即修慧行發電光三昧得四果未具諸禪爲欲滿足有爲功德故次第修五種禪定滿足即是非次第而次第也此義至第七釋修證及第八顯示果報等十意竟即自分明

簡禪波羅蜜法心第五

已略說諸禪詮次竟諸禪中法心之相復應知之今就明法心中即爲三意一先辨法二明心三分別簡定法心之别就第一先辨法中法有四種一有漏法二無漏法三亦有漏

亦無漏法四非有漏非無漏法一有漏法者謂十善根本四禪衆生緣四無量心四空定是所以者何此十二門禪體非觀慧之法不能照了斷諸煩惱故二無漏法者九想八念十想背捨勝處一切處次第定師子奮迅超越三昧四諦十六行十二因緣法緣四無量心三十七品三三昧乃至願智頂禪十一智三無漏根等諸無漏定是所以者何此諸禪中悉有對治觀慧具足能斷三漏故三亦有漏亦無漏法者六妙門十六特勝通明等是所以者何此三種禪中雖有觀慧對治力用劣弱故名亦有漏亦無漏四非有漏非無漏法者法華三昧般舟念佛首楞嚴等百八三昧自性禪等九種禪乃至無緣大慈大悲十波羅蜜四無礙智十八空十力四無所畏十

八不共法一切種智等是所以者何修是等法不墮二邊故名非有漏非無漏法問曰何故言法華三昧等法皆名非有漏非無漏如法華中說是德藏菩薩於無漏實相心已得通達其次當作佛號曰爲淨身又如四無畏中第二無畏名無漏無畏如是等法諸經論中多悉說爲無漏今何以言皆是非有漏非無漏法答曰此欲簡諸佛菩薩有中道不共之法故須作此分別如凡夫專依有漏二乘偏行無漏今諸佛菩薩所得不共之法不滯二邊則無二邊之漏失是以悉云無漏何故得免二邊漏失正以中道之法非二邊所攝故云非有漏非無漏也此之二說語異而意同故無乖失若任理性而論則一切皆名非有漏非無漏法故大品經云色無縛無脫乃

至一切種智無縛無脫理既無縛無脫稱理之行豈不同名無縛無脫無縛無脫者即是非有漏非無漏之異名也問曰分別定慧爲四句可爾戒復云何答曰從十善三歸五戒八齋戒沙彌十戒大比丘二百五十戒菩薩十重四十八輕戒亦得作四句分別其義云云今不具釋問曰上第四明禪詮次及下第七辨修證中皆先明有漏次亦有漏亦無漏次無漏次非有漏非無漏今分別四句法何故異於前後乃以三爲二也答曰前後皆約修行入證以爲詮次今欲簡別法心之相事須約言句爲便亦以諸經論中說四句皆爾故云行時非說時說時非行時此義易明第二明心有四種心一有漏心二無漏心三亦有漏亦無漏心四非有漏非無漏心一有漏心者即是凡夫外道心具三漏故名有漏心所以者何凡夫外道修禪定時約四時中分別不得離結漏故何等爲四時中分別一者初發心欲修禪時不能猒患世間爲求禪定中樂及果報故二者當修禪時不能返照觀察生見著心三者證諸禪時即計爲實不知虛誑於地地中見著心生四者從禪定起若對衆境還生結業以是因緣名爲漏心第二明無漏心亦約四時中分別一約發心者二乘之人初發心欲修禪時猒患世間不樂禪樂及求果報但爲調心則漏心自然微薄不起因此能發無漏二修行者隨所修禪悉知虛假能伏見著不生結業三得證者入諸禪定之時若於定中發眞空慧斷諸煩惱則三漏永盡四從禪定起隨所對境不生見著造諸

結業以是因緣名無漏心前二心雖是有漏而爲無漏作因因中說果亦名無漏第三明亦有漏亦無漏心亦約四時中分別一約發心者此行人初發心欲修禪時恛惶不定或時猒離生死不樂禪樂或生見著悕望定樂愛樂果報以生猒故結業微羸悕望定樂故增長煩惱二約修行者如不斷善根人欲修禪時是人雖成就信等五法不得名根以其不能定伏結使故名亦有漏生於信等善法故名亦無漏三約得證者七種學人入諸禪時雖發眞智結漏未盡故名亦有漏亦無漏乃至退法羅漢亦有此義所以者何未得無生智故名亦有漏得盡智故名亦無漏四諸學人等從禪定起隨對衆境隨所斷惑未盡之處或猶生著故名亦有漏斷惑盡處雖對衆境結業不起名亦無漏第四釋非有漏非無漏心亦約四時中明一約發心者菩薩大士初發意欲修禪時不爲生死不爲涅槃則心不墮二邊二約修行者菩薩修禪波羅蜜時爲福德故不住無爲爲智慧故不住有爲三約得證者菩薩入諸禪時若於禪中發無生忍慧爾時心與法性相應不著生死不染涅槃四菩薩從禪定起隨對衆境心常不依有無二邊以是因緣菩薩之心名非有漏非無漏心第三料簡法心問曰諸佛說一切法皆空絕諸言句如摩訶衍論偈說

般若波羅蜜　譬如大火燄　四邊不可取
邪見火燒故

今云何作四句分別將非墮戲論乎答曰佛法中不可得空於諸法無所礙因是不可得

空故說一切佛法十二部經今說有四句無
咎譬如虛空雖無所有而一切物依以長成
如摩訶衍論偈說
若信諸法空　是則順於理　若不信法空
一切皆違失　若以無是空　無所應造作
未作已有業　不作有作者　如是諸法相
誰能思量者　唯有得直心　所說無依止
離於有無見　心自然内滅
今爲開發行人方便知見分別種種法門故
無句義中辨於句義於理無失故大品經云
無句義是菩薩句義若汝欲離四句求解脫
者即還被無句縛所以然者如說有四句無
四句亦有四句亦無四句非有四句非無四
句汝尚不免無四句縛豈得免亦有亦無等
四句縛當知了句非句於句義無礙而得解
脫非是離句求於無句而得解脫如天女呵
身子云無離文字說解脫也文字性離即解
脫相復次今明法之與心合爲八句迴轉分
別則有三十六句若細歷法而明即出無量
句若能於一句法通達一切句則此辨若虛
空無有邊際問曰若爾何以不約法心各作
五句答曰諸佛出世對緣化物教門多約四
句如摩訶衍論中說有四種悉檀一世界悉
檀二爲人悉檀三對治悉檀四第一義悉檀
初有漏法心即是世界悉檀攝二無漏法心
即是對治悉檀攝三亦有漏亦無漏法心即
是爲人悉檀攝四非有漏非無漏法心即是
第一義悉檀攝是中相攝之意細尋可見復
次摩訶衍論又於第一義悉檀中分別四門
如論偈說

一切實一切不實　一切亦實亦不實
一切非實非非實　如是皆名諸法實
如是等但有四句更無第五句今約四句明法心可以類此餘經論中設有五句明義别有因縁今取一途義便故不約五句分别問曰此四種法心法之與心有何等異如有漏法有漏心此法心爲當各是有漏爲當各非故說漏若二各有者法心合時應有二漏法起若各無和合亦應無答曰今不得言二各是漏亦不得言二法中各都無漏何以故若心即是漏如阿羅漢漏盡時心應盡法亦如是所以者何若法定是漏者聖人入根本四禪亦應生漏此四禪法未與心合亦應自是漏而聖人入四禪法不生於漏四禪法未與心相應時亦自無有漏法生云何言法即是有漏今言此漏不獨在法亦不獨在心法心合時便有漏生以有有漏故二處受名譬如仙藥人若服之即令得仙而藥之與人本各非仙藥人和合則便有仙故藥受仙藥之名人受仙人之稱若藥不因人不名仙藥人不因藥不名仙人漏法漏心亦復如是餘三種法心義類爾可知故阿難說示比丘爲舍利弗說偈

諸法從縁生　是法說因縁　是法縁及盡
我師如是說

復次若謂有漏之法自有有漏法若有漏之法由有漏心故有有漏法若有漏法由法由心故有有漏法若有漏之法不由法不由心故有有漏法如此之計皆墮邪見所以者何若謂由有漏法故有有漏法者即是自性有

漏法若是自性有漏法則應有無窮之漏法以自性復有自性故今實不爾若謂有漏法不能自有由有漏心故有者即是他性有漏法所以者何若有漏法待有漏心爲自性者今有漏心待有漏法豈非他性若由他性而有有漏法者他性若是有有漏法則有漏法還是有漏法更無心法之别他性若非有漏法非有漏法何能有有漏法故知有漏法不由有漏心故有若謂有漏法由有漏法有漏心故有者即是共有若是共有則從自他性中而有有漏法若爾則一時應有二有漏法今實不然故知非自他共故有有漏法若謂離有漏法離有漏心有有漏法者即是無因緣而有有漏法從因緣有有漏法尚不可何況無因緣而有有漏法破因成假廣說如止觀有漏心亦如是餘三種法心亦如是復次若有漏法定是有漏法者是有漏法即是生滅相續法爲生故生爲滅故生爲生滅故生爲離生離滅得生若是生生即是自生若由滅故生即是他生若由生滅故生即共生若離生滅而說生者即是無因緣生從因緣生尚不可何況無因緣生當知有漏生畢竟不可得若無生則無滅若無生滅即無相續若無生滅相續則無有漏法破相續假廣說如止觀有漏心亦如是餘三種法心亦如是復次若有漏法是生者爲生生故生爲不生生故生爲生不生故生爲非生非不生故生若生生則是自性生若不生生即是他性生若生不生故生即是共生若非生非不生故生即是無因緣生從因緣生尚不可何況無因

緣生是則於相待假中求有漏法生畢竟不可得若無生則無有漏破相待假廣說如止觀有漏心亦如是餘三種法心亦如是當知有漏之法於因成相續相待中各各四句求畢竟不可得若不可得云何分別有有漏法若無有有漏之法而說有漏法者當知但有名字是中不應定有所依生諸戲論破智慧眼次明有漏心亦如是若有漏法心如是餘三句法心亦如是但以世間名字故說名字之法不在內外兩中間亦不常自有無名之名故曰假名問曰若爾云何分別法心之異答曰但以世間名字故分別法心之別是中無有定實問曰云何於名字中分別法心之別答曰若知法心無所有但有名字則還如上分別法心之相無咎故大品經云須菩提不壞假名而說諸法實相復次如心數爲法心王爲心受想行三陰及色陰爲法識陰爲心心相應法心不相應法及色法無爲法爲法心法爲心所緣爲法能緣爲心能生爲法所生爲心所觀之境爲法能觀之智爲心法成於心心依於法如是等於名字中種種分別法心之別雖作此分別皆如幻化無所取著同歸一相此義至下第十結會歸趣中當廣釋

釋禪波羅蜜次第法門卷第一

音釋

奮迅（奮方問切迅思晉切）顗（語豈切）摩訶衍（梵語也此云大乘衍以淺切）筏（房越切簰筏也）歌羅邏（梵語也此云凝滑邏郎果切）鍊（郎甸切精鍊也）恛惶（恛戶恢切昏亂也惶胡光切怕怖也）羸（倫爲切瘦也）

釋禪波羅蜜次第法門卷第二

隋天台智者大師說

弟子法慎記

弟子灌頂再治

分別禪波羅蜜前方便第六

釋此一段有三卷今之一卷正釋外方便是中明調伏欲界麤心中淺近方便尋者想不便疑一向涉事淺近說易行難豈得即論理諸深方便也至下釋第七大段修證中有十二卷乃當隨禪事理深淺約證位之前節節明行行慧行二種善巧用心之相此文並未流傳故記以知之

行人若能通達如前所辯五種明諸禪相則內信開發若欲安心習學必須善知方便令明修禪方便大開為二一者外方便即是定外用心之法二者內方便即是定內用心之法此二通言方便者善巧修學之異名行者於初緣中善巧修習故名方便若細論外方便亦有通定內用內方便亦有得定外用今一往從多為論應如上分別就明外方便自有五種第一具五緣第二訶五欲第三棄五蓋第四調五法第五行五法此五五凡有二十五法並是未得禪時初修心方便之相第一具五緣者一持戒清淨二衣食具足三閑居靜處四息諸緣務五得善知識此是修禪五緣也第一持戒清淨者開為三意一明有戒無戒二明持犯三明懺悔第一明有戒無戒者出家受得禁戒故名有戒即為三意一明發戒機緣不同凡有十種何等為十一自然得戒即佛是其人無師自發二自誓得戒即迦葉是本辟支根性值佛出世墮聲聞數中其答佛言佛是我師我是佛弟子作是言已即便發戒三見諦得戒即拘隣五人佛為轉四諦法輪即悟初果因而發戒四者三歸

得戒于時未有羯磨聞佛三説即發戒品以其根利故五八敬得戒即佛姨母佛意不欲度女人出家姨母苦求佛令遥授八敬即發具戒六者論議得戒即須陀耶沙彌與佛論義佛問其無常等義事事能答後佛問汝家在何處答佛言三界皆空世尊云何乃問我家處佛語阿難將還僧中爲受具戒于時年始七歲七者善來得戒道機時熟佛呼善來即便得戒八者遣使得戒即半迦尸女有好善容評堪半迦尸國爲人欲抄斷故令遣使僧中代受戒後還尼寺爲其受戒九邊地如法人少聽五人受得戒十者中國人多十人受具戒此爲十種得戒相今時多用十人羯磨得戒此辯有戒相第二正明戒之體相者有二種教門不同若小乘教辯戒是無作善法受戒因縁具足若發得無作戒爾後睡眠入定此善任運自生不須身口意造作以無作正爲戒體若薩婆多人解無作戒是無表色不可見無對若曇無德人明無作戒是第三聚非色非心法諸部既異雖不可偏執約小乘教門終是無作爲戒體其義不差若大乘教門中説戒從心起即以善心爲戒體此義如瓔珞經説有師言摩訶僧祇部人云無作戒是心法第三明有戒相不同即有二意一者若約小乘七衆發心受戒作法不同故得戒亦有優劣如優婆塞優婆夷在家有五戒相若本未入佛法男子女人不殺父害母不作逆罪遇好良師教歸依三寶爲受五戒作法成就即五戒無作起名得五戒從此名清信士女復次明沙彌有十戒相若和尚阿

闍黎二師如法受人清淨歸依三寶隨佛出家若二師作法成就即發無作名得沙彌戒次明大僧有戒相若作沙彌時不犯重過清淨十師和尚阿闍黎作羯磨如法成就是名得大比丘具足戒若沙彌尼式叉摩尼大戒尼有戒相亦爾七人本雖犯重若遇良緣謂作大乘方等懺悔得相成就後受戒亦得無作善發異於上說名不得戒亦名無戒二者若菩薩行人有戒無戒則不可知所以者何菩薩世世已來或初發心時值遇良緣受得戒故第二明持犯自有三意一略明持犯二歷別廣明持犯三明覆發就初總明持犯有二一者持相二者犯相一持相者持者護持如上所說七種之人受佛禁戒爲十利故護持無犯十利者如毗尼中說一攝僧故二極好攝故三僧安樂住故四折伏高心人故五慚愧得安樂住故六不信令信故七已信增長信故八遮令世漏故九斷後世惡故十令梵行人久住故行者一心敬慎不敢侵毀如護浮囊微塵不棄故名護持亦名秉持如持油鉢之喻是名持相二明犯相者犯名違犯本受佛戒欲出生死願求解脱今遇惡緣不能自制其心中途違返若重若輕故名違犯復次犯名犯觸猶如服藥誡忌斷食不隨醫教而食惡食犯觸藥勢非唯不能愈病翻致更增或時至死犯戒之相亦復如之故名爲犯第二廣明持犯者從初心至佛果以明持犯有十種一持不缺戒謂持初四重不犯二持不破戒謂對僧殘不犯三持不穿戒謂對下三篇不犯四持無瑕戒亦名不雜戒謂不

起諂心及諸惱覺觀雜念亦名定共戒五持隨道戒即是心行十六行觀發苦忍智慧亦名道共戒六持無著戒即阿那含人若斷欲界九品思惟盡名斷律儀戒乃至色愛無色愛等諸結使盡皆名無著戒七持智所讃戒發菩提心爲令一切衆生得涅槃故持戒如是持戒則爲智所讃歎亦可言持菩薩十重四十八輕戒此戒能至佛果故爲智所讃歎八持自在戒菩薩持戒於種種破戒緣中而得自在亦可言菩薩知罪不罪不可得故但隨利益衆生而持戒心無所執故名自在戒九持具足戒菩薩能具一切衆生戒法及上地戒十持隨定戒不起滅定現種種威儀戒法以度衆生前四即是世間戒淨亦得出世間戒義具如前說善應分別中二是出世間戒淨後四是出世間上上戒淨若能如上所說受持是持戒相異上所說即是犯相是名從初心至佛果淺深論持戒及犯戒相故經言唯佛一人具淨戒餘人皆名破戒者復次今明持戒者但隨分隨力而修習令增進漸漸清淨若不爾者不能生諸禪定復次頓行菩薩能以慧方便從初發心一念之中即具持十種戒是故經言發心畢竟二不別第三明覆發就中自有二意一者正明覆發二者簡定云何名覆發相行者持戒能發禪定破戒即覆禪定行者持世間戒淨故即發世間禪若持世間戒不淨即覆世間禪出世間戒及出世間上上戒持則發禪毀則覆禪類如是分別二者簡定覆發者爲衆生現在修禪不定故應作四句分別一自有雖犯戒而發

定持而不發二自有破戒而不發定持戒而發三自有持戒犯戒二俱發四自有持犯俱不發初一犯戒之人修禪定而發者是過去習因善根深厚今雖有罪過去善根力強故亦以現前修禪定重慚愧爲緣故譬如負債强者先牽所以得有發定之義二次持戒而不發定者是人過去不種深禪定之因今生雖復持戒修定而不即發三俱發四俱不發悉可類釋故有四種不同尋其根源要因持戒而發犯戒終爲遮障何以故若過去經得禪定即知過去以曾持戒發定故成今世之習因今生復以慚愧懺悔清淨爲緣是故得發宿世善根也第三明懺悔中自有二意一者先明運懺悔心二者正明懺悔方法第一云何名運懺悔之心若人性自不作惡則無罪可悔行人既不能決定持戒或於中間值遇惡緣即便破毀若輕若重以戒破故則尸羅不淨三昧不生譬如衣有垢膩不受染色是故宜須懺悔以懺悔故則戒品清淨三昧可生如衣垢汙若浣清潔染之可著行者如是思惟若戒不清淨決須懺悔是故經云佛法之中有二種健兒一性不作惡二作已能悔今造過知悔名健人也夫懺悔者懺名懺謝三寶及一切衆生悔名慚愧改過求哀我今此罪若得滅者於將來時寧失身命終不更造如斯苦業如比丘白佛我寧抱是熾然大火終不敢毀犯如來淨戒生如是心唯願三寶證明攝受是名懺悔復次懺名外不覆藏悔則內心剋責懺名知罪爲惡悔則恐受其報如是衆多今不廣說舉要言之若能知

法虛妄永息惡業修行善道是名懺悔第二明懺悔方法即爲三意一正明懺悔法不同二明罪滅階降三明復不復相第一正明懺悔法不同者滅罪之由各有其法如衣垢膩若直以水浣終不可脫皂莢灰汁則能去之滅罪之法亦復如是今明懺悔方法教門乃復衆多取要論之不過三種一作法懺悔此扶戒律以明懺悔二觀相懺悔此扶定法以明懺悔三觀無生懺悔此扶慧法以明懺悔此三種懺悔法義通三藏摩訶衍但從多爲說前一法多是小乘懺悔法後二法多是大乘懺悔法初明作法懺悔者以作善事反惡事故故名懺悔如毗尼中一向用此法滅罪何以故如懺第二篇二十衆作別住下意出罪等羯磨作法成就即名爲滅此不論見種種相貌亦不論智慧觀空故知但是作法懺悔羯磨此翻作法如是乃至下三篇並是作法此事易知義如律中廣明但未明懺悔四重法別有最妙初教經出懺悔四重法彼經云當請三十清淨比丘僧於大衆中犯罪比丘當自發露僧爲作羯磨成就又於三寶前作諸行法及誦戒千徧即得清淨亦云令取得相爲證而說罪滅清淨當知律中雖不出經中有此羯磨明文作法相貌如彼經中廣說二明觀相懺悔者行人依諸經中懺悔方法專心用意於靜心中見種種諸相如菩薩戒中所說若懺十重要須見好相乃滅相者佛來摩頂見光華種種瑞相已罪即得滅若不見相雖懺無益諸大乘方等陀羅尼行法中多有此觀相懺法三藏及雜阿含中亦說

觀相懺悔方法謂作地獄毒蛇白毫等觀相成就即說罪滅此悉就定心中作故觀相懺悔多依修定法說問曰見種種相云何知罪滅答曰經說不同罪法輕重有異不可定判今但舉要而明相不出四種一夢中見相二於行道時聞空中聲或見異相及諸靈瑞三坐中觀見善惡破戒持戒等相四以内證種種法門道心開發等爲相此隨輕重判之不可定說在下至驗善惡根性更當略出問曰魔羅亦能作此等相云何可別答曰實爾邪正難別不可定取若相現時良師乃識事須面决非可文載是故行者初懺悔時必須近善知識別邪正之人復次夫見相者忽然而覩尚邪正難知若逐文作心求之多著魔也問曰若爾者不應名觀相懺悔答曰言觀相者但用心行道功成相現取此判之便知罪滅不滅非謂行道之時心存相事而生取著若如此用心必定多來魔事問曰觀相懺悔行法云何答曰方法出在諸大乘方等修多羅中行者當自尋經依文而行三明觀無生懺悔者如普賢觀經中偈說

一切業障海　皆由妄想生　若欲懺悔者
端坐念實相　衆罪如霜露　慧日能消除
是故至誠心　懺悔六情根

夫行人欲行大懺悔者應當起大悲心憐愍一切深達罪源所以者何一切諸法本來空寂尚無有福況復罪耶但衆生不善思惟妄執有爲而起無明及與愛恚從此三毒廣作無量無邊一切重罪皆從一念不了心生若欲除滅但當反觀如此心者從何處起若在

過去過去已滅已滅之法則無所有無所有法不名爲心若在未來未來未至未至之法即是不有不有之法亦無此心若在現在現在之中刹那不住無住相中心不可得復次若言現在現在者爲在内外兩中間耶若言在内則不待外内自有故若言在外於我無過復次外塵無知豈得有心既無内外豈有中間若無中間則無停處如是觀之不見相貌不在方所當知此心畢竟空寂既不見心不見非心尚無所觀況有能觀無能無所顛倒想斷既顛倒斷則無無明及以愛恚無此三毒罪從何生復次一切萬法悉屬於心心性尚空何況萬法若無萬法誰是罪業若不得罪不得不罪觀罪無生破一切罪以一切諸罪根本性空常清淨故故維摩羅詰謂優波離彼自無罪勿增其過當直爾除滅勿擾其心又如普賢觀經中說觀心無心法不住法我心自空罪福無主一切諸法皆悉如是無住無壞作是懺悔名大懺悔名莊嚴懺悔名破壞心識懺悔名無罪相懺悔行此悔者心如流水念念之中見普賢菩薩及十方佛故知深觀無生名大懺悔於懺悔中最尊最妙一切大乘經中明懺悔法悉以此觀爲主若離此觀則不得名大方等懺也問曰觀無生懺悔云何知罪滅相答曰如是用心於念念中即諸罪業念念自滅若欲知障道法轉者精勤不已諸相亦當自現觀此可知如前觀相中所說善夢靈瑞定慧開發等相此中應具明復次若行者觀心與理相應即是罪滅之相不勞餘求故普賢觀經中言今此空

慧與心相應當知於一念中能滅百萬億阿僧祇劫生死重罪以此爲證若得無生忍慧則便究盡罪源此則尸羅清淨可修禪定第二明罪滅階降不同者懺法既有别異當知滅罪亦復不同所以者何罪有三品一者違無作起障道罪二者體性罪三者無明煩惱根本罪通稱罪者摧也現則摧損行人功德智慧未來之世三塗受報則能摧折行者色心故名爲罪一明作法懺悔者破違無作障道罪二明觀相懺者破除體性惡業罪故摩訶衍論云若比丘犯殺生戒雖復懺悔得戒清淨障道罪滅而殺報不滅此可以證前釋後當知觀相懺悔用功既大能除體性之罪三觀無生懺悔罪滅者破除無明一切煩惱習因之罪此則究竟除罪源本第三明復本不復本相者問曰懺悔清淨得復本不答曰解者不同有言不復如衣破更補雖完終不如不破有言得復如衣不淨更浣淨與本無異有言有復有不復如律中所明初二篇不復後三篇可復初教經所明作羯磨懺悔四重悉復今言不必定爾應當對前三種懺法還爲三義一者復義二者過本義三增上過本義今當借譬顯之一者作法懺悔罪滅或復不復如冷病人服於薑桂所患除差身有復不復二者觀相懺悔非唯罪滅能發禪定此則過本何以故本無禪定故如冷病人服石散等非但冷除亦復肥壯過本三者觀無生懺悔非唯罪滅發諸禪定乃得成道此爲增上過本如病服於仙藥非直病除乃得仙通神變自在此而推之豈得一類問曰有戒

者可然其無戒者云何答曰無戒者當更受戒或有因懺發戒此如普賢觀經中所說復次若菩薩戒者衆生世世以來或已遇善知識發菩提心受菩薩戒但於生死中顛倒造罪妄失違犯因今歸依三寶重更練之兼復懺悔清淨用此本戒亦發禪定是故雖無事戒菩提本戒或已有之復次如摩訶衍論說尸羅秦言好善好行善道不自放逸是名尸羅或受戒行善或不受戒行善皆名尸羅若不受戒行善名尸羅者既有尸羅豈不得發諸禪三昧耶問曰若爾者何用受戒爲答曰不然一爲助道二定佛法外相豈可不依問曰上來所説初坐禪者必須懺悔亦有不然答曰不必一向如妙勝定經所明但能直心坐禪即是第一懺悔若於坐中有難轉多不得用心者必須懺悔第二明衣食具足者今明衣法有三種一者如雪山大士等學道但畜一衣即足以不遊人間堪忍力成故此上人也二者如迦葉等常受頭陀法但畜糞掃三衣不須餘長此是中人衣法三者若多寒國土及下士不堪如來更開畜百一物等而要應說淨作法知量知足若過貪求則於道有妨具足食法者食有四種若上人大士深山絶人果菜隨得趣以支命二者常行頭陀受乞食法是乞食法能破四種邪命依正命自活能生聖道故名聖種四邪命自活者一下口食二仰口食三四維口食四方口食此是邪命之相如舍利弗爲青木女說是中應廣分別三者阿蘭若受檀越送食四者於僧中結淨食有此等食名緣具足是名衣食具

足若無此資身因緣則心不寧於道有妨第三得閑居靜處閑者不作衆事名之爲閑無憒鬧故名之爲靜此有三處可修禪定一者深山絶人之處二者頭陀蘭若之處離於聚落極近二里此放牧聲絶無諸憒鬧三者遠白衣舍處清淨伽藍之中皆是閑居靜處也第四息諸緣務者緣務衆多略說有四一息生活緣務所謂不作一切有爲事業二息人事緣務所謂不追尋俗人朋友親識斷絶往還三息工巧技術緣務所謂不作世間工匠醫方藥呪卜相書數筭計等事四息學問緣務所謂讀誦聽學義論等悉皆棄捨此爲息諸緣務所以者何若多緣務則於修定有廢心亂難攝不得定也第五近善知識有三種一外護善知識經營供養善能將護行人不相惱亂二者同行善知識共修一道互相勸發不相擾亂三者教授善知識以內外方便禪定法門示教利喜是則略明五緣具足第二訶五欲及棄五蓋者經中說離欲及惡法有覺幷有觀離欲者即是訶責五欲惡法者即是棄五蓋言五欲者即是世間上妙色聲香味觸等常能誑惑一切凡夫壞於善事若不明識過罪訶責猒離則諸禪三昧無由可獲一訶色欲者所謂男子女人形貌端嚴脩目高眉朱脣素齒及世間寶物青黃赤白紅紫縹綠種種妙色能令愚人見即生愛作諸惡業如頻婆娑羅王以色欲故身入敵國獨在婬女阿梵婆羅房中優填王以色染故截五百仙人手足如是等種種因緣知色過罪如摩訶衍中廣說二訶聲欲者所謂箜篌箏

笛絲竹金石音樂之聲及男女歌詠讚頌等聲能令凡夫聞即染著起諸惡業如五百仙人雪山中住聞甄迦羅女歌聲即失禪定心醉狂亂如是等種種因緣知聲過罪如摩訶衍中廣說三訶香欲者所謂男女身香世間飲食馨香及一切熏香等愚人不了香相聞即愛著開結使門如一比丘在蓮華池邊聞華香氣心生愛樂池神即大訶責何故偷我香氣以著香故令諸結使卧者皆起如是種種因緣知香過惡如摩訶衍中廣說四訶味欲者所謂苦酸甘辛鹹淡等種種飲食餚饍美味能令凡夫心生染著起不善業如一沙彌染著酪味命終後即生酪中受於蟲身如是等種種知味過罪如摩訶衍中廣說五訶觸欲者男女身分柔輭細滑寒時體温熱時體凉及諸好觸愚人無智為之沉没起障道業如獨角仙人因觸欲故退失神通為婬女騎頸如是等種種觸欲過罪如摩訶衍中廣說問曰云何訶五欲答曰訶欲之法如摩訶衍中哀哉衆生常為五欲所惱而猶求之不已此五欲者得之轉劇如火益薪其燄轉熾五欲無益如狗齧枯骨五欲增諍如鳥競肉五欲燒人如逆風執炬五欲害人如踐惡蛇五欲無實如夢所得五欲不久亦如假借須更世人愚惑貪著五欲至死不捨為之後世受無量苦此五欲法與衆生同有一切衆生常為五欲所使名欲奴僕坐此弊欲墜墮三塗我今修禪復為障蔽此為大賊當急遠之如禪經中說偈

生死不斷絶　貪欲嗜味故　養怨入丘塚

唐受諸辛苦　身臭如死屍　九孔流不淨
如厠蟲樂糞　愚貪身無異　智者應觀身
不貪染世間　無累無所欲　是名眞涅槃
如諸佛所說　一心一意行　數息在禪定
是名行頭陀
如是等種種因緣知五欲過罪心不親近如離怨賊以遠離故心無熱惱欲想不生此爲修禪之要訶五欲相如摩訶衍廣說第三棄五蓋者一者貪欲蓋二瞋恚蓋三睡眠蓋四掉悔蓋五疑蓋第一棄貪欲者前說外五塵中生欲今約內意根生欲所謂行者端坐修禪心生欲覺念念相續覆蓋善心令不生長覺已應棄所以者何如術婆伽欲心內發尚能燒身況復心生欲火而不燒諸善法復次貪欲之人去道甚遠所以者何欲爲種種惱亂住處若心著欲無由近道如除蓋偈說
入道慚愧人　持鉢福衆生　云何縱塵欲
沉沒於五情　已捨於五欲　棄之而不顧
如何還欲得　如愚自食吐　諸欲求時苦
得時多怖畏　失時懷悲惱　一切無樂處
諸欲患如是　已訶能捨之　得福禪定樂
則不爲所欺
如是等種種因緣訶貪欲蓋如摩訶衍中訶欲偈說第二棄瞋恚蓋者瞋是生諸不善法之根本墜諸惡道之因緣法樂之怨家善心之大賊種種惡口之府藏復次行者於坐時思惟此人惱我及惱我親讚歎我怨思惟過去未來亦如是是爲九惱惱故生瞋瞋故生恨恨故生怨怨故欲加報惱彼瞋恨怨惱覺觀覆心故名爲蓋當急棄之無令增長如釋

提婆那以偈問佛

何物殺安隱　何物殺無憂　何物毒之根

吞滅一切善

佛以答言

殺瞋則安隱　殺瞋則無憂　瞋爲毒之根

瞋滅一切善

如是知已當修慈忍以除滅之令心清淨如摩訶衍中佛教弟子訶瞋偈是中應廣説第三訶睡眠蓋者內心惛暗名爲睡放恣支節委卧垂熟名爲眠復次意識惛冥名爲睡五情闇蔽惛熟名爲眠以是因緣名爲睡眠蓋阿毗曇中説爲增心數法能破今世三事謂樂利樂福德又能破今世後世實樂如此惡法最爲不善何以故餘蓋情覺可除眠如死人無所覺識以不覺故難可除滅如有菩薩教睡眠弟子言

汝起勿抱死屍卧　種種不淨假名人

如得重病箭入體　諸苦痛集安可眠

如人被縛將去殺　災害垂至安可眠

結賊未滅害未除　如共毒蛇同室居

亦如臨陣白刃間　爾時云何而可眠

眠爲大暗無所見　日日欺誑奪人明

以眠覆心無所見　如是大失安可眠

如是等種種訶眠蓋警覺無常滅損睡眠令無惛覆若睡眠心重當用禪鎮禪杖等却之也第四棄掉悔者掉有三種一身二口三心身掉者身好遊走諸雜戲謔坐不暫安口掉者好喜吟詠諍競是非無益談論及世俗言話等心掉者心情放蕩縱意攀緣思惟文藝世間才技諸惡覺觀等名爲心掉掉之爲法

破出家心如人攝心猶不得定何況掉散掉散之人如無鉤醉象穴鼻駱駝不可禁制如偈說

汝已剃頭著染衣　執持瓦鉢行乞食
云何樂著戲掉法　放逸縱情失法利

既無法利又失世樂覺其過已當急棄之悔者若掉無悔則不成蓋何以故掉時未在緣中故後欲入定時大悔前所作憂惱覆心故名爲蓋復次悔有二種一者因掉後生悔如前說二者如大重罪人常懷怖畏悔箭入心堅不可拔如偈說

不應作而作　應作而不作　煩惱火所燒
後世墮惡道　若人罪能悔　悔已莫復憂
如是心安樂　不應常念著　若有二種悔
若應作不作　不應作而作　是則愚人相
不以心悔故　不作而能作　諸惡事已作
不能令不作

如是種種因緣訶掉悔蓋心神清淨無有覆蓋常在善心則寂然安樂以是因緣心得法喜第五棄疑蓋者以疑覆故於諸法中不得定心定心無故於佛法中空無所獲譬如人入寶山若無有手無所能取復次通疑甚多未必障定今正障定疑者謂三種疑一者疑自二者疑師三者疑法疑自者若人作是念我諸根暗鈍罪垢深重非其器乎作此自疑定法終不發也欲去之者無得自輕以宿世善根難測故二疑師者彼人威儀相貌如是自尚無道何能教我作是疑慢即爲障定欲除之法如摩訶衍中說如臭皮囊中金以貪金故不可棄臭皮囊行者亦爾師雖不清淨

亦應生佛想此事如摩訶衍中釋薩陀波淪求善知識具明是中應廣說三疑法者世人多執本心於所受之法不能即信故不敬心受行若心生猶豫即法不染神何以故如訶疑偈中說

如人在歧道　疑惑無所取　諸法實相中
疑亦復如是　疑故不勤求　諸法之實相
是疑從癡生　惡中之惡者　善不善法中
生死及涅槃　定實眞有法　於中莫生疑
汝若懷疑惑　死王獄吏縛　如師子搏鹿
不能得解脫　在世雖有疑　當隨妙善法
譬如觀歧道　利好者應逐

復次佛法之中信爲能入若無信者雖在佛法終無所獲如是等種種因緣覺知疑過當急棄之問曰不善法塵無量何故但棄五法答曰此五蓋中即有三毒等分爲根本亦得攝八萬四千塵勞門所以者何貪欲蓋即貪毒瞋恚蓋即瞋毒睡及疑此二蓋共爲癡毒當知即具三毒掉悔蓋通從三毒起即等分攝合爲四分煩惱一中即有二萬一千四中合有八萬四千是故除此五蓋即是除一切不善之法行者如是等種種因緣棄於五蓋譬如負債得脫重病得差如飢餓之人得至豐國如於怨賊中得自免濟安隱無患行者亦如是除此五蓋其心安隱清淨快樂譬如日月以五事覆翳煙雲塵霧羅睺阿脩羅手障則不能照人亦如是第四調五法者一者調節飲食二者調節眠睡三者調身四者調氣息五者調心所以者何今借近譬以況斯法如世陶師欲造衆器先須善巧調泥令使

不強不輭然後可就輪繩亦如彈琴先應調絃令寬急得所方可入弄出諸妙曲行者修心亦復如是善調五事必使和適則三昧易生若有所不調多諸妨難善根難發第一調食者夫食之爲法本欲資身進道食若過飽則氣急身滿百脉不通令心閉塞坐念不安若食過少則身羸心懸意慮不固此皆非得定之道復次若食穢濁之物令人心識惛迷若食不宜身物則動宿疾使四大違反此爲修定之初深須慎之故云身安則道隆經云飯食知節量常樂在閑處心靜樂精進是名諸佛教第二調睡眠者夫眠是無明惑覆之法雖不可縱之若都不眠則心神虛怳若其眠寐過多非唯廢修聖法亦復空喪功夫令心暗晦善根沉没當覺悟無常調伏睡眠令神道清白念心明淨如是乃可棲心聖境三昧現前故經云初夜後夜亦勿有廢無以睡眠因緣令一生空過無所得也當念無常之火燒諸世間早求自度勿睡眠也第三調身第四調息第五調心此應合用不得别說但有初中後方法不同是則入住出相有異第一入禪調三事者行人欲入三昧調身之宜若在定外行住進止動靜運爲悉須詳審若所作麤獷則氣息隨麤以氣麤故則心散難録兼復坐時煩憒心不恬怡是以雖在定外亦須用心逆作方便後入禪時須善安身得所初至繩牀即前安坐處每令安隱久久無妨次當正脚若半跏坐以左脚置右䏶上牽來近身令左脚指與右䏶齊右脚指與左䏶齊若欲全跏即上下右脚必置左脚上次解

寛衣帶周正不令坐時脱落次當安手以左
掌置右手上重累手相對頓置左脚上牽近
身當心而安正身先當挺動其身并諸支節
作七八反如自按摩法勿令手足差異竟即
正身端直令脊相對勿曲勿聳次正頭頸令
鼻與臍相對不偏不邪不低不昂平面正住
次開口吐胷中穢氣吐法開口放氣自恣而
出想身分中百脉不通處教悉隨氣而出盡
閉口鼻中內清氣如是至三若身息調和但
一亦足次當閉口脣齒纔相拄著舌向上齶
次當閉眼纔令斷外光而巳當端身正坐猶
如奠石無得身首四支竊爾搖動是爲初入
禪定調身之法舉要言之不寛不急是身調
相第二初入禪調息法者息調凡有四相一
風二喘三氣四息前三爲不調相後一爲調
相云何風相坐時鼻中息出入覺有聲云何
喘相坐時雖無聲而出入結滯不通是喘相
云何氣相坐時雖無聲亦不結滯而出入不
細是名氣相息相者不聲不結不麤出入緜
緜若存若亡資神安隱情抱悅豫此是息相
守風則散守喘則結守氣則勞守息則定復
次坐時有風氣等三相是名不調而用心者
則爲患也心亦難定若欲調之當依三法一
者下著安心二者寛身體三者想氣徧毛孔
出入通同無障若細其心令息微微然息調
則衆患不生其心易定是名行者初入定時
調息方法舉要言之不澀不滑是息調相第
三初入定調心者調心有二義一者調伏亂
念不令越逸二者當令沉浮寛急得所何等
爲沉相若坐時心中昏暗無所記録頭好低

垂是爲沉相爾時當繫念鼻端令心住在緣中無令散意此可治沉何等爲浮相若坐時心神飄動身亦不安念在異緣此是浮相爾時宜安心向下係緣制諸亂念心則定住此則心易安靜舉要言之不沉不浮是心調相問曰心得有寬急相不答曰亦有此事心急相者由坐中攝心用念望得因此入定是故氣上向胷臆急痛當寬放其心想氣流下患自差矣若心寬相者覺心志遊漫身好萎蛇或口涎流或時暗晦爾時應當斂身急念令心住在緣中身體相持以此爲治心有澀滑之相推之可知是爲初入定時調心方法欲入定時本是從麤入細是以身既爲麤息居其中心最爲細以善方便調麤就細令心安靜此則入定初方便也第二住坐中調三事

者當一坐之中隨時長短攝念用心是中應善識身息心三事調不調相若坐時上雖調身意而令身或寬或急或偏或曲低昂不俱覺已隨正每令安隱中無寬急平直正住復次當坐之中身雖調和而氣或不調不調相者如上所說或風喘或氣急身中脹滿當用前法隨治之每令息道緜緜如有如無復次一坐時中身息雖調而心或沉或浮寬急不俱爾時若覺當用前法調令中適此三事的無前後隨不調者而調適之令一坐之中身息心三事調適無相乖越和融不二此則能除宿患障妨不生定道可剋第三若坐禪將竟欲出定時應前放心異緣開口放氣想息從百脉隨意而散然後微微動身次動肩胛及頭頸次動兩足悉令柔輭然後以手偏摩

諸毛孔次摩手令煖以掩兩眼却手然後開目待身熱汗稍歇方可隨意出入若不爾者或得住心出既斗促則細法未散住在身中令人頭痛百骨節強猶如風勞於後坐中煩躁不安是故心不欲坐每須在意此爲出定調身息心方法以從細出麤故是名善入出住如偈說

進止有次第　麤細不相違　譬如善調馬
欲去而欲住

第五行五法者一欲二精進三念四巧慧五一心欲者行人初修禪時欲從欲界中出欲得初禪故亦名爲志亦名爲願亦名爲樂是人內心志願好樂諸禪定故問曰悕望心生於修禪中則爲妨礙云何以此爲方便耶答曰夫欲者秖是大志成就願樂之心故名爲欲不應於用心時起悕望憶想之念若悕望心起則不澄靜若心不澄靜則諸三昧無由得發矣二精進者有二種一身精進二心精進行者若能修十二頭陀即是具足身心精進如佛告迦葉阿蘭若比丘遠離二著形心清淨行頭陀頭陀者有十二事一阿蘭若處二常行乞食三次第乞食四受一食法五節量食六中後不飲漿七著弊衣八但三衣九塚間住十樹下止十一露地坐十二常坐不臥是名十二頭陀如頭陀經中所明是中應廣說頭陀者名抖擻抖擻身心諸不善法故若修禪時行此等法是名不放逸行具足身心精進當知此人能得三乘聖果何況世間禪定復次行者爲修禪故持戒清淨棄捨五蓋初夜後夜專精不廢譬如鑽火未然終不

休息是名精進如佛告阿難諸佛一心 勤精進故得三菩提何況餘善道法三念者如摩訶衍中說念欲界不淨欺誑可賤念初禪爲尊重可貴此與六行意同但立名異六行觀者一厭下苦麤障爲三即是觀欲不淨欺誑可賤攀上勝妙出爲三即是觀初禪爲尊重可貴今釋六法自可爲二意一約果明二約因明先約欲界果明言厭下苦麤障者厭患欲界底下色心麤重故行者思惟今感欲界報身飢渴寒熱病痛刀杖等種種所逼故名苦麤者此身爲三十六物屎尿臭穢之所成故名爲麤麤者醜陋故障者此身質礙不得自在爲山河石壁所隔礙故名爲障次約色界果明攀上勝者行者思惟知色界樂爲上勝故如欲界樂爲苦色界樂爲勝得樂勝苦

故名上勝妙者受得色界之身如鏡中像雖有形色無有質礙故名爲妙出者獲得五通徹見障外等事山壁無礙故名爲出二明因中六行者先約欲界因明猒下苦麤障者行者思惟若於報身中所起心數緣於貪欲不能出離如經說一切衆生爲愛奴僕故名爲苦麤者緣欲界五塵散動起惡故名爲麤障者爲煩惱蓋覆故名爲障次約色界因明攀上勝妙出者行者思惟初禪上勝之樂從樂內發故名爲上勝貪欲樂從外五塵生惱熱怨結以爲下劣不如妙者禪定之樂心定不動而樂法成就故名爲妙貪欲之樂心亂馳動故名爲麤出者心得出離蓋障至初禪故名爲出亦如石泉不從外來內自涌出今因此六行釋於念義意在可見問曰今說佛弟

子修禪何用說凡夫六行觀法答曰旣說三界共禪亦應知其所行之因若佛弟子用八聖種起十六行觀離欲爲念入初禪則無過失在下明無漏禪中當廣分別四巧慧者籌量欲界樂初禪樂得失輕重之相令翻覆作二釋言籌量者即是用智慧思度之名得失者欲界樂爲失初禪樂爲得初禪樂無過失故爲得欲界樂過失故名爲失亦可言初禪爲失欲界樂爲得者欲界樂麤故計以爲實生重得心初禪爲失者覺身空寂受於細樂似若無故不可定取失樂相貌故名爲失言輕重者欲界爲輕初禪爲重欲界輕者五識相應所得樂迅速淺故爲輕初禪所得樂重意識相應久住緣深故名重重者可貴寶重亦得言欲界爲重初禪爲輕者欲界樂與煩惱俱心累重故故名重初禪樂心累少故名爲輕次有師言巧慧者行人初修禪時善識內外方便巧而用之不失其宜疾得禪定故名巧慧也五一心者行人已善能巧慧籌量用心無謬令但應專心守一而行故名一心如人欲行善須識道路通塞之相決定知已即一心而去故說非智不禪非禪不智義在此也

釋禪波羅蜜次第法門卷第二

音釋

羯磨梵語也此云作法羯居謁切　浣胡管切濯衣垢也　膩女利切肥膩也　莢古協切　維摩羅詰梵語也此云淨名詰契吉切　憒古對切心亂也　筭蘇貫切與筭同　縹普沼切青白色也　餚饍餚何交切饍時戰切餚饍美食也　劇竭戟切甚也　齧倪結切噬也　惛呼昆切心不明

也 差楚懈切與瘥同 輭乳兖切柔也 哢盧貢切鳥吟聲 怳詡往切怳惚也 獷古猛切惡也 䏶部禮切股也 𨀁蒲茂切 齶逆各切齒根肉 喘尺兖切疾息也 萎蛇萎正作委邑危切蛇余支切萎蛇委曲貌 躁則到切心不靜也 抖擻抖當口切擻思口切抖擻振舉之貌

釋禪波羅蜜次第法門卷第三

隋天台智者大師說
弟子法慎記
弟子灌頂再治

分别禪波羅蜜前方便猶屬第六段

從此有兩卷並明內方便今之一卷正釋因止發內外善根是中明事理諸禪三昧善根發通約初禪初境界罔像而辨止表行人習因根性不同故於初證之時發禪有異若論初禪已後發事理諸禪三明深妙境界並在第七大段修證中廣明此文悉未流通也

第二明修禪波羅蜜內方便開爲五重一先明止門二明驗善惡根性三明安心法四明治病患五明覺魔事此五通稱內方便者並據初發定時靜細心中善巧運用取捨不失其宜因此必證深禪定故名方便今於內方便中以止爲初門者一切禪定功德皆因制心息亂而發故經云制之一處無事不辦止爲初門則意在此也問曰上來明外方便行五法中已辨一心何故重說答曰不然上但通論一心未是具足分別微細止門之法此中爲令行者善知安心之本廣明修止淺深麤細入定之相重說無咎問曰經中說二爲甘露門一者不淨觀門二者阿那波那門不說止爲初門今云何言止爲初門答曰不然於諸禪中止爲通門通攝於別別不攝通故先教止若止後入餘禪則有通益若依餘門則有乖違之過治煩惱亦爾復次今明師有二種第一師者已得道眼觀機授法必扶本習善識對治不如舍利弗爲二弟子說法不知機故金師之子教不淨觀浣衣之子教令數息違本所習法則不起遂生邪見佛爲轉觀即悟道迹第二師者無他心智不得道眼

不識機根其有來學坐者唯當先教止門心在定故即發善惡根性若因靜心發諸禪定師即應教扶本而修若都不發法門或貪瞋癡等諸結使發隨其多者即教對治破之遮道法滅禪定則發令止門爲先者即是第二師授法之正意若異此說則善惡根緣難可分別妄授他法必有差機之過就止門中自有四意一者分別止門不同二者立止大意三明修止方法四辯證止之相也第一分別止門不同即爲二意一約行論止二約義論止初約行明止乃有多途今略出三意一繫緣止二制心止三體眞止所以通言止者止名制止亦名止息心起制之不令流動故名制專心定志息諸亂想故名止今言繫緣止者繫心鼻柱臍間等處不令馳蕩故名繫緣止制心止者心若覺觀即制令不起故名制心止體眞止者體諸法空息諸妄慮故名體眞止二約義論止亦有多途今略出三意一隨緣止二入定止三眞性止隨緣止者隨心起時悉有三摩提數故涅槃經云十大地中定名爲下定入定止者證定之時定法持心心息止住是入定止眞性止者心性之理常自不動故名爲止故思益經云一切衆生即是滅盡定今用此三義成上三止約隨緣任性有定故說繫緣止約果有定法說制心止猶具性不動說體眞止第二明立止大意者自爲四一明淺深二對治相破三隨樂欲四隨機宜一簡別三種止淺深之相不同者因麤入細則有淺深之義繫緣及制心既是事故麤淺體眞入細故爲深細二明三止對治

相破有二種一者以深破淺二者迴互相破以深破淺者爲破縁外之散心故立繫縁止制心止者即破繫縁止心非色法豈可繫在鼻膈等處若欲静之但當息諸攀縁故令制心守一體真止者即破前制心止心無形相性不可得云何可制了心非心不起妄念無止之止止無所止乃名爲止有止之止由依妄想不名爲止此則以深破淺反本還源故立三止二迴互相破者隨修止時若有見生即互取一止對治破之細尋可解三隨樂欲者自有人樂安心境界自有但樂制心體真亦爾若隨所樂以法教之則歡喜奉行若乖其情則心不願樂四對機宜者未必隨樂如有人樂欲體真而不入定若暫繫心守境即發諸禪此應隨便宜而授法第三明修止方法亦爲三意一修繫縁止二修制心止三修體真止第一先明修繫縁止法者略明有五處一繫心頂上二繫心髮際三繫心鼻柱四繫心臍間五繫心在地輪外國金齒三藏説此爲五門禪問曰身分皆可繫心云何的説五處答曰此五處於用心爲便餘處非安定所若脇肋等處皆偏故不説如頭圓法天足方法地臍是氣海鼻是風門髮際是修骨觀之所故以爲門令繫心頂上者爲心況惛多睡故在上安心若久久即令人浮風乍如風病或似得通欲飛有此等過不可恒用若繫心髮際此處髮黒肉白心則易住或可發本骨觀久則過生眼好上瞻或可見於黄赤等色如華如雲種種相貌令情慮顛倒若繫心鼻柱者鼻是風門覺出息入息念念不住易

悟無常亦以扶本安般之習心靜能發禪定若繫心臍下臍是氣海亦曰中宮繫心在臍能除衆病或時内見三十六物發特勝等禪若繫心地輪此最在下氣隨心下則四大調和亦以扶本修習不淨觀者多從下起因此繫心或能發本不淨觀門約此五處爲緣令心不散以辨修繫緣止意在於此譬如猨猴得樹騰躍跳躑若鎻之於柱久久自調心亦如是若心停住未入定前復有一止名凝心止若得入定身心泯然任運自寂即是入定止二明修制心止者心非形色亦無處所豈可繫之在境但是妄想緣慮故須制之心若靜住則不須制之但凝其心息諸亂想即是修止問曰心非上下有時若寛若急若沉浮調適之法其事云何答曰心雖非上下爲治沉浮患故上下安之於行無失若心浮動可作意下著止之若心沉没可上著止之復次若下著安心利益衆多略説有二一心易得定二者衆病不生第三明修體眞止者以正智慧體一切陰入界三毒九十八使及十二因緣等二界因果諸法悉皆空寂如大品經中説即色是空非色滅空色性自空空即是色色即是空離色無空離空無色受想行識等一切諸法亦皆如是所以者何今現見陰入界等諸法自性不有何能生我人衆生壽命等一切諸顛倒事云何知空是過去所起一切煩惱業行爲因現在攬父母身分爲緣因緣和合則有果報有果報故則有陰入界等一切諸法者此業爲是何法而能爲果報陰入等作因若言過去善心即是業者過去

作善之心及心數法皆已滅謝豈得爲現在果報及陰入等法作因若言心非是業因心作業業隨心來者心轉滅故業亦應隨心轉滅若業轉滅豈能感今世果報及陰入等法若業轉滅當知業即不至現在何以故業不來故若業不來而受報者此報不名報何以故無業則報無所酬若言過去心雖滅謝而次心續生故業得隨心來者亦應過去業雖滅謝次業續生故得至現在若爾即有大失何以故或時過去善心滅而惡心續生今亦應過去善業滅而次惡業續生此唯見惡業至現在若爾應感惡報何得感善果耶若言業來而不隨心者此業應自有報離心而受今實不爾復次業若有相即是有爲若是有爲必墮三相若墮三相即是生滅若是生滅即不至現在過去既滅當知本業亦滅誰感此果不可以新業始生能感今果當知業有相貌此義不可若言業無相貌而能感果者此亦不然所以者何無相之法即是無爲無爲無業何得感果復次無相之法即是空義空無生滅豈得名業若說空無相能感果者三無爲法亦應感果既不得爾云何而言業是無相而能感果如是種種因緣業不可得當知無有此業若業不可得云何言陰入界等一切皆從内業因生亦不從外緣生者若定從緣而有報者則一切陰陽會時皆應有果報陰入界等一切諸法若爾則不待業持識來方乃有生故知非外緣生若謂因緣合故有果報陰入等法生者若因緣中各有生合時應有二生若各無生合時何得而有生

若謂離因緣而有生者此事不然從因緣故有生尚不可何況無因緣而有生若無因緣而有生者則因果義壞世間行善之人應得惡報行惡之人應得善報亦不應有修道此即破於世間善惡因果名大邪見當知陰入等一切諸法不從內因有亦不從外緣有亦不因緣合故有亦不無因緣有若非有即是空若於無所有空中計有者當知但是無明顛倒妄計爲有若了知顛倒所計之法一切悉皆虛誑猶如夢幻但有名字名字之法亦不可得則言語道斷心行處滅畢竟空寂猶如虛空若行者體知一切諸法如虛空者無取無捨無依無倚無住無著若心無取捨依倚住著則一切妄想顛倒生死業行悉皆止息無爲無欲無念無行無造無作無示無說無諍無競泯然清淨如大涅槃是名眞止此則止無所止無止之止名體眞止故經偈云

一切諸法中　因緣空無主　息心達本源
故號爲沙門

第四明證止者有二解不同有師云止無別證但能爲諸禪作前方便若有所證即屬餘禪此義至下明善根發中即是其事二者有師言止非但通發諸禪亦自有別證之法即是五輪禪所以者何諸餘法門悉別有安心修習之法然後次第發禪不同今明此止但制心一處則五輪自發譬如淨水無波則萬像悉現止亦如是今明因止證五輪五輪者一地輪二水輪三風輪四金沙輪五金剛輪此五法門悉是借譬立名通名爲輪者轉也如世輪若轉離此至彼禪中明輪亦爾如地

輪因離下地亂心轉至上地故名爲輪乃至金剛輪義亦復如是轉至無學極果故一地輪者如地有二義一者住持不動二者出生萬物行者因止若證未到地定忽然湛心自覺身心相空泯然入定定法持心不動故名住持因未到地出生初禪種種功德事同出生萬物二水輪者水有二義一潤漬生長二體性柔輭行者於地輪中若證水輪三昧即是發諸禪種種功德定水潤心自覺心中善根增長即是潤漬義因得定故身心濡輭折伏高心心隨善法即是柔輭義故名水輪三風輪者如世間風有三義一者遊空無礙二者皷動萬物三者能破壞行者發風輪三昧亦如是若因禪定發相似智慧無礙方便如風遊空一切無礙皷動者得方便道即能擊發種種出世善根功德生長破壞者智慧方便能摧破一切諸見煩惱若二乘人得此風輪三昧即是五方便相似無漏解發若是菩薩即入鐵輪十信是名風輪四金沙輪者金則譬眞沙諭無著行者若發見思眞慧無染無著得三道果若是菩薩即入三賢十地位中能破一切塵沙煩惱是名金沙輪五金剛輪者第九無礙道名金剛輪三昧譬如金剛體堅用利能摧碎諸物金剛三昧亦復如是不爲妄惑所侵能斷一切結使成阿羅漢若在菩薩心即是金剛般若破無明細惑證一切種智亦名清淨禪菩薩依是禪故得大菩提果復次如輪若無牛御終不自轉五輪禪定亦復如是雖當地各有諸妙功德若不體眞爲導無著熏修則於地地有礙便乖輪用

令行者善修體眞無著故能從初心轉至極果輪用乃成是以法華經云衆生處處著引之令得出當知行者善修止門則能具足五輪禪定證三乘聖果第二明驗善惡根性者行人既能善修止門息諸亂想則其心澄靜以心靜故宿世善根自然開發若無善者則發諸惡法故經云先以定動後以智拔止爲初門善惡二事之中必有其一行者應當明識其相取捨之間不乖正道故須分別今就善惡根性中即爲二意一明驗善根性二明驗惡根性然論善惡發之前後各逐其人未必定前善而後惡也第一明驗善根性即爲四意一列善法章門二正明善根發相三驗知虛實四料揀發禪不定第一列善法章門者善有二種一者外善二者內善今就明外善中善乃衆多略出五種一布施二持戒三孝順父母師長四信敬三寶精勤供養五讀誦聽學略以此等五種善根示表外善發相不同所以悉屬外善者原其本行悉是散心中修習未能出離欲界發諸禪定無漏故說爲外善二明內善者即是五門禪一阿那波那門二不淨觀門三慈心門四因緣門五念佛三昧門此五法門通攝一切諸禪發諸無漏故名爲內善問曰內善無量何得但說五門答曰五名雖少而行通諸禪所以者何一阿那波那門者此通至根本及特勝通明等諸禪三昧二不淨觀門者此通九想背捨超越等諸禪三昧三慈心門者此通四無量等諸禪三昧四因緣門者此通至十二因緣四諦等慧行諸禪三昧五念佛門者此通至九

種禪及百八三昧復次初數息門即是世間凡夫禪次不淨門即是出世間禪諸聲聞人所行次慈心門即是凡聖二人爲大福德修慈入四無量心次因緣門者即是辟支佛人之所行次念佛門功德廣大即是諸菩薩之所行此則略明五門次第淺深之相復次五門禪定對治四分煩惱四分煩惱出生八萬四千塵勞當知五門亦能出八萬四千法門此而言之但說五門則攝一切內善具足數人所明初賢五停心觀發與此有相關處第二次明善根發相亦還爲二一明外善根發相二明內善根發相云何外善根發相外善非一今依前章門略出五種初明行者若坐中靜定忽見種種衣服卧具飲食珍寶田園池沼車乘如是等事或復因心靜故自能捨離慳貪心行惠施無所悋惜當知此是過去今生布施習報二種善根發相二行者若於止靜定之中忽見自身相好端嚴身所著衣清淨如法洗浴清潔得好淨物見如是等事或復因心靜故發戒忍心自然知輕識重乃至小罪心生怖畏忍辱謙卑當知此是過去今生戒忍習報二種善根發相也二行者若於坐中忽見師僧父母宗親眷屬著淨衣服歡喜悦豫端嚴見如是等事或復以心靜故自然慈仁恭敬孝悌心生當知此是過去今生孝順尊長習報二種善根發相也四行者若於坐中忽見諸塔寺尊儀形像經書供養莊嚴清淨僧衆雲集法會見如是等事或復於靜心中發信敬尊重三寶心樂供養精勤勇猛常無懈倦當知此是過去今生信敬三

實精勤供養習報二種善根發相也五行者若於坐中因心澄靜或見解釋三藏聽受讀誦大乘有德四衆或時因心靜故讀誦自然而入隨所聽聞即時開悟或復自然能了解三藏大乘經典分別無滯當知悉是過去今生讀誦聽說習報二種善根發相行者見如是種種好相及發諸善心者此非禪定多是過去今生於散心中修諸功德今以心靜力故得發其事見諸相貌悉屬報因相現善心開發皆是習因善發也如是衆多說不可盡此則略示大意復次發習報兩因行人根性不同自有行人但發報因相不發習因善心自有行人但發習因善心而不發報因之相自有行人具發習報兩因自有行人二俱不發如是等事因緣難解豈可謬釋問曰散心

善根何得於靜心中現答曰於禪定中尚得見過去今生所起煩惱惡業何況善根扶理而不得見問曰見此等諸相亦有是魔所作不答曰亦有是魔所作若欲分別但魔名殺者若此等相發時能令行人心識動亂或復增諸煩惱逼迫障蔽衆多妨難不利定心悉是魔之所作其善根發者行人自覺見此相已雖復未證禪定而身心明白諸根清淨身有色力所爲吉利善念開發因此已後自覺心神易可攝録身心安隱無諸過患當知此爲善根發相復次若此等事善根發者報因之相則蹔現便謝習因心善則相續不斷若是魔作相則久久不滅雖謝更來逼亂行者善心則蹔發還滅或時變成惡念當知邪也復次邪正之相甚爲難測自非親近明師非

可妄取問曰此諸善根爲當一向前發亦得證諸禪時於深定中發也答曰此事無定未必一向定前見也外善既麤故先明耳第二云何名内善根發相今約五門禪中辨内善根發此五門中一門開爲三合有十五種善根發一明阿那波那門有三種善根發相不同一數息善根二隨息善根三觀息善根一數息善根者行人如上善修三止身心調和發於欲界及未到地等諸禪身心湛然空寂定心安隱於後或一坐二坐乃至經旬或經月經年將息得所定心不退即於定中心忽覺身心運動八觸次第而起此即發根本初禪善根之相於此定中喜樂善心安隱不可爲諭如是發初禪已乃至發四禪定空等二隨息善根發亦於欲界未到靜定心中忽然覺息出入長短及徧身毛孔虚踈即以心明見於身内三十六物猶如開倉見穀粟麻荳等心大驚喜寂靜安快除諸身行乃至心受喜樂等是爲特勝善根發相三明觀息善根發者亦於欲界未到細靜心中忽見自身氣息從毛孔出入徧身無礙漸漸明利如羅穀中見皮重數乃至骨肉等亦如是亦見身内八萬户蟲麤細長短言語音聲定心喜樂倍於上說或見自身猶如芭蕉聚沫雲影相等此是通明觀善根發相二明不淨觀中有三種善根發相不同一九想二背捨三大不淨觀一九想善根者亦於欲界未到靜定心中忽然見他男女死屍膖脹爾時其心驚悟自傷徃昔惛迷猒患所愛五欲永不親近或見青瘀血塗膿爛噉殘狼籍白骨散壞等相此

爲九想善根發相二明背捨善根發者亦於欲界未到靜定心中忽見內身不淨膖脹狼籍或見自身白骨從頭至足節節相拄乃至骨人光明昱燿定心安隱猒患五欲不著我人此是背捨善根發相三明大不淨觀善根發者亦於欲界未到定心中見於內身及外身一切飛禽走獸衣服飲食山林樹木皆悉不淨或見一家一聚落一國土乃至十方皆悉不淨或見白骨乃至見自身白骨光明昱燿等此爲大不淨觀勝處善根發相此觀發時能破一切著心三明慈心觀中三種善根發不同者一衆生緣慈二法緣慈三無緣慈一衆生緣慈發者亦於欲界未到靜定心中忽然發心慈念衆生先緣親人得樂之相因發定安隱快樂乃至中人怨人悉見得樂無瞋無恨無怨無惱廣大無量徧滿十方是爲衆生緣慈善根發相或發衆生緣悲乃至喜捨亦如是二明法緣慈發者亦於欲界未到靜定心中忽然自覺一切內外但有陰入法起唯法起滅唯法滅不見衆生及我我所但有五陰於受陰中有樂受如是知已即緣此樂受發於慈定無瞋無恨無怨無惱廣大無量徧滿十方是爲法緣慈或發法緣悲乃至喜捨亦如慈善根發相三明無緣慈發者亦於欲界未到定心中忽然覺悟一切諸法非有非無不見二邊所謂若衆生非衆生若法非法皆不可得則無所緣以無緣故顛倒想息寂然安樂心與慈定相應等觀一切同此安樂無瞋無恨無怨無惱廣大無量徧滿十方是爲無緣慈善根發相或發無緣悲定乃

至喜捨亦如是四明因緣觀中有三種善根發不同者一三世十二緣二果報十二緣三一念十二緣一明三世十二因緣善根發者亦於欲界未到定心中忽然覺悟心生推尋三世過去無明以來不見我人無明等法不斷不常能破六十二種諸邪見網心得正定安隱寂然觀慧分明通達無礙身口清淨正行成就此是三世十二因緣觀慧善根發相二明果報十二因緣善根發者亦於欲界未到定心中忽覺心識明利即自思尋我初生時攬父母身分以爲已有名歌羅邏歌羅邏時名曰無明因緣則有行識乃至老死名爲十二因緣若歌羅邏時但有三事合和無人無我三事不實今無明等十二因緣諸法竟何所依若不見無明等諸法定是有者豈是無邪如是念時破有無二見歸心正道正定相應慧解開發離諸邪行此爲果報十二因緣觀智善根發相如此明十二因緣出大集經中具辨作此明因緣相與苦集正同亦得約此明四諦善根發也三明一念十二因緣善根發者亦於欲界未到靜定心中忽然自覺刹那之心無人無我性本無實所以者何一念起時必藉因緣言因緣者即具十二因緣緣無自性一念豈有定實若不得一念之實即破世性邪執心與正定相應智慧開發猶如涌泉身口清淨離諸邪行是爲一念十二緣善根發相此之十二因緣亦出大集經中具辨亦得約此十二緣明一心具四諦善根發也五明念佛中自有三種善根發相不同一念應佛二念報佛三念法佛明三佛義

出楞伽經廣分別其相也一明念應佛善根發者亦於欲界未到靜定心中忽然憶念佛之功德即作是念如來往昔阿僧祇劫中爲一切衆生故備行六波羅蜜一切功德智慧故身有相好光明心有智慧圓照降伏魔怨無師自悟自覺覺他轉正法輪普度一切乃至入涅槃後舍利經教廣益衆生如是等功德無量無邊作是念時即敬愛心生三昧開發入定安樂或於定中見佛身相善心開發或聞佛說法心淨信解如是等勝善境界非一是爲念應佛善根發相二明念報佛善根發者亦於欲界未到靜細心中忽然憶念十方諸佛眞實圓滿果報之身湛然常住色心清淨微妙寂滅功德智慧充滿法界不生不滅無作無爲豈有王宮之生亦非雙樹之滅爲化衆生十方佛土普應生滅如是等功德無量無邊不可思議作是念時心定安隱三昧開發慧解分明或作定中見不可思議佛法境界即便出生無量願行無量功德無量智慧三昧法門是爲念報佛善根發相三明念法佛善根發者亦於欲界未到靜定心中忽然憶念十方諸佛法身實相猶如虛空即便覺悟一切諸法本自不生今則無滅非有非無非來非去非增非減非境非智非因非果非常非斷非縛非脫非生死非涅槃湛然清淨有佛無佛相性常然衆生諸佛同一實相者即是法身佛也故大品經云諸法如實相諸法如實即是佛離是之外更無別佛如是念時三昧現前實慧開發即時通達無量法門寂然不動一切不思議境界皆現定中

成就之相如法華經六根清淨中廣說是爲念法佛善根發相是中所明因止發十五門禪相並悉約初禪初境界罔像而辨夫一切禪定證相不可具以文傳此止是示表行人過去習因不同故發禪不等若欲具論十五門禪事理廣博深遠之相下第七大段明修證中一一從始訖終當少分分別復次若於欲界未到地中身心澄靜或發無常苦無我不淨世間可猒患食不淨死斷離盡等想或發念佛法僧戒捨天等念或發念處正勤如意根力覺道等或發空無相無作四諦十六行等觀或發六波羅蜜四攝四辯等種種諸行願功德或發天耳他心宿命等諸神通或發內空外空內外空乃至無法有法空等十八空或發自性禪十力種性三摩跋提首楞嚴師子吼等諸三昧門或發旋陀羅尼百千萬億旋陀羅尼法音方便陀羅尼等一切陀羅尼門如是等種種諸禪三昧境界不同其相衆多在下第七大段明修證中辨種種諸禪三昧深廣境界之相當具分別也第三驗知虛實略爲二意一正明驗知虛實二簡是魔非魔一明驗知虛實者若於定中發諸禪善根是中有眞有僞不可謬生取捨所以者何若發諸禪三昧時心不別識或見魔定謂是善根發心生取著因此邪僻得病發狂若是善根謂是魔定心疑捨離即退失善利是事難識若欲別知當依二法驗之即知眞僞一則相驗知二以法驗知一則相驗知者即有二意一邪二正邪者如根本禪中諸觸發時隨發一觸若有邪法即是邪相邪法衆多

今約一觸中略出十雙邪法以明邪相一者觸體增減二定亂三空有四明闇五憂喜六苦樂七善惡八愚智九縛脱十心強輭此十雙明邪相皆約若過若不及中分別一觸體增減者如動觸發時或身動手起脚亦隨然外人見其兀兀如睡或如著鬼身手紛動或坐時見諸異境此爲增相減者動初發時若上若下未及徧身即便漸漸滅壞因此都失境界坐時蕭索無法持身此爲減相二定亂定者動觸發時識心及身爲定所縛不得自在或復因此便入邪定乃至七日不出亂者動觸發時心意撩亂攀縁不住三者空有空者觸發之時都不見身謂證空定有者觸發之時覺身堅鞕猶如木石四明闇明者觸發之時見外種種光色乃至日月星辰青黄赤白種種光明闇者觸發之時身心闇瞑如入暗室五憂喜憂者觸發之時其心熱惱憔悴不悦喜者觸發之時心大慶悦勇動不能自安六苦樂苦者觸發之時身心處處痛惱樂者觸發之時甚大快樂貪著纏綿七善惡善者觸發之時念外散善覺觀破壞三昧惡者觸發之時即無慚無愧等諸惡心生八愚智愚者觸發之時心識愚惑迷惛顛倒智者觸發之時利使知見心生邪覺破壞三昧九縛脱縛者觸發之時五蓋及諸煩惱覆蔽心識脱者觸發之時謂證空無相定得道得果斷結解脱生增上慢十心強輭強者觸發之時其心剛強出入不得自在猶如瓦石難可迴變不順善道輭者觸發之時心志輭弱易可敗壞猶若輭泥不堪爲器如是等二十種惡

觸擾亂坐心破壞禪定令心邪僻是爲邪定發相復次二十邪法隨有所發若不别邪僞心生愛著者因或失心狂逸或歌或哭或笑或啼或時驚狂漫走或時得病或時致死或時自欲投巖赴火自絞自害如是障惱非一復次二十種邪中隨有發一邪法若與九十六種道鬼神法一鬼神法相應而不覺識者即念彼道行彼法於所得法中鬼神隨念便入因是證鬼神法門鬼加其勢力或發諸深邪定及智慧辯才知世吉凶神通奇異現希有事感動衆生廣行邪化或大作惡破人善根或雖作善而所行僞雜世人無智但見異人謂是賢聖深心信伏然其内心顛倒專行鬼法常以鬼法教人故信行之者則破正戒破正見破威儀破淨命或時噉食糞穢裸形無恥不敬三尊父母師長或毁壞經書形像塔寺作諸逆罪斷滅善根現平等相或自讚説所行平等故於非道無障無礙毁他修善云非正道或説無因無果或説邪因邪果如是邪説紛然壞亂正法其有聞受之者邪法染心既内證邪禪三昧智斷功德種種法門外則辯才無盡威風化物故得名聞眷屬供養禮敬稱歎等利是以九十六種道經云人爲説法鬼神加力則一切聞者無不信受一切見者咸生愛敬以有如斯等事故深心執著不可迴轉邪行顛倒種種非一若如是者當知是人遠離聖法身壞命終墮三惡道中是事如大品經及摩訶衍論中廣説若欲知鬼神之相當尋九十六種道經細心比類分别事則可知問曰邪法相應行惡之者現在

之過如是命終當生三惡道中其有僞心行善之者現在之失云何命終復生何處答曰此人身口行善雖似佛法而解心邪僻若不覺知障發三乘無漏雖不會眞於顛倒心中或時亦能與顯三寶勸物修善是人命終未必墮於地獄畜生餓鬼之中而隨所與鬼神相應之法共彼鬼神同生一處還爲彼眷屬或時得生人天之中故九十六種道經中說上有六十餘道邪倒罪障重故悉須說呪治之下有二十餘道邪惑罪障小輕直覺知而已復次是人雖生天人之中而冥客常係屬魔邪之道樂近邪師樂聞邪法樂行邪道供養親近稱揚讚歎修邪行者見有正學三乘之人不樂親近或生惱亂故法華經云若魔若魔子若魔女若魔民若爲魔所著者大品經亦云若魔天若魔人故知是人雖生人天之中猶係屬於魔常起魔業乃至雖得出家猶造魔業故涅槃經云佛去世後五百歲中魔道漸興魔作比丘壞亂佛法亦如大集經中廣辯魔業之相是中應廣分別如一動觸中邪相如是餘七觸中亦具有此邪相應當別知如根本禪邪相如是餘十四門禪及諸禪中若事若理皆有邪僞之法其事云云非可具說問曰發邪觸時爲當具發如上所說二十邪事爲當不具答曰或具或不具無在若觸發時但有一邪法不即除之便墮邪定何況具足二十邪法所以者何譬如二十人共行若一是賊則誤十九人禪中亦爾有一惡法破壞諸善不名正定況復多耶略辯一觸相如是則餘七觸邪相亦然復次更有異

禪門邪法入定中亦應識知所謂餘禪門境界邪法如一不淨觀禪入此定中亦有二十邪法來入此定餘十四門禪亦當如是一一分別是中應廣說行者若脫證此法須善識知方便照了不著邪定之法即自便謝第二明正相者若動觸發時無向二十惡法具足十種善法十種善法者一觸相如法二定相如法三空相如法四明相如法五善相如法六樂相如法七善相如法八智相如法九解脫相如法十心調相如法云何名如法若與二十不善相法相違安隱清淨調和中適即是如法名爲正相是事至後第七大段明證根本初禪覺支中當分別其相如一動觸正相如是餘七觸正相皆類之可知問曰是中一向但逐事說若隨此相分別是邪是正是

僞是眞是應捨是應取豈非顛倒憶想墮邪僻耶答曰正有二種一世間正二出世間正若如世間善法相而說即是世間正相出世間解脫善法相而說即是出世間正相今明根本觸中十種正相即是辯世間正也如摩訶衍論云因世間正見得出世正見若破世間正見即破出世正見是故今欲明出世正法必須先明世間正法欲因事顯理借近明遠故須先分別根本事中初觸正相復次若觸內發時或見三十六物或發慈心因緣正智念佛等諸餘禪定若有功德安隱如法資益觸樂亦是宿世善根發各有十種正相並是正定但欲修根本禪定成就者悉不得取是相若謝不謝於根本禪無所妨也然末世行者善根微薄證觸之時多不發諸餘事理

禪中境界今恐有發者不識故略出此意餘十四門禪發正相亦當如是一一自類廣分別之第二明以法驗知邪正者自有邪禪其相微細難別與正禪相似非則相之所能別應以三法驗知一定心研磨二用本法修治三智慧破析如涅槃經說欲知真金應三種試之謂燒打磨行人亦是難可別識若欲別之亦須三種試之所謂當與共事共事不知當與久處久處不知以智慧觀察今借此意以明禪定邪正之相如發一動觸若邪正未了應當深入定心於所發境中不取不捨但平心定住若是善根定力踰深善根踰發若魔所爲不久自壞二以本法修治如發不淨觀禪還修不淨觀隨所修時境界增明此則非僞若以本修治漸漸壞滅當知即是邪相

三以智慧觀察者觀所發法推撿根源不見生處深知空寂心不住著邪當自滅正當自顯如燒真金益其光色若是僞金即自黑壞如此簡別以三法驗之邪正可知定譬於磨修治踰打智慧觀察類以火燒又復久處踰磨共事如打火燒即譬智慧觀察餘禪定例爾驗之邪正可知二簡是魔非魔即爲二意一明是魔相二明非魔相今明魔禪有二種不同一明禪非是魔魔入禪中如行者於正心中發諸禪定惡魔恐其道高爲作惱亂入其禪中若心貪著或生憂懼即魔得其便若能如上用心却之魔邪既滅如雲除日顯定心明淨二明一向魔作禪定誑惑行者若覺知非真用法治之魔退之後則無復毫氂禪法次明非魔相者罪障於禪似如魔作理實

非魔難可別識若用前所說却之終不得去若能勤修懺悔罪既除滅則禪定自然分明復次或入定時方便不巧致令境界不如法若更善作方便則所證明淨故知非魔之所作也第四次料揀發禪不定略爲五意一正料揀事理兩修發禪不定二明發禪所由三辨發禪多少四明發宿善根盡相五約有漏無漏分別第一先料揀事理兩修發禪不定者問曰上所明三止若係緣制心此二止並是事止應但發事中禪定唯體眞一止既是理止應發理中禪定今何故三止通皆發事理諸禪止則因果渾而無別答曰不然今一家所明事理兩修悉隨行人根緣是以發法不同寧可定有分別如上所明三止若略說則應如所問合爲事理兩修若具足分別應開爲四修就四修中則有二種一約止門明四修二約觀門明四修第一約止門明四修者一事止所謂係緣制心等止即是事修二理止所謂體眞止即是理修三事理止所謂緣俗體眞止即是事理修四非事非理止所謂息二邊分別止即是非事非理修第二約觀門明四修者一事觀所謂安般不淨觀等即是事修二理觀所謂空無相等觀即是理修三事理觀所謂雙觀二諦即是事理修四非事非理觀所謂中道三觀即是非事非理修今爲欲成前止門發禪不定義故但約四止以明修一一修中各有四種發禪不定是故四種修中合有十六種發禪不定行者善識此相即自了知事理兩修通發一切諸禪三昧心無疑惑云何名爲四種止中一一各

有四種發禪不定今先料揀第一事修發禪不定即有四種不同一自有行人安心係緣制心等事止還發事中禪定謂根本四禪四無量心四無色定及九想背捨勝處一切處等中諸禪三昧二自有行人安心事止而但發理中禪定謂空無相無作三十七品四諦十二因緣等慧行理中諸禪三昧三自有行人安心事止具發事理禪定謂根本四禪四無量心四無色定九想背捨勝處一切處等事中諸禪三昧空無相無作三十七品四諦十二因緣等慧行理中諸禪三昧乃至特勝通明皆屬事理禪定四自有行人安心事止乃發非事非理禪定謂自性禪一切禪等及法華三昧一行三昧首楞嚴師子吼等中道所攝諸禪三昧乃至十力無畏不共之法問曰若修事止但應發事中禪定今何得發理及非事理等諸禪三昧不共法耶答曰發禪有二種一者現前方便修得二者發宿世善根若事修還發事禪者多是修得若事修而發理發非事非理等諸禪三昧者悉是發宿世禪定善根也如數人辨有二種修義一得修二行修得修名本所未得行修名本已曾得今此類然故約事修則發禪有四種不定

復次今此内方便所明但辨因止發宿世善根是故雖説事理諸禪三昧發相皆略而淺近若論修習成就因果相稱從始至終諸禪三昧事理廣深之相並屬第七大段彼中方復具足分別問曰若事修乃發非事非理等諸禪三昧不共之法並由先世習因而得者則一切隨事而修皆應得首楞嚴等諸禪三

昧不共之法若爾何故一切十方諸佛殷勤稱歎般若波羅蜜若能如聞行者即具足一切佛法答曰此難更成今義所以者何若行者過去巳經值無量諸佛從諸佛所聞說般若波羅蜜如聞而行則今世隨有所修一切非事非理諸禪三昧不共之法自然開發若過去不聞般若不修般若今世雖聞雖修而不能發何況不聞不修而得發耶復次今世雖聞般若雖修般若而不得發後世若值諸佛菩薩聞說般若波羅蜜如聞而行即一切大乘諸禪三昧不共之法悉當開發故知皆是聞般若如聞而行能發非無因緣是以一切十方諸佛殷勤稱歎般若波羅蜜若有如聞而行則能具足一切佛法正成今義復次行者以般若波羅蜜方便力故能於事修之中即具非事非理修勇猛精進常修習者則能發一切非事非理諸禪三昧不共之法問曰此與前何別答曰是中應作四句料揀一者因強而緣弱二者因弱而緣強三者因緣俱強四者因緣俱弱一因強而緣弱能發非事非理諸禪三昧不共之法如前分別二因弱而緣強能發非事非理諸禪三昧不共之法即是今之所明三因緣俱強能發非事非理諸禪三昧不共之法者以前合今即是其事此人得法最勝四因緣俱弱者則今世或發或不發設得發禪微羸淺簿亦不牢固多好退失像末世中極上行人只得如此如上三句所明者萬中或有一無一第二次料揀理修發禪不定亦有四種不同一自有行人安心體眞理止還發理中禪定謂空無相等

一切理中諸禪三昧二自有行人安心理止而但發事中禪定謂根本禪背捨一切事中諸禪三昧三自有行人安心理止而具發事理禪定謂根本禪背捨空無相等一切事理諸禪三昧四自有行人安心理止乃發非事非理禪定謂自性禪等中道所攝一切諸禪三昧不共之法廣分別諸禪相及料揀修發之義類如初句中說第三次料揀事理修發禪不定亦有四種不同一自有行人安心緣俗體眞事理止便還發事理禪定謂根本禪背捨空無相等一切事理諸禪三昧二自有行人安心事理止而但發事中禪定謂根本禪背捨等一切事中諸禪三昧三自有行人安心事理止而但發理中禪定謂空無相等一切理中諸禪三昧四自有行人安心事理止乃發非事非理禪定謂自性禪及中道所攝一切諸禪三昧不共之法廣分別諸禪相及料揀修發之義類如初諸句中說第四次料揀非事非理修發禪不定亦有四種不同一自有行人安心息二邊分別非事非理止還發非事非理禪定謂自性禪等及中道所攝一切諸禪三昧不共之法二自有行人安心非事非理止而但發事中禪定謂根本禪八背捨等一切事中諸禪三昧三自有行人安心非事非理止而但發理中禪定謂空無相等一切理中諸禪三昧四自有行人安心非事非理止而具發事理禪定謂根本禪背捨及空無相等一切事理諸禪三昧廣分別諸禪相及料揀修發之義類如初句中說今但約止門中四修分別則有十六種發禪不定

若更就觀門中四修分別亦有十六種發禪不定止觀合辨則有三十二種發禪不定此三十二但就法行人分別若約信行人聞説止觀教門發禪悟道不定亦有三十二種其事云云今不具説此一往通論略出六十四種若具約三乘人根性分別則有一百九十二種發禪之異若細歷諸禪及約邪正辨發相分別則有無量今此皆是就行人心地分別非是虛設之言當知禪定發法不可思議乃是諸佛菩薩境界尚非二乘所量豈是凡夫之所能測若行者欲自行化他必須少分識之寧可謬自師心則有自損損他之失巳所修治爲無慧利第二明發諸禪三昧所由自有二解不同一有師言但修上入定諸禪自發不勞餘習此師一向併用止法教人事等舊醫純用乳藥今不同此所以然者止者一法發法亦應但一既行者因止發禪不同何得一向由止此則非唯於理有失亦是乖佛教門二有師言宿世經習諸禪善根爲因今世修止得定爲緣是故異發不同其義可見譬如陸地雖有藥草樹木叢林種類若干名色各異若不同霑一味之雨豈得有異類生長之殊此亦如是若依大乘闇室缾盆井中七寶之義此則別論第三明發法多少者上雖辨因止通發一切諸禪三昧然行人根性不同發法不無多少之別有人但發一種禪門有發二門三門四門五門或有一人並發十五門及一切諸禪三昧不可定判所以而然此皆由行者過去習因偏圓不等厚薄之殊亦以今世精進懈怠有慧方便無慧方

便之別故發法優劣不同殊途萬品之異是則略明發法多少之相也第四明因止發禪有盡不盡今就易顯者明故先約一不淨觀中分別自有行人宿世已經修得不淨白骨流光今於止中但發得不淨未得白骨流光此名不盡若具足發者名之爲盡若過去所習勢分已盡雖復修止則不增進若更專心諦觀白骨練於骨人研修不已即覺隨心所觀境界漸漸開發成八背捨觀練熏修悉皆具足此即是今世善巧精勤修習之所成就非關過去習因善發問曰修止境界不進何必由習因已盡或由罪障障於宿善故不得增長開發答曰實如來問此別是一途不妨自有發盡之者非關罪障必須方便依如觀法修習乃得成就是中應歷五種根性人料揀一退分人二護分人三住分人四進分人五達分人分別云云今不具記餘十四禪發盡不盡相類爾可知第五約有漏無漏分別者問曰上明十五門諸禪三昧發相是中自有有漏無漏有漏之善過去經得可有習因善發無漏本未經得豈有過去習因善發耶答曰無漏有二種一者行行無漏二者慧行無漏行行無漏既是對治事法不的據緣真得有過去習因善發慧行無漏既的約緣真不可定論有過去習因善發慧行無漏復有二種一者緣理修習以明慧行二者發慧見理緣真以明慧行緣理修習則有習因善發發慧見理雖復緣真則無習因善發發慧見真復有二種一者發相似慧二者發真實慧發相似慧或有習因善發發真實慧則無習

因善發發眞實慧復有二種一者發苦忍等見諦無漏二發無礙解脫等三界思惟無漏若發苦忍等見諦無漏一向不論有習因善發若發思惟無漏則教門不定若類薩婆多解意退法斯陀含阿那含阿羅漢退還初果中後更證果則有習因善發若不退法三果人既無重發之義皆不辨有習因善發若類曇無德解意所明四果發眞無漏皆無習因善發問曰如阿毘曇分別但初生無漏無有自種因今何得一向四果所發眞無漏皆無習因善發答曰今明諸禪三昧發習因義意不同是中的據過去經得之善中間退失今因止更發以明習因善發四果發眞無漏悉無先世經得中間失退因今修正重發豈得爲類若通論初品心無漏眞解即爲二品心無漏作種類如是乃至九品約此明習因善者則四果所發無漏皆名習因善發也今既不約此明習因善發故云四果所發皆非習因善根發也復次行者過去修習事理諸禪三昧雖未得證成就而已經修習今世善根時熟藉修止爲緣悉皆開發此亦是習因善根發也類等佛命善來無漏即發三明八解一時具足料揀亦有漏亦無漏乃至非有漏非無漏類例可知

釋禪波羅蜜次第法門卷第三

音釋

肋（歷德切脅幹也）跳躑（跳他弔切躑直隻切）漬（疾智切浸也）慳（丘閑切悋也）悋（良刃切鄙悋也）縠（胡谷切縐紗也）胮脹（胮匹絳切脹知亮切）

瘀（依據切氣血壅也）鞕（魚孟切與硬同）

釋禪波羅蜜次第法門卷第四

隋天台智者大師說

弟子法慎記

弟子灌頂再治

分別禪波羅蜜前方便第六章（內方便下分明驗惡根性）

第二明驗惡根性中即有四意一先明煩惱數量二次明惡根性發三立對治法四結成悉檀廣攝佛法今釋第一煩惱數量煩惱者涅槃經云煩惱即是惡法若具論惡法名數衆多今略約五種不善惡法開合以辨數量五種不善法者一覺觀不善法二貪欲不善法三瞋恚不善法四愚癡不善法五惡業不善法若開乃有八萬四千論其根本不過但有三毒等分若合五不善法爲四分煩惱者三毒即守本還爲三分並屬習因覺觀惡業障道此二不善合爲一分所以者何覺觀即是帶三分煩惱而生亦得說爲習因等分惡業障道屬報因等分習報合論但說一等分故五種不善法若一往合說即但有四分開論即爲八萬四千者如摩訶衍論中所明貪欲煩惱具足二萬一千瞋恚煩惱具足二萬一千愚癡煩惱具足二萬一千等分煩惱具足二萬一千四分煩惱合出八萬四千塵勞佛爲對此說八萬四千法門爲治今處中而明是故但約五種不善惡法以辨惡根性發相所以者何上明善根性發既約五種分別今明惡根性發豈不但據五不善法而辨此則藥病相對法相孱齊行者欲修禪定必須善分別之第二次明惡根性發者自有行人修禪定時煩惱罪垢深重雖復止心靜住如

上所說內外善法都不發一事唯覺煩惱起發是故次明惡根性發今就惡法發中還約五種不善而辨一不善法中各自爲三三五則爲十五不善法若論行人發不善時乃無的次第今約教門依次而辨具如前列一明覺觀發相即爲三種一者明利心中覺觀二者半明半昏心中覺觀三者一向昏迷心中覺觀一明利心中覺觀發者若行人過去旣不深種善根於修定時都不發種種善法但覺觀攀緣念念不住三毒之中亦無的緣或時緣貪或時緣瞋或時緣癡而所緣之事分明了了如是雖經年累月而不發諸禪定此爲明利心中覺觀發相二半明半昏心中覺觀者若人於攝念之時雖覺覺觀煩惱念念不住但隨所緣時或明或昏明則覺觀攀緣思想不住昏則無記瞪瞢無所覺了名半明半昏覺觀發相三一向沉昏心中覺觀者若行人於修定之時雖心昏闇似如睡眠而於昏昏之中切切攀緣覺觀不住是名沉昏心中覺觀煩惱發相二明貪欲中即有三種發相一外貪欲二內外貪欲三徧一切處貪欲一外貪欲煩惱發者若行人當修定時貪欲心生若是男子即緣於女若是女人即緣於男子取其色貌姿容威儀言語即結使心生念念不住即此是外貪婬結使發相二內外貪欲煩惱發者若行人於修定之時欲心發動或緣外男女身相色貌姿態儀容起於貪著或復自緣已身形貌摩頭拭頸念念染著起諸貪愛是以障諸禪定此即內外貪欲煩惱發相三徧一切處貪欲煩惱起者此人愛

著內外如前而復於一切五塵境界資生物等皆起貪愛或貪田園屋宅衣服飲食於一切處貪欲發相三明瞋恚發相即有三種一非理瞋二順理瞋三諍論瞋一違理瞋發者若行人於修定時瞋覺欻然而起無問是理非理他犯不犯無事而瞋是爲違理邪瞋發相二順理正瞋發者若於修定之時外人實來惱觸以此爲緣而生瞋覺相續不息亦如持戒之人見非法者而生瞋恚故摩訶衍中說清淨佛土中雖無邪三毒而有正三毒今言順理正瞋者即其人也三諍論瞋者行人於修禪時著已所解之法爲是謂他所行所說悉以爲非既外人所說不順已情即惱覺心生世自有人雖財帛相侵猶能安忍少諍義理即大瞋恨風馬不交是名諍論瞋發相

四明愚癡發相自有三種一計斷常二計有無三計世性此三並是著衆邪見不出生死是故通名愚癡一計斷常癡者行者於修定中忽爾發邪思惟利心分别過去我及諸法爲滅而有現在我及諸法邪爲不滅而有邪因是思惟見心即發推尋三世若謂滅即墮斷中若謂不滅即墮常中如是癡覺念念不住因此利智捷疾辯才無滯諍競戲論作諸惡行能障正定出世之法是爲計斷常癡發之相二計有無癡發者亦於修定之時忽爾分别思惟覺觀謂今我及陰等諸法爲定有耶爲定無耶乃至非有非無耶如是推尋見心即發隨見生執以爲定實邪覺念念不住因此利智捷疾戲論諍競起諸邪行障礙於正定不得開發是爲計有無癡發之相三計

世性癡發者亦於修定之時忽作是念由有微塵所以即有實法有實法故便有四大有四大故而有假名衆生及諸世界如是思惟見心即發念念不住因此利智辯才能問能說高心自舉是非諍競專行邪行離真實道乃至思惟分別刹那之心亦復如是以是因緣不得發諸禪定設發禪定墮邪定聚是爲計世性癡發之相五明惡業障道發相亦有三種一沉昏闇蔽障二惡念思惟障三境界逼迫障一沉昏闇蔽障者行者於修定欲用心之時即便沉昏闇睡無記瞪瞢無所別知障諸禪定不得開發是爲沉昏闇蔽障發之相二惡念思惟障者若行者欲修定時雖不沉昏闇睡而惡念心生或念欲作十惡四重五逆毁禁還俗等事無時暫停因是障諸禪定不得開發是爲惡念思惟障發之相三境界逼迫障者若行人於修定之時雖無上事而身或時卒痛覺有逼迫之事見諸外境或見無頭手足無眼目等或見衣裳破壞或復陷入於地或復火來燒身或見高崖而復墮落二山隔障羅刹虎狼或復夢見有諸惡相如是事皆是障道罪起逼迫行人或令驚怖或時苦惱如此種種非可備說是名境界逼迫障發之相今約此五不善法即合爲三障前三毒即爲習因煩惱障等分之中覺觀亂法即是麤四陰故名爲報障三種障道即爲業障何以知之由過去造惡未來應受惡報即以業持此惡若行者於未受報中間而修善者善與惡乖業即扶惡而起來障於善故知即是業障如是三障障一切行人禪定智

慧不得開發故名爲障第三次明對治法者對名主對治名爲治如不淨觀主治婬欲故名對治如是乃至念佛三昧等主治惡業障道今明對治中自有六意不同一者對治治二者轉治三者不轉治四者兼治五者兼轉兼不轉治六者非對非轉非兼治一明對治者前善惡根性發中名爲十五今此對治中亦爲十五問曰此豈非煩長邪答曰不然前爲驗知故説今爲對治故説前爲約善根自發故説今爲修習故説此非煩重一明治覺觀多病者如經中説覺觀多者教令數息今覺觀之病既有三種息爲對治亦爲三意一明利心覺觀者行者坐中明利之心攀緣念念不住此應教令數息何以故數息之法繫心在息息是治亂之良藥也若能從一至十中間不忘必得入定能破亂想數息之法於沉審心中記數沉審之心能治明利是以數息能除明利心中覺觀病也二明治半明半昏覺觀者病相如前説今對治之法應教令隨息隨息出入則心常依息以依息故息麤心即麤息細心亦細細息出入繼心緣之能破覺觀心靜明鑒知息出入長短去就照用分明能破昏沉是故説隨爲治若但數息者即有扶昏之過若但觀息亦有浮亂之失不名善對治也三明治昏沉心中覺觀者覺觀起相如前説對治之法應教令觀息息入時諦觀此息從何處來中間何所經遊入至何處住口出息亦如是此法後當廣説如是求其根源出無分散入無積聚不見定想明心觀照心眼即開破於沉昏靜心依息能破散

亂故以觀息對治沉昏覺觀之病二明治貪欲多病如經中說貪欲多者教不淨觀欲病既有三種今對治亦爲三意一明治外貪欲多者病發從著外境男女容色姿態語言威儀細滑等相是故婬火熾然不息對治之法應教作九想觀若至塚間取死屍相亦當諦觀可愛之境躃著地上觀見死屍胮脹爛壞膿血流出大小便利諸蟲唼食今我著者亦復如是何處可愛作是觀已婬心自息是故九想能治愛著外境貪婬重病二明治內外貪欲煩惱煩惱病發如前說若欲治之當教作初背捨等觀諦觀內身不淨破壞可惡即破緣內貪愛復當如前觀外不淨可惡即離外境貪愛即是初背捨以是不淨心觀內外色能破內外愛著貪婬之病三明治一切處皆起貪愛者貪病發相如前說治法應教緣一切處大不淨觀觀一切境男女自身他身田園屋宅衣服飲食一切世間所有皆見不淨無有一處可生貪心爾時一切處中生猒離心則一切貪欲無復起處是名對治一切處貪欲病三明治瞋恚多病如經中說瞋恚多者教慈心觀治瞋病既有三種今對治亦復有三一明治邪瞋者日夜心中思惟非理欲以惡事惱他瞋發之相具如上說治之應令修衆生緣慈取一親人得樂之相緣之入定如是見親人得樂中怨人等皆令得樂取他樂相能生愛念即破於衆生中瞋惱怨害之心二明治正瞋者若於餘事之中都無瞋心但見人作惡或復犯戒而起瞋心病發之相具如前說治之應教修法緣慈觀五陰虛

假不見衆生豈有持犯是非之事但緣諸受中法樂以與於他慈心愛念不應加惱是非既泯瞋心自息是爲行法緣慈能治順理瞋病三明治一切法中諍論故瞋者病發如前說對治方法應教修無緣慈何以故此人隨所得法既自以爲是謂他即非同我者喜違我者即瞋或於四句及絶四句中生執或復執於中道如是皆有所依故有諍訟執計因緣便生瞋覺對治方法令修無緣之慈行此慈時言語道斷心行處滅於一切法不憶不念若無憶念因何諍訟而生瞋心大慈平等同與本淨之樂離惱他相故名慈能與樂亦得言菩薩爲諸衆生說如是法名爲大慈當知修無緣慈對治一切法中諍論瞋恚四明治愚癡多病如經中說愚癡多者教觀因緣問曰因緣之法其義甚深云何愚癡之人教觀因緣答曰言愚癡者非謂如牛羊等但是人聰明利根分別籌量不得正慧邪心取理名爲愚癡愚癡之病既有三種對治亦應立三一明治斷常癡病者邪思執著或起常見或起斷見便破因果病相如前說對治方法應教觀三世十二因緣過去有二現在有八未來有二是爲十二因緣三世相因不常不斷如經偈說

我眞佛法中　雖空亦不斷　相續亦不常
善惡亦不失

若行者能善觀十二因緣不執斷常則邪見心息亦得以此對治破相續假惑二明治計有無癡病發者邪念思惟有我無我有陰無陰等如前說立對治者應教觀果報十二因

緣果報十二因緣者觀現在歌羅邏時名曰無明乃至生老死等現在即有五陰十二入十八界成就皆從因緣生此歌羅邏時即有三事一命二煖三識故名無明此既從緣而生無有自性不可言有不可言無乃至老死亦復如是若知非空非有即破空有二見當知果報十二因緣觀即治有無見病今亦得以此對治破執因成假惑三明治世性愚癡發者若見細微之性能生萬法如是邪念名計世性廣說如前對治之法還作一念十二緣觀何以故行者深觀一念之中具足十二一非十二十二非一而今約一說十二約十二說一當知一無定性無定一故則世性不可得故以一念十二緣觀破執世性邪癡此一念十二緣觀多破執一異見今亦即得以此破相待假惑五明治惡業障道多病如經中說障道者教令念佛今障道既有三種對治則亦立三一明治沉昬闇塞障發者惡業病相如前說對治應教觀應佛三十二相中隨取一相或先取佛眉間毫相閉目而觀若心闇鈍懸作不成當對一好端嚴形像一心取相緣之入定若不明了即開眼更觀復更閉目如是取一相明了次第徧觀衆相使心眼開明即破昬睡沉闇之心念佛功德則除罪障問曰若取其相分明能破沉昬者何不作九想白骨等觀答曰九想白骨但是生死不淨之身除罪義劣故非對治二明治惡念思惟障者障發如前說對治應教念佛功德云何爲念正念之心緣佛十力四無所畏十八不共一切種智圓照法界常寂不動普現

色身利益一切功德無量不可思議如是念時即是對治何以故此念佛功德從緣勝善法中生心數惡念思惟從緣惡法中生心數善能破惡故應念報佛譬如醜陋少智之人在端正大智人中即自鄙恥惡亦如是在善心中則恥愧自息緣佛功德念念之中滅一切障三明治境界逼迫障者罪業發相如上所說對治方法應教念法佛法佛者即是法性平等不生不滅無有形色空寂無爲無爲之中既無境界何者是逼迫之相知境界空故即是對治若念三十二相即非對治何以故是人未緣相時已爲境界惱亂而更取相者多因此著魔狂亂其心今觀空破除諸境界存心念佛功德無量即滅重罪此爲對治於義可見略說對治治竟第二明轉治者出摩訶衍論解十力明定力垢淨智力中說彼論云貪欲之人教修慈心多瞋之人作不淨觀愚癡多者教思惟邊無邊掉散心中教令用智慧分別沒心人中教令攝心若如是者名爲轉治若不爾者名不轉治此爲反上所說今明轉治有二種一者病轉法亦轉二者病不轉而法轉今約前一觀中明轉治義前對治治中貪心多者教觀不淨觀心既成見於不淨猒患前境便生瞋心如佛在世有諸比丘學不淨觀成即雇人自害如是之類應教轉觀修慈以治於瞋名爲轉治此即藥病俱轉如此說者細熟尋檢猶未稱教意二者病不轉而藥轉者貪病不轉前不淨觀修慈觀治問曰貪心之法取人好相慈亦取人好相云何爲對治答曰菩薩戒有明文一切男

子皆是我父一切女人皆是我母而菩薩不起慈悲行婬無度不避六親犯波羅夷罪若觀前境男女皆如父如母如子則自敬愛心生慈念能破貪欲譬如父母終不於子所生非法心復次慈名與他之樂貪欲不善增他煩惱此非與樂之道如是思惟繫心修慈慈定若發即治貪欲何以故無量心是色界法不應得有貪欲心生此則病雖不轉轉觀治之令以不淨一門類之餘十四門禪悉有二種轉治之義可知復次轉觀有二種一者轉心不轉境二者心境俱轉善自推尋其義可見第三明不轉治者亦爲二意一者病不轉觀亦不轉二者病轉觀不轉一病不轉觀亦不轉者如貪心人作不淨觀貪心不息更增想作觀不須轉觀當更作膿血爛壞相等作一人不息復作多人如是乃至一城一聚落皆作不淨如禪經中廣說或進入白骨流光等治貪心方息故名不轉治雖有此義理而推之猶恐未是教之正意二病轉觀不轉治者行者爲有貪欲病作不淨觀治貪欲轉而生瞋恚爾時不轉不淨觀即於不淨中增想作不淨觀及白骨流光入定瞋心自除亦得即爲二意一境不轉而心轉二境不轉心亦不不轉餘十四對治不轉治義類亦如是第四明兼治者亦出摩訶衍論解八念念捨文中彼論云菩薩法施者法施因緣或復說法或現神通或復放光如是等利益度脫衆生名爲法施復次行法施者應當善識衆生煩惱多少或但有一煩惱病或兩兩雜或三三雜若一煩惱說一法治兩兩雜者說二法治

三三雜者說三法治此即是兼治相一病說一法治如前說兩病二法治者如有貪欲病復有瞋恚當用不淨慈心觀共治何以故若但用一法雖偏治一邊復增一邊則爲過失今二法相兼病則皆差或不淨兼慈或慈兼不淨今應隨病起以義斟酌兼三兼四乃至五等悉有其義今不具說第五明兼不轉治者此義亦如轉治不轉治意但於兼中對病發多少還約上轉不轉意細推可見第六非對非轉非兼治者即是第一義悉檀般若正觀此觀通能治十五種病亦通能發十五種門禪所以言非對非轉非兼治正觀法性即法不可以法對法故云非對正觀無偏不增餘病不須轉也力能徧破衆病故不須兼雖不得能破所破而治諸不善悉皆除滅故名爲治是以摩訶衍云有三昧但能除貪不能除瞋不能除癡有三昧能除三毒即是今所明正觀第一義悉檀也所以般若一觀能治五病者一正觀能治貪欲如思益經云貪欲之人以淨觀得脫不以不淨世尊自知二正觀能治瞋者如般若說我昔爲歌利王割截身體爾時無我相人相衆生相則瞋恚不生故知實相能治於瞋三正觀能破治癡者智慧破於無明其義可見故涅槃經云明時無闇闇時無明有智慧時則無煩惱有煩惱時則無智慧四正觀能治覺觀者正觀心中語言道斷心行處滅則覺觀從何而生故維摩詰經言云何息攀緣謂心無所得五正觀能治罪障者如前引普賢觀云端坐念實相是名第一懺衆罪如霜露慧日能消除復次如

世餘藥各隨對治能治一病不能徧治一切病也阿竭陀藥即能徧治一切衆病是名非對非轉非兼治亦能具足一切禪門如大品經說欲學一切善法當學般若所以者何譬如王來必有營從若般若慧發則一心具足萬行此則可以如意寶珠爲喻第四次明結成悉檀廣攝佛法者今約此驗惡根性中辨對治即以對摩訶衍論所明四種悉檀義所以者何如十五種不善境界發相此正是世界悉檀乃至前明善根發相亦屬世界悉檀以其皆是因緣生陰入界攝故次明十五種對治禪門即是對治悉檀是中正辨藥病相對故次明轉治兼轉不轉治即是爲人悉檀此正逐人根緣不定方便利益故名爲人次明非對非轉即是第一義悉檀其義可見故摩訶衍論云此四悉檀即攝十二部經八萬四千法藏一切佛法理而推之當知禪門之義則爲廣博靡所不收第三次明安心禪門者略爲五意一明隨便宜二明隨對治成就三明隨樂欲四明隨次第五明隨第一義今釋第一隨便宜者如驗善根性中發十五種禪門隨其發法當知過去已經修習可還修令成就隨所發法安心修之如發覺觸後欲修安心當教數息所以者何根本初禪多從數息中發當知是人過去已曾數息修禪今若從息道而入與本相扶禪則易發加功不止則能具足四禪空定因此即發三乘聖道事等金師之子教令數息是爲隨本善根發後說安心法餘十四善根發隨便宜立安心亦如是二明隨對治成就立安心法者如行

人本有貪欲不善障法爲治此病作不淨觀觀成病滅爾時雖無欲病而未證深法當更加心修習不淨作種種不淨成已次當却除皮肉修白骨流光入八背捨斷三界結成三乘道此則不失其功若更安心餘法方復造功則於事難成餘十四隨對治成就辨安心法類之可知三隨樂欲者若能對治斷欲界煩惱不善之患則十五種禪通無遮障爾時當隨行者心所欲樂諸禪三昧各安心其門而修習之即皆開發始終成就此可以數人同治修爲類四約次第立安心法者遮障既除自有行人欲從淺至深具足修一切禪定應從阿那般那中而教數息證根本四禪空定已次教隨息證十六特勝已次應觀息具足通明之禪次教不淨觀入九想背捨等禪乃至次應觀心性入九種大禪禪定次第並如上第五明禪次第中分別修證方法在下自當具說今明約驗善惡根性後用安心法既有如此之便利故次後而說五明隨第一義者泥洹真法寶衆生種種門入此十五種善根發後及五對治除障已後隨於一法門易悟之處即以此爲安心者行人多因是門入聖道也第四次明治病方法行者既安心修道或本四大有病因今用心心息鼓擊發動成病或時不能善調適身息心三事内外有所違犯故有病發夫坐禪之法若能善用心者則四百四病自然差矣若用心失所則動四百四病是故若自行化他應當善識病源善知坐中内心治病方法若不知治病方法一旦動病非唯行道有障則大命有慮今

明治病法中即爲二意一明病發相二明治病方法病發雖復多途略出不過三種一者四大增動病相二者從五臟生病三者五根中病略明四大病者地大增故腫結沉重身體枯瘠如是等百一患生水大增故痰癊脹滿飲食不消腹痛下利等百一患生火大增故煎寒壯熱支節皆痛口爽大小行不通利等百一患生風大增故虛懸戰掉疼痛轉筋嘔吐嗽氣急如是等百一患生故經云一大不調百一病惱四大不調四百四病一時俱動四大病發各有相貌當於坐時及夢中察之其相衆多不可具記二次明五臟生患之相從心生患者多身體寒熱口燥等心主口故從肺生患者多身體脹滿四支煩疼悶鼻塞等肺主鼻故從肝生患者多喜愁憂不樂悲思瞋恚頭痛眼痛疼闇等肝主眼故從脾生患者身體面上遊風通身㾦㾦痒悶疼痛飲食失味脾主舌故從腎生患者或咽喉噎塞腹脹耳滿腎主耳故五臟生患衆多各有其相於坐時及夢中察之可知其相衆多云不可具記三次略明五根中患相身患者身體卒痛百節酸疼瘙痒等舌患者瘡強急飲食失味等鼻患者鼻塞齆及流濃涕等耳患者耳滿疼聾及或時嘈嘈然作聲等眼患者眼懸視䀮䀮及瞖闇疼痛等如是四大五臟五根病患因起非一病患衆多不可具說問曰五根之患無異五臟內外相因今何以別說答曰爲坐中別有治法故須別說其相行者若欲修禪脫有患生應當善自知因起三種病通因內外發動若外傷寒冷熱風飲食

不慎而病從三處發者當知因外發若用心不調觀行違僻或內心法起不知將息而致此三處病發此因內發復次行者應知得病有三種不同一者四大增損故病如前說二者鬼神所作及因魔事觸惱故得病三者業報所得病如此等病初得即治甚易得差若經久則病成身羸治之則為難愈二正明治病方法者既深知病源起發當作方法治之治病之法乃有多途舉要言之不過五種一者氣息治病所謂六種息及十二種息何等為六種氣一吹二呼三嘻四呵五噓六呬此六種息皆於脣口之中方便轉側而作若於坐時寒時應吹熱時應呼若以治病吹以去寒呼以去熱嘻以去痛及以治風呵以去煩又以下氣噓以散痰又以消滿呬以補勞若治五臟呼吹二氣可以治心噓以治肝呵以治肺嘻以治脾呬以治腎復次有十二種息能治衆患一謂上息二下息三滿息四焦息五增長息六滅壞息七暖息八冷息九衝息十持息十一和息十二補息此十二息皆心中作想而用今略明十二息對治患之相上息治沉重下息治虛懸滿息治枯瘠焦息治腫滿增長息治損滅壞息治增暖息治冷冷息治熱衝息治壅結不通持息治戰動和息通治四大不和補息資補四大善用此息可以徧治衆患用之失所各生衆患推之可知諸師用息治病方法衆多云云不備說今略示一兩條令知大意二明假想治病者具如雜阿含治禪病祕法七十二法中廣說但今人神根既鈍作此觀想多不成就或不得其意

非唯治病不差更增衆患故諸師善得意者若有祕要假想用之無往不愈但不可具以文載三呪術治病者萬法悉有對治以相厭禳善知其法術用之無不即愈呪法出諸修多羅及禪經中術法諸師祕之多不妄傳四用心主境治病者有師言心是一期果報之主譬如王有所至處羣賊迸散心王亦爾隨有病生之處住心其中經久不散病即除滅又師云用心住憂陀那此云丹田去臍下二寸半多治衆患又師云安心足下多有所治其要衆多今不具説五觀析治病者用正智慧檢受病既不可得四大之患即自消滅若是鬼神及因魔羅得病當用強心加呪及以觀照等法助治之若是業病必須助以修福懺悔轉讀患即自滅此五種治病之法若行人善得一意則可自行兼他況復具足通達若都不知其一則患生無治非唯廢修正業亦恐性命有慮豈可自行教人是故欲修禪之者必須善解内心治病之法内心治病方法衆多豈可具傳於文若欲習知當更尋訪上來所出是旨是示其大意若但依此文文既闕略恐未可定怙智者善得其意方便迴轉無善知識之處亦足權以救急問曰用心坐中治病必有効不答曰若具十法無有不益十法者一信二用三勤四恒住緣中五別病因起六者方便七久行八知取捨九善將護十識遮障何謂爲信謂信此法必能治病何謂爲用謂隨時常用何謂爲勤用之專精不息取得汗爲度何謂爲恒住緣中謂細心念念依法而不散亂何謂別病因起別病因

起如上說何謂爲方便謂吐納運心緣想善巧成就不失其宜何謂爲久行謂若用之未即有益不計日月常習不廢何謂知取捨謂知益則勤用損則捨之漸轉心取治何謂知將護謂善識異緣犯觸何謂遮障謂得益不向外說未損不疑謗若依此十法所治必定有効次第五明魔事者魔羅秦言殺者奪行人功德之財殺智慧命故名魔羅云何名魔事如佛以功德智慧度脫衆生入涅槃爲事魔亦如是常以破壞衆生善根令流轉生死爲事若能安心道門道高則魔盛故須善識魔事今釋即爲三一分別魔法不同二明魔事發相三明壞魔之法第一分別魔法不同魔有四種一者煩惱魔二者陰入界魔三者死魔四者欲界天子魔一煩惱魔者即是三毒九十八使取有流扼縛蓋纏惱結等皆能破壞修道之事如摩訶衍論偈說

欲是汝初軍　憂愁爲第二　飢渴爲第三
觸愛爲第四　睡眠第五軍　怖畏爲第六
疑悔爲第七　瞋恚爲第八　利養虛稱九
自高蔑人十　如是等軍衆　厭沒出家人
我以禪智力　破汝此諸軍　得成佛道已
度脫一切人

二陰界入魔爲五陰十二入十八界一切名色繫縛衆生陰覆行者清淨善根功德智慧不得增長故名爲魔所謂欲界陰入乃至色無色界陰入亦如是行者若心不了受著悉名爲魔若能不受不著觀如虛空不爲覆障即破魔業三死魔者一切生死業報輪轉不息皆名爲魔復次若行人欲發心修道便得

病命終或爲他害不得修道即爲廢今修習聖道比至後世因緣轉異忘失本心皆名魔事復次行者當修道時慮死不活便愛著其身而不修道亦是死魔所攝四天子魔者即是波旬此魔是佛法怨讎常恐行人出離其界故令諸鬼神眷屬作種種惱亂破壞行者善根是爲他化自在天子魔第二明四魔發相者若煩惱魔如前不善根性中三毒等分煩惱中廣說若陰入界魔發相如前不善及善根性中發種種色心境界說若死魔發相如前病患法中廣說所以者何病爲死因若鬼神魔者今當分別說鬼神魔有三種一者精媚二者埠惕鬼三者魔羅精媚者十二時獸變化作種種形色或作少男少女老宿之形及可畏身相等非一以惱行人各當其時而來善須別識若多卯時來者必是狐兎貉等說其名字精媚即散餘十一時形相類此可知二埠惕鬼者亦作種種惱亂行人或如蟲緣人頭面鑽刺慴慴或擊攊人兩掖下或乍抱持於人或復言說音聲喧閙及作諸獸之形異相非一來惱行人者應即覺知一心閉眼陰而罵之作是言我今識汝汝是此閻浮提中食火嗅香偷臘吉支邪見喜破戒種我今持戒終不畏汝若出家人應誦戒序若在家人應誦三歸五戒菩薩十重四十八輕戒等鬼便却行匍匐而去如是作種種留難相貌及除却之法並如禪經中廣說三魔羅惱亂者是魔多作三種相來破行人一作違情事即是作可畏五塵二作順情事即是作可愛五塵令人心著三作非違非順事即是

作平品五塵動亂行者是故魔名殺者復名華箭亦並名五箭射五情故一情中有三種境對情而惱行者五情合有十五種境色中三者一順情色或作父毋兄弟諸佛形像端正男女可愛之境令人心著二色中違者或作虎狼師子羅刹之形種種可畏像來怖行者三色中非違非順者但作平品之形色亦不令人生愛亦不令人生怖皆能動亂人心令失禪定故名爲魔餘諸情中亦當如是分别但約塵相有異行者若不別諸邪僞則爲所壞狂亂作罪裸形無恥起種種過破他善事毀損三寶非可具說或時得病致死必須慎之善加覺識問曰何故不約法塵對意根中論三種魔事答曰從多爲論一切魔事多從五情中入故但說五情細而論撿意根中亦不無三種惱亂之事類而可知復次諸大乘經中辨種種六塵中幻僞對意根魔事起相是中廣說故大品經云如是等魔事魔罪不說不教當知即是菩薩惡知識三明破魔法者當用三法除却魔罪一者了知所見聞覺知皆無所有不受不著亦不憂慼亦不分別彼即不現二者但反觀能見聞覺知之心不見生處何所惱亂如是觀時不受不分別便自謝滅三者若作此觀不即去者但當正念勿生懼想不著軀命正心不動知魔界如即是佛界如魔界如佛界如一如無二如於魔界無所捨於佛界無所取即佛法現前魔自退散既不見去來亦不憂喜爾時豈爲魔所惱復次亦未曾見有人坐中見魔作虎來剩食此人骨肉狼籍正是怖人令心驚畏耳

都無實事當知虛誑如是知已心不驚怖復作是念設令是實我今身命爲道故死何足可懼令我此身隨汝分別心如金剛不可迴轉如是或一月二月乃至經年不去亦當端心正念堅固莫懷憂懼當誦大乘方等諸治魔呪默念誦之存心三寶若出禪定亦當誦呪自防懺悔慚愧及誦波羅提木叉戒邪不干正久久自滅事理除魔其法衆多非可備説行者善須識之方便除滅故初心行人欲學坐時必須親近善知識者爲有如此等難是魔入人心時能令行人證諸禪定三昧智慧神通陀羅尼何況不能作此小小境界若欲知之諸大乘經及九十六種道經中亦少分分別今略説此爲令行者深知此意則不妄受諸境取要言之若欲遣邪歸正當觀諸法實相是故摩訶衍論云除諸法實相其餘一切皆是魔事故偈言

若分別憶想　是即魔羅網　不動不分別
是即爲法印　常念常空理　是人非行道
不生不滅中　而作分別想

復次略明破魔義不同如摩訶衍中説得菩薩道故破煩惱魔得法性身故破陰界入魔得菩薩道得法性身故破死魔得不動三昧一切法中自在無住故破欲界他化自在天子魔若大集經明得四念處即破四魔此二説名異意同若瓔珞經明等覺如來三魔已過唯有一品死魔在若法華説二乘之人但破三魔餘有欲界天子魔所未能破此則經論互説不同悉有深意若通明四魔並至菩提方盡所以者何如煩惱魔無明細惑佛菩

提智之所能斷陰界入魔如告憍陳如色是無常因滅是色獲得常色受想行識亦復如是死魔如前取瓔珞經所說欲界天子魔坐道場時方來與菩薩與大鬭戰故知四魔皆至菩提究竟永盡菩薩摩訶薩心廣大故安住不動修深禪定從初發心乃至佛果降伏四魔而作佛事廣化衆生心不退没涅槃經中說有八魔華嚴經中說有十魔善得其意四魔攝盡更無別法諸經辨魔事衆多略說不具足

釋禪波羅蜜次第法門卷第四

音釋

孱鉏山切　瞪瞢瞪澄應切瞢母亘切瞪瞢不明也　欻許勿切猶忽也

躃毘益切倒也　唼作答切齧也　瘠秦益切瘦也　痰癊痰徒甘切病液也癊於禁切心中病也　脾頻彌切土藏也　瘖先入切瘖瘖也　痛嘈則勞切聲也　䀮呼光切不明也　瞖目壹計切目疾也　慴質涉切怖也

攊郎狄切　裸郎果切赤體也　悚息勇切懼也　鬪丁候切爭也

釋禪波羅蜜次第法門卷第五

隋天台智者大師說

弟子法慎記

弟子灌頂再治

上已廣明內外方便行者若能專心修習繫念禪門必有證驗是故第七廣明修證故經言修我法者證乃自知今明修證中自開爲四第一修證世間禪相第二修證亦世間亦出世間禪相第三修證出世間禪相第四修證非世間非出世間禪相今第一釋修證世間禪者則爲三一四禪二四無量心三四無色定今前釋修證四禪四禪者一初禪二二禪三三禪四四禪今論色界根本正定但說有四若通方便中間是則不定若薩婆多人說有未到地及中間禪足四禪爲六地定若曇無德人例不說有未來禪而說有欲界定中間禪以爲六地定若摩訶衍及瞿沙所明則具有欲界未到地中間禪足四禪爲七地定此中融會以義推之今據正禪而論但說有四第一釋初禪修證如經偈說

離欲及惡法　有覺并有觀　離生及喜樂
是人入初禪　已得離婬火　則獲清涼定
如人大熱悶　入冷池則樂　如貧得寶藏
大喜覺動心　分別則爲觀　入初禪亦然

佛此偈中具明修證初禪之相但意難見今當分別就明初禪中開爲三別第一釋名第二明修習第三明證相第一釋名者所言初禪者禪名支林行者初得支林之法故名初禪復次覺觀等法名之爲支行者修初禪覺觀之法必於前發故說覺觀名爲初禪問曰

若言在前發得故爲初禪者欲界未到地最在前發何故不得受初禪之名答禪名功德叢林欲界未到等未有支林功德之法雖復前發不名初禪復次摩訶衍説欲界未到中間智多而定少是處非樂既非正地是故不得受初禪之名復次言初禪者亦名有覺有觀三昧爲有人疑言覺觀心中無定是故佛説覺觀三昧地持論説名覺觀俱禪此禪發時必與覺觀俱發亦名聖説法定此定内有覺觀語言道未斷故與説法之名如是等種種名字不同第二明修習復開爲二前明所修之法後辨能修之心第一明所修法者即是阿那波那爲修習根本初禪之法就中即有三意一釋息名二辨息相三明用息不同第一所言阿那波那者此是外國語秦言阿那爲入息波那爲出息安般守意三昧經言安之言生般之言滅若約息生滅明義如上説若約心生滅爲語是則不定今用入出息爲正義二辨息相中有四一風二喘三氣四息分别四種之相具如調息中説但數風則散數喘則結數氣則勞數息則定行者應當捨三存息善取不聲不結綿綿若存若亡之相而用之三明用息不同者一師教繫心數出息所以者何數出息則氣不急身不脹滿身心輕利易入三昧有師教數入息何故爾數入息一者易入定隨息内斂故二斷外境故三易見内三十六物故四身力輕盛故五内實息貪恚故有如是等勝利非一應數入息有師教數入出無在但取所便而數無的偏用隨人心安入定無過即用三師所論皆

不許出入一時俱數何以故以有息遮病生在喉中猶如草葉吐則不出咽則不入此患生故又師依四時用數令所未詳第二明能數之心亦爲三意一明能數之心二明轉緣三料揀一明能數之心者以細念之心攝心對息從一至十令心不散故名數息若數不滿十名數減若至十一名數增然增減之數並非得定之道若從一至十恒具十無有間一之失故名數法成就若於中間心竊異緣數法則亂是故心覺散亂義强若以一爲數者一則無間若有異緣便不時覺是以但緣一息不能除亂若過十者更一法起一心緣二即有亂生故名爲增夫數息者但細心約息記數而已不得多取數相若息多則氣滿腹脹體急坐欲不安二轉緣者初數於息覺息微微當置數息便隨於息任運出入若心欲靜便捨隨凝心止住心若闇忽即便靜照色息心若浮動即便捨觀歸數及隨止也是故名還心不馳蕩凝神寂慮故名爲淨行者若能如是善巧攝錄心則易定第三料揀息爲初門者問曰一切法門悉可爲初何故但說阿那波那以爲初門答曰不然今依佛教如經說阿那波那是三世諸佛入道初門是故釋迦初詣道樹欲習佛法內思安般一數二隨乃至還淨具如瑞應經所說復次提婆初出世時伏外道已諸人信敬度人出家不可稱數於是大集在家出家七衆弟子及刹利婆羅門等大衆之中昇師子座淚下如雨爾時大衆皆悉默念將非佛法欲滅外道復與邪將非國大擾亂疫病流行邪菩薩爾時

知大衆心念以白氎巾拭淚更整容服舉右手而言亦非佛法欲滅外道將興非國不安疫病流行但傷佛日潛輝賢聖月没袈裟之中空無所有耳于時大衆聞此語已各自感傷發聲大哭爾時飛鳥雜類在虛空中繽紛亂墜皆悉悲鳴爾時菩薩以慈輭音安慰大衆而說偈言

佛日常在世　無目不見耳　賢聖月不没
障礙故不見　若能淨膚翳　當自得覩見
何爲没憂海　癡醉如嬰兒

爾時大衆聞菩薩慈音心各醒悟攝心安坐寂然無聲諦觀菩薩咸欲聞法爾時菩薩普告大衆而說偈言

佛說甘露門　名阿那波那　於諸法門中
第一安隱道　因緣次第起　不雜諸妄想
譬如種石榴　芽莖次第生　華實及色味
自然非可作　時至時自證　非如脂粉色
汝等調熟地　惠汝石榴種　令心入甘露
道法次第生

從此以來西國法師相傳不絕多以此法爲學道之初若四依大士六通菩薩說法度人此爲首唱豈非入道初門末代相承說法教授自不修禪旣無内道出言即便破人修定若觀提婆之說乃以禪定爲要世人顛倒實可哀哉復有人言禪法一向不得處衆說之敬尋提婆在大衆中廣說禪定今時豈頓杜口但不得言我證是法其證是法及禪祕密微妙境界向人說此獲罪不輕第三明證禪相通方便論證自有三階一證欲界定相二證未到定相三正明證初禪相一明證欲界

定自有二意一正明證相二明得失今說欲界中自有三一麤住心二細住心三證欲界定一麤住相者因前息道諸方便修習心漸虛凝不復緣慮名爲麤住細住相者於後其心泯泯轉細即是細住心當得此麤細住時或將得時必有持身法起此法發時身心自然正直坐不疲倦如物持身若好持身但微微扶助身力而已若是麤持身者堅急勁强來則苦急堅强去則寛緩困人此非好法心既細已於覺心自然明淨與定相應定法持心任運不動從淺入深或經一坐無分散意所以說此名欲界定入此定時欲界報身相未盡故二明得失者入欲界定法心既淺未有支持難得易失易失因緣是事須識失定有二種一從外緣失謂得定時不善用心內外方便中途違犯則退失禪定復次若行者當得定時或向人說或現定相令他知覺或卒有事緣相壞如是等種種外事於中不覺不識障法既生則便失定若能將護本得不失障不得生故名爲得二者約內論得失者有六種法能失禪定一希望心二疑心三驚怖四大喜五重愛六憂悔未得禪有一謂希望心入禪有四謂疑怖喜愛出禪多有憂悔此則能破定心令退失若通論此六皆得在未入住出中俱有此六法能退失定若能離此六法即易得定以不失故名得也此雖近事若不說者則人不知若善取其意則知遮障二明證未到地定相因此欲界定後身心泯然虛豁失於欲界之身坐中不見頭手牀敷猶若虛空此是未到地定所言未到地者

此地能生初禪故即是初禪方便定亦名未來禪亦名忽然湛心證此定時不無淺深之相今不具明復次此等定中或有邪僞行者應證其相非一略出二事一定心過明二者過暗並是邪定明者入定時見外境界青黄赤白或見日月星辰宫殿等事或一時日乃至七日不出禪定見一切事如得神通此爲邪當急去之二者若入此定暗忽無所覺知如眠熟不異即是無心想法能令行人生顛倒心當急却之此則略説邪定之相是中妨難非可具以文傳復次若依成論毗曇分别二定爲不便也今依尊者瞿沙所明分别二定有異亦應無失具如前引摩訶衍中釋而多見坐人證定之時實有兩種定相不同是故今説欲界未到二定各異第三明證初禪相自有六種一名初禪發相二明支三明因果體用四明淺深五明進退六明功德第一正明初禪發相中復爲四意一正明初禪發相二簡非禪之法三釋發因緣四分别邪正第一初禪發相者行者於未到地中證十六觸成就即是初禪發相云何是證若行者於未到地中入定漸深身心虚寂不見内外或經一日乃至七月或一月乃至一年若定心不壞守護增長於此定中忽覺身心凝然運運而動當動之時還覺漸漸有身如雲如影動發或從上發或從下發或從腰發漸漸徧身上發多退下發多進動觸發時功德無量略説十種善法眷屬與動俱起其十者何一定二空三明淨四喜悦五樂六善心生七知見明了八無累解脱九境界現前十心調柔

輭如是十法與動俱生名動眷屬勝妙功德莊嚴動法若具分別則難可盡此則略說初動觸相如是或經一日或經十日或一月四月如是一年此事既過復有餘觸次第而發故名初禪餘觸發者謂八觸也一動二痒三涼四暖五輕六重七澁八滑復有八觸謂一掉二猗三冷四熱五浮六沉七堅八輭此八觸與前相雖同而細分別不無小異更別出名目足前合為十六觸此十六種觸發時悉有善法功德眷屬如前動觸中說行者因未到地發如是等種種諸觸功德善法故名初禪初發並是色界清淨四大依欲界身中而發故摩訶衍云色界四大造色著欲界身中問曰二十七觸何故有去取復出異觸名料簡云云第二料簡非禪之相者問曰行者於初坐中未得定心亦發如是冷暖動等觸既無如上所說功德之事有人言此是病法起所以者何如重澁等是地大病生如輕動觸是風大病生如熱痒等觸是火大病生如冷滑等觸是水大病生復次因暖熱痒等生貪欲蓋因重滑沉等觸生睡眠蓋因動浮冷等生掉悔蓋因强澁等生疑蓋又因重堅澁等生瞋蓋當知觸等發時能令四大發病及生五蓋障法或言是魔所作若發動時如上過上所說皆魔觸發云何以此為初禪耶答曰不然若如汝向所說觸發之相此是生病生蓋之觸若如上說及增者亦是魔觸發相今說不爾若未得未到地定而先發觸者多是病觸是生蓋及魔所作若觸發時無如上所說十種功德眷屬者亦是病觸生蓋及魔觸也

今所說觸發者要因未到地定發亦具足有諸功德眷屬俱發故以此為初禪發相何可疑哉問曰未到地前發觸但是生病生蓋及魔觸亦有治病除蓋非魔觸不答曰亦有此義問曰若爾與初禪觸復云何異答曰有異欲界雖有治病除蓋及非魔觸而非初禪觸者此猶是欲界中四大色法不能發定無諸功德支林善法故不名初禪此則略出欲界善不善觸相但行人初坐或有證此一兩或都不證然既有此法故略出之耳問曰未到地中亦發欲界善不善觸不答曰非無此義三明禪發因緣有二一者從初修禪以來不計勤苦既有善心功力成就自然感報如法華中說隨功賞賜乃至禪定根力等事復次有師言是十善相應此意難見二者色界五陰住在欲界身中麤細相違故有掉動八觸等事譬如世人憂愁煩惱內起結滯壅塞不通令四大受諸熱惱從心而生乃至得病至死不從外來而有苦也今此禪中有觸樂之事亦從心有由數息故使心輭細修諸定法色界定法住在欲界身中色定之法與欲界報身相觸故有十六觸次第而生亦不從外來而能覺知故名為觸此八雖有十六並約四大而發因四大生地中四者重沉堅澁水中四者涼冷輭滑火中四者暖熱猗痒風中四者動掉輕浮故金光明云地水二蛇其性沉下風火二蛇性輕上昇問若因四大但應有四何得十六答曰相兼故得爾如熱是火體兼水故有暖兼風故有痒兼地故有猗兼三之時失本熱相故說有四餘三大各兼三

義類此可知復次此十六觸各有十種功德善法合則有一百六十法而初坐發法之人未必發盡或發三五故略出之問曰此八觸爲當發有次第爲無次第諸觸之中先發何等答曰若論其次第亦無定前後雖四大因緣合時強者先發而多見有人從動而發事如前釋四者辨邪正之相具如前内方便中驗善惡根性相明虚實中說是中應廣分別

第二明支義亦開爲三一釋支名二釋支義三辨支相 第一釋支名者初禪有五支一覺支二觀支三喜支四樂支五一心支覺者初心覺悟名爲覺觀者後細心分別名爲觀慶悅之心名爲喜恬澹之心名爲樂寂然不散名一心所以制五支者若對不善即爲破五欲五蓋若對善法即對行五法故釋論云離五蓋行五法具五支入初禪第二釋支義者如瓔珞經說禪名支林此即據總別之明義也言支者支離爲義如因樹根莖則有枝條根莖是一枝條有異禪中支義亦爾從一定心出生五支此是總中別義所言林者如林因衆多樹得有林名禪義亦爾五支和合總受禪稱此即據別中之總故知若說禪即知有五支如聞林名必知有樹及以枝條復次有人言枝持爲義如欲界未到地中雖有單靜定心未有覺觀等五支共相枝持則定心淺薄易失若得初禪即有覺觀等法則定心安隱牢固難壞三辨支相若數人辨相正約二十二心數去取辨五支相具出彼義云云今家所明略爲二一者別二者通一別釋五支相者云何名覺覺名觸覺有二種一成禪覺

二壞禪覺如有風能成雨有風能壞雨如上所說十六觸中一觸有十種善法眷屬安隱莊嚴者是成禪覺如上說一觸有二十惡法是壞禪覺復次覺者覺屬身根爲身有情異乎木石所以對觸故生覺如經說見聞覺知義見屬於眼聞屬於耳鼻觸覺屬於身知屬於意亦對舌也有增用故問曰如經中說六觸因緣生受何得覺觸但屬於身耶答曰此對通說若通時見中亦說聞餘義類爾今就別義論覺支者正對身也於未到定中發十六觸觸於身根生識覺前觸相故名覺支復次覺名驚悟行者得初禪未曾所得善法諸功德故心大驚悟昔常爲欲火所燒得初禪時如人入清涼池但此覺生時與欲界身根生覺有異何以故與定等善法一時俱發是以偈言如貧得寶藏大喜覺動心故言初心麤念名爲覺此與數人明義應有小異料簡云云二釋觀支者後細心分別名爲觀旣分別觸發已正念之心思量分別向觸生時與欲界中善法及未到等法大有異所以者何於此觸中有種種善法珍寶與觸俱發欲界所無復次分別者分別十六觸中法寶之相亦不同知麤則離知善則修此細心分別故名觀支故經說分別則爲觀問曰若爾覺有何等異答曰如論說麤心在緣名爲覺細心分別名爲觀又問如毗曇中說覺觀在一心中今云何爲二答曰二法雖在一心二相不俱謂覺時觀不明了觀時覺不明了譬如撞鐘鐘聲雖一而麤細有異一心中覺觀亦如是後次身根身識相應名爲覺意根意識相應

名爲觀身識是外鈍故名麤意識是內利故能分別名細此雖同緣一觸而二相不俱故爲觀支三明喜支者見細心分別思量覺知十六觸等微妙珍寶昔所未逢是以心喜慶悅又知所失欲樂甚少今得初禪功德其樂甚多如是覺觀利我不少深心慶悅踊躍無量故名喜支四樂支者行者於歡喜已後其心恬然受於觸中之樂樂法娛心安隱恬愉故名樂支問曰喜樂有何異答曰如上覺觀分別今喜樂亦爾麤樂名喜細樂名樂亦可言麤喜爲喜細喜爲樂復次喜樂雖俱是歡悅之相而二相有異喜根相應故名喜樂根相應故名樂踊躍心中故名喜恬靜心中故名樂復次行者初緣得樂心生歡喜未及受樂名喜後緣喜情既息以樂自娛故名樂譬如飢人得食初得歡喜未及受其味故名喜後得食之方受味中之樂故名樂又如三禪有樂而無喜故知二根有異五一心支者經久受樂心息雖有覺觸等事而心不緣既無分散定住寂靜故名一心支此則略說初禪五支次第而發並據成就立於支義問曰若爾約十六觸一觸皆有五義不答曰實爾故知初禪對緣即有衆多支也雖復對觸有多終不出五支譬如五陰若對五根根根說五雖復衆多而不可說言有第六陰五支亦爾二者約通義明五支即一覺發時具有五支義云何當覺發時本對於觸覺觸中冷暖即是覺支當覺覺時豈不即分別知冷異暖即是觀支當觸發時即有喜心如人見好美色即生喜悅不待思量故論偈說大喜覺動心觸

發之時必舉體怡解即是樂支解發必與定俱故名覺觀俱三昧當知即有一心支此則五支一時而發不待成就但於事未顯故據成而說別義如前問曰若爾心便並慮答曰心雖不俱法並何過此類如十大地心王心數之義問曰若通支有五者五支應有二十五答曰如佛經中說五陰一陰有五五五二十有五而不乖五陰之義通五支義亦如是第三明體用即爲二意一者明因果二明體用一因果者遠而論之行内外方便及入未到地等爲因感得初禪爲果今就近釋但據初禪自有因果有人言四支爲因後一心支爲果此即無文今依瓔珞解禪支五支爲因第六默然心爲定體即以體爲果若通論因果支支相因悉得辨因果也二明體用還以默然心爲定體從默然觸更動發起五支此則爲用何以故從體起用用則在後因則據前問曰因用體果即無分別答曰不然雖同據五支明因用就默然爲體果然義意有異所以者何因中五支爲感默然之果因默然之果起五支之法此就默然爲體五支爲用例如三十七品道前爲因道後爲用問曰有時從默然體發勝品五支後得增勝默然此義云何答曰若爾即還應說因果若無勝品但是體用第四明淺深者初禪發時五支及默然心前後不無麤細之異故有淺深應須分別所以者何如論云佛弟子修諸禪時有下中上名爲三品離此三品一品爲三故有九品淺深之相若細而論則應有無量品外道得定亦有淺深而不作品說者以其心麤

於定中不覺故亦以不修無漏觀慧照了則心不覺知就立品明淺深中自爲二意一約同類二約異類一同類者如一動觸發時漸漸覺深乃至九品二約異類者如動觸謝後即發餘觸雖觸相不同而覺定漸深勝於上復次若約五支中明淺深者亦有二一同類者如觸發五支時即有淺深之相二異類者若五支次第增長一一支中亦各自有淺深之相問曰爲當要發十六觸等具足方名初禪爲當亦發一一觸亦名初禪答曰初禪有二種一具足二不具足若具發十六觸此即是具足初禪爲勝若發一兩觸等亦得名初禪何以故以一觸具有十種定法眷屬五支成就故但此初禪不名具足第五明進退者證初禪時有四種人根性不同一者退分二者住分三者進分四者達分一退分者若人得初禪時或有因緣或無因緣而便退失失有二種一者更修還得二者更修不得所謂過去今世障法起故末世之中此退分多二住分者有人得初禪已即不退失定心安隱住分亦有二種一者任運自住二者守護乃住三進分者有人得初禪時即便進得勝品乃至進得上地進有二種一者不加功力任運自進二者勤修乃進四達分者有人得初禪時於此定中即發見思無漏達到涅槃達亦有二種一者任運自達二者修觀乃達復次此四分定中復有四種人根性不同如退分中四者一自有退退得九品漸退乃至併失二自有退住得九品退至八品七品便住不失三自有退進得九品退至八品七品乃

至一品從一品還進四者自有退達得九品巳退還八七等品乃至一品於其中間忽然發眞無漏餘住分進分達分各有四義亦如是是中或有因放逸障故退或因懺悔清淨故住進達此義衆多不可具辨第六明初禪功德者如前偈說巳得離婬火則獲清涼定此偈自可爲二功德一者離過德二者善心德此對止行二善亦可類於智斷二德故大集經云初禪者亦名爲離亦名爲具所言離者謂離五蓋所言具者謂具五支今釋所以得初禪時離貪欲蓋者欲界之樂麤淺今得初禪之樂細妙以勝奪輕故能離五欲離瞋者欲界苦緣逼迫故生瞋得初禪時無有諸逼迫樂境在心故無瞋能離睡眠者得初禪時身心明淨定法所持心不昏亂觸樂自娛故不睡也所以能離掉悔者禪定持心任運不動故能離掉由掉故有悔無掉即無悔離疑者未得初禪時疑有定無定今親證定疑心即除故得離疑是故得初禪時具有離過之德得初禪時具足善心功德者約五支明功德善法義如前說復次若得初禪即具信戒捨定聞慧等善心也次明第二禪者如偈說知二法亂心雖善而應離如大水澄靜波蕩亦無見譬如人大極安隱睡眠時若有喚呼聲其心大惱亂攝心入禪時以覺觀爲惱是故除覺觀得入一識處內心清淨故定生得喜樂得入此二禪喜勇心大悅佛以此偈中廣明中間禪二禪相今明二禪有三義一者釋名二明修行三明證相第一釋名者次初禪後故說二禪既離覺觀於第二心得勝

支功德故名二禪亦名無覺無觀三昧所以者何得中間禪斷覺二禪內淨發故斷觀亦名聖默然定以覺觀語言滅故故名默然若得無漏正慧入此定故即名聖默然地持論中說名喜俱禪此定生時與喜俱發故第二修習即爲二一者明修習方法二明證中間禪今明修二禪者若凡夫人亦當先修六行佛弟子多修八聖種聖種義如前說六行者謂於初禪第六默然心中猒離覺觀訶初禪爲下苦知二法動亂逼惱定心故爲苦從覺觀生喜樂定等故爲麤此覺觀法障二禪內淨故名障攀上勝者二禪內淨安隱勝初禪覺觀動亂之定妙者喜定因內淨而發是爲微妙出者若得二禪即心得出離覺觀等障復次行者既知初禪之過障於二禪今欲遠離當依三種方便一不受不著故得離二訶責故得離三觀析故得離譬如世人共事後見其過失心欲令去亦用三法一者上人利智不與顏色前人自去二者若不去應須數責彼即自去三者若不去當與杖加之自便去也若得此三意可以離初禪覺觀之過二者明中間禪發相行者既能深心訶責初禪覺觀覺觀既滅五支及默然悉謝以離初禪二禪未生於其中間亦有定法亦得名禪但不牢固無支等扶助之法所以其心蔑蔑屑屑然諸師多說爲轉寂心轉初禪默然也釋論說名觀相應此定以六行觀爲體住此定中若離六行觀者則多生憂悔憂悔心生則永不發二禪乃至轉寂亦失或時還更發初禪或時合初禪亦失因是無法自居到此定

時爲山之功而少一簣當善自愼經中說爲無覺有觀三昧初禪及默然已謝但住觀相應心中修二禪故第三明二禪發相亦開爲六意一者明禪發二明支義三明因果體用四明淺深五明進退六明功德第一明二禪發相者行者於中間禪心不憂悔一心加功專精不止於後其心澹然澄靜無有分散名未到地故論偈云得入一識處即是二禪方便定發問曰如論中唯說初禪前有未到地今二禪前何故復說有未到地答曰論總明故說一若舍利弗毗曇說有四未到地四中間禪今用此義故更說有未到地及中間也經久不失不退專心不止於後其心豁然明淨皎潔定心與喜俱發亦如人從暗室中出見外日月光明其心豁然明亮內淨十種功德眷屬俱發之義具如初禪發相但以從內淨定俱發爲異耳復次二禪喜樂等發不從外來一心澄淨大喜美妙清淨勝初禪故論云內心清淨故定生得喜樂得入此二禪喜勇心大悅云何名爲內淨遠而言之對外塵故說內淨近而言之對內垢故說內淨所以者何如初禪中得觸樂時身即明淨兼令心淨觸是身識相應故名外淨今待初禪外淨故說二禪心識相應爲內淨亦令身淨淨身故名外淨內淨是心淨淨從心出令身亦淨故言內淨今言待內垢故說內淨者初禪之中心爲覺觀所動故名爲內垢今得二禪內心無有覺觀之垢故名爲內淨言定生得喜樂者上於初禪說離生今此說定生義意云何正言初禪離欲界生色界定法故二禪旣

無此義但說定生問曰若爾虛空定亦應說離生邪答曰不然前已受名故不應重說又且虛空離色界但發定之時而無支林等法生故不說離生問曰初禪亦有喜樂與此何異答曰彼從覺觀生喜樂與身識相應此中喜樂從內心生還與意識相應以此爲異二明支義者二禪有四支一內淨二喜三樂四一心今明支義例有通別支持支離之義類如前說一所言內淨支者既離覺觀依內淨心發定皎潔分明無有垢穢故名內淨支二喜支者定與喜俱發行者深心自慶於內心生喜定等十種功德善法故悅豫無量故名喜支三樂支者行者受於喜中之樂恬澹悅怡綿綿美快故名樂支四一心支者受樂心息既不緣定內喜樂復不緣外念思想一心

不動故名一心支問曰瓔珞經何得於一心前立猗支邪答曰猶是內淨於喜樂後立異名說所以者何猗名爲縱縱名爲任既內無垢累猗任自在不慮聲刺及覺觀所牽故言猗問曰大集經中何故但立三支無內淨邪答曰彼經以存略不說二禪名爲喜俱定既離覺觀說喜必知有內淨定通別立支之意類前可知三明體用因果者如瓔珞經說二禪四支爲因第五默然心爲定體翻覆明因果體用之義不異初禪四明淺深者例如初禪從初品乃至次第發勝品此爲淺深之相可見今不別明第五明進退之義例如初禪六明功德中即還爲二意一者離過德二者善心德故大集經云二禪者亦名爲離亦名爲具所言離者離五蓋所言具者謂具四支

若言離過者離覺觀過具者從内淨喜心具足生信敬慚愧等及六善法也次明第三禪相禪義如偈說

攝心第一定　寂然無所見　患苦欲棄之亦如捨覺觀　由愛故有苦　失喜則生憂離苦樂身安　捨念及方便

此偈中具明三禪修證之相今釋三禪義亦開爲三一者釋名二明修習三明得證第一釋三禪名者行者於第三心中得五種支林功德定中之善法故名三禪也若依地持論名爲樂俱禪此定功德眷屬與徧身樂俱發故猶是無覺無觀三昧聖默然定之所攝但名通於前二禪中已受名今不重釋第二釋修習三禪方法如前一行半偈說攝心第一定寂然無所見患苦欲棄之亦如捨覺觀由愛故有苦失喜則生憂此偈廣說訶二禪喜相今行者觀二禪爲過失欲得三禪時是中應具足明六行方法今但略出二禪過罪相六行之義此二禪定雖從内淨而發但大喜勇動定不牢固類如前說但誑心念著安隱處如人知婦是羅刹女則棄之不生戀著一心專念三禪功德爾時即捨大喜及與默然當如上用三法遣之一不受二訶責三觀心窮檢既不受喜喜及默然則自謝三禪未生中間有定亦如是說但淺深有異行者是時慎勿憂悔過同前說第三明三禪發相亦類前爲六意一正明三禪發相二明支義三明因果四明淺深五明進退六明功德第一明三禪發相者加功不止一心修習其心湛然安靜爾時樂定未發而不加功力心自澄靜

即是三禪未到地於後其心泯然入定不依內外與樂俱發當樂發時亦有功德眷屬具如前辨但無動勇之喜爲異而綿綿之樂從內心而發心樂美妙不可爲喻樂定初生既未即徧身中間多有三過一者樂定既淺其心沉沒少有智慧用二者樂定微少心智勇發故不安隱三者樂定之心與慧力等綿綿美妙多生貪著其心迷醉故經言是樂聖人得捨餘人捨爲難三禪欲發有此三過則樂定不得增長徧身行者當善調適云何調適當用三法一者心若沉沒當用念精進慧等法策起二者若心勇發當念三昧定法攝之三者心若迷醉當念後樂及諸勝妙法門以自醒悟令心不著行者若能善修三法調適樂定當知樂法必定增長徧滿身分是故經言三禪受徧身樂問曰若樂充滿徧身身具五根五根之中悉有樂不答樂徧身時身諸毛孔悉皆欣悅爾時五情雖無外塵發識而樂法內出充滿諸根五根之中皆悉悅樂但無外塵對則不發五識情依於身身樂既滿情得遍悅樂與意識相應以識內滿故則徧身而受所以佛說三禪之樂徧身而受復次初禪樂從外而發外識相應意識不相應內樂不滿二禪之樂雖從內發然從喜而生喜根相應樂根不相應樂依於喜喜尚不徧況於樂邪今三禪之樂從內發以樂爲主內無喜動念慧因緣令樂增長徧身內外充滿恬愉快樂世間第一樂中之上故佛說行慈果報徧淨地中問曰佛說三禪有二時樂一受樂二快樂約何義說邪答曰實爾快樂樂者

樂定初發未徧身也受樂樂者樂既增長徧身受譬如石中之泉從内涌出盈流於外徧滿溝渠三禪之樂亦復如是第二明支義開爲二意一明支義二明前後不同今明支者三禪有五支其五云何一捨二念三智四樂五一心一捨支者得三禪樂定生時捨喜心不悔亦得言捨離三過二念支者既得三禪之樂念用三法守護令樂增長三智支者善巧三法離三過四樂支者快樂樂徧身受五一心支者受樂心息一心寂定相貌並如二禪發相中說就此支中約義自有四意一者三爲方便支二爲證支用念慧智三支調適樂定令速得增長徧身故說爲方便支受身樂一心二支爲證此二一時發是三禪之正主也二者四是自地立支一望下地立慧念樂一心約自地立捨支約捨下地喜不悔立也三者五支通得說作方便支三如上說下二何故亦得名方便邪正言修樂增長能感後樂故一心亦爾復望第六默然定體五支例得名因例得名方便四者五支通得說爲證支所證樂定時自然生捨愛念樂定如母護子不由人勸等智自發籌量調適五支俱皆屬證問曰若爾前說並是方便後說是證得此意豈不碩相違反邪答曰並有其義細尋自見第二明支前後不同者諸經及論各異立次第如成實論明五支次第者捨念智受樂一心阿毗曇明次第慧念樂捨一心大集所出次第者念捨慧安定瓔珞經中明次第樂護念智一心釋論明次第文則不定或與成論同或與瓔珞同問曰何獨此明支次

第不定餘禪不然邪答曰初禪等唯有一樂故今三禪有二種樂故由此二樂前後異故中間迴互不定是故諸經次第各立不同而悉有意必須得所以第三明體用如瓔珞經云五支爲因第六默然心爲體第四明淺深五明進退並如前釋第六門功德者具有離過善心二德如大集經說所言離者謂離五蓋具者謂具五支據別則但三禪獨有離喜過之德餘義類上可知次釋第四禪相如經偈說

聖人得能捨　餘人捨爲難　若能知樂患
見不動大安　憂喜先已除　苦樂今亦斷
捨念清淨心　入第四禪中　第三禪中樂
無常動故棄　欲界中斷憂　初二禪除苦
是故佛世尊　第四禪中說　先已斷憂苦

今則除苦樂

今此四行偈具明修證四禪之相今釋第四禪開爲三意一釋名二明修習方法三明發相第一釋四禪名者禪名支林四禪攬四支成定於第四心中證得故名四禪猶是無覺無觀三昧聖默然攝亦名不動定地持經說名捨俱禪此定發時體無苦樂與微妙捨受俱發此定與捨根相應故名捨俱禪第二明修習方法者如上一行偈說是樂聖人得能捨餘人捨爲難若能知樂患見不動大安佛此偈具明修四禪方便所以者何行者欲得四禪當應深見三禪過患云何見過初欲得樂一心勤求大爲辛苦既得守護愛著是亦爲苦一旦失壞則復受苦是故經說第三禪中樂無常動故苦又此樂法覆念令不清淨

行者既深見三禪樂有大苦之患應一心厭離求四禪種不動定爾時於三禪邊地當修六行方法例如前說亦應用於三法除遣一不著二訶責三觀析行此三法即三禪謝滅而四禪未到中間必有定前發與觀相應等相貌並如上說不同憂喜過如前說第三釋四禪發相此如上三行偈說證例前開爲六意一正明證四禪二明支義三明體用四明淺深五明進退六明功德第一明四禪發相行者因中間禪修行不止得入未到地心無動散即四禪方便定於後其心豁然開發定心安隱出入息斷定發之時與捨俱生無苦無樂空明寂靜善法眷屬類如前說但無事用喜樂動轉之異爾時心如明鏡不動亦如淨水無波絕諸亂想正念堅固猶如虛空是名世間眞實禪定無諸垢染行者住是定中心不依善亦不附惡無所依倚無形無質亦無若干種種色相而內成就淨色之法何以得知若無淨色根本則不應於定中對因緣時發種種色如通四無量心勝處一切處變化等色並依四禪若以不見諸色謂言無色者應如虛空處定三種色滅一切色法悉不得現今一切色法自在得現而於定法無所損減者當知是眞色定譬如明鏡體是淨色故隨對諸色一切得現若無淨色爲本者終不於虛空中現諸色像復次此四禪種智定一心故念常清淨亦名不動定亦名不動智慧於此禪中若欲轉緣學一切事隨意成就一切神通變化雷雨說法莫不從此定出如經說佛於四禪爲根本第二明支義四禪有

四支一不苦不樂支二捨支三念清淨支四一心支不苦不樂支者此禪初發與捨受俱發捨受心數不與苦樂相應故言不苦不樂支二捨支者既得不苦不樂定捨下勝樂不生厭悔復次眞定以發未得成就若心進勝定則便隨念動轉不名無動定是故定發心不念著自能捨離故名捨支禪定分明等智照了故名念清淨支定心寂靜雖對衆緣心無動念名一心支若次第明支義如今說通而爲論於初一支即具四支問曰何故大集明不苦不樂支爲第三此中云何爲初答曰前後皆有所以今約發說彼據成就而立例如三禪立樂支前後不定第三體用者如瓔珞經說四禪四支爲用第五默然爲體第四淺深第五進退例上可解第六功德者四禪亦具離過善心二種功德如大集經說者離五蓋具四支而獨四禪有離憂喜苦樂之過善心敬信慚愧等及六善法悉從不動定四禪而發功德善根深厚倍勝於上類前可解問曰今明行菩薩道應說諸法實相甚深空定等何故說於凡夫四禪世間有漏生死虛誑之法答曰不然如釋論中設問答曰是般若波羅蜜論義中但說諸法相空菩薩云何於空法中能起禪定答曰菩薩知諸五欲及五蓋從因緣生無自性空無所有捨之甚易衆生顛倒因緣著此欲事貪少弊樂而離禪中深妙定樂菩薩爲是衆生故起慈悲心修行禪定繫心緣中離五欲除五蓋入喜初禪滅覺觀攝心深入內清淨得微妙喜入第二禪以深喜散之故離一切喜得徧滿樂入第

三禪離一切苦樂一切憂喜及出入息自斷以清淨微妙捨而自莊嚴入第四禪是菩薩雖知諸法空無相以衆生不知故以禪相教化衆生若有諸法空是不名爲空亦不應捨五欲而得禪無捨無得故令諸法空相亦不可得作是難言若諸法空何能得禪復次若菩薩不以取相愛著故行禪如人服藥欲以除病不以爲美爲戒清淨智慧成就故行禪菩薩一一禪中行大慈觀空於禪無所依止以五欲麤誑顛倒故以細微妙虛空法治之譬如毒能治諸毒復次釋論又説譬如國王見子從高崖墜落恐必定死即以輭物接之不令身命損毀菩薩亦爾見衆生遠離波若顛倒墜落故説四禪空法以接衆生不令損失法身慧命是故今辨行菩薩道略明四禪於義無過也

禪波羅蜜次第法門卷第五

音釋

氎（達協切細毛布也） 拭（設職切揩也） 翳（壹計切鄣也） 澁（色入切）
掉（徒弔切搖也） 猗（於宜切輕安也） 蔑屑（蔑莫結切屑先結切蔑屑輕易也）
簣（求位切土籠也） 戀（龍眷切眷也） 攬（魯敢切手取也）

釋禪波羅蜜次第法門卷第六

隋天台智者大師說

弟子法慎記

弟子灌頂再治

釋四無量心開爲五

第一明次第　第二釋名　第三明處所

第四明修證　第五明功德

第一釋四無量心所以次四禪後者明行人有二種一者世間行人二者出世間行人就凡夫行人中則有三一者樂高勝自在求作梵天王是故雖得四禪而更進修無量心何以故然四禪但是色界自行具足而無益他之德淺薄若生彼天不得王領若修四無量心緣於十方衆生而入三昧慈悲普攝利他心大是故功德轉多若生彼天必作梵天王王領自在是故能得四禪猶更修習四無量心二者外道行人雖得四禪而見有心識之患欲求涅槃無想寂滅不知破色直用邪智滅心入無想定三者或有凡夫外道行人悉猒患色猶如牢獄一心破色修四空定是爲凡夫行人同得此定志樂不同各隨所習愛樂不同若佛弟子有二種人所謂小大兩乘是二種人得四禪時進修無量心者小乘之人爲自調心增長福德易得涅槃故大乘之人欲度衆生必以大悲爲本故次四禪明修四無量心問曰如摩訶衍中假設問云是四禪中有四無量及十一切入等諸定今何故別說答曰雖四禪中皆有是法若不別說人則不知其功德譬如囊中有寶若不示人即無人知者若欲示大福德爲說四無量心患

猒色如牢獄爲説四無色定於緣中不得自在觀所緣爲説八勝處若有遮道不得通達爲説八背捨心不調柔不能從禪起次第入禪爲説九次第定不能得一切緣徧照隨意爲説十一切處問曰若以論説今得四禪者亦應悉得四無量等諸禪定否答曰此依義而説若無漏四禪中説有四無量心則於義無過何以故無漏禪中具諸觀行法門故若有漏根本禪説者當知乳中説酪耳第二釋四無量名者一慈無量心者慈名愛念衆生常求樂事以饒益之二悲無量心者悲名愍念衆生受五道中種種身苦三喜無量心者喜名欲令衆生從樂得歡喜四捨無量心者捨三種心但念衆生不憎不愛緣此四法故説於四心徧十方平等無隔名無量心修慈心爲除衆生中瞋覺故修悲心爲除衆生中惱覺故修喜心爲除衆生中不悅樂故修捨心爲除衆生中憎愛故此四定次第階級之相在下當釋第三明修處所自有二種一爲通明處二者別明處第一通明處者四禪中間定悉得修四無量心如釋論中説是慈在色界根本禪亦在禪中間無色界無色於緣衆生爲不便欲界未到地定淺不任修諸功德問曰欲界未到地利根之人能用此定發見思眞解何故不得修四無量心答曰緣理之慧利故得發若神通無量等是事法必假深定而欲界未到非全不得修無量心但發得即屬初禪是故不説如初禪五支覺觀二支分別欲界則生悲易喜支生喜易樂支生慈易一心支生捨易故説爲修證之處問曰

第四禪及中間無喜樂云何以喜樂與衆生答曰內雖無有喜樂緣取外喜樂人相而平等與樂譬如離欲行人自不須五塵亦不與塵欲交染而爲大福德故亦以五欲勝妙樂具給施前人而於自心無所染汙於四禪中與他喜樂亦復如是未到中間類即可解第二別明修處者如初禪以覺觀爲主深識欲界衆生苦惱之相此處修悲則易二禪內有大喜此處修喜無量則易三禪內有徧身之樂此處修慈則易四禪妙捨莊嚴此處修捨爲易此則隨地各有其便問曰若爾佛何故說住四禪修四無量易得耶答曰第四禪名念清淨得不動定於此中修一切佛法功德易成故作是說耳問曰上說初禪行悲此則壞於次第如慈在前應初禪而修慈二禪修悲三禪修喜四禪修捨何故不爾答曰此逐義便不隨次第譬如佛十弟子各有第一若問何人智慧第一應答身子是若以夏臘大而答第一者則於義大僻第四正明修證約四無量心即自有四一修慈證慈二修悲證悲三修喜證喜四修捨證捨第一明修慈證慈者即開爲二第一正明修習方法此如佛處處經中說有比丘以慈相應心無恚無恨無怨無惱廣大無量善修習云何名以慈相應心如釋論說若念十方衆生令得樂時心數法中生法名爲慈善是相應欲入禪定當先作誓願一切衆生悉受快樂我於定中悉得見受想行識是名心數法諸身業口業及心不相應諸行是法和合皆名爲慈是法皆以慈爲主故慈得名譬如一切心數法皆是

後世因緣而但思得名於作業中思最有力故是名慈相應相復次行者初修時用念清淨心取外所愛親人受樂之相若父母兄弟隨取一最愛者一心緣之若有異念攝之令還令於心想的的分明見於親人受樂之相其心愛念乃至中人怨人餘五道亦如是復次行者如是修時若見種種善惡境界及發諸禪中事悉不得取但一心觀於親人得樂之相心心相續是則略説修慈方法第二明慈定發相行者禪定智慧福德善根力清淨故如是一心慈念衆生時三昧即發三昧力故即於定心中見所愛親人受於快樂之相身心悦豫顔色和適了了分明如是見親人得樂已次見中人乃至怨人亦復如是於定心中見一人次見於十人千人萬億一聚落一國土一閻浮提一四天下乃至十方世界一切衆生悉皆受樂行者於定中見外人受樂而内定轉深與外相應湛然無動是名慈相應心即是相應受想行識陰入界等法如前説問曰慈相應定見衆生時爲當如上説從一至十漸漸而見爲當一時併見答曰行者根有漸頓不定一種慈相應心者慈名心數法能除心中憒濁所謂瞋恨慳貪煩惱譬如淨水明珠置濁水中水即澄清無恚無恨無怨無惱者於衆生中若有因緣若無因緣初生名爲瞋瞋增長籌量持著心中而未決了是名爲恨亦名爲怨若心已定無所畏忌欲損於他是名爲惱以慈心力除捨離此三事是名無瞋無恨無怨無惱此無瞋無恨無怨無惱以是讚歎慈心功德廣大無量者一

心分別有二種名如慈相緣見一方爲廣四方爲大緣四維及上下爲無量復次破瞋恨心名爲廣破怨心名爲大破惱心名爲無量慈緣親人爲廣慈緣中人爲大慈緣怨人得福多故名無量復次爲狹緣故名爲廣爲小緣故名爲大爲有量緣故名無量善修者是慈心牢固初得慈不名爲善修非但愛念衆生中非但好衆生中非但益一衆生中非但一方衆生中名爲善修行者於上親中親下親上中人中中人下中人下怨中怨上怨是九種人中愛憎正等無異乃至愛念五道衆生中以一慈心視之如父如母如兄弟子姪知識常求好事欲令利益安樂如是之心徧滿十方是名善修復次若但與衆生欲界樂不名善修但與初禪樂不名善修但與二禪樂不名善修若能具足與欲界樂乃至三四禪樂是名善修如是慈心名衆生緣或在凡夫人行處或有學人未漏盡者亦行此慈爲調心得大福德入無漏故法緣者諸漏盡阿羅漢辟支佛諸佛是諸聖人破吾我相滅一異相故但觀從因緣相續生以慈念衆生時從和合因緣相續但空五陰即是衆生念是五陰此慈念衆生不知是法空定衆生常一心欲得樂聖人愍之令隨意得樂爲世俗法故名爲法緣無緣者是慈但諸佛有何以故諸佛不住有爲無爲性中不依止過去未來現在知諸因緣爲不實顛倒虛誑故心無所緣佛以衆生不知是諸法實相往來五道心著諸法而分別取捨以是諸法實相智慧令衆生得之是爲無緣譬如給濟貧人或與

財物金銀寶物或與如意神珠衆生緣法緣無緣亦復如是此義如摩訶衍中廣說復次衆生緣慈但見受果報樂相法緣慈則見受諸法門及涅槃樂相無緣慈則見一切同是佛性常樂平等相復次衆生緣慈則在根本禪中法緣慈多在特勝通明背捨諸無漏禪中無緣慈多是首楞嚴法華三昧及九種禪中第二釋修證悲即爲二一者正明修悲方法如佛說若有比丘以悲相應心無瞋無恨無怨無惱廣大無量善修悲相應心者行者於慈定中常念欲與衆生樂從慈定起猶見衆生受種種身苦心苦心生憐愍即作是念衆生可念莫令受是種種身苦心苦復更念言我今無目五道之中親中怨人並受種種身心諸苦而我不知不見長夜懈怠不生救拔之心作是念已即發願言若有衆生受種種苦我於定中悉願得見勤加救護作是願已即入禪定用定念淨心先取一所愛親人受苦之相繫心緣之若有異念攝之令還令於心想的的分明其心憐愍悲念無極如是乃至中怨憎一方乃至十方一道乃至五道亦如是是則略說修悲方法二明悲定發相行者福德智慧善根清淨作是觀時三昧便發即於定中見於親人受苦之相了了分明其心悲愍欲加救護既見親人受若生憐愍心已次見中人怨人如是乃至十方五道衆生受苦之相行者於定心中見外人受苦而內心憐愍從悲定起心轉深固定心與外相應湛然無動是名悲相應心無瞋無恨無怨無惱廣大無量皆如上說善修者於悲定中

非但見親人受苦深憐愍乃至中怨九種十方五道諸受苦者憐愍救護其心平等故名善修復次若見是受苦之人生愍念受樂者受不苦不樂者而不憐念不名善修若見三種之人悉皆是苦憐愍不二是名善修復次見五道衆生受苦差別名不善修若見受苦不異憐愍平等名曰善修亦可得言若見五道衆生受苦一種名不善修若能分別五道衆生受苦差別不同名曰善修如是略說善修之相問曰五道衆生果報不同苦樂有異如三塗衆生多苦報人道衆生半受苦樂天道衆生多受樂果云何行慈因緣皆見一切受樂行悲因緣皆見一切受苦豈非顛倒耶答曰不然是爲得解之道行者欲學是慈無量心時先當作願願諸衆生受種種樂取受樂人相攝心入定即見衆生皆悉受樂譬如鑽火先以軟草乾牛糞等火勢轉大能燒大濕大慈心初發亦如是初生之火唯及親人慈心轉廣怨親同等皆見受樂無復苦相復次一切衆生五道輪轉苦樂不定即雖暫樂後必大苦今雖大苦後當得樂雖即未然必有其事是故行者用得解之心緣於一切皆樂不墮顛倒悲喜捨心亦復如是第三釋修喜證喜即爲二一者正明修喜方法如佛說若比丘以喜相應心無瞋無恨無怨無惱廣大無量善修喜相應心者行者入悲定已其心愍傷一切衆生長夜爲諸苦惱之所逼迫我當云何而拔濟之令是等衆生從苦得樂從樂生歡喜爾時深觀衆生雖受苦惱此苦虛妄本無今有易可除滅所以者何如人有

病苦若遇良藥即便差愈更以衣食供給快樂無量復次如人火熱身受苦惱若得清冷之水火苦即滅歡樂便生如人現受貧困以是因緣慳貪造惡若給施珍寶教修布施行善則現在離於貧弊身心慶快未來之世長受安樂復次又如世人愚癡顛倒縈纏煩惱受種種苦若聞無漏清淨妙法如說修行煩惱病除即便獲得禪定智慧及涅槃樂如是種種因緣苦無定性易可除滅令得歡樂行者作是觀已即發願言願諸衆生一切諸苦悉皆除滅受樂歡喜我於定中悉皆得見作是願已即入禪定用念清淨心取於親人從苦得脫受樂歡喜相一心觀之令於念心的的分明見於親人受歡樂相其心悅豫欣慶無量次緣中人怨人乃至十方五道衆生受喜之相心生慶悅是則略明修喜方法二者明喜定發相行者如是修已念慧福德善根力故作是緣時即發三昧力故即於定中任運見於所愛親人離苦得樂歡喜之相了了分明於三昧中其心悅豫不可說乃至十方五道衆生受於歡喜亦復如是行者於三昧中見於外人受喜之相而於內心無有動轉定漸增深是名喜相應心無瞋無恨無怨無惱廣大無量善修之義如慈心中說問曰慈心令衆生樂喜心令衆生喜樂之與喜有何等異答曰如摩訶衍中說身樂名樂心樂名喜五識相應名樂意識相應名喜五塵中生樂名樂法塵中生樂名喜復次欲界中五識相應名樂初禪中三識相應名樂三禪中一切樂是名樂欲界及初禪意識相應名樂二

禪中一切樂是名喜麤樂名樂細樂名喜因時名樂果時名喜初得樂時名樂歡心內發樂相外現歡喜踊躍是名喜樂根相應名爲樂喜根相應故名喜如是等種種分別喜樂之相異問曰若爾者何以不慈喜次第答曰行慈心時愛念衆生猶如赤子心願與樂出慈三昧猶見衆生受種種苦深心愛念欲拔其苦令得安樂當如初樂後喜中隔於悲故不次慈記喜也譬如人母雖常念子令得安樂而未名喜後見涤病其心愁毒病既得差家業付之大歡喜故次悲說喜也問曰何故約禪明喜樂喜即爲麤約無量心明喜則爲細答曰禪則以定爲貴樂心恬靜與定相扶故爲勝無量則心緣衆生因緣衆生歡喜爲勝故細復次行者初定既淺但以樂緣衆生何以故若取喜相心散難攝後緣三昧漸深雖歡喜踊躍心不散亂故爲細第四釋修捨證捨亦爲二一者正明修捨方法如佛說若比丘以捨相應心無瞋無恨無怨無惱廣大無量善修捨相應心者行者從喜定出心自思念若慈與衆生樂悲欲拔苦喜令歡喜而計我能利益不忘三事即非勝行譬如慈父益子不求恩德乃曰眞親復次衆生得樂有多因緣不獨由我若言我能與樂則爲過分復次慈心與樂但是得解然諸衆生實不得樂若以爲實即是顛倒復次是諸衆生受苦樂憂喜心生憂喜心生即是結使難得解脫我今欲與清淨善法不應住此三心復次我雖慈悲愛念於彼無益今當捨此三心行諸善法實利衆生如是念已即捨三心一心發

願願一切衆生皆得妙捨莊嚴令我悉見作是念已即入禪定用念清淨心取於親人受不苦不樂之相一心緣之若有異念攝之令還令於心想的的分明見於前人受不苦不樂如是次第緣中人怨人十方五道一切衆生皆是不苦不樂其心平等是則略明修捨方法二者明捨定發相行者如是修已正念福德善根力故作是緣時三昧便發即於定中不加功力任運見於所愛親人受於不苦不樂之相了了分明於禪定中雖見衆生心無憎愛乃至十方五道衆生亦復如是行者爾時於此定中見諸衆生皆是捨相三昧開發無有動轉深妙堅固其心安隱平等不二是名捨相應心無瞋無恨無怨無惱廣大無量善修之義並如上說問曰前三種心中應

有福德是捨心於衆生不苦不樂有何等益答曰行者作是念一切衆生離苦得樂失時即是苦皆是惱累得不苦不樂則心安隱始終無患以捨饒益故得福亦大復次行者慈喜心時或時愛著心生行悲心時或時憂悲心生貪憂故則功德尠薄入是捨心除此貪過無諸煩惱當知行捨福德甚大復次行者於捨心中能作種種益衆生事是故福德增多略說捨無量心竟問曰悲喜捨中何故不說法緣無緣答曰義類前慈心可見不煩重說問曰是四無量心總爲二分悲喜捨何故不作二分答曰樂是一切衆生所愛重故作二分苦不愛不欲故不作二分問曰四無量發願入定見衆生爲實見爲心想見答曰見有二種一得天眼無量心此實見二者但用

得解憶想緣衆生而入三昧既證三昧三昧力故入則得見出則不見此爲三昧得解之力非實見問曰證四無量心何故不分別支及體用淺深進退等相答曰證無量心時亦非全無其義但既無的文故不須分别第五釋四無量功德即爲二一者現世二者未來世一現世功德者如佛阿含中說若入慈心三昧者現世得五種功德一入火不燒二中毒不死三兵刃不傷四終不横死五善神擁護以利益無量衆生故得無量福德二未來功德者善修四無量心若生色界多作梵王以無量心廣攝衆生故若於初禪得即作初禪王乃至四禪亦爾問曰三藏中但說初禪號娑婆世界主梵天王今何故說乃至四禪悉有梵王答曰瓔珞經中明四禪禪禪並有梵王問曰若爾佛何以故說慈報生梵天上答曰以梵天衆生所尊皆聞皆識故佛在天竺國常多婆羅門婆羅門法所有福德盡願生梵天若聞行慈生梵天聞多信敎修行慈法以是故說行慈生梵天上復次斷婬欲天皆名爲梵說梵則攝四禪四無色定如五戒中律儀但說一種不妄語則攝三事復次若於四禪中修四無量心隨是禪中悉得受生既隨禪生無量心福德大故果報亦應有異豈得生於彼天而無君民之别復次如佛於人王經說十八梵亦應有王民之異又云四禪中有大靜王而佛於三藏中但說初禪有大梵王者以初禪内有覺觀心雖則有語言法主領下地衆生爲便上地無此故不别出問曰若爾佛何故說四無量功德慈心好修

善修福德極徧淨天悲心好修善修福德極虛空處喜心好修善修福德極識處捨心好修善修福德極無所有處云何言慈果報應生梵天上答曰佛法不可思議隨衆生應度者如是說復次從慈定起入三禪易從悲定起向虛空處易從喜定起入識處易捨定起入無所有處易復次慈心願令衆生得樂此果報自應受樂三界中徧淨天最爲樂故言福德極徧淨悲心觀衆生老病殘害行者憐愍心生云何令得離苦若除內苦外苦復來若爲除外苦心苦復來行者思惟有身則有苦唯有無身乃得無苦虛空能破色是故福德極虛空處喜心欲與衆生樂心識樂者心得離身如鳥出籠虛空處心雖得出身猶繫心虛空處無得礙於一切法中皆有心識識得自在無邊故以喜福極在識處捨心者捨衆生中苦樂故得眞法所謂無所有處以是故捨心福極無所有處若作如是明四無量心功德但諸聖人智慧方便自在故如是非諸凡夫何以故凡夫之人住初禪乃至四禪修四無量隨禪受報不能方便巧入無色修四無量復次佛知未來世諸弟子鈍根故分別著諸法錯說四無量相是四無量心聖人所知衆生緣故但是有漏但緣欲界故無色界中無所以者何無色界不緣欲界故爲斷如是人妄見故說四無量心無色界中亦以四無量心普緣十方衆生故不重言不緣無色界如是說者多存法緣無緣復次行者若於衆生緣中具足入法緣無緣是時衆生緣四無量心是摩訶衍復次菩薩發菩提心行

菩薩道此衆生緣四無量心雖是凡夫所行亦應知應證證已以不可得空無所著善巧方便即能於此定中具足一切善法度諸衆生即是行菩薩道復次四無量心中觀行功德衆多更欲論餘事不具明也次四無量心後應釋無想定何以故有諸外道深猒有爲心識生滅欲求涅槃寂靜常樂既無智慧不知眞實得四禪時不見細色之過但覺心識生滅虛誑則猒患其心既不知破色斷色繫縛直以邪智滅却其心邪法相應心無憶想謂證涅槃既未斷色繫縛若捨命時即生無想天中猶是色界生死不得解脫亦名客天猶如阿那含人修五品熏禪爲色界思惟惑未盡寄生色界亦名客天此無想定既是邪法非佛弟子所修今欲具足明三界定所以略明示知邪正相耳第三釋四無色定四無色定者一空處二識處三無所有處四非有想非無想處今釋此四定爲二意一總釋二別釋一總釋者前四禪四無量定悉依色法故有今此四定悉依無色法從境得名故云無色定是故經云四空滅色道心心互相依亦名四空定無形無質即是義同虛空故名四空定亦名四空定處此四種定心亦名定處此四種定心以所觀之境爲處如念處勝處一切處悉從所觀處得名四空定次第之相在下當明而不名禪者前已受名不應重立今應更立勝名復次此四無色自體支林有闕不得名禪問曰瓔珞經說五支爲因默然爲定體此復云何答曰此但約義方便立支非如四禪具足成就支林之法故諸經論

中並不説有支也第二别釋空處即開爲三一釋名二修行三證相第一釋名所以名空處定者此定最初離三種色心緣虛空旣與無色相應故名虛空定今此空處及上三無色定並是無覺無觀聖默然及捨俱所攝故摩訶衍云得虛空處定不苦不樂其心轉增問曰若虛空無色名空定者上來諸禪亦見空想何故不名虛空定耶答曰不爾彼六地中但是入定心細不見麤色之相意謂爲空而實未能觀色破散色法斷色繫縛所以定中或時見色或不見色非如空定一向永絶色相是故六地定中雖有空相不名虛空無色定也第二明修空方法就中有二一明所修之境二明能修之心一明所修之境中有二種一者障境二者相成境一障者行者欲入空處要須滅三種色一可見有對色二不可見有對色三不可見無對色故經中說過一切色相滅有對相不念種種相入無邊虛空處摩訶衍云過一切色相即破可見有對色滅有對相即是破不可見有對色不念種種相是滅不可見無對色一切色法不過十一謂五塵五根及一入少分即是色法塵如阿毗曇說一則見十則說有對一入少分是不可見無對行者欲入虛空處定必須破此三色此三種色即是障境二成定境者虛空爲智所緣因此入定即是成定之境第二明能修之心即爲二一訶讃二觀析修習言訶讃者如行者欲求虛空處定應深思色法過罪所謂若有身色則內有飢渴疾病大小便利滓穢麤重弊惡欺誑虛假等一切諸苦外

受寒熱刀杖枷鏁刑罰等一切諸苦從先世因緣和合報得此身即是種種衆苦之本不可保著復次一切色法繫縛於心不得自在即是心之牢獄令心受惱無可貪樂是則略說訶色過罪之相讚者讚歎虛空無色則無此過虛豁安樂此處寂靜無衆惱患今明訶責讚歎者即是修習六行之相類前可知也二明觀析修習行者於四禪中應作是念我今此定依欲界身具足色法何故不見作此念已即當一心諦觀己身一切毛道及與九孔身內空種皆悉虛疎猶如羅縠內外相通亦如芭蕉重重無實作是觀時即便得見既得見已復更諦心觀察見身如簁如甑如蜘蛛網漸漸微末身分皆盡不見於身及五根等如內身既盡外色亦然所以者何內身四微四大一切色法不異外身四微四大一切色法故復次行者如是觀時眼見色壞故名過色耳聲鼻香舌味身觸覺壞故名滅有對相於二種餘色及無教色種種不分別故名不念種種別異相一切色法既滅但一心緣空念空不捨即色定便謝而空定未發亦有中間禪爾時慎勿憂悔勤加精進一心念空當度色難是則略說修習禪定方法第二明證虛空定亦爲六意一證相二明有支無支三體用四淺深五進退六功德第一明證相者行者既一心念空不捨則其心泯然任運自住空緣此亦似如前說未到地之相於後豁然與空相應其心明淨不苦不樂益更增長於深定中唯見虛空無諸色相雖緣無邊虛空心無分散既無色縛心識澄靜無礙自

在如鳥在籠中籠破得出飛騰自在證虛空定亦復如是復次得空處定出過色界故名過一切色相空法持心種種諸色而不得起故名滅有對相既得勝妙空處決定能捨色法心不憶戀故名不念種種相是故經中多以此義明證虛空處定第二明有支無支者餘經論中明四無色定例不立支唯瓔珞經云四空定五支爲因第六默然心爲定體方便道同體用相似故若依瓔珞所說虛空定即有五支五支者如經說一想二護三正四觀五一心但上來四禪悉有支相貌可見今此空定既無別證支離之法此恐是據修空方便義立爲支故經言方便道同體用相似故餘經論悉不立支者當是爲自體無有別證支林成就之相而於瓔珞中說有支者多是據方便及約義故說支約方便立支其義云何一想者修空定時想身如簁如甑想二護者即是捨支捨於三種色相又護者名護持遮三種色不令破於空心三正者不邪爲義今修空定爲正若念色相是則爲邪四觀者觀達正念破三種色達於空理若觀心住虛空無有分散名一心支通明支者謂支離爲義因此五法支離非一故名爲支約修方便論支正應如此佛意難知既無的文不可定判或是證空定時於空定中義立五支何以故經亦說言五支爲因第六默然心爲定體今約修空立支隱顯明因果體用如似不便若約證空定時義立五支亦復宛然似如可見深推自解不煩多釋第三體用者前五支爲因第六默然心爲果果後更起五支則

爲用默然爲體例如前四禪不異問曰向言無證支那得例上答曰還用方便支義支對隱顯例作亦當於義無失第四淺深者初得虛空定即離三種色心與十方虛空相應於後定既重發復覺心識明淨見空亦廣定又增深自覺初淺狹今則漸廣深如是乃至九品類前可知第五進退者得虛空定亦有四種人不同所謂退分住分進分達分類如上四禪中說今不廣明第六明功德者亦有共不共共如上說不共離過者始於此空定中方得離三種色過善心不共者得離色證空更得增勝信敬慚愧等諸功德第二明識處定者亦爲三第一釋名二修行方法三證相第一釋名者所以名識處者捨空緣識以識爲處正從所緣處受名故名識處第二修行方法者有二種一者訶毀空處讚歎識處二者觀破空處繫緣念識處云何名訶責空定行者知空處定與空相應虛空無邊心緣虛空緣多則散能破於定復次虛空是外法緣外法入定定從外生則不安隱過罪多是名訶虛空定識處既是內法緣內法入定則多寂靜安隱是故讚歎識處第二觀破空處者觀緣空受想行識如病如癰如瘡如刺無常苦空無我和合而有欺誑不實此即是八聖種觀前四是對治方法便是事觀後無常等四即是緣諦理觀就此八種觀中即有總別總者用此八法總觀空處定四陰和合故有此定可患無實別觀者用此八法前四對治觀四陰事如病者對治受陰如癰者對治想陰如瘡者對治行陰如刺者對治識陰復次

四無常等即對觀四陰理相無常觀識陰苦觀受陰空觀想陰無我觀行陰此事理二觀總別觀虛空處事理無可貪樂即心易生猒疾能捨離善用念處中意尋此別對之義可見問曰離四禪時何故但說三方便令離四空定說八聖種耶答曰空定既細若不說聖種往觀則過難見問曰若爾凡夫無八聖種云何得離答曰善修六行亦得離之但不如八聖種疾問曰若修有漏禪得用八聖種者與無漏復有何異答曰今此中用八聖種但是欲疾離下修上地定不能即深觀自地發無漏慧故與無漏有異次明繫心緣識行者既善知空定過罪心不喜樂便捨空處一心繫緣現在心識念念不離未來過去亦復如是常念於識欲得與識相應加功專至不計旬月一心緣識無異念問曰過去識已滅未來未至現在不住云何可緣而入定耶答曰心識之法實如所問雖三世心識不可得而亦可憶持如過去瞋心已滅不可復得猶可憶知亦如得他心智即能知他三世之心諸法雖空而不斷故何況自緣已三世識心而不得作入定因緣此而推之亦得有緣識入定之義是故行者一心緣識空定即謝識定未生中間亦例如前問曰若爾亦說中間禪相耶答曰上已解之其義可見第三證相亦有六義一證相二明支三體用四淺深五進退六功德一證定發相者行者一心緣識即便泯然任運自住識緣因此後豁然與識相應心定不動而於定中不見餘事唯見現在心識念念不住定心分明識慮廣闊無量無

邊亦於定中憶過去已滅之識無量無邊及未來應起之識亦無量無邊悉現定中與識法相應識法持心無分散意此定安隱清淨寂靜心識明利不可說也問曰行者未得三通云何知三世心答曰此是三昧之力類上四無量心其義可知二明支者如瓔珞經說四空五支方便道同用相似故例如空處不煩更說三體用及淺深進退功德等並類可知今不別釋第三明不用處亦爲三一釋名二明修行方法三明證相一釋名者不用處者修此定時不用一切內外境界外境名空內境名心捨此二境因初修得名故言不用處亦名少處亦名無所有處亦名無想處此三名從定體得名也二明修無所有處定方法爲二一者訶讚二觀行修習云何訶責識處行者深知識處過故所以者何識定心與識法相應若於定中心緣於識過去現在未來心識悉無量無邊若心緣無邊緣多則散壞於定復次上緣空入定名爲外定今緣識入定名爲內定而依內依外皆非寂靜若依內心以心緣心入定者此定已依三世心生非眞實唯有無心識處心無依倚乃名安隱如是知已讚無所有處二觀行修習者觀於緣識受想行識如病如癰如瘡如刺無常苦空無我和合而有虛誑不實義如前釋如是知已即捨識處繫心無所有處無所有處旣無所依緣心識則內靜息求不用一切心識之法知無所有法非空非識無爲法塵無有分別如是知已靜息其心念無所有法是時識定即謝少定未發於其中間證相如前說

問曰有人言修無所有取少識緣之入定此事云何答曰不然應捨一切但念無所有法故名無所有處而說言少處者但意根對無所有法塵生於少處非是緣少識入定名為少處也第三明證相亦為六一者正明證相二者明支三明體用四淺深五進退六功德第一明無所有定發相者行者於中間心不憂悔專精不懈一心內淨空無所依不見諸法寂然安隱心無動搖此為證無所有定相入此定時怡然寂絕諸想不起尚不見心相何況餘法無所分別是名無所有處定亦名無想定二明支三明體用四明淺深五進退六功德例如前說第四釋非想非非想定亦為三一釋名二修行方法三證相一釋名者言非想非非想者解釋不同有言此定名一存一亡觀所言非想者非麤想此則亡於麤想非非想者非非細想此則存於細想又解云前觀識處是有想不用處是無想今雙除上二想非想遣識處有想非非想遣不用處無想故又解言若非有想者此定中不見一切相貌故言非有想非無想者行人或作是念若一向無想者如木石無知云何能知無想故言非無想也問曰非有想非無想中實有想云何言無想耶答曰非想有四陰共成豈得言無但凡夫人入此定中陰界入細故不覺謂言無想佛法中說有四陰共成但因其本名故言非有想非無想亦有解言約凡夫說言非有想約佛法中說言非無想合而論之故言非有想非無想也第二修行方法亦有二一者訶讚二者觀行修習訶責者深

知無想中過罪是無所有定如癡如醉如眠如暗無明覆蔽無所覺了無可愛樂故摩訶衍云觀於識處如瘡如箭觀無想處如癡皆是心病非眞寂靜處更有妙定名曰非想是處安隱無諸過罪我當求之二明觀行修習行者爾時諦觀無所緣受想行識如病如癰如瘡如刺無常苦空無我欺誑不實和合而有非實有如是觀已即便捨離心觀於非有非無何法非有謂心非有何以故過去現在未來求之都不可得無有形相亦無處所當知非有云何非無若言是無何名無爲心是無爲離心是無若心是無不名爲心以無覺無緣故若心非無更無別無何以故無不自無破有故說無無有則無無故言非有非無如是觀時不見有無一心緣中不念餘事是

名修習非有想非無想定如是即依非有非無常念不捨則不用處定便自謝滅而非有想非無想定未發於其中間亦如上說第三明證相亦爲六意一者正明證相二明支三明體用四明淺深五進退六功德第一明證相者行者既一心專精加功不已其心任運住在緣中於後忽然眞實定發不見有無相貌泯然寂絶心無動搖恬然清淨如涅槃相是定微妙三界無過外道證之謂是中道實相涅槃常樂我淨愛著是法更不修習彼若正觀如步屈蟲行至樹表更不復進到退迴還如經中說凡夫證此定法如繩繫鳥繩盡則還已其不知四陰和合而有自性然其雖無麤煩惱而亦成就十種細煩惱以不知故謂是眞實外道入此定中不見有無而覺有

能知非有非無之心即計此心謂是眞神不滅故言神至細不破神能知若佛弟子知是四陰和合而有虛誑不實是中心想故知無別神知復次前虛空處破色故說空識處破空故說識說識爲有想不用處破識故無識說無識爲無想今此定破無所有說非無想故言非有想非無想此定於世間中沉浮等故智定空有均平是定安隱於世間中最爲尊勝等智所不能破故數人言一常有漏復次無想有三義一無想天定二非有想非無想定三滅受想定無方便外道滅心入無想天定有方便凡夫外道滅心入非有想非無想定佛弟子滅心入滅受想定問曰無所有處亦名無想定何故不入三種滅心耶答曰不善滅無所有中心數法故非妙復次若在色界無想爲極若在無色界非有想非無想爲極若佛法中自有滅受想不用處於三處中皆非勝定故不取也第二明支三體用四淺深五進退六功德義類前可知般若滅一切法而能生一切法如從初禪來滅憂乃至非想非非想滅不用處之想皆是般若中前方便滅諸法爲入空以其滅諸法故能生後勝法故般若能生萬法故此十二門禪皆般若氣分所攝問曰菩薩行菩提道入實相空尚不得空今云何隨此不實顚倒之空分別有四耶答曰如釋論解四空義中說與諸法實相共智慧行是四無色中無有顚倒是摩訶衍中四無色問曰何等是諸法實相智答曰諸法自性空是問曰色法和合分別因緣故空此無色中云何空答曰色是眼見耳聞

麤事能令空何况不可見無有對不覺苦樂而不空耶復次色分別乃至微塵皆散滅歸空是心心數法在日月時節乃至一念中不可得是名眞實四無色空義菩薩如是知已亦能分別種種諸相以大悲方便爲一切衆生故行而不著以此功德迴向菩提具一切佛法普施衆生即是行菩薩道也

釋禪波羅蜜次第法門卷第六

音釋

尠息淺切少也 鈍徒困切不利也 滓壯士切澱也 鏁蘇果切與鎖同 簁霜夷切竹器也 癰於容切癰瘇也

釋禪波羅蜜次第法門卷第七 修證亦有漏亦無漏禪

隋 天 台 智 者 大 師 說
弟 子 法 慎 記
弟 子 灌 頂 再 治

今約三種法門以辯亦有漏亦無漏禪一者六妙門二者十六特勝三者通明觀此三法門亦得說爲淨禪此中明淨禪與阿毗曇有小異淺深位次並如前第五卷中說但教門分一息道立三種禪爲化衆生今須略推此教意多是對三種人根性不同一者自有衆生慧性多而定性少爲說六妙門六妙門中慧性多故於欲界初禪中即能發無漏此未必至上地諸禪也二者自有衆生定根多而慧性少爲說十六特勝慧根性少故下地不即發無漏定性多故以具上地諸禪方得修道三者自有衆生定慧根性等爲說通明通明者亦具根本禪而觀慧巧細從於下地乃至上地皆能發無漏也此是隨機之說若隨對治則與此相違如前五門中意可解初釋六妙門爲三一者釋名二辨位次三明修證第一釋名者所言六妙門者一數二隨三止四觀五還六淨通稱六妙門者妙名涅槃此之妙法能通至涅槃故名妙門亦名六妙門此六妙門三是定法三是慧法定愛慧策亦有漏亦無漏義在於此二辨次位者此六妙門位即無定所以者何若於欲界未到地中巧行六法第六淨心成就即發三乘無漏況復進得上地諸禪而不疾證道雖此與前有異是以瑞應經云因此六法遊止三四出生十二此而推之故知此六妙門位則不必定

耳三明修證者若廣明此六法修證則諸禪皆屬六妙門攝今但取次第相生入道之正要以明六妙修證之相今明修證六妙門開爲十二門也所以者何如數有二種一者修數二者數相應乃至修淨與相應亦如是今約修證分别有十二門一修數二與數相應一者修數行者調和氣息不澀不滑安詳徐數從一至十攝心在數不令馳散是名修數二與數相應者覺心任運從一至十不加功力心息自住息既虛凝心相漸細患數爲麤意不欲數爾時行者應當放數修隨隨亦有二種一者修隨二者與隨相應修隨者捨數法一心依隨息之出入心住息縁無分散意是名修隨二者與隨相應心既漸細覺息長短徧身入出息任運相依意慮怡然凝靜是名與隨相應覺隨爲麤心猒欲捨如人疲極欲眠不樂衆務爾時行者應當捨隨修止止有二種一者修止二與止相應修止者三止之中但用制心止也制心息諸縁慮不念數隨凝靜其心是名修止二與止相應者自覺身心泯然入定不見內外相貌如欲界未到地等定法持心任運不動行者爾時即作是念今此三昧雖復寂靜而無慧方便不能破壞生死復作是念今此定者皆屬因緣陰入界法和合而有虛誑不實我今不覺應須照了作是念已即不著止起觀分别亦有二種一者修觀二者與觀相應一修觀者觀有三種一者慧行觀觀眞之慧二者得解觀即假想觀三者實觀如事而觀也今此六妙門十六特勝通明等並正用實觀成就然後用慧

行觀觀理入道所以者何名實者如衆生一期果報實有四大不淨三十六物所成但以無明覆蔽心眼不開明則不依實而見若能審諦觀察心眼開明依實而見故名實慧行觀及得解觀在下四諦十二因緣九想背捨等中當廣分別云何修習實觀行者於定心中以心眼諦觀此身中細微入出息想如空中風皮筋骨肉三十六物如芭蕉不實內外不淨甚可猒惡復觀定中喜樂等受悉有破壞之相是苦非樂又觀定中心識無常生滅剎那不住無可著處復觀定中善惡等法悉屬因緣皆無自性如是觀時能破四倒不得人我定何所依是名修觀二與觀相應者如是觀時覺息入出徧諸毛孔心眼開明徹見內三十六物及諸蟲戶內外不淨衆苦逼迫剎那變易一切諸法悉無自性心生悲喜無所依倚得四念處破四顛倒是名與觀相應觀解既發心緣觀境分別破析覺念流動非眞實道爾時應當捨觀修還還亦有二一者修習還二者與還相應一修習還者既知觀從心發若隨析境此則不會本源應當返觀此心者從何而生爲從觀心生爲從非觀心生若從觀心生則先已有觀今實不爾所以者何數隨止等三法之中未有觀故若非觀心生不觀心爲滅生爲不滅生若不滅生即二心並若是滅法已謝不能生現在若言亦滅亦不滅生乃至非滅非不滅生皆不可得當知觀心本自不生不生故不有不有故即空空無觀心若無觀心豈有觀境境智雙忘還源之要是名修還二與還相應者心慧開

發不加功力任運自能破析返本還源是名與還相應既相應已行者當知若離境智欲歸無境智不離境智縛心隨二邊故爾時當捨還安心淨道亦有二一者修淨二者與淨相應一修淨者知色淨故不起妄想分別受想行識亦復如是息妄想垢息分別垢息取我垢是名修淨舉要言之若能心如本淨名爲修淨亦不得能所修及淨不淨是名修淨二與淨相應者作是修時豁然心慧相應無礙方便任運開發三昧正受心無依倚證淨亦有二一者相似證五方便相似無漏慧發二者眞實證苦法忍乃至第九無礙道等三乘眞無漏慧發也三界垢盡故名證淨復次觀衆生空故名爲觀觀實法空故名爲還觀平等空故名爲淨復次空三昧相應故名爲觀無相三昧相應故名爲還無作三昧相應故名爲淨復次一切外觀名爲觀一切內觀名爲還一切非內非外觀名爲淨故先尼梵志言非內觀故得是智慧非外觀故得是智慧亦不無觀故得是智慧復次菩薩從假入空觀故名爲觀從空入假觀故名爲還空假一心觀故名爲淨若能如是修者當知六妙門即是摩訶衍復次三世諸佛入道之初先以六妙門爲本如釋迦初詣道樹即內思安般一數二隨三止四觀五還六淨遊止三四出生十二因此證一切法門降魔成道當知菩薩善入六妙門即能具一切佛法故六妙門即是菩薩摩訶衍今欲更論餘事故略說不具足也次釋十六特勝即開爲三意一釋名二明觀門制立不同三明修證第一釋名

者所言十六特勝者一知息入二知息出三知息長短四知息徧身五除諸身行六受喜七受樂八受諸心行九心作喜十心作攝十一心作解脱十二觀無常十三觀出散十四觀欲十五觀滅十六觀棄捨所以通名十六特勝者十六即是數法特勝者從因緣得名如佛未出世時外道等並已修得四禪四空而無對治觀行故不出生死如來成道初爲拘隣及舍利弗等利根弟子説四眞諦即得道跡復爲摩訶迦葉絺那等直聞四諦眞理不悟更説不淨觀法對治破諸煩惱因此初明九想背捨等諸不淨觀禪爾時修此觀者得道無量復有一機衆生貪欲既薄若猒惡心重作不淨觀即大生猒患便增惡此身無漏未發即雇人自害此事如律文所明佛因此告諸比丘捨不淨觀更修勝法法名十六特勝修之可以得道此十六特勝有定有觀是中具足諸禪以喜樂等法愛養故則無自害之過而有實觀觀察不著諸禪所以能發無漏既進退從容不隨二邊亦能得道故名特勝問若爾應在觀禪後説淨禪何以故若取教門即在觀禪之後若論行法既勝二邊亦應在後答今明禪定力用淺深之相非是對緣利物之時所以者何背捨勝處悉是得解之觀觀力既能轉想轉心於斷結義强今此特勝唯是實觀能見身内三十六物力用劣弱不能疾斷結使功德淺薄故應前説復次若不淨觀散滅骨人則不能得更觀身毛孔息出入相若於實觀後轉作九想背捨等則具足成就於義無失復次大品經廣乘品

觀於十六特勝復次說九想背捨等諸觀禪此爲明證不應生疑也第二明觀門制立不同者解有二一者有人云此阿那波那等十六法對四念處若約四念處而明當知但在欲界未到地乃至初禪則具足也欲至上地非爲不得但觀法式少不具足如四禪既無出入息及喜樂等若約息及喜樂明念處則不便也上下類而可知亦明對四念處復有二解不同一師解云前五對身中三對受次二對心後五對法此師明十六特勝自云依禪經中說一觀入息至於氣滅二觀出息止至於鼻端三觀息長短若身不安心多散亂則出入息俱短若身安心靜則出入息俱長四息徧身者形心既安則氣道無壅如似飲氣既統徧身中五除諸身行者想受爲心行覺觀爲口行出入息爲身行既息徧身中患彼覺動麤念除諸麤故名除諸身行此五屬身念處受念處有三謂麤息除故身心安隱故六受喜七受樂者雖有微喜樂能徧滿身識既滿内心喜悅故名樂八受諸心行者既受樂在懷必有數法相隨倚心樂境故名受諸心行心念處有三九心作喜者既止心一境未有慧解必爲沉心所覆没以喜舉之令不沉没故名作喜十心作攝者喜心動散則發越過常攝之令還不使馳散諸緣故作攝十一心作解脱者心不掉散均等無累故名解脱法念處有五十二觀無常者已得自在不爲沉浮所敗故能觀諸法無常念念生滅不可樂也十三觀散壞者此身不久當散壞磨滅之法非真實有十四觀離欲者此身唯

是若本心欲離之故名離欲十五觀滅者是心住滅多諸過患不欲住故十六觀棄捨者觀此諸法皆是過患故名棄捨此阿那波那等十六行是慧性無一息入出而不覺故彼師自云依經明十六特勝今既未見經文但述而不作亦未敢治定次師別解云若對四念處起十六行無往不爾但分之不調如無漏十六行約四諦中一諦下有四四四十六有漏亦復應爾然約四念處中說一念中有四四四十六義亦然向言身念處有四以除身行屬身者此義不然何以故若心息爲身行者如大集經說息乃通於三行非止屬身行令正明身行者如摩訶衍說行名身業今明善惡諸業皆從心生身息是無知之法不能造善惡但爲行作緣今身以心來受身令

身有所造作名爲身令明行破於受心即是破行也故知此屬受念處當知受中亦具四法也向言法中有五觀無常屬法念處者此亦不然何以故經中皆說觀心無常觀法無我今明觀無常正是心念處也此則一中各說有四四四十六於義爲便也次第二師云此十六法應須竪對諸禪八觀法相關故所以者何一知息入二知息出者此則對於數息三知息長短者對欲界定四知息偏身者對未到地定五除諸身行者對初覺支六受喜對初禪喜支七心受樂對初禪樂支八受諸心行者對初禪一心支九心作喜對二禪内淨喜支十心作攝對二禪一心支十一心住解脱對三禪樂支十二觀無常對四禪不動定十三觀出散對空處十四觀離欲對識

處十五觀滅對不用處十六觀棄捨對非想非非想處此則從初調心乃至發諸禪定明觀行具足此解爲勝也第三明修證者所以心名修證者即是作心修習心未相應證者即是任運開發心得相應既有三師制立觀法不同今亦修有證之異但前師云於欲界未到地及初禪中約四念處明十六特勝觀法大意亦不異知前說六妙門中觀法而非無小小不同而名目有異善尋配當其義可解此則不煩别說修證也今正明後師竪對三界明眞特勝既上來未說此觀慧方法今當出修證之相竪明修十六特勝者一知息入二知息出此對代數息也調息方法事事如前數息中說行者既調息綿綿一心依隨於息息若入時知從鼻端入至臍若出時知從臍出至鼻如是一心照息依隨不亂爾時知息麤細之相麤者知風喘氣爲麤細者知息相爲細若入息麤時即調之令細是名知麤細相譬如守門之人知門人出入亦知好人惡人知好則進知惡則遮復次知麤細者入息則麤出息則細何故爾入氣利急故相麤出息澀遲故細復次知輕重知入息時輕出息時重何以故入息既在身内即令體輕出息時身無風氣則覺身重復次知澀滑入息時滑出息時澀何以故息從外來風氣利故則滑從内出吹内滓穢塞諸毛孔則澀復次知冷暖知入息時冷知出息時暖何以故息從外來冷氣而入故冷息從内出吹内熱氣而出故暖復次知久近入息時近出息時久何以故息入既利則易盡故近息出澀則

難盡故久復須覺知因出入息故則有一切衆苦煩惱生死往來輪轉不息心知驚畏行者隨息之時知息有如是等法相非一故云知息入出也問何故以此代數息答若是數息直闇心數無有觀行修證時多生愛見慢等諸煩惱病也愛者愛著此數息見者謂見我能數慢者謂我能數以此慢他今以隨代數者隨息之時即覺知此息無常命依於息以息爲命一息不還即便無命既覺息無常知身命危脆知息無常即不生愛知息非我即不生見悟無常即不生慢此則從初方便已能破諸結使不同數息復次行者一心依息令心不散得入禪定故名亦愛覺悟無常故名亦策與定相應名亦有漏觀行不著名亦無漏復次若數息時冥闇心而數既無照

了後證定時則心無所見今隨息者既明心照息後證定時則心眼開明見身三十六物破愛見慢此即是特勝勝於數息也三知息長短者此對欲界定若證欲界定時宜是定明淨卽不覺知息中相貌今此中初得定時即覺息中長短之相云何爲覺若心定時覺入息長出息短何以故心既靜住於內息隨心入故入則知長既心不緣外故出則知短復次覺息長則心細覺息短則心麤何以故心細則息細息細則入從鼻至臍微緩而長出息從臍至鼻亦爾心麤則息麤息麤則入從鼻至臍急疾短出從臍至鼻亦爾復次息短故覺心細息長故覺心麤何以故如心既轉靜出息從臍至胸即盡入息從鼻至咽間即知盡此則心靜故覺息短覺長故心麤者

如行者心麤故覺息從臍至鼻從鼻至臍道里長遠此則心麤故覺息長復次短中覺長則定細長中知短則是麤何故爾如息從鼻至胷則盡此行處雖短而時若大久久方至臍此則行處短而時節長也若就此而論短中覺長則定細覺長中而短是麤者如心麤故息從鼻至臍道里極長而時節短欻然之間即出至鼻何以故心麤氣息行疾故此雖長而短然此息短則是心麤也故云短中長而細長中短而麤也如此覺長短時節知無常由心生滅不定故今息長短相貌非一得此定時覺悟無常轉更分明證欲界定故名亦愛觀行覺無常故名亦策此略說第三知息長短破欲界定也第四知息徧身者對未到地定若根本未到地直覺身相泯然如虛空爾時實有身息但以眼不開故不覺不見今特勝中發未到地時亦泯然入定即覺漸漸有身如雲影覺出入息徧身毛孔爾時亦知息長短相等見息入無積聚出無分散無常生滅覺身空假不實亦知生滅剎那不住三事和合故有定生三事既空則定無所依知空亦空於定中不著即破根本未到地愛策之義已在其中問摩訶衍中及諸經多說觀息入出何以故言知息入出答此說知為觀而觀法實未具足故今說為知大品廣乘品中明十六特勝相皆言知息入出長短以是文為證說知則不乖文義觀慧在下當說第五除諸身行者對初禪覺觀支就中二一明身行二明除身身行者欲界身中發得初禪色界四大造色觸欲界身欲界身根生身

識覺此色觸二界色相依共住故名身身行者即觀支此觀支從身分生知身中之法有所造作故名身行次明除身行者因覺息徧身發得初禪心眼開明見身三十六物臭穢可惡爾時即知三十六物猶四大有頭等六分一一非身四大之中各各非身此即是除欲界身也除初禪身者於欲界身中求色界四大不可得名除初禪身所以者何若言有色界造色者是爲從外來爲從内出爲在中間住如是觀時畢竟不可得但以顛倒憶想故言受色界觸諦觀不得即是除初禪身身除故身行即滅復次未得初禪時於欲界身中起種種善惡行今見身不淨則不造善惡諸結業故名除身行今明此定亦有二種一者根本五支如前說二者淨禪五支者覺身

三十六物虛假不實名覺分別此禪與欲異及根本功德大有優劣名爲觀既得法喜心大慶悅名爲喜於無垢受恬憺之樂名爲樂正定持心令不動摇名爲一心此中支除成就勝妙喜樂而心無染著故名爲淨禪也復次如阿毗曇中說隱没無記有垢不隱没有記無垢等義約此二種禪中應廣分別六受喜者即是對破初禪喜支根本禪中喜支從隱没有垢覺觀後生既無觀慧照了多生煩惱故不應受今明受喜者於淨禪覺觀支中生以有觀行破析達覺觀性空當知從覺觀生喜亦空即於喜中不著無諸過罪故說受喜如羅漢人不著一切供養故名應供復次如眞實知見得眞法喜故說受喜七受樂者對根本禪樂支彼禪既無觀慧樂中多染故

不應受今言受樂者受無樂知樂性空於樂中不著既無樂過罪上無別證無爲之樂故說受樂八受諸心行者此對破根本一心支今明能通諸法故名諸心行心行有二種一者動行二者不動行有人解云從初禪乃至三禪猶是動行四禪巳去名不動行今略說不動行者覺等四支是動行後一心支是不動行亦名諸心行者即是一心支不動之行若根本禪入一心時心生染著此一心不應受今明受諸心行者知此一心虛誑不實一心非心即不取著既無過罪即是三昧正受故說受諸心行九心作喜者此對二禪內淨喜所以者何二禪喜從內淨發以無智慧照了多受也今觀此喜即知虛誑不生受著如眞實知生法喜亦名喜覺分既從正觀心生眞法喜故名心作喜十心作攝者此對二禪一心支何以故爲二禪喜動經攝故說心作攝今明攝者正以破前僞喜生喜覺喜此喜雖正而不無湧動之過即應返觀喜性既知空寂畢竟定心不亂不隨喜動故云作攝是以大集經云動至心十一心住解脫者此對破三禪樂所以者何三禪有徧身之樂凡夫得之多生染愛爲之所縛不得解脫今言解脫者以觀慧破析證徧身樂時即知此樂從因緣生空無自性虛誑不實觀樂不著心得自在故名心作解脫十二觀無常此對破四禪不動所以者何如世間中有動有不動法三種爲樂所動猶名動法今此四禪名不動定凡夫得此定時多生常想心生愛取今若觀此定生滅代謝三相所遷知是破壞不安

之相故經云一切世間動不動法皆敗壞不安之相故名觀無常十三觀出散者此對破空處所以者何出者即是出離色界散者即是散三種色復次出散者謂出離色心依虛空消散自在不爲色法所縛故名出散凡夫得此定時謂是眞空安隱心生取著今言觀出散者行人初入虛空處時即知四陰和合故有無自性不可取著所以者何若言有出散者爲虛空是出散爲心是出散若心出散心爲三相所遷過去已謝未來未至現在無住何能出耶若空是出散者空是無知無知之法有何出散既不得空定則心無受著是名觀出散十四觀離欲者此對識處所以者何一切愛著外境皆名爲欲從欲界乃至空處皆是心外之境若虛空爲外境識來領受此空即以空爲所欲今識處定緣於內識能離外空欲故離欲若凡夫得此定無慧眼照了謂言心與識法相應眞實安隱即生染著今言觀離欲者得此定時即觀破析若言以心緣識心與識相應得入定者此實不然何以故過去未來現在三世識皆不與現在心相應故云何言心與三世識相應定法持心名爲識定故知此識定但有名字虛誑不實故名離欲也十五觀滅者此對無所有處所以者何此定緣無爲法塵心與無爲相應對無爲法塵發少識故凡夫得之謂之心滅深生愛著不能捨爲之所縛今言觀滅者得此定時即覺有少識此識雖少亦有四陰和合無常無我虛誑譬如糞穢多少俱臭不可染著是名觀滅十六觀棄捨者此對非想所以

者何非想是兩捨之對治從初禪以來但有遍捨無有兩捨故未與棄捨之名今此非想既有雙捨有無故名棄捨亦以此定是捨中之極故最後受名若凡夫得此定時謂爲涅槃無有觀慧覺了不能捨離今明棄捨者得此定時即知四陰十二入三界及十種細心數等和合所成當知此定無常苦空無我虛誑不實不應計爲涅槃生安樂想既知空寂即不受著是名觀棄捨雖求定相而亦成就此定爾時即具二種棄捨一者根本棄捨二者涅槃棄捨永棄生死故云觀棄捨行者爾時深觀棄捨即便得悟三乘涅槃此事如須跋陀羅佛令觀非想中細想即便獲得阿羅漢果今明悟道未必應須具十六或得三二特勝即便得悟亦利根者初隨息時覺悟無常即便悟道此隨人不定也從初以來俱發根本定故名亦有漏於中觀行破析不著名亦無漏故云特勝是亦有漏亦無漏禪此豎對三界諸禪者則一一觀法相至義可見也

釋禪波羅蜜次第法門卷第七

音釋

析 先的切分也　絺 抽遲切　脆 此芮切物易斷也　恬憺 恬徒兼切憺徒覽切恬憺安靜也

釋禪波羅蜜次第法門卷第八 修證通明觀

隋天台智者大師說

弟子法慎記

弟子灌頂再治

今辨此禪大意爲三一者釋名二者辨次位三者明修證一釋名者所以此禪名爲通明觀者此觀方法出大集經文無別名目北國諸禪師修得此禪欲以授人既不知名字正欲安根本禪裡而法相迥殊若對十六特勝則名目全不相關若安之背捨勝處觀行方法條然別異既進退並不相應所以諸師別作名目名爲通明觀禪或有說言華嚴經有此名目所言通者謂從初修習即通觀三事若觀息時即通照色心若觀色乃至心亦如是此法明淨能開心眼無諸暗蔽既觀一達三徹見無閡故名通明復次善修此禪必定能發六通三明故大集經明法行比丘修此禪時欲得神通即能得之今言通者即是能得六通明者即是能生三明此因中說果故言通明觀問曰餘禪亦能發六通三明何故獨此禪說爲通明答曰餘禪乃有發通明之義不如此禪利疾故名通明問曰如大集經亦有別釋此禪名義故經言所言禪者疾故名禪疾大疾住大住寂靜觀滅達離是名爲禪今何故別立名耶答曰彼經雖有此釋於義乃顯而名猶漫既不的有名目故復更立通明之名第二明次位者此禪無別次位猶是約根本四禪四空立次位但於一一禪內更有增勝出世間觀定之法能發無漏及三明六通疾利亦於非想後心滅諸心數入滅

受想定故不同根本暗證取著無有神智功能是故雖復次位同於根本而觀慧殊別恐人謬解故立別名雖名有異而次位無差問曰若此禪得入滅定與九次第定有何異耶答曰修此定時心心無間亦得說爲九次第定然終非是具足九次第定法是事在下自當可見若比准成實論解九定八解亦是具足第三明修證此禪既無別次位還約根本次位辨修證也第一先明修證初禪之相如大集經說言初禪者亦名爲具亦名爲離離者謂離五蓋具者謂具五支五支者謂覺觀喜安定云何爲覺如心覺大覺思惟大思惟觀於心性是名爲覺云何爲觀觀心行大行徧行隨意是名爲觀云何爲喜如真實知大知心動至心是名爲喜云何爲安謂心安身安受安受於樂觸是名爲安云何爲定謂心住大住不亂於緣不謬無有顛倒是名爲定即是彼經略釋修證通明初禪之相推此經文所明五支則與餘經論所明大異故須別釋今先釋如心如心者即是初禪前方便定發也亦即是未到地但證不孤發要由修習云何修習行者從初安心即觀於息色心三事俱無分別觀三事者必須先觀息道云何觀息謂攝心靜坐調和氣息一心諦觀息想徧身出入若慧心明利即覺息入無積聚出無分散來無所經由去無所履涉雖復明覺息入出徧身如空中風性無所有是則略說觀息如心相次觀色如行者既知息依於身離身無息即應諦觀身色如此色本自不有皆是先世妄想因緣招感今世四大造色圍

虛空故假名爲身一心諦觀頭等六分三十六物及四大四微一一非身四微四大亦各非實尚不自有何能生六分之身三十六物無身色可得爾時心無分別即達色如次觀心如行者當知由有心故則有身色去來動轉若無此心誰分別色色因誰生諦觀此心藉緣而有生滅迅速不見住處亦無相貌但有名字名字亦空即達心如行者若不得三性別異名爲如心復次行者若觀息時既不得息即達色心空寂何以故三法不相離故色心亦爾若不得色心三事即不得一切法所以者何由此三事和合能生一切陰入界衆若煩惱善惡行業往來五道流轉不息若了三事無生則一切諸法本來空寂是則略說修習如心之相第二明證相此亦具有證

欲界未到地相行者如上觀察三性悉不可得其心任運自住眞如其心泯然明淨名欲界定於此定後心依眞如法心泯然入定與如相應如法持心心定不動泯然不見身息心三法異相一往猶如虛空故名如心即是通明未到地也次釋初禪發相如前引經說此應具釋五支證相今先據覺支爲本覺義既成釋餘四支則從可見所以經言覺大覺覺者覺根本禪覺觸發相故名爲覺此事如前說但輕重有異大覺者豁然心目開明明見三事發相名爲大覺此傍釋未是正意復次今當分別覺大覺義所言覺者覺世間相也大覺出世間也此即對眞俗二諦釋之亦有漏無漏義意在此今明世間則有三種一根本世間一期正報五陰是也二義世間者

知根本之法與外一切法義理相關也三事世間者發五通時悉見一切衆生種類及世間事也世間既有三種出世間對世間亦爲三所以者何衆生根有下中上利鈍不等是故雖同證此初禪境界淺深其實有異故須約三義分別證初禪不同第一先釋約根本世間出世間明覺大覺五支成初禪之相即爲二意第一先明初禪發相第二即釋成覺大覺五支差別之相一先明初禪發之相即爲三意品次不同一者初發二次三後一初發相行者發初禪時即豁然見自身九萬九千毛孔空疎氣息徧身毛孔出入雖心眼明見徧身出入而入無積聚出無分散來無所經由去無所履涉即見身内三十六物一一分明三十六物者諸髮毛爪齒薄皮厚皮筋肉骨髓脾腎心肝肺小腸大腸胃胞膽屎尿垢汗淚涕唾膿血脉黄痰白痰癃肪𦙽腦膜此三十六物十是外物二十六是内物二十二是地物十四是水物已見風水地相分明復覺諸物各有熱氣煎煑火相分明觀此四大猶如四蛇同處一篋四大蚖蛇其性各異亦如屠牛之人分肉爲四分諦觀四分各不相關行者亦爾心大驚悟復次行者非但見身三十六物四大假合不淨可惡亦覺知五種不淨之相何等爲五一者見外十物相不淨心生猒患是名自相不淨二者見身内二十六物内性不淨是名自性不淨三者自覺此身從歌羅邏時父母精血和合以爲身種是名種子不淨四者此身處胎之時在生熟二臟之間是名生處不淨五者及其此身死

後捐棄塚間壞爛臭穢是名究竟不淨當知此身從始至終不淨所成無一可樂甚可猒惡我爲無目忽於昔來著此不淨臭爛之身造生死業於無量劫今始覺悟悲喜交懷五種不淨如摩訶衍論廣說復覺定内心識緣諸境界念念不停諸心數法相續而起所念相異亦復非一是名初禪初證之相次明中證相行者住此定内三昧漸深覺息後五臟内生息相各異所謂青黄赤白黑等隨臟色別出至毛孔若從根入色相亦不同如是分別氣相非一復見此身薄皮厚皮膜肉各有九十九重大骨小骨三百六十及髓各有九十八重於此骨肉之間有諸蟲四頭四口九十九尾如是形相非一乃至出入來去音聲言語亦悉覺知唯腦有四分分有十四重身内五臟葉葉相覆猶如蓮華孔竅空疎内外相通亦各有九十九重諸物之間亦各有八十戶蟲於内住止互相使役若行者心靜細時亦於定内聞諸蟲語言音聲或時因此發解衆生言語三昧身内諸脈心脈爲主復從心脈内生四大之脈一大各十脈十脈之内一一復各九脈合成四百脈從頭至足四百四脈内悉有風氣血流相注此脈血之内亦有諸細微之蟲依脈而住行者如是知是知身内外不實猶如芭蕉復觀心數隨所緣時悉有受想行識四心差別不同三明後證之相行者三昧智慧轉深淨明利復見氣息調和同爲一相如瑠璃器非青黄赤白亦見息之出入無常生滅悉皆空寂復見身相新新無常代謝所以者何飲食是外四大入腹資

身時新四大既生當知故身隨滅譬如草木新葉既生故葉便落身亦如是愚夫不了謂是惜身智者於三昧内覺此身相無常所遷新新生滅空無自性色不可得復各一念心生之時即有六十刹那生滅或有人言六百刹那生滅迅速空無自性心不可得第二明釋成覺觀五支之相即爲五第一釋覺支經説覺支云覺大覺思惟大思惟觀於心性約此五句以明覺相今先釋覺大覺二句此約世間出世間境界分别故有此二覺之異世間境即是異相出世間境即是如相此之如異即是眞俗二諦之别名也今約觀門淺深易見今當具依摩訶衍分别論云有三種上中下如異既有三種覺大覺亦應爲三也論意分别假名爲異分别四大實法同

體名爲下如分别地大異餘三大名爲異同一無常生滅不異名次如無常生滅名爲異生滅即空無異名上如今即約禪爲下中上品明觀門淺深之相第一先明下品覺相覺氣息入出青黄赤白諸色隔别名爲覺覺此諸息同一風大無異名大覺次覺三十六物隔别名爲覺覺餘三大無有别異名大覺覺於心數非一名爲覺同是四心無異名大覺第二明中品覺者息是風大名爲覺覺息生滅無常名大覺覺餘三大各别名爲覺覺同一無常生滅不異名大覺覺四心差别不同名爲覺覺無常生滅不異名大覺第三明上品覺者覺息無常爲異者此息爲八相所遷故無常何等爲八相一生二住三異四滅五生生六住住七異異八滅滅此八種相遷法

體別異非一名爲覺覺息本空寂無八相之異名大覺覺餘三大各有八相別異名爲覺覺餘三大本來空寂無八相之異名大覺覺心八相所遷別異非一名爲覺覺心本來空寂無八相之異名大覺所以者何若心即是八相八相即是心者則壞有餘相所以者何今息色亦即是八相八相亦即是息色八相無異故息色心三事亦應無異若爾說心時即應是說息色今實不爾壞亂世諦相故如人喚火應得水來說心一向即是息色過同於此復次若離心有八相離八相有心者此則心非八相八相非心若心非八相則心但有名無相無相之法是不名心若八相離心八相則無所遷即不名八相八相無所相故如是審諦求之則心與八相本自不有亦不

依他有性性如虛空無一異相故名大覺覺前息色一一亦當如是分別此則略說上品覺大覺之相次釋思惟大思惟二句此還約前覺大覺說所以者何初心覺悟真俗之相名覺大覺後心重慮觀察名思惟大思惟對小覺後說思惟大覺後說大思惟此義易見不煩多釋次釋觀於心性者即是返觀能思惟大思惟之心也所以者何行者雖能了於前境而不能返達觀心則不會實道今即返照能觀之心爲從觀心生爲從非觀心生若從觀心生若從非觀心生二俱有過當知觀心畢竟空寂五句釋覺支竟第二次釋觀支經云若觀心行大行徧行隨意觀心者即是前觀於心性也行大行者聲聞之人以四諦爲大行當觀心時即具四諦正觀所以者何

若人不了心故無明不了造諸結業名爲集諦集諦因緣必招未來名色苦果是名苦諦若觀心性即是具足戒定智慧行三十七品故名道諦若有正道則現在煩惱不生未來苦果亦滅名爲滅諦是名聲聞大行若緣覺人以十二因緣爲大行若是菩薩即入無生正道正觀證於寂定瑠璃三昧毛孔見佛入菩薩位也則略有三乘大行之道相也徧行者觀行未利亦並約心而觀四諦名爲大行今觀道稍利能徧歷諸緣觀於四諦出十六行觀故名徧行隨意者若是徧行雖在定内得見諸緣出禪定時則觀不相應今隨意者隨出入定觀一切法任運自成不由作意是名隨意此則略釋觀支相也第三明喜支喜支者經言如真實知大知心動至心是名爲喜如真實知者即是上來觀於心性四諦真理也大知者如上觀行若心審諦停住緣内稱觀而知故言如真實知若豁然開悟稱理而知心生法喜故名大知心動至心者既得法喜心動若隨此喜則爲顛倒今了此喜無即得喜性即得喜性故名至心是名爲喜第四次明安支安支者經言若身安心安受安受於樂觸是名爲安身安者了達身性故不爲身業所動即得身安故名身安心安者了達心性故不爲心業所動即得心樂故名心安受安者能觀之心名之爲受知受非受斷諸受故名之爲樂故名受安受於樂觸者世間出世間二種樂法成就樂法對心故受於樂第五次明定支者經言若心住大住不亂於緣不謬無有顛倒是名爲定心住者住世

間定法持心不散故名住大住者住真如定法持心不散故不亂於縁者雖住一心而分别世間之相不亂也不謬者謬名妄謬諦了真如妄取不起故言不謬不顛倒者若心偏取世間相即隨有見沉没生死不得解脱若心偏取如相即隨空見破世間因果不修善法是大可畏處行者善達真俗離此二種邪命名不顛倒復次若二乘之人得此心破四倒名不顛倒若是菩薩得此一心能破八倒名不顛倒行者初得覺支成就即覺身息不實猶如芭蕉今得住此一心定支成就心既寂靜於後泯然微細即覺身息之相不實猶如聚沫是則略明下根行者證通明初禪之相第二次釋約義世間明中次根行者進證初禪五支之相即爲二一者正明義世間相二者即釋成覺義就第一釋義世間爲二意一明外義世間二明内義世間今釋外義世間復爲三意一正明根本世間因縁二明根本與外世界相關三明王道治正第一釋覺知根本世間因縁生義行者初得初禪既已證見根本世間爾時或見道或未見道今欲深知此根本世間一期果報因何而生爾時於三昧内心慧明利諦觀身内三十六物四大五陰以願知心願知此身何因縁有三昧智慧福德善根力故即便覺知如是身命皆由先世五戒業力持於中陰不斷不滅於父母交會之時業力變識即計父母身分精血二渧大如豆子以爲已有識托其間爾時即有身根命根識心具足識在其間具有五識之性七日一變如薄酪凝酥於後漸大如雞

子黄業力因緣變此一身内先爲者五臟安置五識爾時即知不殺戒力變此身内次爲肝臟則䰟依之不盜戒力變此身内以爲腎臟則志依之不婬戒力變此身内爲肺臟則魄依之不妄語戒力變此身内以爲脾臟則意依之不飲酒戒力即變身内以爲心臟則神依之此䰟志魄意神五神即是五識之異名也五臟宫室既成則神識則有所栖既有栖託便須資養五戒業力復變身内以爲六府神氣府養五臟及與一身府者膽爲肝府盛水爲氣合潤於肝小腸爲心府心赤小腸亦赤心爲血氣小腸亦通血氣主潤於心入一身故大腸爲肺府肺白大腸亦白主殺物益肺成化一身胃爲脾府胃黄脾亦黄胃亦動作黄間通理脾臟氣入四支膀胱爲腎府腎府黒膀胱亦黒通濕氣潤腎利小行腸故三焦合爲一府分各有所主上焦主通津液清温之氣中焦主通血脉精神之氣下焦主通大便之物三焦主利上下五臟之神分治六府六府之氣以成五官之神主治一身義府臟相資出生七體腎生二體一骨二髓腎屬於水以水内有砂石故即骨之義也肝生二體一筋二腸肝爲木木爲地筋故生筋腸也心生血脉心色赤屬血以通神氣其道自然脾生肌膚脾爲土肌膚亦土肺生於皮肺在衆臟之上故皮亦是一身之上是爲五臟能生七體亦名七支肺爲大夫在上下捨不義肝爲尉仁心在中央禀種類脾在其間平五味腎在下衝四氣增長七體成身骨以柱之髓以膏之筋以縫之脉以通之血以潤之

肉以裹之皮以覆之以是因緣則有頭身手足大分之軀餘骨爲齒餘肉爲舌餘筋爲爪餘血爲髮餘皮爲耳識神在内戒力因緣則五胞開張四大造色清淨變爲五情是以對塵則依情以識知五色因緣則生意識塵謝則識歸五臟一期果報四大五陰十二入十八界具足成就此則略說一期果報根本世間義所因由問曰若言識從内出在五根間識别五塵與外道義有何異耶答曰如淨名經說不捨八邪而入八正亦云六十二見是如來種此言何謂如是等義皆出提謂經明非人所作若於此義不了在下自當可見第二釋内世間與外國土義相關相行者三昧智慧願智之力諦觀身時即知此身具仿天地一切法俗之事所以者何如此身相頭圓象天足方法地内有空種即是虚空腹温煖法春夏背剛强法秋冬四季體法四時大節十二法十二月小節三百六十法三百六十日鼻口出氣息法山澤谿谷中之風氣眼目法日月眼開閉法晝夜髮法星辰眉爲北斗脉爲江河骨爲玉石皮肉爲地土毛法叢林五臟在内在天法五星在地法五岳在陰陽法五行在世間法五諦内爲五神修爲五德使者爲八卦治罪爲五刑主領爲五官昇爲五雲化爲五龍心爲朱雀腎爲玄武肝爲青龍肺爲白虎脾爲勾陳此五種衆生則攝一切世間禽獸悉在其内亦爲五姓謂宫商角徵羽一切萬姓並在其内對書典則爲五經一切書史並從此出若對工巧即是五明六藝一切技術悉出其間當知此身雖小義與

天地相關如是說身非但直是五陰世間亦是國土世間第三釋身內王法治正義行者於三昧內願智之力即復覺知身內心爲大王上義下仁故居在百重之內出則有前後左右宮屬侍衞肺爲司馬肝爲司徒脾爲司空腎爲大海中有神龜呼吸元氣行風致雨通氣四支四支爲民子左爲司命右爲司錄主錄人命齊中太一君亦人之主柱天大將軍特進君王主身內萬二千大神太一有八使者八卦是也合爲九卿三焦關元爲左社右稷主姦賊上焦通氣入頭中爲宗廟王者於間治化若心行正法群下皆隨則治正清夷故五臟調和六府通適四大安樂無諸疾惱終保年壽若心行非法則群僚作亂互相殘害故四大不調諸根暗塞因此抱患致終皆由行心惡法故經言失魂即亂失魄則狂失意則惑失志則忘失神則死當知外立王道治化皆身內之法如是等義具如提謂經說第二明內世間義相關者上來所說並與外義相關所以者何佛未出時諸神仙世智等亦達此法名義相對故說前爲外世間義也是諸神仙雖復世智辯聰能通達世間若住此分別終是心行理外未見真實於佛法不名聖人猶是凡夫輪迴三界二十五有未出生死若化衆生名爲舊醫亦名世醫故涅槃經云世醫所療治差已還復發若是如來療治者差已不復發此如下說今言內義世間者即是如來出世廣說一切教門名義之相以化衆生行者於定心內意欲得知佛法教門主對之相三昧智慧善根力故即便覺

知云何知如佛說五戒義爲對五臟已如前說若四大五陰十二入十八界四諦十二因緣悉人身內也即知四大此義爲對五臟風對肝火對心水對腎地對肺脾若聞五陰之名尋即覺知對身五臟色對肝識對脾想對心受對腎行對肺名雖不次而義相關若聞十二入十八界亦復即知對內五臟十入十五界義自可見二入三界今當分別五識悉爲意入界外五塵內法塵以爲法入界此即二十三界相關意識界者初生五識爲根對外法塵即生意識名意識界若聞五根亦知對內五臟憂根對肝苦根對心喜根對肺樂根對腎捨根對脾五根因緣則具有三界所以者何憂根對欲界苦根對初禪喜根對二禪樂根對三禪捨根對四禪乃至四空定皆

名捨俱禪當知三界亦爲五臟其義相關聞說四生亦覺知此義關五臟所以者何欲界具五根五根關五臟五臟關四大四大對四生一切卵生多是風大性身能輕舉故一切濕生多是水大性因濕而生故一切胎生多屬地大性其身重鈍故一切化生多屬火大性火體無而欻有故亦有光明故如來爲化三界四生故說四諦十二因緣六波羅蜜當知此三法藥神丹悉是對治衆生五臟五根陰故說所以者何如佛說一心四諦義當知集諦對肝因屬初生故苦諦對心果是成就故道諦對肺金能斷截故滅諦對腎冬藏之法已有還無故一心已對脾開通四諦故乃至十二因緣六波羅蜜類此可知也此三種法藏則廣攝如來一切教門是故行者若心

明利諦觀身相即便覺了一切佛法名義故華嚴經言明了此身者即是達一切是則說内義世間義相關之相意在幽微非悟勿述第二次釋成覺五支義者亦爲三義一下二次三上今先釋覺支三義一下覺大覺者行者於靜心内悉覺上來所說内外二種世間之相分別名義不同即是隔別之相故名覺義世覺義世間故名覺大覺者覺一切外名義雖別而無實體但依五臟如因肝說不殺戒歲星太山青帝木菟眼識仁毛詩角性震等諸法此諸法不異肝肝義不異不殺戒等即是如故名大覺覺餘一切法如四臟亦如是第二次明覺大覺者行者覺知肝雖如不殺戒等一切法而肝非肺脾心腎等一切法了知別異名爲覺覺肝等諸法無常生滅不異四臟等諸法無常名大覺第三次明上覺大覺者行者覺知肝等諸法八相別異名爲覺覺此肝等諸本來空寂無有異相名大覺如此分別覺大覺及世間出世間相雖與前同而亦有異深思自當可見次釋思惟大思惟者觀於心性之義類如前說是則略明約義世諦中辯初禪覺支之相餘觀喜安定等亦當如是一一分別第三釋事世間者此據得初禪時獲六神通見世諦事了了分明如觀掌内菴摩勒果此則現觀衆事不同上說以義比類惟忖分別世事也今就明事世間内亦爲一意第一正見事世間相第二釋成覺觀五支義今釋第一事世諦相者上根行人福德智慧利故證初禪時有二因緣得五神通一者自發二者修得一自發者是人入

初禪時深觀根本世間三事即能通達義世間相覺義世諦時三昧智慧轉更深利神通即發更得色界四大清淨造色眼成就以此淨色之心眼徹見十方一切之色事相分明分別不亂名天眼通所餘天耳他心宿命身通亦復如是得五通故明見十方三世色心境界差別不同衆生種類國土相貌一一有異是爲異見事世間也故經言深修禪定得五神通第二修得五通見事世間者如大集經言法行比丘獲得初禪入禪已欲得身通繫心鼻端觀息入出深見九萬九千毛孔息之出入見身悉空乃至四大亦復如是如是觀已遠離色相獲得身通乃至四禪亦復如是云何法行比丘獲得眼通若有比丘得初禪觀息出入眞實見色既見色已作是思惟如我所見三世諸色意欲得見隨意即見乃至四禪亦復如是云何法行比丘得天耳通憍陳如若有比丘得初禪觀息出入次第觀聲乃至四禪亦復如是云何法行比丘得他心智通若有比丘觀息出入得初禪時修奢摩他毗婆舍那是名他心智乃至四禪亦復如是云何法行比丘得宿命智憍陳如若有比丘觀出入息得初禪時即獲眼通獲眼通已觀於初有歌羅邏時乃至五陰生滅乃至四禪亦復如是既得五通即能見十方三世九道聖凡衆生種類國土所有一一相貌差別不同是名修得神通見事世間通達無閡第二次釋成覺觀五支義今先釋覺亦爲三義一下二中三上下覺大覺者用天眼通徹見諸色分別衆生種類非一國土所有差別

不同名字亦異故名爲覺也大覺者即覺世間所有但假施設諦觀四大即不見有世間差别之異了了分明故名大覺餘四通亦爾第二明次品覺大覺者用天眼通見四大色即知其性各異故名爲覺知四大無常生滅性無差别故名大覺餘四通亦爾第三明上品覺大覺者用天眼通明見無常之法八相有異是名爲覺覺知八相之法本來空寂一相無相故名大覺餘四通亦爾此則略説用五神通見事世間覺大覺相思惟大思惟觀於心性成就覺支之相類如前説餘觀支喜安定等亦當如是一一分别行者當知若聲聞緣覺得此禪故依定獲得不壞解脱無礙解脱三明六通故名通明觀若菩薩大士住此禪特即得無礙大陀羅尼乃至四禪亦復如是次明二禪自此已下乃至非想滅定禪門轉復深妙事相非一寧可具辯今但别出經文略釋正意而已所言二禪者經云二禪者亦名爲離亦名爲具離者同離五蓋具者具足三支謂喜安定釋曰行者於初禪後心患初禪覺觀動散攝心在定不受覺觀亦知上地不實諦觀息色心三性一心緣内覺觀即滅則發内淨大喜三昧於定内見身如泡具二禪行次明三禪經云三禪者亦名爲離亦名爲具離者同離五蓋具者具足五支謂念捨慧安定釋曰行者於二禪後心患猒大喜動散攝心不受亦知上地不實攝心諦觀喜法即謝發身樂即於定内見身如雲成三禪行次明四禪相經云四禪者亦名爲離亦名爲具離者謂同離五蓋具者具足四支謂

念捨不苦不樂定釋曰行者於三禪後心猒患樂法一心不受亦知四禪非實諦觀三性即豁然明淨三昧智慧與捨俱發心不依善亦不附惡正住其中即於定内見身如影具四禪行次明空處經言觀身猒患遠離身相一切身觸喜觸樂觸分別色相遠離色陰一心觀無量空處是名比丘得空處定釋曰此可為二義一者通觀上下二者但約自地及以上通上下者經觀身猒患遠離身相者深知欲界之身過罪非一身分皆不可得也身等三觸對初禪二禪三禪對可見分別色相者分別欲界色身乃至四禪色一一別異不實亦知空處未離色法也遠離色陰及觀無量空處者並如前根本禪内滅三種色法與虚空相應也二並約自地釋者觀身猒患遠離身相者猒患如影之色覆蔽於心觀此影色亦不可得也身等三觸者別喜根前已壞此是四禪色起觸心生三觸也分別色相者分別四禪喜樂及如影之色皆虚誑也遠離色陰及觀無量空處不異前説次明識處定相者經言若有比丘修奢摩他毗婆舍那觀心意識自知此身不受三受以得遠離是三種受是名比丘得識處定釋曰心意識者心者即是捨空定緣三性入識處定行者用三昧攝智慧雖知三性不實為免空難一心緣識即入識處定也自知此身不受三受者緣色四句空處雖離初句而猶受後三句今識處緣識入定則逈離色界四句所有四受悉屬於識故云自知此身不受三受亦得言不受苦樂等三受也已得遠離是三種受名識

處定相次明少識處定相者經言若有比丘觀三世空知一切行亦生亦滅空處識處亦生亦滅作是觀已次第觀識我今此識亦非識非非識若非識者是名寂靜我今云何求斷此識是名得少識處定釋曰觀三世空一切諸行亦生亦滅者深觀自地及上下心數悉是有爲之相虛誑不實次第觀識者是觀識處亦識非識非非識者即通知所有法不可得也若非識者是名寂靜我今云何求斷此識者即是念滅識之方便緣非識之法入少識處定也次明非想定者經言若有比丘有非心想作是思惟我今此想是苦是漏是瘡是癰是不寂靜若我能斷如是非想及非非想是名寂靜若有比丘能斷如是非想非非想者是名獲得無想解脫門何以故法行比丘作是思惟若有受想若有識想若有觸想若有空想若非想非非想是等皆名麤想我今若修無想三昧則能永斷如是等想是故見於非想非非想爲寂靜處如是見已入非非想定已不受不著即破無明破無明已名獲阿羅漢果釋曰有非心想者即無想定也是苦是漏等即是觀無想定過罪也若我能斷如是非想及非非想是名寂靜非想者即是無想定也及非非想者已逆見上地之過應斷除是寂靜者破非想定故獲涅槃之寂靜也若有比丘能斷如是非想獲得無想解脫門者一切三界之定皆名爲想今斷此想獲得無想三昧即能於非想定破無明發無漏得阿羅漢果證涅槃也法行比丘若有受想已下即是重釋出上意義可見也又經

言前三種定二道所斷後第四定終不可以
世俗道斷凡夫於非想處雖離麤麤煩惱而亦
具有十種細法以其無麤麤煩惱故一切凡夫
謂是涅槃廣說如經釋曰此明凡夫等智於
非想不能發無漏也次經云憍陳如若比丘
修習聖道猒離四禪四空處觀於滅莊嚴之
道者釋曰此明通觀於想後得入滅盡也此
義下背捨中當具說行者入此法門不取實
際作證具足大悲方便一切佛法起六神通
度脫衆生即是約一種法門明摩訶衍也

釋禪波羅蜜次第法門卷第八

音釋

裡正作裏良士切 閡牛代切與礙同 䏰膜䏰蘇干切脂肪也膜末各切胲肪也 篋詰叶切箱屬 塚主隴切墳也 膀胱膀蒲光切胱姑黃切膀胱水府也 療力照切治也

釋禪波羅蜜次第法門卷第九

隋天台智者大師說

弟子法慎記

弟子灌頂再治

明修證無漏禪卷上

今明無漏有二種一者對治無漏二者緣理無漏故大集經云有二種行一者慧行二者行行行行者即是九想背捨等對治無漏也緣事起行對治破諸煩惱故名行行無漏行也二慧行者即是四諦十二因緣眞空正觀緣理斷惑故名慧行無漏行也第一前釋對治無漏此約九種法門明也一九想二八念三十想四八背捨五八勝處六十一切處七九次第定八師子奮迅三昧九超越三昧今此九種禪通說爲對治無漏及次第淺深之義皆如前第一卷中說今就此九種法門中即有二種對治無漏道一者壞法道二者不壞法道壞法道者即是九想八念十想是也善修此三若發眞無漏即成壞法阿羅漢也二不壞法道即是背捨勝處一切處九次第定師子奮迅超越等三昧具足此禪發眞無漏成不壞法大阿羅漢也今通釋第一壞法觀中三種法門所以此三法門名壞法觀者行人心厭六欲猶如怨賊故修九想以爲對治作此觀時雖破壞六欲而多生恐怖若修八種正念恐怖即除旣貪欲心薄又無怖畏爾時欲斷三界結使即應進修十想十想成就即便殺諸結賊成阿羅漢是人旣壞滅欲界身相不能具足三界觀練熏修三明八解故名壞法也問曰九想與十想有何異耶答

曰有異不異異者九想如縛賊十想如殺賊九想爲初學十想爲成就九想爲因十想爲果故經云二爲甘露門一者不淨觀門二者阿那波那門不異者善修九想即具足十想此義在下當明之初釋九想觀門者一脹想二壞想三血塗想四膿爛想五青瘀想六噉想七散想八骨想九燒想此九種法門通稱想者能轉心轉想所謂能轉不淨中淨顛倒想故名爲想今釋九想即開爲四意一明修證二明對治三明攝法四明趣道一明修證者行人先持戒清淨令心不悔易受觀法能破婬欲諸煩惱賊故爾時當先觀人初死之時辭談言語息出不反忽已死亡氣滅身冷無所覺知室家驚慟號天叫地言說方爾奄便何去此爲大畏無可免者譬如劫盡火燒無有遺脫如偈說

死至無貧富　無勤修善法　無貴亦無賤
老少無免者　無祈請可救　亦無欺誑處
無捍格得脫　一切無免者

死法名永離恩愛之處一切有生之所惡雖知可惡甚無得免者我身不久必當如是同於木石無所別知我今不應貪著五欲不覺死至同於牛羊牛羊禽獸雖見死者跳騰哮吼不自覺悟我既已得人身識別好醜當求甘露不死之法如偈說

六情根完具　智鑒亦明利　而不求道法
唐受身智慧　禽獸皆亦智　欲樂以自恣
而不知方便　爲道修善事　既已得人身
而但自放恣　不知修善行　與彼復何異
三惡道衆生　不得修道業　已得此人身

當勉自益利
行者思惟是已即取我所愛人若男若女脫衣露體卧置地上於前如死尸想一心三昧觀此死尸心甚驚畏破愛著心此則略說死想以爲九想前方便也復次九想有二種一者利根二者鈍根若利根之人懸心存想死脹等事悉得成就若鈍根之人懸作不成必須見人初死至尸所取是相已繫心修習旣見相分明心想成就即發三昧於後雖離死尸隨想即見一脹想者行者對死尸邊見膖脹如韋囊盛風異於本相此身中無主妄識役御視聽言語以此自誑今何所趣但見空舍膖脹項直此身姿容妖媚細膚朱脣素齒長眼直鼻平領高眉如是好身令人心惑今但見膖脹好在何處男女之相亦不可識即取此相以觀我所愛人作此訶責欲心臭屎囊膖脹可惡何足貪著爲此沉没自念我身未脫此法一心三昧除世貪愛二壞想行者復觀死尸風吹日曝轉大烈壞在地六分破碎五臟屎尿臭穢盈流惡露已現我所著者以此觀之無可愛樂我爲癡惑爲此屎囊薄皮所誑如燈蛾投火但貪明色不顧燒身之禍自念我身亦爾未脫此法一心三昧除世貪愛三血塗漫想行者復觀死尸旣見破壞處處膿血流溢從頭至足點汙不淨臭穢腥臊膖脹不可親近我所愛者以此觀之無可愛樂我爲癡惑坐是沉淪汙穢不淨好在何處自念我身未脫此法一心三昧除世貪愛四膿爛想行者觀死尸風熱水漬日漸經久身上九孔蟲膿流出皮肉處處膿爛滂沱在

地臭氣轉增我所愛者以此觀之好容美貌爲此昬迷今見臭爛甚於糞穢何可貪著自念我身未脫此法一心三昧除世貪愛五青瘀想行者復觀死尸膿血稍盡風日所變皮肉黄赤瘀黒青黤臭氣轉增我所愛者以此觀之桃華之色誑惑於我今何所在自念我身未脫此法一心三昧除世貪愛六噉想行者復觀死尸蟲蛆唼食鳥挑其眼狐狗咀嚼虎狼䶥裂身殘缺駁脫落可惡我所愛人以此觀之本時形體清潔服飾莊嚴嬌態自惑今見破壞本相皆失甚可猒惡自念我身未脫此法一心三昧除世貪愛七散想行者復觀死尸禽獸分裂身形破散風吹日曝筋斷骨離頭首交橫我所愛人以此觀之人相何在自念我身未脫是法一心三昧除世貪愛八骨想行者復觀死尸皮肉等已盡但見白骨見骨有二種一者見筋相連二者筋盡骨離復有二種一則餘血膏膩染汙二則骨白如珂如貝我所愛人以此觀之髑髏可畏堅強之相甚於瓦石柔輭細觸一旦皆失自念我身未免此法一心三昧除世貪愛九燒想行者復到死尸林中或見積多草木焚燒死尸腹破肥出爆裂烟臭甚可驚畏或見但燒白骨烟燄洞然薪盡火滅形同灰土假令不燒不埋亦歸磨滅我所愛人以此觀之身相皆盡甚於兵刃沐浴香熏華粉嚴飾輭肥細體清溫諂佞以此惑人今皆摩滅竟何所在自念我身未脫此法一心三昧除世貪愛二明九想對治者行者修九想既通必須增想重修令觀行熟利隨所觀時心即與定相應

想法持心無分散意此則能破六欲除世貪愛六欲者一者色欲二形貌欲三威儀姿態欲四言語音聲欲五細滑欲六人相欲此六欲中能生六種著色欲者有人染著赤色若赤白色若黄白色黒色若赤黒色若青色若青白色若桃華色無智愚人見此等色没溺迷醉若形貌欲有人但著形貌面如滿月修目高眉細腰纖指相好端嚴心即惑著威儀欲者有人著威儀姿態行步汪洋揚眉頓臉含笑嬌盈便生愛染言語欲者有人但愛語聲若聞巧言華説應意承旨音詞清雅歌詠讃歎悦動人心愚夫淺識爲之迷惑細滑欲者有人但愛身形柔輭肥膚光悦猶若兠羅之綿寒時體温熱時體凉按摩接待身服熏香凡情没溺爲此危喪雜欲者有人皆著五事人相欲者有人皆不著五事但著人相若男若女雖見上五事若不得所愛之人猶不染著若遇適意之人則能捨世所重頓亡軀命如是六欲世世誑惑衆生沉淪生死没溺三塗不得解脱若能善修九想對治除滅則六欲賊破散疾證涅槃所以者何初死想破威儀語言二欲次脹想壞想噉想破形貌欲次血塗漫想青瘀想膿爛想多破色欲次骨想燒想多除細滑欲九想除雜欲及所著人相欲噉想散想骨想偏除人相欲殘噉離散白骨中不見有人可著故以是九想觀能破欲結瞋癡亦薄三毒薄故九十八使山皆動漸漸增進其道以金剛三昧摧破結使山得三乘道九想雖是不淨觀因是能成大事譬如大海中死尸溺人依之即得度也三明攝

法者是九想法緣欲界身色想陰攝亦身念處少分或欲界攝或初禪二禪攝未離欲散心人得欲界繫離欲人得色界繫膖脹等八想欲界初禪二禪中攝淨骨想欲界初禪二禪四禪中攝三禪中樂多故無是想四明九想趣道者修九想有二種若按事而修此則但能伏欲界結後別修十想以斷見思成無學道二者若善修九想即具十想從事入理此則不煩別約餘門修十想所以者何如行者觀人死時動轉言語須臾間忽然已滅身體膖脹爛壞分散各各變異是則無常若著此身無常壞時是即爲苦若無常苦不得自在者是則無我不淨無常苦無我故則世間不可樂著觀身如是食雖在口腦涎流下與唾和合成味而咽與吐無異下入腹中即爲糞穢即是食不淨想以此九想觀觀身無常變易念念皆滅即是死想以是九想猒世間樂知煩惱斷即安隱寂滅即是斷想以是九想遮諸煩惱即離想以九想猒世間故知五陰滅更不須生是處安隱即是盡想若能如是善修九想即具十想斷見思惑當知是人必定趣三乘道復次摩訶衍中說若善修九想開身念處門身念處開三念處門四念處開三十七品門三十七品開涅槃門入涅槃故則滅一切憂苦菩薩憐愍衆生故雖於九想能入涅槃而亦不取實際作證所以者何若色中無味相衆生即不應著於色若色中無離相今亦不應從色得解脫以色中有味故衆生則著於色色中有離相故衆生從色得解脫而味不即離離不即味離味處無脫

處離脫處無味處當知色即非縛非脫爾時不隨生死不證涅槃但以大悲憐愍一切衆生於此不淨觀中成就一切佛法大品經云九想即是菩薩摩訶衍次釋八念法門所言八念者一念佛二念法三念僧四念戒五念捨六念天七念入出息八念死此八通稱念者一心緣中憶持不忘失故名之爲念今釋八念即爲三意一明教門所爲二明修證三明趣道之相一明教門所爲者佛弟子於阿蘭若處空舍塚間山林曠野善修九想外不淨猒患其身而作是念我云何將是底下不淨臭屎尿囊以自隨逐爾時畜然驚怖舉身毛竪及爲惡魔作種種形色來恐怖之欲令其道退沒以是故念佛次九想後說八念以除怖畏如經中說佛告諸比丘若於阿蘭若處有驚怖心爾時應當念佛恐怖即滅若不念佛應當念法恐怖即除若不念法應當念僧恐怖即除故知三念爲除怖畏說也問曰經說三念因緣爲除怖畏後五念復云何答曰是比丘自布施持戒怖畏即除所以者何若彼破戒畏墮地獄若慳貪畏墮餓鬼及貧窮中自念我有是淨戒布施則歡喜上諸天皆是布施持戒果報我亦有是福德是故念天亦能令怖畏不生十六行中念阿那波那時細心覺尚滅何況怖畏麤覺念死者念五陰身念念生滅從生已來恒與死俱今何以畏死是五念佛雖不別說當知是爲深除怖畏所以者何念他功德以除恐怖則難念自功德以除怖畏則易以是義故不別說二明修證八念念佛者若行者於阿蘭若中心有

怖畏應當念佛佛是多陀阿伽度阿羅訶三藐三佛陀乃至婆伽婆十號具足三十二相八十種好大慈大悲十力四無所畏十八不共法智慧光明神通無量能度無量十方衆生是我大師救護一切我當何畏一心憶念恐怖即除二念法者行者應念是法巧出得今世果無諸熱惱不待時能到善處通達無礙巧出者善説二諦不相違故是法能出二邊故名巧出得今世果者諸外道法皆無今世果唯佛法中因緣展轉生所謂持戒清淨故得心不悔得心不悔故生法歡喜生法歡喜故得心樂得心樂故則能攝心攝心故得如實智得如實智故得猒離得猒離故得離欲離欲故得解脱解脱果報故得涅槃是名得今世果報無熱惱者無三毒生死熱惱也不待時者諸外道受法要須待時節佛法不爾譬如薪遇火即然不待時到善處者若行佛法必至人天樂果三乘涅槃之處通達無礙者得三法印故通達無礙也我修如是等法當何所畏一心憶念恐怖即除三念僧者行者應念僧僧是佛弟子衆具五分法身是中有四雙八輩二十七人應受供養禮事世間無上福田所謂若聲聞僧若辟支佛僧若菩薩僧神智無量能救苦難度脱衆生如是聖衆是我真伴當何所畏一心憶念恐怖即除四念戒者行者應念是戒能遮諸惡安隱住處是中戒有二種所謂有漏戒無漏戒復有二種一律儀戒二定共戒律儀戒能遮諸惡身得安隱定共戒能遮諸煩惱心得内樂無漏戒能破無明諸惡根本得解脱樂我修

如是之法當何所畏一心憶念恐怖即除五念捨者行者應念捨有二種一者捨施捨二者諸煩惱捨捨施有二種一者捨財二者捨法是二種捨皆名爲捨即是一切善法根本行者自念我有身已來亦有如是捨施功德我當何畏一心憶念怖畏即除六念天者行者應念四天王天乃至他化自在天彼諸天等悉因往昔戒施善根得生彼處長夜快樂善法護念我等復當憶念天有四種一者名天二者生天三者淨天四者義生天如是等天果報清淨若我有戒施之善捨命之時必生彼處當何所畏一心憶念恐怖即除七念阿那波那者如前十六特勝初門中說行者若心驚怖即當調息緣息出入覺知滿十即當發言念阿那波那如是至十六神即歸一心念息恐怖即除次念死者死有二種一者自死二他因緣死是二種死常隨此身若他不殺自亦當死何足生怖譬如勇士入陣以死往遮則心安無懼如是一心念死怖畏即除是則略說八念對治恐怖是中法相並如摩訶衍廣分別三明八念趣道之相者若如前說止是權除怖畏及諸障難今明善修八念即是一途入道法門釋八念入道有二意一者次第修行入道之相二者一一念各得入道次第修行入道者行者欲求解脫煩惱之病先當念佛如醫王念法如良藥念僧如瞻病念戒如禁忌飲食念捨如將養念天如身病少差念阿那波那使發禪定念死即悟無常四諦若三界病盡即得聖道二者明二念各是入道方法者念佛即是念佛三昧入

道之相如文殊般若及諸經中說念法者如經說諸佛所師所謂法也若四諦十二因緣六波羅蜜中道實相如是等法皆是入道之法念僧者如觀世音三昧藥上等經中說念戒如前十種戒中說念施如摩訶衍中檀波羅蜜入道相中說餘三念者若念天及第一義天即入道若念阿那波那入道之相其如通明中說念死如下死想義中說當知八念隨修一念即得入道不須餘習菩薩爲求佛道故行是八念心無依倚大悲方便廣習法門以化衆生當知八念即是菩薩摩訶衍也

次釋十想法門十想者一無常想二苦想三無我想四食不淨想五一切世間不可樂想六死想七不淨想八斷想九離想十盡想今釋十想即爲三意一明次位二明修證三明趣道想第一所言次位者於佛教所說諸法中有三種道一見道二修道三無學道今此十想即約三道以明位次所以者何壞法人於乾慧地已具九想伏諸結使令修無常等三想即是總相觀爲破六十二見諸顛倒法入見道中得初果故次有食不淨想等四想此爲須陀洹斯陀含人入修道中欲斷五下分結證阿那含果故說是四種別相事觀助成正觀斷思惟惑後斷離盡等三想爲阿那含人行阿羅漢向修無學道爲欲斷離色無色愛證阿羅漢故說當知十想約三道以辯次位一往義則可見第二明修證一無常想者觀一切有爲法無常智慧相應故名無常想所以者何一切有爲法新新生滅故屬因緣故不增積故生時無所從來滅時無所去

處故名無常是中無常有二種一者衆生無常二者世界無常衆生無常者行者觀我及一切衆生從歌羅邏來色心生滅變異乃至老死無暫停時所以者何一切有爲悉屬生住滅三相遷變故知無常所謂欲生異生欲住異住欲滅異滅如是變易無常刹那迅速無暫停息故知一切衆生悉皆無常世界無常者如偈說大地草木皆磨滅須彌巨海亦崩竭諸天住處皆燒盡爾時世界何處常復次如佛說無常觀有二種一者有餘二者無餘一切人物皆盡唯有名在是名有餘若人物滅盡是名無餘所以者何若言以三相故一切有爲法爲無常者三相自不可得云何有無常如生時無住滅離生時亦無住滅若生時即有住滅即壞生相以生滅相違故若言離生有滅住亦壞三相義若離生則滅無所滅故當知三相不可得若無有三相云何言無常若不得無常相即見聖道是名無常想問曰若爾佛何故說無常爲聖諦答曰爲對治破著常顛倒故是中不應求實若心計無常爲實者即墮斷見復次有餘無常想如上特勝通明中說無餘者在下慧行中當廣說問曰何以聖行初門先說無常想答曰一切凡夫未見道時各貴所行或言持戒爲重或言多聞爲重或言十二頭陀爲重或言禪定爲重如是各各所行爲貴更不復勤求涅槃佛言是諸功德皆是趣涅槃道分若觀諸法無常是爲眞涅槃道如是種種因緣故諸法雖空而說是無常想二苦想者行者應作是思惟若一切有餘法無常遷變即是苦

想所以者何從内六情外六塵和合故生六種識六種識中生三種受謂苦受樂受捨受是三種受中生老病死恩愛别離求不得怨憎會五陰盛等八苦之所逼切故名爲苦復次是苦受以事即是苦故一切衆生所不欲是樂受以爲順情故一切衆生所愛著生貪著無常敗壞即現受衆苦後受地獄畜生餓鬼等苦如是等種種諸苦皆從求樂生故知樂即是苦捨受雖復情中不覺苦樂不取不棄理實無常遷逼亦爲大苦如是觀時於三界中不見樂相可生貪著心生猒畏是名苦想問曰若無常即是苦者道聖諦有爲無常亦應是苦答曰道聖諦雖無常而能滅苦不生諸著又與空無我等諸智慧和合故但是無常而非苦也三無我想者行者當深思惟若有爲法悉是苦者苦即是無我所以者何五受陰中悉皆是苦若是苦者即不自在若不自在是則無我何以故若有我自在者則不應爲苦所逼知苦即是無我復次五陰十二入十八界中諸法從緣生則無自性故若即陰離陰更求我等十六知見皆不可得旣不得我則捨一切諸見執著心無所取便得解脱是名無我想是無常苦無我三想觀行深細在下釋苦諦中更當廣説問曰無常苦無我爲是一事爲是三事若是一事不應説三若是三事佛何故説無常即苦苦即無我答三是一事所謂受有漏法觀門分别故有三種異無常行想應是無常想苦行想應是苦想無我行想應是無我想無常不令入三界苦令知三界過罪無我則捨世間復

次無常生厭苦生怖畏無我拔出令得解脫復次無常者遮常見苦遮令世涅槃見無我者遮著處見無常者世間所可著常法是苦者世間計樂處是無我者世間所可計我牢固者是如是等種種分別並如摩訶衍中廣說也四食不淨想者行者雖知無常苦空無我若於飲食猶生貪著當修食不淨想以爲對治諦觀此食皆是不淨因緣故有如肉是精血水道中生是爲膿蟲住處如酥乳酪血變所成與爛膿無異飯似白蟲羹如糞汁一切飯食廚人執作汁垢不淨若著口中腦有爛涎二道流下與唾和合然後成味其狀如吐從腹門入地持水爛風動火煮如釜熟糜滓濁下沉清者在上譬如釀酒滓濁者爲屎清者爲尿腰有三孔風吹膿汁散入百脉先與血和合凝變爲肉從新肉生脂骨髓以是因緣故生身根從新舊肉令生五精根從此五根則生五識次第生意識分別取相籌量好醜然後生我我所心等諸煩惱及諸罪業觀食如是本末因緣種種不淨知內四大與外四大則無有異但以我見力故强計爲我有行者如是思惟知食罪過若我貪著當墮地獄餓鬼吞熱鐵丸或墮畜生猪狗之中敢食糞穢如是觀食則生猒想因猒食故五欲亦薄即是食不淨想五一切世間不可樂想者行者若念世間色欲滋味眷屬親里服飾園觀國土人事等則生樂想惡覺不息障離欲道故行者應當深心諦觀世間過罪之相過罪有二種一者衆生二者國土衆生過罪者一切衆生皆有八苦之患無可貪著復觀

衆生貪欲多故不擇好醜猶如禽獸瞋恚重故乃至不受佛語不敬聞法不畏惡道愚癡多故所求不以道理不識尊卑或慳貪憍慢嫉妬很戾諂誑讒賊邪見無信不識恩義或罪業多故造作五逆不敬三寶輕蔑善人世間衆生善者甚少弊惡者多深觀如是煩惱過罪應生猒離如是不可親厚國土過罪者如偈說

或有國多寒　或有國多熱　有國無救護
或有國多惡　有國多饑餓　或有國多病
有國不修福　如是無樂處

行者深觀欲界惡事如是無有樂處乃至上二界果報破壞時憂苦甚於下界譬如極高處墮落摧碎爛壞經言三界無安猶如火宅衆苦充滿甚可怖畏若常觀是相則深生猒離愛覺不生是名世間不可樂想六死想者行者若修上來諸想多少懈怠心生不能疾斷漏是時應須深修死無想如佛說死想義有一比丘偏袒白佛我能修死想佛言汝云何修比丘言我不望一歲活佛言汝爲放逸修死想者復有比丘言我不望七月活有比丘言七日六日五日四日三日二日活佛言汝等皆是放逸修死想者有比丘言從旦至食有一比丘言一食頃佛言汝等皆是放逸修死想者有一比丘偏袒白佛言我於出息不保入息入息不保出息佛言善哉善哉是眞修死想者是眞不放逸行若能如是修死想者當知是人破懈怠賊一切善法恒得現前是名修死想也七不淨想者如前通明觀見身三十六物五種不淨是中應廣說入斷

想九離想十盡想者緣涅槃斷煩惱結使故名斷想離結使故故名爲離想盡諸結使故名爲盡想問曰若爾者一想便足何故說三答曰如前一法三說無常即苦苦即無我此想亦如是斷想有餘涅槃盡想無餘涅槃離想二涅槃方便門當知壞法人成就十想即成阿羅漢具足二種涅槃故說九想十想爲壞法道也十想義種種分別具如摩訶衍中廣說第三明趣道相者即有三種一者漸次入壞法道具如前說二者非次第壞法道從初發心即具修十想斷諸結使得阿羅漢果具足二種涅槃故摩訶衍云若於煖頂忍世間第一法正智慧觀離諸煩惱是離想得無漏道斷結使是斷想入涅槃時滅五受陰不復相續是名盡想當知從初乾慧地來即說離想等此則異前所說三想併在後無學道中也三者隨分入道若於十想之中隨修一想善得成就即能斷三界結使得阿羅漢證二種涅槃故經云善修無常能斷一切欲愛色愛無色愛掉慢無明三界結使永盡無餘當知無常即是具足入道不煩惱想下九想亦當如是一一分別趣道之相復次菩薩摩訶薩行菩薩道時心廣大故欲爲一切衆生習甘露法藥雖知諸法畢竟空寂而亦具足成就十想是菩薩於一一想中次第入一切法門旋轉無閡爲衆生說當知十想即是菩薩摩訶衍也

釋禪波羅蜜次第法門卷第九

音釋

腥臊（腥，先青切；臊，蘇刀切）黤（於敢切，黑也）𪮷（厥縛切，與攫同，爪持也）駁（壯角切，解駁也）髑髏（髑，徒木切；髏，盧侯切；髑髏，頂骨也）糜（正作𪎭，忙皮切，粥也）

釋禪波羅蜜次第法門卷第十

隋 天 台 智 者 大 師 說
弟 子 法 愼 記
弟 子 灌 頂 再 治

從背捨巳去有六種法門並屬不壞法道所攝利根聲聞具此六法發眞無漏即成不壞法大力阿羅漢故摩訶衍云不壞法阿羅漢能具無諍三昧願智頂禪今分此六種法門即爲四意謂觀練熏修一者背捨及勝處一切處此三門並屬觀禪故摩訶衍云背捨是初行勝處是中行一切處是後行悉爲對治破根本味禪中無明貪著及淨法愛也二九次第定即是鍊禪三師子奮迅三昧即是熏禪四超越三昧即是修禪今釋第一觀禪即爲二意一先釋三番修觀禪方法二明觀禪功能第一釋三番觀行方法者一先釋背捨二次釋勝處三釋一切處也先釋八背捨八背捨者一內有色相外觀色是初背捨二內無色相外觀色是二背捨三淨背捨身作證是三背捨四虛空處背捨五識處背捨六不用處背捨七非有想非無想背捨八滅受想背捨今釋背捨即爲五意一釋名二明次位三辯觀法不同四明修證五分別趣道之相第一釋名此八法門所以通名背捨者背是淨潔五欲離是著心故名背捨言淨潔五欲者欲界麤弊色聲香味觸貪著是法沉沒三塗名爲不淨五欲欲界定未到地根本四禪四空是中雖生味著皆名淨潔五欲今以背捨無漏對治破除猒離不著欲界根本禪定喜樂故言能背是淨潔五欲捨是著 心名爲

背捨復次多有人言背捨即是解脱之異名今用摩訶衍意往撿此義不然所以者何如大品經云菩薩依八背捨入九次第定身證阿那含人雖得九次第定而不得受具足八解之名故知因中猒離煩惱名背捨後具足觀練熏修發真無漏三界結盡爾時背捨轉名解脱如此説者義則可依第二明次位者解釋不同若依曇無德人所明初二背捨位在欲界三淨背捨位在色界四禪第四五六七此四背捨位在四空第八滅受想背捨位過三界若依薩婆多人所説初二背捨位通欲界初禪二禪第三淨背捨唯在四禪彼云三禪樂多又離不淨近故不立背捨下五背捨明位不異於前復有師言三禪無勝處四禪無背捨此則與前有異今依摩訶衍中説論言初背捨初禪攝第二背捨二禪攝當知此二背捨位在初二禪中爲對治破欲界故皆言以是不淨心觀外色第三淨背捨位在三禪中故論云淨背捨者縁淨故淨徧身受樂故名身作證三界之法若除三禪更無徧身之樂論文又言是四禪中有一背一捨四勝處如此上進退從容當知位在三禪四禪苟而偏屬即互乖論今若具以此義破射於前及融通教意甚自紜紜下五背捨配位不異於前今依後家之釋以辯位次也第三釋觀法不同者若曇無德人明此八解脱觀並以空觀而爲體若薩婆多人明此背捨不淨觀並是有觀猒背爲體今此八背捨具有事理兩觀在因則名背捨果滿則名解脱亦名俱解脱也若偏依前二家所説此則事理互

有不具豈得受於俱解脫之名此中觀行方法與前二家不同淺深之異在下自當可見第四明修證行者欲修八背捨無漏觀行必須精持五篇諸戒極令清淨復當精勤勇猛大誓莊嚴心無退没及能成辦大事所言初背捨者不壞内外色不内外滅色相巳是不淨心觀色是名初背捨所以者何衆生有二分行愛行見行愛多者著樂多縛在外結使見多者多著身見等諸見爲内結使縛以是故愛多者觀外身不淨見多者觀内身不淨敗壞今明背捨觀行多先從内起内觀既成然後以不淨心觀外云何觀内行者端身正心諦觀足大拇指想如大豆脹黑亦如脚蝨之相於靜心中觀此相成即復想脹起如梨豆大如是乃至見一拇指脚如鷄卵大次觀二指三四五指亦然次觀脚法復見腫脹乃至脚心脚踵脚踝蹲膝䏶髖悉見腫脹次觀右脚亦如是復當靜心諦想大小便道腰脊腹背胷脇悉見腫脹復當靜心諦觀左胛臂肘腕掌五指悉見腫脹乃至右胛亦復如是復當靜心諦觀頭項頭頷悉見腫脹擧身項直如是從頭至足從足至頭循身觀察但見腫脹心生猒惡復當觀壞膿爛血汙不淨大小便道蟲膿流出腹既坼破見諸内臟及三十六物臭爛不淨心生猒惡自觀巳身甚於死狗觀外所愛男女之身亦復如是不可愛樂廣説如九想但除散燒二想爲異耳行者修此觀時若欲界煩惱未息當久住此觀中令猒心純熟若離貪愛是時應當進觀白骨一心靜定諦觀眉間想皮肉裂開見白骨如

爪大的的分明次當以心向上裂開皮肉即見額骨及髮際骨嶷(音宜謹切)然而開即見骨相復觀頂骨亦見皮肉脫落髑髏骨出復當定心從頭向下想皮肉皆隨心漸漸剥落至足皮肉既脫但見骨人節節相拄端坐不動行者爾時即定心諦觀此骨從因緣生依因指骨以拄足骨依因足骨以拄踝骨依因踝骨以拄蹲骨依因蹲骨以拄膝骨依因膝骨以拄髀骨依因髀骨以拄髖骨依因髖骨以拄腰骨依因腰骨以拄脊骨依因脊骨以拄肋骨復因脊骨上拄項骨依因項骨以拄頷骨依因頷骨以拄牙齒上有髑髏復因項骨以拄肩骨依因肩骨以拄臂骨依因臂骨以拄腕骨依因腕骨以拄掌骨依因掌骨以拄指骨如是展轉相依有三百六十骨一一諦觀

知大知小知強知輭共相依假是中無主無我何者是身見出入息但是風氣亦復非身非我觀受觀心乃至觀法悉知虛誑無主無我作此觀已即破我見憍慢五欲亦皆除滅爾時復當定心從頭至足從足至頭循身諦觀深鍊白骨乃經百千許徧骨人筋骨既盡骨色如珂如貝深觀不已即見骨上白光熤爚見是相已即當諦觀眉間當觀時亦見白光熠熠悉來趣心行者不取光相但定心眉間若心恬然任運自住善根開發即於眉間見八色光明旋轉而出徧照十方皆悉明淨八色者謂地水火風青黃赤白普照大地見色地如黃白淨地見水色如淵中澄清之水見火色如無煙薪清淨之火見風色如無塵清風見青色如金精山見黃色如薝蔔華見

赤色如春朝霞見白色如珂雪隨是色相悉有光耀雖復見色分明而無形質可得此色超勝非世所有是相發時行者心定安隱喜樂無量不可文載也行者復當從頭至足深鍊骨人還復攝心諦觀於額住心緣中復見八色光明旋轉而出如是次第定心觀髮際頂兩耳孔眉骨眼骨鼻口齒頷骨頸項骨從上至下三百六十諸骨諸節悉見八色光明旋轉而出行者攝心轉細從頭至足從足至頭觀此骨人悉見徧身放光普照一切悉皆明淨若是菩薩大士咸於光中見諸佛像若行人善根劣弱乃至四禪方得見諸佛像行者既光明照耀定心喜樂倍上所得是名證初背捨相所以者何內骨人未滅故故名內有色相見外八種光明及欲界不淨境故故言以是不淨心觀外色外色有二種如欲界不淨此是不淨外色八種清淨之色是出世間色界之色故名外色行者見內外不淨色故背捨欲界心不喜樂見八種淨色故即知根本初禪無明暗蔽虛誑不實境界麤劣即能棄捨心不染著故論言背是淨潔五欲離是著心故名背捨復次如摩訶衍中說初禪一背捨當知背捨即是無漏初禪若是初禪即便具有五支之義今當分別如行者從初不淨觀來乃至鍊骨人光耀即是觀禪欲界定相次攝心眉間泯然定住即是觀禪未到地相八種光明旋轉而出覺此八色昔所未見心大驚悟即是觀禪覺支之相分別八色其相各異非世所有即是觀支慶心踊躍即是喜支恬憺之法怡悅娛心即是樂支雖覩

此色無顛倒想三昧不動即是一心支今略事分別此無漏觀禪五支之相當知與上根本特勝通明中五支條然有異二背捨者壞内色滅内色相不壞外色不滅外色相以是不淨心觀外色是第二背捨所以者何行者於初背捨中骨人放光既徧今欲入二禪内淨故壞滅内骨人取盡欲界見思未斷故猶觀外白骨不淨之相故云以是不淨心觀外色今明修證行者於初背捨後心中不受覺觀動亂諦觀内身骨人虛假不實内外空踈專取壞散磨滅之相如是觀時漸漸見於骨人腐爛碎壞猶如塵粉散滅歸空不見内色是時但攝心入定緣外光明及與不淨一心緣中不受觀覺於後内心豁然明淨三昧正受與大喜俱發即見八種光明照從内淨出明十方倍勝於上既證内法大喜光明即知根本二禪虛誑麤劣猒背不著故名背捨亦名無漏第二禪是中具有四支推尋可見三淨背捨身作證者如摩訶衍中說緣淨故淨徧身受樂故名身作證所以者何行者欲入是三背捨於二背捨後心即不受觀外不淨悉皆壞盡散滅無有遺餘亦不受大喜勇動但攝心諦觀八色光耀之相取是相已入深三昧鍊此八色極令明淨住心緣中即泯然入定定發之時與樂俱生見外八色光明清淨皎潔猶如妙寶光色各隨其想昱晃明照徧滿諸方外徹清淨外色照心心即明淨樂漸增長徧滿身中舉體怡悅既證此法背捨根本心不樂著是則略說證淨背捨相亦名無漏三禪是中具足五支深思可見乃至四

禪淨色亦復如是皆淨背捨所攝但以無徧身樂爲異耳問曰若爾從初背捨來悉有淨色何故今方說爲淨背捨耶答曰是中應用四義分別一者不淨不淨二者不淨淨三者淨不淨四者淨淨不淨不淨者如欲界三十六物之身性相已是不淨不淨觀力更見此身膖脹膿爛青瘀臭處此則不淨中更見不淨不淨淨者如白骨本是不淨之體諦心觀之骨膩既盡如珂如貝白光熗爍此則不淨中淨也淨中不淨者從初背捨來雖有淨光但此光明有三種不淨因緣一者出處不淨謂從骨人出也二者所照不淨謂照外境也三者光體未被鍊故不淨譬如金不被鍊滓穢未盡光色不淨以是因緣初禪雖有光明不名緣淨故淨二禪雖無白骨光從內淨而出猶照外不淨而未被鍊及大喜故亦得名爲緣淨今言淨淨者八色光明本是淨色今於此地又離三種不淨故淨言淨淨亦名緣淨故淨既淨義具足所以說爲淨背捨也四虛空背捨諸行者於欲界後已除自身皮肉不淨之色初背捨後已滅內身白骨之色二背捨後已却外一切不淨之色唯有八種淨色至第四禪此八種色皆依心住譬如幻色依幻心住若心捨色色即謝滅一心緣空與空相應即入無邊虛空處此明滅色方便異於前也證虛空處定義如前說行者欲入虛空背捨當先入空定空定即是背捨之初門背捨色緣無色故凡夫人入此定名爲無色佛弟子入此定深心一向不迴是名背捨云何名深心善修奢摩他故云何名一向不迴

於此定中善修毗婆舍那空無相無作無願故能捨根本著心即不退沒輪轉生死故名一向不迴復次佛弟子當入無色定時即有八聖種觀如癰瘡等四種對治觀故即能厭背無色之法無常等四種正觀故即破無色假實二倒能發無漏八聖種觀行方法並如前離虚空定修識定時說但彼欲離虚空故方修八聖種今行人即入虚空定時即修八聖種雖住定中而不著虚空定故名背捨也五識處六無所有處七非有想非無想處背捨亦當如是一一分别八滅受想背捨者背滅受想諸心心數法是名滅受想背捨所以者何諸佛弟子厭患散亂心故入定休息似涅槃法安著身中故名身證行者修是滅受想背捨必須滅非想陰界入及諸心數法云何滅是非想中雖無麤煩惱而具足四陰二入三界十種細心數法所謂一受二想三行四觸五思六欲七解八念九定十慧云何爲受所謂識受云何爲想所謂識想云何爲行所謂法行云何爲觸所謂意觸云何爲思所謂法思云何爲欲謂入出定云何爲解所謂法解云何爲念謂念於三昧云何爲定謂心如法住云何爲慧謂慧根慧身及無色愛無明掉慢心不相應諸行等苦集法和合因緣則有非想前於非想背捨中雖知是事不著非想故名背捨而未滅諸心數法今行者欲入滅受想背捨故必須不受非想一心緣眞絶陰界入則非想陰入界滅一切諸行因緣悉滅受滅乃至慧滅愛無明等諸煩惱滅一切心數法滅一切非心數亦滅是名不與凡

夫共非是世法若能如是觀者是名滅受想以能觀眞之受想滅非想苦集之受想今行者欲入滅受想之背捨復須深知能觀眞之受想亦非究竟寂靜即捨能觀之定受慧想捨此緣眞定慧二心故云背滅受想諸心數法譬如以後聲止前聲前聲既息即後聲亦如是能除受想既息因此心與滅法相應滅法持心寂然無所知覺故云身證想受滅此定中既無心識若欲出入但聽本要期長短也第五分別趣道之相行者修八背捨入道有三種不同一者先用背捨破遮道法後則具足修習勝處乃至超越三昧事理二觀具足方發眞無漏證三乘道二者若修八背捨時是人厭離生死欲速得解脫是時徧修緣諦眞觀等即於八背捨中發眞無漏證三乘道亦名具足八解脫也當知此人未必具下五種法門問曰若爾此人未得九次第定云何已得受八解脫之名答曰是義應作四句分別一者自有九次第定非解脫自有是解脫非次第定自有次第定亦是解脫自有非次第定非解脫而是八背捨三者若人厭離生死心重但證初背捨時即深觀四諦眞定之理無漏若發便於此地入金剛三昧證三乘道當知是人亦復未必具上七種背捨菩薩摩訶薩心如虛空無所取捨以方便力善修背捨具足成就一切佛法度脫衆生當知背捨即是菩薩摩訶衍次釋八勝處法門八勝處者一內有色相外觀色少若好若醜是名勝知勝見一勝處也二內有色相外觀色多若好若醜是名勝知見二勝處也三內無

色相外觀色少若好若醜是名勝知見三勝處也四内無色相外觀色多若好若醜是名勝知見四勝處也五青勝處六黄勝處七赤勝處八白勝處若依瓔珞經用四大爲四勝處今明勝處即爲四意一者釋名二明階位三辯修證之相四明趣道第一釋名此八法通明勝處者則有二義一者若淨若不淨五欲得此觀時隨意能破故名勝處二者善調觀心譬如乘馬擊賊非但破前陣亦能善制其馬故名勝處此則有異背捨經亦說爲八除入若因勝處斷煩惱盡則知虚妄陰入皆滅爾時勝處變名八除入也第二明次位者今但依摩訶衍中說初二勝處位在初禪次第三第四勝處位在二禪後四勝處位在四禪所以三禪不立勝處者以樂多心鈍故前

二禪離欲界近欲界煩惱難破雖位居二禪猶觀不淨破下地結四禪既是色中之極故色勝位極於此四空既無色故亦以破地煩惱薄故故不立勝處第三明修證所以言内有色相外觀色少者緣少故名少觀道未增故觀少因緣觀多畏難攝故譬如鹿遊未調則不中遠放云何名觀少行者自觀見已身不淨亦觀所愛之人不淨脹爛白骨心甚猒惡如初背捨中說若好若醜者觀外諸色善業果報故名好惡業報故名醜復次行者從師所受觀法觀外緣種種不淨是名醜色行者或時憶念妄生淨想觀淨色是好色復次行者自身中繫心一處觀欲界中色有二種一者能生婬欲二者能生瞋恚能生婬欲是淨色名爲好能生瞋恚者是不淨色故名醜

勝知勝見者觀心淳熟於好色中心不貪愛於醜色中心不瞋恚但觀色四大因緣和合而生如水沫不堅固智慧深達假實之相行者住是不淨門中婬欲瞋恚諸結使來能不隨故名勝處勝是不淨中淨顛倒諸煩惱故復次好醜者不淨觀有二種一者見自身他身三十六物臭穢不淨是名醜二者除內外皮肉五臟但觀白骨如珂如雪乃至流光照耀是名爲好行者見不淨時即知虛假心不畏沒見淨色時知從緣生心不愛染是名勝知勝見復次行者於少緣中隨意觀色轉變自在亦能善制觀心故名勝處二內有色相外觀色多若好若醜是名勝知勝見者行者觀心既調爾時不滅內骨人更於定中廣觀外色所謂諦觀一死屍乃至十百千萬一國土乃至十百千萬國一閻浮提乃至一四天下等皆見悉是死屍若觀一脖脹時悉見一切脖脹乃至壞血汙膿爛青瘀剥落亦如是行者既廣見死屍不淨心甚猒惡次當諦觀一死屍脫除皮骨但見白骨如是乃至一切死屍悉除皮肉皆見白骨徧滿世界此觀如禪經廣明是中應具說行者外骨觀既成復當定心諦觀內身白骨鍊使明淨如珂如貝當自觀骨時見外一切骨人悉皆起立行行相對羅列舉手而來行者於三昧中即知此諸骨人皆是隨想而來無有定實心不驚怖復當心默念訶此骨人咄汝諸骨人從何而來如是訶時悉見骨人悉還躃地如是或至多夂行者深觀內骨即見光明普照十方一切骨人爲光所照悉亦明淨此觀成時於一

切怨親中人及諸好醜其心平等無有愛恚是名若好若醜勝知勝見好醜勝知見義如前說復次行者住此觀中能見一骨人偏四天下皆是骨人是名爲多還復攝念觀一骨人故名勝知勝見隨意五欲男女淨潔相中能勝故故名勝處又能善調觀心雖知能觀之心性無所有而於緣中自在迴轉觀諸境界無有障閡故名勝處有義如摩訶衍中廣說復次有師言若但觀一切人見不淨白骨是名少若作大不淨觀是名多大不淨觀者爲破一切處貪愛故何謂一切觀觀象馬牛羊六畜飛禽走獸之屬悉見爲死屍膖脹復次觀飲食皆如蟲如糞衣服絹布猶如爛皮爛肉之段臭處可惡錢財金寶如毒蛇蚖斯須死變臭爛不淨穀米如臭死蟲宅舍田園國土城邑大地山川林藪皆悉爛壞臭處不淨流溢滂沱乃至見白骨狼籍一切世間不淨如此甚可猒患行者於三昧中隨觀即見迴轉自在能破一切世間好醜愛憎貪憂煩惱故名內有色相外觀色多若好若醜勝知勝見問世間資生既不淨悉是皮肉筋骨之法云何悉見不淨爛壞答曰此爲得解之道心力轉變非實觀也所以者何一切非實是淨淨倒力故遂悉見淨而生貪愛一切雖非悉不淨今不淨觀智慧力皆見不淨破諸煩惱復有何過譬如劫燒火起一切天地有情無情若干種類皆成火燄以火力故今以不淨心觀一切世間悉見不淨亦如神通之人轉瓦石爲金玉當知諸法有何定性彼師如是明第二勝處深思此意義理觀行悉可依

用也次明第三第四勝處觀行方法不異於前但以內無色相爲異滅內色方法前二背捨初門說今行者爲欲界煩惱難破故於第二禪中重修此二勝處對治除滅下地結使令無遺餘亦以重轉變觀道令利熟增明牢固不失工力轉勝也次釋青黃赤白四勝處者行者不受三禪身證之樂入第四禪時念慧清淨四色轉更光顯如妙寶光明勝於前色故名勝處復次行者於四禪中用不動智慧鍊此四色少能多多能少轉變自在欲見即見欲滅即滅故名勝處復次行者於三昧中見是勝色結漏未斷或時法愛心生爲斷法愛諦觀此色知從心起譬如幻師觀所幻色知從心生則不生著是時背捨變名勝處第四明趣道之相亦爲三意一者先用勝處

調心然後具足修習超越等法發眞無漏證三乘道二者此八勝處具足成就深入四諦眞觀第四禪中發眞無漏具足三十四心斷三界結證三乘道三者自有行人得初勝處入初禪時猒畏心重即作念言我今何用事中諸禪但須疾取涅槃作此念已即於此地深觀四諦十二因緣中道實相若發無漏即證三乘聖果也下七勝處亦當一一如是分別菩薩摩訶薩雖知諸法畢竟空寂憐愍一切衆生故深修勝處於勝處中發大神通摧伏天魔破諸外道度脫衆生當知勝處即是菩薩摩訶衍次釋十一切徧處法門十一切處者一青二黃三赤四白五地六水七火八風九空十識此十通名一切處者一一色各照十方徧滿故名一切處乃至空亦如是前

背捨勝處雖有八色所照既狹未能普徧是以不得受一切之名復次經中有時說爲十一切入有人解言此猶是一切處之異名今則不爾初名以一色徧照十方名一切處後心轉善巧能於一切徧照色中一一互得相入無相妨閡故處立一切入名今明十一切處即爲二意一明階位二辯修證第一明階位者十一切處初八色一切處位在第四禪中次第九空一切處位在空處第十識一切處位在識處所以前三禪中不立一切處者行者初學彼三地中有覺觀喜樂動故不能令色徧滿停住上無所有處定無物可廣亦不得快樂佛亦不說無所有處無量無邊故不立一切處非有想非無想處心鈍難取想廣大故不立一切處第二次明修證行者住第四禪中以成就自在勝色爾時應用念清淨心捨七種色直念青色取少青光燄相如草葉大一心緣中即與少青相應觀心運此少青徧照十方即見光明隨心普照一切世間皆見青相徧滿停住不動如青世界是名青一切處餘七一切處修觀之相亦當如是一一分別自有師言修一切處緣取草葉等相因外色起相徧滿普照如此說者非唯乖失觀門之法亦與摩訶衍所說都不相關行者既已成就以一切處欲入虛空一切處當入虛空背捨但背捨緣狹未名一切處今更廣緣十方虛空故名虛空一切處欲入識一切處者當亦先入識處背捨於識定中廣觀此識徧滿十方皆見是識故名識一切處行者若欲修一切入既得一切處成當以一切

處爲本然後用善巧觀心於青一切中令黃赤白等皆入其中不壞青之本相而能於青色之中具見餘色是則略說一切處一切入竟問曰何故不於一切處中分別趣道之相答曰一切聲聞經中多說一切處是有漏緣但是修通法既於發無漏義劣故不分別若依摩訶衍義欲分別者類如前背捨勝處中說今菩薩爲欲令神通普徧成就普現色具足一切法界中事故修是一切處故大品經亦說名一切處波羅蜜第二明觀禪功用之法者佛弟子既得此三番觀行若欲爲化衆生現希有事令心清淨應當廣修一切神通道力所謂六通十四變化四辯無諍三昧願智頂禪自在定鍊禪十八變化等諸大功德皆應住此背捨勝處一切處中學既學得已

令多衆生覩見歡喜信伏得度故修神變次釋六神通六通者一天眼通二天耳通三他心通四宿命通五如意通六漏盡通皆言神通者神名天心通是智慧性以天然之智慧徹照一切色心等法無閡故名神通今約此諸禪後釋六通即爲三意一明得通因緣不同二正明修通方法三明變化功用第一明得通因緣不同者自有三種一者報得如諸天大福德淨土中人受生即得報得五通也二者發得若人但因懺悔或深修上所說禪定雖不作取通方便而神通自發故經云深修禪定得五神通三修得者行人雖證上所說諸深禪定而未斷障通無知則神通終不發若於禪定中更作取通方便斷障通無知神通即發今正約此明義第二次明修通法

者經論所說乃各不同今但取摩訶衍中意以略明修通方法一修天眼通者行人深心憐愍一切發願欲見六道衆生死此生彼之相爾時當住色界背捨勝處一切處及四如意足中正念修習具足四緣即生天眼通何等爲四一光明常照晝夜無異二諦觀世間障障悉如虛空無有覆蔽之相三專心先取一易可見境以心緣之常勤精進善巧修習欲見前境四於禪定中發四大造清淨眼根成就是名具足四緣和合因此生清淨識即見十方六道衆生死此生彼苦樂之相若明暗近遠障內障外麤細之色徹見無閡了了分明是名天眼通二次明修天耳通行者既見色已若欲聞其聲當於禪定中諦取障外可聞細聲一心聽之願欲得聞若心明利發得四大造清淨色耳根即聞障外障內一切六道音聲苦樂憂喜言辭不同是名天耳通三明修他心通行者既聞聲已若欲知衆生心所念事當即於禪定中觀前人喜相瞋相怖畏等相悉知依心而住借此等相諦觀其心所緣念法一心願欲知之若心明利因此發通隨所見衆生即知心所念事是名他心通四次明修宿命通行者既知他心已若欲自已知宿命及他宿命百千萬世所作事業即當於禪定中自憶已所於日月歲數中經作之事乃至歌羅邏時所作之事如是憶念過去一世乃至百千萬世劫數中宿命所作事業之相了了分明乃至知他宿命亦如是是名宿命通五次明修身如意通行者既知

宿命若欲得身通變化當於三昧中繫心身内虛空滅麤重色相常取輕空之相發大欲精進心智慧籌量心力能舉身未籌已自知心力已大能舉其身譬如學跳之人常自輕舉其身若觀心成就即發身如意通有三種一者能到二者轉變三者自在所言能到者即有四種一者身能飛行如鳥無閡二移遠令近不往而到三此沒彼出四一念能到二次明轉變者大能作小小能作大一能作多多能作一種種諸物皆能轉三聖如意者外六塵中不受用不淨物能觀令淨可受淨物能令不淨是自在法如意神通從修勝處一切處四如意足中生是名證身如意通行者得是身如意通故即能隨意變現若欲自得解脫及度衆生必須斷除心病是時應修無漏通修無漏通下明諦觀中當廣分別問曰修下六次第一向如前所說耶答曰此約一途論次第若行人隨所樂通前學即得未必皆如前辯第三明變化者十四變化能生神通亦因神通能有變化云何名十四變化一者欲界初禪成就二變化一初禪初禪化二初禪欲界化二者二禪成就三變化一二禪二禪化二二禪初禪化三二禪欲界化三者三禪成就四變化一三禪三禪化二三禪二禪化三三禪初禪化四三禪欲界化四者四禪成就五變化一四禪四禪化二四禪三禪化三四禪二禪化四四禪初禪化五四禪欲界化是爲十四變化若人成就此變化即具十八變化一切神通力觀行功德無量無邊是事微細豈可以文字具載今但略出名目

欲令學者知一切神通變化皆從觀禪中出此諸神通若在菩薩心中名神通波羅蜜次釋九次第定九次第定者離諸欲離諸惡不善法有覺有觀離生喜樂入初禪如是次第入二禪三禪四禪空處定識處定不用處定非有想非無想處定滅受想定是名九次第定釋九次第定即為三意一者釋名二明次位三明修證第一釋名今此九法皆轉名次第定者上來諸法門既觀行未熟入禪時心有間故不名次第定也行者定觀之法先已成就今於此中修鍊既熟能從一禪心起次入一禪心心無間不令異念得入若善若垢如是乃至滅受想定是名九次第定亦名鍊禪所以者何諸佛弟子心樂無漏先得諸味禪今欲除其滓穢以無漏禪鍊之皆令清淨如鍊金之法問曰說九次第定中鍊法與阿毗曇人明熏禪之法有何等異答曰有同有異彼以無漏鍊有漏今亦以無漏鍊有漏故同彼則但明鍊四禪為防退轉轉鈍為利現法樂及生五淨居故唯鍊四禪無色界則無鍊法今明從初禪乃至非想悉皆鍊之令一切諸禪清淨調柔增益功德故為異也尋下修證自當可見第二明階位者此位雖一往約四禪四空及滅盡定然實位通諸禪所以者何

如上所說特勝通明背捨勝處悉有四禪四空未必但是根本今修鍊之法悉應普入諸禪令心無間不可的約根本世間禪以為次位也故大品云菩薩依八背捨逆順出入九次第定若依成論毗曇義但用無漏心入八

禪緣眞入滅以爲九次第定今用大品摩訶衍論所明九次第定意往望彼則大有鬪闕習者尋上來所說言意叵類同異之相泠然可見第三明修證者行者旣具足諸禪今欲入九次第定者先當從淺至深修鍊諸禪定觀之法極令調柔利熟然後總合定觀二種法門一心齊入善斷法愛自識其心從初調心入一禪不令異念間雜如是乃至滅受想定所以者何行者於根本禪中定多而智少則心不調柔故入禪有間背捨禪等觀多而定少故心不調柔入禪有間譬如車有二輪若一強一弱則載不安穩亦如刀刃強輭不調則無利用此亦如是今修此定旣定觀均等定深智利定深故在緣則不散智慧利故則進人捷疾無閡是故從一禪起入一禪時利疾心心相次無諸雜間隨念即入亦名無間三昧行者若用此心徧入諸禪非但次第調柔心無雜間亦復增益諸禪功德轉深微妙如鍊金光色更增價直亦倍故說此定名曰鍊禪問曰是中亦有欲界未到中間何故但說九定答曰雖有此法旣不牢固又聖人所得大功德不在邊地是故不說復次上來入禪心鈍故於方便中間經停則久是故分別有未到中間之相今此九定定慧心利欲入正地隨念即入旣不久住方便中間是故不說若分別趣道之相具如前背捨勝處中說故不別明次釋三三昧三三昧者一有覺有觀三昧二無覺有觀三昧三無覺無觀三昧所以次九定後明三三昧者此二種禪名雖有異而法相舜同所以者何九定旣通鍊

諸禪而自無別體三三昧亦如是此義在下自當可見釋三三昧即爲三意一釋名二辯相三名出生三三昧第一釋名覺觀等三法名同次位已如前根本禪中説三昧今當分別一切禪定攝心皆名爲三摩提秦言正心行處是心從無始已來常曲不端得是正心行處心則端直故名三昧譬如蛇行常曲入筩則直此亦如是問曰若言禪定攝心名三昧者根本禪定與此有何異答曰有異彼則但明根本攝心今徧約一切諸禪中明攝心當如此則定深而廣豈得不異復次根本禪但是緣事攝心未斷邪倒不名端直今明三昧並據緣理攝心能斷邪倒之曲故以心端直處爲三昧也第二次辯相者此三三昧義同九定既無別體但約諸禪以辯相也一明有覺三昧如上所説根本初禪乃至特勝通明背捨勝處等初禪各有覺有觀相應心數及諸功德行者入此等諸初禪時住正心行處皆名有覺有觀三昧二如上所説諸禪中間乃至特勝通明背捨勝處各有中間與觀相應心數法及諸功德行者以正心行處入此等諸禪中間皆名無覺有觀三昧三如上所説根本二禪乃至有頂及特勝通明背捨勝處等各有二禪從二禪已去乃至有頂及滅受想定有無覺無觀相應法并諸功德行者正心行處入此等諸禪功德皆名無覺無觀三昧當知此三三昧更無別體但是總諸禪以爲三分大聖欲令衆生雖聞廣説諸禪而不失根本故總以三法收攝諸禪罄無不盡譬如數法若至百萬總爲一億此亦如是第

三明出生三昧之相者則有二種一者出生二乘三昧所以者何如上所說諸有覺有觀初禪等悉發念處三昧乃至八聖道空無相無作十六行十二因緣煖頂忍世第一等三昧電光三昧金剛三昧乃至佛智無諍等三昧此諸法門涅槃經中悉說名三昧也若於諸初禪中發此等三昧即證二乘若道若果故名有覺有觀三昧乃至無覺有觀無覺無觀亦當如是一一分別二者如上所說諸有覺有觀禪各發大乘諸三昧者如觀佛三昧二十五三昧般舟三昧首楞嚴等諸菩薩三昧百則有八諸佛三昧不動等百則有二十及八萬四千諸三昧等皆因有覺有觀三昧發乃至無覺有觀無覺無觀亦當如是一一分別菩薩摩訶薩得此諸三昧故即入菩薩位亦能現身如佛度一切衆生三三昧義如摩訶衍中廣分別次釋師子奮迅三昧今明師子奮迅三昧者如般若經中說行者依九次第定入師子奮迅三昧云何名師子三昧離欲離不善法有覺有觀離生喜樂入初禪如是次第入二禪三禪四禪空處識處不用處非有想非無想處入滅受想定從滅受想定起還入非有想非無想定從非有想非無想處起還入不用處如是次第還入識處入空處入四禪入三禪入二禪入初禪是名師子奮迅三昧也譬如師子奮迅之時非但能前進奮迅而去亦能却行奮迅而歸一切諸獸所不能爾行者入此法門亦復如是非但能心心次第從於初禪直至滅受亦能從滅受想定即入非想入至初禪此則義同師子

奮迅上來諸禪所不能爾故說此定爲師子奮迅三昧行者住此法門即能覆却徧入一切諸禪熏諸觀定悉令通利轉變自在出生諸深三昧種種功德神智轉勝亦名熏禪譬如牛皮熏熟隨意作諸世物此亦如是分別次位此同九定但有却出無間之異是中用心巧細修習之相略知大意不廣分別也次釋超越三昧今明超超三昧者如般若經中說行者因師子奮迅三昧逆順出入超越三昧云何超越三昧離諸欲惡不善法有覺有觀離生喜樂入初禪從初禪起超入非有想非有想非無想處起入非無想處非無想處起入滅受想定滅受想定起還入初禪從初禪起入滅受想定滅受想定起入二禪二禪起入滅受想定滅受想定起入三禪三禪起入滅受想定滅受想定起入四禪四禪起入滅受想定滅受想定起入虛空處虛空處起入滅受想定滅受想定起入識處識處起入滅受想定滅受想定起入無所有處無所有處起入滅受想定滅受想定起入非有想非有想非無想處起入滅受想定從滅受想定起入散心中散心中起入滅受想定滅受相定起還入散心中散心中起入非有想非有想起入非無想處非無想處起住散心中散心中起入第四禪中第四禪中起住散心中散心中起入第三禪中第三禪中起住散心中散心中起入第二禪第二禪起住散心中散心中起入初禪初禪起住散心中是超越三昧今明超越之相自有超入超出相如前二番經文說超入出中各有四種一者

順入超二者逆入超三者順逆入超四者逆順入超超出亦如是復次此超越三昧中復有傍超傍超亦有四種類如前說譬如師子有四種趠一者前擲四十里即譬順超之相二者却擲四十里即譬逆超之相三者右傍擲四十里即譬傍超入根本禪定之相四者左傍擲四十里即譬傍超入觀禪之相復有二種超越一者具足超二者不具足超具足超即是菩薩超越如上所說不具足超即是聲聞超越三昧不能自在遠超入故故摩訶衍云譬如黄師子白師子二俱能趠若黄師子趠則不遠若白師子則能遠擲聲聞之人入超越三昧但能從初禪超入三禪尚不能超二何能超三此則如黄師子之超菩薩不爾從於初禪逈能超入滅受想定隨意自在此則如白師子之超若三乘行人入此三昧具足修一切法門是時觀定等法轉深明利更復出生百千三昧功德深厚神通猛利故名觀禪亦有鍊禪自在定鍊禪如上說自在定者於諸法門自在出入住轉變見入自在也亦名頂禪於諸禪中最爲高極則能轉壽爲福轉福爲壽故復名佛智三昧欲知隨願即知三世事二處攝謂欲界四禪復有無諍三昧令他心不起諍五處攝欲界及四禪復有四辯諸詞辯二處攝謂欲界初禪義辯樂說辯九地攝謂欲界四禪無色定復有五神通十四變化心十八變化皆如前說若禪中欲聞見觸時皆用梵世識識滅則止復次是諸禪中皆有三十七品三解脫門四諦十六行觀十一智三無漏根如是等智行在下當

分別若二乘人具此諸禪者即是俱解脫事理具足成就無累故亦名不壞解脫具足成就出世間諸禪定法故具足三明六通及八解脫等一切諸大功德故名大力阿羅漢也若是菩薩於正觀心中入此三昧得諸法等相即得二十五三昧能破二十五有住王三昧一切三昧悉入其中是時亦名禪波羅蜜滿此則略說三乘共禪行行法門竟是中法門無量今欲更詮入道要行豈得具說耶

釋禪波羅蜜次第法門卷第十

音釋

蠒吉典切與趼同胝也　踵之隴切足跟也　踝戶瓦切腿兩旁曰內外踝　⿰足專市兖切腓腸也　髖枯官切股間也　脇虛業切腋下也　胛古狎切肩胛也　腕烏貫切臂腕也　煜爚煜余六切爚弋灼切煜爚焜燿光明也　焴與煜同　藪蘇后切　趠敕角切

觀心論疏

隋天台沙門灌頂撰

清刻龍藏佛說法變相圖

觀心論疏卷第一

隋天台沙門灌頂撰

然論有序正流通從初問佛經無量下去至四月一歲有三紙半論文並是序分從問觀自生心云何四不說下去至寂然無言說有三十六行偈是正說從今約觀一念下去有十行三字是流通分就初序分爲二一問二答就問中爲五意一問佛經無量二問論亦甚多三問弘法之人詵詵蓋世四問聽法之衆無處不有五則結問云是則法雨普潤利益無量何所見聞更何利益而欲造論者耶此之五意在於論初讀則可見今不更釋就第二答中爲二一長行略答二偈中廣答就長行略答爲二一者然可其二問云佛經無量論亦甚多此實如所問故論云是事共知

也二者正彈其三問爲非何者一正爲弘法者多加水乳故爲失二由弘者有過故所以聽者失眞道味故復爲失三明由說者聽者有失故所以四衆轉就澆醨佛法頽毀爲此三失悲傷而欲造論意在於此也何者經云諸法寂滅相不可以言宣而今宣說者欲使物藉宣通會理而反本但佛經義隱文玄所以菩薩作論申之令禀教之徒得月忘指研心諦理故於不可說之中備宣諸法而令諸律法禪等之三師乖違聖旨非但不能光顯三寶乃更汙辱佛法故像法決疑經明三師破佛法也問三師有過耶答略各有十過法師十者一但外求文解而不內觀修心釋論云有聞文而無慧所說不應受二不融經息諍趣道但執已非他我慢自高不識見心苦

集三不遵遺囑不依念處修道不依木叉而住非佛弟子四經云非禪不慧偏慧不禪一翅一輪豈能遠運五法本無說說破貪求但名利弘宣寧會聖旨六貴耳入而口出何利於已經云如人數他寶自無一錢分七無行而宣何利於他八多加水乳無道之教教誤後生九四衆失眞法利轉就澆醨十非止不能光顯亦乃破佛法也禪師十者一經云假名阿練若納衣在空閑自謂人間寶道說我等過二者恃行淩他不識戒取苦集煩惱三無慧修定盲禪無目寧出生死四不遵遺囑不依念處修道不依木叉而住非佛弟子五無慧之禪多發鬼定生破佛法死墮鬼道六名利坐禪如扇提羅死墮地獄七設證得禪即墮長壽天難八加水乳禪教授學徒紹三

塗種也九四衆不沾眞法之門轉就澆醨十非止不能光顯三寶亦乃破佛法也律師十者一但執外律不識内戒故被淨名所呵二執律名相諍計是非不識見心苦集三然戒定慧相資方能進道但律不慧不禪何能進道四弘在名譽志不存道果在三途五不遵遺囑不依念處修道不依木叉而住六執律方便小教以爲正理而障大道七師師執律不同弘則多加水乳入不依聖教傳授則誤累後生九四衆不沾眞法轉就澆醨十非止不能光顯三寶亦乃破佛法也然晩生莫不軌崇三師以爲良導師既邪而無道弟子何能自正故經云三師破佛法也偈云大師將涅槃慈父有遺囑四念處修道當依木叉住此一偈明釋迦慈父令四衆依四念處修道依木叉戒而住故釋論明如來臨涅槃時阿難請問佛云如來滅後諸比丘依何道行依何而住佛答云令依四念處修道依木叉戒而住問諸佛入道法門無量云何唯令依念處木叉二法而住耶答二法雖略而理含攝一切法門皆盡故偏勸也今略辨二行多含之相者何耶四念處是慧性爲目木叉戒爲足經云目足具故能到清涼池又念處慧是解木叉之戒爲行又念處是智慧莊嚴木叉之戒是福德莊嚴又念處是般若度行是五度又念處是觀照軌行是資成軌由是二軌能顯眞性之軌又慧是圓淨涅槃行是方便淨涅槃由是二涅槃能顯性淨涅槃又慧是了因行是縁因由是二因能顯正因又慧是般若德行是解脫德由是二德能顯法身成

三德也又念處是觀照般若行是方便般若由是二般若能顯實相般若又念處是圓淨解脱行是方便解脱由是二解脱能顯性淨解脱是則念處之慧木叉之戒略具十義故徧勸耳但凡夫謂身爲淨言受是樂執心是常計法爲我由斯四倒而起貪愛貪愛無明而有諸行乃至老死苦集浩然八萬四千煩惱火燒於五陰舍宅故法華云四面俱時欻然火起即譬四倒也若小乘觀人即觀身不淨破於淨倒觀受是苦破於樂倒觀心無常破於常倒觀法無我破於我倒是則由前迷心顛倒謂身是常樂我淨故起貪愛諸煩惱今既觀知身是不淨乃至苦無我則不起貪愛無明行識乃至老死滅是則生死河傾涅槃河滿即是競共推排爭出火宅到無畏處爲是因緣勸爲小行之人令依念處修道耳次明大乘念處者經云煩惱即菩提生死即涅槃然菩提涅槃之道寂寥無相非淨非穢非苦非樂非常非無常非我非無我等也而今既言生死之身即是菩提涅槃之身即是眞如法界實相之體故經云不壞於身而隨一相又云觀身實相觀佛亦然一切衆生即涅槃相不復更滅斯則非枯非榮在雙樹之閒恬惔寂於二死苦矣但衆生抱慧而常夜遊寧識身中佛之知見醉無明酒豈覺衣中之寶故勸令依修大乘念處觀身非淨非穢觀受非苦非樂觀心非常非無常觀法非我非無我是則非枯非榮歸於大寂涅槃住於如來三德涅槃祕密之藏經云安置諸子祕密藏中我亦不久安住是中爲是因緣令依

四念處修道耳勸依木叉戒者持小乘戒則有十利功德何者一者云攝僧僧者此云衆衆以和爲義然雖殊方異國若同在佛法出家具戒財法悉共攝令不乖則事和也無作戒資發定慧契於無漏同歸一極即理和也二者極好攝同稟淨戒各護三業則無相惱觸即極好攝也三者僧安樂住以戒各護身口無相惱亂故僧得安樂住也四者折伏高心以戒淨故能得禪定觀解心生能伏煩惱高心也五者有慚愧得安樂住由有淨戒能發定慧內懷慚愧是得安樂住也六者未信得淨信即是內凡得假名定慧遣外凡不信也七者已信增長信道修實法空得煖頂忍等三法信解轉深也八者遮令世惱漏此則世第一法折伏道滿也九者斷後世惡從苦忍初心訖羅漢金剛心以還眞斷惑故也十者梵行久住梵之言淨亦云涅槃此是羅漢極果所作已辦也斯是持小乘戒得此十利故勸依木叉住也次明持大乘戒者即是智所讚戒自在戒具足戒諸波羅蜜戒也持此者亦有十利名同前而義大別何者一攝僧即是一體三寶之僧三智與三諦理和融即是僧義智照於境無境不明即智攝於境境發於智無智不發即境攝於智境智相攝和融故名攝僧也二極好攝者智照於境攝境無不中境發於智攝智無不圓故名極好攝也三僧安樂住者三觀之智栖三諦之境境智相稱和融故名安樂住也四折伏高心人者得大乘戒能折伏三諦下惑之高心也五者有慚愧得安樂住者慚天即是慚第一義

天愧人即是愧方便道中之人故名慚愧得安樂住也六者未信得淨信者未信諦理者令皆得明信也七者已信增長信者增進中道信也八遮令世漏者即大乘伏道滿也九斷後世惡者即斷五住惑訖金剛心十梵行久住者即是妙覺大涅槃始名極淨即梵行久住也是則持淨戒者得大乘十利之益故勸令依木叉住偈云我等非佛子不念此遺囑乘緩內無道戒緩墮三途此偈去有四行半正明上法律等三師及四衆不順佛教不依念處修道不依木叉戒住之過倒令佛法滅壞三寶頹毀也涅槃經云於戒緩者不名爲緩於乘緩者乃名爲緩然大乘戒即是乘戒急即是乘急也何以故此戒能動能出故中道大乘此乘即是戒何以故此乘即能防非止惡故乘急即戒急也今但取三歸五戒十戒等戒不動不出爲戒取能動能出念處之觀爲乘共爲四句然戒急得天人身戒緩得四趣身乘急能得道乘緩不得道初一句者乘急戒緩乘急故得道戒緩故墮三塗今經中明四趣身受道即其義也二戒急乘緩戒急得人天身乘緩不得道今有人天身不得道即其事也三乘急戒急今明有人天身得道即其事也四乘緩戒緩今明三塗身而不得道即其事也今明上三師及四衆不依四念處修道不依木叉而住即是非佛子不念慈父囑即是第四句乘戒俱緩內則自縈毒苦外則破毀三寶令他無信故論偈云我等非佛子不念此遺囑乘緩內無道戒緩墮三途由不問觀心令他信漸薄等問此去論

何故並云不知問觀心衆行皆不成若能問觀心衆行皆成耶答般若經云般若能導五波羅蜜乃至萬行能至佛果若無般若導者萬行皆邪倒今明能問觀心者即是修般若即是修四念處圓三觀也以此觀導衆行皆正不導則邪故論從始至終皆云問觀心也問四念處身是色法云何亦是心邪答經云三界無別法唯是一心作又云心爲工畫師能畫種種五陰故皆是心爲其本也偈云烏鵄不施食豈報白鵄恩非但田不良無平等種子此一偈明不修念處之觀即是無平等種子不依木叉而住即非良田也何者夫觀大乘念處者觀生死五陰之身非枯非榮即大寂涅槃經云色解脱涅槃乃至識亦解脱涅槃若修此念處觀即是觀一切六道衆生即是常樂我淨大涅槃具足佛之知見如常不輕圓信成就經云施城中最下乞人與難勝如來等是則豈分別是田非田可施不可施耶故念處之觀即是平等種子若不修則見生死涅槃有異凡聖有殊聖是敬田則崇仰而施凡是悲田則賤而不捨故無平等種子今取王爲譬者喻無平等種子也何者昔有國王遊戲頓乏近卧草中蛇欲螫之時有白鵄啄王令寤王既覺已還宮仍勅諸臣令覓白鵄欲報其恩諸臣答之若專覓白鵄無由可得王但普施烏鵄即是報白鵄恩也借白鵄以喻聖人烏鵄以譬凡人王喻衆生不修念處平等種子之人也故簡悲敬兩田然凡夫内無平等種子圓觀之道居懷外則不能爲佛宣化大乘平等説法豈報佛恩又破

如來禁戒則無良田故事如偈説也偈云法雨若不降法種必燋枯此半行明四衆無戒慧之機聖則不應何者涅槃經云純陀自云我今身有良田無諸荒穢唯希如來甘露法雨雨我身田令生法芽而今四衆不依念處修道則無慧種不依木叉而住則無良田既無種則衆生無感聖之機豈能招聖法雨之應衆生佛性之芽何得不枯也偈云各無來世粮失三利致苦大法將欲頽哀哉見此事此一偈明内無善機外無聖應法種之芽又枯是則失現未之涅槃三利之樂非但失三利之樂乃更招三途之苦斯則法無人弘日就頽毀苦哀哉耳爲是因緣故須造觀心論半行結也偈云平等眞法界無行無能到若能問觀心能行亦能到此下五行半偈明信順佛之遺囑則是佛之眞子翻前之迷爲今解行也言平等眞法界無行無能到者然中道眞法界之理寂絶無相無爲無人無法非境非智豈有人之能行法之可到者也然雖無行無到若能研心圓修三觀念處即到究竟涅槃之彼岸也偈云即是四念處能依木叉住乘急内有道戒急生人天此是眞佛子不乖慈父囑天龍皆慶喜一切豈不欣此兩偈明能問觀心者無行而行無到而到者即是能依四念處能依木叉住有念處即是乘急内有道依木叉故即是戒急生人天也是即有行有解依教修習理是眞佛子不乖慈父囑斯人必具自行化他之德一切天龍幽顯必藉斯得度所以欣歡也偈云能報白鵶恩普施烏鵶食既有好良田有平等種子法

雨應時降法種皆增長各有未來資俱獲三利樂此兩偈明有平等種子復有好良田能施烏鴉食能報白鴉恩也何者然佛聖人能覺悟衆生不令爲三毒諸煩惱蛇毒所傷即是聖人於衆生有恩如白鴉覺悟於王不爲毒蛇所害也經云依教修行名報佛恩能助佛宣化亦名報於聖恩而今行者依念處觀慧依木叉而住即是依教修行名報佛恩復能以巳之行化導一切衆生即是普施烏鴉之食能報白鴉之恩也又有戒良田有慧種子有行有解之機必招聖應應則必獲利也爲是因緣故須造觀心論半行結也偈云諸來求法者欲聞無上道不知問觀心聞慧終不成此下有三偈明欲求三慧不知問觀心聞思修不成何者然圓修三觀念處實相之慧者即知文字性離無形無相即是解脫經云無離文字說解脫也然以文字雖有不實故文字即是解脫雖空而不虛故亦可宣也有無常中故文字非宣非解脫斯即文字之境能圓生三智之觀慧以此妙慧統其神耳者所聞音教皆成聞慧也偈云諸來求法者欲思無上道不知問觀心思慧終不成此一偈明思慧思者思惟文字能詮所詮皆是中道實相然其實有所以即空故萬法不能有其相也有其所以而假故諸法不能斷無有其所以而中故常離二邊是則文字三諦之理圓發三慧之思故名思慧是則思非有相亦非無相相無相皆不可得究竟盡淨此是境智皆不可思議名爲思慧也偈云諸來求法者欲修無上道不知問觀心修慧終不成

此一偈明修慧修者研修理實進趣行用以其理實雖照而寂所以云無人我無受者雖寂而照所以勤修萬善經云善惡之業不敗亡以其理實即中所以福慧不二二相不可得故經云爲福德故不住無爲爲智慧故不住有爲爲無爲皆不可得也又聞慧以十二部經爲境於文作理解也思慧文義合爲境求文取理義也修慧但以義爲境忘文取理也偈云諸來求法者勤修四三昧不知問觀心困苦無所獲此一偈釋四種三昧事如後說然四種三昧雖爲行不同皆以圓觀念處之慧爲體經云植衆德本所以六度之中般若以爲良導皆得稱波羅蜜到涅槃彼岸也今不修念處觀慧導四種三昧者雖復疲勞三業困苦無所獲也所以外道雖種種苦行無般若導故不免三途而今無慧苦行殆不殊此經云亦不樂世間無益之苦行即其事也偈云諸來求法者多聽得言語不知問觀心未得眞法樂此一偈明聽者存名執相而不虛懷不知尋理之失何者經云生生不可說乃至不生不生皆不可說諸法寂滅相不可以言宣而今方便宣者理外之辭也亦如醫方是愈病之外緣而今學者存名執相恃解陵他增長我慢不修念處內觀照顯言外之理除煩惱病是則何益於學者如尋方而不服藥何利於病者也若病必須服藥而愈學者必須內觀而得道也偈云諸來求法者修三昧得定不知問觀心盲禪無所見此一偈明無慧之禪無所見也經云非智不禪非禪不智定慧相資二輪方能遠運無慧之禪

豈能度生死海也何者凡夫修四禪八定釋論皆云是長壽天難而不得道况乎徒近無慧之定而非盲也至如二乘修觀練諸禪無漏三昧入滅盡猶被淨名所呵云夫宴坐者不於三界現身意猶是盲無所見也若能問觀心修三昧定者即是首楞嚴三昧也何者而今雖觀空而不虛鑒有而不實鑒有而不實故照而常寂即動而常靜故不於三界現身意也觀空而不虛即寂而常照亦是靜而常動即不起滅定現諸威儀是則照而常寂則非有寂而常照則非無是則非有非無非寂非照名爲中道即首楞嚴三昧也所以淨名將圓觀首楞嚴定彈於身子宴坐不成即是盲禪無所見也況今無慧之禪而非盲也偈云諸來求法者欲懺悔衆罪不知問觀心罪終難得脫此一偈明不觀心懺罪終不滅然夫懺有三種一作法懺如律所明隨犯罪輕重或對首作法或二十僧出罪作法法成即云罪滅此懺違無作罪也二觀相懺如方等法華半行半坐懺等觀見好相或空中唱罪滅等即云罪滅此懺性罪三觀無生懺經云端坐念實相衆罪如霜露慧日能銷除此懺煩惱罪問此三種罪云何異答大論云如殺草奪衆生命雖同犯波夜提罪若對首懺時兩違無作障道罪滅而殺生之報不滅故知殺生屬性罪不問受戒不受戒犯即得罪殺草戒受犯得罪不受則無罪例餘戒亦然故知兩罪別也煩惱罪障理之惑屬煩惱罪是則三罪既異三懺亦別問作法懺不能滅性罪者觀相懺亦不能滅違無作罪障耶答

勝能兼劣故無生懺例可知問作法懺出在律文觀相方法出在方等諸經可解無生懺相云何答前引普賢觀文即其事也又如淨名彈優波離云當直除滅勿擾其心所以者何彼罪性不在内不在外不在中間如其心然罪垢亦然諸法亦然不出於如如優波離心相得解脱寧有垢不波離言不也淨名云一切衆生心相無垢亦復如是妄想是垢無妄想是淨取我是垢不取我是淨一切諸法如幻化相即其相也是則不能爾者雖懺不除事如偈也偈云諸來求法者意欲離煩惱不知問觀心煩惱終不滅問此偈與前偈何異答前偈明通懺悔諸罪此偈明欲觀平常所起煩惱爲異也然木石無心則無煩惱故知由心有煩惱心爲生死之本罪垢之源今欲脱煩惱不觀心性豈得離惑若煩惱體性是實而非虚者雖復觀照終不可離以其煩惱體相不實妄想因緣和合而有經云今我此病皆從前世妄想顛倒諸煩惱生以心惑不實故可觀離若不觀心惑之相煩惱之枝終不滅也偈云諸來求法者本欲利益他不知問觀心退轉令他謗諸來求法者欲興顯佛法不知問觀心退還大污損此兩偈明行化與顯欲利益他内無觀慧翻爲大損何者經云謂無慧方便縛謂菩薩住貪欲瞋恚成就衆生淨佛國土是名無慧方便縛也何以然此明内無慧除自煩惱而欲外化斯則非但衆生不成就而更增巳煩惱故爲縛也何者若無内觀照明外必闇於六塵則貪財著色而令外化必涉聲塵利養利養經懷不能

不起貪愛利已利已則壞他喜捨之心所以若無内觀勸化翻爲大損如偈所說如此之失其非一也故一行半偈結云如此衆得失非偈可具陳有此諸得失無人覺悟者爲是因緣故須造觀心論偈云末代修觀心得邪定發見辯才無窮盡自謂人間寳無智者鼻嗅野狐氣衝眼舉尾共却行次第墮坑殞爲是因緣故須造觀心論前有十一行半偈明諸來求法者不知問觀心衆行皆不成此下兩行半偈明修於邪觀發於邪定辯說無窮無人别者然雖明九十六種道一道是正餘者皆邪故知衆邪非一實難可别自非明師智者誰能識此者乎昔曽有人修觀發得魔鬼邪定辯說則無窮盡問一切禪師法師皆不能别美其不可思議高安其位既得勝人

印可彌復自謂云世人之寳邪心轉熾唯有南岳師善能精别令其内觀照了窮檢若是好法自當明淨如燒眞金若是魔邪自當滅去如僞金也因而用觀魔鬼即去去後一無所知亦如著蠱讝言多語蠱若去後病者一無言也若無智之人即謂其得陀羅尼敬貴修行次第墮三途坑也故偈云無智者鼻嗅次第墮坑殞爲是因緣故須造觀心論半行結也偈云守鼻隔安般及修不淨觀安般得四禪不免泥犁業不淨謂無學覆鉢受女飯設得隨禪生墮長壽天難爲是因緣故須造觀心論此兩偈半明事相修禪之倒也守鼻隔安般一句標修有漏四禪章門及修不淨觀一句標修無漏事禪章門守鼻隔者安心在鼻也安般者數息也以數息故能得四禪

入定但昔有比丘數息修得四禪即自謂是羅漢無復後生臨終見中陰生處即謗佛云大妄語人云羅漢無生我今那見生處因謗佛即墮地獄故偈云安般得四禪不免泥犁業昔有比丘學不淨觀少時伏心欲想不起即自謂已得羅漢後出聚落乞食見女送飯欲心即發情迷心醉仍即覆鉢受於女飯故偈云不淨謂無學覆鉢受女飯也然數息得禪設不起謗乃不墮於地獄而隨禪受生墮長壽天難故偈云設得隨禪生墮長壽天難而今勸修禪者欲寄靜心令觀照慧明見生死煩惱虛妄過患知其源起之由即以慧斷拔生死根經云毗婆舍那能破煩惱何故復須奢摩他耶佛言先以定動後以慧拔非貪禪樂而修習也經云貪著禪味是菩薩縛也

偈云依事法用心無慧發鬼定顯異動物心事發壞佛法命終生鬼道九十五眷屬像法決疑明三師破佛法爲是因緣故須造觀心論此兩偈半明事法用心之失還是上安般數息又無理觀照明故云事法大論稱爲闇證無記有垢即四禪入定是也然夫偷法必藉闇而行盜也經云譬如偷狗夜入人舍今邪魔諂鬼欲偷殺行者法身慧命盜出世之財必入無慧之禪五陰闇舍故偈云依事法用心無慧發鬼定然魔禪鬼定亦得一七二七乃至無量時入定乃復有種種神異世人見之誰言非聖者也但邪魔之法勢不得久必當事發壞敗令人起謗不信佛法故偈云顯異動物心事發壞佛法然自有魔鬼之禪魔去禪亦失也自有正禪但魔鬼入中魔去

禪猶在也然兩種邪鬼之禪雖異生則被其所使死則爲其眷屬邪魔雖多不出九十五種故偈云命終生鬼趣九十五眷屬也上來合三十偈所明得失亦不出三師破佛法偈云内心不爲道邪諂念名利詐現坐禪相得名利眷屬事發壞他信毁損佛正道此是扇提羅死墮無間獄爲是因緣故須造觀心論前總明三師之過此下别出三師之失先有兩行半偈明禪師過何者昔有五人相契爲求利養發心入山坐禪更互一人入於城邑告衆人言四人居山坐禪並得四禪八定證斯須舍漢等果汝可供養迭相告示遂得果心利養因爾得遂五百世墮地獄五百世爲施主之奴偈云扇提羅者即是五中之一人名也故偈云内心不爲道邪諂念名利詐現坐禪相死墮無間獄等然今學道之人心多在此道門既久所作行業多在名利邪諂之中麤心不覺細意檢之難得出離實心爲道恐之寡也然君子非不愛財取之由道苟非其道君子不爲況但恨修道不能通神感聖速得無生苟能有道則德建名立不求梵天梵天自至矣至則妨道翻應離之何得發心市朝之懷居於情抱而自墜也偈云説法得解脱聽法衆亦然不知問觀心如貧數他寳説者問觀心無説亦無示聽者問觀心無聞亦無得爲是因緣故須造觀心論此兩偈半明法師得失前論初已總明法師爲利弘法失眞道味過如前説此中更略别明得失也然圓觀之慧潛流而説彰其神口斯則情慮虚微遊心符會説則朗其神慮辯則能遣内

惑故偈云說法得解脱也聽者内修圓觀理爲神御潛統神耳開符響會故偈云聽法衆亦然若苟斯理說者雖復終年聽者盡其身壽無利於說聽故偈云不知問觀心如貧數他寶心能内觀者終日言而無說終日聽而無聞斯則說如幻說聽如谷響故偈云說者問觀心無說亦無示聽者問觀心無聞亦無得也偈云戒爲制心馬雖持五部律不知問觀心心馬終不調律住持佛法解外不解内淨名呵上首乃名眞奉律爲是因緣故須造觀心論此兩偈半明律師之得失也然佛初於寂滅道場成等覺爲大根大行制戒則說十重四十八輕正防意地故心爲戒體也次爲小根小行制戒則說二百五十戒或止防七支作法發無作戒因以無作而爲戒體欲

引接小根漸悦之者故說小戒耳法華云始見我身聞我所說即便信受入如來慧除先修習學小乘者我今亦令得入佛慧始見即華嚴入如來慧也漸入即三藏中歷五味於法華入佛慧也故知五部之律是小乘方便之一藏也然心是生死涅槃之本萬物之源所以大乘之戒正防意地制伏心馬今學律之師不尋佛之本意而但存執方便之戒以爲正道不研心念處觀行制心終竟不得還源本淨使心馬調也然七支是外防意地是内防波離解外而不解内故被淨名所彈今之律者内外通達恐之少也豈能是住持佛法之人者乎偈云誦經得解脱非爲世財利若能問觀心破一微塵中出大千經卷受持讀誦此聞持無遺忘心開得解脱爲是因緣

故須造觀心論此兩偈半明誦經得失何者然佛於不可説而假宣者欲示衆生病之源本治病之妙方而勸讃四衆令勤誦者使數宣於口數聞於耳數統神心數服良藥除煩惱病解脱生死非令讀誦擬貨齋供之利故偈云誦經得解脱非爲世財利經云破微塵出大千經卷即是心塵出大千經也舊云經者外國稱修多羅名含五義也今明心是修多羅具含十五義不可飜也何者舊云一法本今云教本義本行本也然夫法本何得過心經云三界無別法唯是一心作談生死涅槃之教則心是教本也生死涅槃之義亦即心是本宣生死涅槃之行亦即心是本故知心含三法之本也舊云二含微發今云教微發義微發行微發也微發者從微至大即微發之義而今心者有教行義三事之微發也舊云三含涌泉今云教涌泉義涌泉行涌泉今心能流出三法無盡故譬涌泉無竭舊云四含繩墨者截愛見之邪也今云教截邪義截邪行截邪即繩墨義也何者心正故語正即心教截邪心正故義正即心義截邪心正故行正即心行截邪也舊云五含結鬘結者如結華鬘令不零落也今云心教行義三結鬘使不零落故知其心含十五義不可翻且置不論也心經明矣是則能觀心塵即空出聲聞法藏觀心即假出菩薩法藏觀心即中出諸佛法藏斯則三種法藏何經不收何論不攝即心具八萬四千法藏持誦研修觀心經者有何遺忘是則觀經内流明朗統御情慮使心開解脱煩惱也偈云勸化修供養興

顯安行人密心爲自利倚託以資身壞他喜捨善駝驢以償人若能問觀心即如駝驃也由是因緣故須造觀心論前有二偈半明欲興顯佛法翻爲汙損就通方行化人也此兩偈半正明知事得失然自非內有明解觀行知因識果畏罪憚業誓能無利已者耳觀智觀心知萬法幻化何物可貪何身可爲雖如幻化因果不差盜至於五如斷多羅樹佛法死人不預僧數顯則人天所惡冥則幽聖所呵現則色心摧折未則駝驢償人一失人身萬劫不復侵利極微受報極重何有觀智之人而爲斯也至如駝驃終無利已侵衆之失也偈云諸道各有法了不自尋研忽窺窬釋教動經十數年非但彼法拙必有謀壞心此則迦毗梨仙聖豈聽然爲是因緣故須造觀

心論此兩偈半明外道之得失也然外道窺窬釋教不出二意一者賤其法拙二者謀壞佛法窺窬覓過事非好心而尋佛教也昔外道難破一切法師唯無柰一禪師何其毋勸云汝若將禪師論者罵驢馬頭一切諸獸之頭即可得勝外道遂隨其毋計得勝後受迦毗梨之身一身而有千頭既運惡心冥聖豈聽也事如偈說偈云富貴而無道多增長憍逸若能問觀心得眞法富貴雖高而不危雖滿而不溢不著世富貴心常在道法爲是因緣故須造觀心論此兩偈半明富貴得失何者夫富貴不與憍奢而憍奢自至故偈云富貴而無道多增長憍逸若能問觀心而觀實相境境發於妙智即是種性貴也而實相境智具足七聖之財乃至具足萬德萬行稱之

爲富也法華云有大長者其家大富即其義也得此富貴之道居懷流乎其體者即如偈雖高而不危雖滿而不溢不著世富貴心常在道法等也偈云貧賤多姦諂窺窬造衆惡現被王法治死墮三惡道若能問觀心即安貧養道有道即富貴無爲即富樂爲是因緣故須造觀心論此兩偈半明貧者得大也何者若内無觀慧之道照朗心胸情抱則闇以心闇故不識生死涅槃世間出世間之因果也而復爲貧窮飢寒所逼而遂窺窬姦諂造惡故偈云現被王法治死墮於地獄若有觀智之心即識往因達今世之報不更造惡招將來之苦但安神養道故偈云有道即富貴無爲即富樂也偈云四衆皆佛子無非是法親因執善法諍遂結未來怨若能問觀心和合如水乳皆師子之子悉是栴檀林爲是因緣故須造觀心論此兩偈半明三師各執所弘之法而相是非遂結未來重怨論初已略出其過然外道各執所計是故云是事實餘盡妄語是則有衆多究竟之道故是邪也而今佛法唯一實相印之一道故經云唯一究竟道無衆多究竟故經云雖示種種道其實爲一乘而今諸師不取所詮之一道共出生死昏衢法侶之親但執能詮種種之道共相是非遂結重怨何愚之甚故偈云遂結未來怨也非但自空失一生妄縈毒苦復誤學徒失於慧目師弟皆同外道矣故云諸論各異端修行理無二執者有是非達者無違諍故諸師是執而不達也若能觀心實相修乎一道四衆無非法親事如偈說也偈云年衰身

帶疾眼闇耳漸聾心昏多忘漏年不如一年死王金翅鳥不久吞命根一旦業繩斷氣絶豈能言爲是因緣故須造觀心論此兩偈半明師自唱涅槃時至也然從論初至于今說猶屬序分雖未正說深義而先明三師四衆諸有得失言方雖復淺近而是即事所行之要行道家之大障而今行者識此諸失知過必改者可謂眞行道人雖未證無生而無生不遠也然二萬燈明佛一期將竟而說法華即入涅槃釋迦亦爾特更別爲一緣而說涅槃今之大師一期隨緣異說不同今將欲涅槃故撮要說其一論何者是論始終唯令觀心者只爲心是如來藏具足一切佛法而衆生不覺内衣有無價寶珠今論正示衆生心中寶藏佛之知見示悟衆生與法華無別故

今唱衰老即是欲入涅槃所以說此論竟即歸眞滅度更無言也稽首十方佛下有四行偈明歸請何者夫欲造論必須歸三寶加威建立偈云稽首十方佛深慈觀心者勸善諦觀察發正覺妙樂此一偈歸請於佛然三寶者皆具足四無量心但慈能與樂佛慈最重故請與樂也偈云稽首十方法深悲觀心者勸善諦觀察得眞法免苦然悲能拔苦而法寶是眞妙藥體能救苦故請法深悲觀心者免苦也偈云稽首十方僧若能善觀察入大和合海歡喜心無量然僧名和合即是隨喜不乖之義故就僧論歡喜也偈云稽首龍樹師頗加觀心者令速得解脱亦加捨三心然龍樹正破執除見而興故請龍樹加捨慈悲喜之三心見愛之著也又宗本於龍樹故請

加也偈云今承三寶力下一行明巳歸命三寶竟今當承三寶之力起三十六問然三十六問明義略周故有三十六也若隨緣對事辯問則不可數也偈云若觀一念心下一行明若能觀一念心能答此問當知心眼則開得入清涼池也偈云不能答此問下一行明迷惑者不能答問也哀哉末法中下一行傷嘆明末法無行道人設有三數寧别是問故傷嘆也偈云故生悲愍心下一行明恐畏後生或有能解者故起悲心作此觀心論令觀者開朗也願諸見聞者下一行明誡勸令莫疑謗何者而法華略說中恐生疑謗故三止不說止其毀謗非但不能得解復增其重罪後廣說中雖嚴誡勸五千之流猶從座起不信佛言今將欲開於論端畏物疑謗故預先誡勸也問曰下有十三長行四字重問造論正爲何人即答意明不爲二人而爲二人言不爲二人者一則文字外學如貧數他寳但貴耳入口出未常研心内觀斯亦未足可論圓道也二則設得四禪八定者亦全未識佛法況初心安般數息何可共論妙道乎而今言爲二人者一則坐禪得定發解辯說無窮自謂人間之寳今作此問不能答者何者未得謂得未證謂證憍增上慢也二則爲相隨學徒不知内心求道外著文字負經論而浪行空無所獲而不知破一微塵出大千經卷爲斯二人而造論也

觀心論疏卷第一

音釋

詵
疏臻切衆也

恬惔
恬徒覽切恬惔安靜也

螫
施隻切蟲行毒也

蠱
公土切惑也

鬘
莫班切

窬
容朱切窺窬私視也

觀心論疏卷第二

隋　天台沙門灌頂　撰

論曰摩訶般若波羅蜜經明四十二字門初云若聞阿字門即解一切義所謂一切法初不生今論初明四不可說即是不生義故引彼文也次引龍樹中論八不者一彼論初明八不即是不生爲首與今論同二彼論明諸法不自生亦不從他生不共不無因是故說無生論主用此四句釋八不辯諸法不生以用申經今論約彼自生一句起三十六問有此二義故引彼論文也問云何是龍樹用八不破立申經之相復云何是自他四句釋八不申經之相復云何是約自生一句起三十六問耶答今當次第釋此三問也今先明經中破立後明論申破立何者然涅槃經明昔以四枯破外道邪常之計今以四榮破三修斷無之執二邊病除始得非枯非榮入大涅槃而復枯榮雙用二鳥俱遊利者因斯入祕密藏經云安置諸子祕密藏中我亦不久自住其中法華亦先破三乘四枯之病故云無二亦無三然後會歸常樂我淨故云汝是我子我今常住不滅汝亦具於四榮旣識枯榮即悟非枯非榮經云終歸於空即是非枯非榮入大寂涅槃空也而能枯榮雙用經云一切財物汝悉知之無智人前勿妄宣傳有智人中可廣宣也何者三根並悟五千之流猶未信也而諸大乘破立得意者已悟迷者執教未曉龍樹後出作論初明八不破執二邊邪迷申佛中道正教然論雖明八不合而論之只是不生不滅二句破斷常二邊何者不

常即是不生不斷即是不滅不一即不生不異即不滅不來即不生不去即不滅也是則不生即四枯之空破二十五有計常樂我淨之生病不滅即四榮之假破二乘斷無之滅病是以衆生因龍樹用不生不滅破二邊病除方曉中道始悟經中枯榮非枯非榮三觀妙用開佛知見識衣中之寳也故論中辯三觀之名云因緣所生法我說即是空亦名爲假名亦是中道義也問若爾因緣生法四句若爲會通不生不滅三觀耶答因緣所生者即是二十五有有漏生滅之法先出所破之境也次云我說即是空者即是不生破因緣有漏生法明其不生故是空也次云亦名爲假名者即是不滅破灰斷滅無故云亦名假名也次云亦名中道義者即是不生故不常不滅故不斷不常不斷非有非無故亦名中道義也所以論用不生不滅之空假破迷申佛中道圓妙三觀意在此也論破外人云若如汝所計則無三寳四諦若如我所破則不失三寳四諦三寳四諦即榮樹一鳥之用也論後兩品明小乘觀法即是枯樹一鳥之用也是則二鳥俱遊枯榮雙運斯論之妙用又論明二觀即是論用中即是論體故稱中道論也問今正應明此論四不可說何乃釋中論破申之意耶答彼論不生不滅等因緣所生法四句破申即是今四不可說破執申於佛教是同故先釋彼次解今也何者經云生生不可說即彼因緣所生有漏之法也經云生不生不可說即彼我說即是空也經云不生生不可說即彼亦名爲假名也經云不生

不生不可説即彼亦名中道義也是則名異而義同申破一也問旣其同一彼已明之此何繁更説答雖同而大異何者彼歷一切法廣破一切迷執不專破心辯心出一切佛法之知見所以學者多失宗本今明心是萬法之本故句句約心而破顯其心中圓具一切佛法令識家中伏藏衣中之寳息其希求之勞與彼論大異也今次答上問云何用自他四句釋八不以用申經者今先釋不生一句何者但衆生一切迷惑莫不計執三界二十五有而起四倒横計神我生於三毒八萬四千諸煩惱惑無明緣行乃至老死苦集流轉生死浩然死已更生已生歸死虚妄而受三途重苦莫知休息而龍樹菩薩愍斯群迷故作論申經示衆生諸法之本源清淨無生無滅令其反本還源故説諸法不生等但衆生執計已久未能即悟無生之理故外人救云世間現見有一切萬物瓶衣柱地神我等云何論主破云言無耶論主言何得信汝愚癡牛羊眼所見即謂之爲有如病眼見空華病眼何足爲證耶論主爲是等衆生不能得信悟故約自他四句一一檢破窮責令其情窮理極方悟無生之理故云以自他四句釋成八不也今略出自他四句責破之相者但一切衆生一計有心神之我二計有一切萬物今且破檢心神者今問夫計心生不生四句爲自生爲他生爲共生爲無因生耶若謂一念心起不從外境但從自心而生者即自生也即應常生何得對境即生不對不生故經云有緣思生無緣思不生故知心不自生也

若謂從境而生者即他生也若是他生離於內心而應得生若離必不能生何謂他生耶若言由內有心外藉於境內外和合共生今問前責自生不得即是內無有生前責他生不得即是外境無生是二各無生合共云何得生耶如一沙無油合兩沙亦無也若內外各有生合則兩生又若必各自有生何用共合而生耶是則共生猶有三過也若謂離心離境無因緣而生者有因緣責生尚不可得何況無因緣而得有生耶故中論云諸法不自生亦不從他生不共不無因是故説無生廣破如論也次破無情一切法求生不可得者且寄穀子檢破例餘一切法亦然也何者今問穀子爲自生他生共生無因生耶若言穀子自生者不應藉水土而生耶今實不爾故知穀子不自生若謂從水土之他生者離穀子之外而水土之他應能生耶今實不爾故知他不能生也若謂內由有穀子外藉水土爲因緣共生者前已責自他各求生不可得共云何生共生有三過如前説若謂離穀子水土無因緣而生者有因緣求生尚不可得何況無因緣生耶故云諸法不自生等云今略舉大綱得意者亦足以除疑也若欲廣知可自徃尋論也釋論云一切諸法中但有名與色若欲如實觀但當觀名色然名即是心攝得一切有情之法色即外塵攝得一切無情之法是則今約色心二法自他四句檢生不可得者當知一切萬法皆無生也衆生因此四句檢責求生不可得始悟解一切法無生即得反本還源歸眞本淨方曉一切萬

法皆是虚妄無復執計鈍者未悟聞破諸法不生即復謂之有滅論主即復四句求撿於滅何者若謂法體自滅即是自滅若謂法體爲三相所滅即是他滅若謂法體三相合滅即共滅若謂離法體三相滅者即無因滅四句俱不可求撿不可得始悟諸法本自不生令則無滅知即色是空非色滅空此是破二十五有之生滅歸偏眞自性之空此未顯中道今用不滅破自性空者若云即色自性是空者即自滅若謂滅色取空者即他滅若謂滅色自空和合即共滅若謂離自他即無因滅是則四句撿自性空亦不可得也此即諸法不自滅亦不從他滅不共不無因是故知無滅不常不斷不一不異不來不去例四句撿皆不可得故知不滅是則兩用也然旣以四句不滅撿自性空不可得即是非空而空名第一義即是四枯四句不生撿自性之有不可得即是非有而有名法性之色經云捨無常色獲得常色即是四榮以此自他四句求撿生滅不常不斷不一不異不來不去衆生因悟經中枯榮非枯非榮三觀中道是名自他四句釋論初八不用申佛經其相如是也次答上第三問云何約自生一句起三十六問者經云不内觀得是智慧乃至非内外觀得是智慧亦不離内外觀得是智慧今亦爾四句求生不可得亦不離自他四句論主又明不生則不有不滅即不無不無故得約自生一句起三十六問也餘他生共生無因生亦然也論云問觀自生心云何四不説離戲論諍訟心淨如虚空此一偈去是第二正

說分有三十六偈爲三十六問就正說分爲十章初一偈明教理圓妙不可說二有兩偈明迷理教起見思二惑三有四偈明悟理有淺深致有四教之別四有一偈明欲尋教下之理應依四種三昧方軌而修五有一偈明妙理不可頓階應先修二十五方便六有一偈明心觀理實而諸境雜發不同七有一偈明隨觀一境用十法成乘八有七偈明十法觀成證諸地住具諸法門不同九有十四偈明化他起用法不同十有四偈總結自行化他法門並在於一心盡淨言語道斷也偈云四不可說者一生生不可說二生不生不可說三不生生不可說四不生不生不可說論釋云生生故生生故不生云何可說令例此語者生生故生不生生故不生不生云何單可說失其圓旨也又生生即三藏教生不生即通教不生生即別教不生不生即圓教是則不但三句即一句一句即三句不可說亦即三教即一教一教即三教云何可說故論初云四不可說次後辯其四教也又經釋云生生是有漏之法故云生生即是中論因緣所生法也生不生者釋云世諦死時名生不生即中論我說即是空不生生者釋云初出胎名不生生即中論亦名爲假名不生不生者釋云大般涅槃有不生不生即中論亦名中道義也是則論中四句即是論中三觀三觀即一觀一觀即三觀云何可單說單說則惑者極乎題目而領豈會玄旨耶經云止止不須說我法妙難思即其義也故初明四不可說復明三觀理妙也又經云一切衆生亦

一非一非一非非一亦一者一切衆生則一乘故即佛法義也非一者如是數法記三乘故即聲聞辟支佛菩薩三法數也非非一者如是數不定故即六道法界又言衆生者即六道也是則經明一念之心具十法界明矣又經云衆生身有毒草復有妙藥王毒草即六道界藥王即四聖界是六道即生生也二乘即生不生也菩薩界即不生生佛界即不生不生結四句即一句在乎一心九界即一界在乎一念文義合會結六道界即生死四聖界即涅槃涅槃即生死生死即涅槃九界即一界一界即九界即是不可思議境云何可說又六道生死即是罪四聖涅槃則是福是則識心中十界四不可說不思議境者即是識生死非涅槃之妙理深達罪福之相也

法華云深達罪福相徧照於十方微妙淨法身具相三十二龍女悟斯圓理疾成佛道常不輕圓信妙理故得六根清淨是則境智理妙不可說也故初明不可說後辯心具十界明不思議境也結四句教十法界三觀諸教文字論云文字即解脫解脫即妙理妙理云何可說故初明不可說後結云一切語言道斷畢竟無所得也然四不可說等法並須約一念一念心即是因緣所生即空即假即中即空故是常寂即假故是常照即中故即非寂非照因緣所生法亦得是空假雙照結此四句即四不可說如前辯者則寂照四句類之可知既即寂而照即照而寂即寂照而非寂非照而雙寂照一句即四句是則理圓云何單可說故云四不可說也得其圓理者息

諍訟心淨如虛空事如偈說也問何不約餘法起三十六問耶答經云三界無別法唯是一心作又云心如工畫師能畫種種五陰一切世間中無不從心造故知心是二河之本萬物之源而今只爲一切禪慧學者不知觀心除煩惱病本如欲伐樹除枝不淨其根生終不住亦如治塘不塞其穴漏終不斷亦如癡狗逐塊不知逐人塊終不息諸喻可知故約心而辯經云能觀心性名爲上定問若爾佛何不但令觀心耶答爲鈍根衆生種種異說智者須得意也如貧女不知家內求寶而外求之爲其鈍故涅槃教起正爲示之心中伏藏聲聞醉故不覺內衣心中之寶法華教起正爲示之故云爲令衆生開佛知見出現於世維摩亦然故云諸佛解脫當於衆生心行中求今論亦爾亦示衆生心中伏藏故約心起三十六問若能答者即識心中一切法也問若爾只應問心出一切法云何復問心出見思兩惑耶答只爲不知觀心而結生八萬四千煩惱之冰若能觀智照了即融出八萬四千諸波羅蜜之水而冰水未嘗有異解惑何得別體爲不了故示心諸過令知罪必改疾除妄惑示心法門令識福不忘勤修習之爲是義故約心觀於外惑也又且心是一法易可觀之萬法萬境逐物意移難可照也論云問觀自生心云何是魔行業煩惱所繫三界火宅燒問觀自生心云何是外道諸見煩惱業流轉於六道此兩偈不了一念自生之心即空不解四不可說之理故起見思二惑思惑即是魔非第六天魔也見惑即外道

非六師也經云衆魔者樂生死菩薩於生死而不捨外道者樂諸見菩薩於諸見而不動此並就見思惑心論魔外道耳今就六塵論思惑魔者不了一念之心即空虛妄而見可愛六塵纏綿愛著起貪出二萬一千之惑輭賊魔也見可畏六塵生怖起瞋出二萬一千惑即强魔也平平六塵起癡出二萬一千平品之魔也等分復出二萬一千等分魔也是則並由不了一念之心即空虛妄故觸縁對境而爲三毒等分八萬四千魔賊之所縈纏業煩惱繫而被三界火宅之所燒者故偈云問觀自生心云何是魔行等斯之謂也次釋見惑者正就推求諦理不當心行理外而生煩惱稱爲見惑名之外道何者若定謂一念之心具含萬法是如來藏者即同迦毗羅外道因中先有果計若定謂心無萬法修之方有者即同塸樓僧迦外道因中無果之計若定謂心亦具亦不具即同勒沙婆外道因中亦有果亦無果之計六師各有定執乃至單四句複四句具足之見等並是外道所計推准可知所以聞心具萬法是如來藏即謂如囊之盛沙聞心無萬法即謂之如兎角斯並永執邪見之人何可論道者乎經取譬如箜篌之聲不可定實責之有無四句若如癡王斲弦求箜篌聲者斯人求理四句有無皆是邪見苟執能如智臣善取聲者巧能會眞四句皆是得門也門名能通則無法不具一色一香無非中道舉足下足無非道場必其苟執其門則塞塞則無法非惑惑心所見一色一香無非顚倒邪見外道也略出八十八使

見惑者如觀一念之心愛著觀法經云法名無染若染於法乃至涅槃是則染法非求法也此是貪使以貪愛故讃其觀法則喜呵之則瞋此是瞋使既未發眞諦即是無明闇惑此是癡使既有無明昏闇疑惑諦理即是疑使恃我觀解陵他是則慢使存我能觀心即是身見既未見中道即是邊見執已見爲是撥他爲非即是邪見必謂其觀解是涅槃因即是戒取定存所見之理是涅槃果即是見取斯是觀一念自生之心不了起此十使之惑十使約欲界四諦三十二色無色四諦各二十八三界四諦有八十八使也名爲集諦見必依色即是苦諦然長爪利根尚不識其見心苦集我慢自高今時行者焉能識乎是以行者未悟理前何得非見宜可虛心亡慮悔過自省不可苟執是非諍計而生我慢起八十八使自縈妄惑可謂舊病不除更增新疾然四教各有四門合爲十六門一門修觀見惑若斯餘十五門准而可知問八十八使止障小乘何得通於大乘答別則如問通則具有有而義別也此等見惑外道皆由不了一念之心妄縈惑苦流轉生死故偈云問觀自生心云何是外道等斯之是也論云問觀自生心云何是三乘拙度斷見思出三界火宅前三偈明不了一念自生之心不達四不可說之義理故起見思二惑事如前說此去有四偈是第三明理有淺深若解悟一念自生之心達四不可說之理但解有大小巧拙悟有漸頓淺深致有四教之別即爲四偈也問教本詮理所詮唯二能詮之教何得有四

耶答詮二理各有曲直巧拙而成四也後當可見問寶所化城所詮二理今在何處若知處所求之即易也答一色一香無非中道無非寶所即色是空無非化城此道辯耳既近即心而論者經云一切衆生即涅槃相不復更滅諸佛解脫當於衆生心行中求爲令衆生開佛知見但由衆生不覺内衣裏有無價寶珠何知寶所之理在於即心之内亦如貧女不識家中伏藏衆生豈悟身内中道之源者乎經云生死即涅槃煩惱即菩提是則寶所之理豈在五百由旬之外經云即色是空偏眞化城亦非三百之外也是則二理在乎一念之心無勞遠涉經云能觀心性名爲上定然衆生尋求二理根有利鈍巧拙四緣教隨於緣致有四教之别今先釋初偈三藏教者但衆生顛倒謂身心是常樂我淨隨顛倒想起見思二惑造作無邊生死罪果常在火宅之中爲煩惱之所煎迫常受苦惱經云火來逼身苦痛切已雖遭大苦不以爲患但東西馳走視父而已無求出意長者雖復身手有力而不用之即以方便設羊鹿等車爲諸三乘説諦緣度斯則名爲三藏説三乘之教經云即趣波羅柰轉四諦法輪爲五比丘説五衆之生滅等五衆者即是説五陰生滅云三藏生滅教也若今行者欲禀學三藏生滅觀者觀一念自生之心爲生住滅三相所遷念念無常無常故苦苦故無我無我故空以觀知苦空無常無我即破常樂我淨四倒四倒破故即不起見思妄惑見思惑除名爲火滅則競共推排爭出火宅是則有惑之本生

有惑之念滅故名生滅觀也修此生滅觀故得悟心空證化城理是名三藏拙度曲證真理也故偈云問觀自生心云何是三乘等斯之是也論云問觀自生心云何是巧度三乘不斷結得入二涅槃此一偈明通教也行者稟此教而修觀觀一念自生之心即是空非心滅空心自性空經云自性離故自性無所有故自性不可得故經云譬如幻師見所幻人菩薩觀衆生爲若此也如智者見水中月如鏡中見其面像如熱時炎如呼聲響如空中雲如水上泡菩薩觀衆生爲若此經云無明體性本自不有妄想因緣和合而有但衆生不知虛妄謂身爲實言是常樂我淨而起四倒横計諸惑流轉生死今時行者觀已身心虛幻而無有實何常樂我淨之有則不起倒想煩惱自滅如人夢中見人毀讚讚則喜躍毀則憂惱眠覺已後方悟眠中喜怒横生忻懼菩薩行者觀自生心喜怒而生諸惑亦如幻化經云如夢所見作斯觀故即悟一念自生之心空理是名通教體法無生巧度傍詮化城理也問何故名體法無生巧度之觀答今當譬解者一如鏡外實像二如鏡內影像而即目世人可不謂鏡外像是實有鏡內之像是虛無耶若稟三藏教行者觀身心之法如鏡外實像但爲三相所遷故無常苦空無我作斯觀者得悟無常苦空之理而今通教行者體知身心只如鏡內之像虛無然今鏡像可不即像而空何得滅像方空故經云即色是空非色滅空色自性空是則無鏡像之本滅故經云本自不生今則無滅此觀巧

且妙故名體法無生巧度觀也舉鏡譬既然夢幻影響等喻可知也此觀比二藏即是利根三乘人乃能修此巧度之觀故經云解集無集而有真諦既云解集無集何煩惱可斷而有眞諦即是得二涅槃如偈云三乘不斷結得入二涅槃也論云問觀自生心云何是別教求大乘常果菩薩斷別惑此一偈明別教何者然稟別教者始心即知常住佛果發心欲求但佛果玄微不可即事而頓修故從微至著從淺至深初觀身心生滅苦空無常無我修生滅之觀不異前三藏觀法但三藏不知常住佛果以此爲異耳次修體法無生之觀亦不異通教通教但同三藏偏眞化城不求大乘常果異別教耳而別教先修生滅伏四住惑次修無生斷四住故名從假入空觀也故瓔珞經云從假入空名二諦觀中論云因緣所生法我說即是空也次出假觀者觀一念自生之心若是究竟空即是斷無經云雖空而不斷雖有亦不常善惡亦不失故知雖空而是如來藏具足百界千如生死涅槃皆在心內萬法萬行並在其中故宜修學恒沙佛法集無量四聖諦破無知塵沙之惑顯出心中如來藏理故名從空入假觀也瓔珞云從空入假名平等觀前但破假未破空今復破空故名平等觀也中論云亦名爲假名淨名云未具佛法不應滅受而取證也是則二經一論共證假觀也三修中道觀者前觀心雖空而不無後觀心雖假而不有不有故不常不無故不斷不常不斷即是中道又不有故非有不無故非無名爲中道又不有

而有即是中道真善妙有法性常色故經云捨無常色獲得常色受想行識亦復如是又不無而無即是第一義空名爲中道即大涅槃空也斯之有無並是中道異名故名從假入中瓔珞云二觀爲方便得入中道第一義諦觀中論云亦名中道義淨名云今我此病非真非有非真而非空非有即非假名爲中道乃至非凡夫行非賢聖行是菩薩行等乃有兩紙餘經文並雙非兩捨顯於中道是則二經一論亦共證成中道觀也此是菩薩行者稟別教之觀觀一念自生之心修歷別三觀之理志求大乘常住佛果而斷無明別惑是名別教曲詮中道理也故偈云問觀自生心云何是別教等斯之是也

論曰問觀自生心云何圓教乘不破壞法界住三德涅槃此一偈明圓教何者經云生死即涅槃煩惱即菩提者三觀圓觀一念生死之心即是中道涅槃煩惱之心即是中道菩提經云菩薩未成佛菩提爲煩惱菩薩成佛時煩惱即菩提故知迷心爲煩惱生死悟心即菩提涅槃是則菩提煩惱更無二法如寒結水爲冰暖即融冰爲水名殊而體一也亦何妨名異而體同故經云有身爲種無明有愛爲種貪癡爲種四顛倒爲種等乃至一切皆是佛種是則煩惱惡法既是佛種善無記法理應是也斯則一切無非佛法一色一香無非中道經云不壞於身而隨一相即是菩道法身德也不滅癡愛起於明脫即煩惱道般若德也以五逆相即是解脫即是業道解脫德也是則經明不壞生死三道即是三德

祕密大般涅槃故云一切衆生即大涅槃不復更滅即其義也然而三德即是三般若三法身三寶等乃至一切八萬四千法門諸波羅蜜萬德萬行一切佛法皆在一念生死三道之内故目此心爲如來藏故知道至近而易迷理即事而難曉必其苟領斯意以圓道神統者矚目對境何非妙道也經云治生産業皆與實相不相違背四儀之間無非是道舉足下足無非道場是則金玉出於沙石道出於無道故經云行於非道通達佛道火生蓮華謂之希有自非大行大根性人何能遊神斯道者也但衆生理具情迷故云貧女寶藏無人知者不覺内衣裏有無價寶珠凡夫不知以此寶自富故名貧女二乘不能以此寶自饒故名窮子此之寶藏不妄授人故云

久黙斯要不務速説四十餘年未顯真實今乃説之良由法不可妄説問昔何不説今乃説之答經云衆生五濁障重故不得説也問五濁何以障大答衆生以五濁因緣横計生死謂常樂我淨而起妄惑墜墮三途而今更説其身是如來藏常樂我淨增其倒惑何由得出生死者也只令行空之人即是其事何者而其本多貪欲三毒鬧經婬欲即是道恚癡亦復然如是三法中具無量佛法其不達斯妙旨扶其惑心更增起迷倒豈可妄説問今説身有如來常樂我淨與衆生横計常樂我淨若爲有異答涅槃經云横計常樂等如蟲食木偶得成字是蟲不識是字非字經將此釋以斥於彼今可借彼以釋此也然佛初寂滅道場成道即欲以此大法擬之衆生無

機不受大化故信解品中領解云長者於師子牀見子便識即遣傍人急追將還于時窮子稱怨大喚我不相犯何爲見捉我若强説衆生則破法墮惡道故云我寧不説法疾入於涅槃此即全生如乳尋念過去佛所行方便力我今亦如是方便度衆生即趣波羅柰爲五比丘説説生滅之教斷四住惑故云更遣二人追提將來二十年中除見思之糞即是從凡入聖轉乳如酪次説方等帶三教方便説圓教調伏故淨名用圓別兩教折十大弟子用圓彈偏行菩薩歷别之行漸令調伏何者昔對其説大破法不信令不得説令既得二乘聖道聞其説大即自傷敗種故聲振大千歎菩薩妙法難思雖未得悟而不起謗故云過是巳後心相體信入出無難然其所止猶在草庵下劣之心亦未能捨也此是轉酪爲生酥即是三藏之後説方等教也次説般若帶通别兩方便説圓調伏爲諸菩薩説般若故信解品云長者知子漸巳通泰而命領知家業故偈頌云佛勑我等爲諸菩薩説波羅蜜而我無有希取一餐之意此是轉生酥爲熟酥此方等後説般若教也次般若後説法華圓教經云正直捨方便但説無上道即是説今圓觀觀一念之心即是中道如來寶藏常樂我淨佛之知見故云爲大事因縁故出現於世舍利弗問云何名大事因緣佛云爲令衆生開佛知見故示悟入等亦復如是故信解品中云長者自知臨命終時聚會親族即云我是其父汝是我子一切財物皆悉付之即般若之後説法華圓教也故知前

之三教並是爲今圓教妙觀之方便調伏令堪受今之妙觀故知圓觀微而復妙何得比前三教者乎故經歎云初發心時即坐道場又云初發心時已過於牟尼譬如王子初生即在百官之上初發圓心即在三教之上經格量第五十人功德尚不可稱量況最初隨喜人即是今圓觀人也以是義故借五味之教顯今圓教之觀相也然圓觀之道體生死三道即是三德涅槃已如前釋是即三道即法界法界何所破壞故偈云問觀自生心云何是圓教不破壞法界住三德涅槃斯之謂也行法衆多而言其四

觀心論疏卷第二

音釋

塸烏侯切　箜篌箜音空篌音侯箜篌樂器

觀心論疏卷第三

隋天台沙門灌頂撰

論曰問觀自生心云何爲涅槃修四種三昧得眞無生忍此是第四一偈明欲觀一念自生之心取其理證應須依四種三昧方軌而修也故經云又見佛子修種種行以求佛道種種行即是四種三昧修行不同故云種種也言其四者一常坐三昧二常行三半行半坐四非行非坐言三昧者稱調直定釋論云善心一處住不動是名三昧大經云繫心一境名爲三昧第一常坐三昧者出文殊說波若亦名一行三昧爲三別一事相二觀法三勸修初事相者行人欲觀一念自生之心必可依何者或可處衆或可獨行居一靜室安一繩牀結跏趺坐端直不動誓肋不著牀經云一坐十小劫身體及手足寂然安不動常捨一切亂想不得欺佛不負心不誑衆生何者夫論修懺學道必是初心諸佛經云佛知衆生行道不行道豈得詐心冥聖不但舊罪不除更增重患所以宜須專一其心也若念一佛當令與十方佛功德等又須稱唱佛名助身心二業如人憂喜舉聲大叫悲喜之情乃暢三業勤修設使疲勞經云設身有苦當念一切苦惱衆生將他之重苦奪已之輕苦當忘疲勞且復我已造因三途之果不久當受佛慈許悔我今懺洗小小疲勞不能安忍當柰三途之苦何何者經云非空非海中亦非山市間無有地方所脫之不受報當何逃耶扣冰魚踊泣竹筍生世孝志情尚能有感况虔心三寶何患不應者乎二明觀法者即

是一念法界繫緣法界言法界者一色一香皆是中道無非佛法故皆是法界也而念心緣一切法皆是佛法卽是眞妙實相法界故云繫緣法界一念法界故經云言法界者信一切法皆是佛法佛法者無前無後無有際畔同是一佛界故此佛法界無知者無說者非有非無非知非不知離此二邊住無所住如諸佛安處寂滅法界聞如是說勿生驚怖又此法亦名菩提亦名不思議境亦名般若住處亦名不生不滅若能如是觀法界者是樂觀如來觀如來時不謂如來爲如來也若觀衆生相如諸佛相衆生界量如諸佛界量諸佛界量不可思議衆生界量亦不可思議衆生界無住如虛空住以不住法住般若以無相相般若若不見凡法云何捨凡法不見聖法云何取聖法生死涅槃垢淨亦如是不捨不取住實際故如此觀衆生眞法界若觀貪瞋癡煩惱是寂滅行是不動行非生死法非涅槃法不捨諸見而修佛道非修道非不修道是名正住煩惱法界若觀業之重者無出五逆五逆卽菩提菩提卽五逆無二相故無覺者無知者無分別者逆罪相實相相皆不可思議皆不可壞本無本性一切業緣皆住實際不來不去非因非果是爲觀業卽是法界此法界印四魔不能得便何以故魔卽法界印法界印云何毀法界印以此意歷一切法亦應如是此並彼經誠言然四三昧觀法者並應須取前圓教觀法在四種三昧中用也今更重取彼經觀法助成耳三勸修者此一一法界是佛眞法是菩薩印若聞此法

不驚不畏不從千佛種諸善根乃從百千萬億佛所久植德本譬如長者失摩尼寶憂愁苦惱若還得之心甚歡喜若四衆有信樂心不聞是法則生苦惱若聞信解甚大歡喜當知是人即是見佛親近供養如人穿珠忽遇摩尼心大歡喜當知此人必已曾見若人修學餘法忽聞此經能生歡喜當知是人已曾從文殊師利所聞是法也身子云若於斯義諦了決定是名菩薩摩訶薩彌勒云得聞如是具足法相即是近於佛座何以故如來現覺此法相故文殊云得聞深法不驚即是佛佛言若聞是法不驚不怖即住不退轉地具熾然六波羅蜜亦具足佛法若人欲學一切佛法相好威儀無量法式欲解一切法相欲徧知一切衆生心欲住阿鞞越致地速得三菩提皆當修此一行三昧精進不懈則能得入如治摩尼珠隨磨隨瑩光明映徹表裏證此不可思議功德時知諸法相光明徧滿無有缺少菩薩能如是忍速得三菩提比丘比丘尼聞不驚怖即是隨佛出家信士信女聞不驚怖即眞歸依處格量功德具在彼文也

第二常行三昧者亦爲三一事相二觀法三勸修初事相者行者欲觀一念自生之心依常行三昧者此法出般舟三昧經名爲佛立三昧佛立有三事一佛威力二三昧力三本功德力能於定中見十方現在佛在前而立如明眼人夜仰觀星見十方佛亦如是多行此法時須避惡知識及癡人亦避親屬離鄉里常獨處止不得希望他方有所求索常乞食不受別請嚴治道場備須具辦衆餚饍甘

果香華又盥沐清淨出入左右改換衣服如常法唯行旋無三威儀須好明師善能開導解内外律除諸妨障於所聞三昧處敬師如世尊若見師短求是三昧終不可得當割肌肉供養何況餘耶又須外護人晝夜調養精勤忍辱如毋護兒又須好同行嚴相課策如共涉嶮須發要期誓願運牢强精進心使我筋骨枯朽學是三昧終不懈退起大正信無能壞者精進無能逮者所入智慧無能及者常與善師從事行是四事疾得三昧又一終竟三月不得思念世間想欲如彈指頃二終竟三月不得困出如彈指頃三終竟三月經行不得住息不得坐除食左右四爲人說經不得望衣食行是四法者疾得三昧也二明觀意者彼經云何因致是三昧持戒浣具獨一處止念西方阿彌陀佛去此十萬億佛刹在衆菩薩中央說經三月常念云何念念彼佛一一相從足下千輻輪相乃至無見頂相我當逺是相我當從心得佛從身得佛佛不用心得不用身得佛不用心得佛色不用色得佛心何以故心者佛無心色者佛無色故不用是色心得三菩提佛色已盡乃至佛識已盡佛所說盡者癡人不見不知智者曉了不用身口得佛不用智慧得佛何以故智慧索不可得故自索我了不可得亦無所見一切法本無有壞本絕本譬如夢見七寶及親識歡喜覺已追念不知在何處當知是念佛又如舍衛有婬女名須門聞之歡喜夜夢從事覺已念之彼不來我不往而樂事宛然亦如是念佛如人行大澤飢渴夢得美食覺已

腹空自念一切所有皆如夢當如是念數數莫得休息用是念當生阿彌陀佛國是名相空如以七寶倚瑠璃上影現其中亦如比丘觀骨起種種光此光無持來者亦無是骨是意作耳如鏡中像不外來不内出識鏡淨故自見其形行人色清淨所有者清淨欲見佛即得見見即問聞經大歡喜自念佛從何所來我亦無所至我所念即見心作佛心自見心是佛心是佛心是我心見佛心不自知心心不自見心心起想則癡無想是泥洹是法無可示皆念所爲設有念亦了無所有爲空耳心者不知心有心不見心心起想即癡無想即泥洹是法不堅固常住在我心以解見空故一切無想念諸法不可獲如實觀察示佛道無歸趣黠慧菩薩常了是五道鮮潔不受色有解此者成大道三勸修者行人若欲得智慧如大海令無能爲我作師者於此坐不運神通悉見諸佛悉聞所説聞悉受持欲得如是功德者常行三昧於諸功德最爲第一如是三昧是諸佛母諸佛眼十住毗婆沙云般舟三昧父無生大悲母一切諸如來從此二法生又云是三昧果報於無上道得不退轉碎大千地草木諸物皆如微塵一塵爲一佛世界滿爾世界中寶用布施福甚多不如聞此三昧不驚不怖福德無量何况信心受持讀誦爲人解説此又勝聞而不畏者又何況定心修習如㲉牛乳頃此復勝信解者況能成是三昧者故無量無量經云行是三昧須臾聞功德不可稱説現世安樂即入菩薩位婆沙云劫火官賊怨毒獸衆疾侵是人

者無有是處此人常爲天龍八部諸佛皆共護念稱讚皆共欲見共來其所若人聞此三昧如上四種皆隨喜三世諸佛菩薩行是三昧我亦隨喜廻向菩提所未聞經即能得聞此經隨喜福復勝上譬喻若不修如是眞法失無量重寶人天爲之憂悲如把栴檀不視不齅反呼爲臭如田家子以摩尼珠欲博一牛行者已得聞此三昧可不努力勤修者也第三半行半坐三昧者亦爲三一事相二觀法三勸修初事相者行者欲觀一念自生心依此半行半坐三昧出此二經方等云旋百二十徧却坐思惟法華云若行若坐讀誦是經若坐思惟是經我乘六牙白象現其人前故知二經半行半坐爲方法也方等至尊不可聊爾若欲修習神明爲證先求夢王若得見一是許懺悔於閑靜處莊嚴道場香泥塗地及室内外作圓壇綵畫懸五色旛燒海岸香燃燈敷高座請二十四尊像多亦無妨設餚饍盡心力須新淨衣鞋屩無新浣故出入著脫無令參雜七日長齋日三時洗浴初日供養僧隨意多少別請一明了内外律者爲師受二十四戒及陀羅尼呪對師說罪要誓用月八日十五日當以七日爲一期決不可減若能更進隨力堪任十人已還不得出此俗人亦許須辦單縫三衣備佛法式預誦陀羅尼呪一篇使利於初日分異口同音三徧召請三寶十佛方等父母十法王子召請竟燒香運念三業供養供養訖禮前所請三寶禮竟以志誠心悲泣雨淚陳悔罪咎竟起旋百二十匝一旋一呪不遲不疾不高不下旋

呪竟禮十佛方等十法王子如是作已却坐思惟思惟訖更起旋呪竟更却思惟周而復始終竟七日其法如是從第二日略召請一法餘悉如常行之二觀法者經合思惟摩訶袒持陀羅尼翻爲大祕要遮惡持善祕要只是實相中道正空經云吾從眞實中來眞實者寂滅相寂滅相者無有所求求者亦空乃至涅槃亦復皆空一切虛空界分亦復皆空無所求中吾故求之如是空空眞實之法當於何求當於六波羅蜜中求此與大品十八空同更無有異以此空慧歷一切事無不成觀方等者或言廣平今言方者法也般若有四種方法謂四門入清涼池即方也所契之理平等大慧即等也今求夢王即二觀前方便也道場即清淨境界也治五住糠顯實相米亦是定慧用莊嚴法身也香泥者即無上尸羅也五色蓋者觀五陰免子縛起大慈悲覆法界也圓壇者即實相不動地也繒旛即翻法界上迷生動出之解旛壇不相離即動出不動出不相離也香燈即戒慧也高座者諸法空也一切佛皆棲此空二十四像者即是逆順觀十二因緣覺了智也餚饍者即是無常苦酢助道觀也新淨衣者即寂滅忍也瞋或重積稱爲故翻瞋起忍名爲新七日即七覺分也一日即一實諦也三洗即觀一實修三觀蕩三障淨三智也一師者即一實諦法也二十四戒者逆順十二因緣發道共戒也呪者矚對也瓔珞明十二因緣有十種即有一百二十支一呪呪一支束而言之只是三道謂苦業煩惱也今呪此因緣即是呪於

三道而論懺悔事懺懺苦道業道理懺懺煩惱道文云犯沙彌戒乃至大比丘戒若不還生無有是處即懺業道文也眼耳諸根清淨即懺苦道文也第七日見十方佛聞法得不退轉即懺煩惱道文也三障去即十二因緣樹壞亦是五陰舍空思惟實相正破於此故名諸佛實法懺悔也三勸修者諸佛道皆由此法是佛父母世間無上大寶若能修行得全分實但能讀誦得中分實華香供養得下分實佛與文殊說下分實所不能盡況中上耶若從地積寶至梵天以奉供佛不如施持經者一食充軀如經廣說云云次約法華亦爲三事相觀法勸修事相者行者觀自生心依法華經修三昧者方法有十一嚴淨道場二淨身三業三供養四請佛五禮佛六六根懺悔七繞旋八誦經九坐禪十證相別有一卷名法華三昧是天台大師所著流傳於世行者宗之二觀法者普賢觀云專誦大乘不入三昧日夜六時懺六根罪安樂行品云於諸法無所行亦不行不分別二經本爲相成豈可執文鬪競蓋乃爲緣前後互出非碩異也安樂行護持讀誦深心禮拜等豈非事耶觀經明無相懺悔我心自空罪福無生慧日能銷除豈非理耶南嶽云有相安樂行無相安樂行豈非就事理得如是名特是行人涉事修六根懺爲悟入弄引故名有相若直觀一切法空爲方便者故名無相妙證之時悉皆兩捨若得此意於二經無疑修理觀者今歷事修觀言六牙白象者是菩薩無漏六神通牙有利用如通之捷疾象有大力表法身荷

負無漏無染稱之爲白頭上三人一持金剛杵一持金剛輪一持如意珠表三智居無漏頂杵擬象能行表慧導行輪轉表出假如意表中牙上有池表八解是禪體通是定用體用不相離故牙端有池池中有華華表妙因以神通力淨佛國土利益衆生即是因因從通生如華由池發華中有女女表慈若無無緣慈豈能以神通力促身令小入此娑婆通由慈運如華擎女女執樂器表四攝也慈修身口現種種同事利行財法二施引物多端如五百樂器音聲無量也示喜見身者是普現色身三昧也隨所宜樂而爲現之未必純作白玉之像語言陀羅尼者即是慈熏口說種種法也皆法華三昧之異名若得此意於象身上自在作法門也三勸修者普賢觀曰若七衆犯戒欲一彈指頃除滅百千萬億阿僧祇劫生死之罪者欲發菩提心不斷煩惱而入涅槃不離五欲而淨諸根見障外事欲見分身多實釋迦佛者欲得法華三昧一切諸陀羅尼入如來室著如來衣坐如來座於天龍八部衆中說法者欲得文殊藥王諸大菩薩持華香住立空中侍奉者應當修習此法華經讀誦大乘念大乘事令此空慧與心相應念諸菩薩毋無上勝方便從思實相生衆罪如霜露慧日能銷除成辦如此諸事無不具足能解此經者則爲見我亦見於汝亦供養多寶及分身令諸佛歡喜如經廣說誰聞如是法不發菩提心除彼不肖人癡冥無智者第四明非行非坐三昧者上一向用行坐此既異上爲成四句故名非行非坐實通

行坐及一切事南嶽師呼爲隨自意意起即修三昧大品稱覺意三昧意之趣向皆能覺識明了雖復三名實是一法今依經釋名覺者照了也意者心數也三昧如前釋行者觀一念自生心心數起時反照觀察不見動轉根源終末來處去處故名覺意三昧也隨自意非行非坐准此可解云云

論曰問觀自生心云何巧成就二十五方便調心入正道此是第五一偈明妙理不可頓階若欲進趣正道須善方便今明方便者方便名善巧也行者觀一念自生心善修行以微少善根能令無量行成解發入菩薩位也又方便者衆緣和合也以能和合成因亦能和合取果故也經云如來身者不從一因一緣從無量功德生如來身顯此巧能故論方便也若依漸次即有四種方便方便各有遠近如阿毗曇明五停心爲遠四善根爲近通別二種方便例可意知圓教以假名五品觀行等位去眞猶遥名遠方便六根清淨相似鄰眞名近方便今就五品之前假名位中復論遠近二十五法爲遠方便十種境界爲近方便横竪該羅十觀具足成觀行位能發眞似爲方便也今釋遠方便略爲五一具五緣二訶五欲三棄五蓋四調五事五行五法夫道不孤運弘之在人人弘勝法假緣進道所以須具五緣緣力既具當割諸嗜欲嗜欲外屛當內淨其心其心若寂當調試五事五事調已行於五法必至所在譬如陶師若欲得器先擇良處無砂無滷草水豐便可作之所次息餘際務際務不淨安得就功雖息外緣

身內有疾云何執作身雖康壯泥輪不調不成器物上緣雖整不專於業廢不相續永無辦理修行五緣亦復如是有待之身必假資籍如彼好處訶厭塵欲如斷外緣棄絕五蓋如治內疾調適五事如學輪繩行於五法如作不廢世間淺事非緣不合何況出世之道若無弄引何易可階故歷二十五法約事爲觀調麤入細捨散令靜故爲初心遠方便也此五法三科出大論一種出禪經一是諸禪師立云云　一具五緣者一持戒清淨二衣食具足三閑居靜處四息諸緣務五得善知識禪經云四緣雖具足開導由良師故知用五法爲入道梯隥耳一闕則妨事一持戒者經論出處甚多且依釋論有十種戒謂不缺不破不穿不雜隨道無著智所讚自在隨定具足此十通用性戒爲根本大論云性戒者是尸羅身口等八種謂身三口四更加不飲酒是淨命防意地又云十善是尸羅佛不出世世常有之故名舊戒佛不出世凡夫亦修八門禪故名舊定外道邪見六十二等舊鑒乳藥名爲舊慧今用三歸五戒二百五十爲客戒根本淨禪觀練熏修爲客定四諦慧爲客慧佛出方有也性戒者莫問受與不受犯即是罪受與不受持即是善若受戒持生福犯獲罪不受無福不受犯無罪如伐草害畜罪同對首懺二罪俱滅定共戒無作者與定俱發有人言入定時有出定時無有人言無作依定定在不失定退即謝也道共無作者此無作依道道無失故此亦無失戒定道共通是戒名通以性戒爲本故經云依因此戒能

生諸禪定及滅苦智慧即此意也持此十種戒攝一切戒不鈌戒者即是持於性戒乃至四重清淨守護如愛明珠若毀犯者如器已缺無所堪用佛法邊人非沙門釋子失比丘法故稱爲缺不破者即是持於十三無有破損若有毀犯如器破裂也不穿者是持波夜提等是也若有毀犯如器穿漏不能受道故名爲穿也不雜者持定共戒也雖持律儀念破戒事名之爲雜定共持心欲念不起故名不雜隨道者隨順諦理能破見惑無著戒者即是見眞成聖於思惟惑無所染著也此兩戒約眞諦持戒也智所讃自在戒者此兩戒則約菩薩化他爲佛所讃於世間中而得自在是約俗諦論持戒也隨定具足兩戒即是隨首楞嚴定不起滅定現諸威儀示十法界像導利衆生雖威儀起動而任運常淨故名隨定戒前來諸戒律儀防止故名不具足中道之戒無戒不備故名具足此是持中道第一義諦戒也用中道慧徧入諸法故經云式叉式叉名大乘戒也涅槃明五支戒及十種戒義勢略同設諸經論更明戒相終不出此十科云云東前三種戒名律儀戒兼善防惡從初根本乃至不穿纖毫清淨束名律儀戒凡夫散心悉能持得此戒也次不雜一戒定法持心心不妄動身口亦寂三業皎鏡此是定共戒入定時任運無雜出定身口柔輭亦不雜凡夫入定則能持得也隨道戒初果見諦發眞成聖聖人所持非凡夫能持也無著戒則三果人所持亦非初果所持也智讃自在此乃菩薩利他須持此戒則非二乘所持也

隨定具足此是大根性所持則非六度通教菩薩所能持也況復凡夫二乘耶向判位高下事義不同若觀一念自生心論持戒者具能持得上十種戒也先束十戒爲四意前四戒但是因緣所生法通爲觀境次二戒即是觀因緣生法即空空觀持戒也次兩戒觀因緣即是假假觀持戒也次兩戒觀因緣生法即是中中觀持戒也所言觀心爲因緣生法者若觀一念心從惡緣起即能破根本乃至不雜戒等與善相違故名爲惡念念以善順之心防止惡心能令根本乃至不雜等戒善順成就得無毀損故稱善心名爲防止惡心既止身口亦然防止即是止善善順即是行善行善即是觀止善即是止是名觀因緣所生心持四種戒也乘戒緩急懺淨等具如止觀廣明也云云二衣食具足者衣以蔽形遮障醜陋食以支命塡彼飢瘡身安道隆道隆則本立形命及道賴此衣食故經云如來食已得三菩提此雖小緣能辦大事衣者遮醜陋遮寒熱遮蚊蝱飾身體衣有三種雪山大士絶形深澗不涉人間結草爲席被鹿皮衣無受持說淨等事堪忍力成不須溫厚不遊人間無煩支助此上人也十二頭陀但畜三衣不多不少出聚入山被服齊整故立三衣此中士也多寒國土聽百一助身要當說淨趣足供事無得多求多求辛苦守護又苦妨亂自行復擾檀越少有所得即便知足此下士也觀行爲衣者經云汝等比丘雖服袈裟心猶未染大乘法服法華云柔和忍辱衣是也此即寂滅忍生死涅槃二邊麤獷與中道理

不二不異故名柔和安心中道故名爲忍離二喧故名寂過二死故名滅也云食者三處論食可以資身養道一深山絕跡去遠人民但資甘果美水一菓一果而已或餌松栢以續精氣如雪山甘香藕等食已繫心思惟坐禪更無餘事如是食者上士也二阿蘭若處頭陀抖擻絕放牧聲是修道處分衛自資七佛皆明乞食法方等般舟法華皆云乞食也路徑若遠分衛勞妨若近人物相喧不遠不近乞食便易是中士也三既不能絕穀餌果又不能頭陀乞食外護檀那送食供養亦可得受又僧中如法結淨食亦可得受下士也若就觀心明食者大經云汝等比丘雖行乞食而未得入大乘法食大乘法食者如來法喜禪悅也此之法喜即是平等大慧觀一切法無有障礙淨名云於食等者於法亦等於法等者於食亦等煩惱爲薪智慧爲火以是因緣成涅槃食令諸弟子皆悉甘嗜此食資法身增慧命如食乳糜更無所須即眞解脫眞解脫者即是如來用比法喜禪悅歷一切法無不一味一色一香無非中道中道之法具一切法即是飽義無所須義如彼深山上士一草一果資身即足頭陀乞食者行人不能即事而中修實相慧者當次第三觀調心入中道次第觀故名爲乞食亦見中道又名飽義即中士也檀越送食者若人不能即事通達又不能歷法次觀自無食義應須隨善知識能說般若者善爲分別隨聞得解而見中道是人根鈍從聞生解名爲得食如人不能如上兩事聽他送食又僧中結淨食者即

是證得禪定支林功德藉定得悟名僧中食也是故行者常當存念大乘法食不念餘味也三閑居靜處者雖具衣食住處云何若隨自意觸處可安三種三昧必須好處好處有三一深山遠谷二頭陀抖擻三蘭若伽藍若深山遠谷途路艱險永絕人蹤誰相惱亂恣意禪觀念念在道毀譽不起是處最勝二頭陀抖擻極近三里交往亦踈覺策煩惱是處為次三蘭若伽藍閑靜之寺獨處一房不干事物關門靜坐正諦思惟是處為下若離此三餘則不可觀心處者諦理是也中道之法幽遠深邃七種方便絕跡不到名之為深高廣不動名之為山遠離二邊稱之為靜不生不起稱之為閑大品云若千由旬外起聲聞心者此身雖遠離心不遠離以憒閙為不憒閙非遠離也雖住城傍不起二乘心是名遠離即上品處也頭陀處者即是出假之觀此觀與空相鄰如蘭若與聚落並出假之觀安心俗諦分別藥病抖擻無知淨道種智此次處也閑寺一房者即從假入空觀也寺本衆閙居處而能安靜一室即下處也四息諸緣務者緣務妨禪由來甚矣蘭若比丘去喧就靜云何營造緣務壞蘭若行非所應也緣務有四一生活二人事三技能四學問生活緣務者經紀生方觸途紛糺得一失一喪道亂心若動營衆事則隨自意攝非今所論二人事者慶弔俯仰低昂造聘此往彼來來往不絕況復衆人交絡擾攘追尋夫違親離師本求要道更結三州還敦五郡意欲何之倒裳索領鑽火求冰非所應也三技能者醫方卜

篋泥木彩畫棊書呪術等是也皮文美角膏煎鐸毀傷已害身況修出世之道而當樹林招鳥腐氣來蠅豈不摧折汚辱乎四學問者讀誦經論問答勝負等是也領持記憶心勞志倦言論往復水濁珠昏何暇更得修於觀心此事尚捨況前三務耶觀心生活者愛是養業之法如水潤種因愛有憂因憂有畏若能斷愛名息生活緣務也人事是業業生三界往來五道以愛潤業處處受生若無業者愛無所潤也技術習學等者未得聖道不得修通妄想之法障於般若般若如虛空無戲論無文字若得般若如得如意珠但一心修何遽怱怱用神通爲習學未得無生忍而修世智辯聰種種分別皆是瓦礫非眞寶珠若能停住水則澄清下觀瑠璃安徐取寶欲行大道不應從彼小逕中學也五得善知識者是大因緣所謂化導令得見佛阿難說知識得道半因緣佛言不爾具足全因緣也知識有三種一外護二同行三教授若深山絕域無所資待不假外護若修三種三昧應仰勝緣夫外護者不簡白黑但能營理所須莫見過莫觸惱莫稱歎莫怳舉而致損壞如母養兒如虎啣子調和得所舊行道人乃能爲耳是名外護二同行者行隨自意及安樂行未必須伴方等般舟行法決須好伴更相策發不眠不散日有其新切磋琢磨同心齊志如乘一船互相敬重如視世尊是名同行三教授者能說般若示道非道內外方便通塞妨障皆能決了經云隨順善師學得見恒沙佛是名教授也觀心知識者大品云佛菩薩羅

漢是善知識六波羅蜜三十七品是善知識
法性實際是善知識若佛菩薩威光覆育即
外護也六度道品是入道之門即同行也法
性實際即是諦理諸佛所師境能發智即教
授也一中各具三義如止觀廣辯云云二訶五
欲者謂色聲香味觸十住婆沙云禁六情如
縶狗鹿魚蛇猿鳥狗樂聚落鹿樂山澤魚樂
池沼蛇樂居穴猿樂深林鳥樂依空六根樂
六塵非是凡夫淺智弱志所能降伏唯有大
智慧堅心正念乃能降伏耳總論六根今私
對之眼貪色色有質像如聚落眼如狗也耳
貪聲聲無質像如空澤耳如鹿也鼻貪香如
魚也舌貪味如蛇也身著觸如猿也心緣法
如鳥也今除意但明於五塵五塵非欲而其
中有味能生行人貪欲之心故言五欲譬如
陶師人客近請不得就功五欲亦爾常欲牽
人入諸魔境雖具前緣攝心難立故須訶也
色者所謂赤白長短明眸善睞素頸翠眉皓
齒丹脣乃至依報紅黃朱紫諸珍寶物惑動
人心如禪門中所說色害尤深令人狂醉生
死根本良由於此經云衆生貪狼於財色坐
之不得道觀經云爲色所使爲恩愛奴不得
自在若能知色過患則不爲所欺如是訶已
色欲即息攀緣不生專心入定聲欲者即是
嬌媚妖辭淫聲染語絲竹絃管環釧玲珮等
聲也香欲者即是鬱茀氛氳蘭馨麝氣芬芳
酷烈郁馝之物及男女身分等香味欲者即
是酒肉珍餚肥腴津膩甘甜酸辣酥油鮮血
等也觸欲者即是冷煖細滑輕重强軟名衣
上服男女身分等也此五欲過患者色如熱

金丸執之則燒聲如塗毒鼓聞之必死香如鼈龍氣襲之則病味如沸蜜湯舌則爛如蜜塗刀舐之則傷觸如卧師子近之則齧此五欲者得之無厭惡心轉盛如火益薪世世爲害劇於怨賊累劫已來常相劫奪摧折色心今妨禪寂復相惱亂深知其過貪染休息也觀心訶五欲者如色欲中滋味無量謂常無常我無我淨不淨苦樂空有世第一義皆是滋味也釋論云二乘爲禪故訶色事不名波羅蜜菩薩訶色即見色實相見色實相即是見禪實相故名波羅蜜到色彼岸到色彼岸即是見中道分別色者即是見色俗即色空者是見色眞如是訶色盡色源底成三諦三昧發三種智慧深訶於色爲觀心方便其意在此訶色既然餘四亦爾三棄五蓋者謂貪

欲瞋恚睡眠掉悔疑通稱蓋者蓋覆纏綿心神昏闇定慧不發故名爲蓋也前訶五欲乃是五根對現在五塵發五識今棄五蓋即是五識轉入意地追緣過去逆慮未來五塵等法爲心内大障喻如陶師身中有疾不能執作蓋亦如是爲妨既深加之以棄如翦毒樹如檢偷賊不可留也大品云離欲及惡法離欲者五欲也如前訶惡法者五蓋也宜須急棄此五蓋者其相云何貪欲蓋起追念昔有時所更五欲念淨潔色與眼作對憶可愛聲髣髴在耳思悦意香開結使門想於美味甘液流口憶愛諸觸毛竪戰動貪如此等麤弊五欲思想計校心生醉惑忘失正念或密作方便更望得之若未曾得亦復推尋或當求覓心入塵境無有間念麤覺蓋禪禪何由獲

是名貪欲蓋相瞋恚蓋者追想是人惱我惱我親稱歎我怨三世九惱怨對結恨心熱氣麤忿怒相續百計伺獲欲相中害危彼安身恣其毒忿暢情爲快如此瞋火燒諸功德禪定枝林豈得生長此即瞋蓋相也睡眠蓋者心神昏昏六識闇塞四支倚放爲眠眠名增心數法爲闇沉塞密來覆人難可防衛五情無識猶如死人但餘片息名爲小死若喜眠者眠則滋多故經云若多睡眠懈怠妨未得不得已得者退失若欲勝道除睡疑放逸論云如人被縛將去殺爾時云何安可眠又如臨陣白刃間如共毒蛇同室居爾時安可睡故經云中夜誦經以當消息競共推求爭出火宅尺壁非實寸陰是競今修妙道安可貪眠勿昏於理宜須棄之掉悔蓋者若覺觀偏起屬前蓋攝今覺觀等起徧緣諸法乍緣貪欲又想瞋恚及以邪癡炎炎不停卓卓無住乍起乍伏種種紛紜身無趣遊行口無益談笑是名爲掉掉而無悔則不成蓋以其掉故心地思惟謹慎不節云何乃作無益之事實可爲耻心中憂悔懊結繞心則成悔蓋蓋覆禪定不得開發故云悔已莫復憂不應常念著不應作而作應作而不作即此意也是名掉悔蓋相也疑蓋者此非見諦障理之疑乃是障定疑也疑有三種一疑自二疑師三疑法一自疑者謂我身底下必非道器是疑身二疑師者此人身口不稱我懷何必能有深禪好慧師而事之三疑法者所受之法何必中理三疑猶豫常在懷抱禪定不發設得永失此是疑蓋之相也棄相云何行者常自省

察我今心中何病偏多若知病者應先治之若貪蓋重當用不淨觀棄何故向謂五欲爲淨愛著纏綿今觀不淨膿囊涕唾無可欣樂此蓋若去心即得安若瞋恚蓋多當念慈心滅除恚火此火能燒二世功德人不喜見今修慈心棄捨此惡觀一切人父毋親想悉令得樂作是觀時瞋心即息安心入禪若睡蓋多者當勤精進策勵身心加意防擬思惟法相莫以睡眠因緣失二世樂徒生徒死無一可獲如入寶山空手而歸深可傷歎當好制心善巧防却也若掉散蓋者應用數息何以故此蓋甚利來時不覺于久始知今數息若數不成或時中忘即知已去覺已便數數相成就則覺觀被伏若不治之終身被蓋若三疑在懷者作是念我身即是大富盲兒具足無上法身財寶煩惱所翳道眼未開莫以疑惑而自毀傷若疑師者我今無智上聖大人皆求其法不取其人雪山從鬼請偈天帝拜畜爲師若疑法者我法眼未開未别是非憑信而已佛法如海唯信能入故經云雖示種種道其實爲一乘莫疑能詮種種之教但取所詮之實理離此三疑其蓋亦棄也然斯之五蓋即是生死煩惱惡法經云煩惱即菩提生死即涅槃然生死涅槃隨衆生迷悟致有二河之别而理實無生死五蓋可棄涅槃之法可求是則無棄而棄名棄五蓋也四調五事者謂調眠調食調身調息調心一調眠者然眠是眼食過多則沉昏自弊故經云如人喜眠眠則滋多過少則失明如阿那律是也今調令得所使坐念觀慧明淨内合者無明

煩惱是眠二乘斷盡煩惱如調眠太過凡夫未斷如不調眠菩薩不同二邊故經云不住調伏心不住不調伏心是菩薩調眠也二調食者過飽則妨坐念過少則虛劣不飢不飽是食調相觀解者經云分別法喜禪悅爲食偏空是太飢偏假是太飽中觀平等是食調相也三調身者坐時仰身是其急相坐時頭低是其寬相不低不仰是身調相觀解者經云六波羅蜜滿足之身卒起精進是菩薩魔事是身急相不卒起亦是魔事是身寬相是則不急不寬是身調相也四調息者坐時息之出入太利是滑相息出壅滯是息澀相若息亦不澀不滑是息調相也觀解者經云以波若之慧爲壽命是則息也今調波若之慧不利不鈍是息調相也五調心多攀緣是心浮相多昏闇是沉相不沉不浮是心調相觀解者經云菩提之心今偏假發是菩提心浮相偏空發是菩提心沉相中道發菩提心不空不假不沉不浮是心調相也此是調五事也五行五法者謂欲精進念巧慧一心也欲者欲樂望求無相般若圓妙勝果如薩陀波崘求般若欲見曇無竭聞般若波羅蜜存心志想更無異求也精進者如薩陀波崘求般若時身心精進不念晝夜不念疲極不念飲食曉夜勞勤至求般若無餘願也念者唯念何時得見曇無竭菩薩唯念何時聞般若波羅蜜唯念何時與波羅蜜相應更無餘念巧慧者思惟知捨無常敗壞之身而求如來金剛之體棄無常命而求般若常住慧命非但得離大患之身而乃獲得無上大利之寶思

惟是巳設欲終身疲苦不覺有勞所以不念疲極不念飲食但念賣身何時得售供養曇無竭菩薩得聞般若也一心者唯存中道實相般若之心更無二邊之心是名一心也齊此略明事理兩釋解二十五方便竟斯之方便義乃雖不過深隱而是初心學道者之要方還源者之良導則二十五種皆須巧慧一心方便調心得入正道故偈云問觀自生心云何巧成就二十五方便調心入正道斯之謂也

觀心論疏卷第三

音釋

鞞駢迷切　餚饍餚何交切凡非穀而食曰餚饍時戰切美食物也　盥古玩切洗手也　齅許救切以鼻擸氣也　屩音脚屩也　隥丁鄧切登陟之道　抖擻抖音斗擻音叟抖擻振舉貌　睞洛代切眄睞也　氛氳氛敷文切氳於云切氛氳氣貌　辣郎達切辛也

觀心論䟽卷第四

隋 天 台 沙 門 灌 頂 撰

論曰問觀自生心云何是因心起十種境界成一心三智此是第六一偈明正觀理實而諸境雜發不同然上四種三昧及二十五方便皆是明修正觀之前方便令去正是明圓觀方法也言因心者觀起十境名爲因心起十種境界者一陰入境二煩惱境三病患境四魔事境五業相境六禪定境七諸見境八增上慢境九二乘境十菩薩境初觀陰界境者然一切衆生常以陰界入俱故須先觀次陰界後而觀煩惱者然槃流則水涌由觀陰境擊發煩惱則動三毒越逸異常若不明之行者不識則必爲之沉溺所以第二明煩惱發動用觀治之也次觀病患境者然一切衆生以四大毒蛇共爲一身常自是病然病有多種或業病或四大違返病或魔鬼病或因坐用心不調得病今觀陰入界境不發而但發諸病若不明者發時行者不識則壞三觀之心破毀浮囊亡失正念故第三明病患境次觀業相境者然一切衆生過去皆有一切善惡之業但衆生心水波浪不靜業不得現今因觀陰界入澄神靜慮過去之業因靜心而發若不明之發時不識則爲破壞故第四明業發相也次觀魔事境者經云菩薩道若成當化導衆生空我宮殿及其道未成我當破之故云道高魔盛今觀陰入多發動魔若不先明之發時行者不識則爲之所惑故第五明觀魔事境也次觀禪定境者經云一切衆生有三種定謂上中下下者謂十大地心

數中定也中者一切衆生皆有初地味禪也上定者一切衆生皆有佛性首楞嚴定也所以今觀陰入境靜心多發諸禪若不明之發時行者不識則爲所破故第六明禪定境也次觀諸見境者一切衆生常在諸見網中今觀陰入境種種推畫多發諸見若不明之發時不識則爲諸見所破故第七明諸見境也次觀增上慢境者今觀陰界入境或隨發少許即自謂之是聖未得謂證墮增上慢若不明之發時不識爲之沉溺故第八明增上慢境也次觀二乘境者經云我見恒河衆生發菩提心少有得成就者多墮二乘地今行者初觀陰入境發菩提心學菩薩道但菩薩之道難成多退發二乘之心若不明之發時不識壞菩薩道故第九明二乘境也次觀菩薩境者菩薩有四種一三藏菩薩二通教菩薩三别教菩薩四圓教菩薩今觀陰入境正是第四明圓菩薩但圓教微妙修圓菩薩行位難成多墮前三教菩薩中若不明之發時不識必退失圓位故第十明觀菩薩境也然因觀陰界入境發餘諸境種種不同何者或次第發如前分别或不次第發或具足發十或不具足發或諸境雜發或發一境成就更發一境或未成就更發餘境或發一境竟重復更發或不更發或發一境久久而謝或不久即滅如是十義料簡陰界入境發既爾餘九境發亦十義料揀也然十境既多合論只成一心三智三觀何者陰入煩惱病患業相魔事禪定見慢等入境即是假觀道種智攝二乘境即是空觀一切智攝菩薩境即是中道

觀一切種智攝此三觀三智並在一心中故偈云問觀自生心起十種境界成一心三智等是也

論曰問觀自生心云何知十境各成十法乘遊四方快樂此是第七一偈明十境之中隨觀一境用十法成乘是則十境是有百法成乘今且先觀陰界入一境辯十法成乘者問何故先觀陰界入耶答陰即五陰入即十二入界即十八界還約色心二法開合爲陰界入只是五陰之身耳今先觀者爲一切衆生與五陰旃陀羅相隨而復常被其害行者既已覺知仍欲度涅槃彼岸故先觀也且復今觀心論始終正明問觀自生心今觀五陰即是觀一念心也偈云各成十法乘者即是正就觀陰入境更開十法成乘何者一明不思議境二發菩提心三明止觀四明破法徧五識知通塞六明道品調停七明六度助道八明次位九明安忍十不起順道法愛然斯之十法是學道之方軌還源之要術出火宅之良津度生死河之橋梁所以今行者宜記憶斯之十法細心尋之釋出方知其妙也而言十法成乘者乘是運出之義斯之十法共成一大乘運出生死涅槃二樂直入中道故法華云乘此寶乘遊於四方嬉戲快樂直至道場四方者十住行向地等四十位也直至道場即妙覺也今第一觀心是如來藏故即是不可思議境也但衆生理具而情迷有而不知故第二起弘誓慈悲也欲顯出心中如來寶藏必須修定慧方可顯故第三明修止觀安心止觀即定慧定慧照了有壅滯不通即

須破之故第四明破法徧也雖復徧破然塞處須破通處不須故第五明善知通塞也雖知通塞復須道品調停故第六明三十七品調停得所也此六章多明正道而復須助道故第七明六度爲助道也然正助既具必證勝法行者不識即謂是極聖多墮增上慢故第八明識次位也雖知次位不墮上慢而發勝法不能不説説畢則破菩薩行故第九明安忍也雖外忍不説而内心不能不愛著愛著名菩薩頂墮故第十明不起順道法愛也今略明十法次第之相如是次廣明十法第一先觀心是不思境者即是觀知一念自生之心而是如來藏而具十界百如生死涅槃在一念心中而不相妨故名不可思議境也言十法界者六道爲六二乘爲八菩薩爲九佛爲十此十界同是眞如實際之法故云法界又十法隔别不同故云法界也百如者一界有十十界有百也所言十者法華云如是相如是性如是體如是力如是作如是因如是緣如是果如是報如是本末究竟等此是十如也可攬名相不改名性主質名體堪任爲力運動爲作習因爲因報因爲緣習果爲果報果爲報初相爲本本即空假中後報爲末末亦空假中如是本末同等有三觀故云本末究竟等也今且約地獄界有十如者地獄相者相是惡相表墮不如意處性者黑業是體者麤惡摧折色心是力者登刀山上劒樹之功力是作者運動三業建創諸惡是因者惡習因是緣者惡緣助也果者習果是如多欲人墮地獄見刀山是可愛色境即往趣

之是其習果登山即變受刀山劍樹之苦即是報也本末究竟等者如是相是初故是本如是報是後故是末初本相空末報亦空此就空爲等也假中等亦然今相師初見相即記其後受果報之事者良由後末報在於初相中故逆記也是本與末等如佛逆記鴿後爲支佛相師見其後報追記前相之事者良由初本相在於後末報中是即末報與初等如佛追記鴿前生事此就假論等也初後皆同眞如法界即中論等也故云即本末究竟等也此就地獄法界論十如之相也次約佛法界論十如者緣因是佛相了因是佛性正因是佛體菩提心是佛力智慧莊嚴是佛因福德莊嚴是佛緣朗然大覺是佛果斷德涅槃是佛報初相後報皆三觀三諦故云究竟等也問何以獨約地獄及佛兩法界辯十如耶答地獄最惡佛界最善今約善惡辯十如可見者中間八界十如例知不能委說若得意者亦足除疑不得意者徒繁無益也若就別說十界百如歷別如前今就圓論一念之心即具百界千如故目此心爲不可思議境也問凡夫罪心何得有佛清淨法界十如者耶斯義若明餘界十如則可知也答實如所問難行之事所以法華教起正以此爲大事只爲衆生有佛法界十如之知見故而衆生理具情迷爲無明醉有而不見故云不覺内衣裹有無價寶珠今示所繫珠故云大事何者爲令衆生開示悟入佛之知見道故出現於世衆生若無佛之知見何所開悟若貧女無藏何所示耶佛將此爲大事何可得易解

耶如前釋圓教義同可將彼以釋今也更略釋者經云一切衆生即菩提相豈非衆生有佛如是相耶經云一切衆生皆有佛性豈非衆生有佛如是性耶經云煩惱即菩提豈非衆生有佛如是力如是作如是因如是縁四如耶經云生死即涅槃豈非衆生有佛如是體如是果如是報三如耶經云一切衆生心是三十二相八十隨形好是心是佛是心作佛又云心佛及衆生是三無差别斯則證衆生有本末佛法界十如明文可見經譬貧女伏藏力士額珠内衣之寶水内瑠璃並是諭此是則人法界有佛法界十如其義巳明人法界有二乘菩薩六道八界十如等可以意知無勞更説故經云衆生身有毒草復有微妙藥王者六道法界十如即是身毒草四聖法界十如即是藥王問佛菩薩二乘四聖即是涅槃六道十如即是生死生死涅槃昇沉永别云何得同在一心中耶答譬解者冰喻六道水譬四聖而冰水一質何妨生死涅槃體同只爲空有不相礙二河不相妨而在一心故名不可思議境也問既云衆生有佛法界十如佛之知見而衆生何以不見何不遮衆生墮地獄耶答涅槃中迦葉等諸菩薩處處共佛論難斯事有之與無見與不見佛諭如箜篌之聲何者菩薩有善方便修習則見佛性故名爲有即能遮地獄亦如善彈箜篌者其聲則出而凡夫無方便修習則不見佛性故墮地獄雖不見性不可言無亦如癡王斷絃求聲不得而不可言箜篌無聲今衆生有佛法界十如有之與無其相如是是則闇

有不可即責其形質聞無不可即謂如兔角故經云佛性非有非無非有破虛空非無破兔角衆生佛性既爾餘九如亦然斯則亦得是有亦得是無亦有亦無非有非無若取相生著四句皆是邪見經云般若波羅蜜四邊不可取邪見火燒故若無相潛流聞佛四說皆能悟理四句皆是門也故云般若四門入清涼池薩遮尼乾子受記經云一切衆生煩惱身即是如來藏當知一切煩惱藏有如來法身湛然滿足如麻中油如木中火如地中水如乳中酪如藏中寶是故衆生即如來藏此並是經明文也問生死衆生有佛法界十如經論明證理應可信但佛是出生死人何得復有六道法界十如耶答斯義微隱實難可取信經云五眼具足成菩提又佛問須菩提佛有肉眼不乃至問有佛眼不答云有然既有凡夫之肉眼豈無凡夫之六根是即肉眼天眼及六根即是六道法界慧眼即二乘法界法眼即菩薩法界佛眼即佛界斯則佛既具五眼則有十法界百如明矣問衆生六根法界十如皆悉無常佛既有者亦應無常耶答經云所謂彼眼根於諸如來常具足無減修了了分明見乃至彼意根於諸如來常具足無減修了了分明知經云彼者彼指衆生是則衆生六根於諸如來是常況佛有肉眼等諸根而不是常耶經云凡人所知者名爲世諦如來所知者名爲眞諦斯則雖同照一境境隨於照有眞俗之殊雖同有六根而有常無常之異也問何以然答中論云因緣所生法我說即是空亦名爲假名亦名中道

義六道十如即是因緣生法二乘十如即是空菩薩十如即是假佛十如即是中是則十界百如只是三觀佛有空假而常中不爲二邊所染所以佛有十界皆常而衆生雖有三觀不得空中二觀用故爲六塵所染而復無常雖不得用不可言無空中二觀也貧女不知伏藏不可言無財如癡王不善取聲不可言無響也二諭況之可以意知無勞疑也如是圓信成就名初隨喜品人所以法華格量此人功德不可思議諸佛窮劫歎其功德不能令盡況凡夫耶事如經說以常不輕作此圓信故敬一切衆生皆作佛想所以六道衆生皆有佛法界體力性相等妙法豈可輕耶以其圓信故得六根清淨龍女以圓而修速成三菩提故經云我本立誓願欲令一切衆

皆令入佛道我願已滿足一期事辦所以二萬燈明佛說法華竟即入涅槃良有以也問一心只是一法何得有十界百如耶答若具論者有百界千如恐聞者疑謗故且略說耳若信十界百如則不疑百界千如也何者如人界有地獄畜生餓鬼修羅天聲聞支佛菩薩佛十界百如在於人心而一界既有十界如地獄復有畜生等十如是更互相有故十界有百界千如也並在乎一心而不相礙故名不可思議境也譬如一念之心而有入萬四千煩惱心有百界千如何足可疑又如一鏡而現萬像無情尚爾何況心靈智識耶又如安樂行品明一念眠心夢初發心行菩薩道次成佛轉法輪入涅槃百千萬億阿僧祇事而在一念夢心耳以諭況之可以意得但

勤研修勿致疑而自妨道若衆生心無百界千如者佛何得記衆生應墮六道應得四聖者也然以衆生心空而常假故有百界千如故爲佛三明十力之所照也假而常空如來雖照百界千如寂而無相空假而常中故如來雖復寂照無空假二相雖無二相不失雙照俱遊是則境智相稱感應相關也斯則雖言心是百界千如何可定存有之與非有非無者乎故云心是不可思議境一法者也二明發四弘誓之心者觀一念自生心具十界百如而六道界即是生死苦集二諦四聖界即是涅槃道滅二諦然既十界在乎一念是則四諦亦在乎一心而十界名殊而體同是一是則四諦名異而理同何以知然迷則苦集悟則道滅迷悟起於行者之心而道滅苦集未甞有二故云一體一體即實諦也故經云唯一實諦方便説二是則一實四諦如來寶藏在一念心中我昔不知今始覺悟而衆生迷惑不曉所以於此四諦而起四弘慈悲之心經云弟子衆塵勞即以心數爲弟子心有六道法界即是八萬四千塵勞成假名衆生弟子是名苦諦即起誓心衆生無邊誓願度一弘也八萬四千塵勞實法名爲集諦即起誓心煩惱無數誓願斷二弘也心有四聖法界即有八萬四千法藏諸波羅蜜而起誓心法門無盡誓願知三弘也攬此法門名諸佛即起誓心無上佛道誓願成四弘也然十界百如在乎一心經云緣於如來名曰無緣今觀心九界即佛界是緣於如來即是同體無緣四弘慈也問云何是思議慈耶答見四

趣苦悲拔慈與人天之樂名衆生縁慈見六道生死苦悲拔慈與即空涅槃之法樂名法縁慈見二乘無知苦悲拔慈與出假法喜多聞分別樂亦是衆生縁慈見二邊分別苦悲拔慈與如來中道法身之樂名曰無縁是則次第拔苦與樂雖縁如來非同體無縁故是思議慈耳今觀九界即是佛界更何苦集異樂而言拔苦與樂故是同體觀心九界即是如來名曰無縁慈而縁如來界不失九界枯榮雙照即大涅槃珍寶大聚經云是慈即是大法聚是慈即是大涅槃故慈亦不可思議也

三明修止觀者然一心有十界十界即三觀已如前説是則心性之理寂而常照照而常寂而衆生迷寂故而起妄亂自破寂定迷照故而起闇惑自破慧眼之明破慧眼故不能照了本源顛倒造罪妄勞毎害破寂定故惑亂理珠心水不清瑠璃不現欲令還源本寂令修止也使歸本照令修觀也又本源不寂不照者散不可止闇不可破雖修止觀散闇終無滅理亦無得聖之佛以其散闇虚而不實所以可破可滅者耳問何能知本寂答身爲本又問身孰爲本淨名云欲貪爲本又問欲貪孰爲本答虚妄分別爲本又問虚妄誰爲本答顛倒爲本又云顛倒誰爲本答無住爲本又問無住誰爲本答無住則無本從無住本立一切法無住豈非本寂而妄起一切法耶又既悟心是如來藏具足一切佛法若不修止觀顯出者無殊悟伏藏於宅而不施功常患貧也渴遇泉而不飲飢遇食而不餐

飢渴終不息也苟欲修心研習者莫過定慧止觀二輪也經云毘婆舍那能破煩惱何故復須奢摩他耶佛言先以定動後以慧拔釋論云覺觀風動心禪定能滅之是則定止散風觀照惑闇心偏沉則用觀察起心偏浮則用止息之沉浮迭謝宜用四悉檀修止觀便宜治之云云四明破法徧者然上止觀研修而未入者必由見著苟執之心事須破也文爲二一竪次第破二非横非竪圓破就初爲三一從假入空破二從空出假破三得中道破就初又二一破見假惑二破思假惑然夫破惑取理必須依門而入然門有種種非一至如小乘五百羅漢各說身因即是五百門也華嚴云無量空門汝猶未入又如五千菩薩各說入不二法門即五千門也經略出三十二菩薩耳而最初法自在菩薩而說生滅爲不二法本不生今則無滅是爲入不二法門者即是初明無生門也淨名最後嘿然入不二法門還是無生門也欲表四十二字門初阿後荼皆是不生今論亦初辨四不可說即初不生門最後偈云云何無文字一切言語斷寂然無言說即同淨名無言入不二法門也今約無生門破法徧同法自在菩薩體法無生滅門也今且會通四不可說者法本不生有即是不生心中六道生生即有門也今則無滅者即是無滅心中二乘生不生之滅即空門也是爲入不二法門者即是入心中佛界不生不生不二法門即非空非有門也雖入不二法門而復能雙照即是心中菩薩界不生生亦空亦有門也今觀心六道即四

聖界者豈非一門即三門生生一句即三句耶觀心二乘界即八界者豈非空門即三門生不生一句即三句耶觀心菩薩界即九界者豈非亦空亦有一門即三門不生生一句即三句耶觀心佛界即九界者即是非空非有一門即三門不生不生一句即三句耶是則四句四門十界融通無閡即是圓人之所用也今爲圓破難見先明三觀次第竪破今約有門破見惑見者即是見理時斷故名見惑從解得名也就中有二一明見惑之過二明體法觀門即約三假四句撿責令明見惑過者由止觀心有百界千如即生苟執空謂心有百界千如形相可存因生八十八使苦集何者由此觀生死不識見心苦集火宅所燒爲諸蟲獸所啾今示相者恃此觀解陵慢於他如經鵄梟鵰鷲譬慢使也讃其見解則喜訶之則瞋如經蚖蛇蝮蠍譬瞋使也不識見心苦集即癡如經守宮百足譬癡使纏綿貪愛此見如經狐狼野干譬貪使也今雖無疑後當大疑或被人破即生疑心如經鬭諍齰掣譬疑使也因此有見撥無因果即邪見如經夜叉惡鬼食噉人肉譬邪見使也計此爲道望通至涅槃即戒取如經鳩槃荼鬼蹲踞土埵譬戒取使也計我能解即身見如經其身長大裸形黑瘦譬身見也謂我所計即是涅槃即是見取如經復有諸鬼其咽如針譬見取也計我斷常不當中理即是邊見如經復有諸鬼首如牛頭譬邊見也此十使約欲界四諦苦十集七除身邊戒道八除身邊滅七除身邊戒合三十二是欲界被火燒也

上界通除瞋色界四諦二十八如經惡獸毒蛇藏竄孔穴明色界被燒也無色界四諦二十八如經蜈蚣蚰蜒毒蛇之類譬無色界被燒也合三界有八十八使爲集諦是見依色起即苦諦又五十校計經云若眼見好色中有陰中有集見惡色中有陰中有集見平等色中有陰中有集乃至意識好法有陰有集餘根亦然是則集即集諦陰即苦諦斯則由計執此又十二因緣愛取有無明行五是集諦識名色六入觸受生老死七是苦諦是見心苦集即是十二因緣又無明愛取即是煩惱道行有即業道識名色六入觸受生老死七即是苦道又五因即是六弊又生老病死即四苦求悟理不得即求不得苦今起倒惑爲惑所燒即怨憎會苦識名色六入觸受即五盛陰苦此即八苦也是即由計定謂者執心有百界千如因起八十八使諸毒蟲等四倒八苦之火燒五陰舍宅常遭猛火所燒寧知其過爲是苦集煩惱煎迫自障道門寧待悟理也二明體法觀者經云無明體相即約三假四句撿責何者一念心起必藉法塵而起即因成假見心相續而起即相續假此有見之心待於無見即相待假也一假之中復作自他四句檢責何者今問觀一念自生之心謂有百界千如者爲從何生若云從內心生觀解心者即自生若謂自生即應常生不須待緣前境法塵而生耶經云有緣思生無緣思不生云何得自生耶經云非內觀故得是智慧云何自生中論云諸法不自生云何自生耶若謂由緣前境法塵而生者即是他

生是即不可經云非外觀得是智慧云何從境生耶論云亦不從他生云何他生耶若必謂他生境應常生觀智何待內心觀緣方生耶若謂由內心對外境法塵而生觀智即是共生是亦不可前責自他無生合共云何得生如一沙無油合衆多沙亦無油也若前自他各有生者合則應有兩生又若各有生者云何復用合生論云諸法不共生經云非內外觀故得是智慧云何計共生耶若謂離心離境生者即是無因生是亦不可論云有因緣生尚不可何況無因緣經云不離內外觀得是智慧云何無因生耶行者如是四句檢責求心雖不可得意猶未已終計見有心相續而生今即約相續假破問爲前心滅後心生爲前心不滅後心生爲亦滅亦不滅生爲非滅非不滅生若前心不滅生即自生若前心滅生即他生若亦滅亦不滅生即共生若非滅非不滅生即無因生四句俱不可得故論云諸法不自生亦不從他生不共不無因云何四句計有生耶即復度入相待假今即約相待假破問此心爲待生心生爲待不生心生爲待亦生亦不生心生爲待非生非不生心生若待生心生即自生若待不生心生即他生若待亦生亦不生心生即共生若待非生非不生心生即無因生四句檢皆不可得如是三假四句求檢生不可得即自知所計定謂心有百界千如形相是妄起顛倒悔過自責愧慚先罪是則八十八使苦集十二因緣被伏不起六弊名爲滅諦能伏苦集之道名爲道諦知苦集之過即不更造名行道

人也復次如上檢責求心不得即發一重空解定心湛湛空見逾明尚不見心豈有百界千如者乎尋經讀論有明空處與心相扶計心轉盛因而我慢自高陵他不解即慢使也讚空則喜訶空則瞋貪愛空見即貪無明不了即癡疑惑諦理即疑我能解即身見由身見起邊見因空見撥無因果即邪見謂空見能通涅槃即戒取謂空見是道即見取如是十使約三界有八十八使爲集諦是見依色而起是苦諦因此苦集流轉生死爲四倒八苦之火所燒爲鈍使諸蟲利使諸鬼之所殘害寧得悟解識第一義空者也今破此見還約三假四句破何者如一念心起必因空境法塵生即是因成假空見相續而生即相續假空見待不空見生即相待假今問空見之解心生爲從內心生爲從外空境法塵生爲內外合共生爲離內外生若內心生即自生若外法塵生即他生若內外合生即共生若離內心外法塵生即無因生四句皆有過事如前破計心未已者更約相續假何者若謂一念空心從前不滅心生即自生前心滅生即他生前心亦滅亦不滅生即共生若前心非滅非不滅生即無因生四句皆不可得事如前破若復執相待假者今破若待生心生即自生若待不生心生即他生若待亦生亦不生心生即共生若待非生非不生心生即無因生四句皆不可得如是三假四句寂撿空見不可得而自知計定心空無百界無聖人妙法還是妄倒經云若云衆生定有佛性即謗佛法僧若云衆生定無佛性亦是謗佛

法僧故知我所計心定有定無即謗毀三寶悔過自責愧懺先罪是則八十八使苦集十二因緣六弊不生名爲滅諦能伏苦集之道即是道諦也次復思惟若心定有即是常見若心定無即是斷見即計心亦有亦無即發一品定心湛湛亦有亦無見心明淨即謂爲道因此見心還起八十八使苦集流轉自障其道是則約三假四句撿責例前可知求撿既不可得即識亦有亦無見心苦集道滅四諦也次復計心非有非無心起苦集還約三假四句求撿不可得即識非有非無見心四諦次復計心出四句外不可說因不可說見心復起苦集還約三假四句撿責不可得即識不可說見心苦集道滅如是單四句外複四句外有不可說句具足四句及具足四句

外不可說如是次第起過次第撿破乃至橫竪破皆求撿不可得即知所計皆是顛倒悔過自責愧懺先罪見心苦集被伏名爲滅諦能伏之智名爲道諦能識見心四諦名行道人也是中應有五句料揀何者一舊病不除更起新病如不得定外道二舊病除新病起如得禪外道三舊病不除新病被伏即五方便人四舊病不除而新病滅即初果人五舊新病俱除即羅漢人也次約位簡者外道既起見惑新病則無道諦之車不能運出生死也若三藏伏見惑行人乘似道諦運至五方便也若通教伏見行人運至乾慧地性地若別教人運至十信若圓教人運至五品今行者觀心從六道界出運至二乘界若斷見惑者三藏即苦忍眞明通則見地別則初住圓

則初信問單複具足四句何得皆云是見耶答迦葉是得證人猶言自此之前皆名邪見人也況今凡情推劃而言非見若言非見今應得聖果若未得謂得是增上慢斯人未可論道若撫臆論心未得道前雖復千重萬疊絶言百句何得非見耶如長爪思惟諸法于久不得一法入心難佛云一切法不受此豈不濫於大乘不受三昧也長爪利根尚不識其見心苦集況今凡淺寧識者乎二破思假惑者就思惑爲二一明思惑過二明觀法思惑者欲界貪瞋癡慢上二界通除瞋各三合三界有十欲界地思有九品色無色八禪一禪有九品是則三界九地九九八十一品思惑重慮所斷故名爲思然三果爲之所惑況於凡也經云貪狼於財色坐之不得道又云

一念起瞋障千法明門淨名云從癡有愛則我病生故經云今我病者皆從前世妄想諸煩惱生即貪愛無明爲本也由無明故則有諸行識名色六入觸受愛取有生則十二因緣流轉六道妄縈毒苦五因爲集諦七果爲苦諦如是從十二因緣出三道四倒八苦六弊八萬四千皆從三毒而生三毒十使潤三業徧造十惡衆多重罪是則思惑覆障行人理觀何由得發故須破也然皆是妄惑皆以無明爲本一切受生莫不無明爲始是則界外五位之惑無明爲根經云無明之體本自不有妄想因緣和合而有斯則無明之本虛而不實況一切諸惑何得不虛三界果報豈應是實是則無明之源本自不生亦無今之可滅本性清淨生死即涅槃也何緣而起妄

惑滅耶若妄情未息者今更約三假四句撿責也何者外人云世間現見云何言無論主破云何得信汝牛羊眼所見即謂之爲有耶何以須四句破撿然心生藉於六塵而生即因成假貪心念念相續而起即相續假待不生得有今生即相待假也今問思惑生爲從内心生爲從外六塵生爲内心外塵合生爲離内心外塵生耶四句俱不可得若内生即自生如穀子不藉水土應能生若外塵生即他生如水土無穀子應能生若内外合生即共生上撿内外無生合云何生如合二沙俱無油也若各有生合則有兩生若離内外生即無因生有因生尚不可得何況無因生是則四句皆不可得也然雖破因成假情猶謂心相續而生今問爲前心滅生爲不滅生爲亦滅亦不滅生爲非滅非不滅生若前心不滅生後貪心者即自生過若前心滅後貪心生者即他生過若亦滅亦不滅生後貪心者即共生過若前心非滅非不滅後貪心生者即無因生過四句之過例前可知是則四句窮撿思惑生不可得也然雖破相續而情猶謂心相待而生今問謂待生心生爲待無生心生爲待亦生亦無生心生爲待非生非不生心生若待生心生即自生若待無生心生即他生若待亦生亦無生心生即共生若待非生非無生心生即無因生四句之過例前可知是則四句撿相待假亦究竟空無也如是三假四句求心不可得即悟心空不生執計定有六塵境界色聲可存思惑被伏名爲滅諦能伏惑之智名爲道諦苦集滅故即無

明滅乃至老死滅因緣滅故即三道六弊四倒八苦皆滅六弊滅故得牛車苦集滅故得羊車十二因緣滅故得鹿車故經云爲聲聞說四諦爲辟支佛說十二因緣爲諸菩薩說六波羅蜜乘此三乘出五陰之宅滅四倒八苦之火名出火宅即入化城得一切智眞諦一切法門也是名從假入空觀也約位者三藏即羅漢位通即已辦地別即十住圓即十信約觀心者從六道界入二乘界也第二從空出假觀者經云未具佛法不應滅受而取證也設身有苦當念一切苦惱衆生我旣調伏亦當調伏一切衆生此是明出假之意然出假有五意一慈悲心重先人後已二憶本誓願初發心時誓拔一切衆苦與一切樂從假入空旣自拔四住苦已今從空出假宜拔衆生苦也三智慧猛利知住空有棄衆生之過不能淨佛國土成就衆生又未具足佛法教四有善方便雖即入假不爲六塵所染五有精進勇心於生死意而有勇也今取淨名經中五義配之意同經云以已之疾愍於彼疾即慈悲同也當識宿世無數億苦豈非憶本誓願也當念饒益一切衆生豈非智慧知住空失利衆生之過同也念於淨命即善巧方便同也常起精進即是精進同也此是經明五義與此五意同矣然二乘無此五事故不能出假正出假有三事一知病二識藥三授藥一知病者即知衆生見思世間出世間種種苦集之病經云苦有無量相我於彼經竟不說之非聲聞之所能解集諦亦爾徧知此無量苦集故云知病也二識藥者諭如大

醫師善能了知一切衆生種種諸病藥亦非一知藥即是知世間出世間種種道滅之藥徧學恒沙佛法經云道有無量相我於彼經竟不說之非諸聲聞緣覺所知滅亦如是菩薩徧學此無量道滅法門故云識藥也三應病授藥者經云舍利弗教金師之子作不淨觀教浣衣之子作數息觀二俱不悟道非但不悟而更增其邪見此是不解應病授藥之失也佛為說法即得悟道此是應病授藥之相令菩薩亦爾學是應病授藥之法隨應所堪稱其所宜而授法藥令無差機之失為此三事而出假也前從假入空徧破見思慧眼照眞名破法徧今從空入假徧學恒沙佛法而破無知塵沙而法眼照俗應病授藥而無差機之過名破法徧也

觀心論疏卷第四

音釋

鵄梟（鵄處脂切梟堅堯切鵄梟並鳥名）齇（側加切）蹲踞（蹲徂尊切踞居御切）複（方六切重也）

觀心論疏卷第五

隋 天 台 沙 門 灌 頂 撰

第三明中道觀破法徧者亦明五意何者一爲學無緣慈前從假入空破衆生緣慈次從空出假破法緣慈今修中道離二邊慈故名無緣慈也經云緣如來者名曰無緣與實相同體無緣普覆法界拔苦與樂故名無緣同體慈悲也二滿本弘誓者經云我本立誓願令一切衆生咸令得佛道也三爲求佛智慧佛眼橫竪覺了究竟窮源盡數也四爲學大方便無謀善權住首楞嚴種種示現五修大精進力法華云如有勇健能爲難事求王頂上之珠有此事修第三觀也此觀正破無明但無明無有相貌云何可觀今還觀前二觀之智何者望前則二觀是智望後復爲智障問何以名智障答夫中道智和融不二前二智未能融一故名智障融一者空而常假假而常空寂則未始不照照則未始不寂是則空假寂照雙遊而不二即是中道不二而二即是雙遊是則三觀名雖異爲體同雖同未甞一雖異未甞三非三而三名爲三德非一而一名大涅槃故經云三德成一涅槃非三非一非縱非橫不可思議是則三觀智圓融玄妙非相無相皆不可得名爲中道觀智故破前二相不融之智也今正明次第三觀云何圓融不二是則與圓觀何殊答次第三觀若入中道與圓則不異故如是說也今更約三法檢破何者一觀無明二觀法性三觀眞緣初觀無明者觀前二智是智障即是無明今問此智障爲從何生若謂從無明生即是

自生過又無明無實云何能生若謂從法性生即是他生又且法性無生云何能生耶若謂無明法性合即是共生若離即是無因生四句皆不可倒前破也二約法性破者前檢無明不可得仍謂無明即法性今問爲無明滅法性生爲不滅法性生爲亦滅亦不滅法性生爲非滅非不滅法性生四句皆不可也三約真緣破者此無明爲從緣修生爲從真修生若共若無因生耶若緣修生緣修無常云何能生若真修生真云何生共無因皆不可也兩釋不同一云緣修顯真二云緣修滅真自顯即是自生若緣修顯真修即是他生四句皆不可並如前破也齊此次第三觀竪破法徧略竟餘廣如止觀中辯也第二明非竪破者前已明圓門今更略出者明圓觀心十界六道即有門是生生句二乘即空門是生不生句菩薩即亦空亦有門是不生生句佛界即非空非有門是不生不生句今既觀一念圓具十界豈非一界即十界一句即四句一門即四門名爲圓門耶今約此圓門修觀者門既圓通觀亦圓融圓觀入圓門也何者今圓觀心六道界約生法即具十界者假即未甞不空不中即是圓伏五住惑也觀心二乘界即具十界者即是空觀空未甞不假不中圓伏五住觀心佛界具十界者觀中未甞不空不假而常雙照也又觀假而未甞不空不中者斯則假非有相非無相即圓伏五住也觀空而未甞不假不中者斯空非無相非有相即圓伏五住觀中而未甞不空不假斯則相無相而雙遊雙遊而未甞相無相也

斯則一假一切假一空一切空一中一切中非一非一切也問空破假假破空中雙破空假云何得用一體耶答世間質閡四大相破而相成共成一體況乎靈智三觀相破而相資成三德一大涅槃何足致疑乎何者空破假假無有相假破空空無有相中破空假無二邊過雙用破中中不失枯榮雙照也空資於假方便有慧解假資於空慧有方便解中資空假二慧俱寂空假資中中常雙用二鳥俱遊也今更喻者冰譬於假水喻於空濕況於中是則冰水濕三名雖異而不妨體一三觀名殊何妨體同也斯則一破一切破無惑而不盡一資一切資無法而不成又圓觀心十界者佛界即法身德亦即如來衣二乘界是第一義空即般若德亦即如來座菩薩界即是解脫德亦即如來室是則三德成大涅槃名爲安樂行如來衣座室三是如來之圓行此行是涅槃行故名安樂行也涅槃經云復有一行是如來行斯之謂也故知圓觀心十界者即是常觀涅槃行道行如來行是安樂行也然三德即三般若三涅槃乃至十種三法圓具十法界觀中也又安樂即理一行即行一修觀者即人一圓觀之教即教一四一之義是法華之玄宗也圓破九法界故名非橫非竪破法徧也五明通塞者法華經云有一導師善知通塞將導衆人欲過險道至珍寶所淨名云弟子衆塵勞隨意之所轉即是行者善能將導心數衆生過險道也經云寧作心師莫師於心今觀心十界三觀寂照導諸心數離二乘難是爲心師名大導師善

知通塞何者識心中六道界即苦集是塞於真諦識心中二乘界道滅雖通眞諦而塞菩薩世諦識心中菩薩界雖通世諦而塞中道第一義諦心中佛界具通三諦此次第論通塞耳若識心中九界即佛界者一切塞皆通也若迷心中佛界爲九界者一切通皆塞也圓觀一道清淨無通無塞而通塞不相障也又觀心假而不空即增謗之塞觀心空而不假即損謗之塞若雙照空假而不中即增損謗之塞但中而不空假即非有非無名愚癡論之塞也觀心若空而常假慧有方便解是通非塞也觀心假而常空方便有慧解是通非塞也觀心空假而常中二慧雙寂是通非塞也觀心中而常空假雙用寂照是通非塞也問何以俱約心辯通塞耶答上觀心而不悟者由不識心中通塞邪正障難一切法門乃至十章並約心論何止通塞一章耶約餘則踈學者則外求不稱論意也六明三十七道品調停者然道品有四種一者分別道品如四念處四正勤等各各從此入道也二相攝道品者如相攝六度也三約位如四念處位乃至八正道即見道位也四相生道品今正明相生調停之道品也問道品是二乘法菩薩云何觀答釋論正訶此義誰作是說經云道品善知識由是成正覺又經云修八正道能見佛性云何非大乘耶四念處者觀一念心有十界百如今觀心中六道五陰即空二乘界者名四枯念處也觀心六道五陰即假菩薩界者名四榮念處也觀心六道五陰即佛界者即非枯非榮入大寂涅槃觀心佛

界即九法界者即枯榮雙照二鳥俱遊也斯則觀心十界照而常寂即於心中娑羅雙樹入三德祕密之藏大涅槃也故經云一切衆生即大涅槃不復更滅即其義也論初已釋四念處今不廣論也又觀心中六道界即二乘界者即破常樂四倒之魔也觀心六道界即菩薩界者即破無常四倒之魔也觀心六界即佛界者即雙破八倒非枯非榮而枯而榮二鳥俱遊寂而常照即於此心而坐道場也故經云修四念處名坐道場斯之謂也然十界百如在心稱不可思議名相寂絶者約心辨坐道場入涅槃意趣玄微亦不可思議也四正勤者觀心十界未生六道惡心勤遮令莫生已生勤斷令滅未生四聖善心勤令生已生勤令增長是名四正勤又勤滅九界勤生佛界也四如意足者靜定也前修念處正勤皆是慧性慧多則散次修如意定用制其散令定慧均平使觀照明了經云一切衆生有三種定謂上中下下者心數定也中者味禪定也上者佛性首楞嚴定是則衆生皆有寂定之本習今修如意息散歸本定也經云一切衆生即菩提相即本有智明今修念處使還源本淨也五根者謂信進定慧念也上修念處如意定慧寂照心源十界百如明了無疑信根生也正勤轉進即精進根生念慧轉明即慧根生也如意增進定根生也定慧均平念根生也五力者謂信進定慧念力者信破疑障進破懈怠障定破亂障慧破癡障念破邪障能破五障故名五力也七覺者謂喜進擇除捨定念也上雖定慧照明心源

不悟者恐沉浮不一故用七覺調停令得一心經云御以一心遊於八正路也何者心若沉昏當用擇喜進三覺分策起也心若浮散當用除捨定三覺分息亂也心若不沉不浮當用念覺分寂照心源也又偏觀心空即沉相偏觀心假即浮相正觀中道即不沉不浮名一心也若七覺不入當更修八正道也觀心十界百如如上念處之觀觀心非枯非榮而枯榮雙照一心圓具三觀名爲正見研思此理名正思惟爲他說心正觀名爲正語此觀能感妙果名爲正業以此慧名爲正命一心中道名爲正念此觀能破二邊之惑名爲正慧此觀能止二邊亂名爲正定也譬者四念處如種子正勤如抽芽五根如根生五力如莖葉七覺爲華八正如果故經云覺意淨妙華解脫智慧果斯之是也然道品將到涅槃城有空無相無作三門亦名三解脫亦名三三昧從正見入定發無漏智名大臣定名大王故名三三昧非智不禪也正定生正見發無漏定爲大臣正見爲大王名三解脫非禪不智也三藏苦下空無我二爲空門滅下四爲無相門集道八苦下二足爲十名無作門通教苦集皆空即空門亦不計空相名無相門亦無能觀者名無作門別教從假入空即空門亦無空相即從空出假名無相門既無空相亦無假相即入中道亦無中道相可願求名無作門圓教三三昧即圓用也既次第破入宜別教三三昧門入涅槃也七修六度助道何者上修道品調停而具明不開慳貪心蔽保愛身財惑亂心神苟求障於理觀

經云貪狠於財色坐之不得道斯由不能捨依正二報貪愛纏綿豈能悟道者也至如薩陀波崘捨難捨之髓賣難賣之身以求般若何況資財者乎斯則豈不果願於香城契般若於東土者也然積劫空喪身財未曾爲道今能捨必亡之身求道取盡何憂不會世有人怒勇亡身入陣斯之等類死亡者億兆經云刀兵死者必墮地獄竟何利之有今行者必能怒勇亡身攻破四魔王豈不解髻中明珠而與之者也或正修觀時破戒心起三業乖違犯於戒律使理觀不開經云尸羅不清淨三昧不現前所以加心持戒以爲橋梁以爲戒足生死大河方可得度也所以菩薩爲度生死大海護惜浮囊微塵不棄行者當軌之也或修觀時瞋恚蔽生常思九惱以障理觀爾時當修忍心經云忍辱第一道涅槃佛稱最彼以曲來我以直應誠心無瞋於理自直經云瞋時當著如來衣如來衣者柔和忍辱是又經云設衆惡來加念佛故應忍若存聖言無事不成也或修觀特懈怠心生不能開悟當加精進夫建小事心不決至尚不能成況欲排五住之重關度生死之大海而不勤勞妙道何由可契至如波崘傍立於衢經無量時不念疲勞不念晝夜不念飲食但念何時得見曇無竭菩薩得聞般若以其精進遂感冥通耳故云諸佛一心勤精進故得三菩提何況餘善法耶所以仙人禮白骨謝往昔之勤餓鬼打死尸報其昔懈今不打身進道後勞思何益也或時正修觀而散亂心生爾時當加修禪寂也經云十劫坐道場身體

及手足寂然安不動斯則理觀何能不發者耶釋論云囂塵蔽天日天雨能淹之覺觀風動心禪定能滅之禪爲清冷水能洗諸塵勞禪爲利智藏功德之福田故知禪有種種功能宜加心修之助理觀也或正修觀時闇心生當修善巧方便何者上修圓觀觀生死即是涅槃煩惱即是菩提而於生死不生怖心多生懈慢所以應修苦空無常無我觀五種不淨助道策理觀何以然理雖圓通而未能證何能即免無常怖畏者耶斯略明六度助發理觀若不開悟當更觀此助道六度即不可思議攝道品理觀一切法門即知六度功力大能破惑事理兼修也如檀度攝道品中捨覺分捨二邊生死經云捨與生死後際等離生老病死得不壞常住者中論云因緣所生法我說即是空亦名爲假名亦名中道義今觀心六道界生滅而捨煩惱即是因緣所生法三藏事檀捨也觀心二乘界即是空而捨生死前際也觀心菩薩界即假而捨生死後際也觀心佛界即中道而離生老病死得不壞常住斯則一心圓觀十界者即是圓修四教道品事理捨檀圓捨生死後際得不壞常住是則事理檀度具足也若未悟者更修道品中正業正命爲戒度所攝上說約心辨道品六度今還約心辨事理十種戒也何者觀心六道界因緣生法持不缺戒乃至不雜等四戒也觀心二乘界者即持隨道無著兩戒也觀心菩薩界者即持智所讚自在二戒也觀心佛界者即持隨定具足戒也是則觀心六道因緣生滅三藏事中道品正業正命

之戒觀心即空即假即中持通別圓之教理中道品正業正命之戒斯則圓觀十界即事理持戒也若未開悟當更思道品五根中念根五力中念力七覺中念覺八正中正念即爲忍度所攝也今例前還約觀心中六道界即因緣生法事中伏忍觀心中二乘界即空即柔順忍觀心中菩薩界即假名無生忍觀心中佛界即中名寂滅忍此三忍是理是即圓觀心十界具足事理修忍也若未悟者更思道品八精進也觀心中六道界即事精進觀心中二乘界即空精進觀心中菩薩界即出假精進故經云於生死意而有勇也觀心中佛界即中精進經云諸佛一心精進得三菩提也是則圓觀心十界具事理精進也若未悟者更思道品八定四如意足定根定力定覺分正定爲禪度所攝也觀心中六道界是修事中四禪四定等定也觀心中二乘界是修觀鍊熏修眞諦三昧定也觀心中菩薩界是修俗諦三昧也觀心中佛界是修九種大禪首楞嚴王三昧也是則圓觀心中十界具修事理諸禪也若未悟者當更思道品中十慧四念處慧慧根慧力擇喜兩覺分正見正思惟此慧爲般若度所攝也若觀心中六道界是事修世智觀心二乘界是修一切智觀心菩薩界是修道種智觀心佛界是修一切種智是則觀心中十界具事理諸波羅蜜也然三藏菩薩多約事中精勤苦到修六度更無過者通教菩薩多約即空理修六度故三事俱亡別教菩薩多約出假六度化物圓教菩薩多約中道修六度是則道品六度相

攝相破相修相即四句云云云何六度調伏諸根耶觀心六道界是因緣生法即事六度調伏諸根也觀心二乘界即空調伏諸根離六塵愛染也觀心菩薩界即假調伏諸根離空愛染觀心佛界即中調伏諸根離二邊愛染一心圓觀十界即事理六度如前所説圓調伏諸根也經云所謂彼眼根於諸如來常具足無減修了了分明見乃至意根以圓觀調故云五根皆稱是常細尋可知云何六度攝佛威儀佛以十力無畏不共等法爲威儀十力者然六道界是因緣生法即生滅四諦心中二乘界即無生四諦心中菩薩界即無量四諦心中佛界即無作四諦今寂照觀了心中六道苦集還至六道斯有是處若至涅槃無有是處各各照了餘三種四諦苦集亦爾是名處非處力也照知四種四諦集是業力也照知四種四諦苦是根力也道滅亦爾照知四種道諦中道品八定是定力也知心中十界衆生過去苦集是根力也知十界衆生現在苦集是欲力也知十界衆生未來苦集是性力也知四種道是至處力也知四種滅諦是漏盡力也四無畏者觀照心中十界四種苦諦爲他分別及爲心數衆生顯之過患決定師子吼無微畏相無能破是法非法智無畏也知四種集諦障四種道滅決定師子吼無微畏相無能難言此非障道即障道無畏也知四種道諦能盡苦説之無畏是盡苦道無畏也知四滅諦一切證説之無畏是漏盡無畏也十八不共法者身口無失是戒也無不定心是定也欲無減精進無減念無減

是八精進也慧無減解脫無減解脫知見無減三業隨智慧行有十二不共法是十種慧也還將道品六度攝盡也四無閡者知心中十界衆生言辭不同是辭無閡也知四種四諦法是法無閡也知四種諦義是義無閡也說四諦無窮是樂說無閡也六通者眼耳如意三通如調諸根中說他心宿命漏盡如十力中說三明者如六通說也四攝者捨即布施攝也正業正語即愛語攝也八定即利行同事二攝也定發神力故能同事也陀羅尼者四正勤生善即陀羅尼也三十二相者四種道諦道品爲因也畧舉十二條法門而爲六度助道攝盡況正道耶然三觀四教各有道品六度十力無畏等一切法門今觀心具十界即是三觀四教者是則何教何理何行何智何位何惑何法而不攝盡者乎故經云破心微塵出大千經卷又云衆生心是如來藏無法不具也淨名云諸佛解脫當於衆生心行中求法華云爲令衆生開佛知見涅槃云爲示貧女心中伏藏是則由心具一切萬法所以諸大乘經皆歎衆生心不可思議勸令觀察顯出心中寶藏也今依隨聖旨而觀心目心爲不可思議境者意在此也境既不可思議者境發於智智亦不可思議故經云不可思議智境不可思議智照斯之謂也又經云諸佛如來法界身皆從衆生心想生是心即是三十二相是心是佛故經云心遊法界如虛空是人能知諸佛之法界也入明識次位者然上既正助具修必隨分證其勝法不識次位即謂之是聖非但失於正觀乃更

招其重罪是以須識位也何者三藏五方便爲似四果爲真通教乾慧性地等爲似見地已上爲真別教三十心爲似十地爲真圓教十信爲似十住爲真是即四教各有真似之位將心所證之法約位自知行處也然欲入圓位者更約六時修五悔助顯理觀第一懺悔先須識順流十心之過何者一者内有無明由迷心中佛界起六道生死也二者外逢惡友一是惡人二是惡境也三不隨喜他善内不信心中佛界外不隨喜善事四縱恣三業造罪由内有無明外逢惡境致之然也五事雖不徧而心普徧淫盜等罪不可得徧而心徧造六道惡業也六惡念相續三毒四趣惡心迭互相續也七覆藏不悔外則不向凡聖改懺内則不修心中佛界妙法破六道覆蔽也八不畏惡道現則不畏苦業煩惱三道三障四倒八苦之火燒煮未則不畏墮墜三途九無慚無愧常起三道惡業外則不愧於凡聖内則不慚第一義天也十撥無因果作一闡提不信心有六道苦集因果四聖道滅因果也夫欲悔者必須識此順流十心流入生死大苦海中知過必改方可悔也次修逆生死海十心者翻破前十心何者一明深信因果即是圓信心具十界迷出六道苦集因果如結水爲冰悟則成四聖道滅因果如融冰爲水而冰水未常異體生死涅槃未常有二此翻破第十不信二明慚愧愧内心有佛界我何妄罪背父而入五道五十餘年妄造衆罪外慚一切冥聖翻破第九無慚無愧三怖畏惡道已造無邊大罪必墮三途非山非

石間而可逃避故云生怖畏翻破第八不畏四明發露悔過迷覆則生死轉增悔過則還源本淨故云發露則安隱不發露罪益深翻破第七覆藏五斷相續心悔已三觀相續存心四聖勿起六道惡念翻破第六惡念相續六外則徧發慈心內則誓度心中六道衆生翻破第五事雖不徧而心常徧七修功補過勤精進三業顯心中四聖法門補昔三業之過翻破第四縱恣三業造罪也八隨喜他善見喜而敬之如常不輕菩薩翻破第三不隨喜他善也九親近善友常觀心中四聖二乘界有八萬四千空波羅蜜實法攬此爲八萬四千假名聲聞菩薩界即有八萬四千菩薩佛界即有八萬四千如來故經云道品善知識由是成正覺經云信汝所說則爲見我亦見於汝及比丘僧并諸菩薩此約心辨聖衆知識翻破第二外逢惡友也十觀破無明觀心九界即佛法界本源清淨非生死六道之有非二乘涅槃之無深達二邊罪福明闇不相除顯心佛菩提即破無明還源本淨翻破第一內有無明故目此爲逆流十心翻前順流十心也此名大懺悔名莊嚴懺悔故經云端坐念實相衆罪如霜露慧日能銷除也二勸請者外則請諸佛轉法輪度衆生內則勸觀心佛說法化九界之衆生合內外衆生皆蒙法利三隨喜外則隨喜諸佛菩薩諸功德凡夫靜亂有相善內則隨喜心中四聖衆善諸功德深信隨喜不逆也四迴向者外則迴凡聖三業所修之善向佛菩提內則迴九界

之善向心佛界之果五發願者外則願衆生皆見佛性内則願心數衆生速還源本淨也常於六時修此五悔助明圓觀請佛加威圓信成就名爲初隨喜品也更加讀誦名第二品兼爲他説化功歸已助益觀明名第三品兼行六度名第四品具足行六度名第五品經云爲他種種解説清淨持戒忍辱無瞋常貴坐禪精進勇猛利根智慧當知是人已趣道場近三菩提即十信心前普賢觀明五品即十信未詳如是次第五十二位究竟妙覺無濫名知次位也九明安忍者能忍成道事不動亦不退是心名薩埵從觀一念之心是不可思議境至今第八明識次位是則障惑迴轉慧心開發或得一品進悟神智爽利慧心聰徹有踰鋒刃本不聽學而能洞覽經論欲釋一條辯不可盡若之日月在胸心懷寶藏若能藴解是名勤策内修必更進入但錐不處囊不能安忍或被他帆領衆讚説亦言有益然行未固必爲八風所敗故次明安忍也十明不起順道法愛者然已過上内外諸障應得入眞而不入者必有法愛住著而不得入也經云法名無染若染於法乃至涅槃是則染著非求法也法名無住若住於法是則住法非求法也毗曇云煗法猶退若是頂法位人起法愛者應入而不得入退爲四重五逆也通别兩教皆有頂墮之義大論云三三昧是似道位未發眞時喜有法愛名爲頂墮今時行者萬不至此若有此者善自將護此位無内外障唯有法愛法愛難斷若有稽留此非小事若無法愛則自然流入薩婆若

海所有慧身不由他悟此人功德唯佛能知是則此之十法導示行者學道方軌進趣乃齊於此後所入功德非今所論從初觀心是不思議境至今第十不起順道法愛此之十法名爲大乘名摩訶衍法華云各賜諸子等一大車其車高廣衆寶莊校周匝欄楯四面懸鈴又於其上張設幰蓋等如經說今之大乘亦復如是何者今圓修三觀竪徹三諦之源名高橫收十界名廣即其事高廣也止觀二法爲車二輪無量道品爲衆寶莊嚴也陀羅尼能遮惡不起持善不失即周帀欄楯也四辯即四面懸鈴也慈悲普覆即是張設幰蓋十力無畏十八不共法等即珍奇雜寶而嚴飾之也四弘誓願能要持諸行即是寶繩交絡四攝能悅物心即是垂諸華纓三三昧即是重敷綩綖四門歸宗休息諸行名安置丹枕四念處慧能破八倒之黑即是駕以白牛四正勤勤生二善即是肥壯多力勤遮二惡即是膚色充潔四如意足即是形體姝好五根盤固不可移動即是有大筋力七覺調停沉浮得所名爲行步八正道無二邊邪名平正六度助道即是又多僕從而侍衛之不起法愛即是其疾如風是則圓觀心十界一切法門能運出二邊生死直至佛果故名大乘車也法門帖釋如向所說今觀陰界入作十法成乘其相如此故經云乘此寶乘遊於四方嬉戲快樂故偈云問觀自生心云何知十境各成十法乘遊四方快樂斯之謂也第二觀煩惱境者前觀陰界入若不得悟則非其宜而觀察不已貪瞋煩惱發作是則宜置

陰入而觀煩惱也何者前五欲五蓋及陰界諸惑並是平常煩惱但陰入是觀果報平常之惑於中求解今觀異常發作之三毒名觀煩惱境也然平常惑發則易可諫曉如平流之水若煩惱境發者瞋發則不可諫諭欲發則不避其死馬如急流之水槩之以漣漪豹起亦如健人不知有力觸之怒壯亦如觸睡師子哮吼震地今道場懺悔觀陰界入而發煩惱境其相如是也若不識者則爲所敗牽人作種種重罪非唯正觀不成更增大僁過也爲是故須觀煩惱境爲四一明發相二明因緣三明治四修止觀發相者然煩惱是昏煩之法惱亂心神即是見思利鈍惑也然鈍使何必專是貪瞋而不計我如蠕動實不推理而舉螯張鬚又如凡劣何曾執見四儀常起我心故知五鈍非無利也而五利豈唯見取戒取何曾無貪瞋彈其見心即生恚毒故知利鈍之名通於見思也今約位分判鈍者若未發禪起見世智推理見相猶弱所有十使並屬於鈍也若發定起見見心猛利所有十使並屬於利也若未發禪起見正是今所觀煩惱境發禪起見如後觀諸見境辯也復次今若束利鈍爲四分開四分爲八萬四千煩惱也二因緣者爲三一習種子無量劫來煩惱重積種子成就熏習相續如駛水流順之不覺槩之則奔猛難制如前說也二業力無量劫惡業行成就如負怨債那得令汝修道出離故惡業卓起破觀心也三魔若作善行出其境故來動亂今道場行道觀陰界入修出世業欲離其界故魔遣十軍攝擒深利

之惑欻然而至破亂行者今譬類者抖擻火起可諭初習種子也風扇諭如業力動也足膏油諭如魔起也業之與魔在後方說習種子煩惱發正是今所觀也三治法不同者小乘明治五種一對治如貪欲作不淨觀瞋慈心觀等是也二轉治如貪欲應修不淨觀不淨觀而不得脫而修慈心觀名轉治病不轉而藥轉名不轉治藥病俱轉名爲轉治也三不轉治病不轉藥亦不轉名不轉治四兼治如貪欲兼瞋不淨兼慈心是名病兼藥兼病或兼一或兼二三皆名兼治也五具足治具用上法共治一病也是名小乘先用五治後用諦智乃得入眞也若大乘明治非對非兼非轉不轉名第一義治如阿竭陀藥能治一切病也小乘多用三悉檀爲治大乘多用第一義悉檀爲治也四修正觀還如止觀陰界入境開爲十意唯轉陰入之名爲煩惱境爲異耳還具十法經云煩惱即菩提塵勞之疇是如來種乃至六十二見一切煩惱皆是佛種然三界妄惑是六道種此惑即空是二乘種即假是菩薩種即中是如來種故知一念煩惱是十界之種而十界生死涅槃昇沉永別而同一種即是第一不可思議境也觀心六道即空名止觀心六道即假名觀觀心六道即中名優畢叉即是修平等觀是名第三明修止觀也觀心六道即二乘空破六道種觀心六道即菩薩假破二乘種觀心六道即佛中道破二邊種顯中道佛種是第四名破法徧也而六道之種是塞四聖之種是通又九界之種是塞佛界之種是通又十界即一

界即非通非塞一界即十界即而通而塞是爲第五善知通塞也觀心六道之種即空名枯念處觀心二乘之種即假名榮念處觀心九界即中即非枯非榮念處也觀心九界即佛法界即生中道信進念定慧五根也九界即佛界破二邊疑障名信力破二邊懈怠障名進力破二邊眞俗二念障名念力破二邊智障名慧力破二邊沉散障名定力即中道五力也除捨定三覺分除六道煩惱散亂之種也喜進擇三覺分調起二乘沉空之種也念覺分唯念中道正佛種是名第六道品調停也觀心九界即佛法界捨二邊分別假變易生死名檀不爲二邊六塵汙染名戒勤出二邊名爲精進不受二邊浮沉之惱名忍不爲二邊所亂名禪不爲二邊所愚名般若是名第七六度助道也九界煩惱種即佛種者理即也聞名即名字即也常觀九界種即是佛界名觀行即也觀之不已相似開發名相似即眞解開明名分證即窮照了佛種之源名究竟即也是名第八知次位也得觀行解安而未說名爲安忍是第九安忍也內不愛染名爲不起順道法愛是第十法愛不生也此之十法成於大乘遊於四方直至道場是觀煩惱境十法成乘也圓教次位不可得知事約六即明之若一切衆生心神冥妙不可執持但有名字名爲理即也若更讀誦等是名字即也又加觀行明淨心無纖芥疑閡名觀行即也若得六根清淨互用是相似即也亦對十信位若十住位一發一切發開佛知見是分眞即也到妙覺地是名究竟即也

觀心論疏卷第五

音釋

嚚吁驕切壍土也閡牛代切與礙同幰許偃切車上張幰曰幰漣漪漣音連漪於宜切漣漪波動貌僫起虔切與愆同蠕乳兖切蟲動貌鼇牛刀切蟹大足也

金光明經文句

隋天台智者大師説

門人灌頂録

清刻龍藏佛說法變相圖

金光明經文句卷第一

隋天台智者大師說
門人灌頂録

此四卷文總有十八品舊來分割盈縮不同江北諸師以初品爲序壽量下訖捨身爲正讚佛爲流通正文又三壽量下是正說四王下大誓護經除病下大悲接物江南諸師以初品爲序壽量下爲正四王下十三品爲流通真諦三藏分新文二十二品初品爲序壽量下至捨身十九品爲正後兩品爲流通真諦釋云壽量明師果懺歎兩品明弟子因授記是弟子果除病是師因四王下正論力用前師果弟因既爲正後師弟因果何得爲流通邪今師謂分文本是人情人情咸謂序未辨道流通歇末不得論師弟因果是義不然

夫三段者不可杜斷隔絶序本序於正通序則有三義正本正於序通正亦三義通本通於正序通亦三義上中下語皆善故又衆生得道根性不定何容序無滋味流通歇末邪既不歇末説師弟因果亦應何妨如序中説正亦應無妨流通中有正意彌是督勵宣行不乖經意又法華中明阿私仙是師因持品授弟子果記諸師咸判是流通此有其例於義無妨與奪由人不須苦執也今從如是我聞入壽量訖天龍集信相菩薩室爲序段從爾時四佛下訖空品正説段從四王品下訖經流通段序者序將有利益正者正當機辨道流通者流名下注通名不壅欲使正法之水從今以注當聖教筌罤不壅於來世經曰上中下語皆善即此義也疑者云序分何得入正品中衆經例爾如維摩無序品序在正説中大品正説在序品中涅槃序分入正品中衆經皆然不以爲疑何獨或此斯乃出經者意爲四佛斷疑孫然而起其文嶄絶引序分安壽量中今從義便不得齊品分割也序有三義一次緒二敍述三發起次緒者居一部之初冠衆説之首故言次緒敍述者敍於方將述於當益故言敍述發起者發其信心起於教也一段經文含此三義故題爲序品品者梵語稱爲跋渠此爲品也品是類義此中文句氣類相從節之爲跋渠例如律中有篇聚毗曇有犍度爾從如是下是次緒從是時如來下是敍述從其室自然廣博嚴事下是發起次緒之序舊云五事地人開佛是爲六事此經天龍集信相室不聞前序不聞後

夢亦得是同聞亦得是非也同聞衆少不次
第云云此之五六亦名印定序三世諸佛經初
皆安如是故亦名通序與諸經同亦爲通名
作本故亦名經後序結集者所置故亦名經
前序遺囑令安故亦名破邪序對破外道阿
漚故亦名證信序令聞者不疑故天台師云
總此六說都是四悉檀意也諸佛諸經同是
世界悉檀也經前經後爲利來世是爲人悉
檀也對破外道是對治悉檀也信順無疑是
第一義悉檀也舊解如名不異是曰無非阿
難所傳文句似瀉水分缾與佛一種故不異
稱如文下之理允當無謬故無非曰是略而
言之文如理是肇師云如是者信順之辭也
信則所聞之理會順則師資之道成眞諦三
藏云如是者決定也數決定理決定佛說此

經有若干文句若多成增謗若少成減謗阿
難傳之如瀉水不多不少故數決定佛說無
相之理不有不無若有墮增若無墮減阿難
傳之無增無減故理決定龍樹解如是者信
順之辭也信者言是事如是不信者言是事
不如是此之四解各據一悉檀意舊解語總
不顯文詮何等理爲如何等理爲文所詮爲
是既不顯了只是世界悉檀意肇師據信順
是爲人三藏文理決定爲對治龍樹信順如
是爲第一義云云今作通別二釋佛如法相而
說阿難如聞相而傳故言如也佛如法相而
解阿難如海量而受故言是也云云別釋者外
曰阿漚稱吉文乖其理故非如理異其文故
非是不可見阿漚在初而中後皆吉也文如
其理故言如理如其文故言是今謂三藏經

初云如是二諦各異故非如理淺故非是摩訶行二諦相即故言如理深故言是今謂三人同聞而各解故非如證入優劣故非是唯菩薩所聞者爲如菩薩所到者爲是今謂離邊明中之文則非如出二諦之外有中道則非是文字性離即是於如故言如一切法即佛法名之爲是初破邪明正即三藏經如是次破異明同即通教經如是次破淺明深即别教經如是次破離明中即圓教經如是此經既是方等通被根性不同作種種說無咎觀心解者觀與境冥故爲如境即正觀故爲是經言如此觀者即是正觀若他觀者名爲邪觀即其義也我聞者舊云阿難不師心親承佛旨故曰我聞真諦曰我是器義一散心名覆器無聞慧故二忘心名漏器雖得而失無思慧故三倒心名穢器非而謂是無修慧故阿難無三過唯是善好器親承有在故言我聞釋論云耳根不壞聲在可聞處作心諦聽因緣和合故稱聞阿難與聽衆述佛遺旨親承不謬故言我聞師釋我有四義謂我我我無我無我我我無我而不二真我義配四根性人云云聞亦四義謂聞聞聞不聞不聞聞不聞不聞配四教法人云云有四種阿難謂歡喜阿難賢阿難典藏阿難海阿難爲四種緣立四種名歡喜阿難是我我用聞聞親承丈六身佛持三藏法故言我我聞聞賢阿難是我無我用聞不聞親承丈六尊特合身佛持通法故言我無我聞不聞典藏阿難是無我我用不聞聞親承尊特身佛持别法故言無我我不聞聞海阿難是我無我而不二用不

聞不聞親承法身佛持圓法故言我無我而不二用不聞不聞此經通三乘說聽一音各解故須分別云云觀解者若作攀上厭下觀是爲我我聞聞若作析體兩種從假入空觀皆是我無我聞不聞若作從空出假觀是無我我不聞聞若作中道觀是真我不聞不聞一時者肇師云法王啓運嘉會之時也三藏云高時下時皆是若過若不及不堪聞法唯有平時即是一時也私謂高時慢心不行下時耽荒五欲不耽不慢是平時也師釋衆生感法佛慈赴教機應之時也亦是發真見諦之時也亦是法眼明朗照世之時也亦是佛眼照中之時也云云而言一者若前思後覺斯二非一思覺妄斷豁悟之時故言一時也觀解者從假入空與真一時從空入假與機一時中道正觀與法性一時云云佛者真諦云佛有三義一切智異外道慈悲異二乘平等異小菩薩餘人無此釋論明佛是第九號佛名爲覺覺世間出世間常無常數非數等朗然大悟故名爲佛天台師云佛者依一切智有丈六佛依道種智有丈六尊特佛依一切種智有法身佛三佛不得一異非一異而一異爾觀解者空觀覺知諸法一相假觀覺知諸法種種相中觀覺知諸法無一異相亦一異相云云住者佛是能住王舍城是所住處真諦明住法有八一住大千界內二住依止處王城也三住五分法身壽命現在也四住威儀利物五天住住禪定六梵住住四等慈悲七聖住住三三昧八大處住住第一義也釋論四住攝八也天住梵住攝其天住定住聖住攝

其五分命住佛住攝其大處住又有迹住王舍城攝其界内依止威儀三住天台師云丈六身佛住真諦也丈六尊特合身佛雙住真中也尊特身佛雙住俗中也法身佛住中道也觀解空觀住真假觀住俗第一義觀住中王舍城者釋論大出因縁初立五山中七燒七造王來居此故言王舍又云他舍被燒王舍不燒後悉排云是王舍即得免燒自是已來呼爲王舍觀解五陰爲舍心王居之故言王舍耆闍崛山者釋論翻鷲頭真諦云曲鳥山在王舍城東南毗富羅山在西南仙人山在西北黑土山在東北白土山在中央中央三由旬平正即王城也觀心山者靈即神智是般若也鷲即萬德是解脱也山即不動是法身也常爲心王所觀即是觀之住處也令一切心數同入其中也此經闕同聞衆者謂時有五處有四耆山衆不聞信相室説信相室衆不聞夢中説夢中衆不聞夢覺已説衆非一座故不列同聞若爾阿難不應稱我聞然雖不聞佛更爲説又其得佛覺三昧能自通達得稱我聞也從是時如來下是敘述序叙下十七品故亦名别序簡異餘經亦爲别名作本故言别也别義爲七一從是時如來下一行半是入定别二從是金光明下訖二十七行偈是敘述别三從壽量品下是懷疑别四從大士如是下是瑞應别五從信相見佛下是騰疑念别六從四佛告下是止疑别七從欲色界天下是集衆别生起者佛常在定而羣機扣佛佛欲應之故示軌儀如來常寂猶尚樂定入游法性出敘經王信相聞深

法疑法既是常人壽那短是故懷疑菩薩福力疑能感應應故四佛現佛現即騰疑騰疑故佛即止疑當雨法雨故大衆雲集七事異他經故言別也已說七別竟或時作三別一從是時下名敘述序二從壽量品下名現瑞序三從時四如來下是衆集序云云言敘述序者敘後十七品初五行敘壽量品爲三初兩行敘果德次一行敘懷疑次兩行敘斷疑細作可尋次一行半敘懺悔品破惡生善之意云云次一行半敘讚歎品生善破惡云云次六行敘空品破惡中破三障惡云云從護世四王下是敘其品可解大辯者是敘其品尼連鬼毋是敘功德天品同是女天故地神是敘其品大梵三十三天是敘散脂品散脂是將梵釋是主敘主即得臣將也緊那羅等是其領敘其領得其管也我今所說諸佛祕密者是敘正論善集兩品說世祕密可以治國出世祕密可以詣道故知敘兩品也若得聞經去是敘鬼神品鬼神品中純明聽法功德爲八部所護云云著淨衣服下兩行敘授記品三大士十千天淨心殷重淨若虛空故獲授記也若得聽聞下敘除病流水等品聞名服藥悉得病除則是善得人身復能修行布施福業是善得人道魚聞佛名善得天身天道即此意也正命是敘捨身品虎殘血肉即得解脫豈非正命也若聞懺悔下一行敘讚佛品佛有三世諸菩薩多是先佛即過去佛也又是未來佛也爲此菩薩所讚即爲佛所讚也敘述之意止可彷佛不得遠自分明云云問誰作敘述舊云集經者若爾是論非經又乖經文文

云我今當說或云是信相若爾信相已能玄敘何事致疑又非集經者那忽作序師云是佛自作難者言若爾便是正經那得稱序此無所妨菩薩尚能安禪合掌說千萬偈況如來口密神力赴機何所不爲文云我今當說懺悔等法此是明證大品中化佛說六波羅蜜亦得稱序此其例也釋入定爲三初一句一字明能游人二三字兩句歎所遊法後兩句結也是時者真諦云有五種三時一欲說正說說已二破外道去來時立現在有說有聽時三下種成熟解脫時四正師正教正學時五佛欲說衆欲聽不高不下平平時今但論如來知機堪可得道時若慧眼得道智與真冥時若法眼得道智與俗冥時若佛眼得道智與中冥時佛欲履歷法性觀知衆生於何時得道故言是時也如來者十號之初也三藏解如來文多不載今言智照理與諸佛等故言如慈悲與諸佛等故言來諸佛應住祕密藏中何故出世只爲慈悲故來成論云乘如實道來成正覺大經云從十一空來就智論來從六波羅蜜來就行論來釋論明如法相解爲如如法相說爲來今明如三諦法相解名如如三諦法相說名來故言如來也游者游涉進入之義爾夫法性者非入住出故小般若云如來者無所從來亦無所去故名如來何得言游邪良以慈悲導物敎我而入故言游也令衆生食甘露味亦應言住爲衆生宣說亦應言出故法華云善入出住百千三昧即此義也無量甚深者將明游入簡顯其體高廣體包法界故言無量徹到三諦

故言甚深非是二乘下地菩薩之所逮及故言無量甚深也法性者所游之法也諸佛所軌名之爲法常樂我淨不遷不變名之爲性非是二乘以盡無生智所照之理爲法性也二乘法性淺故非甚深有限故非無量今之如實智所照之理橫包法界豎徹三諦故言無量甚深爾又無量者非別有一法名爲無量毗盧遮那徧一切處一切諸法皆是佛法皆佛法故即皆法性佛皆遊之故言無量又非別有一法名爲甚深即事而眞無非實相一色一香莫非中道皆中道故即是甚深例如釋論解四無量心云緣東方衆生名廣緣四方名大緣四維上下名無量準此而言緣眞諦法性名廣緣俗諦法性名大緣中道法性名無量若緣中道即是三智一心中緣三諦一諦此境無量唯佛無量智乃能緣之如函蓋相稱非二乘下地測其涯底諸佛行處者正顯佛智無量甚深佛智無量甚深故行處亦無量甚深行處無量甚深故佛智亦無量甚深舉函顯蓋舉蓋顯函正在此也過諸菩薩所行清淨者正簡也菩薩居未及之地智之所行未能深廣故地持云菩薩得九種禪初名自性禪若入此禪即入實相法性清淨之境二乘不聞其名況有其行若入第九清淨淨禪一切通別惑累若正若習皆盡故言清淨淨禪自下地去皆有餘習佛住十地頂若入此禪過諸菩薩淨名云心淨已度諸禪定即此義也亦是舉其高位簡法性甚深也是金光明下敘述序若敘正說流通十七品意已如上說今更論敘述五重玄義初十

二行半叙名體宗用次十四行半即叙流通弘宣此典即是叙教相也就初一句叙名次一句叙體次三行叙宗次九行叙用護世下去叙教相也解者或言金光明一句猶是叙體如鑛石中金金體乃非光非明不妨約金論内外用法性非宗非力亦依法性起於宗力當知此句正是叙體今明理乃當然分文則屬叙名也經王上已説今更述之三藏云三德攝三涅槃正斷二乘斷見般若正遣凡夫有著華嚴正化始行菩薩今經通爲八位人故稱王也此語難解涅槃爲菩薩説甚深微妙行處豈止爲二乘般若云法身佛爲法身菩薩説法其聽法衆非生死人豈止遣凡夫有著華嚴説初地乃至説十地豈止爲始行菩薩作此偏説無智之人於諸經起輕慢

此義不可今言經王者若取文爲經即是三種俗諦若取理爲經即是三種真諦若取文理合爲經即是三種中道若説餘諦是經而非王若説中道是經復是王於九種經中而得自在但經王是一隨緣設教名字不同華嚴云法身方等爲實相般若稱佛母法華爲髻珠涅槃名佛師皆是法性異名通爲諸經作體譬如諸姓應運迭興龍師鳥官隨時覇立百代雖異而統王是一法性亦爾宜聞大品佛母爲王餘名廢息宜聞法華實所爲王餘名廢息法性爲金光明之王亦復如是若作此解上不違佛經王之旨下不增長衆生我慢微妙者他釋因微果妙今不爾因果俱微妙因中性德深而難見名爲微不縱不横名爲妙果中修德亦復如是四方四佛護持

者四方者四門也四佛者四門果上覺智也釋迦覺智與四佛同諸佛果智冥於法性法性得顯名爲法身法身不動名之爲持法性常故諸佛亦常法常佛常壽命亦常常故無量信相推迹或本四佛令其達本悟迹名之爲護此一句種種義法性四門法性四德即體義果智顯體即宗義護念信相斷疑復是用義而敘宗爲正意今觀心解者四方是四諦四佛是四諦智東是方首如集是苦因又東甲乙是春生生即集諦也從東次南亦猶生而有長先春次夏故南方是苦諦也長後秋收又白帝屬金金能決斷西方即道諦也從秋收至冬藏衆事都息北方如滅諦苦集因果皆謝無用也觀此四諦生眼智明覺持理不失護倒不起故名護持也又觀四方是四德觀東方常爲破無常觀無常爲破常觀非常非無常破常無常乃至觀北方無我爲破我亦如是此觀持德不失護倒不起故名護持也觀東方集諦常非常非無常不動故名阿閦觀南方苦諦樂無去無來法性實相實相尊貴故名寶相觀西方道諦畢竟清淨法性壽命與虛空等故名無量壽觀北方滅諦永寂爲我入祕密藏祕密藏故名微妙聲云云我今當說下九行偈是敘用文爲四初三行明能破之勝法次三行半明所破之惡罪次一行半舉行法勸修次一行結成初三行明能破勝法者謂境法法性也行法懺悔讚歎也導法一切種智也故言懺悔等法知非一種也若相資爲論行資智智顯理理顯故能盡衆苦苦盡故法身顯智圓故報身顯功

德無上故應身顯若圓論者三法不縱不横而修三身亦不縱不横而顯雖圓别之殊俱是能破之勝法也觀舊文語略新本具有三周説法之文四佛説常果上根得益婆羅門説法身無舍利中根得益佛分別三身下根得益今敘中云我今當説懺悔等法即是敘下三周之法能破惡也次從諸根不具下敘述空品文爲二初三行半明所破之惡次二行半明能破之方初又爲三諸根不具下破報障愁憂一句破煩惱障惡星災異下破業障餘經對緣云報障難轉因時可救果無如何此經三障皆可轉一徃釋此三障由破五戒破五戒是業障受三塗人天等身是報障煩惱爲根本是煩惱障今直就人道中明犯五戒報者諸根外缺壽命内夭此兩句是殺生報昔損他身分今諸根殘毀昔斷他命今壽損減經云殺生因緣得二種果報多病短命即其事也若貧窮困苦是外無依報諸天捨離是内無福德此兩句是犯盜戒經云有同生同名天龍輔佐之功德天發願利益之盜人無此事也又先富後貧者必是龍棄天捨也若親厚内鬪王法外加此兩句是犯淫戒經言人護則人瞋法護則法壞昔侵其人今骨肉鬪訟昔毁他法今王法所加即其事也各各忿諍此應有兩句或是翻者脱落或是略爾内則各各忿諍外則人人不信此一雙是犯妄語昔不實欺他今常被欺忿昔語無實今人無信者外耗財物内虧禮度此是飲酒報昔慢財費日今多損耗昔乖撙節今墮聾騃經言嫌恨猛風吹罪心火常今熾然

即其事也問釋大乘經何得以五戒對義荅開合五戒大有所關提謂經云五戒者天地之大忌上對五星下配五岳中成五藏犯之者違天觸地自伐其身也又對五常不殺對仁不盜對義不淫對禮不飲酒對智不妄語對信又對五經不殺對尚書不盜對春秋不淫對禮不妄語對詩不飲酒對易又對十善殺盜淫是身三妄語攝口四飲酒攝意三俗不能護口略制一不妄語釋論云說重者是妄語則已攝三飲酒是邪命自活增益恚癡出世以智慧爲首生死以三毒爲根若能禁酒是防止意地三毒長養出世智慧也是爲開五戒出十善十善是舊法輪王所用亦名性罪性善都是一切罪之根本又五戒對五陰不殺即色陰不盜即受陰不淫即想陰不妄語即行陰不飲酒即識陰五陰開四念處念處開三十七品三十七品開三脫門三脫門開涅槃故云色能發戒受受禪定想慧悟虛通行發解脫識即知見當知五戒能成五分法身辦二乘之法也又五戒亦是大乘法門提謂經云五戒是佩長生之符不死之印即常德也出入無亂往還無間即淨德也統御一身即我德也以立道根即樂德也此是五戒對四德束五戒爲三業即對三無失三不護三輪不思議化三密三軌三身三佛性三般若三涅槃三智三德等無量三法門橫豎無邊際與虛空法界等亦是無盡藏法門亦是無量義三昧舉要言之即是一切佛法也復次害命名事殺不害命名事不殺法門解者析法名理殺體法名理不殺當知不殺

之戒種種不同論其果報亦復不同若作意防護如馬著勒如牧牛執杖者報在人道百二十年唯得肉眼無有四眼若任運性成如河注海者報在六天極長者九百二十六億七千萬歲唯得天眼未得三眼若加脩客戒無常苦無我等慧者報在變易壽七百阿僧祇唯得慧眼未得二眼若加脩常無常等慧報在蓮華藏海受法性身分得五眼分得常壽比佛猶是諸根不具壽命損減況前諸根諸壽耶若圓教人持事不殺戒又持理不殺戒不壞於身而隨一相不斷癡愛起於明脫體陰界入無所毀傷若子若果不生不滅成就智慧居常寂光土常壽湛然五眼具足得根自在耳見眼聞得命自在脩短自任是則名爲究竟持戒諸根具足命不損減也又圓

教人何但持之是戒唯殺唯慈亦作事殺亦作理殺如仙豫大王殺五百婆羅門與其見佛之眼與其十劫之壽又作法門殺者析蕩累著淨諸煩惱如樹神折枝不受怨鳥如劫火燒木灰炭雙亡故央掘云我誓斷陰界入不能持不殺戒一切塵勞是如來種斷此種盡乃名爲佛成就金剛微妙法身湛然應一切唯殺唯慈垂形九道隨其所宜示長短命任其所見用鈍具根而化度之前諸戒行淺近隘塞非是通途圓戒宏遠徑異會同故名究竟持不殺戒也不殺之戒人天已上極佛已還曠大縱横其義如是云何而謂是小乘數耶復次不與取名事盜與取名事不盜法門解者如佛言曰他物莫取名法門不盜菩提無與者而取菩提是名法門盜不盜之戒

種種不同若持戒作業求可意果可意果者無常速朽悉是他物臭如糞果害如毒食有智之人所不應求設使得之心不甘樂云何殷勤飲苦食毒而自毀傷貧窮四姓即此三界洄復困苦豈過有流三障障佛第一義天之所捨離是名爲盜非不盜也又二乘之人以四諦智觀身受心法厭惡生死欣求涅槃涅槃心起爲自爲他爲共爲無因介爾心生即取他物即非時取證即不待說所因焦種不生見苦斷集脩道造盡非求法也謂有涅槃成涅槃見若有著空者諸佛所不度身長三百由旬而無兩翅墮三無爲坑受若死若死等苦法華云飢餓羸瘦體生瘡癬豈非貧窮困苦邪淨名云不見佛不聞法不入衆數豈非第一義天遠離邪此猶名盜非不盜也

若别教菩薩次第行次第學次第道從淺至深捨一取一來已更復來去已更復去悉是辱於來去相亦是不與而取取已而捨亦是貧窮捨已更取數數去取即是困苦不即與第一義相應即是遠離此猶名盜非不盜也圓人觀諸法實相受亦不受不受亦不受亦受亦不受亦不受非受非不受亦不受不受亦不受不取是菩提障諸願故是法平等無有高下不高故不取不下故不捨如是觀者觀如來藏具足無缺是如意珠隨意出寶即脩羅琴任意出聲即是大富大富故無取無取故即第一義第一義故天不遠離也是名究竟持不盜戒也圓人復有盜法門菩提無與者而取菩提如海吞流不隔萬派如地荷負擔四重檐衆生悉度煩惱悉斷法門悉知

佛道悉成此義可知不能多說前諸戒行淺而且塞非是通途圓戒宏遠徑異會同故名究竟持不盜戒也復次男女身會名事淫不會名事不淫法門解者若心染法是名爲淫不染法名爲不淫不淫之戒種種不同若闇觸樂求於未來淨潔五欲如市易法以銅錢禁七支如猴著鎖擎一油鉢過諸大衆割捨博金錢此乃增長欲事非不欲也若爲生天故持戒如羝羊相觸將前而更却帝釋共八十億那由他天女縱逸嬉戲看東忘西欲猶不足化爲老脩羅納舍脂使諸天亡身失首又見仙人入定汙弄其女仙從定起釋羞自化爲羝羊仙人呪之千根著身無能却者後來懺謝變爲千眼是亦增欲非不欲也若斷欲界麤弊之欲染著色無色界禪定之樂如氷魚蟄蟲墮長壽天是爲一難貪著禪味名爲大縛是染欲法非不欲也若憎惡生死如怨如蛇愛翫涅槃如親如寶棄之直去涉路不迴諸有色聲不能染屈如八方風不能動須彌若聞菩薩勝妙功德甄迦羅琴聲迦葉起舞不能自持隨嵐風至破須彌如腐草是染欲法非不染也若菩薩惡生死如糞穢惡涅槃如怨鳥捨於二邊志存中道起順道法愛生名頂墮是菩薩旃陀羅既無方便此慧被縛不能勝怨已所脩治爲無慧利是染欲法非不欲也圓人觀一心三諦即空即假即中即空何所染即假何所淨即中何所邊即空即假何所中即空故無我人十六知見依正等愛即假故無空無相願等愛即中故無佛菩提轉法輪度衆生等愛三諦清淨名畢

竟淨是淨亦淨經言唯佛一人具淨戒餘人皆名汙戒者圓人行於佛法即究竟持不淫戒也圓人又有染愛法門如和須蜜多女人見人女天見天女見者得見諸佛三昧執手者得到佛剎三昧歍者極愛三昧抱者冥如三昧各各皆得法門亦如魔界行不汙戒菩薩變爲無量身共無量天女從事皆令發菩提心如維摩詰若入後宮後宮中尊化正宮女先以欲鉤牽後令入佛道斯乃非欲之欲以欲止欲如以屑出屑將聲止聲前諸行淺塞非是通途圓戒宏遠徑異會同是名究竟持不淫戒也復次不見言見見言不見名事妄語法門解者未得謂得未證謂證名爲妄語妄語多種諸欲求時苦得時多怖畏失時懷憂惱諸欲無樂時凡夫癡人於下苦中横

生樂想豎我慢憧打自大鼓謂色即是我我即是色色中有我我中有色執有與無鬪執無與有鬪依止斷常起六十二戲論破慧眼不見於真實增見長諸非吾我毒甚盛備口四過略標妄語爾三十三天黃葉生死謂是真金非想自地具細煩惱謬計涅槃此非妄語誰是妄語邪二乘之人競執瓦礫歡喜持出生滅度想生實未盡寧得滅度生安隱想所作未辦寧得安隱淨名云佛爲增上慢人說離淫怒癡名爲解脫其實未得一切解脫未得謂得豈非妄語邪佛爲別教人以四門說實相執於一有隔礙三門乃至執非有非無而隔有無夫實相者言語道斷心行處滅云何以字字於無字云何以數數於無數豈非妄語邪圓人如實而觀如實而說如實觀

者非内觀得是解脱非外觀非内外觀非離内外觀亦不以無觀得是解脱如實說者一切實一切不實一切亦實亦不實一切非實非不實如是皆名諸法實相經言諸佛皆實語佛語實不虛能以一妙音徧滿三千界隨意之所至隨諸衆生類各各皆得解即是以佛道聲令一切聞也圓人亦有妄語法門無車說車誘戲童子無樂說樂止彼啼兒若有衆生因虛妄說得利益者佛亦妄說經言我是貪欲尸利我是瞋恚尸利愚癡尸利然實非也我是天是人實非天人我是龍鬼實非龍鬼將虛以出虛令得不虛爾前諸行淺近隘塞圓行深遠夷坦無礙經異會同故能如此是名究竟持不妄語戒也復次若穀若草昏心眩亂者名事酒法門解者迷惑倒見名

之爲酒倒見多種夫酒爲不善諸惡根本能生三十六種之失招於五百世中無手慢刑失禮發出伏匿眠卧糞穢搪揬水火過患如此人猶尚之晉世引滿稱藝能魏朝清濁爲賢聖畢卓自署爲酒徒鄭泉自誓爲酒壺竹帛載之古今歌之不應作而作不應歌而歌非醉酒是何釋論云有一法師爲王說五戒罪福王難云飲酒招狂飲者甚多狂者何少邪法師舉手指諸外道而已更言餘事外道侜張云王難甚深是禿高座更不能荅王云法師荅竟狂亦不少指汝等是將護不彰爾此即世人之醉也又貪如海納流無有滿時瞋如火益薪展轉彌熾癡如膠黏結如冰足水八萬塵勞煩惱其心無暫停住掣電蛇舌颺焱獼猴五欲攬作無時不醉大經云從昔

已來常爲聲色所醉流轉生死三界人天通有此醉也若二乘之人雖斷九十八使四住煩惱無明未吐如半瘧人大經引醉歸之人世間無常樂而言我淨如來實我淨而言無常樂如彼醉人見日月轉此二乘醉也菩薩之人無明未盡不了了見菩薩行故見不了了如遠望大舶遥觀鵝鴈夜覩畫像遠視人杌亦如醉人朦朧見道如是等無量譬喻顯於菩薩未得明了故迦葉云自此已前我等悉名邪見人也此菩薩醉也圓人行如來行具煩惱性能知如來祕密之藏雖有肉眼名爲佛眼所可見者更不復見故文云入深法性即於此典金光明中而得見我釋迦牟尼大經云了了見佛性猶如妙德等是則五住正習一時無有餘酒法既除何所可醉是爲究竟持不飲酒戒也圓人亦有飲酒法門鴦掘云持真空缾盛實相酒變化五道宣揚哮吼波斯匿醉轉更多恩末利后飲佛言持戒入于酒肆自立其志亦立他志夫得其門者逆順俱當失其柄者操刀傷手前諸行淺近隘塞圓行宏遠逕異會同故能如此是名究竟醉醒無二也上觀四諦智名四佛觀五佛云何觀觀五戒實相覺智清淨即是觀心中見五佛也次破煩惱障指愁憂恐怖一句是也上來諸事或約内身或約外報是報障義便此一句專明心爲煩惱障便

金光明經文句卷第一

音釋

壅 委勇切 塞也
筌罤 筌且緣切取魚器也 罤杜兮切兔網也
嶃 鋤衘切 高峻貌
揵度 梵語也正云婆揵圖 此云法聚 揵渠馬切
鑛 古猛切
霸 必駕切 把也謂把持諸侯之權也
耗 虛到切 減也
摶 祖本切 裁抑也
洄澓 洄胡瑰切 澓房六切 洄復旋流也
蟄 直立切 蟲藏也
歍 屋徒切 口相就也
眩 熒絹切 瞑眩憒亂也
侜 陟流切 侜張幻惑欺誑也
舶 薄陌切 海中大船也

金光明經文句卷第二

隋天台智者大師説

門人灌頂録

報障如上可解煩惱與業云何數人云數起而輕名煩惱數起而重名爲業天台師云任運常有是煩惱卒起決定必發動身口必牽來報者是業若爾惡星災異都不關心云何是業障此乃外相表業將起是業責報之相即得是業障也若煩惱業轉報未必轉若報轉業煩惱必轉通論見思煩惱皆有愁憂恐怖別論愁憂屬見煩惱恐怖屬愛煩惱今不具記云云三破業障者從惡星災異下是也業將感報故其相前現相名表發意在此也惡星者別有客星也亦是五星二十八宿一方有七四七二十八也違其度數失其分野若熒惑亂行麻彗暴出是客星也災異者風雨雪霜乖候等是也衆邪者有三人邪鬼邪法邪是也蠱道者毒鬼也又言三毒是蠱也變怪者詭怪也謂禽獸醜惡形聲等是也惡夢者心靈潛密業現其中夢見不適意事是也夫諸業表報不出五罪若惡星表亡身失命者殺生業相也惡星表神棄困窮者竊盜業相也惡星表親離幽厄者淫罪業相也惡星表誣枉讒諦者妄語業相也惡星表喪失財産者飲酒業相也其餘災異怪禽惡夢等隨其時節各有所表細心推詳不出五罪之報行者知解推之何須折筴鑚龜問管公明邪從當淨洗浴下二擧方法能空於惡也前業相外彰報對不久内無方法何以禳之約其三業作三德之方以事表理也洗浴臭體擬

作法身緘脣攝耳擬聽般若至心清淨擬作解脫前令洗浴内身後更勸淨外服内外相成爾前但令聽後誡令專聽鄭重緘口爾前令至心後示至心之境成其方法爾夫人身本於不淨蓮華本於淤泥譬如栴檀生于伊蘭世間現見也令近因三業規矩遠成三德妙義可不信哉洗浴法身能禳報障攝耳緘口能禳煩惱障至心能禳業障云云從是經威德下四結成也能悉消除者明三障轉也令其寂滅者三德成也寂滅秖是涅槃涅槃秖是三德前三業方法既成三障理數應轉三障既其已轉理數成於三德報障轉成法身德煩惱障轉成般若德業障轉成解脫德前寄事相將淺以表深後明寂滅將深以結淺經文繡窰見之者寡云護世四王下敘流通中品皆如上說

釋壽量品

佛本無身無壽亦無於量隨順世間而論三身亦隨順世間而論三壽量法身者師軌法性還以法性爲身此身非色質亦非心智非陰界入之所攝持彊指法性爲法身爾法性壽者非報得命根亦無連持彊指不遷不變名之爲壽此壽非長量亦非短量無延無促彊指法界同虛空量此即非身之身無壽之壽不量之量也報身者修行之所感也法華云久脩業所得涅槃云大般涅槃脩道得故如如智照如如境菩提智慧與法性相應相冥相應者如函蓋相應也相冥者如水乳相冥也法身非身非不身智既應冥亦非身非不身彊名此智爲報身也法壽非常非無常

智既應冥亦非常非無常彊名常爲壽也法既非量非無量智既應冥亦非量非無量彊名無量爲量也應身者應同物身爲身也應同連持爲壽也應同長短爲量也智與體冥能起大用如水銀和真金能塗諸色像功德和法身處處應現徃能爲身爲非身能爲常壽爲無常壽能爲無量能爲有量有量有二義一爲無量之量二爲有量之量如七百阿僧祇及八十等是有量之量如山斤海滴實有齊限凡夫所不知阿彌陀實有期限人天莫數此是有量之無量應佛皆爲兩量逐物隨緣參差長短然此三身三壽三量不可並別一異則乖法體即一而三即三而一乃會玄文故下文云如深法性即於此典金光明中而得見我釋迦牟尼即其義也但信相偏

疑應身之有量四佛偏舉應佛之無量斷其有量迹疑既除深達報法若從信相所疑應言壽有量若從四佛釋疑應言壽無量而今不道壽有量不道壽無量直言壽量者意欲圓論三佛之壽量故不偏題取意爲釋若從義便正是報身之壽量何故取此報身上冥下應上冥法性即非量非無量下應機緣能量能無量量疑牽無量之咨即達於圓經家從其生圓解而題品舉一而蔽諸從此義故題爲壽量品又一時重解壽量品亦作三重一玄義二引證三還源玄義者壽者命也謂報得命根連持不斷名之爲壽延促期數名之爲量故言壽量也此釋應佛因緣之壽量也又壽者受也境智和合共相盛受謂無分別智盛受無分別境無分別境盛受無分別

智如函大蓋大故壽是受義也量者相應也境智相應故言量此釋報佛之壽量也又壽者久也常不變易稱之爲久量者銓量也常久之壽非多數非少數非相應盡知非相應不盡知非可說非不可說無以名之彊以銓量說其長久此釋法身之壽量也初番爲二一有量量如釋迦之壽方八十是也二量無量如彌陀之壽實是有量人天所不能測故言量無量也此量無量皆應佛所爲也第二番亦二義佛以如如智稱如如境境無分別智亦無分別若境稱於智智有分別境亦有分別此知與不知皆報佛所明也第三番亦二義一者深寂不可說二以慈悲方便亦可得說此可說不可說皆法佛之法也二引證者方八十年證有量也諸天世人八部之衆無能思筭山斤海滴不可數知此證量無量也虛空分界不可齊限證境無分別也又唯除如來證智可分別也又下文去智淵無邊法水具足亦是證智也壽不可計此證不可說也將欲宣暢釋迦如來所得壽命此證慈悲可說也又聞是四佛宣說如來壽命無量證大悲可說也新本明婆羅門求佛舍利如粟大求六天報即證有量也王子說金光明難思難解福報無邊福報無邊是證量無量難思難解即總證智境不可說等云云三還源者亦云復宗釋此壽量雖作三身六義勿作異解秖是經題金光明義爾初番量無量者秖是明義以其明故大小長短延促數量悉現明中還是明義爾第二番智境函蓋體解相應色大故般若亦大以法常故諸佛亦常

還是光義也第三番可說不可說常樂我淨說滿法界法性無所益都無一言法性無所損還是金義夫解一則千從迷一則萬惑即此義也既是兩時之聞兼而錄之云云此品正說而序文未盡分別如上從王舍城下是第三疑念序文爲二一出人二明疑出人爲四一出處二明位三出名四歎德處如文菩薩者菩名道薩名心自行此道復能化人故言摩訶薩依勝行立勝位也信相者信家之相在似道中別判三十心圓判鐵輪位下文云見有一人似婆羅門以桴擊鼓鼓是法身擊是機動似位機與知非真擊又真似之位地地相隨無位不有如普賢修普賢行滿位鄰尊極此似則高信相稱似道者未敢判其高下也難者言若同普賢言似者何故有疑此

亦非妨菩薩爲疑者作發起人爾又佛地未了疑無所嫌法華中補處彌勒亦復懷疑大集中有生疑菩薩於菩提未了菩提爲我作名名爲生疑難者言見諦已斷疑十地云何疑荅言見諦斷通疑十地有別疑也觀解者心王名王五陰名舍觀此五陰空寂空寂即涅槃涅槃能防非禦敵呼之爲城初心後心常觀涅槃行道故是住處也歎德文爲二外供養佛內種善根此菩薩植善既深多值諸佛作高位解釋亦應無媿色云云供養有二義一財供養可解二法供養佛說百千法門隨而修學名法供養觀心解者一念覺了心名爲佛無量功德心資此覺心令轉明淨名供養佛如膏資火如食益身如禪發慧皆供養義也種善根者法性名地觀法性智名種子

常以觀觀名下種久習不退名種久五善根生名增長增長由風動日照雨潤漸增茂好風譬佛身輪日譬佛意輪雨譬佛口輪值佛三事能大利益楞嚴般若若增法性轉顯法性若顯定慧倍明植種值佛二義相成舉此一雙歎菩薩德也從是信相下正明疑念序又爲二初疑之由次正生疑由有遠近遠由三月唱入涅槃近由叙述若有聞者則能思惟無上之義又云由乎本誓擊動生疑何因何緣者通論三種皆名因而此文既略緣了相資共能顯正正當於因緣了當緣正因常恒壽命無量緣能顯理境常智亦常此因此緣皆非八十之因緣今方八十是何因何緣是故生疑也方八十者世壽有三品下方四十中方八十上方百二十下方少夭上方太老中方不少不老表常又十二因緣第八名愛支八十滅者表愛已盡入有餘無餘涅槃愛盡無縛表我涅槃表樂又中方表中道佛樂中道中道表淨爲此義故方八十年也信相不作此解是故生疑何因何緣也從復更念言下是正生疑如佛所說者此執教疑理教詮止行二善感壽則長佛昔行因甚多而今果壽極少理教相違不能不惑若無此理教爲虛設若其必然長壽安在是爲執理而惑教也有二因緣者與前爲異前合止行同是緣了今就止行自作因緣十善中一一善皆具止行不殺是止善放生是行善不盜是止善施食是行善今經舉不殺家之止善不盜家之行善互舉一邊共明止行若備論者一一皆有止行止之與行須明也今就一一

各有因緣夫命是衆生之所共惜奪而害之居然大苦宥而放之則爲快樂慈心是因不畜殺具是緣此是止善因緣也夫食是依報得之則命存失之則壽殞施心是因施具是緣此行善因緣也不殺一條既爾乃至不邪見亦復如是總有止行二十善四十因緣此等因緣俱感長壽佛之止行二善累高於山積厚於地云何今日八十而終此約因果一途論止行二善但作此解於義未允今當更說人天之因以五戒十善名之爲命三乘行人以智慧爲命魔名殺者若遮奪此事即是斷人天命若不遮奪名爲止善方便勸修名爲行善若破壞三藏法名殺二乘人命若不毀傷名爲止善方便勸修名爲行善若毀訾事檀乃至毀訾世智名斷六度菩薩命若不障礙名爲止善方便勸脩名爲行善若脩體法斷貪恚癡是二乘命若障不令脩名斷二乘命若不障者名爲止善方便勸脩名爲行善非撥體空則斷通教菩薩命若不障者即是止善方便勸脩即是行善若毀訾漸次是斷別教菩薩命不作障礙即是止善方便勸脩即是行善若誹謗圓融即斷圓教菩薩命亦斷佛命若不留難即是止善方便勸脩即是行善圓人非但不壞諸法而隨一相即殺諸法而隨一相如仙豫大王害五百之短命施十劫之長齡如佛斷一切煩惱及習一切無有餘此皆言逆而理順非小行者所行如上所論一一法皆有止行二善一一善皆有因緣若得此意歷諸法門浩然若海故大經云行檀波羅蜜得壽命長菩薩行檀則施衆

生無量壽命乃至行般若得壽命長菩薩行般若則施衆生無量壽命即其義也而我世尊行無不圓果無不滿云何今日方八十年次明施食者百味甘漿等依報食也身肉骨髓者正報食也此皆事中施食爾經言法食法食者世間法味出世間法味出世間上上法味菩薩能爲一切衆生作大施主令未發心者迴邪入正已入正者增長萌芽如陰陽養卉如父母鞠子多積繒緜令墮地不痛授以五戒十善已持五戒者説三界火猛多所燒害讃歎三乘無繫解脫已入證者毀呰小乘敗種焦穀讃歎菩薩所行之道設飢國人大王之膳煩惱爲薪智慧爲火以是因緣成涅槃食令諸弟子皆悉甘嗜如是等一切法門悉名法食一一法皆具止行二善一一善

具因具緣此諸因緣感長壽果而我世尊行無不圓果無不滿云何今日方八十年觀心不殺者無明爲父貪愛爲母若斷此者即成逆害但觀無明即是明愛即是淨體達能所皆如虛空是爲止善觀諸心數亦復如是是名行善能如是觀獲得金剛常住之壽也已身骨髓血肉者此彼相望此爲已身智慧推之非已身也如王子飼虎尸毗貿鴿皆捨父母遺體非捨已身已身者法性實相是也釋論云持戒爲皮禪定爲血智慧爲骨微妙善心爲髓爲他説戒戒能遮罪脩福無相最上非持非犯尸波羅蜜者是施已皮也説諸禪定神通變化不起滅定現諸威儀者是施已血也説無著妙慧非智非愚亡泯清淨終日説終日無説其所説法皆悉到於一切智地

者是施已骨也檀忍等應是肉也說甚深法性諸佛行處不一不二言語道斷心行處滅微妙中道者是施已髓也將此充足飢餓衆生況餘飲食餘飲食者即是人天二乘戒皮定血慧骨真諦之髓爾法華云於餘深法中示教利喜者即其義也如來往昔隨他意說無量無邊隨自意說亦無量無邊皆是長壽因緣云何令日方八十歲也從大士如是至心念佛思是義時此一句結前開後至心者徹到心源盡心實際故言至心觀心既然觀佛亦爾故言念佛念佛不殺施食與法性虛空等如此之壽不應短也是爲結前開後者由作此觀機動瑞興故言開後也從其室自然下是第四現瑞序瑞者嗇報相者表發嗇報四佛當臨此室爲爾斷疑表發增進常因

感得常果也問佛作此瑞信相福作荅信相無機佛亦不應若無諸佛機無所扣機應相須瑞以之興問衆緣感瑞信相獨感荅通由衆緣別在信相若瑞在靈山可非其力室中所見豈不由之譬張家降瑞寧得王家受福雖然信相是發起之人無容獨善法華云如爲一人衆多亦然就文爲二一現相由二正現相取結前開後之文爲現瑞之由從其室自然下爲正現相也正現相又二一別現相二總現相從其室自然下是別現相從舉要言之下是總現相別相爲十表十地因成也總相爲一表因成一果也又別相表地地各各增益總相表一地具諸地功德也問此經常果爲宗何得作相表因荅此因是果家之因因必成果不乖宗也問前判信相是似位

後相則非其徵若似同普賢前相亦非其兆荅一往云十地一地之中皆有諸地功德表報利益前後皆霑也經家不定判位秖可從容不得尅斷也別相有十者一其室廣博二其地寶嚴三妙香氛氳四高座涌出五佛坐華座六放大光明七雨諸天華八作天妓樂九皆受天樂十根缺者具此之十相表報十地功德止可斐亹擬議不得責其備悉其室自然廣博表初歡喜者此地初開過於凡聖故以廣博表之嚴淨瑠璃間錯表離垢地者此地對戒戒是諸行基壇諸行莊嚴於戒故以間錯表之香氣表明地者其地對忍唯辱而忍增如烟多則香盛故以香表之高座表炎地者其地對精進精進督出衆行故以高座表之佛坐其上表難勝者其地對禪禪有神通轉變大力故以佛表之光明表現前者其地對般若般若洞照故以光明表之天華表遠行者其地對方便方便善巧觸處嚴淨故以天華表之作樂表不動者其地對力力能利安一切如妓悅物故以作妓表之受樂表善慧者其地對願願滿則心喜故以受樂表之根具表法雲者其地對智因中衆行故智慧爲首智導諸行隨階而圓故以根具表之云云復次十相表一一地中具諸功德且約初地釋之其室自然廣博嚴事者此相表初地智也室者以五陰爲室此陰非陰亦非非陰不爲陰非陰所作亦不作陰非陰故言自然不得陰不得非陰二邊虛豁故言廣博非直空無二十五有二種涅槃亦有因中十力無畏種種功德而莊飾之故言嚴事嚴事即

假智廣博即空智自然即中智三智一心中具足是故歡喜天紺瑠璃雜廁間錯以成其地者此相表初地所照境天紺瑠璃瑩淨明徹表真諦境雜廁間錯種種莊嚴表俗諦境猶如如來所居淨土至聖所居極尊之地表中道第一義諦境一地而三相三相而一地表一諦而三諦三諦而一諦有妙香氣過諸天香者此相表初地慈悲功德慈能與樂如香氛氳悲能拔苦如香離臭此慈悲竪高故言過諸天香此慈悲横闊故言徧滿徧滿一切陰界入中無不溥覆也其室四面有四高座者此相表初地四德四德是祕密之藏佛住其中如高座可坐爲坐諸佛也有四如來者此相表初地覺四德智智與德㝠如佛坐座也放大光明者此相表初地自行化他照此土表自行照他土表化他也雨諸天華者此相表初地四辯華雨於空如辯詮於理也作天妓樂者此相表初地四攝四攝攝物如樂樂他也受天快樂者此相表初地法喜法喜澄神如受天樂根缺具足者此相表初地諸根互用耳見眼聞一根之中具足諸根之用也初地功德佛辯所不能宣略舉十相表其梗槩爾初地既然一一地亦復如是復次十相表初地自行化他功德前五相表自行功德後五相表化他功德其室廣博表自行之般若天紺瑠璃表自行之法身有妙香氣表自行之解脫高座華衣表自行之因成佛坐座上表獲記成佛也後五相表化他功德者放光表意輪益物也雨華表口輪益物也作樂表身輪益物也又表能令衆生轉煩惱

障而受法喜之樂根具表能令衆生轉報障也初地既然後一一地亦復如是從一切世間下是總現相也别相文廣意略總相文略意廣此表十地因成一果究竟具足也一切者該十法界也世間者包三世間也未曾有者因中所無也悉具現者因圓理顯也國土世間未曾有則實相滿衆生世間未曾有則般若滿五陰世間未曾有則解脱滿舉要者實相是要實相既圓何法不滿邪從信相歡喜下是第五默念騰疑序文爲二初見相歡喜二默念陳疑歡喜者既因心疑覩瑞見佛必知聞法是故歡喜從至心念佛下是默念求決也夫疑情不可久處是故騰疑念釋迦如來無量功德相好光明神力説法皆不生疑唯壽命中心生疑惑云何佛壽中八十年

念此覆心故默騰求決也而不發言者四佛適現威尊敬重不敢發言疑既覆心不得不念又前默念而感瑞今承前默念以求決爾從爾時四佛以正徧知下是第六止疑序文爲二一正止疑二釋止疑疑蓋覆心聞法不解故先止之例如見諦先斷疑方進脩道也若信相實疑宜須折止若是起教因其訓人從汝今不應下正止疑也云何不應有三不應一大用不應八十者是佛大用是故不應二法性海深非言思所測三以信能入以智能度汝信智未具豈度量所思釋論云無量法欲量是人爲覆溺故將不應而止之也何以故下釋三不應之意舉八衆皆不能量者釋法性不應也法身菩薩法性淨土故不在言生身菩薩若在家爲天龍等所攝若出家

爲四衆所攝若法性身施權亦爲八衆所攝若凡若聖悉不能思筭也唯除如來者釋智度不應也若如如來是則能知既未如如來那忽能知舊用此語爲智所知知是無常可量之法天台師云不爾如來有無量常智能知無量常法豈可以常智所知判爲無常邪智性既冥大用可解是釋三不應也從時四如來下是第七集衆序餘經或先集衆後現瑞此經先現瑞後集衆前後互出爾時者將欲宣暢之時也衆者欲色界諸天也信相一人利益者少有緣若集所益處多是故集衆衆有四種一發起衆信相樹神等是也二當機衆聞即得道者是也三影響衆從十方遠來者是也四結緣衆當座雖未得道作後世因緣者是也如流水爲魚說法遠作今日得悟因緣即其事也此經集天龍衆與華嚴意同亦集人衆即文略新本中有無量百千娑羅門衆懺悔品初信相及眷屬詣耆闍崛山即是人衆也相承云此經與冥道相關正集天龍略不說人爾總瑞中云一切世間未曾有事悉具出現不見與二乘記但明常辨性與般若方等意同故判屬方等教攝此中應論乘戒緩急四句判出天龍生處得道不得道權實等事如別記云云齊此判屬序段者文云將欲宣暢大衆雲集豈非序之明證邪序分竟從爾時四佛下三品半文是第二正說段凡三說不同一云壽量明常果爲宗常果契性性即是體二義宛然不須多惑下懺悔品滅惡讚歎品生善空品導成即是經用也二云壽量明宗懺歎明用空品明體此乃以

因中所用之性爲果上所顯之體於義不便故不用之三三藏云正說有兩段壽量是果段三身是因段二文各有序虛空藏問爲因段序直是發問於序義弱師云三身成果上義非因義也是故不用初家所說好與今意同新舊兩文凡三處明宗初是四佛拂疑明應化之壽非思筭所知迹既長遠本難窮極上根人聞迹悟本也若未悟者王子明蚊蚋脚可以作城樓鼠登兔角梯食月除脩羅明法身無舍利如來真實身舍利無是處中根人直聞理本而悟迹也若未悟者釋迦論三身共說廣分別之本迹俱解是爲三番明宗顯體懺品別論滅惡通亦生善歎品別論生善通亦滅惡空品導成俱是經用也今之四卷止有一番明宗文爲四初四佛說偈二信相歡喜三當機得道四四佛還本說偈又二一經家敘二四佛喻說問四佛說偈爲各爲共荅經既無文不可定判或宜聞共說異口同音或宜聞別說各引一喻見亦如是若見四佛同尊特身一身一智慧者即是常身弟子衆一故若見四佛佛身不同即是應化弟子衆多故分八偈爲二意初云前四偈立譬次一偈合譬次二偈斷疑次一偈結釋次云前四偈爲譬本後四偈合釋兩途俱可用舊云四偈止譬其壽長更無別意是義不然諸佛之教上中下善其言巧妙其義深遠此中正是常宗斷疑一經之要處何容無義且作三意消文一對四諦二對四念處三對四德四諦理通因果四念論因四德論果若論果壽宜對四德果不孤起故念處明因因果有

本故對四諦也上以四佛對四諦智今以四佛所說對四諦理舊讀四諦文云知苦如苦相知集如集相相是其事齊事而知於理不顯今明知苦如苦相如是其理相是其事即事而真事理雙達餘三諦亦如是如是釋者於四諦理義便也又一解知苦是知俗如是知真相是知中中是實相故今以相爲中也此則三諦具在一文知苦既然下集道滅亦如是云云明識四諦是脩長壽境故約四諦對偈也一切諸水者此對集諦大經云有河洄澓没衆生即其義也水體潤生如集能資長鼓怒浩瀚無處不有集亦如是没溺凡聖亘界内外也諸須彌山者此對苦諦小般若以身爲須彌即其義也山體結構磐峙水上如苦報積聚爲集作果繫縛界内外色心也大地微塵者此對道諦法華云其所說法皆悉到於一切智地即其義也地體能容載水陸兩途如通別道到此彼岸虛空分界者此對滅諦法華云常寂滅相終歸於空即其義也空體盡淨五翳所不能染三光所不能淨如滅諦滅無二十五有及滅化城涅槃也四諦理徧一切處即法身四諦智稱境而知即報身從體起用同其長短即應身信相但見應短不見應長應尚不達寧知報法四佛舉四喻喻其應長水滴山斤地塵空界尚無能思筭得其邊表況復智冥於法淵哉玄哉信無底際曠矣大矣豈有垠涯舉應迹以釋報法豁然明悟斷疑之巧爲若此也釋此偈妙爲若此也行者思之思之四偈對四念處者念處之觀本在苦諦唯應約須彌山偈而論今

則通對也一切諸水對受念處受能含納如海多容故也須彌山對身念處色相與質礙相類故也大地對於想行念處想取行行如地容載故也空界對心念處心但有名如空無相故也若觀四念處是脩長壽因若念處得道即是長壽果故用念處對四偈也若觀四枯念處破凡夫之四倒若觀四榮念處破二乘之四倒若觀中道念處則非榮非枯於其中間而般涅槃成五種解脫謂色解脫乃至識解脫五陰縛名五解脫洞達五陰空無所有名五般若冥五陰理名五法身雖三分別不一不異不縱不橫名祕密藏號大涅槃仁王呼爲法性色法性受想行識陰之法性即是法身智冥法性即是報身法報皆非常非無常而能起用爲常爲無常常用則長

無常用則短信相但見無常不能見常於用未達況解其本四佛舉喻明其用常迹常無邊非思筭所得況復體理寧可心知信相迷除豁如雲卷斷疑之巧爲若此也四偈對四德者水潤生榮對常德山能高出對我德碎地爲塵對淨德空無苦受對樂德四德成就是果上所尅果與理冥冥於非常非無常能起常無常用冥於非我非無我起我無我用冥於非淨非不淨起淨不淨用冥於非樂非不樂起於樂無樂用信相但見無常無樂不見常樂於應尚迷何能識本四佛舉四德之用非思筭所知體本報法杳然慮外信相聞說非但疑除惑斷增信生解故歡喜踊躍得之於懷云云億百千萬下合譬偈也舊解有二失一僻取文二偏執義舊云四譬皆有齊畔

可盡之物百千是數法數必有窮據此爲無常今釋不爾四佛引四譬者乃是舉量以況無量量物尚非思筭所知無量之法寧可圖度億百千萬此舉數法以明無數汝既不能數數那能知無數縱令知數知無數知量知無量者秖是化用都不關體本僻取之失非但自毀又亦誣經偏執義者三身品云化身亦常處處說法是故爲常當知化身備有常無常義舊人那忽一向無常云云以是因緣下兩行斷疑偈也若作因緣者因親緣疎命是正報不殺爲因食是依報施之爲緣以此因緣得壽命長若作二緣者不殺是不殺戒家止善施食是不盜戒家行善互舉止行俱是二緣法性菩提心名之爲因止行福慧等併皆是緣緣能顯性會非常非無常能常能無常法食不殺等皆如上說脩因既長得果又長顯體又長起用又長破其短疑也是故汝今下一偈結成也爾時信相下聞偈斷疑生信也聞壽命無量者解迹中之能常其壽無量也疑去者解迹中之能短其壽八十也深心信解者悟其本識非量非無量也踊躍者登位也歡喜者信生也別教釋者信相似位中疑惑去登歡喜地中信生也圓教釋者信相鐵輪位中疑惑去入住銅輪位中歡喜也若作普賢似位釋者下地中疑惑去十地頂深信堅固猶若金剛鄰真接極而生歡喜也從說是如來下是第三當機上根初悟也從時四如來下第四息化也佛本爲緣興緣已利益則攝化還本故言忽然不現也觀解者諦境發智覺慧相應深觀此慧亦不得慧亦

不見境境智俱寂即是不現義也云云

金光明經文句卷第二

音釋

枹房尤切擊鼓槌也 禦牛據切拒也 呰將此切口毀也 誹謗誹敷尾切非議也謗補曠切毀也 鞠居六切育也 飼祥吏切餧也 貿莫候切易也 鴿古合切鳩屬 斐亹斐妃尾切亹武斐切斐亹分別之也 磐蒲官切盤屈也 峙丈里切屹立也 山 垠魚巾切界也

金光明經文句卷第三

隋天台智者大師說

門人灌頂録

釋懺悔品

諸大乘經多分散明懺悔此經專以懺悔當品今先釋名懺者首也悔者伏也如世人得罪於王伏欵順從不敢違逆不逆爲伏順從爲首行人亦爾伏三寶足下正順道理不敢作非故名懺悔又懺名白法悔名黒法黒法須悔而勿作白法須企而尚之取捨合論故言懺悔又懺名修來悔名改往往日所作惡不善法鄙而惡之故名爲悔往日所棄一切善法今日已去誓願勤修故名爲懺棄往求來故名懺悔又懺名披陳衆失發露過咎不敢隱諱悔名斷相續心厭悔捨離能作所作合棄故言懺悔又懺者名慙悔者名愧慙則慙天愧則愧人人見其顯天見其冥冥細顯麤麤細皆惡故言懺悔又人是賢人天是聖人不逮賢聖之流是故懺悔又賢聖俱是人天是第一義天第一義天是理賢聖是事不逮事理俱皆懺悔又慙三乘之聖天愧三乘之賢人不逮此天人故名慙愧慙愧名懺悔又三乘賢聖皆是人第一義理爲天約此人天慙愧故名懺悔又三乘賢聖尚非菩薩之賢況菩薩之聖今慙愧三十心之賢十地之聖故名慙愧懺悔總此賢聖皆是人第一義理名爲天約此人天論慙愧故名懺悔又三十心去自判聖人十信是賢人約此賢聖論慙愧懺悔總此賢聖皆名人第一義理名爲天約此人天論慙愧懺悔合十番釋名也次

明懺悔處者大經闍王偈云麤言及輭語皆歸第一義是故我今日歸依於世尊又梵行品云我昔與汝等不見四真諦是故久流轉生死大苦海若能見四諦則得斷生死生死既盡已則不受諸有法華云行處近處住忍辱地亦不行不分別又云寶處在近汝可前進即滅化城即至寶所此經云我當爲是作歸依處歸依處者即甚深無量法性也法性秖是諦理諦理秖是妙境諸佛所師寂滅真如祕密之藏十方衆聖安住其中若得其本本立則道生不得其處則平地顛墜如盲人入棘林動轉罣礙爲是義故須識懺悔處也故普賢觀云端坐念實相衆罪如霜露慧日能消除我心自空罪福無主是名大懺悔是名莊嚴懺悔是名無罪相懺悔無罪相者此約空爲處也莊嚴懺悔者約俗諦爲處也大懺悔者約中道爲處也若三種差別者此是歷別論處爾即一而三即三而一者此圓妙懺悔也諸大菩薩修學佛法而懺悔也若識此法而懺悔者最妙最上懺悔處也大經云譬如有人在大海浴當知是人已用一切諸河之水大品云譬如負債人依投於王債主反更供養何敢就其覓物書云如牆頭草非其莖葉能高能長所依得處也行人若依法性爲懺悔處者高出一切諸處所也行人若識此意先當求覓法性道理爲懺悔處也次明懺悔法者法爲二種一正法二助法正法者即是觀法性之慧也法性常故是觀亦常法性樂我淨故觀慧亦爾法性不可思議至深至妙無上無等等者觀慧亦爾境智相冥

無二之法如如不異者境如智智如境故言如如不異也經言說智及智處皆名爲般若說智及智處皆名爲實相說如不說不說如說說不說無二無別以此觀慧歷一切法亦復如是故云毗盧遮那徧一切處若行若住若明若闇皆得不離見佛世尊六根所對無非佛法者婆攬草無非藥者普能愈病釋摩男所執一切砂礫皆變爲寶阿那律空器悉滿甘露若如是者所觀之罪非復是罪罪即實相所觀之福福即非福福即實相純是實相是名大懺悔也助道懺悔者若純用正懺亦不須助若正道闇昧不明了者修助以助之所謂灰汁澡豆皁莢木櫁以助清水爾略言勤用身口意而爲助也身謂旋禮口謂讀誦心謂策觀而助開門如順流順風助之以篙棹去則疾也如是略論正助也四明懺悔位者若作一種解者謂鄙濁凡夫應須懺悔離垢清淨者何用懺悔此不如是故新本業障滅品中說人從父母禀身十月懷抱三年鞠養撫念惟惟始能升頭戴髮教方教數始解作人那忽違恩背義而行殺逆天雖大不覆此人地雖厚不載此人此人命終直入地獄如是逆罪應須懺悔滅除業障佛爲人天師師嚴道尊凡有所說若有違犯罪莫大焉初篇後聚那可違負爾則欺佛負心復負三師七僧此則佛海死屍華園爛肉此四重人應須懺悔滅除業障多瞋墮蛇虺多欲墮鴿鴿多癡墮蟲蟻多慢墮飛鳥多諂墮修羅多慳墮餓鬼餓鬼常飢渴畜生相殘害修羅多怖畏是四惡道聞名尚不可況復當之應須

懺悔滅除業障人中八苦一苦尚不可忍況八苦交横應當懺悔滅除業障天上有五衰地獄等苦色界天不得速入定求不得苦無色界天有四心苦三界籠樊生死窟宅應須懺悔滅除業障若出家人雖欲脩道爲五煩惱所障心不得停心爲四顛倒所惑不得入四念處亦須懺悔除滅業障念處治彼四倒二惡不勤斷二善不勤生不得入如意足煖法不發亦須懺悔五根不生喜有退墮根生未有力雖有力未鄰真如是四善根中應須懺悔滅除業障苦忍明發雖不墮三途欲界七生次第應受一生尚苦何況七生雖斷欲界五下分六品餘三品在亦應懺悔雖斷五下八品盡餘一品在雖斷色盡餘無色分在亦須懺悔雖入有餘涅槃猶有果身在身子

風熱畢陵伽眼痛欲棄有餘入無餘亦須懺悔雖斷三界正使盡習氣尚存亦須懺悔支佛亦爾亦須懺悔若乾慧地未得理水霑心故言乾慧性地未能見理八人見地猶有愛惑薄地神通未能還生欲界離欲地猶有上界惑已辦地不能除習辟支佛地但作神通不能達文字菩薩地未窮至極如是等位皆須懺悔滅除業障十信但信未能稱理十住但入偏理十行但事未能入中十迴向但脩中未能證中十地雖證中地地皆有障未窮於學不得無學應須懺悔滅除業障又十信雖三智圓脩但是方便陀羅尼十住已去乃至等覺已來秖如十四日月非十五日月匡郭未圓光未頓足闇未頓盡應須懺悔滅除業障齊此已來當知懺悔位長其義極廣云

何而言止齊凡夫是故五十校計經齊至等覺皆令懺悔即其義也若人得聞如此懺悔功德不少故文云非於一佛五佛十佛修諸功德聞是懺悔乃於無量百千佛所修諸功德聞是懺悔語其華報在在處處常爲國王輔相大臣之所恭敬語其果報常爲十方諸佛互相恭敬直聞此懺悔尚得如此功德況復如法修行已聞懺悔義此法從經出此經從佛說是故當報恩歸命禮諸佛云云懺悔品依字訓釋懺者鑑也披陳發舒已之三業不敢隱諱令他委鑑顏恧而口甕心摧而意伏身被鑑故而顏恧口被鑑故而脣甕心被鑑故而意伏故懺名鑑也悔者廢也內懷鄙恥悔造衆非悔身故則三廢悔口故則四廢悔心故則十廢故悔名廢也又法門釋者懺悔名慚愧慚愧是白法又自不作惡不教他作惡如是等種種說懺悔有三一作法二取相三無生此三種通大小小乘作法者如毗尼中發露與學二十僧行摩那埵或半月作法或對首作法或責心但令作法成就不障僧事即清淨也阿含中亦作相懺犯欲人作毒蛇口想此觀成時婬罪即滅亦有觀空懺秖是真空大乘中亦有作法或八百日虛空藏塗廁是也或九十日般舟是也或四十九日大悲懺是也或二十一日法華是也或七日方等是也灰湯澡豆淨身辛酒禁口慚愧勤心旋誦各有徧數等皆作法懺攝也取相懺者如方等求十二夢王菩薩戒見華光摩頂虛空藏中唱聲印臂相起罪滅雖不正明作法兼得事用也無生懺者如普賢觀云端坐

念實相如日照霜露觀空緣理無相最上雖不正作事相兼上兩懺也作法懺成違無罪滅而性罪不除如犯殺生作法懺成違無作罪去而償命猶在即其義也取相懺能滅性罪性罪去違無作罪亦去如伐樹枝葉萎根本未去續生如故也觀無生懺能滅無明如覆大地根枝葉等悉盡無餘又作法滅違戒上罪取相滅犯定上罪無生滅犯慧上罪又作法滅三惡道報障取相滅人道報障無生滅三界有漏報障又作法滅三惡道業障取相滅人道業障無生滅三界有漏業障又作法滅怖畏憂愁之煩惱亦是破煩惱取相滅四住之煩惱無生滅無明之煩惱又三種懺共除報障取相除業障無生除煩惱障又作法懺如服薑桂差病而已不能肥身譬罪滅不能生善取相懺如服五石病差身充不能得道無生懺如服五芝病除身飛升仙得道如是等種種分別行者須知今文具有大乘三懺著淨潔衣專聽是經又七日七夜朝暮淨心等即作法也於其坐處得見彌勒文殊普賢即取相也五陰舍宅觀悉空寂本無有生亦無和合即無生也三意宛然故能滅諸惡蕩三障顯經力用也從此品下明經力用今品正明夜夢晝說懺悔斷惡拔苦下品正明昔歎發誓生善與樂旁正互舉此品文為二初夢中見聞二覺已說見聞夢又二一夢見金鼓二夢擊鼓聲見鼓又三一正見鼓二見鼓光三見光中佛夢者是入如夢三昧也又入觀如夢出觀如覺入觀心靜能觀法性法性即金鼓金鼓體圓空鳴圓即法身空

即般若鳴即解脫姝者勝義深義大者廣義無量義如上文遊於無量甚深法性意爾姝大略敘鼓體委論應言圓姝大空姝大鳴姝大鼓體備三種三種皆甚深無量此即夢中所覩法身觀一而見三佛也從其明溥照下是第二見鼓光也光是智慧契此法性克成大果智與體冥體圓姝大光圓亦姝大體空姝大光空亦姝大體鳴既姝大光鳴亦姝大何者此身與諸佛同體同意故也此即夢中所覩報身佛一佛而三也從復於光中見十方佛下是第三見光中諸佛也光從鼓出徧照十方用從體起應周法界與機緣同事也瑠璃座者所安之理也佛坐其上智稱法性也大衆圍繞者所應之機也此即夢中所覩應佛即一而論三也覩此三佛即是三身三

德種種三法門從此設教名金光明也從見有一人下是第二夢見擊鼓文爲三一見擊鼓二出大音聲三聲所詮辯鼓是法身擊是機智婆羅門是淨行似是鄰真鄰真之人以似解之淨智和會法身甘露相應滅苦生樂鼓是法身枹鼓合是報身擊出是應身聲所詮辯是法界大用起教利益衆生從時信相菩薩下是第二覺已說見聞文爲四一往佛所二與緣俱三伸敬四述夢夢者入法門爲夜夢出法門如過夜至旦又三十心惑障未遣故如夢登地斷惑如過夜至旦觀解者觀行位中所觀三身如夢分真位中所觀三身如旦出王舍城者表出因位也往者闍崛山者表向果地也伸敬有三頂禮是身敬瞻仰是意敬說夢是口敬頂禮者菩薩居因信首

爲貴諸佛在果慈悲爲賤以貴敬賤也從以其夢中下是第四述夢也此下總有一百六十二行偈分爲二初四行半總明夢後一百五十七行半别明夢總又爲二初三行半明見金鼓後一行明見擊鼓見鼓又三初一行見鼓形狀次一行見鼓光明次一行半見光中諸佛即長行中三身意入觀所觀之境也次一行見擊鼓者自覩其觀智之機扣擊法身之境也出大音聲者已如上說自覩其境智合能多利益也從是大金鼓下一百五十七行半偈别明夢事文爲二初從是大金鼓下至悉能滅除有二十一行三句明金鼓有滅惡生善之力二從一切諸苦無依無歸下一百三十五行三句正明教詔懺悔之法就能滅惡生善文爲六一有三行滅世間因果之苦二有三行生出世間因果之樂三有四行能令衆生自行化他俱備四有四行能滅衆生報障又發宿命通五有四行能令衆生得諸法門先少得後多得云六有三行三句能破衆生八難流轉釋此六義皆從三塗漸至人天二乘菩薩等一一皆有破惡生善之力從一切諸苦無依無歸下有一百三十五行三句是第二明教詔懺悔之法文爲五一從一切諸苦下有十九行一句教自說過罪懺悔二從我當供養下有三十五行明供養諸佛自行化他修懺悔三從諸佛世尊我所依止下有二十一行明稱歎修懺悔四從我以善業諸因緣故下有五十一行半明發願修懺悔五從若有敬禮稱歎十力下有九行結成懺悔生起五意者但衆生邪倒障理不

識法性愚癡障解不識因果惡業障行不識善法聖人慈悲因大士之夢示其懺悔示其道理示其因果示其善行故論自懺荷佛恩深故伸供養供養不洩其誠故歌詠稱歎供養是行須願指歸行願既圓結成讚美也自懺文爲三初一行一句明法身是依憑之所次兩行請佛覆護次十六行正明懺悔夫法身具三德即是一體三寶法性是法寶寂而常照是佛寶徧一切處是僧寶自凡夫二乘雖不知亦不出法性總而言之一切菩薩何嘗不以此爲歸依依此則本立而道生也內本雖立外無佛加不得成就若蒙擁護斷惡生善辦在斯須如萌芽得雨扶踈豐鬱是故請佛也內外因緣既備正須懺悔也正懺文爲二初三句總明懺悔後十五行一句別明

懺悔總懺者總懺三障也本者煩惱是二障本也惡者報障也不善者業障也三障障三身三佛三寶三障若轉諸三法門悉明故總懺也別懺者別懺三障也文爲三初一行一句懺煩惱障次一行懺報障次十三行懺業障諸十力前者正懺煩惱障也獨頭無明癡倒殊甚不識法身佛也法身佛徧一切處癡闇不知公於佛前造作衆罪如牛羊不識天子如烏雀不識欒像於前造過愚癡不識法身亦復如是父母恩者方便是父智度是母此二法門能生法身而不識者是不知報佛也不解善法者善法是助道之行能資智顯理而不解者是不識應佛三佛皆不能知豈非無明過患此別懺煩惱障也自恃種姓下別懺報障也略言有三種一以姓傲他二以

財忽物三以壯年陵彼雖報有此三不應自恣若縱恣者此報成障事也今更約法門解出家人以慧爲姓定爲財戒爲年染此三法自尊早他者是名染法非求法也法華云汝年少壯我年衰邁者凡人以五陰盛爲壯二乘通教以空出有爲壯別教菩薩以法眼過慧眼爲壯著此諸法者悉是恃強陵弱成報障也悉須懺悔從心念不善下十三行別懺業障文爲十二初一行懺由心口造惡業亦是教他作惡也從身口意是自作惡也二一行懺内外因緣造惡業三一行懺五欲因緣造惡業四一行信受邪師造惡業五一行隨順惡主造惡業六一行愛心所使造惡業七二行爲衣食女色造惡業八一行於佛世敬田造惡業九一行於無佛世敬田造惡業十兩句於正法造惡業十一一行於恩田造惡業十二一行半總一切處造惡業造業因緣甚多不可具列故總而懺之若欲細釋從人道爲始二乘通別菩薩等行一一作之例應可解故五十校計經云上至等覺皆須懺悔即其義也從我今供養下三十五行明供養諸佛所以供養者我本癡盲蒙示懺悔此恩深重故興供養文爲二初一行明財供養後三十四行明法供養法供養爲二初八行半明化他法供養隨順如來慈悲法門濟利含識是爲化他修法供養後二十五行半明自行法供養隨順如來智慧法門修十地功德是爲自行修法供養諸供養中法供養最爲第一財供法供事理自他皆悉具足也化他法供養文爲二初四行化他令其修行後四

行半化他令修懺悔初修行者我自行十地爲法供養令復化人令法供養譬如一燈然百千燈瞑者皆明明終不盡其意有四初明化始以大悲拔苦次勸真因十地之行次勸真果菩提大覺次勸精進督使速成夫衆生等故性欲亦等善巧度一衆多亦然不計劬勞積行累德功成大覺即智德滿盡一切苦即斷德滿文自明顯不俟多釋觀心者調一念心使真明發任運成真果調一切心數亦復如是弟子衆塵勞隨意之所轉即此義也次四行半化他令修懺者我蒙佛教懺還以懺教他重重然無盡燈化化不絶也文爲三意初欲爲說懺次正爲說懺三說懺已千劫者假多以顯懺力大爾譬如惡人造罪山積能拔於王難尚分半國償豈復問其前愆設千劫造逆雖復厚重能拔法性之王從如來藏中顯成法身者大覺朗然超升自在寧復爲五無間業之所縛耶從我當安止下二十五行半自修法供養文爲二初五行自修行後二十行半自修懺前自懺竟今那復重譬如金師從初習學至于皓首互燒互打器成方息修行譬智燒修懺譬斷打智斷極乃止重說無咎前是自行門今是法供養門爲異也自修行又爲三初一句標章我當安止是也次修因十地是也次成果菩提是也珍寶者十地因可貴諸地即是珍寶也脚足者十地是果家之基本故言脚足又十度是十地之脚足於餘功德非爲不修隨力隨分正以檀爲初地之足檀足若滿得入初地乃至智度足滿得入十地故十度爲十地脚足也果

中有總明果滿別明果滿在文可知功德光明者是果上三種莊嚴也令衆生度海者即果上轉法輪也從諸佛世尊下二十行半明自修懺文爲二初一行請佛後十九行半明懺文爲五初四行半懺報障次一行半懺煩惱障次六行懺業障次兩行明迴向次五行半懺善惡兩難就報障文又二初二行半出報障相次二行請除滅百劫者受報之時也時中受身身即是報報有所作作即是障貧窮困苦是依報不圓亦是報障也愁熱驚懼者由貧窮外偪故驚懼内焦皆報障也所作衆惡者即想行陰苦也貧窮困苦者即色陰苦也愁熱驚懼心常怯劣者即識陰苦也暫無歡樂者即受陰苦也此皆報障意爾次煩惱障文爲二初兩句出相次一行乞清淨次業障文爲三初二行竪論三世造業次二行横明現起十惡次二行求懺過去業令正受者名爲報障未受者繫屬行人若修善道能爲障礙問過現須懺未來未有云何言懺答數家呼爲未來有論家呼爲當有大經云遮未來故名之爲殺現在念念滅何所可殺秖遮斷未來名爲殺爾經論悉以未來爲有故須懺也今更舉現事例之如在家人晝度生方起無量惡念事雖未有次第必更忽然發心捨家修道前所念事併與緣差未來之業亦應如此雖非現有時到必然今若懺悔索然清淨横開現世三業爲十惡可解遠離者惡斷也修行者善生也十住者初心因位也逮十力者後果滿也次明迴向者衆生頑故愛著於有不能升出令懺此罪故云迴向他

以若此國土及餘世界爲隨喜之文今意不爾此土他方凡所作善皆施衆生共向佛果如聲入角則能遠聞方便力大與虛空等又結文云是迴向不得作隨喜釋隨喜在下文也釋八難者此是善惡中論八難非佛前佛後之八難文爲二初四行指惡爲難次一行半指惡遮善爲難或指善遮道爲難初四句是報障難諸有者二十五有報得之身造作衆惡豈非報障生死險難有二解若取其因即是業障若取其果即是報障種種淫欲即煩惱障心輕躁者復是報障輕躁是覺觀覺觀屬報法如羅漢斷煩惱盡出觀猶有覺觀散心當知輕躁是報障非煩惱也更舉世人學問迴轉易轍不成業障皆由輕躁之過豈非障邪近惡友難者惡友能汙染人三業此屬業障如移鹿於屠邊如孟母鄰於哭貨朱赤墨黑即其義也三毒是煩惱障也遇無難難下此有二義一若不脩善障難不與若欲修善惡障即起善非是障惡來遮善名善爲難此義易知常人皆作此解也二者諸善是難善能障道豈非難邪此義今當說遇無難難者自謂無惡不肯修善如二乘入空生滅度想生安隱想不復進求菩提即其義也修功德難者多作有爲求可意果如一比丘專行福德不修禁戒墮白象中七寶絡身金盂承糞又如妙莊嚴王本事等豈非修功德難值好時難者如劫初時在鬱單越時一向受樂都不修道豈非值好時難值佛亦難者如旃遮婆羅門女善星調達等皆是值佛而難倒此應云聞法起謗值僧起破皆是難也若

讀作難易之難者此是惡來遮善之義使善難成也若讀作障難之難者此是善自是難能障於道又依經文云如是諸難今悉懺悔當知經作障難之難義也從諸佛世尊我所依止下二十一行偈是第三稱歎若論次第前財法供養是身意身意未滿未備今更口歎若作法門者前是供養法門今是念佛三昧法門文爲三初一行標章歎次十九行正歎三一行結歎標諸佛者横則十方竪則三世事即報應理即法身言略而意廣標章之巧妙也我所依止者依止法性一體三佛也佛海者四眼入佛眼十智入如實智皆失本名字但名佛眼佛智如物投石簷如流會海無不甘醎者法性三佛攝一切法故名佛海也就正歎爲二初十六行寄言歎後三行絶言歎寄言又二初一行略歎略況次十五行廣難廣況略歎者諸相好中略歎金色釋論以即時鐵比即時金即時金比海金海金比龍金龍金比閻浮洲金閻浮洲金比四天王金如是轉轉比第六天金第六天金比佛身金色第六天金如鐵又佛金光徹照壁障無影佛入城時放光照地一女人低頭禮拜金釵墮地唯見晃晃不知何者是地何者是釵佛過後光歇方見金釵爾然金色身是衆相所依處唯擧金色故知是總歎衆相好也金有四義堅不可毀譬常得之者富譬樂體無瑕穢譬淨色妙晃曜譬我諸德之中四德爲總猶如須彌者須彌爲四寶所成況佛身具足四德故知總況也廣歎廣況文爲二初十二行半廣歎次二行半廣況廣歎又四從其

色無上下二行廣歎金色無上無上者我德也從善淨無垢下三行廣歎佛色無垢無垢者淨德也從功德巍巍下三行半廣歎佛色安住安住者常德也從三有之中下四行廣歎佛色能除苦毒即樂德也從如大海水下二行半廣況文爲二初二行廣況二半行合喻佛功德海思所不能知言所不能盡心行處滅言語道斷即此義也海水難知況常德也地塵難知況淨德也山斤難知況我德也空邊難知況樂德也諸佛亦爾下合喻也從一切有心下三行絕言歎也文爲二初一行半正絕言歎二一行半牒譬帖合一切有心不能得知即是絕思思既已絕口何所宣即絕言也更牒譬帖合在文可見從相好莊嚴下一行總結相者結一切相好者結一切好莊嚴者一一相一一好中皆具衆德以爲莊嚴也從我以善業諸因緣故下有五十一行半偈是第四發願行若無願如牛無御不能有所至如畫無膠如坏未火如水中月故以願持行亦是懺悔退轉之罪也文爲二初有四十七行半明發願次四行約願隨喜初願又二初九行自發願次三十八行半爲他發願自願又二初四行願果滿次五行願因圓果滿願又四初一行成佛道是願意輪滿次一行說法是願口輪滿次一行摧魔是願身輪滿次一行住壽久益是願慈悲滿因圓願又四初一行具六度願有爲功德圓次一行願無爲功德圓次二行宿命念佛圓次一行值佛圓爲他發願文爲二前八行半願作藥樹王身大悲拔苦後三十行願作寶珠王身

大慈與樂拔苦又爲四初一行總拔衆苦次一行拔根不具苦次兩行拔病苦次四行半拔王難苦與樂又爲三初十六行半與世間果樂次九行半與出世因樂後四行結成上文大悲拔苦根不具者令具令大慈與樂視聽聰明暢悦快樂諸根語同與拔小異也從願諸衆生常得供養下九行半與出世因樂文爲二初三行半令修行外緣具次六行令修行内因具外緣又二初二行值三寶二一行半離八難人緣不同或值佛難不除或難除不值佛令願其亦除亦值内因又二一半行生尊貴家二五行半多饒財寶人因不同或多財而卑賤或尊貴而貧窮因不具足令令其亦實亦富女有五礙願其無五礙苦從若我現在下四行結成自他誓願也前二行結自後二行結他從若此閻浮下四行約願隨喜隨喜者慶他修善也亦是懺悔疾妬之罪也文爲二初二行隨喜於他後二行隨喜於自從若有敬禮下有九行偈是第五結成文爲三初二行結成斷惡故言超六十劫罪次四行半結成生善故言國王大臣之所恭敬次二行半結值佛多雖不別説善知識佛自兼之

釋讃歎品

讃歎凡有四意一從能讃人二從生善三從滅惡四從所讃人一從能讃人者前品明信相思疑佛壽四尊盡降其室一心信解夜夢金鼓出聲旦向耆山説夢令品佛述其昔爲龍尊面讃法王願我當來夜夢晝説説斯人之本事故言讃歎品二從生善得名者夫善

不孤運生必託緣緣中勝者無過於佛能尊讚佛能生妙善從生善緣得名故言讚歎品三從滅惡得名者罪之尤者無過毀佛若翻滅斯罪應須讚歎讚歎治於毀呰從能治得名故言讚歎品四從所讚人得名者即是去來現在三世諸佛諸佛極尊甚深無量稱揚顯說故名讚歎品若欲分別述德名爲讚褒喻名爲歎亦更互分別爾釋論第三十云美其功德名爲讚讚之不足又稱揚之名爲歎也此品有恭敬是身業尊重是意業讚歎是口業口業不發身意不暢爲暢身意音聲爲佛事故稱揚顯說褒美如來真實功德故言讚歎品也結此四義都是四悉檀因緣立此品名故言讚歎品也此品雖從四悉檀立名正是生善之用文爲二一長行二偈頌而對

告地神者主此大地菩薩行行皆寄其上壽命長久見去來今事證義事強如瑞應云積功累德誰爲證佛時指地是知我今說往昔金龍尊事所以對告地神也又對善女天者男天陽表權女天陰表實實智能生衆善善生故宜對善女證往故宜對堅牢云云今論生善之用故對告善女金龍尊者此王往昔修金光明法門依法性理故言金能以智慧讚三世佛辯如雲雨故言龍能爲衆生作大利益爲物所仰故言尊從行得名故言金龍尊也總有六十二行半偈文爲三一三十五行讚三世佛二二十五行半發來世願三二行結會二世事就讚佛文爲五初一行半總讚次二十三行別讚次三行徧類讚次五行半絕言讚次二行迴向總讚者豎總三世橫總

十方世方是總事微妙寂滅是總理總理是總法身總事是總報應二身總讚三身亦是總讚三德三寶等種種三法門如是諸佛總皆清淨清淨者即是總讚之辭也非但清淨亦常樂我云云從色中上色下二十三行是歷相別讚其文間出分爲六意初六行半讚七大相海亦讚髮紺之好次二行讚兩小相海次兩句徧讚大相海次十三行又讚四大相海次兩句讚一小相海次兩句讚手足柔輭復是一大相海所以然者大相小相更相間填共嚴佛身龍尊巧智如法相解如法相讚故大相小相相間而讚爾夫相好本莊嚴佛身佛身多種父母生身尊特身法性身身既不同相好亦異相體不同相用亦異相用不同相業亦異三身異者如林微尼園舉手攀樹化右脇生天地大動阿夷甚驚披氎而相相相炳明決定成佛悲不能聲此是生身佛相也如釋論説尊特身佛巍巍堂堂譬如須彌映臨大海所有大相小相亦巍巍堂堂不同常身常光常相此即尊特佛身相也法性身佛者非是凡夫二乘下地之所能見唯應度者亦令得見此即無身之身無相之相一切智爲頭第一義諦髻八萬四千法門髻大悲眼中道白毫無漏鼻十八空舌四十不共齒四弘誓肩三三昧腰如來藏腹權實智手定慧足如是等相莊嚴法性身佛也種相業者如釋論修百福德成於一相三千二百福德成三十二相此即生身佛種相義也若以空慧導諸相業一一業悉與空相應諸相應中空相應最爲第一此是尊特身佛種相義

也若以實相慧道成諸業一一業無非實相法界此是法性身佛種相義三身三種相三種相業不得縱橫並別若一異者則不清淨非微妙寂滅以不縱橫並別故是絕言言歎所不及也今經正讚尊特身相上兼法性下攝生身處中而明實讚者之巧云云一一相皆明其用如足下安平相一切魔邪無能傾動者一切有無無能動者一切邊無能動者如頂肉髻相法不禮人亦不禮聖亦不禮分中別有所出云云從去來諸佛下是第三徧類讚諸佛法身平等一心一慧應化亦然特舉一佛一相以爲讚端徧類諸佛亦復如是文殊問般若云念一佛功德與十方諸佛等即其義也身口清淨者有二解一云所讚者三業清淨我今悉禮二云能讚者清淨以好華香是身淨奉獻是意淨歌詠是口淨云云從設以百舌下是第四絕言讚初三行半是絕言讚次二行是絕心讚而有三番者或應擬三身絕言也一人百頭頭有百口口有百舌住壽千劫讚生身佛相好功德不能得盡一人千頭頭有千口口有千舌住壽萬劫讚尊特身佛相好功德不能得盡大地及天毛滴其水一切有心不能知法性身佛相好功德是故絕言絕心歎從我今下兩行總迴向也從如是人王下二十五行半是第二廣發來願文爲二初一行佛述後二十四行半是龍尊發願文爲五別初五行夜夢晝說願次兩行爲他取淨土願次兩行半同求記莂願次三行下化願次十二行上求願其間細釋可尋問諸願皆尅此中何不與記荅法伴未來來在

不久云云從信相當知下兩行是第三結會古

今如文

金光明經文句卷第三

音釋

企遣爾切舉踵望也　皁莢皁在早切莢古協切皁莢櫟實也　槵胡貫切木名　篙棹篙姑勞切竹篙也棹直教切檝也　虺許偉切蝮蛇也　蝨色櫛切　恧女六切慙也　萎邕危切枯也　洩私列切漏洩也　鬱紆勿切森鬱也　轍直列切車轍也　氎達協切毛布也

金光明經文句卷第四

隋天台智者大師說

門人灌頂錄

釋空品

夫空者應有四種謂滅色入空即色是空滅邊入空即邊是空此經通諸乘懺悔應須四種空而今品但標空者專是即邊而空也何故爾經云無量餘經已廣說空是故此中畧而解說也又空者空有空無空有者空二十五之塊有空無者空二乘之灰無兩邊清淨名之爲空直作此說惑者迷名濫理不能超悟今作六句分別空破非有非無非有非無破空空修非有非無非有非無修空空即非有非無非有非無即空空破非有非無者所謂凡邪非有非無見二乘偏住非有非無證別教教道執非有非無門悉爲空品空所破也凡邪之見多種一單四見二複四見三具足四見單四見可解複四見者謂有有有無無有無無亦有亦無有亦有亦無無非有非無有非有非無無此是複四見具足四見者於一句中具有四句四四十六句故名具足也雖單複具足皆苦集浩然雖計爲非有非無實是妄見故爲空品空所破也二乘偏住非有非無證者斷常見故言非有斷斷見故言非無有無二見滅無餘三界見思永已盡生滅度想生安隱想梵行已立所作已辦不受後有保此而已不復進求三菩提但二乘發真斷常見斷斷見其門不同或從有門入如阿毘曇或從無門入如成實論或從亦有亦無門入如昆勒或從非有非無門入如那

陀迦旃延經離斷離常名聖中道四門俱斷斷常名同中道實是保偏取證故爲空品空所破也別教教道執非有非無門者佛爲鈍根菩薩方便權巧作四門說中道如彼栰喻不得意者四門成諍故涅槃云眞善妙有大般涅槃空佛性亦色非色非色非非色若各執一門則於如來有諍訟心不見中道執此教門猶爲空品空所破也新本云初地菩薩欲行有相道斯即一門之意也文中悉有四門之說大經云自此之前我等悉名邪見人也非有非無破空者還是凡邪之空見二乘之空證教道之空門墮在二邊故爲中道非有非無所破也相修者見空證空教道空應修中道非有非無也非有非無見非有非無證非有非無教門應修中道空也相即者破二邊空即是中道非有非無中道非有非無即是破二邊空無二無別般若是一法佛說種種名空即是非有非無而不以非有非無爲名者爲略說故故言空品也此品來意者懺品破惡讃品生善空品導成滅惡生善也亦是導成用宗體等故釋論云若以無此空一切無所作導成上品故明空品也又常果顯體滅惡生善非不明空利者已解爲鈍根故起大悲心更明五陰生法本性空寂爾此品有四十五行偈分爲二初四行半敘欲說空次四十行半正說空無量餘經者指廣而明略亦是標略以顯廣若指般若則此經非方等攝若不指般若諸經不廣明空義此復云何荅諸經前分結集人應作次第而其後分皆攝入前例且舉一以類諸如阿含經云

佛將涅槃舍利弗不忍見佛滅前佛而去均頭頭擎衣鉢來至佛所此是窮後之事而在十二年前阿含中集當知阿含後分至涅槃也又方等次第在法華前而云先於靈山已爲聲聞授記豈非方等至於涅槃又大品次第在法華前釋論云須菩提於法華中授記故而諸菩薩爲畢定爲不畢定當知般若亦至涅槃以此推之言次第者是前分也互相指者是後分也結集者以後分明義氣類若同向前集之或者不知言乖次第實不乖也此經屬方等後分指般若爲廣說於義無妨略而解說者佛有略廣二門應作四句分別或名義俱廣如十八空二十空二十四空是也或名義俱略如一獨空是也或名廣義略如法性實相實際如如法界等衆多名共名一義是也或名略義廣如生法二空之名而義大廣迄從凡地至于極佛皆名衆生釋論云衆生無上者佛是從凡夫之五陰極至佛地亦稱色解脫受想行識解脫釋論云法無上者涅槃是今言略說生法二空下文云五陰舍宅觀悉空寂善女當觀可處有人及以衆生即其義也衆生根鈍者根緣不同或廣說得悟名利根或略說得悟名鈍根此語似倒身子一聞得悟是略是利目連再聞得悟是廣是鈍此經意不就得悟邊明利鈍乃是聞持邊論利鈍利人廣聞則能持鈍人略聞方能持今機但有得悟之機無有廣持之機故言不能廣知也無量空義者二乘真諦是有量空義菩薩中道是無量空義此經明法性實相即是無量空義也異妙方便者即是

悉檀方便巧作上來辨果明因滅惡生善種種分別等是也起大悲心者一段衆生著有病重故大悲亦重也我今演說者演名爲廣與略相違上論生法二空是名略今論生法二義故言演爾知衆生意者知此一機樂略宜略對略悟略故言知意也敘欲說空意竟從是身虛僞下四十行半偈是第二正明於空又爲二初從身僞下十九行半明生法二空境二從善女當觀下二十一行明生法二空觀無境觀不正無觀境不顯應引止觀中十番檢境智明不可思議下文云不可思議智境不可思議智照新本云如如法如如智即其義也明空境又二初從是身虛僞下十七行半明實法境二從水火風種下二行明假想境實法者觀五陰無法觀十六無人空觀諦理故名實法身雖未死虛假臭穢故名假想亦名慧行行緣空直入名爲慧行帶事兼修名爲行行亦名正道助道空觀順理名爲正道不淨破貪名爲助道小乘修正道斷結名慧解脫人修助道斷結名俱解脫人大品明菩薩發心與薩婆若相應者是修正道遊戲神通淨佛國土者是修助道法華名爲大車儐從即此意也涅槃明正慧遠離遠離十相住大涅槃又諦觀白骨破二十五有成王三昧衆經同論此二義而互有廣略今經略明正助意也實法境又二初從身僞下十行半約苦果論境二從從諸因緣下七行偈約集因論境觀此苦集而起道滅若能見四諦則得斷生死生有既盡已更不受諸有云云苦境又三從身僞下兩句明生空境次從

六入村落下九行偈明法空境次從身空虛僞下一行結上生法二空境是身虛僞爲生空境者攬陰成身計有我人衆生壽命身見得生若體其生名虛僞則求身叵得身見不起餘知見亦寂故約假身爲生空之境又檢此身原由一念妄想託父母遺體假名之始也此赤白二渧色陰也覺苦樂受陰也想此苦樂想陰也具三性行陰也識於中住識陰也又精血是地大濕是水大煖是火大氣命是風大四大圍空是空種心依此住是識種此實法之始也觀此身與名依妄僞法豈可爲真故言虛僞空聚者身名積聚如水上泡圍空而起泡名亦起起即有滅泡名亦滅無明業力託父母體即陰泡起陰泡起即身名起陰泡滅則身名滅故言空聚也從六入村落下明法空境何以知之此文但細檢根塵不論人我故知是法空境文爲三初一行明六根次三行明十二入次五行明十八界六入者六根也能生於識名之爲根塵之所趣名之爲入亦爲識之所入故名六入也檢其元初但有三事謂命煗識如凝酥薄酪七日一變巧風所吹開張五胞攬四大淨色結成眼耳鼻舌身等諸根若立則有生識之用是爲開色爲五心但爲一識依根住故名爲村塵從此入故言結賊所止眼見耳聞鼻嗅舌嘗身觸意緣各有所伺不得相濫故言各不相知也從眼根受色下明十二入更開色爲十并一入少分開心爲二成十二入也塵入於根根亦入塵互相涉入通名爲入根生識強別名爲根塵汙義強別名爲塵當一根塵

互相涉入故言各各自縁他根不入此塵此
塵不入他根故言不行他縁也從心如幻化
下明十八界更開心爲八色爲十界者隔别
不濫名之爲界文爲三一心如幻化下明識
徧諸根假令眼耳不對於塵心亦追縁預念
故言馳騁如人坐馳天下以愚癡故不知根
塵空險故爲賊害如大經云二心常依止下
明識常在根故言六根識常在塵故言境界
若謂識不在根塵那忽即對即覺以即覺故
故常在根塵釋論云根不壞心欲聞復有聲
衆縁和合故得聞即此義也三心處六情下
明識之於根乍出乍入如鳥在網出入間闕
喙一捨一周而復始無暫休息識在根網亦
復如是或在於耳或在於眼去還無定雖復
無定而得論常在云從身空虛僞下一行是

第三結上生法二空境也身空不可長養結
上生空境長養是十六之一長養既空十五
亦空即是結成生空境也亦無正主者結上
法空境遺教云此五根者心爲其主此明託
胎之始心在諸根之初名之爲主其實不能
控制諸根根大相違心爲受惱身病時心亦
隨病寧得是主邪或時更互論主如地具四
微則鈍爲水所制水但三微爲火所制火但
二微爲風所制風有一微爲心所制心無有
微故得爲主復爲四大所惱主義不成故言
無正主也無有諍訟者若計有四大則有相
違如四蛇相陵四國相拒可有諍訟今觀四
大空不能得空便故言無有諍訟也此是結
上法空之意也從諸因縁和合而有下七行
倡約集因明境即是集諦文爲三初兩行明

集起相次三行半明集相吞噬次一行半明集善惡境前三是慧行後一是行行前三是正觀境後一是助道觀境前一從無明生後一從無明滅若直論生滅者未異小乘無明本不生而生不滅而滅生滅不二而二爾從諸因緣者苦集通從因緣欲明集義須作集之因緣釋也前三句假名起之因緣後五句實法起之因緣小乘破四大至鄰虛細塵從細塵則有麤塵用此爲起假實之因緣今明麤可析盡細塵亦盡麤細俱盡將何物作因緣言因緣者無明內惑爲因不了生法二空故染愛於外爲緣觸處染著故無明潤愛集業得起故言從諸因緣和合故起以業起故則有一念託胎招於苦果此一念託胎由無明愛能生之心既是虛妄所生之心亦是虛

妄討其本末能所都虛故言無有堅實也妄想故起五句明實法起之因緣由妄想不了一念託胎五陰得起也業力機關者善惡業是機關主色陰是機關具受想行陰於中動作去來進止以自娛樂識陰依六入住故言空聚四大所造故言成立也隨時增減共相殘害者豎論增減者如涅槃十時別異從歌羅邏時名增壯時名盛老時名減橫論增減者火增水減水增火減風地亦爾又念念生滅生是增滅是減又新諸根生故增故諸根滅故減又下文云隨其時節共相殘害春風夏火秋地冬水增減云云譬如四蛇初在篋時名生四蛇力敵名壯互相強弱名病蛇鬬困暫息不動謂爲調適息已復鬬蛇羸如者蛇絕爲死如是增減此是果身如此由乎集業

四分等如地瞋如火欲如水癡如風此四分互相違瑞應云貪欲致老瞋恚致病愚癡致死例云等分致生集業相噬致令四大增損云云同處一篋者此明篋同性異蛇有螫毒四大有八萬四千煩惱爲害義同大經以假身爲篋身持四大如篋貯蛇篋壞則蛇去身滅則大亡如鳥在籠云云又用業力爲篋業持四大業謝則大散如鳥在籠處處求出心鳥亦然未曾一念繫在身篋恒常外馳此則念念求死非安身道也其性各異者二上升是陽二下沉是陰何故相違猶其性別性別那能和合成身諸方亦二者四大對四方風東火南地西水北又對四時風春火夏地秋水冬東與南屬陽而上升西與北屬陰而下沉故言二上二下諸方亦二若相對論者東上西沉南升北降若論四維者東方帶兩維一維陽上一維陰下餘三方亦如是或言一根中具四大二上二下云云悉滅無餘者初見散滅謂言風火向上地水向下比至上推不得於風火下檢不見於地水故言悉滅無餘也苦果升沉碩異由於集業善惡天爭云云心識二性躁動不停者釋論云心意識一法異名對數名爲心能生名爲意分別名爲識又言有異前起爲心次起爲意後了別爲識例如意識不得爲一二性者心有善惡性異意之與識亦有善惡性異故言二性也躁動者心前起時亦與數俱意識後起亦與數俱故言躁動又如四大壞時善惡業爭牽不知從誰故言躁動但此業未謝心常覺觀況復業牽寧不躁動有熟牽強牽此世雖行善先世惡業

熟既與時合即受惡報故言熟牽強牽者人雖行惡臨終之時善心猛盛即隨善上升熟牽強牽彌顯躁動亦是隨業所作而墮諸有云云水火風種散滅壞時下二行明業謝棄苦器也氣命盡是風去故言散燸盡是火去故言滅水盡則身爛故言大小不淨盈流於外地散滅是骨肉離解故言如朽敗木大小不淨者身爲大四支爲小足支爲大手支爲小手爲大指爲小如是轉轉作大小皆悉臭穢不淨盈流此名助道若正觀降伏煩惱煩惱不伏當修不淨助破欲心釋論云三解脫是涅槃門道品是開門法不淨九想等是助開門法不淨是破欲初門若進修背捨及大不淨巳身他身一身多身一國多國山林石壁一切依正皆悉不淨即雖未爾想力若成怖畏心起能大助道開發正慧大經云不淨觀亦實亦虛能破煩惱故名爲實淨言不淨是故爲虛此不淨觀亦具生法二空大經云諦觀白骨一一支節何者是我八色流光亦復無我我不可得即是生空鍊骨人八色不見四大無有於實即是法空此就助道明於生法終成正道爾從善女當觀下二十一行是第二明生法二空觀文爲二初八行半明修因生法二空觀次十二行半明果成起用因中又二初三行半約苦集明生法二空觀次從無明體相下五行約十二因約明生法二空觀約苦集又二初從善女下一行半明衆生空次從如是諸大下二行明法空問四諦十二緣是二乘法云何是菩薩觀門荅四諦十二緣通是三乘觀境譬如大道貴賤同遊

不可尋小行之而判屬民庶通意云何涅槃云我昔與汝等不見四真諦云云又云凡夫有苦無諦聲聞有苦有苦諦菩薩解苦無苦而有真諦諸佛如來有真有實所以然者二乘觀有量四諦菩薩觀有量無量四諦大經云十二因緣凡有四種下智觀故得聲聞中智觀故得支佛上智觀故得菩薩上上智觀故得佛菩提復有別意大品云十二因緣獨菩薩法如佛昔爲儒童雖行衆行非波羅蜜見然燈佛得無生法忍一念相應習應苦空乃至習應滅空習應無明空乃至老死空諸相應中空相應最爲第一以空導行皆名波羅蜜以得無生法忍故佛即與記當知菩薩豈不觀於四諦十二緣邪二乘雖復同觀觀法有異聲聞觀諸果總作一苦諦觀觀諸煩惱及業總作一集諦觀又苦之與集總是現在所以名總相觀也緣覺觀苦爲七現在五未來二觀集爲五過去二現在三別觀三世別開苦集故言緣覺別相觀也雖復總別有殊同是自調自度同是析生法二空觀爾與菩薩有異菩薩爲衆生修四等六度觀四諦十二緣作生法二空今舉譬喻之如握五指成拳若一指一拳應有五拳若一指無拳五何得有我人亦爾攬五陰成衆生一陰有衆生應有五衆生一陰無衆生雖五亦無即陰求衆生不得離陰求衆生亦不得雖求拳不得拳不妨有皮骨之指存雖求人不得人不妨有五陰之法在二乘人得生空時未能知法空更須析指皮肉骨髓分分推求亦不得指地水火風窮逐鄰虛亦不得色前念後念亦

無想受求指不得指始知指無求法不得法方知法虛既不得生法二空境亦不得生法二空智通菩薩觀亦然是爲菩薩二乘析生法二空相如此但有自行爲他之異云云若論别菩薩體空與其求異如見鏡拳懸體既虛不勞尋檢鏡拳既虛鏡指非實鏡内拳指既是虛鏡外拳指亦非實衆生亦爾但有名字名爲衆生此之名字本來自空非檢後空名既假名法亦非法體名即體法如大品云我性如色性色性如我性今世生法由無明行五果既虛二因寧實下文云本性空寂無明故有無明既寂從無明生寧得不寂雖不得生法二境而能了了通達二境不爲境所染雖不得生法二空智而能了了通達二空智不爲智所淨非染非淨雙亡二邊正入中道

第一義諦而能雙照二諦三諦朗然非前非後一時大覺與此甚深法性相應金剛寶藏具足而得是爲菩薩體生法二空觀諸小乘師雖說析空同外道義何者析色極至鄰虛或存塵不破或破塵令盡若存不破秖是常見若破塵盡秖是斷見斷常宛然非邪何謂諸大乘師雖說體空同於小道何者單用體慧不能一念空心遊戲神通淨佛國土具足解釋佛之知見何能三智一心中得五眼具足而成菩提耶似小乘壞法人無三明六通願智頂等秖是慧解脱人而已非小何謂今經首軸窮深極廣序品云遊於無量甚深法性空品云求於如來真實法身捨身品云求於寂滅無上涅槃豈可用世人邪見豈可用小乘之析豈可用大乘師之體解此空義邪

善女當觀下一行半明生空觀初一句對告勸發次一句指上境次四句正作觀善女者菩提樹神也諸佛說法必有對揚寄一以訓衆故告其人也又時衆機緣宜在善女若聞對告宿善發生又男天表方便女天表智度欲說智度破於愚著故告女天也又佛在道樹得道欲說此道故對告樹神也此是表四悉檀對告非無因緣也當觀者勸一人以例諸一切菩薩必須修於智度無有菩薩不由此者故言當觀也諸法者指上四諦十二因緣若假若實二空境也名目雖略攝法則徧故言諸法也如是者正明總觀也如是有三義謂如事如理如非事非理如事者如助道假想不淨流溢也如理者如生法二空無法也如非事非理者如法性法身也又事即如理如非事非理非事非理亦即如理亦即如事理即如事亦即如非事非理三法不一異故言如是三法亦一異故言諸法何處有人者點出理觀也何處者若色處有人則不須四陰若色處無人四處亦無人五處都無人故言何處有人又果處既無人無明行因處亦無人因果合亦無人離因離果亦無人故言何處有人也人既無衆生十六知見等皆無故言及以衆生也本性空寂者點出非事非理觀也本性無事亦復無空空本空事既其無事空何所空無事故事寂無空故空寂本性如此非今始然故言本性空寂也無明故有者點出事觀也若其空而復空那得此事既有事即有空既有空即有非事非理此之三種悉由無明故有以有無明癡故有行

有行即有生法既有生法即有助事之觀助來助正即有空理之觀正助顯本即有非事非理之觀是事不知名爲無明淨名云從癡有愛則我病生病生故則有藥起即此義也若知無明本性空寂尚無無明那得事理非事非理畢竟清淨故稱空慧也但我見深重爲學道大障凡夫所作恒與我俱我行我住坐卧言語無離於我我行施戒乃至我行智慧若攬他遺體而計我者此我疏鈍若執法塵而計我者此我容利如執一法謂我知我解於法起我隨執一句是實餘皆妄語即是邊見非道謂道即是戒取非理謂理即是見取不當謂當即是邪見自是陵他即慢撥之即瞋譽之即愛破之即疑不了即癡十使煩惱以我爲根本不自覺知日夜增長縱令世智辯聰如長爪鎅腹難石石裂難樹樹折難水水竭難火火滅去道彌遠假令隨禪梵世極至非想我心常在將出復還如此凡邪尚無暖法那能破我廣說此我即二十種身見謂即陰計五離陰計五我中有五陰陰中有五我是爲二十若一陰是我餘陰無我若併是我即有五我是義不然若離陰有我既離於陰我是誰我是義不然若陰中有我是則陰盛於我如器盛果如屋貯人是義不然若我中有陰則陰在我内是義不然是爲破二十種身見此約外境作如此說而其内心猶計有我復當反觀即智有我離智有我我中有智智中有我是義皆不然復破二十種身見内外合數即四十種身見是名生空毗曇云我見是共等因我見起時未動身口因我

見後生思惟時方動身口斷我見巳悟衆生空成論明我見心即思惟能動身口斷我見巳即悟衆生空亦悟法空大乘明我見即具諸法可不具於思惟悟衆生空即是悟實法空破二十種身見通上三句皆通用之若即事而理何處有人即陰離陰陰中無人人中無陰二十種見破故言何處有人能觀之智智即是人離智有人人中有智智中有人此計亦破故言何處有人若作非事非理本性空寂觀者本性空寂本無即陰離陰陰人人陰既無如此計破故言何處有人能觀之智本性亦寂故言何處有人若作助道不淨觀時若觀惡心取境即是汙穢五陰若善心慙愧即是方便隱没五陰是見皆依色色即不淨以不淨故無人無我故言何處有人能觀

觀智亦復如是故言何處有人若得悟爲論破二十種身見是得衆生空無復見惑而作二十種觀者除於實惑實惑若除即入修道即應言何處有法若未悟爲論者雖作二十種觀見惑未除而於假名上伏愛度入實法計我故法華云衆生處處著捨一取一如屈步蟲須實法上更作二十種觀使空慧分明處處作无咎從如是諸大下兩行明實法觀上生空得悟即解於法爲未悟故更説爾文亦爲三初兩句即法而空次一行一句即法本性非空非假次一句即法而假例如生空三意也如是諸大者標四大法也一一不實者正明空觀也若四大各守其性者地守堅性不應動不應煖水守濕性不應氷不應波火守熱性不應貞不應燄風守動性不應持

不應觸壁而止一大既有三性非都堅非都濕非都熱非都動失本性故則是不實不實故空請觀音云地無堅性水性不住火從緣生風性無礙一一皆入如實之際即其義也上檢生空故言何處有人今檢法空故言一一不實不實者即空也本自不生者即法本性不生不滅非空非假觀也體其元不生中無和合未亦不空元無四大四大何得而生元既不生中那和合四大既不和合寧得五陰和合大陰既不和合那得法空本自不生不滅非是觀智令其不生不滅即事而理此之謂也以是因緣者觀解因緣也觀與理冥達即空即假即中大經云亦有因緣因滅無明即得熾然三菩提燈即因緣義也和合而有者即法而假也既本體不實那得大陰此由無明業因託今世遺體果故有四大五陰即是迷惑因果和合而有此法有故體有非有亦非有非非有即空即假即非空非假三觀明文在經寧不信邪更爲鈍根人作實法惑相或謂四大五陰是有是無是亦有亦無是非有非無四執既生生名爲有是見依色依色起我我生五利爲法恚怒復起五鈍十使是集方招來苦來世不了展轉無窮生死大海潦水波濤世世常爲大陰所惑惑此色法即色陰憂喜是受陰取相是想陰起善惡是行陰分別是識陰陰心起故名爲有法非法空也心不依色亦復不依受想行識寂然滅衆惡無量衆罪除如是尊妙人則能見般若亦是甚深法性金光明中而得見我釋迦牟尼行人若能如此觀生法二空則是懷壁

向本一世兩世能有所辦保不孤然矣從無明體相下五行明十二因緣生法二空觀文爲二初三行出境相後二行出觀相初又二初二行明生空境故文云名曰無明釋論云誰老死故知是生空境也後一行出法空境文云老死愁惱釋論云是老死故知是法空境也然十二因緣經論不同或三世或果報或一念或十種三世者過去二因破神常之見現在五果破神我之見現在三因未來二果破神斷之見常途所用果報者初託胎歌羅邏時爲無明一期始終論十二支也一念者華嚴云十二因緣在一念心中大集云十二因緣一人一念悉皆具足如眼見色不了名無明生愛惡名行是中心意名識色六識行名名色六處生貪名六入色與眼作對名觸領納名受於色纏綿名受想色相巳名取念色心起名有心生名生心滅名死乃至意思法亦復如是一日一夜凡識幾許十二因緣輪網以自纏迴今更說其因起之相若觀名色由行行由無明於無明不了或謂有謂無亦有亦無非有非無作四句取者皆是無明是事實是行是中心意名爲識識共色行名名色一一如前說又觀一念託胎是名色五胞開張名六入六入對塵名爲觸領納名爲受於此受中作四句分別或有受無受亦有亦無受非有非無受如眼受色於色不了是無明愛惡之心名爲行識共色行名名色六處生貪名六入餘如上說乃至意思法不了是無明愛惡是諸行餘如上說如此推十二因緣大樹枝條布濩徧覆三界誰能識邪

誰摧伐邪今經既是略說不論三世一念等但舉生法爲二觀之境宜以譬顯如捉火燼闇中舞之圓輪相續團團不斷火者實法也輪者假名也衆生長夜著於假名舞燼不息迷於陰入薪火不息十二因緣何由可盡若知輪依於火止手則無輪火賴於薪除薪則無火輪火雙無生法二空也生空境文例爲三無明體相兩句明本性不有不無是中觀境妄想因緣和合而有此兩句是假觀境無所有故兩句是空觀境是故我說兩句結成爾行識名色一行明法空境例應有三特是文略得意可知衆苦行業下明生法二空觀文亦三意衆苦行業不可思議一行明非空非有觀本無有生亦無和合兩句明空觀上句本無有生是生空下句亦無和合是法空

也不善思惟兩句明假觀前不善思惟致今名色今不善思惟復有未來老死云云雖名爲生法二空觀即空即假即中其文炳然明與義會何所疑哉更爲鈍人說空觀相若假名自生不須實法若由法生非假名生若假實合生應有二假若離假實則無是處今之假名但有名字名字不在內外兩中間亦不常自有以不可得故是名觀假名空觀實法空者若名色自生不應待業若業能生羅漢有業何故不生若業果共生各有名共各無寧共若無因緣生則無是處既不得生亦不得不生亦不得亦生亦不生亦不得非生非不生亦不得滅亦不得不滅亦不得亦滅亦不滅亦不得非滅非不滅無滅無生名爲無生無生故假名壞假壞故則六十二見壞見壞

故實亦壞既不然火是則無煙日中舞爐是亦無輪是略示空觀相中觀假觀在別記云云我斷一切諸見纏等下十二行半偈是第二果上生法二空用明觀成證果文爲二初三行半自行成後九行化他成自行文又二初兩行智德滿次一行半斷德滿一切諸見者六十二見八十八使等故言一切此是生空觀成也以智慧刀者譬智慧利用上譬斷見下譬斷煩惱纏者別明十纏煩惱網者通明十使網有羅籠之失舍有覆闇之過達陰空寂闇障不能蓋裂網破壞羅罥不能礙此是法空觀成也二乘所斷是通見纏菩薩所斷是別見纏淨名云結習未盡華即著身未斷別見爲華所著也而言佛斷見纏者若通若別究竟盡在於佛也釋論云衆生無上者佛是法無上者涅槃是無上假實佛地所不惑故言斷爾經論不同或言佛上上智斷下下惑無明力大佛智能斷一念相應慧正習俱盡無有餘或言有上士者名之爲斷無上士者名無所斷斯乃隨國隨時隨人隨悟皆有利益云云證無上道者生法二空正道滿也徹妙功德者生法二空助道滿也開甘露門下一行半明斷德滿甘露是諸天不死之神藥食者命長身安力大體光譬諸佛斷德住大涅槃真常樂我淨用知是斷德滿也然此義意復欲通對華嚴諸位開甘露門對十住位初開聖道遮二邊故故言開也示對十行歷別顯示也入對十迴向迴事入理也處對十地處法性室也食味對妙覺自食斯味兼以被人下地非不化他自行未圓化亦不廣佛

地果圓斷德巳滿慈悲力大能爲衆生開於十住示十行入十向處十地食甘露味功用具足斷德化他兩義皆成也又通對般若四智開對道慧示對道種慧入對一切智處對一切種智食味對佛住大涅槃以大悲令衆生得此四智於果地斷德義亦無妨云云又對法華開示悟入佛之知見良由佛德圓滿能以大事因緣出現於世開示衆生佛知見也於斷德義亦顯又涅槃云常樂我淨於果斷最便如前釋云云吹大法蠡下九行明果地化他滿文爲二初兩行轉法輪化他次七行四弘誓願化他說法又二初一行說法次一行神通餘經前神通駭物開後說法今經後神通成前說法爾修因時生法二空之正慧得果時智德滿故能說法化他修因時生法二空之助道得果時斷德滿故能神通化他說法舉四譬者聞法之益實自無量略舉四譬別有所擬吹蠡是改號譬佛說小乘法改凡夫苦忍之凡性入聖人之正性說大乘法改凡聖之偏性入中道之圓性通教七地別教初地圓教初住皆是改號之位從偏以入中也擊大法鼓者擊鼓誡進肅衆前驅此譬佛說法督進深行小乘位在修道通教在八地別教在十行圓教在初住此諸位以聞法力咸進真修道也然大法炬者炬能自照亦能照他譬佛說法令自他雙益如千年闇室一燈能了又如一燈然百千燈聞法之力自他俱益亦復如是通教八地別教十迴向圓教亦在初住皆是道觀雙流自他俱益之位也雨勝法雨者雨能成熟農夫加功扶疎益寡

時澤一降華果敷榮喻如衆行雖復勤修發趣事弱聞佛説法增道損生任運成熟自然流入薩婆若海如大恒中船不勞筋力疾有所到此並在雙流位中義如上説若得此意例華嚴之四位般若之四智法華之四知見涅槃之四德皆可解此一法竪擬諸經之位横論一切諸位一聞法音隨類各解云云此中四譬皆言大者説大法也通途解釋明大非小位爾我今摧伏下是神通化他也怨結者四住是二乘怨結五住是菩薩怨結魔爲煩惱主伐樹去根化物須降主若不降魔化道不暢降魔之法須用神通譬如勝怨乃可爲勇非法王不壞法王勝者是時化道得立爾竪法幢者法幢三昧也高出衆行爲衆行之望如兵望麾也三德不縱不横故言微妙從度諸衆生下七行是四弘誓願化他雖復成果本願未休故言四弘益物亦名四諦益物四弘是誓願之心四諦是所緣之境也度諸衆生是初弘誓亦是未度苦諦令度苦諦也從煩惱熾然一行是第二弘誓亦是未斷集諦令斷集諦也從我以甘露下一行是第四弘誓亦是未證滅諦令證滅諦也從於無量劫下四行是第三弘誓亦是未安道諦令安道諦也此中指檀爲四諦檀對於慳慳貪自蔽是集集業招果是苦檀能破慳是道慳滅是滅諦無量劫者積功高也遵修諸行者攝法廣也論云檀義攝於六云云捨身命財與後際等得不壞常住名波羅蜜竪高横廣故言遵修諸行也

金光明經文句卷第四

音釋

塊苦怪切　栰房越切簰栰也　燸乃管切火溫也　騁丑郢切馳騁奔走也

控苦貢切操制也　噬時制切齧也　歌羅邏梵語也此云凝滑邏郎佐切

篋詰叶切箱屬　羸力追切瘦弱也　螫施隻切蟲行毒也　躁則到切不安靜也

濩胡故切布濩散也　燼徐刃切火餘也　蠡盧戈切蚌屬

督都毒切催促也

金光明經文句卷第五

隋天台智者大師說

門人灌頂録

釋四天王品

四天王者上升之元首下界之初天居半須彌東黃金埵王名提頭賴吒此翻持國領乾闥婆富單那南瑠璃埵王名毗留勒叉此翻增長領鳩槃茶薜荔多西白銀埵王名毗留博叉此翻雜語領毗舍闍毒龍北水精埵王名毗沙門此翻多聞領夜叉羅刹此四王聞經歡喜各領五百眷屬發誓護經從此標章故稱四天王品觀心釋者東集南苦西道北滅四諦理是四天觀四諦智爲四王護四諦境名護國護心數是護衆生世者他也爲他說心數名護他衆生八部者苦諦下有利鈍見思法華指此爲鬼神乃至滅諦下亦有見思是爲八部也若不照四諦理見思二惑侵害心王毀損境界心王亡境國敗心數人民迸散境智俱爲鬼神所惱能觀苦集控作見思則國安民寧能爲他說四諦是護他國土遮彼見思使得安樂是爲觀心護世四天王也此下十三品是流通段佛慈季末使邪惡不翳於正真經王不壅於來代有緣之者得正聞正聽故曰流通凡爲七意四天王至散脂明天王發誓勸奬人王弘宣此經正論善集明人王弘經天王祐助亦是示往日弘經方軌鬼神品明聽經功德天神地祇若河若海菩提薩埵咸守衛之授記品證聽經功德之不虛除病流水引昔聽經之功德證今護持之非謬捨身品引昔行經不惜軀命誡勸

師弟勿吝法財讚佛品明諸菩薩稱揚佛法能宣所宣利益深重云云天王發誓又爲五四王以天力擁護請者大辯品以辯充益說者功德天品誓以資財潤請者說者地神品誓以地味膏腴味請處說處散脂品誓以威武摧外敵攘內難安於請說聽等也又天王護其國大辯護其師功德護其衆地神護其地散脂禳其災令經法大行也云云四天王品者有六番問荅即爲六段第一白佛述有護國之能第二白佛述其護國之事第三白佛示其軌模第四白佛要其法利第五白佛雙述興衰第六白佛說偈頌德初番爲二一白佛二佛述成白佛又二一經家敘二正白佛敘敬如文正白佛文爲二一歎經二述能護諸天信法有力是故歎經欲得經弘述其能護

歎經爲三從是金光明下歎經體從莊嚴菩薩下歎經宗從此經能照下歎經用正說乃多歎三則略攝於廣也法性之理佛所護念文詮此理故言經王既言經王知是歎體約體修行能令菩薩具二莊嚴成於極果既言莊嚴知是歎宗世天淨天義天皆宗仰極地施三業供養恭敬是身歡喜是意讚歎是口又下從地獄上至菩薩無明未盡通有熱惱此經能除如月清涼知是歎用云云從世尊是金光明下是第二述能護國文爲二一內以法護國二外以策護國法護國又四一護國之由二以法護國三以天黨護國四以天眼護國護國由者由聞此經獲於四益身益光明力益勇猛心益增進德益尊嚴理獲二益謂法身慧命皆得增長由國弘經致斯法潤

寧得不護述所以者此義正與觀心相應以四諦智護四諦境即是修行正法以四諦智導諸心數使諸心數不行故名行般若波羅蜜即是能說正法内有如此護國所以名護世王正治國土爾帥黨護國者此亦與觀心相應心王帥心數黨降伏見思利鈍諸使如諸天王共眷屬遮諸惡鬼如轉輪王與七寶千子有所至處四方歸德四王共五百所臨之地何惡不除邪用天眼護國者以報得天眼徹視無幽不燭防萌杜漸何惡不除邪二從若此國土有諸衰耗下是智策護國令内外因緣和合文爲三一若王國多災種種艱難謂兵饑疾者我以智策勸法師往或威神勸往或現形勸往或降夢勸往法師若往廣宣此經如日出朝陽雰霧自歇此勸外緣也

次王心無智照災承闇入若有明慧變怪不生師既秉法來儀王須專心聽受王若勤聽天亦勤護所以加於可加護於可護一人有慶賴及萬方王身與國安隱無患此内因也若外雖有弘法人王内心不殷重則不和合不能禳災也二者王無惠施則寡於福祿如不勤田倉廚少穀勸王傾財供給四衆四衆得安福資於王舉國眷屬一切無患此内外因緣和合能致豐年流行云云三者王身無先王之德行臣民不從口無先王之法言鄰國不詠令勸王三業供養恭敬是身業尊重是意業讚歎是口業夫髙以下爲基辯以訥爲師屈尊敬卑功亦大矣以天威力使鄰國遥崇羽檄稱讚歌詠羡慕三業顒顒上之化下如風之靡草鄰國既然國人牛馬草葉無不

低迴內向此則能讚所讚因緣和合頌聲溢於鄰國云云經文分明尋之可見次佛述成文爲二初合述歎經二述其能護國四王初歎經說既合理佛述而成之成其上體宗用三歎故言佛合述善哉善哉其上總歎一教佛述成其徧讚百千諸佛諸佛從是法生故舉多讚成於一也從於諸佛所下述成其能護國又爲二初述以法護國二述以智眼護國法護國有四佛皆述成上明護國之由由聞經得益佛述今益良由先種發心畢竟二不別如是二心前心難是故敬禮初發心此舉前以成後述後以顯前從說於正法下述其以法護世上云能說能行所以名爲護世佛亦述成能說能行得名護世云云從汝等今日下超述其天眼護國小不次第於義無失上

云以淨天眼過於人眼佛述長夜利益夫天眼夜照不假日光故言長夜也從汝等四王及諸眷屬下追述其天黨護國上直言護國佛今加讚是護三世諸佛正法也從汝等四王及餘天衆下述其智眼和合護國上云請法師入境禳惡此功歸己能却修羅之陣汝勸王聽經供給四衆佛述其內智外福實是消伏諸苦能致安樂如文云云第二番白佛述護國之事文爲二一白佛二佛述成白佛又二一是經流布之處其王自能頂受又供給四衆者我及眷屬誓當隱形令其顯益二者惡鄰興兵侵斥善國我當隱形起諸怖懅種種難起今其軍兵顯然退散尚不擾邊況能壞中云云次佛述成文以爲二從爾時佛讚下至無鬬訟之事是述成初意其上隱形護國

欲使經弘佛述隱形是護三寶我是佛寶修習菩提是法寶諸王無鬪訟是僧寶述其護一而能成三也從四王當知此閻浮提下是述成後意上以天威懐之天力退之似若憎惡愛善佛勸慈心平等向之爲惡者自懐爲善者自豫非薄惡而厚善成其懐退之意也又勸諸國各守本業住境自樂勿起貪企諸王和則民無夭法興盛則熏諸天佛告帝釋鬪諍因緣人天損減善能慈和天下非止供養於我則是供養三世如來非止安於一王徧安諸王非止安於一國徧安一切故以慈和述成第二意也云云第三白佛示人王軌模文爲二一出其願欲二示其軌模願欲有六一欲安巳身二欲安妻子三欲安宮殿四欲王領殊勝五欲攝諸福德六欲國無憂苦六願如文從世尊如是人王下是第二示其軌模雖不次第六數足上欲安身今示莫放逸制心則身安也上欲安宮殿今示嚴法堂牖蓋映於上香華麗於下三寶受用則柏梁無災上欲王領殊勝今示洗沐香塗敬恭去慢一身敬於此八紘休於彼上欲攝取福聚今示正念聽經正念聽經能致無量功德天神竭其力覆地神竭其力載鬼神竭其力護臣民竭其力愛上欲安妻子今示和顏與語勸其興福内外修善感益事多上欲得國無憂苦今示應自喜慶自勵忘疲倍作利益一人既悦則四海謐然此之謂也次佛述成文爲二先述成六方法次述成六願欲四王約六事又所說少止在現世佛約一事而所益多超無量世倍述成之從佛告四王下秪弘經

聽經即是述成安身方法上直示心不放逸令加示羽儀出宮迎候步步值那由他佛方法既倍體亦彌安從復得超越爾許劫難者述成安國方法上止一世無憂苦今則超爾許生死之難從復於來世封受輪王者述成安妻子方法輪王有玉女千子悉無怨對爾許劫中妻子常安也從亦得如是現世自在之力者述成上安於王領方法也從常得最勝七寶宮殿者述成上安於宮殿方法也從在在生處訖具足無量福聚述成其上攝福方法也從汝等四王下述成其六種願欲從四王下至不退轉述成上願安身從已爲得值至畢三惡道苦述成上安國從我今已種輪王釋梵之因述成上願安妻子從已種無邊善根下述成上欲攝福聚從後宮宅無諸凶衰述成上願安宮殿從國土無有他方怨刺述成上王領第一從汝等四王下更總結成六法六願皆令具足者若能屈已迎候至心聽法即是六願六法又迴利施天亦即能令六願六法成就滿足也第四白佛要其人王施善此由第三段末文爲二一白佛二佛述成白佛又二一人王運心二天宮相現人王心存至典是故香作金光迴施必得是故天宮相現香至天宮龍宮鬼神等宮總至三法界爾觀心解者以智慧火然實相香起戒定慧煙實相是真法故言金光戒慧與理冥故徹照無礙也云云次佛述成文爲二先述香光非但至天宮等三法界徧至百億諸宮又至恒沙佛上總而言之徧至十法界也從諸佛世尊聞是香氣下述成人王運善奉施

諸天爲諸佛所讃先讃因成次讃果滿如文第五白佛雙舉興衰文爲二一白佛二佛述成白佛又爲三初從白佛至諸惡災患悉令消滅是第一舉興勸從若有人王心生捨離至善神遠離生如是等無量惡事是第二舉衰勸從世尊人王欲自護及王國土是第三正勸舉興勸爲四一人王弘經則四天隱形聽受二非但四王聽受釋梵八部皆集聽受三以是人王爲善法知識四既得法利護國彌勤皆如文次舉衰勸亦四一王不弘經天失甘露則威勢減少二釋梵舊神並皆遠捨三惡鬼亂行災毒競起四展轉結成災何故起惡鬼亂行鬼何故行天神捨離天何故捨不聞法食何故無法食王不弘經如文三正勸爲六一欲得現利故必定聽二天欣法食故必定聽三出過三論故定聽三論者四韋陀論説梵事毗伽羅論説十善事僧佉衛世師勒沙婆論説學通事云四始終得益成就菩提故必定聽五教主勝於釋梵故必定聽六諸法之本故必定聽皆如文次佛述成文爲二初番述成舉興勸不弘則衰無可述成又解云前番則兩述成而與安樂是述成舉興勸滅其衰患是述成舉衰勸從若有人能於人天中作大佛事者述成正勸云第六白佛文爲三一説偈歎二佛以偈荅三歡喜發誓偈歎有八行半文爲三初一行歎三身次五行半歎身相次二行結歎夫三身有通別依文是別空是法身日是報身月是應身通意者空是法身日是報身水日是應身空是法身月是報身水月是應身空是法身日

中空是報身水中空是應身月亦如是依結歎文空是法身月是報身水月是應身空是法身日是報身燄是應身化法是法身化主是報身化事是應身雖復別說義則通融故文云無有障礙即通意也歎身相文爲五初一行歎上兩相謂目與齒次一行半歎智斷兩德謂智三昧次兩行歎下兩相謂平與網次兩句絶言歎謂不可思議次兩句結歎夫相好不獨在應身報法亦通莊嚴父母生身者應相好也莊嚴尊特身者報相好也莊嚴法門者法身相好也此中歎智斷即法身相好也文云無有障礙者非獨歎一身相也偈初標佛月今先結佛月爲三身次結三身通融故言無有障礙次結佛日故言如燄次結佛化身即是四身義故言如化皆具三身四

身則是無障礙也結竟即禮禮於佛月亦是禮佛日佛化也品初歎經歎體宗用品後讚佛辭異義同佛真法身即是體佛月清淨即是宗應現水月即是用天王天辯其妙若此也問空譬法身月譬報身空爲作月不作月空若作月月非空作空不作月月那依空荅空不作月亦不作非月月非月必依於空法不作報亦不作非報報非報必依於法又問法不作報非報報非報必依於法者亦應月不作影亦不作非影影非影必依於月者月亦是法身耶荅智與法冥法是法界智亦如法界云云又並影不作動與不動動不動必依於水水亦是法界耶荅動不動譬機一切諸法中悉有安樂性譬法界亦是無妨又淨度三昧云衆生亦度佛若無機感佛不出世亦

不能得成三菩提出世菩提皆由衆生機爲法界此義成也佛荅二十四行半偈天王所以讚佛者佛能説法故也法王所以讚法者法能成佛故也般若云我初成道觀誰可敬可讚無過於法法能成立一切凡聖故佛讚法以荅天王文爲三初一行歎經體荅其法身次一行歎經宗荅其報身次二十二行半歎經用荅其應身悉如文三四王歡喜發誓如文

釋大辯品

辯有四種小辯無量辯雙辯大辯無漏法名小辯恒沙法名無量辯備二種名雙辯雙非雙照名大辯此天住智慧莊嚴法門自住大辯以自在力爲悦衆生故隨説一辯若二若三若四故名大辯爲宜衆生故若授一辯若二若三若四宜而立之故名大辯爲對衆生故或對一辯若二若三若四對而治之故名大辯爲悟衆生故若悟一辯若二若三若四一悟一切悟而開發之故名大辯對佛發願以大辯加於説者故稱大辯品文爲三一從白佛下以大辯力加益法師二從若有衆生於百千下以感應力加於化道三從復令無量下以行力加於聽者初加法師以樂説辯才莊嚴次第是辭辯大智是義辯總持是法辯若有衆生下加化道流布不絶加其能化之道無人無所化無道無能化因緣和合化道不絶也從復令無量下是加聽衆兩益聞經至不退轉是加因益必定得菩提是加果益文言雖略誓願甚深爲益大矣

釋功德天品

此天住福德莊嚴法門攝一切法而以功德爲首故言功德天又能與說者所須無所乏少故名功德天又令說者晝夜思惟是經深義故名功德天又令聽者速成菩提具此衆義故名功德天品此是天王護經第三意福資請說及以聽者文爲六一從白佛下發誓四事資給法師二從我已於過去下明福德之由三從若有人能稱下勸示行法文中有略示廣示云云四從我於爾時如一念頃下誓臨影響五從若能以已所作迴施我下要求同行六從應當禮下別示歸敬悉如文

釋堅牢地神品

上諸天或住善權方便道爲衆生法父此天住善實智度道爲衆生法母一義也譬如陰陽覆載卉木智度養育出生衆善二義也餘度各有所主未亡未泯實智照了無相無名三義也餘度有等有上智度無等無上是究竟度四義也智度法門常無改變義曰堅牢常也能荷樂也能生淨也名之爲地德力自在我也稱之爲神從此等法門故名堅牢地神品此品是天王護法第四意翻涌地味資益請說聽等地也文爲三一從白佛下誓涌地味利益行者二從爾時佛告下如來述成三從爾時地神下發誓弘經初涌地味文爲三從初白佛下明已身利益凡約八事展轉增長由聞法故法味增長法味增長故氣力增長氣力增長故翻地味增長地味增長故諸物增長諸物增長故衆生五果增長五果增長故修行增長修行增長故供養增長供養增長故弘通增長悉如文從何以故世尊

下明眷屬利益是經力增長凡約五事展轉增長以經力故我眷屬增長眷屬增長故地味增長地味增長故諸物增長諸物增長故衆生快樂增長快樂增長故依報皆具足具足亦名增長從世尊是諸衆生下名報恩增長凡約六事展轉增長以知我恩故專聽增長專聽增長故功德增長功德增長故教他增長教他增長故地味增長地味增長故受樂增長受樂增長故信施增長悉如文二佛述成文爲二一約聞經展轉增長從人世至天世從天世至出世日夜即受不可思議快樂即出世樂也地神所說止是今世增長如來述成文雖略意極長遠二述成供養增長從人世至天世從天世至出世長遠之義準前可知云云二發誓護經文爲三一誓護說法者二誓護化道不絕三誓護聽法者如文

釋散脂鬼神品

具存梵音應言散脂修摩此翻爲密密有四義謂名密行密智密理密云云蓋北方天王大將餘三方各有東方名樂欲南方名檀帝西方名善現各有五百眷屬管領二十八部孔雀王經云一方有四部六方則二十四部四維各一部合爲二十八部又說者云一方有五部謂地水火風空四方有二十部足四王所領八部是爲二十八部巡遊世間賞善罰惡皆爲散脂所管聞經歡喜發誓護於說者聽者從能護人受名故言散脂云云文爲四一從白佛下發誓護持二從何因緣下述有能護之德三從散脂大將下誓以智力充益說者四歸敬本師初段有經家敘正發誓悉如

文述德又爲三初標次述後結標如文述又爲三初五句述智次五句述境次五句述正三番稱世尊知是三種意也神既名密述名顯德應談密義智若淺深階級次第不名爲密即一智一切智一切智一智非一非一切而一而一切者斯是智密若得此意五句一句一句五句非一非五而一而五唯數唯密爾若境可以智知可以口說者境則非密不可智知不可識識不可以名名不可以言說是名不可思議密境也而約五數論密者例前可知也若對邪道明正道待邊說中此正非正此中非中皆非是密即邪而正即邊而中邪正中邊無二無別者乃名爲密思益云若以心分別一切法者一切法邪若不以心分別一切法者一切法正即其義也我行正道若境若智從此得名唯然世尊自當證知云云又此三番一往是身口意密前五句言知知即意密次五句言現見現見屬眼眼屬身即身密後五句明正解由正解故言正分別分別即口密所以言不彰露者是密義也如此述名密義已顯賞味無已更復略說世尊我知一切法下作三觀義解之知一切法一切緣法兩句同是因緣所生法境何者能生爲因是初句所生爲緣是第二句能所合故諸法得起中論云因緣所生法即此義也了一切法者了達虛無也中論云因緣所生法我說即是空是爲從假入空觀也知法分齊者知空非空用道種智分別假名凡聖之法無有差別中論云亦名爲假名是爲從空入假觀也如法安住一切法如性者以二觀爲

方便得入中道第一義諦中論云亦名中道義即是中道第一義諦觀也含受一切法者即是中道正觀能雙照二諦故言含受若三觀一異縱横並别者則不名密觀即一而三即三而一名爲密欲知智在説説即口密也世尊我現見下五句作三諦三解脱義釋之現見不可思議智光者光是實智如日月光常明不息此實智照不可思議真諦境成圓淨解脱也不可思議智炬智行智聚者皆是權智如人執炬屈曲照物乍興乍廢隨順機緣或此或彼行是因義聚是果義從因以向果果與而因廢皆是權智照不可思議俗諦成方便解脱也不可思議智境者是法如如智此智與法如如冥故言不可思議智境此智照不可思議中道第一義諦成性淨解脱

也若三諦三解脱一異縱横並别者非不可思議也以不一異並别故故名不可思議不可思議故名密也世尊我於諸法下五句作三身釋之正解正觀正解能顯體體顯名正觀正觀是報身也得正分别正解於緣者分别機緣不待時不過時普應一切即是應身也正能覺了者無覺無不覺名爲覺非了非不了名爲了究竟清淨之覺了即法身也若此三身縱横一異者不名爲正非一非異不前不後故名爲正正即密也約正明法身即是金義約觀明般若即是光義約不思議解脱即是明義三德是微密之藏金光明是微密之教從密教生密解安住密理行於密行以密利他故我名密唯然世尊自當證知復次此十五句互相釋成若正解正觀十五句

皆正解正觀也若不可思議智光十五句皆不可思議智光也若我知者十五句皆知也云云又作五種佛性釋者正性緣性了性三名不異又一家取果性境界性爲五又一家取果性果果性爲五若作果果性即沒境界性爲緣因性所攝若開境界性即沒果果性爲果性所攝雖開合不同終是五數今以五知對五佛性我知一切法者知一切法中悉有安樂性安樂性者即正因佛性也一切緣法者無量功德低頭舉手之善緣因佛性也了一切法者即是般若空慧了因佛性也知法分齊者即世間出世間因果不濫境界因佛性也如法安住如性者即是果性究竟安住如中也含受一切法者還是果性能雙照含受也若作果果性者取知法分齊爲果性克果智照分明爲分齊也安住如性含受爲果果性云云若然者下兩種五句亦應對五佛性師雖不釋義例應爾準須釋出其意消文令會爾世尊以是義故下是結文也從世尊散脂大將下是第三發誓以智辯充益說者文爲二先益能化次益所化益能化爲三莊嚴言辭下益其口業衆味精氣下益其身業心進勇銳下益其意業從以是之故下益其所化此亦爲三以是之故廣說是經此是未種者令種也若有衆生下是已種令熟也無量衆生下是已熟者令脫悉如文此消文大好從南無寶華下是第四歸敬文也佛說一切衆經初皆歸敬而譯人略之諸論初亦先歸敬此文是說竟歸依三寶在文可尋也

金光明經文句卷第五

金光明經文句卷第六

隋天台智者大師說

門人灌頂錄

釋正論品

正論者正名爲聖聖有二種一世聖二出世聖論名㲉實一㲉事實二㲉理實此品是先王舊法世世相傳先王傳力尊相力尊相傳於信相信相又傳其子其子又傳於後世世世正聖世世善實即是先王之法言亦是世界悉檀立名名正論品王行此法法律相應陰陽以之調日月以之順百穀以之豐萬民以之樂社稷以之安治化以之美即是民用和睦上下無怨亦是爲人悉檀立名名正論品王用此法外敵不敢謀内姦不敢驚妖星不敢現惡虹不敢行暴風不敢動疾雨不敢零是則禍亂不作災害不生亦是對治悉檀立名名正論品此之世善本金光明從金光明出此正論善用此正論天宮天身以之光明天力天威以之增長天心爲之倍樂天之法味爲之倍更深遠即是先王之至德要道亦是第一義悉檀立名名正論品也此文是流通中第二意明人王弘經感通冥聖天王佐助善政興隆文爲二一長行說事本二偈頌說正論長行中對告地神說昔尊相如文偈有八十二行文爲四初二行半集衆次三行半發問次一行結問開荅後七十五行梵天荅即說正論也集衆文爲三初一行是佛敘尊相欲爲天子說先王本法次一行佛敘尊相誡聽次半行明說論處所次四王發四問一問云何呼人爲天二問非天所生而名

天子三問處王宮殿何故名天四問以人法治世那得名天次一行成前起後可見云問既有四荅亦爲四一荅天護其入胎雖是人子而稱天子三十三天各分已德雖是於人而稱爲天雖處人宮殿用天律治世雖是人主而稱爲天雖是人法治世令衆生行善多生天上以因中說果故稱爲天從汝今雖以下是梵荅文爲二初十行半略荅後六十四行半廣荅略中有四初一行半許荅次因集業故一行略舉昔因今果荅其問王義次五行舉三義荅其問天義次三行舉三義重荅問王義荅天舉三義者未入胎入胎分德力加是也以護胎故稱爲天子荅第二問也以分德故有其天德故稱爲天荅第一問也神力所加修善遮惡後必生天因中說果故稱爲天荅第三第四正法治世名爲天問也荅半名爲天三義竟從半名人王已下荅有三義故稱半爲王一名執樂者樂由於王王執此樂使天下和平五日一風十日一雨老者擊壤小騎竹馬誰不歸德故執樂者名王二者遮惡爲民除害天不亢旱地不洪流草不折傷民無疾癘者誰不歸德故遮惡名王三父母者誨示禍福導語善惡制禮作樂而民知禁誰不歸德故父母名之爲王能爲民下作父母故諸天護之名爲天子以遮惡不起諸天分德名之爲天以執樂故因中說果復名爲天非但半名人王義成半名爲天三義亦顯從若有惡事下三十九行三句廣明非法不得名天不得名王六義俱失三十三天各生瞋恨是天不護不護故非天子是諸天

王各相謂言是天不分德不分德故不得名天捨遠善法增長惡法則無天因寧得因中說果歎人爲天也生大愁苦者無執樂義疾疫流徧無遮惡義縱惡不顧善無父母義云云從當正治罪下二十四行三句更廣說六義當正治罪即父母義諸天護持即天子義以滅惡法即魁膾義魁膾名典軍遮制惡鬼鬼畏典軍不敢亂行也修習善法即執樂義應各爲說即示因果義諸天即分德義還以六義消文皆可尋云云此中應明觀義自思之云云問金光明是正論本其意云何天者即法性金也法性作依止故言天護分德者即光也報身與法性冥即是分德也神力所加者即明也云云又父母者即金也法性爲父母故遮惡即光也執樂即明也以此爲本故能正論爾如半名人王半名爲天爲世間正論半名出世間正論本末相關即此意也

釋善集品

此轉輪王集衆善法如海導師善海無涯六度則攝六度又廣二度略攝謂檀與智提如意珠捨四大地滿中珎寶以用布施即集檀行也合掌而立請寶冥尊者宣揚顯說是金光明即集智行也檀智既然餘法亦爾從行得名故稱善集品也此六度不同是世界悉檀集善也修於五度是爲人集善也修於智度是對治集善也皆波羅蜜是第一義集善也從此四集得名故言善集品此品是第二人王弘經上明世間正見感動天地此明出世正見感動賢聖云云文爲二初對告地神二以偈說偈有六十四行半分爲二初四行通

明因地行檀次六十行半別明善集施財施法別爲六一六行半明事本二十一行半明聖王請法三十九行半明尊者宣揚四十行半明輪王行施五二行結會古今六十行半引因果以證以勸悉如文就此品論金光明者善集波羅蜜金也集般若光也集五度明也就寶窦論者在一窟中金也面如滿月光也讀誦如是經明也就二人作者在窟中金也許爲王說光也王提如意珠雨四天下珍寶明也

釋鬼神品

鬼字訓歸又云畏也報多怖畏如阿修羅云云又云威也能令他畏其威也神者能也大力者能移山塡海小力者能隱顯變化此品通列一切天龍江海日月諸神上已天題品竟無容再出雖通列諸道而鬼神文多從多故以之題品此品是第三一切天龍鬼神天靈地祇咸皆發誓溥徧弘宣以勸流通文爲二一長行二偈頌長行中先舉事別次圓供養事別者佛從慈悲中起受供養者蓋應佛也佛從如中起覺智智與如合者報佛也一切法悉是諸佛行處者法佛也作如此解者三佛歷別若修事之供養供養亦別也圓供養者勸聽經聽經是法之供養諸供養中最爲第一第一供養者供養一切佛能說文字是應佛能詮是報佛所詮是法佛能敬文字即敬三佛亦是敬三世佛諸佛從此生故供養文字即供養一切諸佛云云又別時重聞更記之長行舉四願欲而作一勸若欲知佛行處行處者即如如境法佛也欲知者知是如如

智報佛也能聽此經此經即文字文字即應佛也能聽者隨順佛教即法供養法供養即妙供養也聽經能生覺智覺智生故即是佛受供養也聽經一事具諸願欲秖圓一事具別諸事也偈有一百二行半分爲六一從若欲供養下十一行頌上長行秖能聽經即是舉圓妙以勸修二從隨所至處下三行半舉聽經即能禳災以勸修三從於説法處下六行舉聽經致靈瑞以勸修四從威德相貌下五行半舉祇聽經有威力以勸修五從大梵天王下四十九行半舉聽經能致天龍鬼神以勸修六從於諸衆生下二十七行舉秖聽經能令國土安樂以勸修云云蠱道者四天上遣神名彌栗頭虔伽陀漢言善品主蠱毒也摩醯首羅餘經翻爲大自在灌頂經翻爲威靈帝摩尼跋陀翻爲威伏行富那跋陀翻爲集至成金毗羅翻爲威如王賔頭盧伽翻爲立不動車鉢羅婆翻爲忍得脱曇摩跋羅翻爲學帝王摩竭婆羅翻爲除曲心繡利蜜多翻爲有功勲勤那翅奢翻爲調和平劒摩舍帝翻爲伏衆根奢羅蜜帝翻爲獨處快醯摩跋陀翻應舍主薩多琦梨翻大力天波利羅睺翻勇猛進毗摩質多翻爲高遠睒摩利子翻英雄德波訶梨子翻威武盛佉羅騫馱翻吼如雷鳩羅檀提翻戰無敵脱因者脱業障也脱果者脱報障也度諸有者脱煩惱障也

釋授記品

有四種授記今是二種云云授者與也記者記成道事也此中授三大士一萬諸天當來成佛事故言授記亦名授莂亦名受決授劫國

數量名爲剏審實不虛名爲決從佛所與名爲授從其所得名爲受此中從佛所與故言授記此是流通中第四意舉昔行經之因方成圓極之果證弘護不虛以勸流通也文爲二一與記二疑記與記爲二一與三大士記二與十千天記與三大士記又二一同緣者集二正與記世界轉名淨幢者應論四句此中是其一也十千記又二一聞經生解二正與記云從爾時道場下是第二疑記又二一疑問二佛荅疑者夫移山塡海非一日之功菩提極果積行方尅忉利暫下無久聽之勞不聞往昔有難思之行行淺記深是故疑惑如餘菩薩者六度菩薩引錐指地無非捨身命處戒忍禪智滿三僧祇若通教菩薩從假入空非止一世修行從空入假動逾塵劫若

別教菩薩直行一行動經無量阿僧祇劫況復徧行衆行量不可數尚不獲記少時聞經而得斯決時衆咸疑故樹神發問也佛荅爲二一舉現行二舉遠緣現行者捨天宮樂故來聽經聞三大士獲菩提記我昔本誓與其法食三事和合故與其記也此意證成鬼神品初以妙供養供養三世諸佛及欲得知諸佛行處決定至心聽此妙典雖有此旨未見其人今此十千即其人也聞記當果果必有因因金光明生殷重心起功德身心無垢累起般若身猶如虛空起於法身一心中聽三德圓成復有無量功德說不可盡此不得記記與誰乎證聽功德意在於此以隨相修指今現行行隨實相而修也有妙善根指於遠緣也遠緣實相而種善根也從亦以過去下

是舉遠緣荅也文爲二一略二廣此中少文
是略除病流水兩品是廣荅也
釋除病品
廣荅遠緣由醫王救疾故言除病品通取後
流水品文爲五一緣本二遠緣三近緣四結
緣五會緣從佛告樹神下明緣本如文從像
法中下明遠緣遠緣爲六一明父二生子三
國人遇病四其子請五父爲說六知已偏治
子請爲三一見人遇病二思惟三正問問爲
四初一偈問四大增損二問飲食犯觸三問
治病醫方四問病動時節身火不滅者食飽
熱病暫息食消熱復更生故言身火不滅也
水過肺病者水多則損肺即是痰病也父醫
還荅四問初六行荅四大增損二一行半荅
飲食犯觸三二行荅病動時節四八行半荅

治病方就六行中分二初一行是佛敘父醫
欲荅爾次五行正荅時節時節有二一俗法
四時謂春夏秋冬冬爲歲末春爲歲始而初
言夏者或可趣作此言或可荅問正是於夏
三三而說者一時三月謂孟仲季四時即十
二月也若依佛說法一歲三時謂冬春夏夏
爲歲末冬爲歲始何故爾爲破諸弟子著常
爲開安居迦提月故沒秋時爾佛法三時亦
是三三說也若二二說是滿六時者依俗法
四時時本二月土寄四季各十八日本之二
月只是陰陽二月一時唯有陰陽二月合成
六時正月二月是木王時四月五月是火王
時七月八月是金王時十月十一月是水王
時臘月三月是陽土寄王六月九月是陰土
寄王欲論本月亦二二說若論土寄王亦二

二說故言足滿六時也若依佛法解二二說者佛法有三時時有四月各有初分後分從臘月十六日至二月十五日此初分春時從二月十六日至四月十五日此二月春後分從四月十六至六月十五日此二月是夏時初分從六月十六至八月十五此是夏後分從八月十六至十月十五此二月是冬時初分從十月十六至臘月十五此二月是冬後分故言若二二說足滿六時也又云正月三月是陽月二月四月是陰月五月七月是陽月六月八月是陰月九月十一月是陽月十月臘月是陰月故言若二二說足滿六時三三本攝依俗法者正月是春分本月攝後兩月悉屬春分四月爲夏本月攝後兩月悉屬夏分七月爲秋本月攝後兩月悉屬秋分十月爲冬本月攝後兩月悉屬冬分三三本攝也又云正月二月正是春時木於中王土寄三月攝屬春時四月五月正是夏時火於中王土寄六月攝屬夏時七月八月正是秋時金於中王土寄九月攝屬秋時十月十一月正是冬時水於中王土寄臘月攝屬冬時土寄四季正時爲本各三月並攝於土故言三三本攝主攝於客客是土也依佛法言三三本攝者本時各三月既廢秋時以秋之三月各配入三時時則四月論本則三論攝則一故言三三本攝也問四時各有三月此是四三本攝何謂三三本攝荅三爲一數以三而數故言三三爲本爾隨是時節消息者時如上說或四或三或二或攝等種種不同隨時以意消息斟酌去取若依佛法無秋時而言

秋時發病此云何釋從八月半已還隨俗名
秋而夏時攝八月下半以去隨俗名秋冬時
攝隨時消息者二法之間而斟酌也代謝增
損者春動肝病此可治春動脾病此難治夏
動心病此可治夏動肺病此難治夏末冬初
於秋分中動肺病此可治若動肝病此難治
冬動腎病此可治若動心病此則難治論四
時增損大略如此問四時皆動病何故去秋
時解此爲二一爲破保常秋時萬物結實人
計爲常爲樂爲破此著故去秋時佛爲弟子
保常心多故也二者爲開後安居立迦提月
安居本名坐夏八月半内已還若是秋時便
是坐秋爲此義故故廢秋時爾從有善醫師
下一行半呑犯觸犯觸有六一多坐二多眠
此二多致痰宜多行猗散之三多行四多猗

五多語生風病宜多眠治之六多淫生一切
病即等分病也若火少痰多若火多即熱壯
若風多吹火成熱病若風多吹痰成冷病三
事若等無病飲食得病者亦有六一過量食
二少食不足而止三過飢食四逆時食未飢
強與也五妨食如食肉飲生乳使人癩六不
曾食而強食如南人飲漿北人飲蜜若菜和
蜜令不結男豬膏煎白鷺肉令人癩若患熱
而飲酒食小麥生牛肉令人失明吐血痢血
若病痰而食甜肥醎酸令人嗽鼻多汁又瘀
痢也六大者是六腑大腸小腸膽胃三焦兩
膀胱也從多風病者下二行呑病起時節四
月五月是風生時六月七月是風起時八月
九月是風滅時六月七月是熱生時八月九
月是熱起時十月至正月是熱滅時八月九

月等分生時十月十一月是等分起時十二月正月是等分滅時十月至正月是痰生時二月三月是痰起時四月至七月是痰滅時痰是水病肺也夏日動風者夏日毛孔開通外風得入內風動也熱病秋動者毛孔閉塞熱伏於內不得行故成病等分冬動者春時動水肺病不差至夏復動風風病不差至秋復動熱熱病不差至冬俱動一切病故也二月三月是痰起損肺肺病動也從有風病者下八行半明治病方文爲三初二行半未病前以藥防次二行明正以藥治後四行病退以藥補風病夏服肥膩鹹酸熱食者夏月毛孔開通具以肥膩澀塞之令風不得入鹹酢性熱能消水令體堅實治於風虛熱食流汗引風令出又治虛冷風不得進冷甜是酥乳

等能治熱也等分冬服甜酢等除風也肺病服肥膩塞毛孔令水不得入熱能焦水宣通故能治肺病也飽食發肺病食既多則腸胃盈滿故發肺也食消發熱者如食沃潤則熱病伏食消無潤熱病起也消已虛踈風氣入體故發風也風踈補酥膩鹹除風甜除熱肺帶風水宜吐也此中消文出真諦三藏疏中從善女天下是第六知已徧治文爲二一病輕聞說即差二病重服藥方除云云觀心者三毒等分是內病也數息不淨慈心因緣是法藥宜聞法藥得悟者信行人病差也作觀研心得悟者法行人病差也眼是春時舌是夏時鼻是秋時耳是冬時身是四季攝屬諸時妙好五欲增貪病麤惡五欲損貪病妙好五欲損瞋病麤惡五欲增瞋病平平五欲增癡

病違順五欲損癡病總三種五欲增覺觀病偏動三種五欲損覺觀病是爲增損之相也犯觸者違情犯瞋順情犯貪不違不順犯癡總三犯覺觀慢時即發瞋求須時即發貪僻解時即發癡放逸時即發覺觀慈心治瞋不淨治貪因緣治癡數息治覺觀云云

釋流水品

文云一能流水二能與水與水者與安樂水也一世安樂二出世安樂世安樂者如象負水濟彼枯魚是也出世安樂者如發誓言於未來世當施法食與菩提記是也流水者流除苦惱水也一果報苦惱二業因苦惱流除果報苦惱如治諸病人救彼渴魚是也流除業因苦惱者授三歸說十二因緣讃佛十號是也請父求方欲成流水之義從王借象欲成與水之義既有二能那單以流水題品文中既彰與水之義題品須安流水之名不煩於文二義雙顯出經者之巧爲若此也長者者如法華䟽中十種長者義也子者持水之子故言子也此文是斷疑中第三結緣之近由近由又二一弄引二正近由弄引又二一行恩布德二國人稱美並如文近由又三一明眷屬二見魚之緣三正救魚如文從未來之世當施法食下是第四正結緣又爲四一發誓願二思惟說法三正說法四魚歿報生天酬恩供養就魚報恩文爲四一魚歿報生天二天酬恩而下地三王見光問瑞四長者徵教而定荅如文報恩有二義一事二理事者真珠四邊報水飲食因緣十號等四種澤也理者準涅槃文云施食令他得命表常令

他得樂是故得涅槃令他得悟是故成自在我如法求財是故得淨用四十千報常樂我淨之恩也第五結會古今者昔佛疑魚數樹神定判十千今神疑行淺記深佛爲說妙因緣今昔相關是故結會也

釋捨身品

捨義甚多財位壽命獨以身當名耶此從正要得名受者須身餘則非要施者正捨身餘旁捨爾故言捨身品文爲四一問二荅三衆得益四結成問者上聞大士治病救魚實爲曠濟小人小蟲得二世益時衆願聞亡身殞命感深契極之事行苦而果樂可得聞耶是故請問佛荅爲二一敘緣起二正明捨身緣起爲十一地塔涌二大衆生疑三佛起禮四樹神問禮五佛荅禮六命阿難取七阿難述骨狀八命示大衆九奉命取示十佛勸衆禮皆如文從過去有王下是正捨身文爲二一長行二偈頌長行爲四一明本眷屬二捨身方便三正捨身四捨後悲戀就本眷屬爲五一明本眷屬摩訶羅陀此翻大無罪文殊問經云羅陀翻爲中摩訶波那羅或云此翻大度未詳摩訶提婆此言大天摩訶薩埵此翻大心二游行三各述相四見產虎五各陳觀見從作是念言我今捨身時已到矣下是捨身方便方便爲二初述觀解二起誓願願行相扶適產七日者見虎子頭上有七點知已七日出山海經也又云七日眼開又七日不食必死虎兒垂死知是七日或云鬼神示悟如樹神數魚正捨身爲二一捨身二感動天地捨身後眷屬愁苦先兩兒愁惱各說偈共向

捨所次父毋愁苦偈九十三行爲三初二行通明昔行次別頌長行三結會初如文我念宿命下別頌長行四行頌上本眷屬上有述相陳觀令不頌餘皆頌從時勝大士下二行頌上捨身方便不頌發誓從即上高山下頌上正捨身感動也從是時二兄下頌上捨身後眷屬愁苦從是時王子下頌上父毋愁苦從佛告樹神下第三結會結會爲三一結會人二結會塔三結會誓願說是經時下大衆所益也樹神是名禮塔下第四是結問意

釋讚佛品

此品從能所得名能讚是三畨菩薩所讚是一佛世尊能所合標故言讚佛品私謂三畨菩薩是能讚一佛是所讚一佛是能讚三畨是所讚三畨是當佛一佛是現佛通而爲言皆是能讚皆是佛故言讚佛品次第者因前十七品故有今品何者序品叙大體如來遊於無量甚深法性窮源極邊壽量品極果冥深合廣能起大用懺品勸菩薩若欲修學當如懺品滅惡讚品生善空品導成四王至散脂誓願流通說請者之功德正論至善集明說者之功德鬼神至流水說聽者之功德捨身明行者之功德如是等利益出現世者皆是如來大體大智大用金光明力既善始令終初中後竟故諸菩薩等以讚讚佛稱揚教及教主故言讚佛品此文爲二一經家叙陳列讚衆從此至彼金寶蓋刹施三業供養投地是身同聲是口口身共暢意業也二正說偈合六十五行半文爲三一二十行諸菩薩說二十七行信相說三二十八行半樹神說

云云私謂其文有四前三是能讚後一是所讚所讚又是能讚能讚又是所讚故文云佛從三昧起以微妙音而讚歎言善哉善哉樹神善女汝於今日快說是言豈非所讚讚能讚其文既明不須惑也又是印成三番菩薩讚教從序品已來快說如來果地大體大智大用菩薩修因也上文有佛禮舍利即果身禮因身也今文有佛讚大懺大讚能請能說能聽能行皆是快說也當知快說是果讚因菩薩也即果口讚因口其義爵然果意讚因意任運例成也云云問佛何處入定此云從三昧起荅初將說經佛遊甚深法性今說將竟故從三昧起此經首尾皆在法性中說其文甚明若作入法性者法性自在四佛五佛同處各處共見異見四來四去一住一在隨人所覩皆無障礙也觀心者諸菩薩三業讚佛三業事可解三觀心者觀身不得身身空但有名字名字無量或捨身名檀乃至身空名智慧六度十度八萬塵沙法門名字即空說空不定空假非定假非空非有即顯中道三觀宛然事理六法皆悉具足若無觀慧事亦不成例如三衣六物若解其意三六俱成若不解者非但無六三亦不成觀心亦爾若得理觀六觀亦成若不得意既無理觀事觀亦不成無六亦無三此之謂也此大好甚廣云云

金光明經文句卷第六

音釋

薜荔多 梵語也此云餓鬼薜蒲細切荔郎計切　腴 容朱切腹下肥也

檄 刑狄切牒也　懅 具據切懼也　八紘 紘乎萌切九州之外有八夤八夤之外有八紘　謐 莫橘切靜也　分齊 分扶問切齊才詣切分齊限量也

銳俞芮切利也
覈下革切考實也
虹胡公切螮蝀也
壤汝雨切土也
癘力制切疾疫也
魁膾魁枯回切膾古外切
猗於宜切輕安也
豬專於切與猪同
嗽色角切吸也
癠竹世切赤台痢也
膀胱膀步方切胱古黃切膀胱水府也
孱鋤連切

金光明經文句記

宋四明沙門釋知禮述

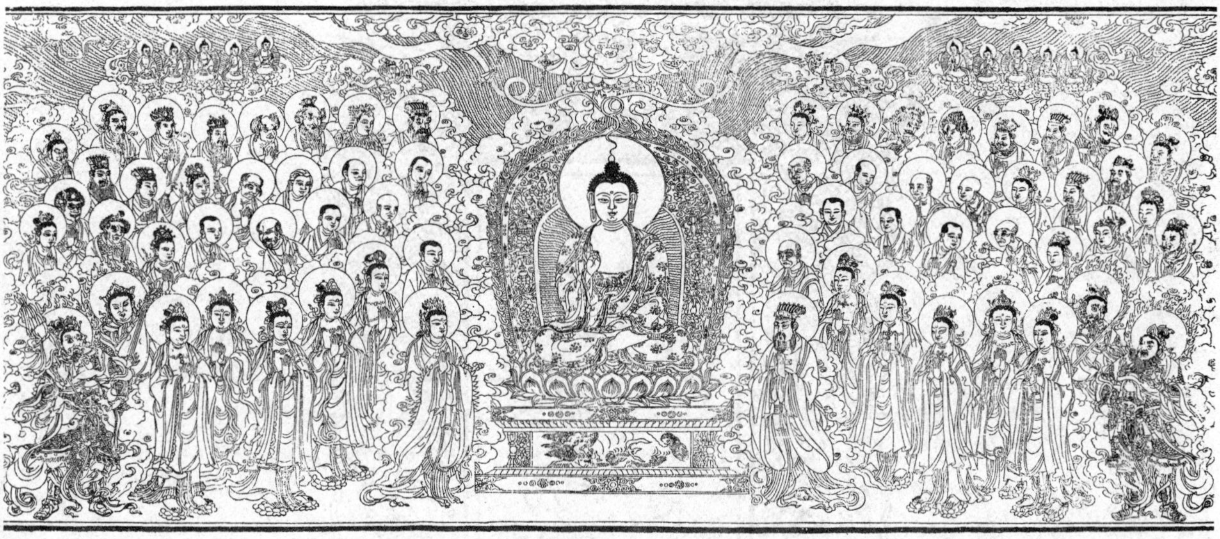

清刻龍藏佛說法變相圖

金光明經文句記卷第一上

宋四明沙門釋知禮述

吾先師昔居寶雲嘗講斯典其徒繁會競録所聞而竊形卷軸況筆寄他手反覊乎曠遠之旨至於援證經論辭多舛謬予每一臨文不能無慨近因講次憶其所領大義撰成記文仍採孤山索隱中俗書故實用爲裨助庶覽者不以事相之闕情但思理觀之爲益時天聖五祀臘月三日記

釋題二初正標題目金等四字即所釋也文句二字是能釋也所釋經題委在玄義能釋文句者文即經文句謂章句亦句逗也即以章句節其經文令其詮旨各有分齊故荆谿云以由釋題大義委悉故至經文但粗分章段題云文句良由於此然立此二字蓋謙辭

耳若觀釋經大義非少又解諸經皆稱文句乃是通稱故以經題簡之令別二能說師號住處得名如常所辨二入文二初定三分二初的指所傳異於真諦所譯七軸二十二品故指四卷十八品也世有足囑累爲十九品者謬也以諸譯本皆無此品故二正判三分二初引諸師判二初總擧不同盈者進也縮者退也蓋言諸師分割三分進退不同也二江北下正明初判三初江北師以四王等各於佛前發願擁護說聽之者故云大誓護經流水長者除病救魚薩埵太子捨身飼虎等爲大悲接物此師之意與下真諦新舊雖異大意是同二江南師與今分節三分似同但昧壽量半品屬序耳三真諦師二初判文真諦三藏於梁世重譯此經名金光明帝王經更加四品謂三身分別品滅業障品陀羅尼淨地品依空滿願品足識本十八凡二十二品而出疏解釋故云新文等也二真諦下明義仍斥江南以授記除病悉在流通故云後師弟因果等也合云師因弟果現文似倒二今師下示今師意二初約理破諸師二初總斥人情正斥真諦義兼江北以此二師判師弟因果並在正宗意謂序分全未辨說修證之道至流通分道味巳歇微末而巳故總斥云是義不然二夫三下別示經意二初立意二初明三分互通杜塞也三分共成一經感應豈得義理互不相兼如初序分敘述發起若不關於下之二分何名正通之序正是序中所發所述復是流通所宣流布不爾何名一經正說流通一段若捨序正爲通何法是

故三分各具三義上中下語即七善中時節善也妙經云初中後善若其杜絶何名善耶二又衆下衆機徧益經所被機益有遲速不必皆在正宗悟入故云根性不定何容序分全無法味通中法味歇滅微末耶既其不然於流通中説流水因及信相果復何所妨彌益也督率也勵勸也二又法下引經師即釋迦也達多品中明佛徃劫以國王身事阿私仙求大乘法故曰師因持品授記波闍耶輸等成佛劫國即弟子果古諸法師判法華經自法師品後皆屬流通而人共許此與江南判令流通有師弟因果其意齊也故云於義無妨然不可定執故云與奪由人二今下據義分今部二初分經二初定三分文今分三分大同江南但序盈半品故引三師但破真諦二序者下示三分義二初正示將者當也正宗流通在序分後今序當有二分之益故云將有利益正當機者當是對義即正對機縁辨説常果懺讃之道也筌魚笱也罤兔罝也筌罤喻言教魚兔喻義理欲使言教流至將來正像末時常令羣生取於義理故云不壅於來世也二經曰下引經二疑者下釋難二初立難既稱序分合齊序品安得復入正宗壽量半品餘耶二衆經下釋通三初引他部例淨名經以佛國因果以爲正宗既無序品諸師乃將佛國半品而爲序分若大品般若序品中云佛知衆會已集告舍利弗菩薩欲以一切種智知一切法當習行般若波羅蜜等如此説者已是正宗而文在序分若涅槃經常壽爲正既無序品乃以壽命品中集

衆爲序此約北本也若南本者謝公治定乃取壽命集衆之文題爲序品此等三經或序入正或正入序諸師分解不以爲疑安得獨疑今判序分入壽量中耶二斯乃下明此經意斯乃出自集經者節品之意蓋以若將壽量品題於天龍集信相室後安者則令四佛斷疑之文孤然而起故云嶄絶嶄鋤銜切嶄巖山貌若文孤起則如山巖之險絶不相連屬也爲此之故安壽量題於序段中也三今從下約今意結品雖屬正義當序分豈順標題令義失耶二序有下至釋經三分也初釋序分二初釋品題二初釋序二初標三義經之序分義合有三諸部之中或秖一二蓋闕略也今經與法華等諸大部中皆具此三二次緒下釋三義緒謂繭之緒也凡繭之抽絲

先抽其緒緒盡方見其絲今以五事在初如絲之緒也冠去聲呼敘方將述當益蓋言敘述當時有正宗流通之益故此序述下一十七品也發謂開發物機之信也起謂興起聖應之教也此序即以現瑞駭動物情令信心顒顒教必深益二品者下釋品二初擧梵翻名二品是下就名釋義二初正釋此中文句俱在經也以能詮教皆用四法謂聲名句文此有二種佛世滅後若約佛世八音四辯梵音聲相此一是實名句文身但是聲上屈曲建立此三是假聲屬色法名句文身屬第三聚不相應行毗曇十四成論十七瑜伽二十四種此則大小二宗所立有異名句文者唯識云名詮自性句詮差別文即是字爲二所依若約滅後諸聖結集彼土貝葉此方黄卷

其中所載名句文者皆依形顯色法建立也今略舉此二具足應四氣類相從者如以四法同明發起等義故節爲序品乃至同明讚佛之義故節爲讚品今雖釋序而品義貫下二引例律論二藏文句氣類咸有篇聚犍度之節段猶經之品類篇聚者謂五篇六聚一波羅夷二僧殘三波逸提四提舍尼五突吉羅此謂五篇也於僧殘之下加偷蘭遮即名六聚若於吉羅更開惡說復爲七聚毗曇者具云阿毗曇此云無比法即論藏也犍度此云法聚亦以氣類相從之法聚爲一段也如八犍度論謂一業犍度明三業二使犍度明百八煩惱三智四定五根六大七見八雜思之可見二從如下釋經文二初分三序此雖分三至下消文但束爲通別二序二釋三序

三初釋次序二初泛論名數二初明數不同二初正明數開合地人者弘地論師也六事者一所聞法體二能持人三聞持和合四說教主五依止處六聞持伴或七則離於我聞或五則合於佛處二兼示衆是非此經正談常壽之宗在信相室故諸天龍及諸菩薩於此集聽說竟四佛不現理合其衆退散靈山說序夢中金鼓時處既異故皆不聞約聽常壽得是同聞不預夢等故非同聞以說此經時處不定故同聞衆不如諸經安布次比也若義淨新譯最勝王經列同聞衆不異諸經大師懸知梵本將至故注云云二此之下立名多種二初列釋異名凡有六名皆上句標名下句釋義印定義者以如是等文如世符印見此冠首知是佛經故大論云非但我法

如是三世佛經初亦然爲通名作本者金口所談皆安如是故通名經經後序者結集時在說經後故經前序者以佛遺囑令安經首故大論云佛將涅槃阿難問佛一切經首當作何語佛荅阿難應云如是我聞一時佛在某方某國與某大衆破邪序者以一切外經皆以阿漚二字冠首阿之言無漚之言有以其所計此二爲本顯於部内不出有無故立如是對破邪執不如不是證信序者大論云何以不直說般若而說住王舍城荅說時方人令人信故二天台下結歸四悉天台師者章安對彼舊解故稱智者爲天台師四悉檀者悉是華音以徧爲義檀是梵語此翻爲施諸佛聖人常以歡喜生善破惡入理四種之益徧施衆生斯是感應之通相也此之次序

金口令安即是應也即被滅後一切機緣即是感也而其一序有六名義其意如何今以四種悉檀收之則一一名義皆有所歸也故初二二名是世界益施衆生也三四二名屬於爲人第五破邪是對治法第六信理屬第一義此四既未判於深淺即當四教各具四也二舊解下正釋經文二初依經釋五義二明闕同聞意此依地論師六事分文故若依五事現文唯四就初爲五初釋法體二初舊解二初引諸師釋四初舊解二肇師三真諦四龍樹其四文義皆悉可見至判四悉方定深淺二此之下以四悉判令明聖法若多若少若總若別無非感應感應不出四種悉檀前判次序六種名義是總是多今判六事一一感應是别是少故如是二字諸師異釋今

天台師用四悉檀而會釋之各得如來感應一意豈同世諍是一非諸舊解二字雖對文理不分大小其語通總又無生善三益之相但得授受不謬之益故屬世界也肇師雖有會理之言亦不簡真俗但生信順資稟之善故屬爲人真諦文理亦未分別而論決定離增減惡故成對治龍樹信順雖同肇師而言信者言是事如是此則能彰三諦之義是事即俗諦如即真諦是即中諦此於一句巧示三諦當第一義也注云云者令如向辨二今作下今釋二初約教二觀心此之二釋即教觀二意雙美而談逈出諸宗功由此也初文分二初通約說約傳明如約解約受明是此既通釋貫下別釋必該四教故知法相是四所詮佛是宣說四教之主阿難是四聞持之人當分而言四皆海量二別釋三初迭明破立四即是四教一一破前不如不是方立本教如是之義初破邪立正破外道邪顯三藏正二初破邪阿漚稱吉者百論明外道問内弟子云佛說何法荅云略說二種惡止善行外曰汝經有過初說惡故是不吉我師經法初說吉故如廣主經等初皆言吉以初吉故中後亦吉故曰阿漚稱吉也文乖等者以正破邪不如不是經初標吉而部内所詮唯是邪見此文乖理非如也邪見即不吉豈稱阿漚此理異文非是也故百論破云是吉是不吉此是邪見氣也二文如下立正三藏教中文理相稱以無常生滅之談稱無常生滅之理曰如此理稱文曰是二今謂下破異立同二初破異欲彰衍理先斥藏非實有之俗而

爲能詮不即眞諦故非如也所詮之眞不舍中理淺故非是二摩下明同通談幻有當體即空不異名如即空之眞能含中道不同三藏析空定淺故理名是通教必通別圓二教故文標云摩訶衍也三今謂三下破淺明深二初破淺欲明別理先斥通非通教三乘同聞即空而鈍菩薩同二乘解利根聞空不但空有兼能空空既此各解望別非如空中兩證證空尤劣比中非是二明深別教不通二乘修學雖復廣攝微塵之衆唯菩薩根皆聞佛性次第修入既無異解故得稱如無不證中故稱爲是四今謂離下破離立中二初破離欲明圓理先斥別非別雖談中中唯佛界雖復變造九界因果九非性具須緣中道次第斷盡方成佛界佛與九異故不名如初觀出俗次觀出眞至第三觀雙出二諦方證中道中不即邊故非是義二文字下明中能詮文字性本忘離與理不異故稱爲如唯空唯有唯色唯心一一皆中無非佛法故名爲是文如理是義究竟成二初破下結成四教問前釋四教通眞含中得名理深今結四教別教乃云破淺明深豈可通教眞中俱淺荅通理雖深爲攝二乘及鈍菩薩故兼淺理今結別教獨菩薩法唯談深理故以唯深破於兼淺與前列釋義不相違三此經下示部具四二觀心以圓三觀觀於陰等修惡之心即是性惡名惡法界無法不收體是三德復名三諦稱諦而照觀境不異故名爲如境即正觀者境是本覺起爲始覺雖分新舊覺體不殊故得名爲境即正觀是義方成若不爾者境

照境等四句豈立經言等者若觀頑境偏小忘心假立真如等皆名邪觀今茲正觀雖非約行行人若欲攝事成理即聞而修必須於所觀心簡於十境陰境常有餘九待發於能觀觀須識十乘上根修一中根至七下根具十若自未解摩訶止觀當依師友一一咨詢明識藥病方可修之勿謂一句修行即足下去觀解准此應知二我聞下釋聞持二初舊解三初舊師外人我見故多師心阿難師佛故唱我聞二真諦我能受持佛所說法故是器義簡三非器顯成三慧雖未分於四教慧別然釋我聞尤過舊解三釋謂彼明耳識從四緣生一空二根三境四作意今云不壞是根可聞處是境諦聽是作意唯闕空緣下云因緣和合義可兼之即四緣和合方發耳識

不言耳聞稱我聞者我是耳主故新云耳識九緣生備於唯識也二師釋下今釋二初約教釋二初我聞各釋二初明四我此我我等例於大經生生等四句而立然我是假名攬陰而有陰法既有生生等四我隨實法豈不然乎如釋生生云大生生小生此乃生滅生於生滅攬生滅法成生滅我故例生生成於我我雖是空觀而非體空是故三藏當於初句又復應知假實生滅衆生本爾而不覺知今禀此教稱本而觀豈唯此教下三皆爾通教實法生即不生故陰中我即無我也故屬次句別人知陰不生而生是故觀於無我而我蓋由此教元知真我見慢盛故初觀無我次破無我建立於我後入真我是故此教當第三句圓人即達現前假實不生不生攬常

住陰而成真我我既即中二諦皆趣故云我無我而不二真我義是故此教當第四句教本被機故四我義配四根性令後說者如上分別故注云云二明四聞我是聞主聞是我用主是假人用是實法然若解生義則聞義自顯但生是總論緣起聞乃別從說聽不無少異從聞因緣而有餘聞故曰聞聞既從緣生終歸壞滅此聞生滅也聞無四性當處無聞故曰聞不聞此聞無生也真雖不聞俗中有聞故曰不聞聞此聞無量也二諦即中故云不聞中亦叵得復云不聞四十九年不說一字何有中邊而可聞耶此聞無作也注意同前二有四下我聞共釋三初聞者四能三藏教中阿難一身而有四德故受四名典藏出阿含餘三出正法念令演小名對於四教

義與名合阿難梵語歡喜華言佛成道夜生舉國歡喜因以爲名從緣立名符生滅法傳持三藏宜用此名通教所說體事即理異凡俗見宜用賢名別教正談塵沙佛法多所主領宜典藏名圓教始終詮法界理既深且廣宜用海名二歡喜下能承四佛四初三藏此教析法空不含中故見佛身唯是丈六二賢阿下通教觀既體法顯二種空謂但不但鈍根菩薩同二乘人唯見但空無中實故非色心本故佛元由誓扶殘習幻出身智終歸灰滅色有分齊故云丈六若利菩薩受別圓接解不但空空是本覺中實之體是妙色心佛位證得所有身智稱體無邊故名尊特尊崇奇特亦名報身秖一佛身由利鈍機見二種狀故云合身通教佛身須作此辨應了鈍根

見佛縱高十里乃至百億以依但空亦非尊特有分齊故若利人見丈六八尺既依中道亦無分齊是故下文金龍尊王偈讃三十二相文句解云正歎尊特三典下別教此教初心便聞但中中雖不具九界依正非無佛界妙色妙心是故見佛唯無分齊尊特身也此教始終不共二乘及住空菩薩修證故也四海下圓教此教所說世間相常故一切法無非中道雖與別人同見尊特彼兼別修此皆性具故龍女云微妙淨法身具相三十二欲彰全性是故從勝特名法身故此教人觀性德苦樂而興與拔以即理毒害爲所消伏修德三因名性德行報應二身即名法身蓋欲以性而泯於修苦則即拔無拔毒則即消無消行乃即修無修佛乃即證無證阿難傳此

無作四諦即說無說是故親承法身佛也三此下部有四機聞上明四教今那但云三乘說聽答以三乘中聲聞緣覺須論藏通若明菩薩須該四教三乘總論四教別辨聽既三乘說必四佛既一音各解亦一身異見前明合身其意在此二觀下約觀心解以上我聞各四句義就於行者心觀辨之攀上等者是有漏禪六行觀也攀上淨妙離厭下苦麤障約於九地迭論上下我我聞聞是三藏中生滅俗境前約三乘知解生滅觀之入理今就凡夫不知而修但成世禪既是俗境知與不知法本生滅故當生生句今宗解之或從所化機或約能觀觀析體二觀俗異真同前約俗異故將析法別對初句今就真同故以析體共對次句後之二觀不殊前對又前約教

我聞四句可對四人今論修觀須就一人一念而照故釋籤一心三觀於一念心見四四諦尚具四趣豈闕世禪故說必次第約人辨相故修無前後唯成圓觀故三一時下明和合二初舊解二初肇師啓開也運謂時運嘉善也會合也即是機應善合之時也二三藏下真諦二初敘彼立義此解同肇以合釋一而但就機論不高下合應之心也若諸衆生心不高下中平之時即是與佛合一時也故云平時即是一時二私下章安釋成言私謂者大師滅後頂師記録此文句時自加此釋事非公灼故言私也蓋慮後人不解真諦高下之義故爲釋出高謂慢心自恃陵他不能奉行佛之道法故云慢心不行下謂耽戀五欲荒迷不捨何能受道此之二心最爲道障欲令今人不耽不慢修於平時即感聖也二師下今釋二初約教二初約因緣總釋感應因緣合一之時也不明感應與誰論一未分三諦淺深之別故當總釋二亦下約諦智別釋二初釋時問諦智但在機感應該生佛雙隻既不同如何論總別荅智即是機諦即是應智諦合時名感應一何者佛以三諦而爲其體不以此體應於衆生衆生無由智合於諦如須菩提石室觀空釋迦歎言得見我身豈唯諦理諸善亦然如云若持五戒釋迦如來在汝家中故知佛以三諦諸善而爲體相衆生修善見諦理時即是感應合一時也今明三諦即攝四教如常所辨二而言下釋一即前諦智合一之相也先簡不合謂前思後知此乃覺觀虛妄之心若智發者思覺俱寂

豁爾開悟方與諦一故言一時四教諦智一相皆然二觀解前約教解是佛會開悟今約觀心是滅後造修前分四教今在一心文同意異四明教主二初舊解二初真諦未破無明名小菩薩若證法身分顯三義故不被異二乘異外故但一義菩薩雙異外道二乘故得二義而未平等佛盡能異是故三義具足究竟二釋論世尊當十故佛第九此就合說若調御丈夫開爲二號則佛當第十十號具足名世間尊此是能覺其所覺者即世間等三雙法也初雙約凡聖世則六凡法出世則四聖法次雙約小大無常則凡小法常則大乘法後雙約思議不思議六凡三教是數皆可思議法唯圓非數是不可思議法此等法門於一心中朗然頓覺故名爲佛二今釋二

初約教佛既翻覺而有三身即是三種覺智所成若一切智成於三藏丈六佛依道種智有二佛者此智論於界内外故界内道種成於通教但空丈六以鈍菩薩爲空出假故界外道種成於通別但中尊特以二菩薩爲中出假故一切種智成於圓教及通別教諸法趣中法身佛也雖被四機秖是三佛此之三佛不可定一無差即差故不可定異差即無差故須忘一異是祕密藏故而論一異跨節當分故二約觀三觀所覺皆云諸法者一一覺於三諦也故空覺三諦差別情忘名第一義空故曰一相假覺三諦皆能立法名如來藏故曰種種相中覺三諦遮照同時名第一義理故曰無一異相亦一異相前約教釋故以三智別示三身攝於四教今既約觀須唯

在圓圓觀若成四教三身不求自獲塵去鑑淨像現隨形今此分别故注云云五住者下住處二初雙標佛能住人也城山所住處也人必有法以爲能住如世惡人必以惡法住於家舍善人善法住舍亦然今云佛住王城耆山豈得不以首楞嚴定爲能住法耶故普賢觀云釋迦牟尼名毗盧遮那此佛住處名常寂光牟尼是人寂光是法此之人法自可分於能住所住若望山城俱爲能住山望寂光爲所住處處隨法轉其猶還丹點鐵成金故摩竭提阿蘭若處名寂滅場今之城山豈其不爾故知不辨能住心法但云色身住於土石則大小心境之談便成無用是以雙標能住所住其有旨乎二眞諦下雙釋二初明能住法二初舊解二初眞諦此師釋住不但

色質住於城山故明八種能住之法一住大千顯能住化廣二住依止顯今能住三住五分顯於能住無漏五陰五分者謂戒定慧解脫解脫知見謂無學道共戒滅盡定無生慧有餘解脫照解脫智眼名爲知見謂自知是初果乃至四果也是則前三並在於果方名法身言壽命現在者以入無餘則五分滅故灰身則戒定有餘解脫滅滅智則慧及知見滅故壽命現在五分得住四住威儀行住坐卧皆有法則故能利物五天住住禪定者禪則四禪定謂四空是色無色二界天法故六梵住住四等衆生無量我心常等故四禪加修慈悲喜捨生梵王天故云梵住文無喜捨略也七聖住住三三昧謂空無相無願此三聖人所修故云聖住八大處住即常寂光言

處已絶故云第一義也此之八義皆是如來能住法也二釋論大品云佛住王舍城龍樹約四義釋能住法謂天梵聖佛也真諦八法不出此四是故大師以四攝之論中天梵與真諦師天梵二住名義全同而言定者四等定也此則以二攝於二也聖住與真諦聖住名義全同而更攝得五分壽命此則以一攝二也佛住與真諦大處住名異義同以一攝一此則論四已攝彼五也而論復云於四住法中住聖住佛住法憐愍衆生故王舍城住今云迹住也此義復攝真諦三住以王城是依止處故王城在大千界内故四威儀不離王城故問佛能住法是首楞嚴論何須説聖梵天三昧如來自行實在楞嚴爲利他故住餘三法心若不住梵天等法口豈能説四禪四等是故妙樂明論四住云從廣之狹將勝攝劣故天攝機寬佛攝最狹中二迭論故云從廣之狹佛住既勝無善不攝故聖等三是凡小善明所攝耳二今釋一初教論明四住其義猶總是故今家明四教佛住於三諦復論兼獨住法明矣三藏所詮析法觀拙故成佛唯丈六身但住真諦通教所詮體法觀巧能證二空故所成佛隨利鈍機一身兩見丈六住真尊特住中别教詮中修次第觀故所成佛唯一尊特以須别修緣了莊嚴故使此佛雙住俗中圓教詮中中具諸法因中萬行不修而修果上萬德成無所成故即報應名爲法身唯住中道前三教佛豈離法身今就當分明四差别是故四佛各以住法住於城山二觀於一心中圓修三觀住於三諦以此

住法住所居處若念念不休即觀行佛行住坐卧經云此處皆應起塔即此意也二王下明所住處二初城二初因緣釋此文雖略意亦可見若欲備知當尋彼論二觀行釋上諸觀解皆是附法以如是等不借事義表觀法故此之城山是託事觀也如今王舍借覆蓋義表於五陰託自在義表善惡王故妙樂云以善惡王對無記舍應知無記徧該八識若善惡王唯第六識以此第六通三性故謂善性惡性無記性也此無記性同餘四陰爲所觀境取善惡性爲能觀觀初心修觀莫不用此第六心也以由此心能起忻厭分別名義作善惡因故所言善者對惡得名非究竟善以此王數本由見愛熏習所成圓名字人全未能伏縱起善念不離見愛故十境心皆名魔障不思議觀方曰善淨若直以此心觀實相理如用藕絲懸須彌也徒增分別絶念無由若體此心是性惡者性惡融通無法不趣自然攝得七八九識同爲妙觀故得名爲境即是觀能所既泯思議乃忘圓妙之觀初心可修故妙樂云忽都未聞性惡之名安能信有性德之行須聞性惡者以知性惡故則修惡本虛三觀十乘無惑可破無理可顯修德功寂是無作行故以性德召此行也此意若昧徒說心王爲能觀觀終非圓觀豈前三教非善惡王爲能觀耶又須了知非獨城山以陰爲境諸事法觀皆須觀陰故妙樂云又諸觀境不出五陰今此山等約陰便故以諸文中直云境智記文既云諸觀之境不出五陰則知託事附法無不觀陰言此山等約陰便

者蓋此山城表陰義便故明言陰諸文不便故直云境智雖爲不便不言五陰而所觀境無不是陰故上句云不出五陰直云境智即諸文云觀一念心即空假中也雖不云陰且一念心非陰是何有人據此執諸觀境不觀陰者違文背義過莫大焉又僻執云唯止觀中從行觀法得簡陰境諸事法觀不得簡陰斯是曾情自立規矩諸文觀法既不出陰簡有何妨況妙樂中觀陰須明方便正修簡境及心簡境豈非去尺就寸簡心豈非去其思議取不思議耶安得固違執不簡陰此人又執諸文託事附法觀心不可修習唯止觀約行觀法方可修之乃引義例諭邪師文爲據彼文云十二部觀寄事立名雖有三觀之名十境十乘不列一部名下唯施一句豈此一句能伸觀門令人謂事法觀心便可修習不假止觀者豈不全同往代邪師耶今評義例驗此人說全昧荆谿破立意也何者義例諭疑本爲邪師錯謂止觀十境十乘是漸圓觀唯頂法師十二部經觀心之文爲頓頓觀修之即得是故荆谿如上諭之其意但是破彼邪師將頂法師十二部下觀心一句具足伸於頓頓觀門也邪師既以止觀十境十乘自是漸圓終不肯用入十二部事觀中修豈得同於正解之師講至城山等觀之時學者欲修即敘止觀方便正修揀境等文成其法行若然豈是十境十乘一向不列耶豈是獨將一句伸觀門耶又何嘗云事法觀心不假止觀便可修習又不云城山等觀是頓頓法那斥全同往代邪師耶又法華玄義示諸文觀

心令即聞即修釋籤云隨聞一句攝事成理不待觀境方名修觀先祖垂範昭然可鑒如何固執事法觀門不可修習此人又全不許傳法之師敘於私記教人修觀須自深諳止觀法門方可修於諸文觀心若其然者修觀行人則全不藉教授知識五緣之中善知識緣全無用也四緣寧闕善知識緣最不可捨故大師云自能決了可得獨行妨難未諳不宜捨也經云隨順善師學得見河沙佛又備諳止觀十乘等法是大法師是大禪師豈諸文中事法觀心皆須此人方得修耶作此謬說障傳法者宣示觀門障初心人依師進行所損彌大學者知之二耆下山二初因緣釋山峯之勢似鷲之頭或云靈鷲此鳥有靈知人死時故又多仙靈隱其中故說文云鷲黑色多子二觀行釋若妙經疏先以三字對於五陰次觀三字而爲三德達陰即理也今此文略直以三字表示三德雖不云陰義當體陰而爲三德須知陰是見思報法此乃修惡即是性惡而爲三德其善惡王若非性具何能常住祕藏之處心數塵勞若非性惡何由能得同入其中二此經下明闕同聞意二初正釋時五處四耆一耆山說序時二室內說壽量時三夢中見金鼓時四夢覺詣耆山說時五列衆至金寶蓋山王佛國讚釋迦時故時有五也以說序說夢俱在耆山故處但四二若爾下釋疑問意者四佛說壽在信相室阿難在靈鷲何稱我聞然雖下荅也報恩經中衆令阿難爲佛侍者阿難從佛而求四願一不受故衣二不受別請三不同諸比丘須

見即見四所未聞經重爲我說佛皆許之又其得佛覺三昧者佛加覺力如佛故名佛覺能自通達者不待重說也然阿難佛成道夜生年二十五方爲侍者已前之經准向兩義尚稱我聞況近在信相室中耶

金光明經文句記卷第一上

音釋

裨班糜切補益也　讖楚禁切　繭吉典切蠶衣也　駭下楷切驚也　肇直紹切　攬魯敢切取也　籤七廉切標也　耽都含切過樂也　藉慈夜切假借也

金光明經文句記卷第一下

宋四明沙門釋知禮述

二從是下敘述序亦名別序二初列二名雖是異名亦有長短述齊序品別盡初分以有別序異於衆經故立別名名金光明故知此序是別名本二別義下釋二序二初泛示二序文相二初別相二初明七別二初示七經文二生起下明七次第初入定者大覺頓圓照而常寂今之入定蓋示軌儀令人樂定次敘述者既入妙定見法尊貴即於此定敘述經王言出敘者實未示於出定之相蓋寂不妨照故云出耳佛不出定即說此經意本彰於寂中有照也次懷疑者既敘常法是佛所證信相乃疑能證人壽那不稱法瑞應等次文顯可知二或時下明三別大師有時作此分別章安兼録與前七別開合異耳二言敘下述相二初正示敘述敘懷疑者思惟深義必合疑於所證法常能證壽短敘斷疑者佛護本令斷疑生信也敘懺悔品者正爲破惡旁爲生善故敘讚歎品者正爲生善旁爲破惡故敘空品者此品導成生善滅惡今文偏敘滅三障故大梵釋天是散脂主緊那羅等乃是散脂所領部從經舉主敘其品也敘正論善集者正論治國善集聽經此俱是祕藏流出故以祕密敘二品也敘授記者彼由聞經心淨若空故得記莂今云身意無垢穢故敘捨身品者飡太子身既得解脫顯非邪食以活其命故今正命一句敘之敘讚佛品者雖三番菩薩以偈讚佛而此菩薩多是古佛縱是實行亦是當佛故今佛讚行人亦是當

佛故敘其品也彷佛者不分明貌也遙音偉遠也如云不得過自明分也二問下兼示敘人二初問起二荅示二初敘舊斥非舊有二師一云阿難斥云是論非經者以佛說名經滅後三乘弟子所作悉名論也經云我今當說懺悔等法豈懺悔法阿難說耶豈非垂文夢中金鼓是佛法身以智扣之故乃隨機說懺悔法須知金鼓是佛真我故云我說也二云信相斥云若是信相玄敘始末不應疑也玄敘者玄與懸同二又非下重問的示二初的示師意二難下難起荅通二初難起若是佛說即是正宗那得稱序二此下荅通二初以因況果不惟能訓是佛作序兼顯如來定不妨說以法華文驗佛敘述正在定中豈千萬偈局在正宗以況果佛口密赴機豈但正說不作序通是故結云何所不爲二文下引文證結二初引當文證二大下引大品例彼經序中明佛出廣長舌相放無量光是一一光化成寶華華上皆有化佛說六波羅蜜彼既稱序此豈正經二釋入下的從別序消文七初入定別二初標科欲顯能遊人與所遊法義皆明了故節遊字入其初科須知釋義不類讀文二是下隨釋三初能遊人三初釋是時二初舊解二今下今釋不用古人五種三時但論佛鑒機得道時又得道猶通須約三智冥三諦時方盡如來鑒機之相佛欲等者乃是化儀非謂今日鑒照方知二釋如來二初略 示二三藏下解釋二初指他廣解二今言下今從要釋三初約悲智釋二初約義釋法華文句三身各有如義來義今以法報

相寘釋如乃以應身出世釋來但使義成通别無在佛若順智應如祕藏秖爲順悲故來三界二成下引論證能乗即智如實道即理來成即是慈悲垂應二大下約智行釋雖但云來已具如義以約福智來嚴法身所嚴即如也此是大經梵行品中解如來名三釋論下約說證釋二初引論二今明下釋成本有之法妙真俗中而爲其相智稱此解即法報寘故曰如也稱此如說是應身被機故名來也前約悲智其義猶總今明解說三諦法相釋於如來義無不盡三諦法相即三法身法身圓也稱此而解即三般若報身圓也稱此而說即三解脫應身圓也以今望前非無區别三遊者下釋遊字即是如來以究竟智遊入法性也夫所證法性能證果智義立能所

體非相到以始覺究竟即同本覺唯真如智獨存也故若然者其誰能入復何所入住出皆然引小般若意亦如是今言遊者爲引衆生學佛入理故示入相爲令衆生稱理而住故示住相甘露乃是不死之藥喻常理也爲衆生說此甘露味亦應言出不出而出出敘經王也法華地涌諸大菩薩於深法性百千三昧不入而入名爲善入出住亦然菩薩尚爾果佛可知二無量下明所遊法二初明深廣法性二初直約文釋二初消無量甚深將欲明示佛所遊入先須簡顯其體高廣乃以法界顯其廣中道之法非界爲界此界無外故言無量又以三諦顯其高然真俗二諦雖俱究竟而乃通於二乗及徧菩薩少分而證若其中諦非圓實智莫能證入今明三諦體

非優劣乃是三德祕密之藏即法性底故云徹到方稱經文甚深之歎深即高義須知法界與圓三諦無二無別令取二名顯無量甚深令易見耳顯已次簡若約二乘以圓簡偏若約菩薩以深簡淺降佛已還皆下地故圓聖尚簡況三教耶二法下消法性二字上明高廣是體之德令明法性是德之體釋二字義顯高廣體所言法者軌則爲義諸佛軌之萬德成就故涅槃云諸佛所師所謂法也然此法性三乘六道誰不軌則而成立耶以迷性具無事用故雖軌而違故成三障其猶七衆誰不師佛而有違順故分縛脫令就極順用顯所師故云諸佛所軌名之爲法所言性者不變爲義謂四德之體無遷易故須知此四徧一切法下至地獄依正因果一一無非常樂我淨世間相常斯之謂也二非是下更取義釋三初取實智所照釋盡智者斷惑已盡也無生智者惑不更生也故俱舍釋此二智云謂無學位若正自知我已知苦斷集證滅修道名盡智若正自知我已知苦不復更知後三例說名無生智瑜伽論以惑盡名盡智來報不生名無生智而此二智俱照偏空略簡二乘意該菩薩至等覺也二乘法性非中道故淺不具色心故有限如實智者釋論明十一智前十與二乘共唯如實智則不與共謂一切法總相別相如實證知無有罣礙此智所照橫包豎徹是令法性也二又無下就即事而理釋深廣法性是佛遊處又過菩薩所行清淨恐不達者謂令凡鄙依正色心因果之外別有法性是佛所遊故特遮之非

別有法名爲無量及甚深也然一切處言須收三土諸法合當九界因果若遮那佛法唯淨唯善則三土九界染惡須斷云何得名皆是佛法故當了知一切染惡無非性具緣了佛性非專善淨性染性惡全是緣了若此等法皆佛性者則三土九界修染體虚性德十界是圓覺體無所不徧方曰遮那徧一切處一切諸法皆是佛法有何一念一塵一人非是如來所遊法性故言無量又須了知一切染惡當體幽邃故云甚深實非別有甚深之法是故名爲即事而真色香中道以色香等迷情謂是色之少分解則無非法界全分以唯色唯聲唯香唯味唯觸故也色外更有微塵許法則不名唯亦非中道中道祕妙思議罔窮稱爲甚深也三例如下引論等心類二

初引類二準此下準釋三初明中諦無量論明四等謂慈悲喜捨從心名等從境名無量此衆生緣也就其所緣方隅廣狹得三重名謂廣大無量今類彼説就真俗中而立三名經示遊於無量法性乃彰中道圓融之理非但空之真及偏假之俗二若緣下明中必融攝佛或對機用於權智偏照二諦既不攝中故非遊於無量法性今用實智照中諦理中無不攝故云若緣中道即三智一心等是以中諦稱爲無量三此下結境智相稱如法華云唯佛究盡諸法實相權實之理何有盡極良由佛得無盡之智方能究盡今亦如是二乘下地智有限量是故不測無涯之涯無底之底二諸下釋諸佛行處二初法學者應知本覺爲處始覺爲佛全本爲始始方合本若

不爾者如何各稱無量甚深然初坐道場即已冥合今爲引物故示合相乃云遊於諸佛行處二舉喻舉行處函顯能遊蓋也三過下結二初直約文釋二初據義略釋二引文廣釋二初地持九種禪者一自性二一切三難四一切門五善人六一切行七除煩惱八此世他世九清淨淨文中略示初後二禪也其第九禪即從十地轉入妙覺故云一切通別惑累若正若習皆盡自十地已還悉有正習論解華嚴不開等覺十地即等覺也言通別惑累正習皆盡者通即四住別即無明通惑正使圓七信盡習氣至佛同別習盡以今家於小乘習氣分別四四十六門故若別惑者四十二品斷位如常習氣具如淨名疏說圓教始從初住終至法雲圓斷諸見猶有習在

等覺入重玄門千萬億劫重修凡事見理分明習氣猶薄事等微煙彼引地持離一切見清淨淨禪故但明見習若引優婆塞經十地斷愛習十地即等覺豈不入重玄耶故知別惑斷正使外更入重玄斷於習氣文甚分明二淨名佛復自性清淨之心超於一切修得禪定故云心淨已度諸禪定亦是到於一切禪定彼岸故云已度二亦是下重取意釋佛不自高依法故高今明高位意欲簡顯法性高深矣二是金下敘述別二初明述義異前然前敘諸品豈出五義以十七品唯談三法總明別相及被物教但爲既從經品而敘名等不彰故今明示序品經文備敘五義使乎學者知此一經始末唯詮名體宗用及教相耳方知釋題搜盡經旨二初十下約文述義

二初分文二解者下述義二初敘四義四初一句敘名二初他解屬體鑛石者說文云鑛銅鐵璞也內外用者光爲內用自顯體故明爲外用鑑他物故此師亦知光明二字屬於宗用金是正體以其體用不相離故雖標三字意在於體也二今明下今定敘名標三顯一非全乖理故云當然其如分文自有次句的以中道而爲經王正是敘體何須初句兼於宗用而敘體耶學者應知敘名之句據上附文釋三字名非從喻立乃是直名深廣法性以佛正遊此之法性便即唱云是金光明諸經之王不名法性是之一字爲指何耶智者深見經之微旨故立附文及當體釋證於附文先引此句云創首標名彌爲可信既前附文特出此意今釋敘名不更顯示二經王下一句敘體二初指上標今上即玄文重明帝王約攝法門攝教攝位辨經王訖今此更就中道明王二三藏下對他辨正二初明他解二初敘三藏意云經題三字喻於三德乃以三德分對三經涅槃明佛有體解脫正斷二乘灰滅之見般若談空正爲凡夫遣於有著華嚴頓說法身之理被十信三賢故云始行上之三經各談一德各被一機若金光明具顯三德故能通被八位之機解脫被二乘二位也般若被凡夫通指人天爲一位也法身被菩薩信住行向地五位也既無機不被即是經王統攝義也二此下破二初明違教旨涅槃正談深妙三德合被圓機豈唯二乘般若具示三種般若豈異三德況云聽衆非生死人寧止凡夫華嚴三身亦即三德具論

十地豈但被於始行菩薩此解不獨攝機有限抑亦彰法性非圓二作此下明損行人真諦此解有識之者知其不當無智之人謂彼三經劣於此典起謗得罪安可依之二今言下明今釋三初泛示諸部經王是非二初約三諦定是非二初示三諦一代教部有取能詮文字爲經有取所詮義理爲經有取文理合爲經故一代經不出文理合與不合若不合者能詮之文但是俗諦不出三種謂三藏實有俗通教幻有俗別教幻有幻有即空共俗若所詮理但是真諦亦唯三種謂三藏實有滅空真通教幻有即空真別教不有不空真此六之内三種真諦體不具俗但因三俗而得入真俗終須滅合義不成若文理合者不出三種謂圓接通圓接別及正圓教此三

真俗其體是中何者圓教本自真俗互趣若接通別所詮真理既諸法趣局照俗文亦諸法趣故此三種真俗不二名文理合中道義成以真即俗故真即非真俗即真故俗即非俗非真非俗言慮自忘強名中耳問別教復俗幻有可是能詮之文即空如何亦是文耶荅文謂文相能詮能顯之義也義若在通教空以忘相爲所詮理今於別教二邊俱相乃爲能顯顯於雙非是故空有俱爲文也問藏等七種俱名真俗如何後三得名中道荅豈聞真俗便無中耶如圓當教及接通別此三真俗既皆名爲不可思議寧非中道如涅槃疏釋七二諦於中三亦以中道爲名何獨責此問若取其義別教真諦不空不有何不名中荅離邊之中文理不合初心不得思議頓

忘若望於圓但是複俗所詮真耳故前文句釋經如是對圓別云破離明中良以所詮不即能詮不名中道文字性離無非佛法方名圓教中道如是問何故獨遺別接通耶答今以真俗對於文理其別接通已在六内何者若未受接乃當幻有詮於即空若受接後自屬但中局照複俗故據法體已在前六有何所遺況復今文不顯標云七種二諦但明一代取文取理取文理合有三俗經有三真經有三中經如此明經收於一化罄無不盡有人秖就金光明名立九種經專據取字以爲義本謂若取著三字能詮之文名三種俗諦若取著三字所詮理體名三種真諦若取文理合謂不偏著二邊爲三種中道如斯說者豈唯師心解義無乃固違文意前二取字作取著釋後一取字作不偏著解是何言歟大師爲解諸經之王故立九種收一代經此經既說中道之王故於九種而得自在名諸經王何緣九種但在三字乃是金光明自爲金光明經之王也既闕諸經全非統王乖反至多且言此二二若說下定是非若諸部内有說前三能詮俗諦有說前三所詮真諦體不合者皆名餘諦但得是經不名經王以其不明真理具俗是故俗諦不即真諦真俗俱無統王之義故非王也若諸部内有說三種具俗之真全真之俗二諦不二名爲中道此中道外更無少法如此經云無量甚深法性又云不思議智境又云安住一切法如性於一切法含受一切法則所詮外更無能詮能詮之外豈有所詮文理既合中道斯圓故得是

經復是王也乃於三俗三真三中九種經中而得自在問三種中經體巳是王何故復云於九自在荅上辨九種乃是通約三俗三真三中示一代經有偏有圓也今判諸部隨有一處說圓中道即是經王能於通示九種自在於三中經即是異名其體既同故得自在若餘六經乃是圓中所用方便如王於臣豈不自在二但經下就中道顯尊極三初明諸部圓體爲王中道經王其體是一隨物宜樂立乎異名故向文云若說中道是經是王何經說耶即華嚴等四味之內作法身等說經體也然須簡别四味之內是王非王如華嚴部有三種經其正圓中及接别中是經是王正别教中是經非王是故法身須簡别中三藏但空實有二諦是經非王方等部內具九種經正圓教中圓接别中圓接通中三是經王故實相名通此三種餘六是經不得是王般若部內無三藏二有七種經亦同方等三是經王得名佛母餘四非王法華一圓是經是王以開權故解髻與珠涅槃九種皆知圓中無非經王一切衆生悉當成佛其誰不以正因爲師故諸大部中道經王有此盈縮秖一法性立此異名作諸經體二譬下約歷代人王爲譬諸姓者謂三皇五帝之姓也太昊伏羲氏風姓炎帝神農氏姜姓黃帝有熊氏公孫姓此三皇也少昊金天氏顓頊高陽氏帝嚳高辛氏皆姬姓帝堯陶唐氏伊祁姓帝舜有虞氏姚姓此五帝也故云諸姓也應運迭興者應天五行相生之運也伏羲應木運神農火運黃帝土運五帝依次推之龍師者

伏羲初立有龍瑞故以龍紀官故左傳曰太昊氏以龍紀故爲龍師而爲龍名鳥官者少昊始立有鳳瑞故以鳥紀官故左傳曰少昊摯之立也鳳適至故爲鳥師而鳥名隨時霸立者謂應運王天下也百代雖異謂紀號不同也統王是一皆天下主也三法性下示隨部立名合譬名雖興廢體非增減是故法身乃至佛師一一皆於九種經中而得自在即前諭云百代雖異而統王是一二法性爲下的明此典經王體性以文理合中道爲體斯蓋通辨若例諸部經體別名此經的以法性之王爲經體也以佛遊於深廣法性便即唱云是金光明諸經之王豈非的指所遊法性爲金光明名下之體此體自在是諸經王問三種經王皆得爲於大乘經體此經之體的屬何王荅文詮法性雖在於圓而許三乘依此懺悔是故大師就圓釋體判教屬通義當圓教入通中道以爲經王也問淨名玄云若理內三種俗諦非此經體三種眞諦是法性實相得爲經體今云若取文理合爲經即是三種中道且文理既合則眞俗俱中是則俗諦得爲經體將非與彼義相違耶荅彼此宛順無相違也良以經體未始離文而文不到即事而眞方爲經體以二諦判體則屬眞三諦判之體當中道斯乃示於心路絕處方爲經體若藏通別當教亦云體絕言想而皆所詮不具能詮安得能詮合於所詮故六種經文理不合望於圓教實無絕理是故大師欲彰經體示絕想門云文理合是三中道爲四味教所詮圓體談理具文文方即理理亦即

文文既即理能詮自忘理既即文所詮叵得能所既絶中體斯彰彼明理内三種真諦皆是圓中故與今文明體不別如妙玄中引地論金剛藏説空有不二不異不盡四句顯體辭異意同釋籤問曰空假如何得爲經體荅云既是不思議空假還指空假即中中爲經體中即空假亦指於中彼之四句不出三諦以圓融故三諦各三是則四句句句三諦所以得名辭異意同句句具中故皆爲體究論空假得爲體者由具於中故云還指空假即中中爲經體是故中諦雖具空假空假非體故云中即空假亦指於中問何不但云中是經體空假非體於義已足何故先明三諦各三皆得爲體復於三諦各揀空假唯取於中而爲經體豈非繁重荅秖爲單説圓義不成

作此融談方彰妙體何者蓋以空假是其修二即經宗用中是一性即經體也若但云中是經體者則宗用外別有於體體狹不周故須三諦無非經體若不於三各揀空假唯取中體則不能顯體非智斷如此辨體不即宗用不離宗用思議泯淨妙體天然中爲經體圓妙既然以例空假宗用亦妙以空徧三諦此宗不狹假徧三諦此用彌廣仍須三諦各揀假中顯宗是智亦須三諦各揀空中顯用是斷各對二明不即不離故皆稱爲不思議也若然豈獨體是經王宗用亦王名總三王教辨四王以一名一體一宗一用一教無非中道故也故玄義云文號經王教攝衆典教尚稱王名等可見既法法皆中無非經體復須簡顯名是能詮宗是自證用是化他教能

分別唯有經體是所取也收無不盡簡無所遺與金剛藏四句皆體釋籤於四唯取於中其意泯合三若作下特彰今釋契理益機顯圓中道泯絕言思而爲經王上順如來敘體之旨下赴衆生聞經之機既論四味諸大乘經文理合者皆是經王豈有獨尊我經而慢他典此望真諦萬萬相懸三微妙下敘宗二初釋微妙如來既敘金光明名經王之體此乃一經所詮祕藏其有聞者必思此義故云微妙此之二字若因果互闕則非始終常住三法故對古非顯今正義因該博地果極妙覺位分六故深而難見六皆即故不縱不橫因即果故不縱事即理故不橫文解理性與果例云亦復如是若知六即義無不允二四方下釋四佛護持二初約教釋二初正釋二

初釋四方四佛佛唱此言意有所表正敘經宗宗是果智冥法性體體雖是一而開四門謂妙空妙有雙亦雙非如地論明四句顯體以爲四方果智冥之以爲四佛敘宗之意顯然可覿二釋下釋護持二初約五佛體用釋持今經宗在釋尊果智欲彰此智冥四門理是故特從四佛明之良以佛智不分彼此同冥法身不動之性順性名持法性是法體諸佛是報智壽命是應用此三皆常故云無量二信下約信相疑除釋護佛護法性爲令衆生不起倒惑信相但推八十短迹惑於法報常住之本四佛示本令悟八十即是常用故名爲護二此一下揀示指敘宗文名此一句義雖種種不出於三謂體宗用正雖敘宗宗必冥體體必起用是故此句不可獨釋四德

如後二觀下約觀釋上敘經宗義歸果佛當機聞見惑破理明今之行人若不於心明方明佛徒聞此教有何益耶故令觀心覺於四諦及以四德既即我心免數他寶此文分二初約諦約德立圓觀二初約四諦二初總明境智四門四諦俱通因果門從理開就果爲便諦有苦集宜對初心行者應知借四方佛表四諦智此乃託事兼附法相入心成觀是故四諦即一念心陰心是苦現惑是集即智是道本寂是滅如實知之名四諦智二東下別示境智二初觀境四諦法相前果後因今從修觀始因終果故世出世集道居前苦滅在後初心觀境欲易研尋宜從近事故順世俗甲乙五行四季等名令四方義成使四諦可識務在立觀不拘名教二觀此下發智既於一心即觀四諦觀之不已眼智發生任運持護妙理不失倒惑不起然須深察圓觀四諦皆稱無作苦集逆修體是性惡即逆是順道滅無功故云陰入皆如無苦可捨塵勞本清淨無集可除邊邪皆中正無道可修生死即涅槃無滅可證見此炳然名發諦智二又下約四德上四諦觀雖觀一心四教行人皆可修證今就四德各明三觀初心頓修的屬圓觀東方對常常破無常塵沙淨也無常破常見思亡也雙非破二邊無明集寂也說有前後修在一心三方例此二觀東下約諦約德示佛名前明覺智但是通明若於觀心不論別號則觀於經未爲極順今於集諦達即真常名爲阿閦此翻不動也次於苦諦達即真樂真樂尊重名爲寶相次於道諦達畢竟

淨常住慧命名無量壽次於滅諦達二我空
所顯真如是秘密藏一音徧滿名微妙聲四
方四佛本是心性即性爲觀觀符於性成四
佛名四我今下敘用二初分文二隨釋四初
能破勝法二初依現文示二初示三法體能
破勝法在境智行如將破賊須身力健次權
謀深次兵器利二依於身故喻於境身須有
謀故喻於智謀要兵助故喻於行此三若備
三障必忘二若相下釋三法相二初別示二
初別教行智理三次第資發修時縱也法報
應三果中齊顯證時橫也良由此教本有法
身爲惑所覆故須別作緣了之功相資顯發
復由此教性具三法而不相收致使功成三
身橫顯二若圓下圓教圓詮諸法無非法界
以法界智導法界行以法界行契法界境法

界無二一外無三故離縱過法界非一修性
宛然故離橫過因中三法修之既然果上三
身顯時亦爾二雖下總結修雖漸頓俱能破
於界內外障是故皆名能破勝法二觀下取
新本示舊文唯有彼於上根第一周法新譯
既廣更有二周其第二周離車王子爲婆羅
門說法身常無舍利事爲中根也其第三周
自有一品分別三身爲下根也此之三周皆
是勝法悉破三障今敘能破既云等法理合
該下三周之法也二次從下所破惡罪二初
重科總判二初科此文正示所破惡罪而言
敘空品者今舉所破罪彰能破用諸能破中
空用爲要故當敘也問前句已明能破之法
今那復有能破之方答前境智行是能治藥
今明三業專聞思修是服藥法妙藥不服服

不依方病何能愈此二相成三障可破二餘下判二初明轉報異餘經惡報已成今難可轉亦有經云宿業不轉況已受報耶然是悉檀被機異說今明三障若依經修無不寂滅以法勝故二一往下明三障由破戒三障之由教門異說豈可備陳今就一門由破五戒五戒之義該深攝廣何法不窮然不礙餘途故云一往問秖由煩惱起破戒業豈由破戒成煩惱障荅由破戒業現多貪恚如因謗經深著邪見婬欲熾盛此等皆從業起煩惱故知三障逆順相由二今下依科廣釋三初釋報障二初直約人道釋二初標示因果二諸下驗果尋因五初明殺生報三初牒經示內夭者說文云夭折也二昔下尋因驗三經下引經證舊華嚴經也具云殺生之罪能令衆生墮三惡道後生人道得二果報一多病二短命十地論云殺得三果一異熟果謂三惡趣二等流果謂生人中多病短命三增上果謂感外物皆少光澤不久住故二若貧下明偷盜報三初牒經示二經下引經證同生同名天者晉譯華嚴三十七云如人從生有二種天常隨侍衛一曰同生二曰同名天常見人人不見天三又下以事驗由破禁戒作諸不善其二天龍必見棄捨名譽利養因玆散失三若親下明婬欲報三初牒經示親厚者謂父母兄弟妻子六親也地論云婬得三果一異熟果謂墮三惡二等流果謂於人中受二妻相競及婦不貞良三增上果謂多塵坌今云鬪訟與論符合二引經證人護者女人志弱故藉三護幼小父母護適人夫壻護夫

死子息護法護謂受五八等戒也三昔下約理推昔毀他法者令他犯戒故四各下妄語報二初明經脫略例上三報合有兩句二內下約義足釋二初足文示足竒成偶故云一雙忿即怒也二昔下約理推五外下明飲酒報二初例加文示二昔下推示因果二初正示搏節亦禮度也由醉故乖聾騃五駭切癡也二引證經亦華嚴也由飲酒故嫌恨彌增故得引證二問下廣約五乘釋二初約五戒違經問以五戒名出小乘律何以釋今經王法相二荅下約五乘持戒荅一切行法大小俱通隨人智解用之淺深今釋五戒爲五乘法分二初總荅以五戒名入一切法或多少異但是開合二提下別示二初約義釋二初以五戒配法體實淺深三初明人天二初引

經天地大忌者忌亦禁也戒也五星謂東木精歲星南火精熒惑西金精太白北水精辰星中土精鎮星五嶽者東嶽泰山屬兖州南嶽衡山屬荆州西嶽華山屬雍州北嶽常山屬幷州中嶽嵩山屬豫州五藏謂肝心脾肺腎也以星嶽藏俱配五行但以五行對戒則三義自顯不殺對木木主生長殺則不生不婬對火火主照明邪婬私隱不飲對土土則鎮靜醉則傾揺不盜對金金爲刑殺盜則遭刑不妄對水方圓任器以彰不妄妄則反是配五行則巳配五星嶽之與藏秖主五行經云五嶽蓋譯者順此方潤色耳違天等者上對五星犯之則違天下配五嶽犯之則觸地中成五藏犯之則伐身二又對下配法二初別配二初周孔教二初五常趙蕤長短經曰

仁者愛也置刑除害兼愛無私謂之仁也義者宜也明是非立可否謂之義禮者履也進退有度尊卑有分謂之禮智者人之所知也以定乎是非得失之情謂之智信者人之所承也發號施令以一人心謂之信令以不殺對仁殺他是無兼愛也不盜對義者盜則非宜爲也不婬對禮者邪婬則尊卑不分乖禮度也不飲酒對智者昏醉則不能定是非得失也不妄對信者妄語則人不信承也若以五常對五行者鄭康成注禮記中庸篇中云木神則仁金神則義火神則禮水神則信土神則智向以五行對五戒蓋取此義故以不飲對土不妄對水二對五經不殺對尚書者尚書斷自唐虞巳下則尊禪讓而鄙殺伐也夫子以周室微弱號令不行乃約魯史而修春秋以代賞罰使亂臣賊子懼故對不盜戒也禮有五焉周禮大宗伯之職曰以吉禮事邦國之鬼神祇(事謂祀之祭之享之)以凶禮哀邦國之憂(哀謂救患及災)以賓禮親邦國(親謂使之親附)以軍禮同邦國(同謂威其不協及僭差者)以嘉禮親萬民(嘉善也所以因人心所善而爲制也)邪婬是不以禮交所以用嘉禮以戒邪婬也詩者善則頌惡則刺非妄語也易者窮理盡性之書潔淨精微之教飲酒昏亂者豈能窮其理盡其性乎二又對十下輪王法三初開五對十相二俗下示合七爲二意俗不能護口者以五戒制在家衆故口分四過俗護誠難故但制一飲酒是邪命自活者以酒資身不遵正戒名爲邪命三是爲下結法從人立名五戒雖是如來所制既對十善且從有漏判爲舊法故屬輪王亦名性罪性善

者以十惡法性自是罪十善之法性自是善是故輪王順世俗性説此善惡以化衆生二都下結示世間之善不免輪迴縱生人天復起惡業善尚如此況不善耶故云都是一切罪根二又五下辨二乘四初對五陰爲念處境不殺則色質完具不盜則苦受不生不婬則邪想不起不妄則遷流淳實不飲則了别分明此之善陰豈獨爲境兼資念慧故可於陰開四念處色陰身念處受陰受念處想行二陰法念處識陰心念處二念下從念處具道品三脱大論四念處中四種精進名正勤四種定心名四如意足五善根生名爲根根增長名爲力分别四種處道用名覺四念處安隱道中行名正道三十七品如平坦道空無相無作如城三門涅槃如城三故云下明

轉陰爲五分法身禁防身口故云色能發戒禪是正受故云受受禪定假想了悟身空故云想慧悟虚文中剩通字諸文所引皆無進趣無怠則至聖果故云行發解脱自識巳證名解脱知見也此即轉五陰成五分法身也四當下結五戒爲二乘之法三又五下明大乘三初總標示二提謂下正配法門三初約經配四德以大乘人了知五戒體是心性若受若持一一順性性具四德故五無非常樂我淨此總對也亦可以五别對四德心與衆生性無生滅是故順性持不殺戒是佩長生不死符印此常德也心與衆生性無婬亂故順本性持不婬戒名出入無亂心與衆生念念真實無虚妄間是故順性持不妄語戒名往還無間此二對淨德也心與衆生性非昏

醉故順本性持不飲酒戒名統御一身即我德也心與衆生性即菩提離貪求苦故順本性持不盜戒名立道根即樂德也二束下約事對三業不殺盜婬身業也不妄語口業也不飲酒意業也持既順性故立戒因成佛三業佛身口意隨智慧行無有過失名三無失以無失故不須防護名三不護身業現化名神通輪口業說法名正教輪意業鑒機名記心輪三皆摧碾衆生惑業下地不測故名三密三三軌下約理對三法五戒即理一止一作皆與圓融三法相契若欲別對其理亦成不殺衆生順常住理即真性軌不婬則心淨不飲則慧明即觀照軌不妄則生彼信從不盜則全他資具即資成軌既即三軌則與一切三法相冥故知五戒攝法無遺二橫豎下

舉廣結名

金光明經文句記卷第一下

音釋

詶（是周切答也）搜（疏鳩切索也）璞（匹角切）複（方六切重也）罄（苦定切盡也）顓（顓朱緣切）頊（頊虛玉切）嚳（苦沃切）摯（脂利切）叵（普火切不可也）閦（初六切）壻（思計切與婿同）騃（語駭切癡也）熒（戶扃切）脾（頻眉切土藏也）肺（放吠切金藏也）腎（時軫切水藏也）協（胡頰切和也）僭（子念切儗也）佩（蒲昧切佩服也）

金光明經文句記卷第二上

宋四明沙門釋知禮述

二復次下明五戒事理復簡偏圓上雖通示五戒之義該攝淺深若不委論事理偏圓何能精識持犯之相此自分五初不殺戒二初委示二初總示事理持犯欲令行者用理不殺持事不殺方名初心持具足戒今明體法須別空中體法即空乃屬偏觀望圓是殺須體諸法無非中道世相皆常是今所論理不殺戒欲顯此意故從人天辨至圓極故云因果種種不同二若作下別明偏圓得失二初偏二初人天但事二初人持戒功淺須加防護心如牛馬若非鞭勒則見奔逸若無杖策則犯苗稼喻不作意則於境成犯報百二十年是上方壽人道諸根但明肉眼餘根可例二若任下天持戒功成任運成性心如河水自然注入淨戒海中未論定共唯報六天以人歲數較第六天當爾許歲唯得肉天無慧法佛餘根可知若加下三乘加理二初二乘義攝藏通涅槃經以外道先出喻以舊醫如來後現喻以客醫佛所制戒名客戒也事戒之外加修隨道及無著戒此戒位極當教灰斷不說有報今據大乘生方便土受變易壽諸文不說此土壽限但因移果易耳今云七百阿僧祇者必取爾許劫數之後方入實報也若在此土破塵沙惑亦得法眼今論二乘初生之者但得慧眼二若下菩薩二初正示義當別教次第修於三諦道共等常即假觀是智所讚及自在戒無常即空慧即是隨道及無著戒前空次假今從語便空慧居次言

等慧者即中慧也乃是隨定及具足戒分得此二當於初地生實報土名華藏海佛眼分顯四眼乃融是故名爲分得五眼諸根亦然壽是慧命已屬意根經云諸根復云壽命故須並説二比下結況此教比佛有於二意若當教者以因比果分滿不同二比圓教别教始終是菩薩法望圓始終皆是佛法故稱不具及損減也二若下圓二初示相二初明得意持二初略示事持即不傷殺衆生身命此同偏小輪王之戒但不殺所以與之永異次文所明理觀是也二又持下廣明理持三初約體明持此理不殺若其不解性具九界但云體達諸法即理全波是水猶濫通别未顯圓修故荆谿云若不談具乃屬别教故須體達假合之身三惑癡愛三科實法皆性本具

性無差别故名一相性非暗縛稱爲明脱既即性具何可毁傷癡愛是子假實是果全體即性性豈生滅如斯妙觀即障是德不待轉除方是持於理不殺戒二成下稱性得報初住已上至于妙覺皆得名爲成就智慧居常寂光此乃分滿依正二報也無生後報但現報故名常壽湛然無損減也五眼具足諸根亦然離不具也若論外用六根互通略舉眼耳根自在也現十界壽或脩或短壽自在也三是下結示因果二又圓下明得意犯二初總示二犯此事理犯若其不解性具違用及殺法門但以慈愍能現逆相而解釋此豈前三教菩薩之行不能作耶故普門疏明嗔法門爲成就故常念觀音是知須得性殺之意慈方無緣故云唯殺唯慈名得意犯二 如仙

下別示二相二初引人明事殺大經聖行品佛說本生曾爲國王名曰仙豫愛念大乘時世無佛十二年事婆羅門爲師後遂勸彼發菩提心而婆羅門不信謗法王乃殺之而王不墮獄以無殺罪故至梵行品佛說慈心之果住一子地迦葉難言若菩薩住一子地云何佛昔爲王斷婆羅門命耶佛言我以愛念故斷非惡心也諸婆羅門命終生阿鼻獄即有三念一自知從人道來二知是地獄三自知謗法爲王所殺念是事已即信大乘尋時命終生甘露鼓王世界於彼壽命十劫我於往昔乃與是十劫壽命云何名殺然須明於得殺法門令其愛念成無緣慈方合疏文唯殺唯慈也二又作下據經明理殺二初正釋前就不斷名持不殺今明有斷故云犯殺圓教自論斷與不斷二義同時既明六即六故有斷即故不斷亦可秖就即之一字明於二義障體即德無障可論斯爲斷義障既即德障何嘗斷斯不斷義故煩惱即菩提生死即涅槃斷與不斷妙在其中諸大乘經說圓頓觀有此兩門今就有斷名爲理殺故云析蕩累著是業及諸煩惱以爲所斷樹神諭於修觀之人劫火諭於能斷之智故大論三十云譬如空澤大樹衆鳥集宿一鴿後至住一枝上其枝即折澤神問其故樹神荅曰此鳥從我怨家樹來食彼尼俱類子或當放糞子墮地者惡樹復生爲害必大是故寧捨一枝所全者大菩薩亦爾於魔外惑業無如是畏而畏二乘二乘於菩薩邊亦如彼鳥壞彼大乘心永滅佛乘心今文但以怨鳥通累著等也

劫火等者亦大論文論第二云二乘雖破三毒氣分不盡如草木薪火燒煙出炭灰不盡火力薄故佛三毒永盡無餘譬如劫火燒須彌山一切地都盡無煙無灰今謂佛智即圓智也斷陰入界生死即涅槃也約即論斷名得意犯理觀斷破名不持戒此爲誠證下諸理犯其義皆成一切塵勞是如來種此是性種亦敵對種惑非性染安名佛種以知即性修染本虛本虛名滅即理殺也二成下得報事理二犯既順性德殺害法門故殺法成就乃得法身垂應九界示命長短現根缺具此自在用真因分得極果究竟二前下結勝先且斥劣人天近事藏通淺理别教次第是故濫塞此等皆非修性不二通達之途唯圓實戒一攝一切宏廣無邊即事而中深遠莫測凡小之徑必會逆順之異能同十戒之中名畢竟戒二不下結責先結該收後責局小二復次下明不盜戒二初總明事理持犯事盜可見就理論盜據阿含經演小成大人天取有藏通取空别取但中皆他物也非盜是何淨名云無取是菩提捨攀緣故二若下别明偏圓得失二初偏三初人天二初斥事持成犯人天妄樂爲可意也欲成理持乃斥事戒故就所求果報而責有漏之樂猶如糞中有菴羅果有智童子不應求食樂雜見思如世美食雜以毒藥食則害命有觀智人所不應求設得華報心不甘嗜而生歡樂云何凡夫爲欲持戒二貧下約經文明報四姓者毗舍首陀婆羅門刹利人中雖謂二賤二貴既乏聖財四姓三界俱屬貧窮迴轉水也復深水

也漏心持戒求可意果正爲有流洄澓所困
三有流轉故曰有流非四流中一有漏因果
具足三障能障見佛天中天也亦是障於第
一義天以障隔故義言捨離此乃事持成於
理犯據經招報貧窮困苦諸天捨離也二又
二下二乘二初斥理持成犯二初約有求斥
智舉四諦境唯在苦於身等四觀苦等四流
猒生死苦忻涅槃樂在小名持於大名盜爲
於涅槃生忻求心介爾者微弱也微有心生
即墮四性既有性過乃屬生死無所得中而
生得想成不與取豈非盜耶二即非下引諸
經斥煩惱爲薪智慧爲火成涅槃食不非時
證此斥二乘怱怱取證是非時證不待法華
說於所因於小涅槃思惟取證大根不發如
焦敗種以見苦果故斷除集因以修道品故
造趣滅盡則非大乘即惑成智無斷無修即
生成滅無苦無盡故云非求法也中論云諸
佛說空法爲度著有者若有著空者諸佛所
不度身長三百下引金翅鳥雛以爲喻也二
乘但念空無相無願三種三昧如身長三百
無中假二智如無兩翅墮三無爲坑如鳥墮
地若死等苦成羅漢果也若死苦成辟支果
也苦等於死名死等苦而實未死也或云二
乘方便是死等苦聖位是死苦又學人是死
等苦無學是死苦三無爲者一擇滅二非擇
滅三虛空通舉言三二乘所證蓋擇滅也然
此論本出大品而大論釋之謂金翅身長三
百由旬能從一須彌至一須彌是鳥初出兩
翅未成意欲飛去墮閻浮提受若死若死等
苦中道生悔我欲還天不能自舉本論菩薩

墮二乘地今借諭二乘耳二法下引經明盜報不得大乘法食爲飢餓無大力用爲羸無大功德爲瘦有無善上起見思如瘡癬不見三身一體之佛不聞圓頓之法不入三賢十聖衆數三若下菩薩二初斥次第成犯行學道三對戒定慧言次第者此三皆隨空假中轉三諦縱故從淺至深是故逐一而論取捨生死爲來空中爲去本論生死已名爲來去已再來建立生死故成兩來破有出界已名爲去捨邊趣中名爲更去故成兩去如此來去豈非屈辱諦觀不殊離二取相今既別修以觀緣諦名不與取二取已下據經明盜報取捨既數即此名爲貧窮困苦盜業之報以別圓教詮變易報不就改生念動是業遷變是苦故起信論云動即有苦果不離因不能

初心頓絶思議故使義天雖近而遠即捨離也二圓二初示相二初明得意持二初讚理持相唯有圓觀乃能究竟離不與取絶取之觀謂五不受即不受四邊及不受不受此五不受若其不以妙理甄之恐濫偏教是故先云圓人觀諸法實相諸法不出佛及衆生依報正報此乃逆順二修之法全修即性一一無非中道實相中實之相非待對相圓人觀此故無四受不獨境絶四句之待亦絶境觀能所之待故不受之觀亦不受也既於初心即依中實修五不受則唯屬圓也五不受故名爲不取是大菩提能障一切有緣之願法法皆中高外無下下外無高何法可取何法可捨二如是下約經明報即以理富顯不貧窮富故不取寧有困苦以不取故思議即絶

第一義天不相違背乃應經文諸天不離二圓人下明得意犯盜法門者所謂性惡佛所師故名之爲法智由兹入故名爲門圓人得門逆順自在能作理盜亦作事盜今文略事例殺例淫合有其相若理盜義文出鴦掘彼經偈云不與者菩提無有授與者不與而自取故我不與取此意乃明究竟不取是究竟取此取得名如海吞流四重檐者鴦掘經云譬如大地荷負重檐一者大水二者大山三者草木四者衆生菩薩亦爾正法住世餘八十年爲一切衆生説如來藏是名初檐重於大山惡人毀罵聞悉能忍是第二檐重於大水無縁得爲國王大臣説如來藏唯爲下劣堪忍演説是第三檐重於衆生窮守邊地惡處豐樂之處不得止住是第四檐重於草木

彼經四檐諭於四事觀今文意似喻四弘前下結勝淺而且塞者且兼也三不淫戒二初示事理持犯示事理者意在兼持以事扶理以理導事既居末代功在事持乃是涅槃扶律之意理持論於染不染者心觀他境名爲染法即境爲觀方名不染言種種者事隨理觀小大偏圓具如下辨二若鬫下明偏圓得失二初偏三初人天二初人持心未淳如猴著鏁擎一油鉢者大經譬如大衆滿二十五里王敕一臣擎一油鉢經由中過勿令傾覆若棄一滴當斷汝命復遣一人拔刀隨之臣受王敕盡心持行雖見五欲心不貪著彼經以二十五諭二十五有拔刀諭無常今文諭凡夫持戒拔刀可諭三塗罪也割捨現麤求未來細如以賤易貴也二若爲下天二初

六欲文舉帝釋意徧六天二若斷下八地以數息法攝五欲心意生四禪受枝林樂極至有頂如冰魚等豈知長壽八難中一攝在味禪非不染欲二若憎下二乘二初於小名持知苦斷集如怨如虵修道證滅如親如寳但自調故直去無悲濟故不迴四方四維謂八方風諭於人天四違四順謂利衰毀譽稱譏苦樂也須彌諭二乘心也二若聞下於大名犯隨嵐此云迅猛壞劫中此風起時能破須彌以界外二土五塵能動二乘也大論中迦葉聞甄迦羅琴不能自安即云八方風不能動須彌隨嵐風至破如腐草三界五欲我已斷竟不能動心此是菩薩淨妙五欲吾於此事不能自安三菩薩此別菩薩望圓成犯緣但中道而生順愛若入十行退不取小不進求圓如墮山頂故名頂墮旃陀羅者此云嚴幟乃是西土屠殺之輩以惡業自嚴行時搖鈴持竹以爲標幟故以爲名今斥但中解者於圓菩薩猶如人中屠膾惡類也既無即中二觀方便乃被教道中慧所縛既與無明怨雠共住何能勝之別修之慧無無作利望畢竟淨是染欲法凡斥別教多是住行及十信人以迴向位能圓修故二圓二初示相二初明得意持二初約義示三初示能淨諦觀一心者見思心也觀此染心即是淨性性非淺狹極三諦源全諦發觀即空假中即空故不染於染即假故不染於淨即雙遮故不染二邊即雙照故不染中道三諦三觀秖一剎那能所不殊中邊俱淨二即空故下示所淨愛見上之諦觀俱爲能淨今明見愛方是所淨

須知所淨該於通別佛菩提等是順道愛深觀即中其愛自泯三三下示三諦名淨淨是空義畢竟空者須空三諦以驗能空不少三觀能空亦空故是淨亦淨於通不塞也二經下引經證二初引經文二圓下會經意經就位論持唯在果今約圓觀初心即能頓持佛戒以觀實相因果無殊若不爾者云何能以如來莊嚴而自莊嚴二圓下明得意犯二初引諸經事既得本性染愛法門故能行於事染之行亦能示於理染之觀染觀可例取菩提義故今略之但依華嚴出事染相行不汙戒者菩薩名也先以欲鉤牽者愛欲如鉤能牽於人然後令彼達欲法界名入佛道二斯乃下明用犯意指上三人久住性染無染法門能現修染故得名爲非欲之欲而令衆生

即欲悟性故得名爲以欲止欲諭以屑者字應作榍又作楔同說文云楔櫼也櫼子林切出前櫼者必假後櫼故云以楔出楔也將聲止聲者大論第七云譬如執事比丘舉手唱言衆皆寂靜是爲以聲遮聲非求聲也二前下結勝四復次下明不妄語戒二初示事理問事中妄語重者乃是未得聖法言知言見今法門解於未證得謂已證得與事何別荅蓋第四戒自知未得上人之法誑他言得故此妄語除增上慢若理妄語内心實謂已得已證此心增上而慢於他是增上慢故法華云比丘比丘尼自謂究竟便不志求無上菩提當知此是增上慢人今未解圓理於人天三教各自謂實名爲妄語亦是上慢二諸下明偏圓二初偏三初人天二初人二初妄語

相二初愛下苦者輕苦也三塗苦重人間苦輕凡夫不覺計之爲樂以苦爲樂故曰橫生樂想也猶如世人罪合當死而以千罰放命罰實是苦以得全命罰罰之下皆生樂想又如病者恐死加之針灸針灸實苦言除病故皆生樂想八苦交煎妄謂爲樂事亦如是二豎下見廣如大經凡夫外道慢心自高諭之豎憧口宣慢言諭之打鼓於五陰上各起四見文中略示色陰餘之四陰可以例作次句應云離色是我今云我即是色者文之誤也色中有我即色大我小也我中有色即我大色小也起六十二者五陰各起四見共成二十歷三世成六十而其所計不出斷常二見故有六十二也所説無實其猶諧謔故云戲論由斯戲論不見真空故破慧眼二備口下

結示口過見是妄情須生轉計即兩舌也宣邪惡理即惡口也巧飾邪言即綺語也諸見本邪以邪爲正而誑於人故標妄語其實備四二三十下天大經嬰兒行品云如彼嬰兒啼哭之時父母即以楊樹黄葉而語之言莫啼莫啼我與汝金嬰兒見已生真金想便止不啼然此楊葉實非金也木牛木馬木男木女嬰兒見已亦復生於男女等想即止不啼如來亦爾衆生造惡爲説三十三天常樂我淨端正自恣於妙宫殿受五欲樂衆生聞已心生貪樂止不作惡勤作善業三十三天實是生死無常樂我淨爲度衆生方便説有章安釋云此合天上四德楊葉諭妄淨色鮮明故楊樹諭妄常體柔輭故木牛木馬諭妄樂可戲故木男木女諭妄我似人故非想細煩

惱者彼有十種細心數法一受謂識受二想謂識想三行謂法行四觸謂意觸五思謂法思六欲謂欲入出定七解脱謂行法解八念謂念於三昧九定謂心如法住十慧謂慧根慧力二二乘二初出行相競執瓦礫者用大經春池失珠諭也春池譬衆生塵欲耽湎之境失珠譬圓解潛昏信小乘教如入水修觀如求珠但見偏真謂爲究竟如得瓦礫便謂真珠生滅度安隱之想猶如歡喜持出也生實未盡者猶受變易故所作未辦者佛道未修故離毒説脱乃一小脱即毒明脱名一切脱大涅槃也佛爲上慢執著三毒便爲解脱是故説離聲聞住此謂究竟脱其實未得一切解脱此以淨名對法華文出妄語相也二未得下結成妄語三佛下菩薩二初示其行

相佛説四門意詮一實别人根鈍各執一門彼此隔礙二夫下結爲妄語諸法實相離言説相離心緣相以法法體偏多少性融豈可定以空有等言一二等數此教言思既乖實理非妄是何二圓二初示相二初明得意持二初總標心口圓人根利聞空有等皆知性具性具四門豈有隔礙一門具三三門皆爾稱性而觀稱性而説既皆稱性性絶言思故觀即無觀説即無説是故觀説皆云如實二如下别釋心口二初明心離諸相而觀所非内外或約自他或約根塵或約心法或約法性對於無明此等内外雙亦雙非皆成四相妙觀得脱皆離此四亦不以無四相觀而得解脱性空非四相空非無此之二空名濫通教須就圓理揀彼偏空圓理者何謂諸四相

不出本覺全本爲始即境是觀豈更偏著四種之性及無四之相非此二空下名解脫二如實下口稱四實而說二初約法示實等四句亦乃不出本覺之性以此覺性真空畢竟故名爲實具足緣起故名不實二不相礙故成雙亦二無二相故即雙非覺性無偏四皆全分實攝三句乃一實一切實不實攝三餘二亦爾是故四句皆云一切其圓解者雖談一句一外無餘何有一言不稱本覺真實之性是故四句皆得名爲如實說也二經下引經證初心圓說與果無殊故引法華本佛作證佛施權迹及開實本皆稱真如有何一句而非實耶似位妙音髣髴同佛口密之相開小成大能以佛聲如實而說令諸衆生聞皆入實二圓下明得意犯二初約果人示雖就

果示意顯始行故云圓人妄語法門者乃是性德權巧妙門也稱妄語者無而說有也謂十界冥合本是一乘無有三乘差別之相佛爲機故分別說三令諸衆生各爲究竟自求趣證速出生死如無三車說有三車令諸樂著嬉戲之子爭出火宅天無常樂說有常樂如以黃葉止彼啼兒此皆巧用妄語法門而爲利益也二經下引經證諸法無行經中文殊說不動相法門已空中萬天子讚言世尊文殊名爲無礙尸利不二尸利等文殊語天子言止止天子汝等勿取相分別我不見諸法是上中下我是貪欲尸利等具如今疏天子唯以性善法門而讚文殊且別教但中豈非性善須斷九界然後證得斯乃於法見上中下文殊欲顯圓頓之理具足善惡無非法

界特以三毒而自立稱然三毒等雖俱性具不異而異是即實之權皆是祕妙方便之法故一一句望實言非成妄語義雖是妄語而皆是性本具法門今宗講者纔聞權假便謂非性吾知其人未生圓解二將下明犯意同於前文以楔出楔也二前下結勝五復次下明不飲酒戒二初示事理二夫下明偏圓二初偏三初人天二初人中事酒二初據教明過三十六失出沙彌戒經大論唯三十五失結爲頌曰

財虛招病諍三　裸露醜名彰二
無智得者失二　說匿廢事業二
醒愁身少力二　色壞慢父母二
沙門婆羅門二　及伯叔尊長二
不敬佛法僧三　黨惡遠賢善二
破戒無慚愧二　不守情縱色二
人憎親屬棄二　行惡捨善法二
智人所不信一　遠涅槃狂癡一
命終墮惡道一　若得人常騃一
酒失三十五　大論之所明

五百世無手者梵網經云若佛子若自身手過酒器與人飲酒者五百世無手何況自飲伏匿皆隱也自說私隱故云發出也二過下斥人好尚引滿者晉左思蜀都賦云合樽促席引滿相罰樂飲今夕一醉累月注云酒將闌故合併其樽促近其席引持也持滿以相罰酒厚樂極故醉累月三國志魏尚書郎徐邈私飲至沈醉時科禁酒校尉趙達問以曹事邈曰中聖人達白之太祖太祖甚怒度遼將軍鮮于輔進曰醉客謂酒清者爲聖人濁

者爲賢人邈性修慎偶醉言耳竟免刑晉畢卓爲吏部郎比舍釀酒熟卓醉後夜至甕下盜飲之掌酒者縛之明旦乃畢吏部也自署爲酒徒者以酒徒自號也如唐元結自號酒徒皮日休自號醉士之類也三國志吳太中大夫鄭泉字文淵陳郡人博學有奇志性嗜酒臨卒謂同類曰必葬我於陶家側庶百年後化成土卒見取爲酒壺竹帛載之者謂史志皆書其事也古皆記言事於竹簡繒帛以未有紙也後代稱其故實故謂史籍爲竹帛也古今歌之者古今之人不斥其失往往爲歌詩以稱美之也不應作而作者引滿中聖酒徒酒壺之事皆耽湎荒恣其失大矣尚書酒誥誡之甚明而四賢反爲之是君子所不應作之事而作之也不應歌而歌者古今之賢當貶其失而反作歌詩以美之也若作若歌非酒之過失而是何耶二釋下三界惑酒二初別示二初引論明見醉釋論第八文也王即南天竺王也侜張爾雅云侜張狂也侜字張由切二又下約諭明愛醉二三下總結二二乘二初斷通從別以明能醉九十八使者見惑有八十八思惑有十也四住者三界見合爲見住地三界思分爲三住地無明未吐者以酒諭惑也半瘧人者四住已除無明尚在半安半病其猶瘧疾此亦大經中諭二乘凡斥小以明所迷引醉歸之者謂佛引醉諭歸還二乘也按哀歎品中諸比丘說醉諭以諭凡夫流轉無常見常如醉小乘修無常想故如醒佛即引醉諭於二乘謂於真常而見無常是醉義也故云引醉歸之文人合作

文世間下文辭從省四倒四德各舉其二影互相顯三菩薩二初約教道觀中皆名不了三初法別教至極但破無明一十二品故於佛性見不了了又從初心不知五住即是法界不名佛法是菩薩行故於佛性見不了了二如下諭凡舉五事悉諭見性不得了了船者大船也諭出大經然彼十諭並諭於圓以分揀極故云見不了了今諭別者有二意一者別教極果秖齊圓教第二行故見不了了二者二教理同得意具德失意但中今就失意故以諭別如來藏經十諭亦爾止觀在別十六觀跡而顯於圓三如下合二故下明自圓解外皆名邪見未得圓中正見故也二圓二初示相二初明示行相二初得意持二初稱性觀故得名醒悟此段文意乃將果德頓

爲始行苟不了知第六識心是性惡者何能初心修如來行即觀祕藏肉眼即佛求不改觀而見牟尼與妙德等荆谿的示須聞性惡方修性行不可欺也二是下以圓伏故名除酒法五住正習同居一念即惑爲觀觀外無境如翻大地草木寧存亦如日光不與暗共有何酒法而不除耶此人事戒輕重等持與上理戒念念兼行方名究竟二圓下得意犯二初明具大智故能理醉何名大智謂了性具九界因果是故名爲飲酒法門真空實相如起信論一真如性有二種德一如實空與過河沙煩惱不相應故二如實不空體具河沙功德無有所少故護一切失故空如稱德用無礙故不空如酒然河沙性德即十法界圓融法門九界即佛成前持相佛界即九成

今犯相故犯相云變化五道宣揚哮吼其猶酗酒之用也二波下明具大悲故能事醉波斯匿此云和悅若飲酒後應死判生故曰多恩末利即匿王正后也王嘗嗔怒欲殺廚人諸臣共議國中唯有此人殺已無人知廚稱王意者時末利后即辦好酒美肉沐浴名香莊嚴身體將諸妓女來至王所王見后已嗔心乃息后即遣人詐傳王敕勿殺廚人匿王後以此事問佛后持五戒月行六齋一日之中犯酒妄二戒八戒之中則犯其五謂過中食服香花作倡妓高廣牀飲酒妄語也破戒之罪輕耶重耶佛言如是犯者得大功德何以故爲利益故出未曾有經下卷入于酒肆即淨名居士此上三人皆是高位皆住性惡權巧法門故於持犯得大自在不可秖將慈念而解若無性染慈豈無緣二夫下結得斥失若得性具善惡之門則逆順俱當失玆要柄則持犯俱非如把刃自害得失之要不可不窮二前下結勝若善惡分岐豈醉醒不二諸佛究盡寧有所偏二上觀下觀心釋圓論理戒豈不觀心但爲前文是約教釋正爲開解今撮五戒入一念心成於圓觀正爲立行即聞而修修發之門說者應授若不爾者數實何爲分二初附上諦智問上觀四諦各發覺智乃言四佛今明五戒亦可觀之成五佛不問意如此二觀五下據今戒體答若觀五戒是實相者所發覺智豈非五佛然五實相是所觀境五境發智名爲五佛實相無相尚叵言一豈定五耶由附五戒各見實理故似分五實理者何所謂本覺此之覺體是無緣

慈故名不殺無取故不盜無染故不婬真實故不妄明了故不飲今圓行人以妙三觀順性修慈乃至三觀順性修智說之如此修乃同時故得名爲觀五實相觀之不已本覺全體發成始覺名爲五佛名字觀五觀行已去皆得稱發二次下釋煩惱障三初節示經文二上下對上下辨二初對上下定體二初對上報論義便報多約色惑唯在心故云義便二報下與下業論體別二初問起以十惡中貪嗔癡業名同煩惱如何分別二數下釋通二初引數人釋二俱數起但以輕重分於惑業二今師釋二初約心尅示貪等決定發動身口招報名業以異煩惱非決定故二若下因示生疑二初疑若決定心發動身口名爲業者下惡星等自是外境何名業障二此下釋星等乃是業之前相表於責報故屬業障今示作業體下明宿業相若論作起時豈非心色二若下對上下論轉二障在因是故易轉報障已受是故難轉難者若轉易者必去三通下約文示相二初通別通論可見若別論者見惑執我愛但著事此之二惑皆具三毒執我三毒若其不遂則多愁憂著事三毒既不執我但恐不遂必無愁憂二今下指廣章安記録不能廣陳見思之相令後說者委而示之故註云云三三破下釋業障二初節經二釋義三初定文是業已作之業將感惡報故有異相表發其事驗知此句明於業障二惡下略釋經文別有客星者以五星二十八宿常現則非惡星亦是下約常星失其行度躔次亦名惡星一方有七者角亢氐房心

尾箕東方蒼龍七宿南斗牽牛須女虚危營室壁北方玄武七星奎婁胃昴畢觜參西方白虎七宿東井鬼柳七星張翼軫南方朱鳥七宿凡四方之宿皆逆數宿音秀失其分野者周官云天星皆有州國分野角亢氐兖州房心豫州尾箕幽州斗牽牛婺女楊州虚危青州營室東壁并州奎婁胃徐州昴畢冀州觜觽參益州東井與鬼雍州柳七星張三河翼軫荆州熒惑火星也漢書音義云妖星曰孛星彗星長星亦曰攙搶釋名云星光稍稍似彗言其孛孛然似掃彗也又類散麻故云麻彗左傳凡人火曰火天火曰災今但取風雨雪霜雹候者皆名災法邪謂外道經書蠱道者事釋乃是他鬼毒害於人蠱工户切聲類作弋者切蟲物害人也說文蠱腹中蟲也

楞嚴云貪恨爲罪是人罪畢遇蟲成形名蠱毒鬼理解乃是自心三毒名之爲蠱此蠱能害百千萬身法身慧命永爲所害比夫毒鬼爲害至微矣醜惡形聲見聞爲恠不適意者適悅也三夫下勸令正信二初明相見表五罪二初約現文表示親離即親厚鬭訟幽厄即王法所加幽謂幽禁二其下例餘相亦然二行下誡行者問邪師禮記曰龜謂之卜蓍謂之筮卜筮者所以決嫌疑定猶豫也今云折箋箋謂竹箋謂揲蓍取卦折竹箋爲文也管公明者槐人也名輅字公明善卜筮所向皆驗應知惡報由罪結罪由心苟正于心罪報自蕩不修内德卜筮何爲呉氏春秋云宋景公時熒惑在心公召子韋問焉子韋曰禍當君雖然可移於宰相公曰宰相所以與理

國家可移於民公曰民死寡人將誰爲君可移於歲公曰歲飢民餓死爲民后而殺其民誰以我爲君乎子韋曰君有至德之言三天必祐君熒惑必三徙舍舍行七里一里當一年君延年二十一矣熒惑果徙三舍況能內觀法性達罪本空均生佛於自心起慈悲於法界惡星之變何慮乎不滅耶故於次文明其方法二從下舉方法若依初開章爲四此當第三能破方法今依重科

金光明經文句記卷第二上

音釋

析先的切分也　翅施智切翼也　鶵愁朱切鳥子也　幟昌志切　礫郎狄切小石也　濫盧瞰切汎濫也　髣髴髣妃兩切髴敷勿切髣髴猶依俙也　樽租昆切酒器也　釀女亮切醞也　瘄魚約切痞病也　酗香句切沈酗也　躔呈延切星所履行也　觿勻規切觜觿星名也　攙搶攙初銜切搶楚耕切

蠱果五切巫蠱也　著升脂切蒿屬用之以筮也　篾莫結切竹篾也

金光明經文句記卷第二下

宋四明沙門釋知禮述

從諸根不具下敘空品文爲二初三行半明所破之惡即三障文也次二行半明能破之方即今文也而釋一行半訖復依初開章以後一行爲四結成然取義成分章從便分三初節經立意以順重科云能空也二前下據意釋經三初立意禳謝也又除殃祭也二洗下釋經二初釋前三句欲知智在說故以聽經而爲般若又聽經發智慧故心有染故用不自在今既清淨能成解脫二前令下釋後三句至心之境即甚深行處不念此處安名至心三夫下勸信二初約身陳類今之三業表法之身本是血肉不淨之物次舉二喻栴檀香木伊蘭臭樹大經明闍王造逆後既見佛罪除乃自敘云我見世間從伊蘭子生伊蘭樹不見伊蘭生栴檀樹我今始見從伊蘭子生栴檀樹伊蘭子者我身是也栴檀樹者即是我心無根信也二今下約行可期三業雖近三德雖遠修得規矩即近成遠規圓矩方孟子曰大匠訓人必以規矩三洗下行成破障若於浴等無三德觀如何能禳三障惡罪四從是下結成三初節示經文二能下正釋經義三寂下深明經意四初據今文示法寂滅華音涅槃梵語涅槃之名召三德體故知寂滅是三德成二前下約行成德顯三業既修金光明行成則契於三德之理修在名字觀行相似至分真位皆得名爲轉障成德不爾豈曰行方等經三報下明轉障成德四前寄下明經巧難知五敘流通明教相疏略

指上三明疑念序二初釋壽量品題二初正釋二初約三佛難思以釋二初佛本無三不唯法佛無身壽量報應亦乃不可說三以一切法離於名字言說相故二隨順下隨世俱立衆生若有得益因緣即須隨世立諸名相非唯應佛立身壽量法報亦乃可論此三須知無三不滅一法雖立三三不增一法良以有無皆法界故故真無俗有真有俗無皆是悉檀令於三身得四益也此文分二初列三身各三二釋三佛三義二初約義分別二據理融即分別且從修二性一令義易明法是本覺報是始覺始本一合方有應用一往似縱說者應以次融即文非縱非橫妙會此義令其聞者識圓三身文分三初法身下法佛二初別釋三初身始覺報智依本覺成故以

法性而爲師軌究論始本唯是一覺故云還以法性爲身是故馬鳴歸命三寶即以佛身及體相等而爲法寶此身等者非分段變易色質心智三科所攝乃是常住五陰等法聚以爲身此法無相不可說示爲衆生故彊名法身二法性下明壽色心和合乃有報得連持壽命身既非陰豈有命根爲物彊指不遷爲壽三此壽下明量量依身壽故同彊指二此即下總釋身壽量上言非無不者若據次文義當雙非以其法體離於二邊及超報應彊於此理立身壽量三種名字令物忘情也二報身下明報佛二初稱法有報二初引經此從順修稱理事說修行所感釋報義也法華文證智德之報以彼經云慧光照無量故涅槃文證斷德之報以云大般涅槃故二如

如下釋義修行所感二種之報乃是始覺與本覺合即以始本而爲境智此二不異故名曰如各二如者智如如境境如如智故也復以菩提名如如智爲能應㝠法性名於如如之境爲所應㝠以函蓋合先喻應義函蓋雖合猶存際畔復以水乳喻其相㝠此乃泯然而成一相始覺本覺義二體一正同於此二法身下明就報立三即身壽量也三中一一言法身者報智所㝠離法無報故初身言非身者非應佛有分齊身非不身者非報佛無分齊身又非身則非有非不身則非空中道法身乃本覺體始覺㝠此能㝠亦忘爲成觀故彊名報智二壽三量稱本雙非爲物彊指義皆同身三應身下明應佛三初明應物有三初身二壽三量皆如谷響大小隨聲是故此三悉云應同二智與下明依二有應三初法不覺忘處始本一如故云智與體㝠覺體自在故云能起大用二如水下喻真金上色須水銀和方能塗去聲物闕此一緣金無塗用三功德下合報智功德以合水銀法身合金處處應現合塗色像三能爲下明應徧三土二初雙明報應二有量下單示應身初義者上所說報但論㝠法即自受用也今明垂應以他受用常住之應對於生身無常之應示二迹用是故雙明身非身等身即生身有分齊相故名爲身非身是報無分齊相故曰非身小般若云佛説非身是名大身大身者乃他受用身也無分齊身其壽則常故無量也有分齊身壽則無常故有量也此二應用乃依真中二理而住機依事業二識而見住理

廣如序品踈文辨之二識委在起信論明論意要在事識見則取色分齊故名應佛業識見則離分齊相故是報身行者應知常身無量通應三土無常有量但應同居所以者何蓋實報機分證論見他受用身方便土人唯稟別圓所見佛相雖小優降然匪生身悉是報佛若同居土具四教機稟別圓者能覩報佛故法華明常在靈山華嚴說法盡未來際及諸大乘即於應相見是法性尊特之身故知常身徧應三土若無常身唯應同居逗藏通機及凡夫衆也次義分二初明有量二義上之所說自受用外垂三土身皆名爲應其他受用雖就對機名之爲應而是實因之所感尅復名爲報非是差別逗機之用若論逐物隨緣參差長短身壽量者須就同居無常用說故今別示應身之相但於有量開出兩量而此兩量依於事識但空見故唯屬無常若依業識不空見者即此無常全體是常則常無常二用相即二鳥雙遊也若上二土機息應轉亦是無常以非八相故且言常七百等者首楞嚴三昧經云堅首菩薩問佛壽幾何佛令往東方過三萬二千佛土於莊嚴國問照明莊嚴自在王佛彼佛荅云如釋迦壽我亦如是汝欲知者我壽七百阿僧祇劫堅首迴此白佛阿難云彼佛乃是釋迦異名雖機勝見長而七百猶可數故亦是有量之量若阿彌陀人天莫數故是有量之無量也二應佛下結應佛皆然佛佛既皆三身圓證應身被物物壽長短豈不隨順各示兩量故彌陀現長亦能現短釋迦現短亦能現長故大

論第三十六云當知釋迦文佛更有清淨國土如阿彌陀佛國阿彌陀佛亦有不嚴淨國如釋迦文佛國又三十八云此間閻浮惡故釋迦壽應短餘處好故佛壽應長故涅槃二十二云西方去此三十二河沙有無勝國所有莊嚴如安樂世界我於彼土出現於世斯皆隨逐物機也二然此下據理融即二初約理融上之三身三皆在性則並二從修有則別不分修性則一三不互融則異別異故縱並一故橫是則乖於所詮法體若能妙達秖一法性而能成就一性二修名即一而三也修性雖成而其三身一性本具名即三而一也此乃得云全性成修全修在性性無所移修常宛爾方合能詮玄妙之文矣二故下下引文證經文具云若入是經即入法性如深

法性即於是典金光明中而得見我釋迦牟尼此乃以理而爲經也金等三字即法報應三身異名與一法性即一而三即三而一若知此理即是三身三不縱橫名爲得見釋迦牟尼故大經中明於三德不縱不橫名大涅槃我今安住如是三法爲衆生故言入涅槃故知不達三身三一融妙不名見佛今解三佛既此融即方會此典玄妙文也二但信下明二字標題之巧二初委明其意二初從應佛融三釋二初明因偏疑見圓體偏疑八十是應有量四佛舉喻明應無量無量既破有量之疑即達法報非量非無量此因偏疑見於圓體二若從下明從圓體不偏題二初指偏題相二而今下示圓論意以不偏題故三壽量二字能詮二取意下就報佛融三釋三

初明報佛體圓上約品題壽量二字不偏有無則收二應能顯法報就文便也若義便者今經既以果德爲宗合以報身釋於品目以報身上冥下應則三身義任運成就是故二字正在報身二量疑下明因疑達圓報身義顯良由四佛以長壽應釋短壽疑故使信相達於報智圓具三身三經家下明從圓題品題稱壽量正在報身此從信相圓解所見蔽猶當也舉報身一當三身諸也二從此下結示立題二又一下明重解三初示異解時大師非止一迴講說故於一時別立名義章安既聞是故兼録二亦作下明異解相二初標列章門玄義者文選云睿哲玄覽注云玄通也謂離文通示其義故曰玄義引證者義雖妙悟而與經會故引文證令人生信還源者

品題是泒經目爲源所約三身明於壽量不離法性金光明源攝還此源令義究竟二玄義下依章解釋三初玄義二初直示三身壽量三初應身三初壽二延促下量三此釋下結因緣者感應更互而爲因緣二又壽下報身三初壽智外無境境外無智名相盛受既絶能所故無分別函蓋絶待當體名大二量者下釋量境智俱徧名爲相應此之相應實無際畔義言於量三此釋下結三又壽下法身三初壽法性不變無去來今是真久義約此久義釋法身壽二量者下量銓猶度也常久之壽實叵度量彊以雙非而度量也非多等者出度量相初非多少數次非知不知三非說不說此顯法壽是不思議境故大論云不思議者不決定也若離可說而謂法壽定

不可說是名決定非不思議上二雙非其意亦爾如此銓量是常久量又多少數銓量法壽非長短用盡知不盡知銓量法壽非分滿報可說不可說銓量法壽體非說默三此釋下結二初畨下更作三雙顯示蓋前直以延促境智及雙非義示三壽量恐猶難解故今各以二義銓量欲令行人識三佛相文分爲三初畨應佛二義第二畨報佛二義境無分別非謂頑境全無覺知乃指心體本來離念名境無分別此離念心全體覺悟名智有分別此之境智究竟相稱智外無境境有分別境外無智智無分別是則境照於境智寂於智以此二義顯報身相第三畨法佛二義體本無相故不可說依言顯德是故可說二引證二初引今文三初引二文證應身二義二引三文證報身二義虛空喻通前取不壞喻無量應今取無相證境無念三引三文證法身二義問前云四喻皆喻應壽能爲無量今何引之證報證法荅非全法報爲應身者應必斷滅安能延促不曾休廢今欲顯示三身融妙故即以應而證法報若昧此意諸大乘對機之身莫能深識二引新本二初別證應身二義彼憍陳如婆羅門欲得如來舍利如芥粟許此乃知佛九旬當滅故願求之可證應爲八十有量也王子下即栗呫王子荅婆羅門也雖即法報且從福報以證勝應二總證法報四義智即報身境即法身具知不知說不說四但略舉一以等餘三四皆絕慮故可總用難思難解而證之也今述此意故注云云三還源三初總明意然法報應與金光

明皆是法性當體之名本無優劣以此經正用金等顯於法性故佛首唱而爲經目故金光明得爲宗源一切三法便成流派令解壽量須約三身恐作别解故示復宗二初畨下示還相三初應還明勝劣二應全是法性能多利益也二第二下報還光報必冥法故於句句法報雙陳此舉所冥智全是法性寂而常照也三第三下法還金説時常默默時常説圓妙四德有何損益全是法性可尊可重也合論融即例前故略三夫解下例一切若解體金光明義豈止三身義歸三字一切法相皆還此源故得千從不即萬惑三既是下明兼録意二時之説俱彰妙理後之學人隨何開悟欲示此意故注云云二此品下正明疑念二初序入正品指上説二從王下還從

序意釋此文二初節經文二隨文釋二初出人四初出處事釋如通序觀解見出名二菩薩下明位翻名道心復能化人故道心大此行雖該前之三教今位在圓三信相下出名二初約教釋名三初直就相似釋二初約名釋信通真似既言信相信則非真以其似信是其真證前相故也别教三賢是似信位初地已上方得真信圓教登住便得真信即以十信名爲似信言鐵輪者本業瓔珞經以六種輪譬六因位鐵輪十信銅輪十住銀輪十行金輪十向瑠璃輪十地摩尼輪等覺信斷見思得是鐵輪二下文下以相驗枹鼓杖也或作桴二又真下明似通上位二初明位位有似已證名真未證名似普賢等覺望極名似故立賢名二信相下明高下難測三難者

下設難覈實二初高位無疑難二初難二此
亦下釋二初約權實釋爲他發起是權示疑
未了佛地是實行疑二法華下引二經證法
華本迹皆是彌勒懷疑起問大集菩薩菩提
未極故云未了本性菩提熏心起疑疑故求
了故云菩提爲我作名二難者下斷見無疑
難二初難二荅通疑障真別疑障中中道未
極安得不疑二觀解下就處辨觀令出人名
觀那就處良由觀法皆從陰起以王舍城約
陰便故故就處明以善惡王觀無記舍能所
不二人法俱空二空所顯即大涅槃防五住
非禦二死敵城豈過此名字初心觀陰涅槃
妙覺後心涅槃究竟今意正辨初心住處明
後心者示此妙觀同果智也四歎德二初科
判二初正科經二重判位植種也媿慚也云

云者令準歎德判同普賢二供養下隨釋二
初外供養佛二初約財法釋大經云諸供養
中法供養最爲第一財供養則有窮盡法供
養者則無窮盡二約觀行釋無明一念全體
覺了此之覺心名之爲佛緣因資了是供佛
義三喻可見二種善下内種善根四初直明
種善義體本覺心名法性地觀性始覺名爲
種子下種種久其義可知五善根者於本法
性生不動信進念定慧五皆不動名爲五根
此根生者相似位高故名增長二增長下以
值佛釋成二初舉三事譬二風譬下以三輪
合身輪現通駭動其心意輪鑒機智光照也
口輪演教法水潤也三楞嚴下明三因增長
楞嚴是定緣因也般若是慧了因也法性是
理正因也二修一性照發互資由修照性由

性發修此三增長轉似入真於真增道並得名爲倍明轉顯四植種下結二成德三從是下正明疑念序二初節經二由有下隨釋二初生疑之由三初正出疑由遠則由於九十日前告魔期滅也此經乃是方等後分也近則由在靈山聞佛定中唱序既起思惟故生疑念雖有二由無本誓擊此疑不生二何因下釋何因緣二初約三性分因緣通論三種即正緣了名爲三因同在理性以修緣了各三爲緣今文略云何因何緣須合性三但名爲正以當於因修中緣了合六爲二以對因故合二爲緣以當於緣就此因緣而生疑念二正因下約因緣疑壽命正因常久爲所顯理理境既常全境發智以爲能顯豈可無常能顯兼福而智爲正故但云智此境此智俱

感常壽故疑八十是何因緣三方八下釋方八十三初通示世壽三方二下方下特示中方爲表應化之事皆依理現是故外事悉內表理豈中方壽不表四德佛意雖密今智者師據後四佛約應顯常故以所顯驗其能表則知佛意三信相下不知表意故疑信相若達上之表意即見三身是圓四德豈疑應迹定是短促而反疑云何因何緣耶二正生疑二初約理教互疑二初執教疑理二執理惑教佛之所說是能詮教長壽因果是所詮理即道理也互執成疑文義可見二有二下約經文廣示二初釋有二因緣二初對前辨異前即經云何因何緣也前釋既以正性爲因乃以修中緣了爲緣今云長壽有二因緣既是佛修止行二善各具緣了即是前文能顯

之緣今於前緣自作因緣是故與前因緣異也二十善下就今解釋二初約十善略釋二初正示因緣三初於十善各論止行二初標示二不殺下釋相二初約殺盜釋二初約行相合具二今經下明今經互舉二若備下例八各論止行二善有三差別謂自他共一自行者如文云不殺是止放生是行不盜是止施食是行二化他止行如文云若不遮奪名止方便勸修名行若備論十種止行者不殺不盜如疏已明其八種即不婬梵行不妄言誠實語不綺語質直語不兩舌和合諍訟不惡口常行軟語不貪不淨觀不瞋慈心觀不癡因緣觀皆自修止行也自他共明者自不作十惡名止勸他不作十惡名行二今就下於止行各論因緣二初標二夫命下釋二初就不殺示四二初止善因緣因是善本緣是資助爲成慈心故除殺具二夫食下行善因緣準止可知二不殺下例九善皆爾三總有下結示止行因緣數二此等下結成疑念二此約下就五乘廣釋二初結上起今若其但說十善因果斯乃淺近一塗之說於方等經未爲允愜此結上也今當更約世出世間漸頓止行方是佛因此起今也二人天下明今廣示二初明教義二初不殺二初明行相二初示相二初正示二初總示五乘命殺若但不殺報得命根斯善甚淺今辨五乘修因之命義乃該深梵云魔羅此云殺者以能害人世出世善故斷下諸命皆是魔業也二若遮下別明修者止行七初人天此事即戒善也二三藏二乘三事度菩薩以不能達三輪體

空故行六度皆名事也四通教二乘五通教菩薩說法之過名非廢令勿學曰撥體空字下應云六度方異二乘或脫或略六別教菩薩七圓教菩薩二初順行亦斷佛命者此教初心即佛界故二圓人下逆行二初明二逆了順逆修即逆順性性非差別故名一相故仙豫事殺果佛理殺以即性故皆長壽因仙豫緣如前釋五戒中二此皆下明順理前三教人皆小行者以別初心行亦同小故皆不能即逆而順二如上下結廣始從人天終至圓教所有止行若無因緣善不成就然且約不殺須歷餘九及一切法皆須論於止行因緣故云若海二故大下引證不作上說豈一一度能施衆生無量壽命邪二而我下成疑念二明施食二初明行相二初明事法權實

二初明事法食體二初明事食輕重依報食輕正報食重二經言下明法食權實經是此經流水品云未來當施法食也世間人天也出世三教也上上圓融也二菩薩下明菩薩施相三初總明迴邪入正者令正信因果也萌始也種子之始剖也卉草之都名也鞠養也大論二十二云如國王子在高危處立不可救護欲自投地王乃使人敷厚緇褥墮地不死一授以下別示四初授人天食二已持下授三藏食三巳入下施通別食四設飢下施圓教食無大乘法食故名飢國圓頓之法如王者之膳非衆人之食也膳善也謂美食也煩惱下觀惑即智如薪助火智因惑緣故能成於四德之食令四十一位弟子皆悉分得甘嗜三如是下結示二一一法下結止行

因緣二此諸下成疑念二示觀行的明巳心無明貪愛能生一切煩惱子孫故名父母若不能體二是性惡則須斷破乃名殺逆若觀即性則不離癡愛全體明淨能觀所觀皆不可得既如虛空癡愛則寂故名止善以即寂觀歷諸心數皆令明淨復名行善此乃觀心見一切法常豈得不感三身常果二巳身下釋巳身骨髓二初明行相二初簡事從法二初所簡事身事論巳身人誰不解故今簡之智推九界皆非巳身況人報質二巳身下所取法身所取既深驗前所簡非獨人報然若能解色心法界而捨事身乃今所取也今簡不能解法界捨名非巳身須知實相爲巳身者且是總說若依釋論於實相身論戒定慧及妙善心爲皮血骨髓雖分戒等一一皆是實相全分二爲他下就法明施二初施實身五初施皮爲他宣說實相之戒遮二邊罪修中道福此戒無相持尚叵得豈存於犯體既雙忘名尸彼岸如此說戒方名布施法身之皮血等例爾二說諸下施血諸禪定者九種禪也亦是有漏無漏一切禪定皆達實相皆成無記化化神通故於滅定現十界身名諸威儀例前合云非定非亂三說無下施骨能照功忘故云非智全惑成智故曰非愚此智起說無說可得能說既妙故使所說皆到智地智地者智即是地本覺智也智所依地始覺智也修性合一二義俱成四檀忍下例應施肉論但三學及所顯理大師義加檀忍進三成六度義以消今經骨髓血肉義方整足說者應例前之三學明雙非相五說甚下施

髓前說戒等既皆雙非豈不斷於言思之道然是談行令是說理雖皆實相而須分別能契所契六度乃是全濕之波微妙善心是波中濕也二將此下明施權身三初結實標權以圓法食充七方便飢餓衆生圓頓之外所有法門皆悉名爲餘飲食以勝況劣也二即是下正明施相文略不語三教菩薩別教六度可爲餘食髓是中道必在已身是故餘髓但在真諦三引法華證示教利喜者大論五十九云示者示人生死涅槃三乘六度教者教言汝應捨惡行善利者未得善法味故心則退沒爲說法利引導令出喜者隨其所行而讚歎之令其心喜以此四事莊嚴說法二如來下成疑念隨他意語施權飲食隨自施實二從大下明現瑞序二初結前開後二初節經二至心下釋意二初結前二初明至心至猶極也心佛同源今欲念佛故須徹至已心實際二觀心下明念佛觀心既極故能盡念佛不殺等種種功德皆等虛空以深觀故乃成疑念二明開後妙機關應瑞相乃興二正明現瑞二初敘意分文三初敘意二初正敘爲爾者爾汝也表發信相增分真因感究竟果二問下料簡作者二初問二荅二揀感者二初問二荅二初簡通從別二雖然下益本在他信相既爲發起之人乃同諸佛而爲能應故知能感本在衆機故應一人是應衆多也二分文三別相下判相二初正判二初約十因一果判二又別下約十地一地判二問下料簡二初約經宗簡二初問二荅二約似位簡二初問前判似位有二種意一約十

信似於分真三例普賢似於妙覺若今瑞相定表十地豈令十信便登法雲豈使普賢倒入初地二荅須知二往一一地中具諸地功德十信發真獲十功德等覺亦進後心十德此則前後皆霑十益故約横竪從容而判二別相下隨文釋相二初節文示十相二約表發釋相二初牒示誡勸亹尾音斐亹者文貌意謂止可以經十段文彩凖擬評議倣似之耳不可備具論其行相故云不可責其備悉二其室下約相表德二初豎表十地功德十初此地初開者大凡小聖無明所覆境界局狹今破此惑故以廣博表之二此對戒者準於華嚴十度對地則初地當檀文略不言既諸地互具則十度皆融三唯辱而忍增者不逢屈辱寧彰忍力四督出衆行者督率也衆行諸度也率諸行至于極果故以高座表精進也五六七八九皆可見十隨階而圓者行以智導故隨階位諸行分圓其猶根具注云云者應明六度十度開合之相然六通大小十唯在大十度者於禪中有願智力故開願度有禪通力開出力度根本定禪守本禪度般若有道種智開出方便度有一切種智開出智度一切智守本受般若名二復次下横表一地功德二初總表一地功德二初約初地三初通示二其下別表十初室淨表智二初明了陰功能室能覆蓋故表五陰欲彰智相須明了陰於陰達中故雙非二邊不爲下釋自然中智不被二邊所作良由此智不作二邊故本來覺性任運現前不得下釋廣博微有所得即當局狹非直下釋嚴事小智無

常離過而已終歸灰滅大覺本有過河沙德自然莊嚴二嚴事即下明三智體相其室表一心自然廣博嚴事六字表三智始行圓修今日頓發二天紺下實間表境二初直表三諦二一地下兼表融即室中一地有此三相可表妙境三一相即行者應知諦智名別其體不殊欲彰修證彊立能所三有妙下妙香表慈悲一心境智普能與拔即名慈悲境智高廣與拔稱之故使慈悲豎高橫闊三無差別故能徧滿一切衆生三科之内四其室下高座表四德常我是法身樂即解脱淨即般若三德互具故一一具四不可思議名祕密藏是佛究竟棲依之處故以座表五有四下佛坐表覺智本有四德即是三諦以爲所坐修得四德即是三智以爲能坐故用佛表六

放大下放光表自他以照此土光即能照他土可表以自行而化諸衆生七雨諸下雨華表四辯解一切衆生語言陀羅尼用法義辭及樂説辯一多融談慈注無盡聞無不喜以華表之文字性離故雨於空此辯方能詮示妙理八作天下天樂表四攝布施愛語利行同事此四攝物其猶雅樂悦樂於人九受天下受樂表法喜一心三智即寂而照無法不知此曰澄神受義天樂十根鈌下根具表互具用業轉現識已分破故見聞覺知根根皆具三初地下總歎法性功德不可窮盡此地能稱法性顯德故使諸佛不能盡説止十相者經家略舉也梗介者介應作槩聲之誤也云梗槩粗略也二初地下例餘地此去九地地地皆然將横入豎無豎不横二復次下別

表一地自他二初約初地二初略示自行功德即自行因果化他功德即化他能所此與法華十妙意同二其室下正表二初前五表自行若以此文配十妙者法身境妙般若智妙解脫行妙因成位妙成佛三法妙此自行因果也若境智行對理性等住前三即此乃從彊約修別對若論法體真位無鈌二後五表化他意輪鑒機即感應妙口輪說法妙身輪神通妙又表下以受天樂根鈌具足既皆轉障可通對於眷屬利益二種妙也此即化他能所二初地下例餘地二從一下總現相二初迷意總表言意略者止在十義故意廣者以一切之言無所不該故二一切下依文別表該包也十法界者心佛衆生三人皆具具雖不異迷悟且殊佛已證悟心生在迷全迷則曰理性十界信說則曰名字十界念念體達名觀行十六根徧照名相似十證十起應名分真十今表極果乃究竟十巳心合佛十界體用亦見衆生十界同佛是今表果十界之義不作此解徒云一切該十法界三世間者假實依報也攬實成假名字不同即衆生世間所攬實法色心間隔即五陰世間正報所依依報差別即國土世間未曾有者分證十本分垂十迹雖得圓融若望極果明昧尤別如華嚴說灌頂菩薩所得功德如一塊土妙覺功德如四洲土故因圓理顯若自若他三十世間一一究竟清淨自在未曾有也國土下以三世間配三德且從義便也國土等者迷時假實既依國土果上智斷全依法身故於國土明實相滿衆生等者釋論云衆

生無上者佛是佛翻爲覺始覺人空終覺法空故於衆生世間明般若滿五陰等者釋論云法無上者涅槃是因滅是色獲得常色受想行識亦復如是二執既盡五陰自在故於五陰世間明解脱滿以三對三須知其意良以三德舉一即三顯三世間一一圓徧互融互攝新伊天目類之可知實相是要者實相無相極果俱是究竟忘相故稱實相自他圓滿也五從信下默念騰疑序二初分文二歡喜下隨釋二初見相歡喜二從至下默念陳疑三初明騰疑意積疑不騰恐成疑蓋二念釋下正騰所疑一切功德依壽得住其壽既促衆德奚爲故皆不疑但念壽短此覆不騰莫能決了三而不下明默念意威尊故默求決故念承前可見六從爾下止疑序二初分

文二疑蓋下隨釋二初正止疑三初止疑意疑蓋覆心者五蓋中疑能覆禪慧須預止者何哉若未解理心合致疑既覩威尊是決疑地儻堅執疑念則觀慧莫開故須止之令諦心受法例如等者疑是見惑能障真諦斷疑見道方進真修信相騰疑或權或實佛止則令自他獲益二從汝下正止疑三初大用不應八十之壽是法界全體起應物大用故不應以定短致疑二法性不應釋尊所證性海淵深豈以長短心慮測度三智度不應真信真智二皆具是能知能證汝今未具不應度量此三不應是約三身而成止意亦可前二約所思止後一約能思止三釋論下引證結佛所有法皆悉無量若以有量心慮量之必當覆溺於疑惑海是故四佛以三不應止其

疑念二何以下釋止疑三初釋法性不應二初明八衆攝菩薩經列八衆雖已分明但闕菩薩故約生法權實示之法性土者方便實報也既不居此故不在言二若凡下明皆不應測性如來所遊深廣法性尚過菩薩所行清淨況復凡小而能思筭二唯除下釋智度不應二初正釋降佛難測唯佛與佛乃能究盡因智那知二舊用下兼示佛所知法二初古釋可知故無常言此語者唯除如來句也壽量既爲智之所知是可思法驗是無常二天台下　明今釋常智知常無量常智者究竟無知方具足知此知稱性以全本智成佛智故既知本性性豈無常古師不解故以有知而爲佛智乃以所知是無常法三智性下令比知大用無知之智既冥法性法性本用具足發現現長現短皆名常壽以全性故經釋智性略大用者以可解故七從時下集衆序二初正釋經文二初對他經前後二時者下約今經解釋三初正明此室衆二初略釋時衆二信相下明集衆意即八十壽顯三身常豈益信相一人而已故以神力攝諸有緣令聞圓常得四悉益言益處多者豈止一室此衆聞後在處宣布耳二衆有下兼明一經衆正明此室具四種衆傍兼諸品皆有四衆句三初明此經具四衆影響衆者古往諸佛法身大士隱其圓極助佛揚化爲伴奉主如影隨質似響荅聲四衆名義具法華疏二此經下明衆與諸經同此中集天龍與華嚴何異此品新本既云無量婆羅門衆又懺悔品信相出城與無量無邊百千衆生俱往靈鷲豈

皆鬼神驗知集衆與諸經同三相承下止常情偏局解豈以此品舊譯文略便云止集天龍衆耶三總瑞下明經部法盖二初異法華屬方等一切世間合該十界未曾有事悉具出現合於十界皆顯三德而且未授二乘佛記驗知未可同法華部但就通教對利根者明三身常辨圓法性與其二酥談圓不異既其首題不標般若部内二處稱方等名故今判教屬於方等而此部中得圓盖者自於十界妙證新伊亦得稱爲未曾有事悉具出現二此中下須乘戒顯衆盖乘戒四句者一乘戒俱急二乘戒俱緩三乘急戒緩四乘緩戒急先須了知乘戒體相且戒論十種唯取不鈌不破不穿不雜此之四戒雖分定散皆人天因是今戒也不取隨道無著智所讃自在隨定具足以此六種雖名爲戒體是三觀自屬乘耳乘論五乘不取人天以其二種雖名爲乘不動不出體是漏善事戒所攝唯取三乘以此三乘該於四教是入理智雖分深淺皆動煩惱出生死故得名乘也今以四戒而對三乘論於緩急以成四句乘戒俱急者今之人天來聞法者是其俱緩者惡道苦縛莫預此會乘急戒緩者今諸龍鬼同集者是乘緩戒急著樂諸天嗜欲人等不預此者皆是其類復須了知集今會者雖云乘急乘有權實宿世修習藏通急者今在室中覩於四佛佛身不同但見應化縱聞長壽須歸灰滅滅已不生若其宿修别圓急者今覩四佛同尊特身一身一智聞山斤等雖是應壽知即法報三一難思名見常身權實等者此四緩急

衆生之中有實行者有權示者權能引實作種熟脫久近因緣故云等事別記者即法華淨名疏及止觀也今依彼說故注云云三齊此下判屬序段

金光明經文句記卷第二下

音釋

銓且緣切度也 緍慈陵切帛也 襦儒欲切裀褥也 膳時戰切美食也

梗槩梗古杏切槩居代切梗槩大畧也

金光明經文句記卷第三上

宋四明沙門　知禮　述

二從爾時下大段正宗分二初總示文義二初示經文起盡懺悔讚歎空品三品全及此壽量半品同是正説二凡三下辨三章大義二初叙他師二初正明他義三初叙初師二二云下叙次師二初叙二此乃下章安破以今不云師及天台知是私破空雖是中乃是因位用中破執且非果上所顯中體法雖不異用顯義殊古既昧此故今不用三三藏下叙眞諦二初叙虛空等者新經三身分別品云虛空藏菩薩白佛云何菩薩於諸如來甚深祕密如法修行指此爲叙也二直是下章安破諸經節節皆有發問豈盡稱叙故云義弱二師云下今師去取彼虛空藏雖約因問佛答乃云一切如來等有三身豈非果義故去三藏取初家次師可知二新舊下明今意三初就新經明宗體三初四佛説迹以顯本拂八十之短疑明海滴之長應既聞應化能長能短則達法報非滅非生本迹既融思議乃絶上根之者秖聞其迹亦悟本源當第一周也二若未下王子示本令悟迹新經壽量品四佛説壽益物事訖有憍陳如婆羅門欲生天故求佛舍利如芥粟許棃車毘王子説偈答云假使蚊蚋脚可以作城樓如來寂靜身無有舍利事兔角爲梯隥從地得升天邪思佛舍利功德無是處鼠登兔角梯食月除修羅依舍利盡惑解脫無是處中根直聞法身理本不生滅乃悟報應能常無常理事既融思議即絶當第二周也三若未下釋迦雙

論令俱解下根既鈍偏談本迹不能懸解互融之意是故釋迦具演三身所謂法身應身化身如依空有電依電有光法身是理應身是智智既應理即起化身三身冥一一一不定一三身宛然是故品題三身分別法應是本化身是迹一時俱說則生妙解思議乃絕當第三周此之三番皆說如來常宗顯體意令聞者發智證理二懺品下判三品俱明用佛智之宗顯法性體此即名爲經宗經體一切衆生以此宗體而爲本心若能懺歎及修二空故佛妙用全體而起令此衆生滅惡生善及發空用導成二用故云三品俱是經用三今之下明此本略二番以其二番皆顯三身今此一番所顯不別是故譏師順好略機不翻後二二文爲下分文解釋四初文二初分

文二解釋四初四佛說偈二初經家叙二四佛說諭二初料簡身說二初問二答二初明說本稱機宜共別無在二見亦下明身釋題判教此經屬通此教明佛丈六尊特一身異見故名合身今此室中有三乘衆三中菩薩利根之者能深觀空見不空理不空理者乃是生佛同一覺性故雖見佛佛非外來隨大隨小皆無邊際故云四佛同尊特身身智應用是一是常豈唯諸佛無二無別與其弟子亦復不異故云衆一雖未開廢利人見同若鈍菩薩及二乘人既但見空乃覩四佛自外而來取色分齊但是應化佛尚各異弟子豈同三乘差別故云衆多二分八下分文解義二初叙二家分文二舊云下從初師釋義四初四偈立譬二初斥古二初叙二是義下斥

諸佛說法三時不謬故上中下善能詮有法故其言巧妙所詮離情故其義深遠若齊無意寧悟常宗故知古師全迷經旨二且作下今釋二初開章叙意二初開章大師所解其義無窮稱機釋文且示三意二四諦下叙意二初明三因果四諦是理因果通依四念是行修之在因四德本有證之在果非此三義莫顯常宗二若論下明三相由討果由因因果由諦欲成因果解諦居先二上以下依章釋義三初約四諦釋二初用四諦釋偈二初懸說諦義二初明四諦義三初對上明境智上明能說人宜對於智今明所說法合對於理二舊讀下斥古唯齊事言讀文者大論第三解十號正徧知文也故論問云云何正徧知答知苦如苦相等舊讀此文雖以如字爲不異解而昧三藏以知事稱理爲不異摩訶衍中以知事即理爲不異致使解義唯齊於事全不顯理又復此文解正徧知正知於真徧知於俗三今明下明今師正義二初約二諦二約三諦二解意者以苦等四是世出世因果之境於此四境若其不了即真即俗及空假中則不名諦仍了二諦以中爲真三論空假意在諦中欲於迷悟十界因果一一見中法法無作方得名爲世相常住其理不爾將何以拂信相之疑二句皆初約苦諦釋二例餘諦結二明識下明對諦意二一切下以諦釋文四約因前果後以氷山地空對集苦道滅例皆分三初牒示二引證三釋結苦諦中引小般若者金剛般若也對大品等稱之爲小以文爲小理同大部彼以須彌喻於佛

身今證苦者積聚義同非集所感然用佛報證生報者彰苦無作陰入皆如無苦可捨即生成滅故盤峙盤迴峙立也或作磐字誤也道諦中引法華智地者以地喻地既到智地道之中也水陸兩途者陸途但到海之此岸可喻三乘通修道品未度變易猶在此岸水途能到海之彼岸可喻一乘別修道品能即二死到三德岸滅諦中引法華者以空喻空此空畢竟故曰終歸五翳者煙雲塵霧修羅手也三光者日月星也常住滅理本來不翳今亦非淨問若以山喻佛身道以地喻智地滅以空喻妙空此三既有即理之教則可論於所證法身若初集諦引證釋結但論煩惱豈可亦得名法身耶答無作四諦一一皆中若非一切咸趣煩惱那名即中以即中故苦名法身道是智地滅名妙空故知直以煩惱釋集示於法身其意最妙行者知之二明四諦釋疑二初示理明疑斷二初示理明相上釋總瑞一切世間未曾有事悉具出現以表十界假實依報皆顯三德今明十界假實依報一一四諦諦諦三德是理徧相名爲法身知此名報起用名應應有長短二信相下示斷疑相三初所斷疑二四佛下能斷法四種之喻本曉應長大師特以四諦解之若非應壽全是法身三身一體何以妙會疏之兩說故先示云其言巧妙其義深遠若定喻一身言豈巧耶三若並別義豈深耶三舉應下歎意巧文喻應長意彰報法信相得意疑暗豁明二釋此下歎釋妙勸思四佛巧喻斷信相疑智者妙釋發行人解今既得遇豈不審思

二四偈下約四念釋念者即空假中三妙觀也處者身受心法四妙境也非此觀境三身不顯豈曰談常此釋分三初以偈對法三初捨別從通身受心法但是五陰故知四念本在苦諦然念處觀修通四教今唯約圓謂觀身淨不淨非淨非不淨乃至觀法我無我非我非無我皆成三諦二一切下從通對釋想行念處者秖是法念合此二陰今欲配地故存陰名想取行行者想取相貌行乃遷流故云行行下行字平聲三若觀下對偈所以常壽因果非圓念處無由得成故用對偈二若觀下以法釋疑二初明念處因果二初修因相四枯即空四榮即假雙非即中說有次第修無前後乃一心三觀也故佛於其四枯四榮雙樹中間般涅槃者正表於此二成五下得果相三初明三德融即相即枯即榮即非枯榮一剎那修剎那剎那圓念不息歷於五品發似證眞至果位時三惑盡淨百界五陰自在無礙名五解脫百界五陰清淨如空名五般若百界五陰究竟難思名五法身智冥五陰理是所冥故稱之爲理體雖是一不分而分般若能冥法身所冥以相冥故起解脫用雖三下明祕藏義如常所說二仁王下明五陰常住相性名不改即百界五陰八相莫遷十方周徧然非事底別有性陰秖善惡陰穢汚陰等當體常住名法性陰愼勿別求三陰之下明三身體用相法報雙非全體起用能常無常常用則長等者長則四喻短則八十既皆應壽悉是無常今以長短分常無常者由山斤等能顯於常若非體常安令應用

人天莫數是故信相聞八十滅疑壽無常聞
四喻長悟常住體故云常用則長無常用則
短二信相下將果用釋疑三初所破之疑二
四佛下能破之法三信相下得解之相此三
與向四諦釋疑其意不別然須深究三四偈
下約四德釋二初以偈對德碎地爲塵尚無
淨相豈存於穢故對淨德喻於理淨淨於淨
穢也二四德下以德釋疑二初顯德用常等
四德學者須揀名同體別一凡夫所著常樂
我淨體是見思二菩薩建立常樂我淨體是
無明三佛之所證常樂我淨體是中道今四
皆中是故皆以雙非顯之理須非於十二倒
也今此常等與其非常非無常等名異體同
四德雙非即法身也四能冥智即報身也法
報既冥則能應物起常無常至淨不淨自在

應用二信相下除疑念三初所破之疑二四
佛下能破之法三信相下得解之相若知四
諦斷疑之意此三可見二億百下一偈合譬
二初標古解二失二舊云下明今意破古二
初破僻取文二初出古解古秖齊文不知四
佛巧示之意二示今意二初示經深意四喻
有量百千是數誰不知之須達舉量舉數況
於無量無數二汝既下斥古誣經言有縱奪
縱知應化奪迷報法報法乃是應化體本深
文淺解自毀毀他自既招愆令他謗教也二
破偏執義義是所詮化身應身法身此之三
身皆具四句謂常無常雙亦雙非顯乎三一
不可一異而思説之古人迷此化定無常或
聞化身即法故常猶謂法常化是無常良由
不了即字義故起信論云隨其所應常能

住持不毁不失此顯化身二義具足三以是下二偈斷疑二初牒因釋義二初以事行消文二初約因緣釋因親緣疎不殺存命爲長壽因此因親義也施食助命爲長壽緣此緣疎義也二若作下約二緣釋不殺有二不殺是止善放生是行善不盗有二不盗是止善施食是行善是故十善各有止行悉名二緣經於二善互舉止行一一皆是長壽二緣發菩提心方名爲因言法性者無作四誓全法性起是長壽因種種二緣既能資助眞正道心乃會法報非常非無常能起應化常與無常三身一體斯爲妙常二法食下明法門指上若就法門明於施食及不殺等如疑念序疏中具說二修因下據果斷疑以長釋短無常疑斷常住壽明經是故大士即指如來如

言無上士也故義淨新譯此句云是故大覺尊四是故汝今下一偈結成二爾時下信相歡喜二初據所聞釋信相解言本迹者體本用迹也聞壽無量解迹用能常非長之長也乃知迹用能短非短而短定八十之疑自兹而去也深心者悟於報法高深之體也此之本體妙絶於量及以無量二踊躍下約入位釋歡喜眞信解發入歡喜位別在初地圓在初住並破無明名疑惑去此皆内凡而釋似位十地頂者若不立等覺即第十地破上品無明之惑升於後心此位名爲衆伏之頂金剛喻定既爲最後無明所動故生歡喜及踊躍也三從説下當機得道上根初悟者即用新經三周意也陳如求舍利爲中根三身分别爲下根阿耨多羅三藐三菩提翻無上正

等覺即一切衆生本來覺性非登極果方名
無上及此正等此覺心發通於五即今是分
眞四從時下四佛還本二初因緣釋此信相
等一類機緣覺性合與乃感四佛不現而現
現爲發心心既已發故不還而還也二觀行
釋諦境者三諦一境本覺也覺慧者三智一
心始覺也全本起始名之爲發始合於本名
曰相應善相應者必雙忘也不忘乃是通中
起塞爲表俱寂故不現也二釋懺悔品二初
釋題二初明懺悔義二初正明大義四初釋
懺悔名三初對他經方等陀羅尼經明四衆
懺法普賢觀法經明六根懺法大經闍王懺
逆請觀音經銷伏三障諸經觀門皆能滅罪
何法非懺然菩薩行爲轉先業作利他緣乃
論無生等三種懺法聲聞自度縱明懺悔多
在作法求免三途故今但對大乘諸經明散
明專二正釋名五初約伏首釋然懺悔二字
乃雙舉二音梵語懺摩華言悔過以由悔過
是首伏等五種之義今既華梵二音並列是
故大師以首釋懺以伏釋悔乃至慚愧對釋
懺悔欲令禀者即於二字修首伏行及慚愧
等斯是善巧說法之相故不可以華梵詁訓
而爲責也初約首伏釋首音獸自陳罪也欵
誠也二約黑白釋企望也尚猶尊尚也三約
棄求釋鄙恥也惡烏路切嫌也四約露斷釋
發露過現斷未來續五約慚愧釋二初總釋
直以慚愧釋於懺悔未分五種人天之義故
名總釋二慚則下別釋乃分人天及以四教
事理之別也二初約人天釋人是肉眼但見
其顯諸天則有報得天眼故見冥密此人慚

恥愧赧名爲懺悔二又人下約四教釋良以此經通三乘懺三乘乃攝四教故也既慚愧義該於四教首伏等四豈不然耶説者據義應細作之又四教賢位皆要加功聖則任運可類三界人天果報作意自然又四教賢聖有修有證四教之理本非造作是故復得名爲人天四初三藏二初賢聖賢則七賢聖則四聖逮及也二又賢下事理二又慚下通教二初賢聖此教菩薩同二乘斷惑故三乘皆聖三又三下事理三又三下別教二初賢聖通教聖位止斷見思別教三賢能斷塵沙又伏無明故云尚非二總此下事理此以但中爲第一義四又三下圓教二初賢聖三十心去皆證法身皆垂八相故判爲聖十信長別苦輪海故故得名賢二總此下事理以具德中爲第一義三合十下合十數以慚愧中分於總別總一別五并首伏等四故成十番釋懺悔名二明懺悔處四初明懺須得處懺之所依如器淳朴非玷不成以何爲玷謂一實相無別寳相即罪相是得此處者罪無不滅德無不顯此自分二初引經明處二初引諸經二初引大經二文麤言輭語等者七方便教三障須滅衆行須修能所不泯名曰麤言若圓教者一切修惡皆即性惡所破既寂能破自忘無言之言名爲輭語於此麤輭當處寂然思議道絶故曰皆歸第一義也四眞諦者二死之苦五住之集以即性故無一可捨萬行之道三德之滅以即性故無修無證而言斷生死者就即論斷無斷之斷斷無不盡亦曰斷於性德之苦此四絶思皆第一義能

如是知名爲得處二引法華二文履歷名行親習名近此二皆須依一實處欲忍衆辱要住理地此地是心更何所行及以分別亦不謂我行不分別若不爾者何名得處寶處在近等者指障即德近豈過此然須觀照故云前進廢執權情名即滅化城體權是實名即至寶所二引此經二初引我即眞我離人無法法即所攬常住五陰此陰爲舍普覆衆生闍王説偈解第一義名歸世尊今此經云我作歸處彼感此應其義泯然二歸依處者下釋經云我作歸處我體如何故以法性諦理妙境佛師祕藏而證釋之十方等者若分若滿聖皆住中即以此處令衆生住初心能住名爲得處二若得下結示須處實相本立則能生於無生妙懺清信之道若其不體諸法即性乃於中道平坦之地而起八倒名爲顛墜如盲等者四眼無明盲於佛眼入於偏教諸見棘林觸途成礙皆由失處二故普下明得處懺妙二初約妙明懺三初引經示妙端坐者身儀也禪波羅蜜具出坐法須者宜檢念實相者懺罪觀也實相無相當云何念必以無念之念念無相之相以無相相相無念念若於念外別有實相實相之外別有於念則非此經念實相也衆罪等者滅罪所以也前念實相蓋體修惡即是性惡性惡照明斯爲慧日修惡本虛如銷霜露我心等者亦出此經心性本來即空假中離三惑染名曰自空十界罪福二我叵得誰爲主宰如此體達是無生懺故使如來立三種名二無罪下約義明妙以三種名對於三諦其義可知若於

三諦歷別而解乃次第觀非今妙義其義妙者空即三諦假中亦然名即一而三三諦俱空假中亦然即三而一行者應知三一相即爲彰懺處絶乎思議若以此語增於言想則求不識懺悔處也三諸大下約人顯妙大人所學其法豈麤二若識下結名妙懺解見思心即三德藏罪根既寂懺法自忘能所泯然何以名狀强稱此處爲妙上也三大經下明懺妙人尊二初引經書示當念深廣其猶大海就此懺悔名之爲浴萬行皆攝名用諸水此喻懺得般若無始惡業繫屬行人猶如債主見業實相名依投王業隨觀轉名返供養此喻懺得解脱心性無上猶如墻頭初心達性如草依高行位雖卑已能超過七方便頂此喻懺得法身也書云即劉子也二行人下舉行人結四行人下勸先求懺悔處然懺悔處誰人不具何法暫非但爲本迷滿目不見全心不知故下文云於十力前不識諸佛勸求覓者須親善師須憑妙教勤聽勤問審讀審思若其然者必於能詮識所詮體脩然慮外無以狀名斯乃所求法性道理此理至妙爲懺法所依故名爲處若依此處而立行門方得名爲大乘懺也三次明下明懺悔法此乃示於能懺之法也三初開章此之正助亦名慧行及行行也大約即是緣了二因修德之法也二正法下示相二初正法二初略示上辨處中雖語能觀意乃以觀顯所依處今説能觀意乃以處顯能觀觀法不孤立故須相帶解之不濫方可用心二法性下廣示二初明修觀相二初就内心修觀二初明觀隨

於境法性者諸法實相也名如來藏何德不具雖具此德而本離念今乃稱本絶念而觀是故此觀亦具本性一切功德是故結云觀慧亦爾二境智下明境觀不二二初融境觀二初示相境是本覺智是始覺雖分本始而是一覺境智既爾方曰相冥無二之法故舉此經如如不異如名不異即境不異智智不異境亦云一合其體一故方能冥合二經言下引證經即仁王般若也智是般若處是實相能觀之智與所觀處同是般若智外無境也二皆實相境外無智也境智相冥其狀如是二說如下會說默復由說默二相不異顯於境智一體相冥非由無相境智焉發即默之說非由性離之說莫彰不二境智故境智後須論說默是以止觀義例云故不思議境

即是觀是故得云境照境境照智智照智智照境照者方照非說可窮照者應說非照可了說者方說非照可窮說者應照非說可了故知彼義與此無殊二以此下用淨心歷法二初例內心泯淨上論妙觀且就內心研於妙境攝一切法觀境若成可以此觀徧歷三科及以業惑自然皆見不思議境故義例云修觀次第必先內心內心若淨將此淨心徧歷諸法任運泯合二故云下引教示融相二初約法示毘盧遮那此方翻爲徧一切處乃以華音彰法體徧體雖本徧迷時不知今以內心妙觀徧歷於一切處皆見遮那此猶總歷復更別歷六作六受行住二作必兼坐卧語默作作是名六作明暗略舉眼受於色合例取聲乃至意法是名六受故總結云六根

所對雖結六受身必六作於此作受常得見佛佛必三身斯由内心成妙三觀故於作受常見如來三德三諦是故結云無非佛法二者婆下引事喻三初以耆婆喻任運破障二以摩男喻法爾生善三以那律喻自然顯理此三乃是别示三觀徧歷一切任運能契微妙三法説有前後照不縱横二若如下明滅罪相既於内心復歷縁境諦觀冥契乃達十界罪福無主修惡修善全體即是性惡性善斯乃名見罪福實相故法華云深達罪福相徧照於十方十方即是十界十界皆實相相相宛然一收一切一切皆各收於一切此等一切無非實相妄想皆實實亦自忘此爲大懺二助道下助法三初明用助意正助二懺修逐根縁自有一向修於正道直登圓住或内外凡自有一向修於助道如南嶽立有相安樂行不入三昧但誦持故亦能得見上妙色像此二隨根修入不同若悟理時必兩捨也自有正助相兼而修或先正後助或先助後正或同時而修今之所立意在同修耳若於三句都不攝者則人身牛也二所謂下明助道法二初喻用助意清水喻正灰等喻助以垢難去獨水不能灰皁助之水方有用二略言下示助道法助本助正正觀不開蓋理惑覆故修助行治於事蔽事蔽若息不資理惑故令正觀開入理門具論六度略舉三業其策觀者或以五法策於正觀亦助開門或策事觀謂五門禪各有對治助開正觀三如順下明用助功正解如順水正觀如順風可喻正道能趣妙理篙棹可喻旋禮等善助於

風水船豈不疾三如是下總結四明懺悔位三初他釋局淺二初叙他二此下略斥二故新下今釋通深二初正釋二初明六凡合懺二初四趣二初明地獄二初造逆鞠亦養也撫拍也惟惟憐子之貌也内則六年教之數與方名注云方名東西殺逆殺或作弑同音試下殺於上也易曰臣弑君子弑父也天雖下明天地之不能容其受生故須入地獄也以五逆罪感五無間二佛為下二明破戒初篇四重也後聚吉羅也若論五篇則初後俱篇六聚則始終俱聚綺文互現故云初篇後聚也三師謂和尚及羯磨教授二闍黎也七僧印證戒者此據中國十人也佛海者佛法如海犯重如屍花園可解言犯重者須出淨衆二多嗔下明三趣心既多嗔等身口動作

成於嗔業故墮虵舉本攝末故云多嗔下多欲等悉可為例蛇虵者爾雅云蝮虵博三寸首大如擘郭璞云身廣三寸頭如大擘指此自一種蛇名蝮虵諂者莊子云希其意而道其言曰諂餓鬼常飢等者舉果難當須明懺悔二人中下人天二初人八苦者生老病死怨憎會愛别離求不得五陰盛二天五衰者衣裳垢膩頭上花萎身體臭穢腋下汗出不樂本座四心者受想行識也籠樊者樊藩也詩云營營青蠅止于樊今衆生處三界中如在籠藩籬之内不能自出也二苦出下明四教皆懺四初三藏二初聲聞二初七賢初五停心謂不淨停貪慈悲停嗔因緣停癡數息停覺觀界方便停著我若貪等五煩惱障心不 得停應須懺悔停下剩心字次四念處

去用對位道品四顛倒者執身淨受樂心常法我四念治此四倒四正勤者二惡者巳起令滅未起令不起二善者巳生令增長未生令發生四如意足者謂欲精進心思惟五根者謂信進念定慧五力者名同於根以不動排障而分兩科法華文句以正勤如意根力四科對煖頂忍世第一位煖頂與此有不同者或是文誤或别有意二苦忍下四果苦忍明發者見道有十六心謂於下欲界四諦各起法忍法智上色無色二界四諦各起類忍類智此上下八諦共十六心斷八十八使見惑也今云苦忍即欲界苦諦下苦法忍也明發得苦法智也觀欲界苦諦巳即觀上界苦諦得類忍智餘三諦例説雖不下以無見惑横起故不墮惡道欲界七生者欲界九品思

惑共潤七生謂上上品潤二生上中上下中上各潤一生中中中下共潤一生下三品共潤一生此言初果也雖斷欲下明二果五下分者身見戒取疑貪嗔貪雖通上不是唯上嗔一唯下不通於上餘三徧攝一切見惑雖復通上而能牽下縱斷貪等至無所有處由身見等還來欲界是故此五名爲下分餘三品在受一生名一往來也雖斷五下名三果向人也餘一品即第九品也亦名一種子那含雖斷色下正明三果人也九品巳盡不來欲界而進斷上惑雖入下無學二支佛侵習未能全盡故須懺悔言亦爾者例上羅漢懺習氣也菩薩未斷且在人天二若乾下通教教詮體空異前析滅空含中道是大乘門利根方見屬後二教今就二乘及鈍菩薩論懺

悔也支佛不達文字者不能說法化他也然支佛有部行麟喻之别部行者或能說法今約麟喻爲言也獨悟孤行喻麟頭之一角故名麟喻三十信下别教十信但信者信能造心是佛性故未能稱理者以佛性心别修空故故使十住偏證空理十行但出建立之事既其二觀互破互立未能入中十向不偏但修未證然由漸修登地頓證前前雖顯後後猶障是故名爲地地有障至等覺尚有未得無學故此凡聖皆須懺悔四又十下圓教此機初解中具二邊空假即中故能三智一心修證不言名字及五品者以高況下也十信尚懺況爾前耶但是等者法華中說三陀羅尼雖通初後似位得之其相最顯一旋陀羅尼旋假入空此齊七信二百千萬億旋陀羅

尼旋空出假此當八信已上三法音方便陀羅尼以二觀爲方便轉入中道法音當第十信也匡郭等者此三喻於法身智斷俱未究盡俱須懺也二齊此下斥局下從造無間業者上至圓教等覺故云位長位位横論各有三障煩惱頭數結業流類苦報等差故云義廣古人何爲但在凡夫三是故下引經證結大師本以三昧總持說懺悔位該亘凡聖自然與彼校計經合寔匪尋經作此安布行者知之三若人下舉利勸修四初明聞者宿殖二語其下明聞者得報果報者此懺諳理功至極果乃與諸佛互相恭敬三直聞下以聞況修解既稱理修之成行則分滿之果證之匪遥四已聞下結示歸敬佛恩若此欲報之者唯當而說而修行之歸命禮佛五悔中一

其四悔法安得不修二正釋品題二初釋二字義二初依字訓釋二初釋懺二初明求鑑悪奴六切懟也二身被下明被鑑二釋悔二初明能廢二明所廢意云十廢者意如君主身口如臣君既克已臣息暴虐故意總十二又法下約法門釋種種二懺悔下明三種懺三初明三種相貌二初列名示列三種名示事通大小二小乘下約相釋二初明小三初作法毘尼此云律二十僧者此約懺僧殘罪也然對治有四法一治覆藏情過謂行波利婆沙此云覆藏或云別住謂別住一房不得與僧同處設入衆中不得談論亦不得答行此法者須滿一百日不憶元覆藏日數故乃以百日爲限二治覆藏罪謂犯已覆藏得吉罪不覆藏得殘罪若覆藏者先懺吉罪後與別住三治僧殘情過罪謂六夜行摩那埵此云意喜前雖自意歡喜亦使衆僧歡喜由前喜故與其少日即六夜也故名意喜僧衆歡云此人改悔成清淨故云衆僧喜也四治僧殘謂二十僧中以白四羯磨出罪然覆藏不經明相直行摩那埵然後入衆出罪或半月作法者謂行別住時每至半月説戒須白衆僧云我犯僧殘對首作法者懺重吉也責心懺輕吉也摩夷論云故作者對首一説誤作者責心而悔小乘犯夷亦有懺法而疏文不引者以懺已既爲學悔沙彌仍障聖果故非此中復本清淨義也故荆谿云小學悔已障果仍成重罪未忘二阿含下取相上明作法但令三業順於佛制法成罪滅尚是散心罪滅猶淺今論取相屬於定心想成相起滅罪

則深故蛇口想成豈唯婬罪得除亦乃欲心不起三亦有下無生言觀空者析法明空也觀造罪心本無主宰念念無常無誰能作無是業報我見若亡諸使永寂此觀若成四趣則除三界須出小乘三懺其相略然二明大三初作法二取相三無生行者應知三種懺法無生是主二爲助緣故前疏云灰汁皁莢助於清水若闕妙觀不名大乘便同外道無益苦行須近善師學懺悔處及懺悔法方可行於道場事儀故於諸事皆用妙觀照而導之使作法等皆順實理悉爲佛因有謂道場所修行法而爲事治須於十乘先修六法後方助開而不思前六在道場中用如今明懺具談三種豈捨事行又有一卷法華三昧別行於世大師制立正爲初心懺障道罪方可造修諸禪三昧又諸苦行精進之門各隨宜樂初心可修但須皆用圓無生觀爲主爲導使一一行即修是性無修無得則成圓行也豈諸事行妙觀妙境妙修發大心安心等法皆妙修耶若其然者隨自意中歷彼三性全無十乘何名三昧若自未諳當依善友開導策修乃成深益又須了知大乘三懺後一雖可獨修不進則須假前二前二不可暫離無生得此意已方可說行三種懺法初作法八百等者虛空藏經云知法者復教八百日塗廁日日告言汝作不淨事一心塗治一切廁勿令人知塗已洗浴禮三十五佛稱虛空藏名向十二部經五體投地自說罪咎等九十日等者般舟經云有四事疾得是三昧一者不得有世間思想如指相彈頃三月二者不

得臥出三月如指相彈頃三者經行不得休息不得坐三月除其飯食左右四者爲人說經不得望人衣服飲食是爲四般舟此云佛立三昧成時見十方佛在虛空中立故名佛立也灰湯下明上諸行法各淨三業也旋誦下諸法各有製度旋誦之度方等最切旋一百二十帀誦袒持呪一百二十徧一旋一呪不徐不疾旋訖却坐思惟中道正空導此軌儀故名作法二取相十二夢王者方等陀羅尼經云先求好夢凡十二種隨得一相則許懺悔梵網經云若犯十戒者應教懺悔要見好相好相者佛來摩頂見光見華等便得罪滅唱聲下彼經明行者夢中若坐禪中現此菩薩以摩尼珠印印行者臂作罪滅字或聞罪滅聲得此相起知罪必滅雖不下以在道

場非不作法俱從勝立名爲取相言事用者作法也三無生以無念念念罪實相念與實相能所名別其體不二如是念之罪相既忘實相亦泯此慧如日銷罪霜露無緣緣畢竟空無中邊相此理無過故名最上雖不下此三種懺同時而修無生是正二爲助緣故云兼兩斯乃正助一合而行如膏益明證理彌速也二作法下明三種功能二初正示功能二初明滅惡二初四番通小釋言通小者以此四番釋三種懺意雖在大而且未彰異小之相故使滅惡於大小說皆無妨故云通小四中初約遮性釋三初作法無作罪者昔受佛戒由作法故發無作體若毀犯者得違逆罪今由作法翻破此罪言性罪者即十惡也不論受與不受犯之性自是罪如犯下論

云斬大草殺畜二罪同懺二種違制之罪俱除而殺畜償命猶存二取相由以定心想成勝相熏修力强能轉惡業是故能滅性遮二罪如伐下枝葉喩性遮罪根本喩無明也心惑既存罪可重作如枝葉續生也既對遮性辨於無明故此無明通界内外此即通小之相也三無生二又下約三學釋作法防非故滅戒罪取相專意故滅定罪無生觀照故滅慧罪事非是戒家罪散亂是定家罪惑暗是慧家罪三又作下除三報釋雖俱報障而有苦樂三惡唯苦違法而得故作法能除人道之報半苦半樂散善所招故取相能滅三界天報望人皆定無苦惟樂三漏所感故無生能滅四又下除三業釋例報可知能感所感而分兩釋也二又作下二沓惟大釋前之四釋通大小乘無生滅惑未簡通別作法或取毘尼之制今之二釋無生的破障中無明通惑不生爲今取相驗知此去惟就大釋二初別煩惱釋怖畏屬思憂愁屬見今作法成位在五品能伏此惑指伏爲破故云亦是取相懺成在七信位故滅四住既見眞諦望中名相故名取相無生觀成位登初住所除的在根本無明故知此釋別就大乘明三種懺二又三下通三障釋共除報者此乃現報父母生身得六根淨轉報實在正助合行若但理觀雖入眞似亦有不得六根淨者故云三懺共除報障取相除業者約出假說能挾宿世無量業種作度生緣業不能障於業自在名除業障以其未是眞出假位故見俗諦猶名取相無生除惑其義可知二又作下明生善

仍約喻顯五石者謂白瑛紫瑛石膏鍾乳石脂五芝者謂五色靈芝也薑桂且喻小乘作法故未生善若大作法生善非少五石五芝通喻小大生事理善二如是下勸人修學言須知者謂須知小大皆能滅惡生善須知此三修方有益說而不行爲罪所得也三今文下明經具三懺二初示經有三文二結懺爲經用

金光明經文句記卷第三上

音釋

隥丁鄧切登陟之道　讖楚禁切符讖也　峙丈里切屹立也　懘起虔切與愆同　企去繼切　赧乃版切慙而面赤也　叵普火切不可也　虺許偉切　蝮音福　萎於危切蔫也　剩石證切餘也